Manfred Matuschewski hat es nach Bremen verschlagen. Dort hat der in der Zwischenzeit promovierte Soziologe als wissenschaftlicher Mitarbeiter einen Job im Amt für Verwaltungsinnovation (AmfVi) bekommen. Der Umzug von Berlin nach Bremen fiel ihm schwer, denn »er hat so Heimweh nach dem Kurfürstendamm ...«

Auch in seinem neuen Job bleibt sich Manfred treu: er will zwar ganz nach oben, verabscheut es aber, sich den Mächtigen als Erfüllungsgehilfe anzudienen. Er untersucht die Sitten und Gebräuche in Ämtern und Behörden und verfasst darüber Abhandlungen.

Der Erfolg läßt nicht lange auf sich warten – er bekommt Lehraufträge, wird Hochschuldozent. Seine Universitätskarriere führt ihn schließlich wieder in seine geliebte Heimatstadt, doch zieht er nicht nach Neukölln, den Bezirk der kleinen Leute, sondern ins bürgerliche Wilmersdorf. Doch auch hier ist nicht alles eitel Sonnenschein: er, der immer gegen Autoritäten angerannt war, soll nun selbst eine Respektperson sein.

Neben den beruflichen Erfolgen hält das Schicksal für Manfred diverse familiäre Abenteuer bereit: es stellt sich nicht nur endlich der lang ersehnte Nachwuchs ein, er entdeckt für sich auch die Laubenpieperidylle in Heiligensee, und schließlich kann Manfred auch das Landhaus von Tante Lolo und Onkel Kurt erstehen.

Der Junge vom Neuköllner Hinterhof hat den Weg nach oben endgültig geschafft.

Horst Bosetzky (-ky), Soziologieprofessor in Berlin, wurde mit seinen Kriminalromanen bekannt. Daneben verfaßte er Jugendbücher, Hör- und Fernsehspiele.

Im Fischer Taschenbuch Verlag liegen vor: ›Champagner und Kartoffelchips‹ (Bd. 14885), ›Capri und Kartoffelpuffer‹ (Bd. 13992) und sein historischer Roman ›Der letzte Askanier‹ (Bd. 13963).

Unsere Adresse im Internet: www.fischer-tb.de

Horst Bosetzky

Quetschkartoffeln und Karriere

Roman

Fischer Taschenbuch Verlag

2. Auflage: März 2002

Veröffentlicht im Fischer Taschenbuch Verlag,
ein Unternehmen der S. Fischer Verlag GmbH,
Frankfurt am Main, Februar 2002

Lizenzausgabe mit freundlicher Genehmigung
des Argon Verlags, Berlin

Druck und Bindung: Clausen & Bosse, Leck
Printed in Germany
ISBN 3-596-15019-1

Du suchst den Anfang, suchst zurück:
So schön, so schön war es, daß du nun glaubst,
Es sei der Sinn, den du aufs neue dir belaubst.
Und es ersteht dir Stück um Stück
Das Einst, das Glück.

Hermann Broch

Ein Berliner in Bremen

»Eine Bürokratie ist eine Institution zur Vernichtung von Motivation«, sagte Dr. Manfred Matuschewski und lauschte dem Klang seiner Worte. »Und darum brauchen wir hier in Bremen nichts notwendiger als eine umfassende Verwaltungsreform.«

Er saß allein in seinem kleinen Büro und war damit befaßt, für den Bürgermeister der Freien Hansestadt eine Rede zu entwerfen. Und dies schon seit sieben Wochen. Eine andere Arbeit hatte sich für ihn nicht finden lassen. Er überlegte mit gezücktem Kugelschreiber. Vielleicht war es besser, Hans Koschnick »Einrichtung« statt »Institution« sagen zu lassen, denn der Mann an der Spitze des kleinsten aller Bundesländer war bekannt dafür, das sogenannte Soziologenchinesisch zu hassen. Auch »Bürokratie« würde vielleicht zu abwertend klingen – was wußten denn die Zuhörer in der Industrie- und Handelskammer von Max Webers wertfreiem Idealtypus der Bürokratie? – und Motivation zu sehr nach 68er Psychologie und linkem Weltverbesserertum. Nun gut, versuchte er es eben mit der Version 27 a: »Die öffentliche Verwaltung ist eine Einrichtung zur Vernichtung von Arbeitseifer.« Nein, das klang zu laienhaft, und wahrscheinlich stieß sich Koschnick an dem Wort »Vernichtung«. Vernichtung gleich Vernichtungslager und KZ, und wie leicht kam er da in den Geruch, aus dem Wörterbuch des Unmenschen zu zitieren.

Wieder verfiel Manfred in tiefes Nachdenken, fühlte auch

den Zwang, für das viele Geld, das er bekam, etwas tun zu müssen. Doch ihm wollte und wollte nichts Originelles einfallen ... außer einem alten Spruch seines Vaters: *Mit Gewalt läßt sich kein Bulle melken.* Nicht nur seine geistige Impotenz, sondern auch das monotone Plopp-plopp der defekten Neonröhre oben an der Decke ging ihm auf die Nerven. Und das Gedicht, das ihm sein alter Freund Moshe Bleibaum geschickt hatte, war auch nicht gerade hilfreich: »An der trüben gelben Weser/Ach! Wie wird mir öd' und öder,/Selbst in stillen Mondscheinnächten/Späh' mein Geist umsonst nach Köder.« Es hieß »An der Weser« und war von einem Satiriker namens Albert H. Post im Jahre 1872 verfaßt worden. Gott, ja, Bremen ...

Immer größer wurde die Versuchung, einfach zur Personalstelle zu gehen und um die Auflösung des Arbeitsvertrages zu bitten. *Tut mir leid, ich bin auf dem falschen Dampfer gelandet.* Aber Renate wegen ging das nicht, die fühlte sich ganz wohl in Bremen und hatte in einer Firma für Marketing und Werbung einen schönen Job gefunden. Außerdem war es nicht so toll, als Verlierer heimzukehren. Manfred dachte nach. Nicht über Koschnicks Rede, sondern über sich.

Nach einer mehrmonatigen Probezeit, die es an sich nur auf dem Papier gegeben hatte, war er vom 1. Januar 1970 an offiziell wissenschaftlicher Mitarbeiter beim AmfVi, besoldet nach BAT IIa, was eine Menge Geld bedeutete. Jetzt war es Mitte Februar, gerade hatte er seinen 32. Geburtstag gefeiert, »unrasiert und fern der Heimat«, und den Umzug von der Spree an die Weser noch immer nicht verkraftet. Als eingeborener Berliner nach Bremen zu gehen, schien so einfach zu sein, doch er tat sich unheimlich schwer damit. Wenn er beschreiben sollte, wie ihm zumute war, wählte Manfred meist den Umweg über einen Witz, den man über Ingenieure riß: »Gestern wußte ich nicht, wie man Inschenör schreibt, heute bin ich einer.« Denn bis gestern hatte er eigentlich gar nicht recht gewußt, daß es Bremen gab, heute *lebte* er in Bremen. Es war für andere dennoch kaum verständlich, was er damit meinte. Er müsse doch von der Existenz Bremens gewußt haben, zumal bei seinen außergewöhnlichen Kenntnissen in Politik, Geographie und vor allem Fußball, siehe die Hanse und den Roland, siehe Wilhelm Kaisen, vor allem aber Werder Bremen, den deutschen Meister des Jahres 67/68.

Trotzdem: Bremen war eine bloße Fiktion für ihn gewesen, zumal er bis dahin nie in der Stadt gewesen war, hatte sogar etwas Märchenhaftes – wohl wegen der Bremer Stadtmusikanten. Manchmal faltete er die Landkarte auseinander, um sich zu vergewissern, daß am Unterlauf der Weser tatsächlich ein schwarzer Punkt eingezeichnet war, neben dem dick das Wort »Bremen« stand. Und nicht nur eine Stadt war es ja, sondern gleich ein ganzes Bundesland. Mit Bremerhaven zusammen, 60 Kilometer weiter nördlich gelegen und mit viel Niedersachsen dazwischen. Bremens Hafen, der gleich hinter der Martinikirche begann, hatte also nichts mit Bremerhaven zu tun. Das alles lernte Manfred schnell, ohne aber vom Gefühl her Bremer zu werden. Er fühlte sich wie eine Art Ausländer, wie ein Fremdkörper, nur geduldet, immer argwöhnisch beäugt. Dabei waren alle freundlich zu ihm. Manchmal, wenn Renate und er mit den Rädern unterwegs waren, kam er sich vor wie im Urlaub ... und morgen würde es nach Berlin zurückgehen: Ku'damm, Gedächtniskirche, Zoo, Grunewald, Neukölln, die Eltern, Schmöckwitz, sein Boot ...

Er riß sich los von seinen Bildern und suchte nach einem ersten Satz, von dem alle sagen würden, daß er genial zu nennen sei. Nicht schlecht war vielleicht der Einstieg über den Paragraphen 54 des Bundesbeamtengesetzes – »Der Beamte hat sich mit voller Hingabe seinem Beruf zu widmen« –, um dann damit fortzufahren, daß es ausgerechnet die bürokratischen Strukturen seien, die einen daran hinderten.

»Aus diesem Grunde, meine sehr verehrten Damen und Herren, haben wir hier in Bremen das AmfVi geschaffen, das Amt für Verwaltungsinnovation, um die Verwaltung zu erneuern, denn Innovation heißt ja nichts anderes als Erneuerung.«

In diesem Moment klopfte es kurz an der Tür, und dann stand auch schon Lienhoop auf der Schwelle, sein Chef.

Bläulichrot war er angelaufen und schien kurz vor einem Infarkt zu stehen.

»Was ist denn?« fragte Manfred, auf seinem Drehstuhl herumfahrend, sehr erschrocken über Lienhoops Aussehen.

»Das AmfVi soll aufgelöst werden.«

Manfred brauchte einige Sekunden, um zu begreifen, was das bedeutete. Eigentlich hätte er froh sein müssen über diese Nachricht, doch er war genauso betroffen wie Lienhoop selber.

»Und was nun?«

»Krisensitzung. Wir müssen erst mal sehen, was dahintersteckt.«

Lienhoop war ein alter Fuchs und mit allen Wassern gewaschen. 63 Jahre war er alt, und seit seinem fünfzehnten Geburtstag hatte er im Staatsdienst gestanden, angefangen mit seiner Zeit als Supernumerar, als »Überzähliger«, in Weißensee, einem der Berliner Bezirke, wie sie zu Beginn der Weimarer Republik entstanden waren. Am Ende des Zweiten Weltkrieges war er, von Norwegen kommend, in Bremen hängengeblieben, hatte hier geheiratet und war in der bremischen Verwaltung Stufe um Stufe nach oben geklettert, bis zum Posten des Regierungsrats. Zwar hieß es, man habe ihm das AmfVi nur gegeben, um ihn im Wege der »Sozialbeförderung« demnächst als Oberregierungsrat in Pension schicken zu können – nachdem er eine echte Reform der Verwaltung stets kunstvoll hintertrieben hatte –, doch das war übler Klatsch und Tratsch, denn Karl-Hermann Lienhoop war durchaus gewillt, sich mit dem AmfVi ein Denkmal zu setzen. Den guten Bremer Bieren voll erlegen, schleppte er viel zu viele Pfunde mit sich herum, und eines seiner Enkelkinder hatte ihn sehr treffend als Osterei mit Beinen charakterisiert. Jovial und konziliant war er, immer auf Ausgleich und Versöhnung bedacht, und damit genau der richtige Mann, wenn es darum ging, Hierarchien abzubauen und die Leute dazu zu bringen, schnell und unbürokratisch zu handeln, bürgernah und teambetont. Jetzt allerdings wurde der sonst so gemütliche Mann zum Choleriker.

»Das darf doch nicht wahr sein!« tobte er los, als sie unten im Sitzungssaal Platz genommen hatten. »Da steckt doch ganz sicher dieser Hüring dahinter, dieser halbe Hahn.«

»Bist du dir da wirklich ganz sicher, Karl-Hermann?«

Der das fragte, war Kemmi, Karl-Heinz Kemena, ihr »Amtsschrat«, wie sie über ihn als Amtsrat immer spotteten, ein kleiner kugelrunder Mann mit kupferfarbenem Haar, der wie die Karikatur eines typischen Upper-class-Briten aussah. Er kam fast immer zu spät. Manfred mochte Kemmi, zumal der so verschmitzt lächeln konnte wie sein Vater.

»Natürlich!« rief Lienhoop. »Wer denn sonst?«

»Weiß ich nicht, aber wir haben doch nicht nur *einen* Feind beim Innensenator ... oder?« meinte Henning Wannowski, der Dritte im Bunde.

Wannowski war leicht griesgrämig, wie immer. Das hatte viele Gründe. Sein Sohn ließ ihn nachts nicht schlafen, mit seiner Frau, die Friederike hieß, gab es täglich Krach, und mit seiner Mutter, die im selben Haus wohnte, kam er erst recht nicht aus, weil die ihn noch immer wie ein kleines Kind behandelte. Ebenso verquer stand er mit seiner Schwester Hermine, denn die war Anthroposophin und spielte ständig innige Lieder auf der Harfe, pling-pling. Lienhoop war ein rotes Tuch für ihn, hielt er ihn doch als AmfVi-Leiter für eine totale Fehlbesetzung. »Den Kerl haben sie bloß hierhergesetzt, um jede Verwaltungsreform zu verhindern«, hatte er Manfred schon beim ersten Besäufnis zugeflüstert. Wannowski hatte als einziger von den drei Bremer Kollegen Abitur, und das auch noch von einem renommierten Gymnasium, was zur Folge hatte, daß er mit Manfred öfter eine Allianz der Intellektuellen einging und ihn bald zu sich nach Hause einlud. »Mit Lienhoop ist das schon schlimm, und Kemmi, der weiß doch noch nicht mal, wie Innovation geschrieben wird.« Großgewachsen und hager war er, ein hübscher Kerl, in allem – auch in seiner Kleidung – ein wenig englisch. Manfred fand, daß er dem britischen Außenminister Owens zum Verwechseln ähnlich sah.

Nun war Manfred an der Reihe, und von ihm, dem

Dr. rer. pol. und Diplomsoziologen aus der Schule von Renate Mayntz, erwarteten alle drei eine Analyse von hohem wissenschaftlichem Wert. Das überforderte ihn ganz und gar. Zu wenig kannte er die Bremer Interna. Also mußten Fremdworte her, Begriffe, die sich nach etwas anhörten, zumindest auf Englisch.

»Ja, das ist das alte Problem: *overcoming resistance to change*. Und wenn wir Chin & Benne als Ausgangspunkt nehmen, dann müssen wir uns ganz ehrlich die Frage stellen, ob wir den wichtigsten Punkt des *organizational development* wirklich beachtet haben: die rechtzeitige Einbindung der Betroffenen, wenn es zu Veränderungen kommt. Hüring wird Angst haben, daß wir ihn mit seiner Arbeitsgruppe V F II wegrationalisieren wollen, siehe die ›Aktion Heldenklau‹, von der sie immer reden, und darum rennt er nun seinem Senator die Bude ein, daß der uns abschießt, bevor wir ihm gefährlich werden können. Aber wissen Sie denn ganz genau, daß Hüring wirklich ...?«

Lienhoop schüttelte den Kopf. Er hatte es, wie bei Gerüchten wie diesem so üblich, vom Freund eines Freundes gehört. »Die Frage ist, ob da wirklich ein Senator dahintersteckt oder Hüring das nur ausgestreut hat, um uns zu ärgern und zu schaden. Und ob er vielleicht sogar Rückendeckung von Hans Koschnick hat ...?«

»Dann rufen Sie ihn doch einmal an und fragen ihn ganz direkt danach«, meinte Wannowski.

Lienhoop faßte sich an den Kopf. »Da wird er mir gerade die Wahrheit sagen. Nein, das muß man anders machen.« Und nun schlug er seinen drei Mitarbeitern etwas vor, das Manfred später die ›Trinkerstafette‹ nannte. »Also ... paßt mal auf: Günther Hüring geht nach'm Dienst immer einen trinken, meistens in seine Stammkneipe, den ›Alten Senator‹, Fedelhören. Und wenn er viel getrunken hat, dann erzählt er einem alles.«

Kemena lachte. »Bevor du den untern Tisch gesoffen hast, liegst du auf'm Osterholzer Friedhof ... soviel verträgst du auf deine alten Tage nicht mehr, Karl-Hermann.«

Lienhoop grinste. »Darum sollt ihr mir ja helfen. Erst geht ihr beide in die Kneipe und stellt euch neben ihn an den Tresen ...« – er zeigte auf die beiden Sachbearbeiter – »... und schmeißt eine Lage nach der anderen. Immer abwechselnd. Sagen wir: von sechs bis sieben. Und dann kommt unser Doktor hier ganz zufällig vorbei und löst euch ab.«

Manfred machte sich klein. »Ich ... ich bin eigentlich süchtiger Nichttrinker und vertrag' nicht viel.«

»Damit kommen Sie nicht weit im Leben und in Bremen schon gar nicht.« Lienhoop sah ihn ebenso mitleidig wie tadelnd an. »Und in diesem Fall muß es sein. Eine Stunde nur ... Da schaffen Sie nicht mehr als drei Bier und sechs Klare, und die kann jeder ab.«

»Na schön ...« Manfred hatte sehr schnell begriffen, daß er immer ein Außenseiter bleiben würde, wenn er sich weigerte, beim Unternehmen Hüring mitzumachen.

Lienhoop nickte. »Ich wußte, daß Sie mich nicht im Stich lassen. Und wenn Hüring reif zum Abschuß ist, dann komme ich mit meiner Frau ... und der Sack wird zugebunden. Dann erzählt er uns ganz sicher, was da im Busche ist.«

»Und wann soll das sein?« fragte Wannowski.

»Na, heute abend gleich.«

Kemena hatte einen Einwand. »Morgen mittag kriegst du doch deine Urkunde ... Und wenn du da noch ...?«

Lienhoop sollte zum Oberregierungsrat befördert werden, und für 12 Uhr hatte sich Senatsdirektor Kupfer in der Charlottenstraße angesagt, um ihm die Urkunde feierlich und mit den passenden Worten in die Hand zu drücken. Erst damit war die Beförderung rechtlich einwandfrei erfolgt, und er hatte jeden Monat zwei- bis dreihundert Mark mehr auf dem Konto.

»Bis dahin bin ich wieder nüchtern.«

Im AmfVi herrschte ein eisernes Gesetz: Soviel man auch trank, so besoffen man auch war, so spät man sich ins Bett gewälzt hatte, am nächsten Morgen um halb 8 hatte man einsatzbereit am Arbeitsplatz zu sein.

Kemena sah auf die Uhr. »Drei Stunden noch. Ich geh' erst

mal zu *Puls*, einkaufen. Räucheraale satt, damit ich 'ne vernünftige Grundlage habe.«

Da alle das wollten, wurde Frau Winterberg losgeschickt, Räucheraale zu holen. *Puls* war das kleine Kaufhaus am Goetheplatz, gegenüber dem Theater. Was *satt* bedeutete, hatte Manfred schon gelernt: daß man im Restaurant einen Festpreis für eine Speise bezahlte – Aale beispielsweise – und dann soviel davon essen konnte, bis einem das Zeug aus den Ohren herauskam.

Sie präparierten sich also, und dann zogen die beiden Kollegen aus, um Hüring aufzulauern und ihn zu animieren, sich vollaufen zu lassen. Manfred wußte nicht genau, was er davon halten sollte. Einerseits war das des Lebens ganze Fülle, andererseits aber war es eigentlich unter dem Niveau eines wissenschaftlichen Mitarbeiters, sich auf so etwas einzulassen. Vor allem haßte er nichts mehr als saufende Männerbünde. Doch: *Wer A sagt, muß auch B sagen.* Er rief zu Hause an und teilte seiner maulenden Renate mit, daß er noch zu einer dienstlichen Besprechung müsse.

»So hatte ich mir unser Leben in Bremen nicht vorgestellt.«

»Ich auch nicht.«

»Und von einem Alkoholiker wünsche ich mir kein Kind.«

»Als wenn ich jeden Abend betrunken wäre.«

»Nein, nur jeden zweiten.«

Er kam nicht umhin, ihr recht zu geben, denn man trank im AmfVi wirklich sehr viel, was unter anderem daran lag, daß sie in der Charlottenstraße weit weg vom Schuß waren, das heißt, weit weg vom Rathaus, und jeder, der im Dienst gern einmal ein Gläschen leerte, zu ihnen eingeritten kam, um das ungestört tun zu können. Lienhoop fand das hervorragend und förderte es, wo und wann immer es ging, denn dadurch kam er in den Genuß vieler wertvoller Informationen, an die er sonst niemals herangekommen wäre. Nur Hüring hatte sich nie ins AmfVi verirrt …

Frau Winterberg wurde von ihrem Mann abgeholt und in eine Isabella verladen, die sie als stolze Bremer fuhren, obwohl es Borgward längst nicht mehr gab. Lienhoop ging nach

Hause, um vorher eine Mütze Schlaf zu nehmen. Kemena und Wannowski zogen los, um Hüring mit der ersten Ladung Korn und Frischbier zu traktieren. Manfred blieb als einziger zurück und schloß alles ab, denn nach Feierabend war es im AmfVi ziemlich unheimlich, zumal im Winter und bei Dunkelheit. Nachdem er sich an Lienhoops *Playboy* erfreut und Wannowskis *konkret* überflogen hatte, setzte er sich an seinen Schreibtisch und versuchte, für einen Artikel im *Verwaltungsarchiv* ein paar gehaltvolle Sätze zu finden, doch wieder einmal fiel ihm nichts ein. Kein Wunder, denn er war ständig übermüdet, und sein Schlafdefizit wurde immer größer. Der Grund war einfach genug: Renate war ein Nachtmensch und kam nie vor Mitternacht ins Bett, auch wenn um fünf Uhr morgens Wecken war. Er wollte über Phänomene wie Lienhoops Trinkerstafette schreiben. Waren sie funktional, dienten sie also der Zielerreichung des Gesamtsystems, oder waren sie dysfunktional, also erfolgsmindernd? Beides wohl in einem, und so schrieb er denn: *Ausgangspunkt aller Überlegungen ist die These von der Ambivalenz informeller Riten, Sitten, Bräuche und Verhaltensstandards.* Dann ließ er den Kugelschreiber sinken und schloß die Augen.

Als er wieder zu sich kam, war es kurz vor 19 Uhr, und er schlüpfte schnell in seinen Mantel, um die beiden Kollegen rechtzeitig abzulösen. Hürings Stammkneipe war nur ein paar Straßenzüge entfernt, und obwohl ihm Bremen noch immer wie ein Labyrinth vorkam, verlief er sich nur unwesentlich. Rutenstraße, Kohlhökerstraße, Präsident-Kennedy-Platz, am Staatsarchiv vorbei. Eine Stadt mit einem Staatsarchiv. Manches in Bremen wirkte etwas hochstaplerisch auf ihn, auch das traditionelle Selbstbewußtsein der Einwohner. Immer wieder hörte er: »In Bremen ist alles anders«, und: »Dreimal ist Bremer Recht.«

Da war die schmale Straße, die den Namen Fedelhören trug. Er ging sie in Richtung Rembertiring hinauf. Als er das kleine Restaurant betrat, sah er seine beiden AmfVi-Kollegen in der Tat mit Hüring an einem Dreiertisch in der Nähe der Theke. Langsam ging er auf sie zu, tat aber so, als bemerkte er sie gar nicht, sondern suchte jemanden. Sie waren sehr ins Plattdeutsche gefallen, hatten also schon ganz schön was intus. Aber von der Verwaltung im allgemeinen und der Auflösung des AmfVi war nicht die Rede. Ums Wetter schien es zu gehen.

»Bei diesem gräsigen Nebel hast du deine Frau, eh daß de dich versiehst, ausse Augen verlor'n«, sagte Hüring.

»Bei uns in Horn an'ne Bahn«, fügte Kemena hinzu, »is dascha bald so dick wie inne Waschanstalt gewesen. Ich weiß nich, ich kann mir ga kein Begriff von machen, von wo der Nebel einklich alle herkommt.«

Wannowski lachte. »Das is die Luft, die die Leute aus'n Hals puhsten, und die wird bei son mieseliges Wetter, wie das diese Tage is, eben dick. Prost, trinken wir auf den nächsten Sommer.«

Sie leerten ihre Gläser mit dem doppelten Korn, schüttelten sich und spülten den Schnaps mit einem Schluck Sprudel hinunter. Es ging die Sage, daß sich der Alkohol auf diese Weise verdünnen ließe. Und ganz zufällig wurde Manfred nun von Henning Wannowski entdeckt.

»Hallo, Herr Kollege, suchen Sie wen?«

»Ja, meine Frau. Die wollte sich hier mit mir treffen.«

»Dann setzen Sie sich mal und warten, bis sie kommt.« Kemena erhob sich. »Ich muß sowieso nach Hause. Vorstandssitzung bei uns in'er Abteilung.«

Auch Wannowski stand auf. »Ich komm' gleich mit: Ich muß meinen Sohn ins Bett bringen, Friederike hat heute ihren Gymnastikabend. Wir lassen Ihnen dafür unseren Doktor hier ... Herrn Dr. Matuschewski kennen Sie ja ...«

»Mal kurz vom Sehen im Rathaus ...« Hüring streckte Manfred die Hand hin. Es war eine Pranke, wie sie sonst nur Handballspieler hatten.

»Angenehm ...« Intelligenteres als die alte Floskel wollte Manfred so schnell nicht einfallen. Und damit der andere ja nicht auf die Idee kam, daß dieses Spiel abgekartet war, fügte er schnell hinzu: »Ah, und Sie sind der Herr Hinterthür von der Senatskommission für das Personalwesen ...?«

»Nein, Hinterthür, das ist einer unserer Senatsdirektoren«, lachte Kemena. »Das hier ist der Günther Hüring vom Senator für Innereien ... äh: für Inneres.«

»Oh, Entschuldigung.«

»Macht nichts, auch wenn ich nicht der mit dem Hintern in der Tür bin, so ehrt es mich doch.« Hüring lachte so dröhnend, daß der Kupferteller an der Wand zu vibrieren begann. Manfred betrachtete den Mann mit wachsender Neugierde. Natürlich hatte er sich vorher kundig gemacht, das heißt, Frau Winterberg eingehend nach Hüring befragt. So wußte er, daß sein Gegenüber 44 Jahre alt war und sich vom mittleren Dienst hochgearbeitet hatte, ebenso durch Kompetenz und Cleverneß wie durch seine Kontakte zu Partei und Gewerkschaft und die Freundschaft mit diesem und jenem der Entscheidungsträger in der bremischen Verwaltung. Von seiner Körpergröße her war er einer, den der Soldatenkönig in Potsdam sofort in die Garde seiner »Langen Kerls« eingereiht hätte, nur stand es mit seiner Kondition nicht zum Besten. Vor kurzem erst hatte er einen Herzinfarkt überstanden und mußte ein Mittel schlucken, das sein Blut an der Pfropfenbildung hinderte. Zwar rauchte er nicht mehr, dafür aber aß und trank er weiterhin viel zuviel. Seine Umrisse ähnelten denen einer großen Zuckerrübe auf zwei Beinen, mit dem dicken Ende nach unten. Hüring war immer fröhlich und zu Scherzen aufgelegt, wenn seine Feinde auch meinten, er führe sich wie ein Bauer auf. Wie auch immer, Manfred mochte diesen Typ Mensch, obwohl er wußte, daß dieser Mann gegen Leute, die auf seiner Abschußliste standen, keine Gnade kannte. Kein Wunder, daß Hüring von vielen gefürchtet wurde.

Doch als die beiden AmfVi-Kollegen gegangen waren und Manfred mit ihm allein dasaß und weitertrank, war es so, als hätten sich zwei alte Freunde nach Jahren wiedergetroffen. Sie hatten beide Spaß an einer Art Situationskomik, die zwanzig Jahre später in Serien wie *Eine schrecklich nette Familie* Mode werden sollte. So konnte sich Hüring gar nicht mehr einkriegen, als Manfred dem Ekel hinter ihnen, das sie wegen ihrer Lautstärke angeblafft hatte, heimlich die Ketchupflasche aufdrehte. Als der Mann sein Zigeunerschnitzel nachwürzen wollte, da ... Sie kamen sich bei einem Klaren nach dem anderen so nahe, daß Manfred fast seinen »Kampfauftrag« vergaß.

Der erste Korn schmeckte fürchterlich. Manfred ekelte sich und verfluchte den Tag, an dem er auf die Idee gekommen war, nach Bremen zu gehen. Eine Welle von Selbstmitleid trug ihn davon. *Manfred Matuschewski, wie tief bist du gesunken.* Bald aber, nach dem vierten Klaren, überkam ihn gute Laune. Die Welt außerhalb des Restaurant existierte nicht mehr, er hatte sie hinter sich gelassen, war durch ein Schwarzes Loch hindurchgerast und auf einem paradiesischen Planeten gelandet, wo es keinen Schmerz mehr gab und keinen Frust.

»Was für das Pferd der Führring, ist für die Verwaltung der Herr Hüring«, reimte er schließlich.

»Was is'n 'n Führring?«

»Da werden die Pferde vor dem Rennen drin geführt, damit die Besucher sehen können, wie sie gebaut sind, bevor sie ihr Geld setzen.«

»Also, wie so 'ne Art Kontakthof bei uns in der Helenenstraße ...?«

»Ja ...«

»Prost, Herr Matuschewski!«

»Prost, Herr Hüring!«

»Und ... Sie fühlen sich wohl hier bei uns in Bremen ...?«

»Ja, aber wenn ich länger hierbleiben will, ist das AmfVi ja nicht das Richtige – oder ...?« Manfred hätte den anderen gerne morgen beim Frühstück erzählt, was man beim Innensenator gegen sie im Schilde führte. Das war er schon dem Ruf der Berliner schuldig, besonders pfiffig zu sein.

Hüring entging souverän der Gefahr, den Köder aufzuschnappen. »Sie gehen doch eh zur Uni, wenn die gegründet wird, und werden da Professor.«

»Und wenn ich nun Karriere in der Verwaltung machen will ... In der SPD bin ich ja drin.«

»Da sind Sie nicht der einzige, der drin ist und Karriere machen will«, lachte Hüring.

Manfred ließ nicht locker. »Als ich nach Bremen gekommen bin, hat man mir gesagt, daß das AmfVi ewig existieren soll, nun aber heißt es, daß es schon im Sommer wieder aufgelöst werden soll ... Was ist denn so dran an diesem Gerücht?«

Hüring wich ihm abermals aus. »Sie haben doch sicherlich einen Arbeitsvertrag, der über drei Jahre geht ...?«

»Ja ... aber dann lande ich nachher bei Ihnen, und Sie sollen ja mächtig was gegen das AmfVi haben ...?«

»Ach was! Ich hoffe ja immer noch, daß bei euch in der Charlottenstraße ein neues Amphibienfahrzeug erfunden wird, extra für die Verwaltung, oder Ihr ein Amphitheater aufmacht, in dem Ihr dann *Amphitryon* spielt ... mit Lienhoop als König.«

Manfred war enttäuscht. »Ja ... Herr Ober, bitte noch zwei Doppelte für uns.«

Aber auch die wollten Hürings Zunge nicht lockern. Immerhin ließ er durchblicken, daß er mit »einigen hohen Herren« über Sinn und Unsinn des AmfVi gesprochen habe. »Die Presse war nicht sehr begeistert davon, daß man die Verwaltung erst einmal aufblähen muß, um sie später besser schrumpfen lassen zu können.«

»Systemimmanenten Veränderungsimpulsen sind wir in der öffentlichen Verwaltung bisher noch nicht begegnet. Zu deutsch: Von allein passiert da nichts ... oder: Von nichts kommt nichts.« Und Manfred fügte, um Hüring endlich aus der Reserve zu locken, hinzu: »Erst recht nicht in der Innenverwaltung.«

Hüring lachte. »Immerhin ist es auf unserem Mist gewachsen, einen wissenschaftlichen Mitarbeiter aus Berlin nach Bremen zu holen.«

Manfred prostete dem Referatsleiter zu. »Herzlichen Dank! Und komme ich dann zu Ihnen, wenn das AmfVi zugemacht wird?«

»Warten wir's ab ...«

»Schön, daß wir uns mal kennengelernt haben, Herr Hüring. Leute mit Ihrer Verwaltungserfahrung sind für einen Verwaltungswissenschaftler wirklich Gold wert ... Als Sie angefangen haben, da war doch Wilhelm Kaisen noch König von Bremen ...?«

»Dja ...« Hüring hatte mittlerweile ganz kleine und gerötete Augen, lallte immer hörbarer und mußte sich mitunter an der Tischplatte festhalten, so sehr schwankte er. »Das war noch einer ... Im März 33 kommt er in Schutzhaft, als SPD-Senator. Als letzte Regierung im Reich weicht Bremen Hitler, der SA und der SS. Nach dem 20. Juli 1944 wollen sie Wilhelm Kaisen wieder verhaften, draußen auf seinem Bauernhof in Katrepel. Da schnauzt er die Nazis an: Wenn sie ihn vom Acker wegholten, dann sei das Sabotage an der Erzeugungspflicht der deutschen Landwirtschaft, und sie kämen ins KZ dafür.«

»Und?«

»Da haben sie ihn laufen lassen.«

Manfred sah unauffällig auf die Uhr über dem Tresen. »Einen noch, dann muß ich wirklich ... nach Hause. Meine Frau kommt wohl nicht mehr, ich glaube, die ist gleich nach ... nach ...« Gott, er wußte nicht mehr, wo er wohnte. Und in welche Straßenbahn mußte er klettern ...? *Du bist ja besoffen, Mann!* Er haßte diesen Zustand, insbesondere, daß man nicht per Knopfdruck nüchtern werden konnte. »Moment mal, bitte ...« Er stemmte sich hoch und schwankte zur Toilette. Der Ehrgeiz packte ihn, auszurechnen, wieviel 25 x 25 war. Er schaffte es nicht, wußte aber immerhin, daß 550 nicht stimmen konnte. Als er am Becken stand, mußte er sich mit beiden Händen gegen die weißen Kacheln stemmen. Am liebsten wäre er in sich zusammengesunken und liegengeblieben, gleich hier. Wenn er richtig mitgezählt hatte, hatten sie sieben Klare gekippt. Doppelte. Und das in einer knappen Stunde. Er schleppte sich in die nächstgelegene Kabine und ließ sich auf den Klodeckel fallen. Das Ende war so plötzlich gekommen, er hatte gedacht, eine weitere Stunde durchhalten zu können. Nun aber ... *Renate ... Ich kann nicht mehr.* Im Dahindämmern sah er vor sich, wie Onkel Helmut einmal auf einem Kohlenkasten gesessen und gejammert hatte: »Mutter, ich sterbe.« Davon war er, so schien es ihm, nicht weit entfernt.

Er kam erst wieder zu sich, als Lienhoop vor ihm stand und ihm aufhalf.

»In treuer Pflichterfüllung ...«, lallte Manfred. »Bis zur letzten Kugel standgehalten! Bitte, abtreten zu dürfen ...«

»Und ... Haben Sie was rausbekommen?«

»Sie haben ihn verhaften wollen, aber da hat er gesagt, daß das Sabotage ist ... und da durfte er wieder auf seinen Bauernhof zurück.«

»Wer, Hüring ...?«

»Nein, Wilhelm Kaisen.«

Lienhoop griff ihm unter die Arme und führte ihn zum Tresen, wo Hüring dazukam, um ihn zu stützen.

»Durch Berlin fließt immer noch die Spree«, sang Manfred. »Dicht dabei liegt auch der Müggelsee ...«

Sie verfrachteten ihn in eine schnell herbeigerufene Taxe und sagten dem Fahrer, daß er »den Doktor« nach Osterholz in die Armsener Straße bringen möge. Auf der Fahrt versuchte Manfred krampfhaft, wach zu bleiben. *Andere können in deinem Zustand noch große Reden halten und Gedichte schreiben.* Er konnte nicht mal mehr die Haustür aufschließen, und den Klingelknopf zu treffen, war fast genauso schwierig. Als sich daraufhin nichts tat, drückte er alle Knöpfe auf einmal. Sieben waren es. Die Nachbarn stürzten nach unten, und inmitten der kleinen Hausversammlung, die nun entstand, überkam ihn ein langanhaltender Brechanfall. Als er in seine Wohnung torkelte, stürzte er über Renates Stiefel, die mitten im Korridor lagen, und riß, als er sich an ihrem Mantel festhalten wollte, die ganze Flurgarderobe vom Haken. Begraben unter Schneeanzügen, Jacken und Mänteln blieb er liegen. Und dies bis morgens um fünf, als der Wecker klingelte.

Um halb 8 saß er am Schreibtisch, obwohl er fürchterliche Kopfschmerzen hatte und ihm jeder Knochen einzeln weh tat. Die Sisalplatten auf dem Flur ... Der einzige Trost war, daß es Lienhoop, Wannowski und Kemena nicht besser ging. Frau Winterberg bewunderte ihre drei Helden, als wären sie gerade aus dem Trojanischen Krieg oder anderen großen Schlachten heimgekehrt und versorgte sie mit Aspirin.

»Nichts haben wir herausbekommen«, stöhnte Lienhoop. »Und das Schlimmste ist, Hüring sitzt bei sich im Referat und feixt sich eins. Ich habe gerade mit seiner Sekretärin gesprochen. Blendend geht es ihm.«

»Laß den Ärger sausen, Karl-Hermann«, riet ihm Kemena, sein alter Kumpel aus Verwaltungsschultagen, »und freu dich auf deine Beförderung nachher!«

»Mir geht's schlecht.«

»In vier Stunden bist du Oberregierungsrat ... und da geht's dir wieder besser. Trink 'n Bier, das hilft.«

Lienhoop tat es, und pünktlich 11 Uhr 50 standen sie im Sitzungssaal, um auf Senatsdirektor Kupfer zu warten, der die Ernennungsurkunde mitbringen und sie dem AmfVi-Leiter nach einer kleinen Rede in die Hand drücken würde. Als er vorfuhr, sagte Lienhoop, daß ihm ein wenig mulmig sei und er sich setzen müsse.

Kupfer tänzelte über die Straße und freute sich offensichtlich seiner gut erhaltenen Geschmeidigkeit und Eleganz. Er kam aus dem schwäbischen Ludwigsburg und hatte mehrfach an den Deutschen Meisterschaften im Formationstanz teilgenommen. Daß er immer so beschwingt war, lag aber vornehmlich daran, daß er seine Ausbildung zum Erzieher und Sozialpädagogen weithin in kirchlichen Jugendbünden absolviert hatte, in denen alles auf das tägliche Tandaradei ausgerichtet war.

Alle eilten auf den Flur, um ihren obersten Vorgesetzten gebührend zu empfangen. Frau Winterberg zupfte noch einmal ihr kleines Schwarzes zurecht. Als Manfred Senatsdirektor Kupfer die Hand schüttelte, gab es drinnen im Sitzungssaal ein dumpfes Geräusch. Sie fuhren herum und sahen, daß Karl-Hermann Lienhoop vom Stuhl gefallen war. Wannowski, der seinen Wehrdienst in einer Sanitätskompanie abgeleistet hatte, kniete als erster neben ihm.

»Herzschlag«, rief er. »Der ist tot, der wird nicht mehr.«

Sekunden standen sie reglos da, konnten nichts denken und nichts fühlen. Der Tod des anderen hatte auch ihre Lebensfunktionen vorübergehend zum Stillstand gebracht. Erst dann brach Panik aus, das Schreien, das Schluchzen.

»Schnell, die Feuerwehr!«

»Das bringt doch nichts mehr.«

»Trotzdem. Und die Polizei auch gleich.« Wannowski stürzte zum Telefon.

»Das war zuviel für ihn, gestern abend«, stellte Manfred fest und dachte an seinen Vater in Berlin. Ob der eines Tages auch einmal so daliegen würde, bei sich im Büro?

»Mein Gott!« Frau Winterberg rang die Hände. »Nun ist er nicht als Oberregierungsrat heimgerufen worden. So kurz vor der Beförderung ... Und was seine Witwe nun alles weniger an Pension bekommen wird.«

Kemena sah den Senatsdirektor an. »Wenn er nun erst gestorben ist, *nachdem* Sie ihm die Urkunde ausgehändigt haben?«

Kupfer fuhr zurück. »Das geht doch nicht.«

»Doch. Wir klemmen sie ihm zwischen die Finger ... Und das mit der Unterschrift, das ist doch kein Problem.«

Wannowski kam mit einer Tischdecke, um sie über den Toten zu breiten. Manfred warf einen letzten Blick auf Lienhoops Buddhagesicht, das er in der kurzen Zeit recht liebgewonnen hatte. Was sie da vorhatten, kam ihm vor wie absurdes Theater. Doch was sprach dagegen? Bremen war ein reiches Land, und wenn Lienhoops Frau zwei-, dreitausend Mark pro anno mehr bekam, ging die Welt nicht unter. Und außerdem hatte sich Lienhoop nichts sehnlicher gewünscht, als noch einmal befördert zu werden. Nun war er ins Jenseits befördert worden.

Der Senatsdirektor hatte einen Entschluß gefaßt. Er wischte das Tischtuch beiseite und legte Lienhoop die Urkunde auf die Brust.

»Sie haben es verdient. Der Herr nehme sich unseres Bruders an, des *Ober*regierungsrates Karl-Hermann Lienhoop.

Amen.« Und dann drehte er sich abrupt zur AmfVi-Mannschaft um. »Wenn einer von euch etwas durchsickern läßt, dann fahrt ihr alle ärschlings in die Hölle, um es mit Martin Luther zu sagen.«

Statt zur Beförderung kamen sie alle zur Trauerfeier zusammen, zehn Tage später draußen auf dem Osterholzer Friedhof. Und auch das war für Manfred eine irritierende Sache, denn während sie Lienhoop das letzte Geleit gaben und sich der lange Trauerzug von der Kapelle zur Grabstelle schlängelte, drehten unten auf den zugefrorenen Entwässerungsgräben die Schlittschuhläufer fröhlich ihre Runden. Und der Friedhofsgärtner hieß Hans Todt. In Bremen war wirklich alles anders.

»Wer wird denn nun neuer AmfVi-Leiter?« fragte Manfred Günther Hüring, der neben ihm ging.

»Wer wohl?« war die Antwort. »Ich natürlich.«

Manfred Matuschewski ging durch das altehrwürdige Bremer Rathaus und fühlte sich so klein und unbedeutend, daß er sich am liebsten in eine Ecke gehockt und still vor sich hingeweint hätte. *Ich bin nichts, ich habe nichts, ich werde es nie zu etwas bringen.* Wie das Wissen um eine schwere Krankheit drückte es ihn nieder. Soziologe war er ... und damit unnütz. Und das »Dr. rer. pol.«, das er jetzt vor seinen Namen stellen durfte, war nicht mehr wert als das »von« eines kleinen Bankkassierers. Wann ist ein Mensch etwas, fragte Manfred sich, und die Antwort war einfach: wenn er in der Zeitung stand, wenn Hörfunk und Fernsehen von ihm Kenntnis nahmen. Da aber hatte sich in seinem Fall nicht das Geringste getan, als er beim Amt für Verwaltungsinnovation (AmfVi) begonnen hatte, er, ein Schüler von Renate Mayntz, die immerhin als die führende Organisationssoziologin Europas galt. Wenn aber die alten Herren von TuS Arthritis Osterholz-Tenever gegen den TSV Grauer Star aus Vegesack 1:0 gewannen, dann war das dem *Weser-Kurier* oder den *Bremer Nachrichten* gleich eine halbe Seite wert.

Erst als ihm der Inhalt seiner grünen Umlaufmappe herunterfiel und er sich bückte, um den Brief aufzuheben, den er für Hüring bei Staatsrat Kähler abzugeben hatte, wurde ihm bewußt, daß er nicht als Tourist hier war, sondern als Mitarbeiter der bremischen Verwaltung. Manfred Matuschewski als Rädchen im Getriebe ... Das hätte er auch bei Siemens sein können, mit mehr Gehalt und größeren Karrierechancen. Offensichtlich war es sein Schicksal, immer auf dem falschen Dampfer zu sein ... Er hastete weiter. Niemand kannte ihn, niemand grüßte ihn.

Als er den Flur erreichte, wo hinter edlen Hölzern die Bürosuiten des Staatsrates und des Bürgermeisters der Freien Hansestadt Bremen lagen, blieb er benommen stehen. Eine Szene aus den *Buddenbrooks* kam ihm in den Sinn, wo ein einfacher Mann vor den Herrn Senator tritt, den Hut in den Händen, und die Krempe durch die Finger laufen läßt, als wär's ein Rosenkranz: »Herr, sei gnädig mit mir, denn siehe, klein und demütig steh' ich vor dir.« Es war die Aura der Macht, die ihn niederdrückte wie ein tonnenschwerer Stein. Sicher, er war ein freier Mann in dem Sinne, daß diese Herren ihn nicht foltern und nicht einfach so einsperren durften, aber wenn er im Leben mehr sein wollte als der »kleine Mann auf der Straße«, dann kam er nicht umhin, sich ihnen als Gehilfe anzudienen. Bei Siemens hatte er es nicht über sich gebracht, sein Leben der Firma zu verkaufen und als Gegenleistung von ihr alles zu bekommen, was er sich ersehnte: Geld, Macht und Prestige. Als freischwebender Intellektueller fühlte er sich auch nicht wohl. Was tun ...? Manfred Matuschewski in der Zirkuskuppel ... ratlos.

In diesem Moment ging eine der Türen auf, und der Bürgermeister kam heraus. Ihre Blicke trafen sich für eine Zehntelsekunde, und gebannt blieb Manfred stehen. Schon war Hans Koschnick zur Treppe geeilt. Manfred war zu sehr mit dem Werk Max Webers vertraut, um nicht zu wissen, daß man dieses Phänomen, das er da eben an sich wahrgenommen hatte, Charisma nennt. Worauf Koschnicks Charisma beruhte, war schwer zu sagen, wahrscheinlich auf seiner unwahrscheinlichen Dynamik, dem unbedingten Vertrauen darin, daß er jedes Ziel, das er sich setzte, erreichen würde, und nicht zuletzt, wie er sprach: unglaublich schnell und immer leicht vernuschelt. Wenn man sich in die Herde einreihte, als deren Leithammel er vorneweg lief, hatte man ganz einfach die größten Chancen, selber zu überleben und ans Ziel zu kommen. Manfred erschrak, denn das war nun wahrlich ein Fingerzeig des Himmels, wie er deutlicher nicht sein konnte: *Reih dich in Koschnicks Seilschaft ein ... und du machst mit ihm Karriere.* Der Bürgermeister wurde als Willy Brandts Kronprinz gehandelt, und in der SPD war Manfred seit Jahren. Mit Hans Koschnick nach Bonn, Bremen als Sprungbrett ... das war es! Wie es Hochspringer taten, die es über die Latte geschafft hatten, so riß er beide Arme hoch. Jetzt galt es nur, in den nächsten Monaten so gut zu arbeiten, daß er Koschnick ins Auge stach. Das mußte doch zu schaffen sein!

Es war Freitag nachmittag, und er konnte, nachdem er seine Umlaufmappe an der richtigen Stelle abgegeben hatte, gleich nach Hause fahren. Er tat es mit einem rauschhaften Hochgefühl. Mit der 2 ging es nach Sebaldsbrück hinaus, in Richtung Osten also, Rothenburg und Hamburg. Straßenbahn, endlich konnte er wieder Straßenbahn fahren. In Westberlin gab es seit 1967 keine mehr. Er genoß es. An der Endstation war umzusteigen in den Bus der Linie 37 in Richtung Kuhkamp, und das war ein »Schlenki«. Manfred kannte das nicht, und es riß ihn fast auseinander, als sie in die erste Kurve gingen.

Wo er in Osterholz auszusteigen hatte, dehnten sich schon die Felder. Es war schwer gewesen, in Bremen eine Wohnung zu finden, und so hatte er sich schließlich mit einem dreistöckigen Block in der Armsener Straße zufriedengeben müssen, der sehr nach sozialem Wohnungsbau aussah, obwohl unter den Nachbarn Schiffsingenieure, Architekten, Manager, Kameramänner und dergleichen waren. Der Boden zwischen den Häusern war lehmig, und die vielen Kinder verschmierten alles. Die Armsener Straße, benannt nach einem Dorf in Niedersachsen, war wie ein Hufeisen angelegt, mündete also zweimal in den Oewerweg und zeigte mit ihrer Rundung zur Osterholzer Heerstraße hin, so daß Manfred, wenn er auf dem Balkon stand, dort die Autos flitzen sah. An der Außenseite gab es liebliche Reihenhäuser aus rotem Backstein und dahinter den grauen Betonklotz einer Kirche, für die sich sicher auch der gütigste Gott kaum erwärmen konnte. Die Wohnung lag im erhöhten Parterre und bestand aus Flur, Küche, Bad und 2 1/2 Zimmern. Es war seine erste eigene Wohnung. Manfred konnte es nicht fassen, daß er erwachsen genug war, selber einen Mietvertrag unterschrieben zu haben. Von seinem Gefühl her ging er noch immer zur Schule und wurde von Meph zusammengestaucht, weil er die Kohlenwasserstoffderivate nicht fehlerfrei herunterleiern konnte.

»Guten Tag, Herr Dr. Matuschewski.«

Fast hätte er sich umgedreht, um zu sehen, wen der grüßende Nachbar da wohl meinte. Gleichzeitig hörte er die Stimme eines Psychiaters: *Manfred Matuschewski hat auch mit 32 Jahren noch immer keine ausreichende Ich-Identität ausbilden können, was daran liegen mag, daß ihn seine Mutter immer klein gehalten hat.* Auch daß er eine Frau abbekommen hatte, wollte Manfred so recht nicht glauben.

»Ich hab' Quetschkartoffeln mit sauren Eiern gemacht«, sagte Renate, als er aufgeschlossen und sie begrüßt hatte.

Seit sie in Bremen lebten, aßen sie einmal in der Woche Quetschkartoffeln. Wenn sie die auf ihrem Teller zu einem Nest geformt hatten und die beiden sauren Eier darin schwammen, dann war es ihnen, als wären sie nach Berlin zurückgekehrt, heim zu ihren Eltern in die Neuköllner Mietskasernen. Sie waren ja, wenn auch nicht bis zum Abitur, in dieselbe Schule gegangen, und vor ihrer ersten Liebesnacht in Renates Zimmer in der Reuterstraße hatte es Quetschkartoffeln mit sauren Eiern gegeben. »Ei gibt wieder Ei«, hatte Manfred gelacht und dabei ein wenig mit seiner Bildung geprahlt, denn dies stammte aus einem Theaterstück, das er im Schiller-Theater gesehen hatte, Dylan Thomas'

Unter dem Milchwald. Wenn sich andere Berliner, die es in die weite Welt verschlagen hatte, Bären oder Doppeldeckerbusse auf die Anrichte stellten, dann waren es bei ihnen die Quetschkartoffeln, die ihr Heimweh verbildlichten. Als Manfred im AmfVi den Kollegen erklärte, daß Quetschkartoffeln gleichsam ihre Wurzeln symbolisierten, da konnten die sich vor Lachen gar nicht mehr einkriegen, denn Wurzeln, das waren in Bremen die Mohrrüben, auch Möhren genannt. Noch stärker aber wurde ihre Heiterkeit, wenn er wiederholte, was alle Berliner mit Stolz erfüllte, Kennedys Ausspruch: »Ich bin ein Berliner«, denn ein Berliner war für die Bremer nichts weiter als ein Pfannkuchen.

In Bremen war es Brauch, daß die Mieter freitags ihre Treppenhäuser säuberten, immer reihum. Hauswartsfrauen gab es nicht. Und so hatten Manfred und Renate nach dem Quetschkartoffelessen mit Besen, Aufwischeimer und Scheuerlappen, in Bremen Feudel genannt, vom Keller bis zum zweiten Stock für Sauberkeit zu sorgen, und in der Hansestadt hieß das weitaus mehr als anderswo. Jeder Quadratzentimeter des Fußbodens hatte so zu glänzen, daß man ohne weiteres von ihm essen konnte, wie die Bremer, so schien es ihnen jedenfalls, auch jeden Grashalm in ihren Vorgärten einzeln hegten und pflegten und auf die vorgeschriebene Länge stutzten.

Der Dr. rer. pol. Manfred Matuschewski lag also auf den Knien, schrubbte mit einer Wurzelbürste Hundekot vom Fußabtreter hinter der Eingangstür und kämpfte mit einer Vielzahl widerstrebender Gefühle. Irgendwie gedemütigt und entehrt fühlte er sich. Er, der Akademiker, hatte anderer Leute Dreck wegzumachen. Zugleich schämte er sich dieser elitären Arroganz, denn vor Gott und von Geburt aus waren alle Menschen gleich, und er war auch nichts Besseres. Da kam das sozialistische Denken seiner Ahnen zum Vorschein. Andererseits war es Unsinn, daß er hier die Drecksarbeit machte, während andere, die dies gern für ein paar Mark getan hätten, arbeitslos zu Hause saßen. Außerdem war er nicht gerade Putz-Profi.

Im zweiten Stock ging eine Tür auf. Bruder Hermandung beklagte sich von oben herunter.

»Wenn ich Sie bitten dürfte, auch das Treppengeländer abzuwischen, das war noch völlig mit Honig vollgeschmiert, als Sie vor sechs Wochen dran gewesen sind.«

Manfred, der nach wie vor auf den Knien herumrutschte, sah auf. »Das war einer von den kleinen Böcken ... nachdem wir fertig gewesen sind.«

Die Familie Bock, die das gesamte Obergeschoß bewohnte, war überaus kinderreich, und sie hatten trotz wissenschaftlich angelegter Zählversuche nicht herausbekommen, wie viele Söhne und Töchter es waren, die da herumwuselten: Renate war für sieben, er selber glaubte an nicht mehr als fünf und hielt die anderen für Gastkinder, die zufällig anwesend waren. Gerüchte, daß die Bocks selber nicht mehr wüßten, wer zu ihrem Wurf gehörte und wer nicht, hielt er für übertrieben.

Bruder Hermandung, ein Fleischberg mit einem kindlich kleinen Kopf, gab sich versöhnlich. »Ich glaube, das alles sollten wir einmal bei einer schönen Kanne Tee besprechen ... und nicht hier im Treppenhaus.«

Manfred zuckte zusammen, denn Renate hatte längst mitbekommen, daß Bruder Hermandung derselben sektenähnlichen Glaubensgemeinschaft angehörte wie ihre Mutter, der *Gemeinschaft der Bußfertigen*, und höchstwahrscheinlich von Berlin aus gebeten worden war, alles zu tun, um die verlorene Tochter in den Schoß der kleinen Kirche zurückzuholen.

Manfred hatte eine Heidenangst vor Bruder Hermandung und rief von unten herauf, daß er in der nächsten Zeit oft Überstunden machen müsse.

»Nun gut«, sagte der Diakon, bevor er sich wieder in seine Wohnung zurückzog. »Man soll die Dinge reifen lassen.«

Manfred hoffte, daß sie mit dem Fegen und Wischen fertig sein würden, bevor weitere Mieter nach Hause kamen. Er hatte Angst vor Leuten und vor dem Small talk über das Wetter und die Sonderangebote der Woche. Dazu fehlte ihm jede Begabung, und er stotterte so herum, daß er sich regelrecht debil vorkam. Beispielsweise jetzt, als die Pfortes erschienen. Er, Hans-Peter, war ein kleiner knochentrockener Bauingenieur, und sie, Petra, eine vitale Grundschullehrerin, kugelrund und sexy-hexy. Ihr Sohn, knapp über zwei, hieß Torsten und hatte nur ein Thema: den Autounfall seines Vaters.

»Papa in der Kurve ... tuuut ... fällt um.«

Das war zwar schon im März auf dem letzten Glatteis des Winters passiert, aber noch immer spielte er es nach.

»Ein Trauma«, stellte Petra Pforte fest.

»Ick trau ma gar nich mehr, Auto zu fahr'n«, fügte Herr Pforte hinzu. Er stammte aus Hemmoor, was in der Nähe von Stade lag, hatte aber eine Weile in Berlin studiert und berlinerte gerne.

Seine Frau sah ihn an. »Morgen früh fahren wir aber trotzdem zu seinen Eltern nach Hause.«

»Zu Ihren Hämorrhoiden also«, lachte Manfred.

»Wie ...?« Herr Pforte sah ihn ebenso pikiert wie verständnislos an. »Ich habe keine ...«

»Ich dachte, die Einwohner von Hemmoor, das sind die Hämorrhoiden.«

»In Bremen hat man doch einen anderen Humor.«

Petra Pforte konnte sich darüber scheckig lachen. »Der Dr. Manfred in der Kurve ... tuuut ... fällt um.«

Manfred stellte fest, daß er völlig weg war von ihr. Immer, wenn er sie sah, erlebte er die Welt wie im Champagnerrausch, und er ertappte sich bei dem Gedanken, sie eines Tages ... Sekt statt Selters.

Als hätte sie geahnt, woran er dachte, erzählte sie ihm, daß Wein und Sekt bei *Kafu* ganz besonders preiswert seien. Manfred gestand ihr, nicht zu wissen, wo das sei.

»Was ...? Sie kaufen nicht bei *Kafu* ...?«

Das kam mit einem solch abgrundtiefen Erstaunen, als hätte er nicht gewußt, daß Bremen ein deutsches Bundesland sei, und Manfred begriff, daß es zum »Nationalcharakter« der Bremer gehörte, immer gnadenlos ß-parsam einzukaufen. Er hatte sich nur die Werbung eines kleinen Ladens gemerkt: »Osterholzer kaufen gern bei Melnik.«

So kam natürlich kein gepflegter Informationsaustausch über die optimalsten Einkaufsgelegenheiten zustande, und die Pfortes zogen sich in ihre Wohnung zurück. Man konnte ungestört weiter putzen. Fünf Parteien waren sie im Mietshaus in der Armsener Straße – Bock, Hermandung, Pforte, Wätjen und Matuschewski –, und Manfred meinte, daß man nicht so viel Aufhebens darum machen sollte, alle fünf Wochen einmal das Treppenhaus reinigen zu müssen.

»Nein«, murmelte Renate, »das ist ja derselbe Rhythmus, in dem wir miteinander schlafen.«

Wumm, das hatte gesessen. Manfred registrierte es wie in einem Comic. Sie hatte recht, ihr Liebesleben war nicht das Gelbe vom Ei. Vordergründig war die Sache klar: Er war abends immer müde und wäre am liebsten um neun ins Bett gegangen, sie aber drehte erst gegen elf so richtig auf, da aber war er total abgeschlafft und wäre auch von Aphrodite selber zu nichts mehr zu bewegen gewesen, geschweige denn von ihr, die in der *Gemeinschaft der Bußfertigen* gelernt hatte, daß Fleischeslust geradewegs in die Hölle führte. Als sie sich kennenlernten, hatte sich das nicht so bemerkbar gemacht, da waren Trieb und Gier, Neugierde und Zwang, es machen zu müssen, stärker gewesen, nun aber wurde es immer mehr zu ihrem großen Problem. Doch sie redeten nicht groß darüber, und er gab sich mit dem zufrieden, was der *Playboy* bot ... oder seine Phantasie im Hinblick auf die eine oder andere Nachbarin. Nur ... auf diese Weise ließ sich weder sein noch Renates Kinderwunsch erfüllen.

»Gehen wir doch essen heute abend, eine Flasche Wein trinken und dann ...« Er nahm sie in die Arme.

»Der Eimer!« schrie sie auf. Der kippte um ... und ihr Nachbar Jens-Uwe Wätjen stand bis zu den Knöcheln im Wasser.

»Der ist Kapitän«, sagte Manfred, »dem macht das nichts aus.«

Und in der Tat nahm Wätjen es sehr gelassen hin, zumal er soeben die Nachricht erhalten hatte, daß es mit seiner »Landstelle« in Bremerhaven vielleicht doch noch klappen könne.

Obwohl keine vierzig Jahre alt, fuhr er gar nicht mehr gerne zur See, seit die Liegezeiten in den Häfen immer knapper wurden. Auch quälte ihn die Trennung von seiner Frau immer mehr. Er war ein Schrank von Mann mit einem Riesenrauschebart und hieß bei Manfred und Renate immer nur »Clarence« ... nach dem schielenden Löwen in der Fernsehserie *Daktari*. Wie er bei seinem Silberblick eine Hafeneinfahrt finden konnte, schien ihnen schwer verständlich. Vielleicht hatte er des öfteren, so lästerten sie gern, in Rotterdam statt in Bremen festgemacht und war deswegen von seiner Gesellschaft nicht mehr ganz so nett behandelt worden, siehe seine Sehnsucht nach einer Stelle an Land, beim Hafen- und Schifffahrtsamt.

Nach der Putzaktion waren sie zu müde, um noch mal anzuspannen und in die Stadt zu fahren, und statt der Flasche Rotwein reichte es nur zu einem Sherry der Marke *Sandemann*. Doch dann wurde geduscht und die Aktion Joscha in Angriff genommen. Schon zu Renates DDR-Zeiten war der Wunsch in ihr herangereift, einen Sohn zu haben und ihm einen russisch klingenden Vornamen zu geben. Kolja, Kostja, Joscha, Jewgenij und Juri hatten zur Auswahl gestanden, und Joscha war schließlich Sieger geworden. Bei einem Mädchen hatten sie sich von vornherein auf Larissa geeinigt. Hier war Manfred die Zustimmung leichter gefallen, denn im Verlauf einer unvergeßlichen Griechenlandreise, mit seinem Freund Moshe Bleibaum im Sommer 1962 unternommen, hatten sie in Athen des öfteren auf dem Larissa-Bahnhof gestanden.

»Heute könnte es klappen.« Renates Messungen hatten ergeben, daß der Eisprung gerade erfolgt sein mußte.

»Okay ...«

Manfreds Begeisterung hielt sich in Grenzen. Er war müde und hätte lieber vor dem Fernseher gedöst. Aber das war nur vordergründig. In Wahrheit hatte er Angst davor, Vater zu werden, Vater zu sein. Nein, Kinder hätte er schon gern gehabt, aber ... Er hatte keine feste Arbeit, und den meisten Leuten schien der Beruf des Soziologen ebenso notwendig wie ein Kropf zu sein, jedenfalls hatte er diesen nicht gerade originellen Vergleich oft genug gehört. Also hieß Joscha im Klartext: zurück zu Siemens. Und das war eine Art von Prostitution für ihn. Sich nur des Geldes wegen hingeben. Außerdem, das hatte er bei vielen Freunden und Verwandten erlebt, würde er Renate verlieren: Schon nach dem positiven Ergebnis des Schwangerschaftstests würde sich alles nur noch um Joscha oder Larissa drehen.

All das ging ihm im Kopf herum und sorgte dafür, daß sich jener Effekt nicht einstellen wollte, der die Mindestvoraussetzung für den Zeugungsvorgang ist. Da war nichts von Zärtlichkeit oder gar Ekstase, nur die Sterilität einer Klinik, in der er als Zuchtbulle das Kommando »Nun mal ran!« vernommen hatte.

»Moment mal ...« Er flüchtete sich in einen Hustenanfall. In der Nase gekribbelt hatte es schon den ganzen Nachmittag über. Er suchte nach einem Tempotaschentuch. Dann schmiegte er sich an Renates Rücken und dachte daran, wie er sie bei ihrer Klassenreise begehrt hatte. Auch Joscha stellte er sich vor. Wie er mit ihm durch die Gegend fuhr, vorn im Körbchen auf dem Rad, und später zum Fußball ins Weser-Stadion ging.

Doch als er Renate küßte und seine Hand dem *Menschenpflanzholz*, wie es in alten Büchern hieß, bei ihr den Weg bereiten wollte, bekam er einen mächtigen Nies- und Hustenanfall. Wäßriger Schleim quoll aus seiner Nase. Atemnot stellte sich ein. Um jedes Quentchen Luft mußte er kämpfen. Es war eine Art Keuchhusten, wie damals, als man sie im Frühjahr 1944 evakuiert hatte und der Zug zwischen Berlin und Coswig von Tieffliegern beschossen worden war. Der Lokführer hatte abrupt gehalten. »Alle raus ... und unter die Wagen legen!« Die Mutter hatte ihm die Hand vor den Mund gehalten, aus Angst, daß die Piloten oben das Gehuste hörten und gezielter feuerten. Jetzt dagegen ... Glück war die Summe des Unglücks, dem man entgangen war.

»Soll ich nicht doch die Feuerwehr ...?« Renate hielt schon den Hörer in der Hand. »Oder dich schnell mit dem Wagen ins St.-Jürgen-Krankenhaus bringen ...?«

»Laß man, ist doch nur Tbc ...« Manfred würgte sich die Lunge aus dem Hals. »Ich geh' mal auf den Balkon.«

Dort wurde es eher schlimmer, und Petra Pforte, die mit ihrem Mann oben beim Schach gesessen hatte, kam nach unten geeilt, um ihre Hilfe anzubieten.

»Da ist nicht viel zu machen ...«, röchelte Manfred.

»Der hustet sich ja tot.«

»Er will nicht ins Krankenhaus«, klagte Renate.

»Hier nebenan wohnt ein Arzt, den hol' ich mal.«

Petra Pforte stürzte los und kam fünf Minuten später mit einem älteren Mediziner zurück. Der horchte Manfred ab, konstatierte eine schwere Bronchitis und verschrieb ihm einen Hustensaft, den Renate schnell aus einer Nacht-Apotheke in Hemelingen holen mußte. Manfred nahm ihn ein, ohne daß es spürbar half. Erst vier Stunden später hatte das Rasseln und Pfeifen in seinen Lungen so weit nachgelassen, daß er einschlafen konnte. Als er am Sonnabend vormittag gegen zehn Uhr erwachte, war von der ganzen schweren Bronchitis nichts mehr zu merken, und es ging ihm wieder blendend.

»Komisch ...« Er war reichlich verunsichert.

Als Renate die Vorhänge aufzog, sah sie gegenüber, wo ein Weg mit dem Namen Kükenmoor von der Armsener Straße abging, zwei kleine Mädchen aus einem Reihenhaus kommen.

»Wie niedlich!« rief sie. »Wie süß. Guck mal, die beiden Puttelkinder wieder.« Und ihr Kinderwunsch erwachte von neuem. Diesmal sollte es ein Mädchen werden. »Elena oder Jekaterina, nein: Larissa.«

Nach dem rätselhaften Anfall fühlte sich Manfred wie neugeboren, und als er an sich hinuntersah, fiel ihm sogleich ein Lieblingsspruch seines Schulfreundes Dirk Kollmannsperger ein: »Hart ist der Zahn der Bisamratte, doch härter ist die Morgenlatte.«

Renate, sonst prüde und sittenstreng, was Sauereien dieser Art betraf, überhörte es und nahm ihn in die Arme. Doch bevor Entscheidendes passieren konnte, klirrte es nebenan im Wohnzimmer ohrenbetäubend, und sie fuhren auseinander.

»Einbrecher!« schrie Renate, die von Anfang an gegen eine Parterrewohnung gewesen war.

Sie stürzten hin, fanden aber keinen Eindringling vor, sondern nur einen grün-weißen Werder-Bremen-Ball, den Torsten Pforte beim Spiel mit dem Sohn von Bruder Hermandung in ihre Scheibe gehämmert hatte. Pfortes entschuldigten sich und luden sie zum Frühstück ein. Dann mußte auf den Glaser gewartet und für den Sonntag eingekauft werden. Jedenfalls ergab sich keine Gelegenheit, wieder in Stimmung zu kommen und die Aktion Joscha neu zu starten.

»Ich weiß was ...«, sagte Renate.

Manfred sah sie an. »Wir adoptieren ein Kind ...?«

»Quatsch! Wir setzen uns auf die Räder, fahren nach Fischerhude rüber und suchen uns da ein romantisches Plätzchen im Wald.«

»Dann müssen wir Joscha aber auch Waldemar nennen.«

»Wieso ...?«

»Na, kennst du das nicht mehr: ›Er hieß Waldemar, weil es im Wald geschah.‹« Er erzählte ihr einige Geschichten von Waldemar Blöhmer, einem alten Freund seines Vaters. Wie der sich bei der Einsegnung 1953 so furchtbar um seine teure Leica gehabt hatte ... und dann nicht ein einziges seiner Bilder etwas geworden war.

Sie hatten sich zwei Klappräder gekauft, rot und orange, und nutzten sie nach Kräften. Entweder starteten sie von der Armsener Straße aus, oder sie packten die Räder auf den Rücksitz ihres Käfers und fuhren nach Worpswede hinaus oder zu den Badenschen Bergen hinüber. Heute wollten sie direkt zur Wümme und nahmen Kurs auf den Lachmundsdamm. Manfred vorneweg, obwohl er kein guter Radfahrer war. Am Oewerweg wohnte ihr Zahnarzt, vor dem sie beide ein wenig Angst hatten. Er war Flieger und drehte des öfteren vom idyllischen Flugplatz in Ganderkesee aus seine Runden. Nicht das war es, was ihnen Furcht einflößte, sondern seine Bemerkung, daß er eines seiner Funkgeräte jüngst umgebaut hätte. »Da kann ich jetzt wunderbar Ihren Zahnstein mit wegmachen, kommen Sie nächste Woche mal vorbei. Ohne Schein, kostenlos, ich will das nur mal ausprobieren.«

Unter der Autobahn hindurch kamen sie zum Hodenberger Deich und zu einer ausgedehnten Niederung, durch die sich die beiden großen und die vielen schmalen Wümme-Arme zogen. Es war alles so flach und grün, daß Manfred den Ausspruch tat, hier sei sicher Gottes Billardtisch. Die Deichkrone war asphaltiert, und man fühlte sich wie Gott in Frankreich, wenn man so dahinrollte. Rechter Hand lag der südliche Wümme-Arm. Er hatte in etwa die Breite des Gosener Grabens, war aber, da er nicht mäanderte, sondern sich grade wie ein Lineal in Richtung Borgfeld zog, um ein Vielfaches langweiliger. Und dennoch sah sich Manfred im Faltboot flußaufwärts paddeln, bis zur Mündung der Wümme in die Hamme und dann weiter zur Weser. Vielleicht hatte er nächstes Jahr wieder ein Boot. Was ihn noch mehr faszinierte, war der Bahndamm, der als dunkler Strich die weite Ebene ein wenig gliederte. Es war die Strecke Bremen–Hamburg, und wenn einer der neuen TEE-Züge lautlos dahinglitt, war das Modelleisenbahn pur, und weil er nicht genug davon bekommen konnte, hoffte er immer, die Schranke würde unten sein. War sie aber nicht. Enttäuscht fuhr er weiter zu einer grünen Holzbude, wo Mutter Köhn Eis und allerlei Getränke vorrätig hatte. Doch dort stieg dicker Qualm in die Luft, es schien zu brennen.

Sofort begann es bei Manfred zu rattern, und ein alter Reim seines Vaters kam ihm in den Sinn: «Das ganze Kackhaus steht in Flammen,/der nackte Arsch ist in Gefahr./Da komm'n die Männer mit den Schläuchen .../Hurra, die Feuerwehr ist da.«

»Soll das witzig sein?« fragte Renate.

»Ja, denn Schläuche sind in der Umgangssprache nichts anderes als ...«

»Ich weiß.«

»Woher? Ach so, ja, dein Zahnarzt, deine zweitgrößte Liebe. Wenn der mit seinem Bohrer ...«

Sie hielt und funkelte ihn an. »Manfred!«

»Renate.« Er gab sich harmlos. »Meine Damen und Herren, nicht der Bohrer ist gemeint, sondern die Bohra: Katharina von Bohra, die Geliebte Martin Luthers, über die sich schon viele Puritaner geärgert haben, siehe auch die große Szene beim Fontane im *Schach von Wuthenow*.« Er küßte sie. »Nun, hab' ich meinen großen Fauxpas durch dieses Übermaß an Bildung wieder ausgeglichen?«

»Ich hab' mir meinen Mann nicht so albern vorgestellt.«

»Hoffentlich liegt's nicht in den Genen.«

»Joscha wird ganz anders werden.« Sie stieg wieder auf.

»Entschuldige, aber eine kleine Hommage an meinen Vater darf ich mir wohl hin und wieder gönnen ... und er war nun mal der Mann, der vornehmlich aus Sprüchen bestand, nicht immer stubenreinen Sprüchen.«

»Lassen wir's!«

Manfred folgte ihr und fragte sich, wie und wo das alles enden sollte. Er folgte seiner Frau im Zuckeltrab. Sie kauften sich zwei Tüten Eis und setzten sich auf eine Bank, von der man einen traumhaften Blick hinüber nach Fischerhude hatte. Manfred genoß ihn ebenso wie die Knie und Schenkel der Frauen, die vorüberradelten. Es machte ihm auf alle Fälle wieder Appetit.

»Ist der Mai warm und trocken, kann man auch im Freien bocken«, lachte er.

Renate verzog von neuem das Gesicht. Von frömmelnd-prüden Eltern erzogen, hatte sie an solchen Sprüchen partout keinen Spaß und merkte nur an, daß man bereits Juni habe. »Mann, kannst du denn wirklich nicht anders!?«

War es kindlicher Trotz bei Manfred, war es sein Selbstbehauptungswille, war es seine Unfähigkeit, ernst im Sinne eines Bildungsbürgers zu sein, war es der Einfluß von Freunden wie Moshe Bleibaum und Dirk Kollmannsperger, er wußte es nicht, jedenfalls kam es sofort, reflexhaft aus ihm: »Keiner kann aus seiner Vor- ... äh: seiner Haut heraus.«

Daraufhin schwieg Renate. Sie schmollte. Manfred begriff, daß er einen Fehler gemacht hatte, daß er ihr seine Art nicht aufzwingen konnte und durfte. Sie wollte ihn als ehrbaren

Dr. rer. pol. und nicht als Witzbold. Wollte er blödeln, mußte er zu seinen Freunden gehen. Okay.

»Entschuldige bitte ...« Er rückte zu ihr hin und nahm sie in die Arme. Nach ein paar Minuten heißen Bemühens gab sie nach und schien den Gedanken, Joscha hier in Gottes freier Natur zu empfangen, ganz reizvoll zu finden. Jedenfalls mahnte sie zum Aufbruch und sah sich beim Fahren ganz offenbar nach einem Liebesnest um. Am Deichschart überquerten sie den Wümmearm und nahmen Kurs auf Fischerhude. Manfred hatte zu Hause im Reiseführer geblättert und dabei genug behalten, um den Originalton zu treffen: »Fischerhude wurde zu Beginn des Jahrhunderts von Worpsweder Künstlern entdeckt – allen voran Otto Modersohn, der Mann von Paula Modersohn-Becker – und entwickelte sich zu einer Künstlerkolonie, ohne dabei freilich seinen bäuerlichen Charakter einzubüßen. Das Otto-Modersohn-Museum ist nur samstags und sonntags geöffnet. Dort erfahren Sie auch, wo sein Sohn heute modert ...«

Sie verfuhren sich etwas und kamen in ein Gebiet, in das sich kaum Wanderer und Radfahrer verirren mochten. Renate stoppte abrupt. »Ich hab' keine Luft mehr im Reifen, vorne, ich glaub', du mußt den mal aufpumpen.« Sie schob das Rad in eine kleine Kuhle und ließ es fallen.

Manfred klemmte seine Luftpumpe vom Rad und machte sich ans Werk. Das Gleichmaß der Bewegung und der Anblick der Mechanik, wie sich da der gummibewehrte Kolben in einer Höhlung hin und her bewegte, ließ ihn automatisch daran denken, warum sich Renate hier ins Gras geworfen hatte: einzig und allein, um Joscha zu empfangen. Der familienhistorische Augenblick der Zeugung des Sohnes war also gekommen. Das Schicksal betätigte die Klappe: Joscha Matuschewski – die erste. Unwillkürlich griff er in die Tasche, um nach einem Kondom zu suchen. Quatsch!

Er legte sich neben Renate. Sie hatte die Augen geschlossen. Er küßte sie.

»Ich liebe dich wie damals in der Schule ...«, flüsterte sie.

»Ich dich auch.«

»Damals hab' ich schon an Joscha gedacht.«

»Ich nur an das, was zu Joscha führt.«

So feierlich sie es angehen ließen, so störend war es nun, daß der Reißverschluß ihrer Jeans gewaltig klemmte und Manfred es nicht schaffte, ihn zu öffnen. Und als Renate die Augen aufschlug, um es selber zu versuchen, schrie sie auf.

»Was ist denn?«

»Da oben an der Pappel steht ein Mann mit einem Fernglas und beobachtet uns.«

Manfred richtete sich ebenfalls auf. Es stimmte. »Ein Voyeur. Die Sau, die!«

Renate stand auf und griff sich ihr Rad. »Tut mir leid, wenn einer zusieht, kann ich nicht ...«

Manfred stimmte ihr zu, und mit grimmiger Miene fuhren sie weiter. Der Mann mit dem Fernglas winkte ihnen nach. Ein paar hundert Meter weiter sahen sie zwei andere Männer mit noch größeren Gläsern.

»Das scheint ein Dorado deutscher Spanner zu sein«, vermutete Manfred. »Klar, bei den vielen Liebespaaren, die es hier in den Wiesen treiben wollen ...«

Als er am übernächsten Morgen im AmfVi von diesem Erlebnis erzählte, wollten sich alle halbtot lachen, was Manfred nun gar nicht verstand. Und sie ließen ihn noch eine Weile zappeln. Diese weltfremden Berliner, mein Gott.

»Die Wümmewiesen«, klärte ihn Wannowski schließlich auf, »sind der Treffpunkt aller Ornithologen zwischen Harz und Nordsee.«

»Was ist ein Ornithologe?« wollte Frau Winterberg wissen.

»Einer mit Spaß an allem, was mit Vögeln zu tun hat.«

»Dann bin ich auch ein großer Ornithologe«, lachte Hüring.

Das aber erfuhr Manfred erst am Montag. Jetzt, am frühen Sonnabend nachmittag, waren sie ziemlich vergnatzt und beschlossen, nach Hause zu fahren und sich dort unbeobachtet viel Zeit mit dem Zeugungsakt zu nehmen.

»Joscha – die zweite.«

Wieder begannen sie mit dem Vorspiel, und Manfred setzte

alle Künste ein, die er in den Jahren vor Renate gelernt hatte, doch es war schwer bei ihr, denn zu lange hatte man ihr eingehämmert, daß alle Lust ein Werk des Teufels sei. Er stellte sich vor, wie es sein würde, wenn sie über ihn herfiel, so wie man es im Kino sah.

Endlich hauchte sie: »Bitte ... jetzt ...«

Irgendwie hatte er immer Schwierigkeiten gehabt, das glatt und elegant zu schaffen, was sie in der Weltraumfahrt mit Andocken meinten, und in der Angst, ihr Schmerzen zuzufügen, war er jetzt zu sanft, um gleich im ersten Anlauf und ohne ihre Hilfe dorthin zu gelangen, wo man sein mußte. Fehlstart, dachte er, kam ins Schwitzen und stellte sich beim zweiten Anlauf so ungeschickt an wie ein Kapitän, der sein Schiff in voller Fahrt mit dem Bug gegen eine Felswand setzt. Und in diesem Moment – es war idiotisch, aber wahr – erklang Dirk Kollmannspergers Stimme in seinem Ohr, wie der im Deutschunterricht *Des Teufels General* zitierte: »Ich ziehe mich mit Protest unter meine Vorhaut zurück.« Dies zu tun, war indessen nicht möglich, denn zu heilig war Renate dieser Augenblick. Da er wußte, daß sie das, was zu dirigieren war, nicht gern berührte, unterließ er ein diesbezügliches Hilfeersuchen und startete den dritten Versuch. Und er gelang. Nun wollte er alles einsetzen, um ...

Da klingelte es, und sie fuhren auseinander, als hätten sie eben das Sündhafteste getrieben, was sich auf Erden denken ließ.

»Deine Mutter«, rief Renate, bemüht, ihre Stimme zu dämpfen.

»Noch schlimmer: deine«, gab Manfred zurück.

»Das Allerschlimmste wäre: beide auf einmal.«

Sie rührten sich nicht, und wie sie nun aneinandergeschmiegt dalagen, absolut reglos, und nicht zu atmen wagten, waren sie wirklich eins. Jetzt war das eingetreten, was sie vorher nicht geschafft hatten. Manfred vergaß Raum und Zeit und sich, und sein Körper war plötzlich nur noch ein einziges Zucken. Doch so schnell, wie es nötig gewesen wäre, konnten sie nicht reagieren. Sein Samen ergoß sich aufs Laken.

»Aufmachen!« rief jemand im Treppenhaus. »Wir wissen wohl, daß ihr zu Hause seid.«

Sie richteten sich auf. Das war keine ihrer Mütter, das war ein junger Mann. »Wer kann das sein ...?« Sie kamen nicht darauf.

Bis sein Kopf draußen in ihrem Fenster erschien.

»Berndchen!« rief Manfred. »Tante Elfriede und Bernd sind draußen.«

Manfred sprang aus dem Bett und suchte nach ein paar passenden Sachen, während Renate ins Bad lief, um den verhinderten Joscha aus dem Laken zu reiben.

»Das ist aber schön, daß ihr gekommen seid!« Manfred begrüßte die Cousine seines Vaters mit überschwenglicher Freude. »Unser erster Besuch von auswärts hier in Bremen. Und ganz überraschend. Na, Krefeld ist ja nicht mehr ganz so weit weg, seit die neue Autobahn eingeweiht ist. So ... Dann kommt mal rein.«

»Wir stören euch doch nicht?«

»Nein, bestimmt nicht«, log er und litt sofort unter seiner Schuld, nicht so zu sein wie die Italiener, die Amerikaner, die Zuñi und die anderen edlen Völker, die ständig Tag der offenen Tür hatten und sich über jeden Gast ein Loch in den Popo freuen konnten.

Aber auch Tante Elfriede hatte nun ein schlechtes Gewissen. »Weil ihr doch geschlafen habt.«

»Wir wären sowieso gleich aufgestanden.« Manfred sah sich nach Renate um. Fast hatte er das Gefühl, daß sie vom Balkon gesprungen war, um sich zu Petra Pforte oder Bruder Hermandung zu flüchten. Aber sie hatte sich nur im Schlafzimmer eingeschlossen, um das Bett frisch zu beziehen. Es war ja zu vermuten, daß Tante Elfriede und Bernd hier in der Armsener Straße übernachten wollten. Doch da irrte sie sich, denn beide wohnten bei den Brakels, alten Bekannten aus gemeinsamen Urlaubstagen an der See. Einerseits war Manfred erleichtert, andererseits bedauerte er es, denn er mochte Tante Elfriede wegen der Ähnlichkeit mit seiner verstorbenen Kohlenoma, deren Nichte sie war.

»Als Onkel Walter noch lebte … Dein Vater und Onkel Walter, die haben sich ja immer so prima verstanden.«

Nun wurde, als Renate Kaffee gekocht und den am Vormittag als mißraten deklarierten Kirschkuchen aufgemöbelt hatte, ausgiebig der beiden Männer gedacht.

Manfred erinnerte sich genau an Onkel Walters Beerdigung, als auf dem Weg von der Kapelle zum Grab ein heftiges Gewitter losbrach. Bernd hatte nur einen Schirm gehabt und stand vor der unlösbaren Aufgabe, zugleich seine Mutter, den Pfarrer und den Vorgesetzten seines Vaters zu beschirmen, einen Herrn Oberpostrat. Der hatte mehrmals mit seiner kleinen Rede beginnen wollen, war aber nie über das »Walter, wir stehen nun an deinem Sarg …« hinausgekommen, dann hatte er zu schluchzen begonnen.

»Ja, er konnte seiner Tränen nicht Herr werden«, sagte Tante Elfriede. »So sehr hat er an Walter gehangen.«

Bernd sah es nüchterner. »Ach, Mutter … Der konnte nicht frei reden, und durch den Regen war die Tinte auf seinem Manuskript so verlaufen, daß er nichts mehr entziffern konnte.«

»Bei meinem Vater könnte das nicht passieren«, sagte Manfred. »Da läßt sich von den Oberen keiner auf'm Friedhof blicken. Was auch gut ist, denn er würde aus dem Sarg springen, um denen ordentlich in den Hintern zu treten.«

»So humorvoll, wie dein Vater ist …?« Tante Elfriede wollte es nicht glauben.

»Ich finde das sehr humorvoll.«

Nach dem Essen setzten sie sich in Tante Elfriedes Käfer und fuhren in die Innenstadt, um mit den beiden Krefeldern das übliche Touristenprogramm abzuspulen: die Mühle am Wall, die Sögestraße, der Marktplatz mit Rathaus, Roland, Dom und Parlament, die Bremer Stadtmusikanten, die Böttcherstraße und schließlich Weserbrücke und Schnoor. Um 19 Uhr war man mit den Brakels verabredet, und Manfred und Renate wurden so eindringlich gebeten, doch mitzukommen, daß sie nicht nein sagen konnten.

»Gut, schließlich sind wir noch nie im Ratskeller gewesen … und als Neubremer muß man das ja wohl.«

Manfred bestellte sich Steckrüben und staunte, daß das nur Käse war, in lange stabförmige Streifen geschnitten. Weinkenner war er nicht, und Wilhelm Hauff interessierte ihn nur mäßig, so daß er dem Ratskeller keine übermäßigen Lustgefühle abgewinnen konnte. Außerdem waren die Brakels nicht eben amüsant zu nennen.

Erika Brakel war Buchhalterin in der Brauerei Haake-Beck, redete aber weniger von ihrer Arbeit als von ihren beiden Kindern, Frauke, die in Bernds Alter war und in Freiburg Jura studierte, und Richard, der ein Nachzügler war und gerade erst in den Kindergarten ging.

»Bei dem Vornamen hätte ich ihn älter geschätzt«, sagte Renate.

»Alte Vornamen werden langsam wieder modern«, erklärte Herr Brakel. »Max, Moritz, Paul, Wilhelm ...«

Manfred lachte. »Mao müssen die Kinder heißen ... oder Che.« Und erzählte von den Assistenten an der FU Berlin, die ihre Kinder so genannt hatten. »Mao Meier zum Beispiel.«

»Man hat schon so genug Ärger mit ihnen.« Frau Brakel begann zu stöhnen. »Wenn Kinder da sind, muß man völlig vergessen, daß man ein eigenes Leben hat. Jede Nacht ist man dreimal wach, mindestens, ausschlafen kann man nicht mehr, kein Kino mehr, kein Theater, nichts. Man ist nur noch der Sklave eines kleinen Tyrannen.«

»Aber, die Freude, die sie einem machen ...« Renate hatte leuchtende Augen.

»Ja, die Freude, dauernd Kranke zu pflegen, dauernd vollgekackte Windeln zu waschen, dauernd Gequake anhören zu müssen und jedes Gespräch kaputtgemacht zu bekommen.«

Karl Brakel nickte. Er war Biologielehrer, Mitglied eines Kinderschutzbundes und voller neurotischer Ängste.

»Und immer sind Sie in Panik, daß Ihren Kindern was passiert. Sie schwimmen zu weit raus ... und ertrinken, sie klettern auf einen Baum ... und brechen sich das Genick, sie fahren mit dem Rad zur Schule ... und geraten unter einen Lastwagen, die breiten Räder gehen über das Köpfchen hinweg.«

»Hören Sie auf!« Renate sprang vom Stuhl und stürzte zur Toilette.

Als sie gegen Mitternacht wieder zu Hause waren, unternahmen sie keinen weiteren Versuch, einen Joscha in die Welt zu setzen.

Zur Unterbringung des neugegründeten AmfVi hatte der Bremer Senat im sanierungsbedürftigen Ostertorviertel lange nach einer passenden Immobilie gesucht. Schließlich hatte man an der schmalen Charlottenstraße ein doppelstöckiges Bürgerhäuschen entdeckt, das für einen Leiter, eine Sekretärin und drei Mitarbeiter ausreichen mochte. Dieses Gebäude, so verfallen es war, vom Keller bis zum Dach wieder herzurichten, war allemal billiger, als neu zu bauen oder Räume von Privaten anzumieten. Außerdem hatte diese Lösung noch einen anderen wesentlichen Vorteil: Saß das AmfVi drin, schied das Haus für alle potentiellen Besetzer als Objekt der Begierde ein für allemal aus, und der Senat konnte damit Flagge zeigen. Seht her, hieß das, rechtsfreie Räume dulden wir nicht und setzen außerdem voll und ganz auf dieses Quartier.

Manfred stieg an der Haltestelle Mozartstraße aus dem breiten Hansazug der Linie 2 und ging ein Stück den Ostertorsteinweg zurück, um über die Wulwesstraße zum AmfVi zu gelangen. Wulwes, das erweckte die Assoziation »Vulva« in ihm und machte ihn noch depressiver, als er eh schon war, denn daß dieser Tag allzu lustvoll werden würde, stand nicht zu erwarten. Ganz im Gegenteil. Er dachte an seinen Vater und einen seiner unzähligen Sprüche: *Glücklich ist, wer vergißt, was doch nicht zu ändern ist.* Es war kurz nach sieben, und von den Rentnern, Hausfrauen und Arbeitslosen, die hier wohnten, brauchte niemand so früh aufzustehen, von den Angehörigen der MRS-Gruppierungen, wie Manfred sie nannte, erst recht nicht, von den Minderheiten, Randgruppen und Subkulturen. So fühlte er sich wie in einer verlassenen Goldgräberstadt, mehr noch: wie auf einem fremden Planeten. Vieles ging ihm durch den Kopf. Was hätte er nicht alles aus seinem Leben machen können ... und saß nun hier in Bremen und produzierte Papiere für die Schublade. Wie um alles auf der Welt hatte er sich für das AmfVi entscheiden können, für die Regionalliga Nord, wo ihm die Bundesliga offengestanden hätte, wäre er nur Assistent bei Renate Mayntz geblieben und hätte sich, mit einem bißchen Geduld, habilitiert.

»Guten Morgen, Herr Doktor.«

Aus dem Landweg, wo ihr Mann sie mit dem Auto abgesetzt hatte, war ihm Waltraud Winterberg entgegengekommen, die AmfVi-Sekretärin. Mitte fünfzig war sie und hatte versorgt werden müssen, als der Senator, dem sie lange Jahre treu gedient hatte, eines Tages gegangen worden war.

Manfred begrüßte sie mit Handschlag und dem landesüblichen »Moin, Moin«. Jetzt war, gemäß dem Ritual, zu fragen, was sie denn am Wochenende alles erlebt habe, obwohl sie nie etwas anderes erlebte als die Autofahrt mit ihrem Mann nach Bad Zwischenahn, wo man frische Aale kaufte, oder in die Wingst.

»Wir waren zum Essen in der Wingst.«

»Was ...!?« Manfred tat erstaunt.

»Ja. Diese wunderbare ß-peisekarte da ...!«

»Müssen wir auch mal hin ...« Immerhin wußte er schon, daß die Wingst ein Waldgebiet zwischen Stade und Cuxhaven war und mit dem »Deutschen Olymp« eine Erhebung von 64 Metern Höhe aufwies. Was er nicht wußte, war indes, daß sein Cousin Curt, noch glücklich mit Anett vermählt, siehe C & A und Hermsdorf, 25 Jahre später dort seine zweite Hochzeit begehen sollte.

Nach ein paar Schritten hatten sie ihr Dienstgebäude erreicht und schlossen auf. Kam man morgens alleine hier an, war es immer ein wenig gruselig, konnte man doch davon ausgehen, daß Einbrecher und Obdachlose vom AmfVi magisch angezogen wurden. Manfred wäre kaum überrascht gewesen, unten im Keller mal einen Toten zu finden. Die Gegend ähnelte halt ein bißchen dem nebligen London der Edgar-Wallace-Filme. Nach einem heftigen Streit mit Renate hatte er Ende Februar einmal im AmfVi übernachten wollen, sich aber gegen Mitternacht, als die Ratten zwischen Dach und Keller hin- und hergehuscht waren und sich draußen Drogenabhängige an der Tür zu schaffen gemacht hatten, durch den Hinterausgang ins Hotel geflüchtet.

Stieg man eine kleine Freitreppe hinauf, gelangte man in den Flur, von dem rechts der Sitzungssaal abging, in der Mitte das Sekretariat von Frau Winterberg und links die Treppe nach oben zu den drei Büroräumen. Im größten Raum, zur Straße hin, residierte Regierungsrat Günther Hüring, der neue »Chef vons Janze«, im zweiten saßen sich der Oberamtsrat Karl-Heinz Kemena und der Verwaltungsinspektor Henning Wannowski an zwei genormten Tischen gegenüber, und im letzten und kleinsten, zum Parkplatz und zum Landweg hin, hatte der wissenschaftliche Mitarbeiter Dr. Manfred Matuschewski sein bescheidenes Büro.

Als er sich in seinem Drehstuhl niedergelassen hatte, las er erst mal den *Weser-Kurier*, nicht ohne das schmale Haus gegenüber am Landweg zu beobachten, in dessen Fenstern oft eine attraktive Blondine bei allerlei Betätigungen zu erblicken war. Noch aber schlief die Domina.

Als erster erschien Hüring zum Dienst. Sie begrüßten sich mit großem »Hallo, wie geht's!?«, gaben ihre Befindlichkeitsbulletins zum Besten und schnackten kurz über die Bremer Aktualitäten. Nach der Grundformel der Transaktionsanalyse »Ich bin okay, du bist okay, wir sind okay« kamen sie, da Hüring Manfred schätzte, blendend miteinander aus. Zunächst jedenfalls. Manfred nahm seinem Vorgesetzten ein wenig übel, daß er ihn und Renate noch nicht auf sein Wochenendgrundstück am Flögelner See bei Bederkesa eingeladen hatte. Hürings Frau arbeitete irgendwo im Stadt- und Polizeiamt, und eine zwölfjährige Tochter gab es auch noch.

Als nächster erschien Henning Wannowski in der Charlottenstraße, wiederum leicht vergnatzt. Schuld daran war der Dauerstreit mit Friederike, die ihm vorgeworfen hatte, ein Schlappschwanz zu sein, weil er es nicht schaffte, seiner Schwester das nächtelange Pling-pling auf der Harfe zu verbieten. Wenn er Hüring sah, verschlechterte sich seine miese Laune erheblich. Er hielt den neuen AmfVi-Leiter für einen ausgemachten Hohlkopf, nur nach oben gekommen, »weil er mit Koschnick im selben Flakhelferbunker gehockt hat«. Doch Manfred schaffte es jeden Morgen, Wannowski wieder so weit aufzuheitern, daß er einen halbwegs guten Tag hatte.

Als Letzter kam Kemmi nach oben gestampft, asthmatisch schnaufend, begrüßte Manfred mit großer Wiedersehensfreude, lieh sich von ihm den *Weser-Kurier* und machte sich flugs an die Lektüre.

Manfred konnte dem Himmel danken, daß er es mit seinen Kollegen so gut getroffen hatte, daß die Chemie stimmte. Was ihn aber von Anfang an bedrückte, war die Arbeit im AmfVi, das stete Gefühl, seine Zeit zu vergeuden und sein Talent zu verschwenden. Noch immer hatte er keine feste Aufgabe zugewiesen bekommen und saß meistens nur herum. Mal vertrieb er sich die Zeit, indem er Material sammelte, um einen Artikel für das *Verwaltungsarchiv* zu schreiben, mal studierte er den *Tätigkeitsbericht des Senats der Freien Hansestadt Bremen für das Jahr 1969*. Vielleicht kamen von daher Anregungen, wie er aus seinem Job im AmfVi wirklich etwas machen könnte.

Was gab es alles ...? »Buten un binnen, wagen un winnen« war die Devise der Bremer. Weitere Bevölkerungszunahme, aber weniger Geburten und Eheschließungen. Anstieg der Verbrechen und Vergehen, obwohl es im vergangenen Jahr in der Stadt nur 14 Fälle von Mord und Totschlag gegeben hatte. Verstärktes Wachstum des Bremer Kfz-Bestandes. Starke Zunahme der Ausländer. Wachsende Schülerzahlen. Erstmals Richtlinien zur Sexualerziehung. Arbeit des Uni-Gründungssenats. Weiterhin hohe Zahl von Sozialhilfeempfängern. Kräftiger Anstieg des bremischen Sozialproduktes. Atomschiff *Otto Hahn*. Aufwärtstrend im Seeschiffverkehr. Haushalt 1969 ohne Minus.

Manfred wurde langsam unruhig, denn noch immer war im *Tätigkeitsbericht des Senats* nichts vom AmfVi zu finden gewesen, und er hatte sich bereits bis Seite 120 vorgearbeitet.

Ein bißchen höher hatte er den Stellenwert seiner Behörde schon eingeschätzt. Es war enttäuschend. Da, endlich ... In der Rubrik PERSONAL wurde auch die Gründung des AmfVi erwähnt.

»Auf dem Gebiet der Organisation sind als besonders bedeutsam hervorzuheben die Vorarbeiten für eine grundlegende Gesamtprüfung der bremischen Verwaltung im Sinne einer Verwaltungsreform ...« Das AmfVi sollte »vor dem Hintergrund der gegenwärtigen sowie der künftigen technischen und gesellschaftlichen Entwicklung die Gesamtstruktur der bremischen Verwaltung und ihre Aufgaben überprüfen«. Manfred erinnerte sich an das, was er an der FU immer wieder gehört hatte: »Die öffentliche Verwaltung ist eine große *black box*, das heißt, niemand weiß genau, was in ihr wirklich geschieht, und um das herauszubekommen, hilft nur breit angelegte empirische Forschung.« Da war die Idee, die er gesucht hatte: Wenn er eine großangelegte repräsentative Befragung der öffentlich Bediensteten in Bremen durchführen konnte, hatte er sowohl die Grundlagen für die Verwaltungsreform wie für seine eigene Karriere geschaffen. Das war's! Er stand auf und trat ans Fenster. *Wer sich die Welt mit einem Donnerschlag erobern will, der darf nicht warten, bis ein anderer vor ihm blitzt.* Wie von selbst kam ihm die alte Benatzky-Melodie ins Ohr ... und gleichzeitig eine Überschrift, die ebenfalls nach Ohrwurm klang: ORWUBB, also die »ORganisationsWissenschaftliche Untersuchung Bremer Behörden«. Sein Gehirn arbeitete weiter und produzierte Spruch auf Spruch: *Mit der ORWUBB in den Fortschrittsclub. Mit der ORWUBB kriegt die Verwaltung neuen Schub. Die ORWUBB – Dein Karriereschub.* Fast fiebernd ließ er sich wieder in seinen Drehsessel fallen und rief Renate an. Die arbeitete als Sachbearbeiterin bei einer gut getarnten Werbeagentur am Wall, dem »Institut für tiefenpsychologische Motivforschung«, in der Branche kurz und bündig »Intimo« genannt.

»Nicht verzagen, erst im Rathaus fragen! Hier ist das Vorzimmer des Bürgermeisters. Wir danken Ihnen für Ihre neuen Werbeplakate. Sehr schön der Spruch.«

»Du bist ja toll in Form heute.«

»Ja ...« Er erläuterte ihr seinen Einfall. »Wenn ich denen tausend Seiten Gutachten vorlege, sind sie selig ... und ich kriege überall eine gutbesoldete Stelle, weil ich dann meinen Ruf als Experte für die empirische Verwaltungsforschung weg habe. Und diese Zitrone läßt sich dann mindestens für zehn Artikel und eine Habilitationsschrift auspressen.«

»Gehen wir nachher essen, dann kannst du mir alles ausführlich erzählen.«

»Erst muß ich sehen, daß ich das Projekt hier im AmfVi durchkriege ... und später in der Bürgerschaft.«

»Viel Glück.«

»Danke.«

Gerade, als er aufgelegt hatte, drang aus dem Zimmer von Waltraud Winterberg ein Schrei. Es klang, als hätte sie einen Kreislaufkollaps erlitten. Er sprang zur Tür und hastete die schmale Treppe hinunter. Was er sah, irritierte ihn ein wenig. Frau Winterberg saß weinend, man konnte schon sagen: heulend, an ihrer Schreibmaschine, und Hüring stand neben ihr, hatte den linken Arm um ihre Schultern gelegt und suchte sie zu trösten.

»Ist ihr Mann gestorben?« Manfreds Frage ging an den Amtsleiter, da Frau Winterberg gar nicht ansprechbar schien.

»Nein ... Aber das hätte sie auch längst nicht so getroffen wie das hier ...« Er zeigte auf die fünf zusammengeknüllten DIN-A4-Bögen, die auf der Erde lagen. »Sie soll bis 9 Uhr einen Brief für Koschnick fertig haben, brandeilig, daß wir sofort mit der Umsetzung des Ortsamtsgesetzes anfangen werden ... und verschreibt sich immer wieder.«

Es war ein ehernes Gesetz, daß sich in Briefen, die an die Staatskanzlei gingen, nicht die Spur eines Tippfehlers finden durfte, und Frau Winterberg, den gemächlichen Trott und die Schlampigkeit vormaliger Dienstherren gewohnt, war dazu nicht mehr in der Lage. Dieser Streß war absolut zuviel für sie, und man war sich einig, daß ein sechster Versuch, mißlang er abermals, wahrscheinlich Blaulicht hieß, ab mit einem Herzinfarkt ins Krankenhaus St.-Jürgen-Straße. Andererseits: Der Bürgermeister mußte den Brief Punkt neun auf dem Schreibtisch haben, sonst war der Teufel los, Häring hätte seinen Kredit verspielt, und die Diskussion um die Auflösung des AmfVi würde von vorne anfangen. Die Sache war so wichtig, daß nun auch Kemena und Wannowski ins Vor- und Schreibzimmer kamen und ebenso barmten wie Manfred und der Chef.

»Lassen Sie mal ...« Manfred schob Frau Winterberg mitsamt ihrem Drehsessel zur Seite und zog sich einen der Besucherstühle heran. »Ich hab' bei Siemens blindschreiben gelernt, und meine ganze Dissertation ...« Zwar war das hier eine moderne elektrische Maschine und nicht zu vergleichen mit seiner Triumph-*Gabriele*, doch er traute sich zu, es pünktlich zu schaffen.

»Manfred der Retter ist da«, sang Häring.

»Hoffen wir's ...« Manfred spannte den Bogen ein und machte sich ans Werk. Es war das abzutippen, was Häring gestern abend ausgebrütet hatte, und es gab Formulierungen darin, die in der Tat ausreichende Ursachen für Frau Winterbergs Krise darstellten. Schon beim bloßen Lesen hatte Manfred seine Schwierigkeiten: »Der erste Entwurf des neuen Ortsamtsgesetzes, den der von der Bremischen Bürgerschaft eingesetzte Ausschuß zur Überprüfung des Ortsamtsgesetzes erarbeitet hat, wird vom AmfVi bis Ende des Jahres mit allen beteiligten Verwaltungen und Gremien so weit erörtert werden, daß der von uns vorgeschlagene Plan, auch die bisher nicht mit eigenen Ortsämtern ausgestatteten Ortsteile in den nächsten Jahren mit solchen zu versehen, zügig umgesetzt werden kann. Dazu schlagen wir vor ...«

Wannowski hatte inzwischen die von Frau Winterberg zerknüllten Bogen aufgehoben und geglättet, um Manfred zu zeigen, wo die größten Klippen waren.

»Hier: Orstamt statt Ortsamt ... Brüderschaft statt Bürgerschaft ... Verwlatungen statt Verwaltungen ... und Gremien mit ä.«

Häring sah auf die Uhr. »In zehn Minuten kommt der Fahrer und will den Brief abholen.«

»Könnten bitte alle rausgehen«, bat Manfred. »Ich muß mich voll konzentrieren.«

Sie verließen den Raum und zogen die Tür hinter sich zu. Die Situation war so absurd, daß ihn schon das gehörig ablenkte. Seine Karriere als Organisations- und Verwaltungssoziologe hing nun letztlich davon ab, daß er einen Brief von siebzehn Zeilen unter Streß fehlerfrei abtippen konnte. Eine Geschichte kam ihm in den Sinn, die er als Junge immer wieder gern gelesen hatte. Da explodierte eine an die Schreibmaschine angeschlossene Bombe dann, wenn ein Mann ein p tippte. Bei ihm flog alles in die Luft, wenn er sich vertippte. Vertat er sich nicht, so würde ihm Hüring ewig dankbar sein und ihn bei seinem Befragungsprojekt ganz sicher unterstützen. Womit schon die erste Hürde genommen wäre. Also ... alles oder nichts. Er lockerte die Finger wie ein Klavierspieler und legte los. Es half ihm, daß er es bei seinen sportlichen Wettkämpfen gelernt hatte, sich voll zu konzentrieren und alles um sich herum total zu vergessen.

Die Anschrift war schnell geschafft. Dann kam die erste Klippe, und er wagte es nicht mehr, mit zehn Fingern und blind zu schreiben, sondern ging sicherheitshalber zum »System Adler« über: den Buchstaben suchen, lange mit dem Zeigefinger über ihm kreisen ... und erst dann zustoßen, wenn man sich absolut sicher war. Zudem sprach er die Buchstaben laut vor sich hin: des neuen *O-r-t-s-a-m-t-s-g-e-s-e-t-z-e-s*. Das s in der Mitte war das Problem, doch er schaffte es in der letzten Sekunde, noch nicht das nachfolgende g zu drücken. Er kannte seine Neigung zum Verdrehen und wußte, daß er bei Bürgerschaft/Brügerschaft und bei Verwaltung öfter vom l auf das ö hinüberglitt, also Verwaötung schrieb. »Gefahr erkannt, Gefahr gebannt«, sagte er laut, und es half tatsächlich.

»Scheiße!« schrie er dann aber, und alles schien aus zu sein, denn statt zügig hatte er zugig geschrieben.

Hüring stand in der Tür. »Hast du dich vertippt?« Jetzt duzte er Manfred sogar.

»Nein, nein, nur fast.«

Und dann schaffte er es mit Hilfe eines Tipp-Ex-Streifens, das u mit einem ü so zu überschreiben, daß keiner etwas merkte. Nun glückte auch der Rest.

»Fertig!« rief er, als der Fahrer draußen hupte.

Wannowski riß ihm den Bogen aus der Hand, und alle prüften den Text, ohne einen Fehler zu finden. Hüring unterschrieb, dann umarmte er Manfred, bevor er den Brief in eine Mappe legte und nach draußen brachte. Manfred eilte in den Keller, wo sich die Toiletten befanden, und ließ eine Weile kaltes Wasser über seine Unterarme laufen. Der Kreislauf.

»Es kann gefrüh-s-tückt werden!« rief Frau Winterberg von oben.

Alle holten ihre Frühstücksbrote und eilten in den Sitzungssaal, wo schon die große Kaffeekanne stand. Alle zahlten allmonatlich dieselbe Summe in die Kaffeekasse ein, also 20 Prozent des anfallenden Betrages, obwohl insbesondere Kemena ein jedes Mal gegen diesen Modus protestierte, weil er – wie er genau ausgerechnet hatte – nur 12,56 Prozent des gebrühten Kaffees trank.

»Dann mußt du eben zwei Tassen mehr in dich reinschütten«, sagte Hüring.

»Da macht mein Herz nicht mit.«

»Das ist allein deine Herzenssache.«

»Soll ich die mir zustehenden restlichen 7,44 Prozent vielleicht in die Blumentöpfe schütten?«

»Wehe!« rief Frau Winterberg. »Die gehen mir dann ein.«

»Ich beantrage ein Bezahlen in die Kaffeekasse danach, wieviel ein jeder wirklich getrunken hat.« Kemena meinte es ernst.

Hüring tippte sich an die Stirn. »Und ich steh' immer mit dem Meßbecher da ...«

»Sie trinken ja auch das meiste«, warf Wannowski ihm vor.

»Ich hab' nun mal den Körper mit dem größten Volumen. In der Straßenbahn muß ich deswegen ja auch nicht mehr bezahlen.«

So frotzelten sie eine geraume Weile. Manfred fühlte sich durchaus nicht unterfordert, sondern hatte seinen Spaß daran. Es war ein bißchen wie in der Komödie oder im

Theater am Kurfürstendamm, und er mochte Boulevardtheater.

Gesprächsthema Nummer eins war die bevorstehende Fußballweltmeisterschaft in Mexiko, und Frau Winterberg erntete großen Beifall, als sie darauf tippte, daß die deutsche Mannschaft das Endspiel erreichen würde. »Das ist ja dann im Acetylen-Stadion.«

»Ja, ja«, sagte Manfred. »Die Acetylenen, die Mayonnaisen und die Inkassos, die haben den Spaniern das Leben schwergemacht.«

Hüring sah ihn an. »Sie essen ja heute so wenig. Haben Sie sich gestern den Magen verdorben ...?« Das war eine Anspielung auf das große Spargelessen bei Kemenas im Garten, zu dem auch Manfred und Renate eingeladen worden waren.

Wannowski lachte. »Bei Kemmi kriegt man doch nie einen Bissen runter, weil man immer Angst hat, daß der Zug aus der Kurve fliegt ... einem genau auf den Teller.« Das spielte auf die Tatsache an, daß das Grundstück der Kemenas am Außenradius jener Kurve lag, mit der die aus Hamburg kommende Schnellfahrstrecke in die Innenstadt bog.

»Nein«, sagte Manfred. »Wir haben im Keller gesessen und gegessen.«

»Wie das ...?« fragte Hüring. »Der steht doch ständig unter Wasser.«

»Ja, mir bis an den Hals«, fügte Kemena hinzu und ließ sich nicht anmerken, daß er ein wenig gekränkt war.

Hüring sah ihn an. »Dir bis an den Hals, mir bis ans Knie.«

Frau Winterberg hatte Mitleid mit Karl-Heinz Kemena und wollte ablenken. »Haben Ihrem Sohn denn nun die Schuhe vom Doktor gepaßt?«

Das bezog sich auf Manfreds Qualen mit den neuen und sündhaft teuren Sommerschuhen, die er sich in der Sögestraße gekauft hatte: Sie wollten und wollten nicht passen, und kein Trick half gegen die blutigen Blasen, die sie ihm immer wieder bescherten. Er hatte sie auf übergroße Schuhspanner gezogen, vor dem Anziehen eine Stunde lang in warmes Wasser gestellt, vom Schuster weiten lassen und sogar heimlich hineingepinkelt ... alles umsonst. Da war Frau Winterberg auf die rettende Idee gekommen: »Verkaufen Sie doch die Schuhe zum halben Preis an Herrn Kemena, dessen Sohn paßt alles.« So hatte er sie gestern mit zu Kemena genommen, und Martin war umhergelaufen, als hätte sie ein Londoner High-Society-Schuster extra für ihn maßgefertigt.

»Nun rück mal das Geld für Dr. Matuschewski raus!« sagte Hüring, der Kemena ganz genau kannte.

»Wieso?« Kemena tat erstaunt. »Geschenkt ist geschenkt.«

So war er eben und kam im Leben zu was. Gerade hatte er sich ein Grundstück in Huxfeld gekauft, das er als Campingplatz herrichten und vermieten wollte. Kleinvieh macht auch Mist, war seine Devise, und jeden Tag nahm er, um den Zeitungskauf zu sparen, Manfreds *Weser-Kurier*, las ihn bei sich am Schreibtisch und kopierte hinten in der Kaffeeküche auf Staatskosten die wichtigsten Artikel für seine Familie. Seine Rechnung war einfach: Der *Weser-Kurier* kostete 40 Pfennige, und das ergab bei 220 Arbeitstagen im Jahr eine Ersparnis von immerhin 88 DM.

Heiß diskutiert wurde nach wie vor die Befreiung des »Kaufhausbrandstifters« Andreas Baader mit Hilfe Ulrike Meinhofs.

»Das sind ja ganz schöne Deppen bei euch in Berlin«, sagte Hüring in Manfreds Richtung. »Wird der Baader vom Knast in die Bibliothek gebracht – zum Quellenstudium. Da wartet die Meinhof auf ihn, und vier maskierte Männer kommen und befreien ihn.«

»Wer weiß, wer das war«, lachte Manfred. »Bald werden Baader und Genossen richtig loslegen – und bei Polizei und Staatsschutz wird man ihretwegen neue Stellen noch und nöcher schaffen, viele Leute befördern – und, und, und.«

Etwas unmotiviert rief Kemena nun »Willy-Willy!«. Das hatte sich so eingebürgert, seit die Erfurter Bürger beim ersten Treffen von Brandt und Stoph im März dem BRD-Kanzler auf diese Art und Weise gehuldigt hatten. Jetzt hatte es ein zweites Treffen in Kassel gegeben, ohne daß die deutschdeutschen Dinge irgendwie vorangekommen wären.

»Hauptsache, man redet miteinander und schießt nicht aufeinander«, stellte Frau Winterberg fest.

»Besser noch, man geht ins Bett und legt 'ne Platte auf«, sagte Hüring und gab zu, die *Je-t'aime*-Parodie von Wolfgang Gruner und Edeltraut Elsner gekauft zu haben, wo die beiden furchtbar heftig stöhnten. Manfred dachte an die *Stachelschweine* und wie es wohl in diesen Minuten am Berliner Europa-Center aussehen würde.

Frau Winterberg war die Diskussion um die Stöhneplatte, von der in vierzehn Tagen 60 000 S-tück verkauft worden waren, etwas peinlich. Sie lenkte die allgemeine Aufmerksamkeit auf das Fernsehprogramm. »Heute abend gibt es den *Fall Mauritius ...*«

»Hoffentlich fällt er nicht allzu tief«, warf Manfred ein.

»Lebenslänglich hat er bekommen, aber nach 18 Jahren stellt sich heraus, daß er unschuldig war.« Sie wußte schon alles aus der *Hör zu*.

»Mich interessiert die Mauritius nur, wenn sie blau ist«, bekannte Kemmi.

»Du Sau sollst es nicht immer mit deiner Nachbarin treiben«, ermahnte ihn Hüring.

»Die heißt doch Mauritz und trinkt nur S-prudel.«

Es nahte nun der Höhepunkt des Morgens, denn Hüring hatte einen nach dem anderen prüfend angesehen und festgestellt, daß ihnen der Appetit auf ein halbes Brathähnchen von den Augen abzulesen sei, und das berühmte AmfVi-Ritual begann, das Gnuxen. »Die erste Runde diesmal: Wer bezahlt die Hähnchen? Und die zweite Runde: Wer holt sie?« Da freute er sich ganz besonders, wenn es den, der das Essen zu bezahlen hatte, noch einmal traf und er, mißmutig, wie er war, lostrotten mußte. Er selber verlor nie beim Gnuxen, obwohl er nicht schummelte, da war sich Manfred sicher. Hüring mußte wohl über quasi übersinnliche Fähigkeiten verfügen, denn so viel Glück und Zufall konnten nicht sein, dagegen sprach die Wahrscheinlichkeitsrechnung.

Das Spiel, das man in Bremen »Gnuxen« nannte – oder wie immer man es schrieb, Manfred hatte das Wort nie irgendwo gedruckt gesehen –, war einfach genug: Jeder bekam vier Streichhölzer zugeteilt und hatte in jeder Runde die Wahl, zwischen null und vier in der geschlossenen Faust auf den Tisch zu legen. Die andere Hand mit den restlichen Hölzchen – beziehungsweise die leere Hand – blieb unter dem Tisch. Dann mußte in umlaufender Reihenfolge geraten werden, wie viele Streichhölzer sich insgesamt in den aufliegenden Händen befanden. Fünf Personen waren sie, und der erste, der die Gesamtzahl raten durfte, hatte in der ersten Runde folglich die Wahl zwischen null und zwanzig.

»Zehn«, sagte Frau Winterberg, die es als erste am leichtesten hatte und folglich den Mittelwert wählte.

Kemena als Nächster mußte nun entscheiden, ob es mehr oder weniger sein würden, und er sagte nach sekundenlangem Überlegen kurz und selbstsicher: »Neun.«

Wannowski war für schnelle Schläge: »Acht.«

Jetzt war Manfred an der Reihe, und er folgerte, daß Kemena und Wannowski nur wenige Hölzchen in der Hand hatten, da sie sonst nicht nach unten gegangen wären. Er zählte zusammen, was er vermutete: Frau Winterberg 2, Kemena 1 und Wannowski 0. Das machte 3. Und da Hüring gern mit 4 anfing, waren das 7. Mit seinen 4, die er in der schweißigen Rechten umfangen hielt, waren das 11. Und diese Zahl nannte er nun, Hüring ansehend, der den Reigen schloß.

»Sieben«, sagte Hüring lächelnd.

Damit öffneten sie ihre Hände, und blitzschnell wurde zusammengezählt: Matuschewski 4, Frau Winterberg 2, Kemena 1 und Hüring und Wannowski beide 0 …

»Ich bräuchte gar nicht erst mitspielen«, sagte Hüring und warf, wie es das Recht des Siegers war, eines seiner Hölzchen in den Aschenbecher. Wer alle seine vier Streichhölzer abgegeben hatte, schied aus und konnte in aller Seelenruhe zusehen, wie die anderen weiterspielten, bis der Verlierer feststand.

Nach 17 Runden waren zwei Spieler übrig – Manfred und Wannowski –, und der Showdown konnte beginnen. Jeder hatte noch ein Streichholz, und Manfred, der als erster an der Reihe war, hatte die Wahl zwischen drei Möglichkeiten:

0, 1 und 2. Er behielt sein Hölzchen in der Hand, entschied sich für die 2 … und verlor, denn Wannowski rief »Eines« … und seine Hand erwies sich als leer. Manfred war es ganz lieb so, denn das stimmte die anderen milde, wenn er sie im Laufe des Tages mit seinem ORWUBB-Projekt konfrontierte. Es traf sich auch gut, daß Wannowski die nächste Runde verlor, also die Hähnchen holen mußte, aber gern mit ihm zusammen gehen wollte.

»Dann können Sie gleich noch eine Kiste S-prudel von *Puls* mitbringen«, sagte Frau Winterberg.

Da war Wannowski ganz strikt dagegen. »Das muß extra ausgespielt werden.«

Hüring sah auf die Uhr. »Aber nur im Basketballverfahren.«

Das ging so, daß sie ihr Butterbrotpapier zu kleinen Bällen zusammenknüllten und den Papierkorb zu treffen suchten. Die beiden schlechtesten mußten die Kiste mit Selters und Cola schleppen. Da Frau Winterberg nicht in Frage kam und keiner gerne den Getränketräger spielte, wurde es ein verbissener Kampf. Aus etwa acht Metern Entfernung war zu werfen, und nur Manfred schaffte es beim ersten Wurf, war also aus dem Schneider. Die anderen zielten immer länger und gaben sich immer größere Mühe, doch vergeblich. Schließlich rückte Manfred den Korb in die Ecke, wo sich einfacher treffen ließ, da man ja nicht bis zum Feierabend fortfahren konnte.

»Treffer!« Wannowski war der Glücklichere der drei, und Hüring und Kemena waren nun dazu verdammt, zum Kaufhaus zu marschieren. Beide maulten. Hüring fand es mit der Würde eines Chefs nicht vereinbar, für die Untergebenen den Wasserträger zu spielen. Er wies darauf hin, daß bei dem gewaltigen Größenunterschied zwischen ihm und Kemmi eh nur einer die Kiste trüge, er nämlich.

»Dann kannst du ja gleich alleine gehen«, schlug Kemena vor.

»Du träumst wohl. Ich halte die Kiste mit der rechten Hand … und du hast sie auf der linken Schulter stehen, so geht das.«

Weiter kamen sie nicht, denn unten an der Haustür klingelte es, und als Frau Winterberg ans Fenster trat, um auf die Straße hinunterzusehen, meldete sie, daß Georg Altendorf am Gartentor stünde.

»Ja, klar«, rief Hüring, »der will Aale holen fahren.«

Georg Altendorf, Schorse genannt, war zwar nur Pförtner, stand also ganz weit unten in der Hierarchie, doch er war mächtiger als mancher Abteilungsleiter oder gar der eine oder andere aus der Riege der Senatsdirektoren und der Senatoren selber. Wie das? Manfred hatte Wochen gebraucht, um es zu begreifen, obwohl es ganz einfach war. Einmal betrieb Schorse zusammen mit seiner Frau eine Kantine in einer der großen Behörden und stand jeden Mittag hinterm Tresen, wo alles zusammenfloß, was es in Bremen an Tratsch und Klatsch gab. Noch wichtiger aber war die Skatrunde, die sich jeden Sonnabendmorgen um 11 Uhr bei ihm in seinem Jägerstübchen einfand und der nicht nur mächtige Senatoren angehörten, sondern auch die Könige der Bremer Gewerkschaften und Eigenbetriebe. Da wurde gekungelt, da wurden Leute aufgebaut und Leute abgesägt, da wurden Weichen gestellt und vertrauliche Informationen weitergegeben wie die Lottozahlen vom letzten Wochenende. Und mehr als einmal entschied Schorse als Stimme des Volkes schwierigste Dinge, hatte auch die Funktion eines Wahrsagers inne. Wer also den überlangen Dienstweg umgehen und schnell das Ohr der Macher gewinnen wollte, der mußte sich an Georg Altendorf wenden. Und sie hofierten ihn alle.

Sie setzten sich zu einem doppelten Klaren zusammen, und Altendorf berichtete ihnen brühwarm, wie man sich um Koschnick herum über den pünktlich eingegangenen Brief zur Umsetzung des Ortsamtsgesetzes gefreut habe. »Damit kann die Opposition abgebügelt werden. Prima.«

Hüring strahlte und gab eine zweite Runde aus. Manfred fürchtete, eines der nicht gerade seltenen vormittäglichen Besäufnisse würde folgen, als ein Anruf für Kemena kam.

»Die Polizei aus Worpswede«, meldete Frau Winterberg und stellte durch ins Sitzungszimmer.

»Ist sein Auto wieder ohne Fahrer mit 180 auf der Autobahn gesehen worden?« lachte Hüring, denn Kemena war so klein, daß er hinter seinem Lenkrad so ziemlich verschwand.

Kemena nahm ab. »Ihr Mündel steht hier in Worpswede wieder mal am Bahnhof, wenn Sie bitte kommen würden.« Gottergeben machte er sich auf den Weg. Der junge Mann, für den er die Amtsvormundschaft übernommen hatte, fühlte sich mitunter verfolgt, floh dann aus der Stadt und versteckte sich irgendwo im Umland, die Kapuze seines Parkas über den Kopf gezogen, auch bei über dreißig Grad im Schatten. Kemena bekam Geld für diesen Job, aber was ihn eigentlich trieb, war sein gutes Herz.

Auch Schorse Altendorf zog ab, und Manfred glaubte, daß die Gelegenheit nun günstig war, mit Hüring über seine ORWUBB-Pläne zu reden. Er klopfte an und wurde ins Zimmer gebeten.

»Ich hab' da eine Idee, die ich erst einmal unter vier Augen mit Ihnen besprechen möchte ...«

Hüring war nun genauso förmlich. »Bitte, setzen Sie sich ...«

Manfred war befangen und fühlte sich wieder so klein und unbedeutend wie damals in der Siemens-Lehre oder später am Lehrstuhl Mayntz. Saß er Vorgesetzten gegenüber, schrumpfte er förmlich zusammen. Wo gab es einen Therapeuten dafür? Unsinn, den brauchte er nicht, denn die Therapie, die ihn heilte, kannte er schon lange: selber Vorgesetzter werden.

»Ja, also ...« begann er und bemühte sich, nicht ins Soziologenchinesisch zu verfallen. »Wir sollen ja hier im AmfVi die Verwaltung reformieren, uns Innovationen ausdenken und realisieren. Das geht aber nur, wenn man weiß, was wirklich Sache ist, also den Ist-Zustand genauestens kennt. Doch den kennen wir nicht. Keiner weiß genau, was die Leute hinterm Berge tun, was jenseits des eigenen Tellerrandes passiert.«

Hüring spielte mit seinem Kugelschreiber und schien eher gelangweilt zu sein. »Und wie heißt das Heilmittel dagegen?«

»Das Heilmittel heißt ORWUBB – die Organisationswissenschaftliche Untersuchung der Bremer Behörden.« Und Manfred erklärte ihm ausführlich, an was er da gedacht hatte.

»Hm ...« Zuerst hatte sich Hürings Gesicht verfinstert, aber schon bald begriff er, instinktsicher wie er war, was für ihn herausspringen könnte, wenn sie mit dem ORWUBB-Bericht groß herauskamen, die Sache im Senat besprochen und in den Medien ausführlich abgehandelt wurde. Allerdings ... Er war ehrlich genug, sofort zu sagen, worum es ihm ging. »Sie haben Ihre Habilitationsschrift ... und was bleibt für mich?«

»Was die Bremer Szene betrifft, da halte ich mich völlig bedeckt, und Sie können alles als eigene Ernte einfahren, wenn es denn ein Erfolg werden sollte. Dafür überlassen Sie mir in der Wissenschaft das Feld, das heißt, auf dem offiziellen Bericht steht Ihr Name vorne drauf, und ich darf das Material für eigene wissenschaftliche Veröffentlichungen auswerten.«

»Top!« Küring gab ihm die Hand, und sie besiegelten ihren Pakt mit einem weiteren Doppelkorn.

»Und wie soll's nun weitergehen?« fragte Manfred.

»Sie machen sich an die Präsentation, drei Seiten Text vielleicht über den Sinn der Sache, und entwickeln die erste Fassung des Fragebogens. Damit müssen wir Kupfer überzeugen und die anderen Senatsdirektoren, die mit ihren Bedenken. Dann kommt der Personalrat, und das ist vielleicht das größte Stück Arbeit. Schließlich müssen wir den Bürgermeister für unsere Sache gewinnen, und es wäre auch ganz schön, wenn die Bürgerschaft hurra ruft, wenn sie ORWUBB hört.«

»Und Sie meinen, daß das zu schaffen ist ...?«

»Nein, aber wir sollten es trotzdem versuchen.«

Damit kehrte Manfred in sein Kabuff zurück, öffnete das Fenster und machte sich ans Werk. »Auf den immer schneller werdenden Wandel in Wirtschaft, Wissenschaft, Technik und Gesellschaft«, so begann er, »muß die öffentliche Verwaltung mit der Reformierung ihrer Strukturen reagieren, wenn sie auch zukünftig in der Lage sein will, den steigenden Bedarf an öffentlichen Dienstleistungen zu decken. Da man aber nur dann sinnvoll etwas verändern kann, wenn man es in all seinen Details genauestens kennt, soll vom AmfVi als erster Schritt auf dem Wege zu einer tiefgreifenden Verwaltungsreform eine umfassende Organisationswissenschaftliche Untersuchung der Bremer Behörden (ORWUBB) durchgeführt werden. Gedacht ist an eine schriftliche Befragung von 2 000 durch eine repräsentative Zufallsauswahl bestimmter Mitarbeiter, die …«

Als er so weit gekommen war, mußte er kräftig niesen, und innerhalb weniger Minuten wiederholte sich der Anfall, den er kürzlich zu Hause gehabt hatte. Glasiger Rotz quoll ihm aus der Nase. Es wurde immer schlimmer; er hustete und würgte immer heftiger und litt schließlich derart unter Atemnot, daß sich sein Gesicht bläulich verfärbte. Kraftlos sank er auf Frau Winterbergs Stuhl. Er hatte sich gerade noch zu ihr schleppen können, um sie zu fragen, ob sie einen Arzt wüßte, der …

»Der Doktor muß zum Doktor!« schrie sie nach oben. »Schnell, wer fährt ihn?«

Wannowski kam nach unten geschossen, mit den Autoschlüsseln klimpernd.

»Zu Dr. Blut«, sagte sie.

Manfred verzog das Gesicht. Daß einer Witzchen machte, wo er halb am Sterben war, fand er gar nicht gut.

»Der heißt wirklich so«, lachte Wannowski. »Hinten … Außer der Schleifmühle.«

Dr. Blut hatte in einer halben Minute die Diagnose gestellt, die sein Kollege in Osterholz verfehlt hatte. »Nichts von dem, was Sie so alles befürchteten: weder Tbc noch schweres Asthma oder Angina pectoris, sondern nur eine Allergie, wahrscheinlich gegen Gräser, landläufig: Heuschnupfen. Eine kleine Spritze, Volon A 60, und es ist wie weggeblasen.«

So war es auch, und Manfred reimte, als sie bei den Brathähnchen saßen, die Wannowski und er gleich von »Herrn Karstadt« mitgebracht hatten: »Dr. Blut tut gut.«

»Nur ein Bad darf er nicht aufmachen«, sagte Kemena.

»Und keine Schande treiben«, fügte Hüring hinzu.

Sie spülten die halben Hähnchen mit Rum und Coca-Cola runter und wurden so albern, daß sie, als sie einen fremden Wagen auf ihrem Parkplatz entdeckten, draußen die schwere Kette vorlegten. Hüring fand, daß das Fremdparken eine Riesensauerei sei und der Eigentümer einen Denkzettel verdient habe. Als der dann erschien und wie Rumpelstilzchen stampfte und tobte, weil er nicht wegfahren konnte, wälzten sie sich fast am Boden vor Lachen.

»Den kenn' ich«, sagte Kemena. »Das ist der Muldenstein aus der SKP.«

»Besser SKP als DKP«, kommentierte Manfred. Die SKP war die Senatskommission für das Personalwesen, eine Querschnitts- und Grundsatzabteilung, die für alle senatorischen Dienststellen und Ämter zuständig war.

Muldenstein zog schließlich ab. Offensichtlich wußte er nicht, daß das der Parkplatz des AmfVi war. Manfred tat er leid, aber aus dem Fenster schreien, daß er warten solle, und ihm den Schlüssel hinunterwerfen, das ging wohl nicht.

Sie tranken weiter. Der Tag konnte sowieso abgehakt werden.

»Auf unseren Doktor«, sagte Hüring und hob sein Glas in Richtung Manfred. »Wenn das AmfVi nach Lienhoop den zweiten Mann verloren hätte, müßte man sich ja ernsthaft Sorgen machen.«

Das Telefon klingelte, und Frau Winterberg eilte in die linke vordere Ecke des langgestreckten Sitzungssaals, wo es auf einem kleinen Tischchen stand.

»Die Pathologie des St.-Jürgen-Krankenhauses«, sagte Hüring. »Die sind schon scharf auf Ihre Lunge.«

»Nein.« Manfred dachte an seine »Brennholz für Kartoffelschalen«-Tage im Nachkriegsberlin. »Das ist die Kantine in der SKP, wo sie Lungenhaschee daraus machen wollen ... *Bismarcks letzten Husten.*« Anders hatten sie dieses Gericht in Berlin gar nicht mehr genannt.

Frau Winterberg war einem Brechreiz nahe, als sie ihm den Hörer reichte. »Für Sie, Herr Doktor.«

Es war Renate, und er dachte im ersten Augenblick mit einem heiß aufschießenden Glücksgefühl, daß sie nun endlich schwanger sei, doch es war ganz etwas anderes.

»Ich hab' eben für August zwei Wochen Baltrum gebucht.«

Sie waren mit ihrem Käfer in Bremen etwas früher losgefahren, um in Jever noch Brauerei, Schloß und Grab des alten Friesenhäuptlings Emo Wiemken besichtigen zu können. Eine Stadt wie für die Modellbahnanlage geschaffen, ein Nest, ein Uterus. Berlin erschien Manfred dagegen wie eine große Müllkippe. Aber wenigstens eine mit viel Atmosphäre. Für Bremen dagegen ließ sich kein Bild finden, das halbwegs paßte.

»Ich möchte mindestens hundert Leben haben und in einem auch mal sehen, wie es ist, wenn man hier aufwächst, wohnt und...«

»Friesennerze züchtet«, lachte Renate, denn wieder hatte es zu regnen begonnen.

In Neßmersiel fanden sie in einer alten Scheune einen Abstellplatz für ihren Wagen.

»Wo liegt denn das schmucke Seebäderschiff der Reederei Baltrum-Linie?« fragte Manfred die Bauerstochter, die ihnen die Quittung aushändigte, wobei er die Sätze wiederholte, die er vorhin im Prospekt gelesen hatte. »Denn wir möchten alsbald auf der einen Kilometer breiten und sieben Kilometer langen ›Insel ohne Kraftfahrzeuge‹ die reine Meeresluft und die ständig auf uns einwirkenden natürlichen Heilkräfte der Nordsee genießen.«

Sie erhielten Bescheid, fanden den Anleger fast auf Anhieb, mußten aber ein Weilchen warten, bis Flut und Schiff Neßmersiel erreicht hatten.

Manfred grauste ein wenig vor den vielen lieben netten Menschen, die sich hier versammelt hatten. »Das sind ja alles Liebetruths«, sagte er in Anspielung auf das Ehepaar, das mit seinen Eltern nun schon seit 16 Jahren eng befreundet war und ihn zum Paten seines Sohnes gemacht hatte. Die Liebetruths standen für die neue deutsche Biedermeierzeit, für den Königssee in Öl überm Sofa, die Klorolle mit Häubchen hinten im Auto und eine Wolke *Tosca* um sich herum. Keiner von denen tat ihm etwas zuleide, und dennoch faßte er ihr bloßes Dasein als Aggression auf. Er hatte Angst vor ihnen. In der Schule und erst recht bei Siemens hatten sie ihn ständig drangsaliert, so zu werden, wie sie waren. Andersartigkeit war ihr erkorener Feind, und im Innern war er anders als sie, auch wenn er es schwer in Worte fassen konnte. Vielleicht ging es in Richtung der »freischwebenden Intelligenz«, und er war doch ein Intellektueller, obwohl er sich zugleich immer als das kleine Dummchen aus dem Neuköllner Hinterhaus fühlte. Es mochte auch die Angst sein, einmal zu werden wie sie, obwohl er sie andererseits fürchterlich beneidete, vor allem mit ihrer Selbstzufriedenheit und mit der Botschaft, die sie ständig aussandten: Seht her, wir sind wer, uns gehört die Welt. Dagegen kam er sich klein und ärmlich vor. Insbesondere wenn sie von ihren Häusern sprachen, die sie in Stuttgart, München oder Frankfurt hatten. »Und Sie?« – »Wir wohnen in Bremen in einer Art sozialer Wohnungsbau.« Für Menschen vom Neuköllner Hinterhof war die Hasenheide vorgesehen, wenn sie Erholung wollten, nicht die ostfriesischen Inseln. Hier hatten nur die höheren Stände etwas zu suchen.

»Du mit deinen Minderwertigkeitskomplexen«, erwiderte Renate, als er ihr von seinen Gefühlen erzählte. »Schließlich bist du Doktor und wirst Karriere machen … und die?«

»Die haben schon Karriere gemacht. Und wenn ich sonstwas sein würde, ich hätte immer noch das Gefühl, daß sie alle auf mich herabsehen. Einmal Schmuddelkind, immer Schmuddelkind. Die Herkunft, das ist wie eine Vorstrafe.«

Renate widersprach ihm. »Das ist doch deine Schuld, daß du hier in C&A-Sachen rumläufst und wir im Uralt-Auto angekommen sind. Kauf dir doch teure Sachen und 'n Mercedes und 'n Reihenhaus in Horn-Lehe oben … zu finanzieren ist das.«

Er sah ein, daß er in seiner eigenen Falle saß. Wer nach dem alten Preußenmotto »Mehr sein als scheinen« lebte, durfte nicht darüber jammern, wenn ihn die Leute, ihre Maßstäbe anlegend, für einen armen Schlucker hielten, der nicht auf eine noble Urlaubsinsel paßte.

Diese Diskussion führten sie auf dem Schiff, das sie im Zickzack durch das Watt, immer der Allee der Pricken entlang, von Neßmersiel zur Insel brachte.

»Wo wohnen wir überhaupt?« fragte Manfred. Ihn ängstigte die Vorstellung einer Art Grand Hotel mit Smoking-Zwang.

»In der Pension KoKo.«

Manfred dachte an Coco gleich Pariser Freudenmädchen und Coco Chanel gleich teures Parfum und war enttäuscht, als seine Frau ihm erklärte, dies sei das Kürzel von Konrad Kolbatzky, dem Wirt, der auch eine kleine Bar betreibe: »*KoKos Koje* ...«

»Wenn er mich ärgert, kriegt er was auf seine Kokosnuß«, sagte Manfred. »Und von wem hast du den Tip ... von deiner Agentur ...? Habt ihr die Werbeprospekte für den entworfen? ... *Der Seemann treibt es mit 'ner Boje – Du aber find'st die Frau für eine Nacht in* KoKos Koje.«

»Nein. Meine Mutter ist im März auf Baltrum gewesen.«

»Wie das?«

»Ihre Sekte hat da 'ne Tagung gehabt ...«

»Großer Gott: Wo sich die *Gemeinschaft der Bußfertigen* versammelt, kann doch nur die Hölle sein ... oder? Da bin ich mal gespannt, was uns da alles an Schrecken erwartet ...«

Er brach ab, denn das Bild, das sich jetzt bot, war überwältigend. Die Sonne war durch die Wolken gebrochen, und wie aus einem riesigen Scheinwerfer fiel ihr Licht auf die Insel, die sich wie ein weißes Atoll aus dem Wasser erhob. Manfred glaubte sekundenlang, auf der *Willi Waw* zu sein, dem Schoner, auf dem David Grief, Jack Londons »Sohn der Sonne«, durch die Südsee geschippert war. Er, der bislang nur ein bißchen Ostsee kannte, war sofort angetan von Baltrum. Man konnte die Insel mit einem Blick erfassen, und er verstand nun Hürings Bemerkung: »Das heißt Baltrum, weil man bald rum ist.«

Man machte sich bereit zur Landung, und als Manfred sagte, er würde sich freuen, daß er sich endlich »ausschiffen« könne, sah man mißbilligend zu ihm herüber. Man sah den Leuten deutlich an, was sie dachten: Nun kamen die Proleten auch schon auf die Inseln. Das war aber, wie er merkte, gar nicht so sehr auf ihn als Mensch gemünzt, sondern auf die Berliner ganz im allgemeinen. »Baltrum ist ja fast 'n Vorort von Bremen«, sagte er. »ß-timmt es wirklich, daß wir als Bremer hier Rabatt bekommen …? Da ß-taunen alle, was.«

Am Anleger standen die Hoteldiener mit ihren Pferdefuhrwerken und hielten Schilder hoch. Die Inhaber der kleineren Unterkünfte waren selber gekommen, ihre Bollerwagen neben sich, um die neuen Gäste in Empfang zu nehmen und ihre Koffer fortzuschaffen.

Konrad Kolbatzky war ein großer hagerer Mann mit dunklem Stoppelbart, Halbglatze und Nickelbrille, dem niemand den Pensionswirt auf einer kleinen Nordseeinsel angesehen hätte. In Manfreds Augen war er viel eher ein erlauchter Kulturjournalist aus der Adorno-Schule, der bei der *FAZ* gescheitert war und nun beim *Baltrumer Inselboten* sein Geld verdiente. Vergnatzt genug sah er aus. Mürrisch gab er ihnen die Hand, mürrisch warf er ihre Koffer auf seinen Wagen, mürrisch sagte er: »Mir nach.«

»Mann, ist das ein Stiesel«, war alles, was Manfred Renate zuflüstern konnte.

Die Pension KoKo war mehr Jugendherberge als Vier-Sterne-Hotel, und Manfred fluchte, daß sie dafür auch noch Kurtaxe zahlen mußten.

»Sie haben Halbpension?« fragte Kolbatzky, als sie in ihrem Zimmer standen und wegen der Dachschrägen die Köpfe einzogen, und es klang wie ein Verhör.

»Ja …« Manfred traute sich nicht, seinen Standardscherz anzubringen, daß er als Angestellter überhaupt keine Pension bekäme, sondern nur Rente.

Als sie nach einem kurzen ersten Auspacken zum Strand hinunterliefen, sagte Manfred, daß er diesen Kolbatzky ziemlich unheimlich fände.

Renate stimmte ihm zu. »Ich fühle mich wie Effi Briest in Innstettens Haus.« Und sie kuschelte sich bei Manfred an.

»In *Grimms Märchen* wäre das einer, der seine Gäste umbringt. So richtig wie ein Triebtäter sieht er aus. Der hat bestimmt schon zwei Dutzend bei sich im Garten verbuddelt.«

Renate blieb stehen. »Meine Mutter nicht, mit der hab' ich hinterher telefoniert.«

Manfred lachte. »Da wird er ihre Stimme nachgemacht haben.«

»Quatsch.«

»Doch. Schließlich hatte er von mir den Auftrag dazu.«

Sie durchquerten die Dünen und sahen Strand und Meer im schmalen Ausschnitt des Weges. Es war die Idylle pur. Die Strandkörbe waren wie bei einem Impressionisten in den weißen Sand gesprenkelt und das Wasser dahinter so grünblau und so aufgewühlt wie auf den Genrebildern mit der Seeschlacht von Trafalgar. Alles war unwirklich und weithin Bilderbuch. Die Strandburgen, die buddelnden Kinder, die Paare, die sich gegenseitig einölten, die Eisverkäufer in ihren weißen Häuschen. Die rote Fahne war gehißt, und keiner wagte sich ins Wasser.

»Hoffentlich klappt es wenigstens einmal in den vierzehn Tagen«, sagte Manfred. »Hier ist doch immer Regen und Kälte oder Sturm mit Badeverbot, und wenn mal die Sonne scheint, dann ist Ebbe, und es ist wieder nichts mit Baden.«

»Hätten wir nach Menorca fliegen sollen?«

»Dort hätten wir nicht von Kolbatzky ermordet werden können.«

»Bevor es soweit ist, möchte ich wenigstens noch einmal reiten.« Schon stürmte Renate los, um sich – und Manfred gleich mit – zum Reitunterricht anzumelden.

»Und ich 'ne Flasche Rotwein mit dir leeren.«

Sie ließen das Reiten zunächst und zogen los, sich Wein und Knabberzeug zu kaufen. Dann räumten sie ihre Sachen in die Schränke, und Renate schminkte sich extra fein, um beim Abendessen im Frühstücksraum einen guten Eindruck zu machen.

»Wo ruft man hier an bei Vergiftungserscheinungen ...?« Manfred hatte durchs halboffene Küchenfenster gespäht und gesehen, daß Kolbatzky alles alleine machte, die Suppen kochte, die Kartoffeln schälte, die Koteletts briet und die Nachspeise in die Schalen füllte. »Wahrscheinlich hat er seine Köchin letzte Nacht zerstückelt ... Die Koteletts haben so eine komische Farbe ...«

»Hör auf!« Renate hatte Mühe, mit ihrem Eyeliner einen geraden Strich zu ziehen.

»Ich kann ja deinen Vorkoster spielen.«

Unten fanden sich um 18 Uhr 30 noch zwei andere Ehepaare ein und dazu zwei Mütter mit jüngeren Kindern, die sofort und ungefragt erzählten, daß sie nicht etwa alleinerziehend seien, sondern Männer hätten, die leider unter der Woche arbeiten müßten, Freitagabend aber nach Baltrum kämen, mit dem Flugzeug sogar.

»Haben Sie also die Dünen mit einem Flugplatz verschandelt«, sagte Manfred zu Kolbatzky, als der die Spargelcremesuppe servierte.

»Wir können nicht nur von Hungerleidern leben.« Das »wie Ihnen« verschluckte er zwar, doch Manfred hörte es trotzdem überaus deutlich.

»Vielleicht drehen wir die Sache um«, flüsterte er Renate zu, »und ich bin es, der ihn umbringt.«

Das eine Ehepaar kam aus Bad Urach und hätte statt des warmen Abendbrots viel lieber ein »Wurschtlbrot« gehabt, das andere kam aus Sehnde bei Hannover. Beide waren nichts für Manfred und Renate, denn die Bad Uracher gingen auf die 80 zu, und die aus Sehnde waren selbst mit der Lektüre der *BILD-Zeitung* total überfordert. Am interessantesten waren die beiden Kinder, etwa zwei Jahre alt. Das eine hieß Stefan und hatte einen so großen Kopf, daß er wie die Miniaturausgabe des Kleinen Mucks aussah, das andere hieß Jacqueline und war ebenso zart wie quakig. Stefan Großkopf fiel aufgrund seiner unglücklichen Gewichtsverteilung dauernd um und stieß sich blutig, weinte aber nie. Das tat Jäckie dann für ihn mit einer olympiareifen Ausdauer. So ergänzten sich beide auf idealste Weise, und Manfred hoffte sehr, daß der Herr sie einmal den Bund fürs Leben schließen ließ.

Die Bad Uracher empfahlen ihnen, unbedingt zum Heimatabend zu gehen, wo eine leibhaftige Heimatdichterin zu bewundern sei. Selbst Alfred Braun, der große Rundfunkpionier, der Baltrum sehr geschätzt habe, sei von ihr angetan gewesen.

Sie dankten, zogen es aber vor, in *KoKos Koje* einen Mövenschiß zu trinken und dann, vom Rotwein angefeuert, intensiv zu prüfen, ob Kolbatzkys Herbergsbetten die Wirkung eines Aphrodisiakums hätten. Offenbar ja, denn Renate geriet derart in Ekstase, daß sie ihr Rotweinglas vom Nachttisch stieß. Ihrer beider Höhepunkt bestand anschließend darin, den Weinfleck aus der hellgrauen Auslegware herauszureiben. Kolbatzky machte am nächsten Morgen einen solchen Zeck, daß Manfred entschlossen war, woanders hinzuziehen.

»Das bezahlen Sie mir, das setze ich Ihnen auf die Rechnung.«

»Komm, Renate, wir suchen uns was anderes.«

»Viel Erfolg«, lachte Kolbatzky. »Die ganze Insel ist ausgebucht.«

So blieben sie zähneknirschend, und anstatt sich zu entspannen, dachte Manfred den ganzen Tag nur an Rache. Wie sie Kolbatzky seine Unfreundlichkeit heimzahlen konnten ...

Nicht eben fröhlich nahmen sie die Badetasche und gingen zum Strand hinunter. Für Renate war ein Nordseeurlaub ohne Strandkorb undenkbar, und so stellte Manfred sich murrend an, um einen zu mieten. Es dauerte ihm alles entschieden zu lange. Er sehnte sich nach den Sommern zurück, wo er allein im Faltboot den Seddinsee hinaufgefahren war, Kurs Gosen.

Als sie endlich im Strandkorb saßen, war an Schwimmen nicht zu denken, weil gerade Ebbe war. Zum Schlafen war er nicht müde genug, und zum Dösen und Lesen war es ringsum zu laut und zu quirlig. Sämtliche Kleinkinder Deutschlands schienen sich hier versammelt zu haben. Es war nur auszuhalten, wenn man selber welche hatte. Einen gewissen Trost fand er im Prospekt der Kurverwaltung: »In den idyllischen Kuranlagen und in der weiten Dünenwelt findet man die für jeden Urlauber so notwendige Ruhe und Beschaulichkeit.«

»Renate, kommst du mit in die Ruhe und Beschaulichkeit der Dünenwelt?«

»Nein.«

Seine Frau war in die Strandburg geklettert, die Stefan

Großkopfs Mutter für sich und ihren Sproß gebuddelt hatte, und rauchte da fröhlich plaudernd ein »Zigarettchen« nach dem anderen. Was blieb ihm, als die vorbeiziehenden weiblichen Wesen zu mustern und sich vorzustellen, wie es wohl wäre, es mit ihnen in den Dünen zu treiben. Oder im Hotelzimmer. Oder im AmfVi. Er tat das derart intensiv, daß er fürchten mußte, seine Badehose würde vorne platzen. Da er keinen Skandal auslösen wollte, dachte er lieber ans nächste Hertha-Spiel in Bremen. Dann war er trotz allen Lärms ein wenig eingeschlafen ...

... als plötzlich hinter ihm ein Kind fürchterlich schrie. Er fuhr hoch und sah, was geschehen war. Jacqueline, die Kleine aus ihrer Pension, war bei Stefan Großkopf in der Strandburg zu Besuch gewesen, eher einer Grube, und ihre Mutter hatte sie am linken Ärmchen herausziehen wollen, dabei aber das Gelenk aus der Pfanne gerissen.

»Arme Jäckie!« rief Stefan ohne Unterlaß, genauso geschockt wie seine kleine Spielkameradin.

Man brachte Jacqueline zum Badearzt, doch der konnte die Sache nicht richten, und da wegen der ungünstigen Tide kein Dampfer mehr ging, mußte man sie mit einem Rettungshubschrauber hinüber aufs Festland fliegen. Das war die Sensation des Tages.

»Wahrscheinlich hat die Kurverwaltung das inszeniert, damit hier endlich mal was los ist«, sagte Manfred.

»Wenn's dir zu langweilig ist, können wir ja morgen die erste Reitstunde nehmen«, sagte Renate. »Das ist mein großer Traum.«

»Meiner nicht ...« Manfred hatte von seinem Vater einen Heidenrespekt vor diesen Tieren geerbt, wenn nicht gar eine gewisse Aversion. In einem Alter, wo andere zum Tanzen und Küssen loszogen, hatte man Otto Matuschewski genötigt, den Pferdestall seines Stiefvaters auszumisten und die »Zossen«, wie er sie nannte, zu füttern und zu striegeln. Das war das eine. Zum andern gehörten Reiter für Manfred zum Establishment, zum Klassenfeind, und selber zu reiten war für ihn Verrat an den alten Idealen. Doch andererseits ... Auch

Old Shatterhand war ein großer Reiter, und einmal nachzuempfinden, wie es war, im Sattel zu sitzen, wäre sicher ganz schön.

»Willst du dich nun auch für 'ne Reitstunde anmelden?«

»Ja ... Aber da ich mir dabei ganz sicher den Hals brechen werde, möchte ich heute abend noch mal richtig schlemmen und nicht wieder Kolbatzkys Hausmannsfraß runterwürgen müssen.«

Das taten sie und gingen anschließend zu dem vielgepriesenen Heimatabend, dessen Höhepunkt ein Gedicht der führenden Baltrumer Poetin war, vorgetragen von ihr selber, einer rührend zerbrechlichen Dame von fast 80 Jahren. Sie besang einen Kutter, der weit draußen auf dem Meer gekentert war, und die letzte Zeile ihres Gedichtes prägte sich Manfred so sehr ein, daß er sich dreißig Jahre später ohne weiteres an sie erinnern konnte: »Die ›Heimkehr‹ kehrt nimmer heim ...« Das war großartig, das war die Welt seiner Großeltern, das hätte auch in den »Liederabend letzte Rose« gepaßt.

Ihre eigene Heimkehr in die Pension verzögerte sich um einige Viertelstunden, da sie ihren Wein diesmal anderswo tranken, und dies in solchen Mengen, daß Manfred auf dem Nachhauseweg schaurig-schön die Capri-Fischer sang, wie bei seiner Einsegnung: »Wenn bei Capri die rote Sonne im Meer versinkt und vom Himmel die bleiche Sichel des Mondes blinkt, zieh'n die Fischer mit ihren Booten aufs Meer hinaus ...«

»Ruhe!« schrie Kolbatzky. »Sie sind hier nicht auf Capri.«

»Leider.«

Am nächsten Tag liefen sie gleich nach dem Frühstück zum Reitstall. Renate hatte da ganz romantische Vorstellungen und freute sich auf einen Reitlehrer vom Format eines Willy Birgel oder Raimondo d'Inzeo. Manfred fiel plötzlich ein, daß er in Groß Pankow, wo sie im letzten Kriegsjahr bei den Blumenhagens evakuiert gewesen waren, schon einmal auf dem Rücken eines Gauls gesessen ... und vor Angst jämmerlich nach seiner Mama geschrien hatte.

»Mein Gott, welcher Idiot hat da bloß ausgerufen: ›Ein Königreich für ein Pferd!‹ Ich würde meines hergeben, wenn ich nicht reiten müßte.«

»Wir bleiben!« Renate hielt ihn fest, bereute aber ihr Eingreifen zutiefst, als der Reitlehrer auf der Szene erschien, denn das war kein Traummann, sondern ein Bauernbursche von der etwas einfacheren Art, wie Grimmelshausen sie im *Simplicissimus* verewigt hatte. Dementsprechend war die Einführung in die hohe Kunst des Reitens, die sie auf Baltrum erfuhren. Immerhin lernte Manfred, daß es mehrere Gangarten gab, vor allem Trab und Galopp.

»Trab können wir doch hier nicht machen«, sagte er. Der Reitlehrer und die acht anderen Kursteilnehmer verstanden das nicht.

»Doch, können wir.«

»Nein, da braucht man doch immer so 'n komisches Wägelchen zu«, lachte Manfred. »Wie bei uns in Mariendorf auf der Trabrennbahn ... einen Sulky.«

Doch das Lachen sollte ihm bald vergehen. Zwar kam er mit der Hilfe von Renate, dem sogenannten Reitlehrer und zwei anderen Männern auf das Pferd hinauf, das Frauke hieß und demnach eine Stute war, dann aber begann sein Martyrium. Daß ein Pferderücken so hoch sein konnte, hätte er nie erwartet. Er kam sich vor, als säße er in der Wohnung seiner Eltern auf dem Balkongitter und starrte in die Tiefe.

»In leichtem Trab in Richtung Strand«, befahl der Reitlehrer, und ganz automatisch folgte Frauke den zehn anderen Pferden. Und bald merkte Manfred, daß es für sie völlig bedeutungslos war, was er mit seinen Zügeln machte. Er fühlte sich wie ein Pilot, der die Gewalt über sein Flugzeug verloren hatte und nur noch eines vermochte: beten. Er betete zunächst ganz allgemein darum, daß diese seine erste und letzte Reitstunde bald zu Ende gehen möge, ohne daß sein Gebet einen direkten Adressaten hatte. Was ihn im Sattel hielt, war allein das Bewußtsein, daß Millionen Menschen ritten oder im Verlauf der Geschichte geritten waren, ohne sich den Hals zu brechen. Warum sollte er dümmer sein als die? *Augen zu und durch!*

Als Frauke am Wegesrand ein paar leckere Gräser entdeckte, ließ sie sich durch nichts davon abhalten, den Hals zu senken und zu fressen. Wie beim Tauziehen riß er an den beiden Lederriemen und schrie böse: »Frauke, nein, aus, laß das, pfui!« Doch sie ließ sich nicht im geringsten beeindrucken.

»Das ist doch kein Hund«, sagte der Reitlehrer und freute sich, daß der Herr Dr., als den Renate ihn angemeldet hatte, bei der einfachsten Sache der Welt nicht weiterwußte. Was konnte schon passieren: Zehn Meter weiter war der Strand, und der war leer, denn es hatte zu regnen begonnen.

Schließlich bequemte sich Frauke, den anderen zu folgen. Und nicht nur das: Um ihren Freundinnen Wiebke und Dörthe möglichst schnell wieder nahe zu sein, entschloß sie sich zu einem wilden Galopp. Die lästigen 81 Kilo Mensch auf ihrem Rücken hatte sie längst vergessen. Und je mehr ihr Reiter an den Zügeln riß und schrie, desto stärker ging sie durch, flog wie ein Pfeil an den anderen Pferden vorbei.

Das ist dein Tod.

Mehr konnte Manfred nicht mehr fühlen, nicht mehr denken. Gleich rauschte er in hohem Bogen in den Sand, brach sich das Genick und ... Niemand konnte ihn mehr retten, denn der Reitlehrer folgte ihnen nicht, sondern lachte sich scheckig, und Renate schaffte es nicht, ihren Gaul irgendwie in Bewegung zu setzen.

Er hatte seinen Grabstein deutlich vor Augen. Oben auf dem Osterholzer Friedhof, direkt neben Karl-Hermann Lienhoop.

Dr. rer. pol. Manfred Matuschewski
† 29. August 1970

Und obwohl es Hochsommer war, sah er die Leute auf den Entwässerungsgräben Schlittschuh laufen. Seine nächste Reaktion hatte mit Dschingis-Khan zu tun. Nicht daß er sich als solcher fühlte, nur hatte er irgendwann in einem Mongolenfilm gesehen, wie sich die Reiter in die Mähnen ihrer Tiere krallten. Ein solches tat er nun auch und preßte den Kopf fest gegen den Hals. Das verringerte zwar einerseits das Risiko, seitwärts abzurutschen, barg aber andererseits die Gefahr, kopfüber zu gehen und sich wie eine Rakete in den Sand zu bohren. … *Gott hilf …!* Es war die höchste Not, aus der er schrie. Und wie auch immer, ob es wirklich das direkte Eingreifen des Herrn war oder einzig und allein die schnell erlahmende Kraft des Baltrumer Touristenrosses: Auf Höhe des Kurzentrums hielten sie ganz plötzlich, und Frauke bückte sich nach einem Stückchen Apfel. Manfred zitterte am ganzen Körper; der Badearzt hätte ihm ganz sicher einen Schock attestiert. Als die anderen Kurgäste auf ihren Gäulen herbeikamen, schütteten sie sich allesamt vor Lachen aus. Zu komisch habe es ausgesehen, wie er da …

»Fehlten nur noch Lanze und Windmühle, und wir hätten sie für Don Quijote gehalten«, stichelte ein Oberstudienrat aus Coesfeld.

Manfred war kurz vor seinem ersten Mord und schwor sich, nie wieder auf ein Pferd zu klettern. Um sein junges Leben nicht noch einmal aufs Spiel zu setzen, ließ er sich hinabgleiten und führte Frauke am Zügel zu ihrem Stall zurück.

»Wo ist hier die Wurstfabrik?« war die einzige Frage, die er dem Reitlehrer noch stellte.

Renate war dafür, Anzeige zu erstatten oder wenigstens der Kurverwaltung einen geharnischten Brief zu schreiben, daß sie einen solchen Trottel als Reitlehrer zuließen.

»Lassen wir's!« Manfred hatte bei Siemens gelernt, daß man gutes Geld dem schlechten nicht hinterherwerfen sollte. »Nach dem Schrecken nicht auch noch diese Mühe und den ganzen Ärger.«

Er war glücklich, heil davongekommen zu sein. Der Adrenalinstoß hatte ihn so hochgepuscht, daß er sich zu Renate unter die Dusche drängte … und es doch noch ein schöner Vormittag zu werden schien.

»Nur eines bitte ich mir aus, wenn es eine Tochter werden sollte.«

»Daß sie nicht Frauke heißen soll.«

»So ist es.«

Kaum hatten sie sich abgetrocknet und waren in ihre Sachen geschlüpft, klopfte es an der Tür. Manfred schrak zusammen. Doch die Polizei, weil einer Anzeige erstattet hatte. Wegen fahrlässiger Körperverletzung, oder weil der Reitlehrer ohne Lizenz ... »Ja, bitte ...?«

»Ich bin's, Ihr Wirt.«

»Kolbatzky ...?« flüsterte Renate.

»Ja ... Unzucht unter der Dusche ist bei ihm verboten. Oder kostet fünfzig Mark extra«, meinte Manfred.

»Machen Sie doch bitte auf, ich habe eine kleine Überraschung für Sie.«

Manfred sah Renate fragend an. »Sicher aus einer 38er Smith & Wesson ...«

Kugeln waren es schon, die er in der Hand hielt, als sie ihm öffneten, aber keine aus Blei, sondern Mozart-Kugeln. Dazu eine Flasche Rotwein.

Er sah Manfred an. »Ich habe von Ihrem Beinahe-Unfall gehört. Darum das hier, damit Sie sich den Tag ein wenig versüßen.«

»Danke«, stammelte er. »Das war aber nicht ... So schlimm war es doch gar nicht. Also, ich meine, das Pferd, das ...«

Daß Kolbatzky wie ausgewechselt war, so freundlich, einfühlsam und engelsgleich wie ein Starverkäufer von Siemens, irritierte Manfred sehr.

Als Kolbatzky gegangen war, rätselten sie lange über diesen Wandel.

»Vielleicht hat er nach Tagen endlich wieder einmal Stuhlgang gehabt«, vermutete Manfred.

»Quatsch. Du immer mit deinen Fäkalien.«

»Das ist das Erbteil meines Vaters, dafür kann ich nichts, seine anale Fixierung. Vielleicht, weil seine Mutter Anna hieß.«

»Kannst du nicht mal ernst sein?«

»Doch. Er hat im Lotto gewonnen, kann seine Hütte hier verhökern und sich in St. Tropez 'ne Villa kaufen.«

»Nein.« Renate war da klüger. »Es kann nur eins sein: Er hat sich frisch verliebt.«

Manfred lachte. »Ja, in dich.«

Renate tippte sich an die Stirn. »Eher noch in dich. Dir hat er doch Pralinen geschenkt. Und wie er dich schon die ganze Zeit über angesehen hat ...«

»Das hat er allerdings.« Manfred wurde nachdenklich. »Dich aber auch. Uns beide. So prüfend, so mit Röntgenblicken. Als sei seine ganze Griesgrämigkeit nur ein Test, ob wir ...«

Renate, die auf dem Fensterbrett gesessen hatte, sprang auf. »Du, ich hab's ...! Er hat sich in meine Mutter verliebt, als die hiergewesen ist.«

»Wer kann sich schon in deine Mutter verlieben«, brummte Manfred. »Und wie soll er gewußt haben, daß du ihre Tochter bist?«

»Ich hab' ins Anmeldeformular ›geborene Zerndt‹ geschrieben.«

Manfred schüttelte den Kopf. »Sie hat doch wieder ihren Mädchennamen angenommen.«

»Eben: Du hast gestern abend auf'm Balkon laut darüber gelacht: Charlotte Lamouche. Weil das so nach Muschi klingt.«

»Pssst.« Manfred war das peinlich. »Außerdem sieht sie dir überhaupt nicht ähnlich.«

»Und was ist das hier ...?« Renate zeigte auf ihren Nachtschrank, auf dem ein Foto lag, das sie mit ihrer Mutter zeigte. »Das wird er gesehen haben, als er die Betten gemacht hat. Er ist scharf auf sie, und um bessere Chancen bei ihr zu haben, will er einen guten Eindruck auf uns machen.«

»Da hätte er anfangs nicht so widerlich sein dürfen.«

»Das ist sein Liebeskummer gewesen.«

Manfred sah auf den Weg hinaus. Kolbatzky zog gerade los, um das Gepäck der abreisenden Gäste zum Dampfer zu karren. Was sich Renate da zusammenreimte, schien Hand und Fuß zu haben. Bei seiner Schwiegermutter hatte jedoch nur ein tiefreligiöser Mensch eine Chance, ein Mann, der es nicht weit zur *Gemeinschaft der Bußfertigen* haben würde. »Man müßte mal in seinen Privatgemächern nachsehen, ob da von ihrer Sekte was rumliegt oder wenigstens die Bibel ...«

»Willst du bei ihm einbrechen?«

»Nein, nur ihn suchen und mich mal eben verlaufen.«

Manfred hatte von Lienhoop und Hüring eine Menge gelernt. Doch vorerst waren Angst und Anstand größer als die Neugierde. Es war kühl und regnerisch geblieben, und so zogen sie ihre gelben Ostfriesennerze an und machten sich an die Umrundung der Insel. Zeit genug für Renate, das Leben ihrer Mutter wieder einmal vor ihm auszubreiten. Das tat sie ungefähr einmal die Woche mit nahezu denselben Worten und Wendungen, und er konnte es bald auswendig, doch er ließ sie gewähren, war es für sie doch ein Stück notwendiger Verarbeitung.

»Du mußt dir das mal vorstellen, Manfred: In der DDR haben sie zur Intelligenz gehört, mein Vater und meine Mutter, als Lehrer, und der Staat hat ihnen Puderzucker in den Arsch geblasen. Und meiner Großmutter erst, als Ärztin. Nach dem Krieg hat sie in Ostberlin die Geschlechtskranken behandelt, auch hohe Tiere dabei. Dadurch haben wir immer zu essen gehabt. Und nachher dann die Nutten, wenn die Krebs hatten. Gut ist es uns gegangen. Annette hieß sie, alle haben Nettie zu ihr gesagt. Meine Nettie war meine richtige Mutter, und meine Mutter nur wie meine Schwester. Sie war ja gerade mal achtzehn, als sie mich gekriegt hat. ›Eine Gummipanne‹, hat es immer geheißen. Und anstatt mich zu windeln, ist sie lieber tanzen gegangen. Mein Vater immer mit. Bevor sie den kennengelernt hat, war es ganz schlimm mit ihr: Charlotte, die flotte Lotte ... oder: Charlotte, die flotte Motte.«

»Charlotte Lamouche«, warf Manfred ein, um auch etwas zu sagen.

»Ja, wir stammen von den Hugenotten ab. Und aus dem Lamouche haben die Männer bei ihr La Muschi gemacht und waren ganz scharf auf sie. Sie muß es ganz schön getrieben haben, bis sie meinen Vater kennengelernt hat, im Frühjahr 37. Bei einem Aufmarsch, zu Führers Geburtstag, glaub' ich, wo er den Nazis ein Schnippchen geschlagen und sich schnell verdrückt hat. Das hat ihr mächtig imponiert. Mein Vater war Student, Deutsch und Geschichte ... wie sie. Soldat ist er dann geworden, aber schnell aus amerikanischer Gefangenschaft zurückgekommen. Bei der Ardennen-Offensive ist er schwer verletzt worden und hat wohl nur überlebt, weil sich einer seiner Kameraden so rührend um ihn gekümmert hat. Der war bei der *Gemeinschaft der Bußfertigen*, und sie haben zusammen gebetet.«

»Ach so, jetzt versteh' ich das, darum ist er da gelandet ...«

»So hat er mir das immer wieder erzählt, daß ihn sein Glaube gerettet hat. Ende 45 war er wieder zu Hause. Weil sie in Karlshorst in der Dorotheastraße eine intakte Wohnung hatten und meine Großmutter da als Ärztin gut über die Runden gekommen ist, sind sie in Ostberlin geblieben und dort beide Lehrer geworden.«

»Was auf Dauer nicht gutgehen konnte ...«

»Ja, und Anfang 1952 sind sie in den Westen rüber. Wo sie natürlich als Lehrer keiner haben wollte. Da wir keine Wohnung hatten, mußten wir erst mal ins Lager. Da haben uns die *Bußfertigen* geholfen. Der Endzeitapostel hat uns eine Wohnung in Neukölln verschafft und meine Eltern bei sich in der Firma arbeiten lassen, Milch und Sahne en gros. Meinen Vater als Lagerarbeiter oder Verkaufsfahrer und meine Mutter als Verkäuferin. Inzwischen waren meine beiden Brüder geboren worden.«

»Und da haben sie sehr gelitten unter diesem Abstieg ...«

»Nein, das einfache Leben war ja die große Buße für das, was sie an Sünden aufzuweisen hatten. Meine Mutter mit ihren vielen Männern vorher, und mein Vater hatte wohl auch einiges auf dem Kerbholz. Jahrgang 15 ist er und hat ein großer Jazzmusiker werden wollen, auf dem Saxophon. Kokain soll er genommen haben und hat, bevor er meine Mutter kennenlernte, schon mit anderen in wilder Ehe gelebt. Und gezeugt haben sie mich ja auch lange vor der Hochzeit.«

Manfred ließ sich in die Dünen fallen und zog sie an sich. »Wofür ich ihnen ewig dankbar bin.«

»Wart's mal ab ...«

»Wieso?«

»Meine Großmutter geschieden, meine Mutter geschieden ...«

»Jede Serie hat einmal ein Ende ... Und außerdem wird deine Mutter bald wieder heiraten. Charlotte Kolbatzky, geborene Lamouche, geschiedene Zerndt ... nicht schlecht. Der Gag wäre natürlich, daß ihre Hochzeit genau auf den Tag fällt, wo sie Großmutter wird. Packen wir's an!«

»Nicht hier.«

»Doch. Wenn's eine Tochter wird, können wir sie Dünja nennen.«

Trotz der Kühle und der Eile, die wegen der Spaziergänger an den Tag zu legen war, gelang das Vorhaben, wenn auch Renate ein wenig maulte. Sie käme sich wie eine Henne auf dem Hühnerhof vor, meinte sie.

»Das kleine Opfer wirst du bringen müssen.«

Hinterher war es ihnen ein wenig peinlich, und Manfred fürchtete sogar einen Besuch des Inselpolizisten, denn irgendwer fühlte sich immer in seinen sittlichen Empfindungen verletzt, sah er auf der freien Wildbahn einen wippenden Hintern. So saßen sie ein wenig kleinlaut beim Essen. Es bedrückte sie auch, daß Charlotte Lamouche mit jedem Dampfer auf die Insel kommen konnte. Insbesondere für Renate war das der absolute Horror.

»Wenn die hier auftaucht, fahr' ich sofort nach Bremen zurück«, sagte sie.

»Und wenn der nächste Dampfer erst morgen früh geht ...?«

»Nehm ich 'n Flugzeug.«

Es wurde also spannend, als sie in ihre Pension zurückkamen. Vielleicht wartete ihre Mutter respektive seine Schwiegermutter schon in Kolbatzkys Büro, um aufzuspringen, sie in die Arme zu schließen und auszurufen: »Kinder, ich werde wieder Ehegattin!« Warum auch nicht: Sie war erst fünfzig und noch immer attraktiv, eine dunkle Französin, groß und schlank. Doch bei Kolbatzky war alles wie ausgestorben. Keine Charlotte La Muschi weit und breit.

Manfred hatte eine Idee. »Ruf doch mal an in Berlin, ob sie noch da ist.«

Renate tat es und wartete voller Spannung. »Nimmt keiner ab.«

»Wie denn auch: Sie sitzt längst im Zug. Paß mal auf, wenn wir vom Baden zurück sind, ist sie hier.«

Das Wetter war schlagartig besser geworden, und sie wollten sich diese Gelegenheit nicht entgehen lassen, zumal man gerade auflaufendes Wasser hatte. »Zufällig«, nörgelte Manfred, obwohl er wußte, daß sich die Flut genau berechnen ließ. Er fand das Ganze einigermaßen enttäuschend. Obwohl der Strand endlos war, hatte man nur ein relativ kleines Stück mit Seilen abgeteilt und zum Schwimmen freigegeben. Und da die Insel total ausgebucht war, drängelten sich die Menschen dichter als im Stadtbad Neukölln, wo er vor Zeiten mehr schlecht als recht schwimmen gelernt hatte. So kamen die alten Ängste wieder hoch, zumal die Wellen immer höher schlugen. Noch banger wurde ihm zumute, als er draußen auf den Pontons die Lebensretter sitzen sah. Wenn er versank, dann kamen sie ganz sicher zu spät. Den Ritt auf dem Pferderücken hatte er gerade so überlebt, den Ritt auf den Wellen überlebte er ganz sicher nicht. *Bremer Urlauber auf Baltrum ertrunken*. Immerhin, dem *Weser-Kurier* wäre es eine kleine Notiz wert gewesen. Am liebsten hätte er Renate noch gesagt, daß er in Berlin begraben werden wollte. Wenn man seine Leiche denn fand ...

»Meine Mutter hat einer zurückbringen müssen«, erzählte Renate. »Sie hat da vorn an der Leine gehangen und sich nicht mehr zurückgetraut.«

Als sie bis zu den Knien im aufschäumenden Wasser standen und Manfred spürte, wie ihm der Kies unter den Füßen weggespült wurde, verfluchte er die Nordsee vollends. »Wären wir bloß nach Farchant gefahren oder nach Grainau ...«

»Nun hab dich nicht so!«

Renate wollte ihn mit sich reißen, doch er machte sich los und wich in die Gefilde zurück, die für die lieben Kleinen und die Greise reserviert waren. Frierend sah er ihr hinterher, wie sie sich in die Fluten stürzte und wie eine Weltmeisterin davonkraulte. Er kam sich alt und kränklich vor. Was blieb ihm, als zurück zum Strandkorb zu stapfen, sich in seinen schlabberigen blauen Bademantel zu hüllen und voller Trübsal aufs Meer hinauszublicken. Das Leben ging an ihm vorbei. Er entdeckte eine verlorengegangene Buddelschippe, hob sie auf, ließ sich in den Sand gleiten und grub ein so tiefes Loch, daß er auf Grundwasser stieß. Das ließ ein gewisses Schmöckwitz-Gefühl in ihm aufsteigen und tröstete ihn. Zugleich hörte er sich selber lästern: *Manfred regrediert erheblich.* Das heißt, er fiel in Verhaltensweisen zurück, die er in seiner Entwicklung längst überwunden haben sollte.

»Na, buddelt der kleine Manni schön?« fragte Renate, als sie wieder angelandet war.

»Möchtest du einen Sandkuchen haben, Tante?«

»Nein, ich möchte wissen, ob meine Mutter wirklich was mit Kolbatzky hat oder hatte und sie uns hier heimsuchen wird oder nicht.«

»Irgendwie muß ich in Kolbatzkys Privatgemächer. Aber wie ...«

»Laß dir was einfallen!« Sie warf ihm ihren Badeanzug hinüber. »Bitte auswringen.«

»Einer schönen Frau zu dienen, war immer schon mein Traum.«

Abends, als Kolbatzky die Suppe servierte, schlich Manfred ins erste Stockwerk, wo sich der Pensionsinhaber ein Wohnzimmer eingerichtet hatte, das ihm gleichzeitig als Büro diente. Für ein separates Büro und Wohnzimmer war zu wenig Platz im Haus, und ein nicht vermietetes Zimmer brachte kein Geld. Das Schild PRIVAT ließ aber deutlich erkennen, was hier absolute Priorität hatte. Als Alibi hatte Manfred die durchgebrannte Glühbirne seiner Nachttischlampe in der Hand. »Entschuldigen Sie, Herr Kolbatzky, ob ich wohl eine neue haben könnte ...«, wollte er sagen, wenn man ihn ertappte. Er klopfte leise an, für den Fall der Fälle. Nichts. Vorsichtig drückte er die Klinke nach unten; es war offen. »Herr Kolbatzky ...?« Er lauschte. Alles blieb ruhig.

Unten im Speisesaal klapperten die Löffel. Er mußte sich beeilen. Mit zwei Schritten war er am Schreibtisch und griff sich Kolbatzkys Post. Rechnungen, Anfragen von Gästen, Prospekte, Kostenvoranschläge ... Da! Sein Herz kam aus dem Rhythmus. Ein Foto seiner Schwiegermutter. Mit Widmung. »In Liebe von Deiner Charlotte aus Berlin ...« Der Beweis. Er brachte alles wieder in die alte Ordnung und stürzte aus dem Zimmer.

Renate sah ihm an, daß er fündig geworden war, und verschluckte sich an ihrer Spargelcremesuppe. »Wirklich ...?«

»Ja.« Flüsternd berichtete er ihr von Bild und Widmung.

»Dann wird sie spätestens morgen früh hier auftauchen«, sagte Renate. »Nutzen wir den letzten Abend, den wir für uns alleine haben.«

Sie saßen lange in *KoKos Koje*, und als am nächsten Morgen eine große Girlande an Konrad Kolbatzkys Eingangstür hing, da wußten sie, daß das »Herzlich willkommen« Renates Mutter galt. Sie fühlten sich wie Hercule Poirot und Sherlock Holmes in einem.

»Ich als Sozialforscher«, lachte Manfred, »wenn ich da nicht die Menschen kennen würde.«

»Na, das war doch eher meine Intuition.«

Sie gaben sich alle Mühe, Kolbatzky nichts merken zu lassen, und alles geriet zu einem köstlichen Spiel. Heimlich schlichen sie Kolbatzky hinterher, als er morgens mit einer wunderschön geschmückten Kutsche zum Anleger fuhr, um seine Frau ins Nest zu holen. Renate hatte feuchte Augen, als sie den Dampfer auf Baltrum zuhalten sah, und auch Manfred konnte sich einer gewissen Rührung nicht erwehren. Noch ehe die Leinen festgemacht waren, sprang Kolbatzky auf das Schiff und verschwand in der Menge. Mit klopfendem Herzen standen Manfred und Renate hinter einem Kiosk und sahen zum Dampfer hinüber.

»Da kommt er. Mit einer Frau im Arm.«

Das stimmte. Aber die Frau, die er da umfangen hielt, hatten sie noch nie gesehen. Wer immer es war, Charlotte Lamouche ganz sicher nicht.

Kolbatzky hatte ihr in der Tat, wie sie später erfahren sollten, einen Heiratsantrag gemacht, doch sie hatte sich nicht überwinden können, ihr Berlin zu verlassen und für den Rest ihrer Tage auf Baltrum zu leben. Auch der Endzeitapostel der *Gemeinschaft der Bußfertigen* hatte ihr lebhaft abgeraten, war doch Konrad Kolbatzky zwar evangelischer Christ, aber doch allen Sekten gegenüber sehr skeptisch eingestellt. Das hatte wohl den Ausschlag gegeben.

Auch Mitte Oktober trafen sie sich jeden Morgen im großen Sitzungssaal des AmfVi zum Frühstück und betrieben das, was in der amerikanischen Organisationswissenschaft, wie Manfred herausgefunden hatte, *schmoozing* hieß, das heißt, sie klatschten und tratschten genüßlich, wobei Dienstliches wie Privates untrennbar ineinander übergingen.

»Ich war am Wochenende bei Klaus Kuchenbecker«, berichtete Karl-Heinz Kemena, »und hab' ihn beim Tischtennis geschlagen.«

»Wie hast du denn über die Platte gucken können?« fragte Günther Hüring. »Hat deine Frau dich hochgehoben?«

»Hahaha!«

Henning Wannowski zuckte ein wenig zusammen, als er den Namen Kuchenbecker hörte, denn das war der allmächtige Vorgesetzte des Gesamtpersonalrats, und mit dem stand er zur Zeit gar nicht gut. »Es ist wenig ratsam, Kuchenbecker zu schlagen, denn dessen Rache kann fürchterlich sein. Den Namen mußt du dir merken ...«

Dieser Rat war an Manfred gerichtet. Seit Hertha BSC im Weserstadion gegen Werder gespielt hatte und die Männer des AmfVi geschlossen hingegangen waren, duzten sie sich alle. Als die Berliner verloren hatten, war Manfred nichts weiter übriggeblieben, als die anderen in die nächstgelegene Kneipe einzuladen und sich trösten zu lassen. Nach zwei Stunden hatten sie sich in den Armen gelegen und sich lallend ewige Freundschaft geschworen. Wenn Manfred auch Szenen wie diese verabscheute, so war er sich doch darüber im klaren, daß man in Bremen ohne diese informellen Beziehungen keine Karriere machen konnte. Erleichternd kam hinzu, daß er Hüring, Kemena und Wannowski mochte.

Hüring sah ihn an. »Apropos: Kuchenbecker ... Es ist unmöglich, in Bremen etwas in Gang zu bringen, ohne daß der seinen Segen dazu gibt.«

»Ich weiß.« Manfred erinnerte sich an das, was in den Lehrbüchern geschrieben stand. »Der Personalrat ist die institutionalisierte Nebenhierarchie.«

»Richtig. Und wenn du deine ORWUBB durchbringen willst, mußt du ihm in den Arsch kriechen, sonst legt er sein Veto ein. Was er von Rechts wegen darf, denn das Ganze unterliegt seiner Mitwirkung und Mitbestimmung.«

»Wir haben doch schon den Termin bei ihm ...«

Hüring lachte. »Wenn du bei ihm antrittst und er dich fragt, ob du in der ÖTV bist und du nein sagst, kannst du dir von vornherein alles abschminken.«

Manfred haßte es, wenn solcherart Druck auf ihn ausgeübt wurde. »Ist das denn ein *closed shop* hier ...?«

»Was für 'n Shop, ich kenn' nur 'n Intershop.«

»In Amerika gibt es Betriebe, da ist die Gewerkschaft so stark, daß man Mitglied sein muß, wenn man eingestellt werden will. Für alle anderen ist das eine geschlossene Gesellschaft.«

»Mensch, tritt ein!« rief Wannowski. »Die paar Mark im Monat muß man schon einsetzen, wenn man Karriere machen will. Du hast doch erzählt, daß du in Berlin an der FU Funktionär in der Gewerkschaftlichen Studentengemeinschaft gewesen bist.«

»Womit du auch wieder recht hast ...«

So kam es, daß Manfred beschloß, ÖTV-Mitglied zu werden und erfreut im Aufnahmeantrag las, wie man Renate unter die Arme greifen würde, wenn er das Zeitliche segnete. In Bremen trug das Bestattungsinstitut, das Kemena ihm für diesen Anlaß wärmstens empfahl, den schönen Namen »Gebein«. Das bedeutete *Ge*meinnütziges – und nicht etwa Gewerkschaftliches – *Be*erdigungs*in*stitut.

Gerade hatte er seinen Friedrich-Wilhelm unter den Antrag

gesetzt, da drang ein fürchterlicher Schrei aus dem Keller, ausgestoßen von Waltraud Winterberg.

»Hier liegt 'ne Tote auf der Toilette!«

Alle stürzten sie aus dem Frühstücksraum, doch als sie unten angekommen waren, begrüßte sie die Tote mit einem fröhlichen »Guten Morgen!« Es war Elfriede Lahme, ihre Reinemachefrau. Offensichtlich hatte sie gestern nach Feierabend nicht nur nach der Flasche mit Salmiakessenzen gegriffen. Nach der letzten Blasenentleerung war sie auf der Klobrille sanft eingeschlafen. Die Männer zogen sich wieder zurück, damit sie in Ruhe ihre Kleider ordnen konnte. Das Problem war, daß sie ihre Schlüpfer vollgemacht hatte. Nicht nur das erinnerte Manfred an Tante Trudchen, sondern auch die Figur, die der ihren zum Verwechseln ähnlich war. Klein waren sie beide und hatten furchtbar rachitische, dackelkrumme Beine, glichen also aufs Haar jenem Hutzelweib mit Namen Hoppenmarieken, das Theodor Fontane in seinem Erstlingsroman *Vor dem Sturm* so trefflich beschrieben hat. Auch waren sie, was ihre Bildung und ihre Sprache betraf, echte Töchter des Volkes. Nur war Tante Trudchen nicht so eine Schnapsdrossel wie Elfriede Lahme.

»Lassen Se nur!« Elfriede Lahme wollte ohne Schlüpfer mit der Straßenbahn nach Hause fahren, doch Frau Winterberg konnte dies nicht zulassen, weil das, würde es herauskommen, ein schlechtes Licht auf das AmfVi und die gesamte öffentliche Verwaltung werfen würde.

»Und dann erst die Fotos im *Playboy*«, witzelte Hüring, schickte dann aber doch Frau Winterberg los, um für neue Damenunterbekleidung zu sorgen. »Nehmen Sie das Geld aus der Kaffeekasse.«

»Und gleich von vornherein ein Paar Schlüpfer in Kaffeebraun«, fügte Wannowski hinzu.

Manfred kehrte in sein Zimmer zurück, um sich für die nächste halbe Stunde der Lektüre von *Im Westen nichts Neues* zu widmen. Was hatte er damals in der Albert-Schweitzer-Schule zu leiden gehabt, als er Frau Hünicke auf die Frage, wer denn sein Lieblingsschriftsteller sei, »Erich Remarque«

geantwortet hatte – statt James Joyce, Franz Kafka oder Thomas Mann. Nun war Remarque Ende September in Locarno gestorben, und er hatte das zum Anlaß genommen, noch einmal seinen berühmten Kriegsroman wie auch *Arc de Triomphe* zu lesen.

Der nächste Schrecken folgte Minuten später, und der war schwerer zu verdauen. Renate, die mit einer leichten Grippe im Bett geblieben war, rief an und teilte Manfred mit, er habe einen Brief von der Bundeswehr erhalten. »Die wollen dich einziehen, du bist ja jetzt kein Berliner mehr.«

Manfred sank in seinen Sessel, und er wurde noch bleicher, als er Hüring fluchen hörte. »Verdammt, da haben wir gar nicht dran gedacht, als wir dich engagiert haben.« So alt sei er ja noch gar nicht, daß er ...

»Jetzt soll ich also hier aufhören und zwei Jahre ...« Damit war alle Karriere im Eimer. »Kannst du da nicht ...?«

»Nein. Wenn dir einer helfen kann, dann Koschnick. Wenn er dich als unverzichtbar hinstellt und selber mal ... Aber, ob er das tut. Ich rede mal mit ihm ...«

Manfred sollte von da an ein paar Wochen zittern.

An diesem Tag hatte er sich auf Senatsdirektor Kupfer und die anderen hohen Herrn ihrer Behörde einzustellen. Die rückten an, um Manfreds ORWUBB zu beraten und ihr Urteil zu fällen. Kupfer tänzelte mit ihnen über die Charlottenstraße, als übten sie die »Kissenpuper-Quadrille«, so Wannowski. Er war ihr informeller Vorturner, und die Herren Senatsdirektoren Häusler, Röck und Hinterthür waren froh, daß er ihnen die Arbeit mit der Aufsicht über das AmfVi so bereitwillig abgenommen und auch als einziger Manfreds ORWUBB-Papier gelesen hatte. Am Telefon hatte er schon sein *d'accord* signalisiert, und Manfred war erfreut zu Hüring geeilt, um ihm mitzuteilen, daß nun alles gelaufen sei. »Wart's mal ab!« Hüring kannte sich aus und wußte, was nun kommen würde: daß sich nämlich Häusler, Röck und Hinterthür, da sie null Ahnung hatten, bei der entscheidenden Sitzung um so stärker profilieren mußten, und das ging immer am besten, indem man die Rolle des Bedenkenträgers übernahm.

Röck, ein kleiner und gehbehinderter Mann, fand eine Untersuchung wie die ORWUBB viel zu teuer, wenn man an ihren Nutzen dachte. »Noch nie in der Geschichte ist aus einer Verwaltungsreform wirklich etwas geworden.«

Häusler, der das vielgekaufte Lehrbuch *Verwaltungskunde für den mittleren Dienst* geschrieben hatte, das sogar eine Anweisung für die richtige Aussprache von Zahlen am Telefon enthielt (»Vie-ärr, fün-nef« usw.), stieß sich an der Überschrift ORWUBB. »Das klingt so nach ORWO, als wollten wir Reklame für einen Ostfilm machen, und WUBB nach ›Wählergemeinschaft Unabhängiger Bremer Bürger‹, als wollten wir auch gleich noch die alten Parteien auflösen.«

Hinterthür, ein graumelierter Mann, der Manfred ein wenig an Hans Moser erinnerte, obwohl er aus Niedersachsen kam und nicht nuschelte, aber auch an seinen Opa Oskar Schattan, fand ein anderes Haar in der Suppe. »Wenn wir diese Untersuchung selber durchführen, könnte man uns Parteilichkeit unterstellen. Mir wäre es lieber, wenn wir damit warteten, bis unsere eigene Uni soweit ist.«

So ging es noch ein Weilchen weiter, dann redete Manfred mit Engelszungen. »Jetzt ist der historische Moment gekommen, da sich eine Verwaltungsreform nicht mehr aufschieben läßt, denn ›Demokratie wagen‹ ist ja das große Motto, und das überall. Also Abbau hierarchischer Strukturen. Schneller, kostengünstiger und bürgerorientierter muß das alles funktionieren.«

»Richtig«, warf Häusler ein. »Aber das wissen wir doch alles schon. Wozu brauchen wir da 'ne Untersuchung?«

»Damit er damit Karriere machen kann«, lachte Kupfer.

»Wenn er es in Bremen tut, ist das in Ordnung.« Röck schlug Manfred auf die Schulter.

»Sicher: wenn schon, dann in Bremen. Aber zurück zur ORWUBB ... Wir wissen über das Sosein der Verwaltung viel zu wenig, um sie wirkungsvoll verändern zu können ...« Bald war er wieder in gewohntem Fahrwasser. »Und zu Ihnen, Herr Häusler ... Pardon, aber ich habe bei Siemens genug Werbung gemacht, um das ein bißchen beurteilen zu können: ORWUBB, das klingt dynamisch und ist originell genug, um sich bei den Leuten einzuprägen. Und bis die Bremer Uni soweit ist, Herr Hinterthür, da fließt noch viel Wasser die Spree, äh: die Weser hinunter, und wenn, dann würden die eine solche Untersuchung nur als ... als ...« Hintertür hatte er sagen wollen, konnte sich aber gerade noch auf die Lippen beißen. »... als Mittel benutzen, ihren langen Marsch durch die Institutionen anzutreten. Darum also meine Bitte, der ORWUBB zuzustimmen.« Sein Blick ging ein wenig hilfesuchend zu Hüring. Der sagte aber nichts weiter, als daß er »ihrem Doktor« nur zustimmen könne, denn er wußte ja, daß dies alles nur ein Scheingefecht war, weil längst feststand, daß der Bürgermeister diese Untersuchung wollte.

»Wer von Ihnen vieren ist denn so nett, das Vorwort zur ORWUBB zu schreiben ...? Oder soll es Hans Koschnick selber tun?«

Darüber verging eine weitere Viertelstunde, und da die Herren allesamt andere Termine hatten, wurde die ORWUBB en passant abgesegnet.

Kupfer erhob sich. »Wir sind alle vier dafür, wie ich sehe. Also, dann forscht mal schön ... Über das Vorwort reden wir, wenn es soweit ist.«

Und draußen waren sie. Zur Feier des Tages holte Manfred fünf halbe Hähnchen und eine Flasche Doppelkorn von Karstadt. Da auch Hüring etwas spendierte, eine Flasche Cognac nämlich, wurde es eine sehr fröhliche Feier, und als Manfred nach Hause kam, es war genau 23 Uhr 23, war Renate ziemlich sauer.

»Du wirst langsam zum Alkoholiker.«

Manfred drängelte sich an ihr vorbei, weil er dringend auf die Toilette mußte, und riß dabei einige Mäntel und Jacken von der Garderobe sowie sämtliche Handtücher vom Halter.

»Besser Al Kohol als Al Capone«, lallte Manfred.

»Du warst schon mal witziger.«

»Du auch.«

»So wie du stinkst, schläfst du heute auf dem Sofa.« Und krachend flog die Schlafzimmertür hinter ihr ins Schloß.

»Schnaps ist Dienst, und Dienst ist Schnaps«, rief Manfred ihr hinterher. »So ist das nun mal im AmfVi.«

Keine zehn Minuten, nachdem Kupfer und die anderen »Großkupferten«, wie Manfred sie nannte, ihr Placet zur ORWUBB gegeben hatten, hatte Hüring schon das Vorzimmer von Klaus Kuchenbecker angerufen, um sich einen Termin beim Gesamtpersonalrat geben zu lassen.

»Wenn Klaus dafür ist, ist alles gelaufen, wenn er was dagegen hat, können wir alles in den Papierkorb werfen, und wenn Hans Koschnick die ORWUBB zehnmal will.«

Doch Kuchenbecker war zu einer Gewerkschaftstagung nach Düsseldorf entflogen, und sie wurden auf Ende Oktober vertröstet. Mal für Mal wurde der Termin verschoben, und Manfred begann schon schwarz zu sehen. Da es im AmfVi für ihn nichts anderes zu tun gab, hatte er Zeit, den ganzen Tag zu telefonieren und zu sehen, ob man genügend Bremerinnen und Bremer zusammenbekam, um einen Tennisclub zu gründen, den TV Kükenmoor, wie Petra Pforte vorgeschlagen hatte. Henning Wannowski hatte ihm das dringend angeraten. Wenn er in Bremen Karriere machen wolle, müsse er eine Hausmacht haben und dafür sorgen, daß sich sein Name bei den Leuten einprägte.

»Ohne den *Weser-Kurier* und die *Bremer Nachrichten* geht es nicht ... Da mußt du ein paar Mal im Monat im Lokalteil auftauchen, damit sie nachher wissen, wer du bist, wenn sie dich zum Vorsitzenden wählen sollen.«

»Wer soll mich zum Vorsitzenden wählen?«

»Gott, dein Ortsverein natürlich.«

Manfred bekannte, die Niederungen der örtlichen SPD bei seinen Überlegungen völlig außer acht gelassen zu haben, sah aber ein, daß das ein großer Fehler war. »Meinst du denn, daß ihr das einfädeln könnt?«

»Sicher. Dein Ortsvereinsvorsitzender heißt Willi Wuschewier und ist nicht mehr so ganz zeitgemäß. Der alte Sack eben. Das werden wir den verehrten Genossinnen und Genossen schon klarmachen können. Im nächsten Februar sind wieder Wahlen. Bis dahin schaffen wir das.«

Sie besprachen dieses und anderes, während sie die Contrescarpe entlangschlenderten. In jeder Mittagspause taten sie das, und manchmal aßen sie zusammen. Entweder bei Vosteen am Ostertorsteinweg oder im Alten Senator, Fedelhören. Intellektuell verstand Manfred sich mit Wannowski am besten.

»Da oben wohnt Hans Koschnick.«

Der Kollege zeigte auf eines der ansehnlichen Häuser, die man hier an Wall und Stadtgräben errichtet hatte, und Manfred stellte sich vor, zum Stab des Bürgermeisters zu gehören, wenn es darum ging, jenen zum Bundeskanzler zu machen.

Sie kamen bis zur Bischofsnadel, überquerten den Graben und gingen dann am Wall zurück, nicht ohne bei Arthur Geist stehenzubleiben und nach interessanten Titeln zu suchen.

»Welch Name für eine Buchhandlung.« Manfred freute sich.

Ein paar Schritte weiter standen sie vor dem Bürogebäude, in dem Renate arbeitete. Sie besuchten sie und fanden sie damit beschäftigt, fünfzig Bremer Hausfrauen eine neue Verpackung für Kartoffelpüree auswählen zu lassen.

Als sie zurück ins AmfVi kamen, überraschte sie Hüring mit der freudigen Nachricht, daß man morgen früh um 11 Uhr einen Termin beim Personalrat habe, um über die ORWUBB zu reden.

»Endlich!« rief Manfred.

»Freu dich nicht zu früh!« warnte ihn Wannowski. »Deine Chancen bei Kuchenbecker stehen höchstens 1 zu 10. Er haßt nämlich alle abgehobenen Soziologen.«

Klaus Kuchenbecker, Sohn eines angelernten Schweißers auf der AG Weser, hatte seine Laufbahn in der bremischen Verwaltung als Rathausbote begonnen. In dieser niedersten aller Funktionen war er viel herumgekommen und hatte bald begriffen, daß er es bei allem Fleiß und allem Einsatz in vierzig Dienstjahren nicht weiter bringen konnte als bis zum Leiter der Poststelle. Aber das war ihm entschieden zu wenig. Was tun? Er kandidierte für den Personalrat. Die Kandidatur war ihm angetragen worden, weil die Kolleginnen und Kollegen bemerkt hatten, daß er über ein ausgeprägtes Gerechtigkeitsgefühl verfügte und sich gern für die Schwachen schlug. Früh bei den Falken und der SPD wie auch der ÖTV, war er rechtskundig und *tricky* genug, der Politikerkaste Paroli zu bieten und für die Seinen manchen Punktsieg zu erringen, siehe Gehaltserhöhung und Einrichtung neuer Stellen. Sein Machtinstinkt war ebenso ausgeprägt wie seine Fähigkeit, Koalitionen zu schließen. Er hatte zudem insofern Fortune, als durch die Neugründung der Uni Bremen im Verwaltungsbereich viele zusätzliche und beförderungsträchtige Stellen geschaffen wurden, über deren Besetzung er mitzuentscheiden hatte. So war es ihm ohne große Mühe möglich, seine Gefolgsleute reich zu belohnen und ihre Dankbarkeit wiederum für seine Zwecke zu nutzen, nicht anders als der Mafia-Boß Don Corleone in Mario Puzos Roman *Der Pate*. Klaus Kuchenbecker war also ein mächtiger und umworbener Mann. Sich mit ihm gutzustellen, war der halbe Weg nach Rom, wohingegen seine Feinde eigentlich am besten taten, wenn sie ins nahe Niedersachsen überwechselten. Sogar seine Figur nutzte er für seine Zwecke. Klein, rundlich und puddingweich, wie er war, wurde er von vielen unterschätzt, und erst, wenn sie in der Falle saßen, merkten sie, von welchem Kaliber er war.

Sogar Hüring, der Kuchenbecker seit Jahren kannte und sich stets als sein enger Freund bezeichnete, hielt es für angeraten, sich vor dem Gang zum *Big Boss* Mut anzutrinken. Dies taten sie in einer Kneipe an der Weserbrücke, die um neun Uhr morgens schon geöffnet hatte. Dummer- oder glücklicherweise, ganz wie man es nahm, hatte der Wirt gerade ein Faß original englisches Porter bekommen, von dem er ihnen Glas auf Glas servierte, zusammen mit original karibischem Rum, braunem auch noch. Manfred versank in eine Art wohligen Ätherrausch. Hüring vertrug wesentlich mehr als er, war aber auch schon etwas »angegangen«, als sie bei Kuchenbecker vorsprachen.

Der setzte sein breitestes Grinsen auf, als er Manfred sah, wie er von Hüring ins Büro geschleppt wurde.

»Ein Wissenschaftler, der besoffen zu mir kommt, um was

von mir zu wollen, ist mir von vornherein sympathisch. Setz dich, Kollege, und trink erst mal 'ne Tasse Kaffee!«

Manfred sprudelte nun wie auf Knopfdruck los. »Wir wollen mit der ORWUBB keinem Kollegen schaden, und der Personalrat kann alle Fragen mit hineinnehmen, die er möchte. Selbstverständlich stehen die Ergebnisse auch Ihnen zur Verfügung.«

»Laß stecken!« rief Kuchenbecker. »Ich bin ja voll dafür.«

Und er bugsierte Manfred zu einem Besuchersessel, in dem er alsbald sanft entschlief. Als er wieder zu sich kam, lag er im AmfVi auf mehreren zusammengestellten Stühlen im Sitzungszimmer, und Frau Winterberg kühlte ihm die Stirn.

»Herzlichen Glückwunsch, Herr Doktor«, rief sie. »Und ich habe schon angefangen, Ihnen den ORWUBB-Fragebogen ins Saubere abzuschreiben. Der Senat hat am Nachmittag grünes Licht gegeben. Jetzt kann's richtig losgehen.«

Eines der wichtigsten Rituale im Leben eines jeden Büroinsassen ist der jährliche Betriebsausflug. Manfred wußte das aus seinen organisationssoziologischen Betrachtungen wie aus seiner Siemens-Zeit. Nichts war der Integration dienlicher wie dieser eine Abend im Jahr, und noch nach Jahrzehnten erzählte man sich Anekdoten darüber, wer es mit wem wo getrieben hatte ... oder haben sollte, wer am besoffensten gewesen war und welcher der Chefs die bescheuertste Rede gehalten hatte. Reihenweise wurde Brüderschaft getrunken, Liebschaften und Ehen bahnten sich an, und auch die isoliertesten unter den Kolleginnen und Kollegen konnten sich des Eindrucks nicht erwehren, mit den anderen im berühmten selben Boot zu sitzen. Die Oberen konnten endlich einmal das sonst so oft vergeblich beschworene Wir-Gefühl bei ihren Untertanen registrieren und gaben sich in den Stunden des Beisammenseins so richtig menschlich. Wie alle anderen auch.

In Bremen hatten die Betriebsausflüge in Form der Kohl-und-Pinkel-Fahrten eine besondere Institutionalisierung erfahren, wie Manfred es im Soziologenchinesisch Wannowski gegenüber formulierte. Der nun fragte ihn, ob er wüßte, was es mit dem »Pinkel« auf sich hätte.

Manfred überlegte kurz. »Ein vornehmer Mensch war in Berlin früher ein feiner Pinkel. Aber das wird es nicht sein. Ich vermute mal, daß Ihr Bremer bei euren Betriebsausflügen fetten Grünkohl eßt und dabei fürchterlich viel Bier in euch hineinschüttet ... also andauernd pinkeln gehen müßt.«

»Das auch, aber Pinkel hat nichts mit Pinkeln zu tun, sondern meint Speck und fette Grützwurst. Die richtige Grundlage, um sich nachher vollaufen zu lassen.«

»Da bin ich mal gespannt«, sagte Manfred, obwohl ihm vor soviel fremdem Brauchtum eher angst und bange war. Da man mit den wenigen Bediensteten des AmfVi keinen Bus chartern und keine eigene Lokalität anmieten konnte, schloß man sich der Kohl-und-Pinkel-Fahrt mehrerer anderer Dienststellen an. In die Nähe von Achim sollte es gehen, und der Dienstherr hatte an diesem Freitag allen ab 14 Uhr freigegeben. Treffpunkt war 15 Uhr auf der Domsheide.

»Heute kannst du deinen Freitrinker machen«, sagte Wanowski. »Wenn du den nicht hast, wird es nie was mit deiner Karriere in Bremen.«

»Mit der wird es sowieso nichts werden«, seufzte Manfred. »Das mit der Bundeswehr ist noch immer nicht vom Tisch.«

»Ich denke, Hüring wollte mit Koschnick drüber sprechen.«

»Hat er wohl auch, aber noch nichts wieder gehört.«

»Hm ...«

»Einsteigen, bitte!« rief Klaus Kuchenbecker, der Organisator des Ganzen, und winkte die Leute zu den drei bereitstehenden Bussen. Heute war er der Chef im Ring, und darum genoß er diesen Tag ganz besonders. Manfred wurde eingewunken und hätte gern neben einer der Rathaussekretärinnen gesessen, wurde aber auf einen Gangplatz gewunken, wo am Fenster ein Mann Platz genommen hatte, der ein paar Jahre jünger war als er und ihm irgendwie bekannt vorkam. Als er die Hand ausstreckte und sein »Manfred Matuschewski« murmelte, fiel es ihm wieder ein. Mein Gott, das war der

Mann, dessen Auto sie auf dem AmfVi-Parkplatz eingesperrt hatten. Hoffentlich hatte er ihn damals nicht hinter der Gardine erkannt. Manfred erinnerte sich sofort an den Namen ihres Opfers.

»Herr Muldenstein, was für ein Zufall!« Manfred war zu aufgekratzt, um seine Impulse voll unter Kontrolle zu haben.

»Sie kennen mich ...?« kam die erstaunte Frage.

»Das ganze AmfVi spricht von Ihnen.«

Muldenstein lachte. »Insbesondere wenn Sie meinen Wagen an die Kette legen.«

»Tut mir leid, ich fand's auch nicht so gut, aber ...«

Das war der Beginn einer langen Freundschaft. Hans-Ulrich Muldenstein war das, was man neudeutsch *very sophisticated* nennt. Wenn Manfred später mit den Worten »Ich brauche mal deinen Rat ...« auf ihn zukam, dann sagte Muldenstein ansatzlos und mit viel Chuzpe sofort: »Vier.« – »Äh ...?« – »Du wolltest doch wissen, wieviel zwei mal zwei ist ... oder?« Er lächelte so verschmitzt wie Karpinnen, der Lappe in einem von Manfreds Lieblingsbüchern, Curt Bigings *Inari. Eine Lapplandfahrt*. Manfred hatte eine Schwäche für solche Typen, was daran liegen mochte, daß Muldenstein seinem Onkel Paul sehr ähnlich sah, und Onkel Paul, Ingenieur bei der Aufzugsfirma Flohr & Otis und im Krieg in seiner Senziger Laube von einer Fliegerbombe getötet, war der Lieblingsonkel seiner Mutter gewesen. Offenbar ließen sich solche Prägungen irgendwie vererben.

So liebenswürdig Muldenstein war, so anstrengend waren die Stunden mit ihm, und oft hinterließ er bei Manfred und Renate ein Gefühl, wie man es hat, wenn man einen Witz nicht gleich versteht, was aber oft nur daran lag, daß er viele Leute kannte, von denen die Neu-Bremer noch nie etwas gehört haben konnten. »Weißt du, die Dörthe hat auch einen Mantel wie du, nur etwas länger ...« Oder: »Der Berthold hat auch Organisationssoziologie studiert, aber nicht bei der Mayntz-Trier, sondern bei Luhmann.« Wer war Dörthe, wer war Berthold? Mußte man die kennen, was war an denen so Besonderes? Wie er die Namen ausgesprochen hatte, irgendwie weihevoll und anbetend, handelte es sich mindestens um eine Senatorin und einen Staatsschauspieler oder irgend etwas in der Art, es waren aber nur ganz normale Rathausbedienstete. Zudem konnte Muldenstein so reden und gucken, daß alles, was er sagte, geheimnisvoll und tiefgründig klang. Die Mitteilung, in Bad Zwischenahn gebe es gute Räucheraale, hörte sich bei ihm an, als berichte er von der märchenhaften Fischzucht eines längst versunkenen Volkes. Muldenstein war mit einer Schreibkraft aus dem Rathaus verheiratet. Sie hieß Armgard und nahm in ihrer Freizeit Schauspielunterricht. Zwei Söhne, Benno und Martin, hatten sie hervorgebracht, beide blond und locker, wie es überhaupt bei Muldensteins gar nicht s-teif und bremisch zuging, sondern skandinavisch-leger.

Der Bus fuhr los, und obwohl Stimmungsmusik aus dem Bordlautsprecher dröhnte, kamen sie sofort ins Gespräch. Muldenstein war gerade von einer Dienstreise nach Berlin zurückgekommen und hatte sich dort wohl gefühlt, was Manfred in Erstaunen versetzte.

»Berlin ist nur als Sehnsucht schön und nicht als Realität. Jeden Tag die Mauer.«

»Seien Sie doch froh, daß Sie eine haben. Ohne Mauer wäre Berlin nur halb so interessant.«

»Und ohne seine vergnatzten Leute und seine Hundekacke auf den Straßen!« rief Manfred.

»Das ist ja Haßliebe pur«, stellte Muldenstein fest.

Schnell waren sie von Berlin auf Willy Brandt gekommen und waren sich einig in ihrer Bewunderung. Das Bild, wie er im Warschauer Ghetto vor dem Mahnmal für die Opfer des deutschen Faschismus kniete, ging ihnen nicht mehr aus dem Kopf.

»So wichtig die Warschauer Verträge auch sein mögen, diese Geste ist viel wichtiger: daß wir Deutschen unsere Schuld vor aller Welt so offen zugegeben haben.«

Aus dem Bordlautsprecher dröhnten die Hits der Saison: Lee Marvin mit *Wandrin' Star* und danach Simon & Garfunkel mit *Bridge Over Troubled Water*.

Schnell war die Gaststätte erreicht, in der es Kohl und Pinkel geben sollte. Man stieg aus und nahm an langen Tischen Platz. Mehrere Ober wieselten herum und schleppten riesige Platten heran. Alle stürzten sich aufs Essen und taten so, als hätten sie seit Wochen Kohldampf geschoben. Jeder konnte so viel essen, wie er in sich hineinstopfen konnte. »Satt« nannte man das.

»Nach dem Fressen kommt die Moral«, sagte Wannowski, der neben Manfred saß, »und zwar in Form von Reden.«

Nach Klaus Kuchenbecker kam Hans Koschnick an die Reihe, und er ließ es sich nicht nehmen, die Geringste unter seinen Leuten zum Eröffnungstanz zu bitten, und das konnte niemand anders als Elfriede Lahme sein, die Reinemachefrau des AmfVi. Mit ihren rachitischen Beinen und ihrem schlotternden Kleinen Schwarzen sah sie viel ärmer aus, als sie wohl war, und es war schon rührend, wie sie zum Bürgermeister aufblickte. Wenn das kein Anhimmeln war. Daß sie Hans Koschnick gerade bis zum unteren Ende seiner Krawatte reichte, hinterließ einen noch stärkeren Eindruck.

»Die sollten zum Eislaufen gehen«, murmelte Wannowski. Und so unrecht hatte er nicht, denn wie Koschnick die »lahme Elfriede«, wie sie allgemein genannt wurde, herumwirbelte, ließ jederzeit eine Hebefigur erwarten. Der Saal tobte, als die beiden fertig waren.

»Eine glatte 6,0 für den künstlerischen Inhalt«, fand Wannowski.

Diesem ersten Höhepunkt folgte alsbald ein zweiter, als nämlich der kleine Kemmi aus dem AmfVi das Bowlen gewann und mit dem Ehrenpreis, dem »Goldenen Kegel« in der Hand, minutenlang schrie: »I'm the greatest.«

»Heute ist der Tag der Zwerge«, kommentierte Hüring, als er mit Manfred am Tresen stand und zum Klaren einlud.

Manfred stürzte den Schnaps hinunter. Es war schon der achte an diesem Nachmittag. Und weitere sollten folgen. Dazu kamen zwei Bier und etliche Glas ß-prudel, wie sie hier zum blanken Tafelwasser sagten. Manfred war in der Stimmung, alle zu umarmen, die er sah: Hüring, Wannowski, Kemena und Muldenstein. Als er sich mit dem geduzt hatte, wurde er zu einem Tisch geschleppt und einem Mann vorgestellt, der seinem Cousin Curt zum Verwechseln ähnlich sah.

»Den Doktor aus dem AmfVi kennst du schon?« fragte Muldenstein.

»Nur vom Hörensagen.«

Muldenstein drehte sich zu Manfred hin und stellte vor: »Das ist Herr Jäger, Verwaltungsschule und Werder.«

Jäger stand auf, um Manfred die Hand zu schütteln. »Ich wollte Sie schon lange mal anrufen.«

Manfred war ziemlich taumelig und mußte schnell zu einer Stuhllehne greifen, um nicht hinzufallen. »Fernsehkummer – Jägernummer«, lallte er, was allerdings hier in Bremen keiner so recht verstehen wollte. »Unser Apparat ist in Ordnung, ehrlich.«

»Nein, wegen eines Lehrauftrages an der Verwaltungsschule. So die Anfänge der Organisationssoziologie für Aufstiegsbeamte aus dem mittleren Dienst. Wenn Sie das übernehmen würden.«

Wannowski, der neben ihn getreten war, rammte Manfred den Ellenbogen in die Rippen. »Mach das! So was macht immer einen guten Eindruck.«

»Ja, danke ...« Manfred nickte, ohne so recht zu begreifen, was hier verhandelt wurde. Der Vertrag wurde mit den Klaren Nummer neun und zehn abgesegnet. Alle wollten jetzt mit Manfred trinken, und als er den fünfzehnten Doppelkorn hinuntergeschüttet hatte, kam Frau Winterberg, um ihn aus der Schußlinie zu nehmen.

»Nicht so schnell, Herr Doktor«, mahnte sie ihn. »Sie sind kein Bremer, Sie vertragen das nicht.« Sie schleppte ihn zur Tanzfläche, wo sie gerade einen langsamen Walzer spielten, und ließ nicht locker, bis Manfred ihr den Arm um die Taille gelegt hatte. Angetrunken, wie er war, hatte er sogar ein Gefühl für Melodie und Rhythmus und kam ganz gut über die Runden. Es war zwar unlogisch, daß sie sagte, daß man darauf einen trinken müsse, aber dennoch brachte sie ihn zur Theke und ließ sich zwei Klare geben.

Manfred hatte nur noch ein Bedürfnis: sich da, wo er gerade stand, auf den Boden zu legen und bis zum Jüngsten Tag zu schlafen. Daß seine Blase zum Platzen voll war, registrierte er noch, war aber nahe daran, alles einfach laufen zu lassen. Mit letzter Kraft bewegte er sich in Richtung Toilette, sich immer wieder an Türklinken, Garderobenständern und Simsen festhaltend. Endlich stand er am Becken …

… und brachte keinen Tropfen hervor, denn neben ihm war der Bürgermeister am Werke. Manfred riß seinen Blick zu Koschnicks Augen hoch. Nur nicht dahin gucken, wo …

»Sind Sie nicht der Doktor aus dem AmfVi?«

»Ja …« Manfred war beglückt, daß der große Mann ihn kannte. »Manfred Matuschewski aus Berlin.«

»Ich weiß. Ich habe Sie heute morgen der Bundeswehr entrissen. Sie sollen bei mir Karriere machen und nicht bei denen.«

Ein langer Abschied

Weihnachten 1970 sollten Manfreds Eltern endlich zu Besuch nach Bremen kommen. Am Telefon hatte es zwischen seiner Mutter und ihm immer dieselben Dialoge gegeben, wenn dies Thema zur Debatte stand. Sie hätte nie offen gefragt: »Wann ladet ihr uns denn endlich mal ein?« Oder wäre nie mit der Tür ins Haus gefallen: »Am Wochenende kommen wir schnell mal vorbei.« Sondern sie arbeitete immer mit Vergleichen, die ebenso klagend wie anklagend waren.

»Die Kinder von Annemarie Vogel sind seit Ende Februar in München … und die haben ihre Mutter schon zu Ostern eingeladen.«

»Mutti, Ostern seid ihr in Farchant gewesen.«

»Na, dann Pfingsten.«

»Pfingsten wolltet ihr mit Neutigs unbedingt zum Frühkonzert in den Zoo.«

»Wie hat deine Großmutter immer gesagt: Aus den Augen, aus dem Sinn.«

»Dann kommt doch an dem Wochenende, wenn wir von Baltrum zurück sind.«

»Da will Vati das Wohnzimmer tapezieren. Mit Liebetruths zusammen. Die sind ja immer so gefällig.« Was im Klartext hieß: Eigentlich hätten wir von dir und Renate erwartet, daß ihr nach Berlin kommt und uns beim Renovieren helft.

»Bleibt nur Weihnachten ...«

Nun kam nicht etwa spontane Freude bei ihr auf, sondern sie zierte sich so, wie die Konvention es wollte. »Da muß ich erst mal Vati fragen ...«

Der war natürlich dafür, und so standen Manfred und Renate am 23. Dezember pünktlich auf dem Bremer Flughafen. Manfred handelte zwar zielgerichtet und präzise wie ein Mann von 32 Jahren, aber er wurde das Gefühl nicht los, daß er die Rolle des Dr. Manfred Matuschewski nur spielte ... und zwar auf der Bühne der Schule in der Rütlistraße. Elf Jahre war er alt und hatte sich als wissenschaftlicher Mitarbeiter der bremischen Verwaltung verkleidet. Nein, eigentlich war es anders. Er begriff gar nichts mehr: Warum er in Bremen stand und auf seine Eltern wartete, was er hier machte, was sie hier wollten ... Warum waren sie nicht alle in der Ossastraße oder draußen in Schmöckwitz ...? Und wer war die attraktive Frau, die mit ihm sprach ... eine Kollegin seiner Mutter ...? Sein Leben zerfiel zu einem Puzzlespiel, und er hatte Mühe, alles wieder so zusammenzufügen, daß es seine alte Ordnung hatte.

Er sah die Super 1-11 der BEA in einiger Höhe parallel zur Landebahn vorüberziehen. Die Maschine mußte eine weite Schleife fliegen, um von Westen her gegen den Wind zu landen. Unfaßbar, daß da oben in dem kleinen silbernen Kasten seine Eltern saßen. Wenn der Flieger jetzt in einem Feuerball aufging, wie in den James-Bond-Filmen ... Er war weder im Januar zum Geburtstag seines Vaters noch im Juni zu dem seiner Mutter nach Berlin geflogen, ohne den Grund dafür so recht zu kennen. Arbeitsüberlastung war es sicher nicht, auch konnten die Kosten keine Rolle gespielt haben, denn so viel Geld hatten sie allemal. Es war etwas, das sich schwer fassen ließ: die Angst vor einem sehr subtilen Schmerz. Das Einst, so schien es ihm, war das eigentliche Leben gewesen, das Jetzt nur ein Anhängsel, das dazu diente, Leben weiterzugeben. Mit dem Ende der Jugend, also mit dem Ende seines Studiums, war er quasi gestorben und in eine andere Welt hinübergewechselt, die der Erwachsenen. Bremen hieß diese Welt ... und darum kam er sich in Bremen so verloren vor. Seine Eltern hatte er schon lange als tot definiert, nicht anders als die, die wirklich auf dem Friedhof lagen: die Schmöckwitzer Oma, die Kohlenoma und all die anderen, die sein Leben ausgemacht hatten.

Nun sah er sie aus der Maschine steigen, und sie kamen ihm wie Fremde vor. Was wollten sie hier, alles war doch schon gesagt und gedacht worden. Er liebte sie, und er würde sie immer lieben ... als Vorstellung, als Schemen, als Teile süßer Erinnerung, aber das Eigentliche war unwiderruflich vorüber. Sich jetzt zu begegnen, sich so nahe zu sein wie früher, zerstörte nur den Zauber des Einst, machte womöglich alles kaputt. Sie waren nicht mehr dieselben Menschen, er war nicht mehr derselbe.

Der Vater wurde mit zunehmendem Alter, 64 war er mittlerweile, Wilhelm Pieck immer ähnlicher, aber auch Nikita Chruschtschow. Abgesehen davon, daß er wegen seiner steifen Hüfte am Stock ging. Die Mutter wirkte wie eine Schwester von Brigitte Mira, andererseits auch wieder wie Anneliese Rothenberger.

»Hallo, Vati! Hallo, Mutti!« Er lief auf sie zu, als sie an der Gepäckausgabe erschienen, und umarmte sie. Sein Vater roch nach Schweiß, weil ihm das Gehen am Stock schwer zu schaffen machte, seine Mutter nach *Tosca* und anderen Produkten des Hauses *4711* in der Glockengasse zu Köln. Genau wie früher. Er erschrak, denn vielleicht war alles doch nur ein fließendes Kontinuum, und es gab keine solchen Brüche, wie er sie vermutet hatte.

Renate hatte es viel leichter, denn für sie gab es kein Damals, und so konnte sie ganz unbefangen sein und ungemein herzlich, besonders zu seinem Vater. So einen Vater hatte sie sich immer gewünscht, und Manfred dachte manchmal, daß sie ihn nur deswegen geheiratet hatte.

Das übliche Graugansgeschnatter begann. Ob sie einen guten Flug gehabt hätten? Ja, danke. Und ob sie aus der Luft eine Menge von Bremen gesehen hätten? Ja, die Mutter hatte direkt am Fenster gesessen. Dann sollten sie erst mal mitkommen, der Wagen stünde direkt am Ausgang.

»Habt ihr denn immer noch kein größeres Auto?«

Diese Frage seiner Mutter war die erste, die Manfred richtig registrierte.

»Nein, wozu?«

»Der Sohn von meinem Chef, der fährt jetzt BMW.«

»Ich lasse gerne einen fahren.«

Ihr Gesicht verfinsterte sich. »Du hast dich nicht geändert. Wozu haben wir dich eigentlich studieren lassen ...?«

»Damit ich weiß, daß das Blähen bei den Gebildeten Flatieren heißt, vom lateinischen *flatus*, zu deutsch: der Furz, obwohl der Schleicher und Stinker eigentlich von *vapor* hergeleitet werden müßte, zu deutsch: Rauch, Qualm, Dampf.«

»Wenn das so weitergeht, kann ich gleich wieder zurückfliegen.«

»Nein, ich tu's ja nicht, bei Renate bin ich stubenrein geworden.«

»Komm, Otto!«

Sie strebte wirklich wieder zum Ausgang zurück, doch da kam Renate und nahm sie in den Arm. »Das meint Manfred nicht so. Wir freu'n uns seit Wochen auf euch.«

So wurden Margot und Otto Matuschewski in Renates türkisfarbenen Käfer verfrachtet, und ab ging es Richtung Osterholz.

»Holtz, Holtz ...«, sinnierte der Vater. »Ich hatte beim RPZ mal einen Kollegen namens Holtz, und der soll nach dem Krieg in Bremen hängengeblieben sein. Heinrich Holtz ...«

»Hoffentlich ist er nicht abgeholzt worden«, sagte Manfred, der hinten neben seiner Mutter saß, während der Vater wegen des steifen Beins vorn plaziert worden war. »Wir sehen nachher mal im Telefonbuch nach.«

»Ja, ja, der: Hanne-wacker-natze-vize-kogge-piepe-natze-piepe-neidau.«

Renate staunte. »Wer?«

»Der aus dem Lied. Von Heiner Holtz hab' ich den ...« Otto Matuschewski brach ab, denn sie fuhren über die Weser hinweg. Sehnsüchtig sah er auf den Fluß hinunter. »Damals, 1934 im Faltboot, sind wir nur bis Holzminden gekommen, bis Bremen hat weder das Geld gereicht noch der Urlaub. Immerhin waren wir vierzehn Tage auf der Weser unterwegs.«

Das war Margot Matuschewskis Stichwort. »Wann ist denn bei euch endlich was unterwegs ...?«

Manfred stöhnte auf und wurde so patzig, wie er es als Zehnjähriger gewesen war. »Wir lieben uns nur platonisch. Renate ist rein in die Ehe gegangen und will es bleiben, und ich bin ... Kurz und gut: Er heißt Henning Wannowski und ist ein Kollege von mir.«

»Dann kann ich ja gleich wieder gehen!« rief die Mutter.

»Nein ...« Manfred legte seinen Arm um sie. »Ohne dich ist's halb so schön. Bleib nur so, wie du biest.« Das gedehnte i überhörte sie glücklicherweise.

»Ich wär' so gerne Oma.«

Manfred fühlte sich ebenso gerührt wie schuldig, doch seine Gefühle schlugen bald wieder um, als sie fragte, in welchem Stadtteil sie wohnten, und, als sie Osterholz hörte, sofort einen Neffen von Gerda Neutig ins Spiel brachte, der eine Villa in Schwachhausen sein eigen nannte. »Zahnarzt ist der geworden. Da ist Kies hinter.«

»Und wir pupen nur in den selbigen«, lachte Manfred, einen Spruch seines Vaters variierend, fühlte sich aber dennoch abermals getroffen. Es war schon so, wie Theodor Fontane es einmal gesagt hatte, daß hundert Nadelstiche mehr schmerzten als ein Kolbenhieb. Es war sein Fluch, daß er so wenig dem Bilde entsprach, das sie sich in harter Zeit von ihrem Sohn gemacht hatte. Für sie war und blieb er trotz aller akademischer Ehren und einer schönen Stellung in der bremischen Verwaltung ein Verlierer. Blieb nur zu hoffen, daß sich ihre Maßstäbe mit dem Älterwerden änderten. Oder er jemand wurde, vor dem sie Achtung hatte ...

Es wurde nicht besser, als sie in die Armsener Straße kamen und seine Mutter feststellte, was auch Tante Elfriede und Berndchen schon zu Protokoll gegeben hatten: »Euer Haus sieht aus wie das Obdachenlosenheim bei uns an der Teupitzer Brücke.«

»Wir sparen aber schon fürs Charlottenburger Schloß. Wenn wir in zehn Jahren nach Berlin zurückkommen, dann ...«

»Da lebe ich nicht mehr.«

»Dann besuchen wir dich jeden Tag im Mausoleum.«

Die täglichen Spötteleien und Wortgefechte im AmfVi, insbesondere mit Hüring, waren dafür verantwortlich, daß Manfred schon nicht mehr anders konnte. Daß seine Mutter in Tränen ausbrach, hatte er nicht gewollt. Aber so leid es ihm tat, so wenig war er gewillt, jetzt zu kapitulieren, wo er 32 Jahre alt war und Anspruch auf den Status eines »gestandenen Mannes« erheben konnte. *Mich kriegst du nicht klein!*

Renate übernahm es, die Mutter zu beruhigen, indem sie ihr sagte, daß sie die beste aller Schwiegermütter sei und auch er, Manfred, sie liebhätte. Täglich sprächen sie über sie und bewunderten sie, wie sie das alles schaffte: die Arbeit zu Hause und den schweren Schalterdienst in der AOK. Und daß Manfred sein Studium nie zu Ende gebracht hätte, wenn sie bei dessen Finanzierung nicht so großzügig gewesen wäre. Das wirkte.

Mit dem Vater war Manfred indessen sehr schnell wieder »een Kick und een Ei«. Otto Matuschewski sah sich in seinem Sohn zum zweiten Mal geboren und war glücklich, nun alles erreicht zu haben, was er in seinem ersten Leben aufgrund unglücklicher Umstände nicht hatte schaffen können, vor allem: zu studieren und als Dr. Matuschewski durchs Leben zu gehen. Die nötige Begabung hätte er schon gehabt, aber wie als uneheliches Kind einer armen Bauerstochter und Magd Karriere machen? Und als ihn zu Beginn der Weimarer Zeit fortschrittliche Lehrer mit einem Begabtenstipendium auf ein Gymnasium schicken wollten, da hatten seine Mutter und sein Stiefvater in ihrem Kreuzberger Kohlenkeller die Hände überm Kopf zusammengeschlagen. »Kommt nicht in Frage, unser Otto lernt Maschinenbauer.« Zwar hatte er es dann über die Gauß-Schule quasi zum graduierten Ingenieur gebracht, wie man das wenig später nennen sollte, doch bei der Post war er ein kleines Licht geblieben, geschurigelt von dumpfen Vorgesetzten, die eher aus dem Krieg zurückgekommen waren als er oder sich bei »denen oben« besser einschleimen konnten. Mit einem Wort: Er war stolz auf seinen Sohn und voll und ganz zufrieden mit dem Weg, den er gegangen war.

Renate hatte sich die Zeit genommen, für ihre Schwiegereltern das zu kochen, was sie hier in Bremen als ihr Berliner Nationalgericht bezeichneten: Quetschkartoffeln mit sauren Eiern. Margot Matuschewski hatte zwar ein Festmahl mit mehreren Gängen erwartet, fand das aber immer noch besser, als wenn man sie nur in irgendeinen Landgasthof geschleppt hätte.

»Wenn wir da schon wohnen müssen ...«

»Mutti, hier gibt es weit und breit nichts Besseres.«

Gleich nach dem Essen wollte sie in ihre Pension, um sich »noch etwas frisch zu machen«, und Renate mußte wieder ihren Käfer anspannen, um zur Osterholzer Heerstraße zu fahren. Als Manfred die Koffer nach oben schleppte, stieß er auf der schmalen Treppe ein Foto von der Wand, das eine alte Eisenbahn zeigte.

»Da möcht' ich gerne hin!« rief sein Vater.

Diesem Wunsch entsprachen sie gern, zumal sich im Bahnhof der stillgelegten Kleinbahn ein Jugoslawe eingerichtet hatte, bei dem sie Kaffee trinken konnten.

»Bei den Bremern hieß die Bahn nur ›Jan Reiners‹.« Manfred ließ sich die Gelegenheit zu einem kleinen Vortrag nicht entgehen. »Eine Legende ist hier auch der ›Moorexpreß‹, der zwischen Bremervörde und Osterholz gefahren ist.« Er sah den Vater an. »Da kannst du doch mal was nachbauen. Den Bahnhof Worpswede vielleicht.«

»Worpswede«, fiel die Mutter ein, »da schwärmt Tante Lolo immer von. Da war sie erst letztes Frühjahr wieder, um sich Anregungen für Frohnau zu holen. Bei ihr sind immer richtige Künstler im Haus.«

»Ja«, sagte der Vater, so trocken, wie nur er es konnte. »Es gibt Künstler und Dilettanten. Die einen scheißen ins Loch ... und die anderen auf die Kanten.«

»Otto, was sollen die Leute von uns denken!?«

»Laß sie denken, was sie wollen, kaufen kann ich mir sowieso nichts dafür.«

Manfred fragte sich, ob sein Vater unter dem litt, was die Psychoanalytiker als »anale Fixierung« verstanden, oder ob es eher ein anarchistischer Grundzug war, der hier zum Vorschein kam. Merkwürdig war es schon, daß die meisten Deutschen den Mund hielten, wenn irgendwo in der Welt gemordet wurde oder bei ihnen vor der Haustür Skandalöses passierte, sich aber sofort aufzuregen begannen, wenn ansonsten zutiefst friedliche und durch und durch bürgerliche Leute von »scheißen« oder »ficken« sprachen. Es war ein Tabubruch, und da die Leute so empfindlich darauf reagierten, mußten sie sich und ihre Herrschaft dadurch ganz besonders bedroht fühlen. Denn wer »Pfui-Worte« gebrauchte, stellte alles in Frage, was ihnen heilig war, insbesondere ihre Werte. In vornehmer Gesellschaft laut zu furzen war schlimmer, als jemanden aus dieser feinen Gesellschaft umzubringen. Der konnte leicht ersetzt werden, nicht aber die heilige Ordnung.

Als sie mit dem Essen fertig waren, wußte Manfred, von wem er seine anarchistische Ader hatte, siehe Siemens und seine Unfähigkeit, sich in Hierarchien einzufügen: von seinem Vater. Der trank sein Bier aus und rülpste kräftig. Er lachte und reimte: »Ein Rülpser ist ein Magenwind, der nicht den Weg nach hinten find',/hat er'n aber doch gefunden, so ist er mit Gestank verbunden.«

»Otto, ich gehe jetzt.«

»Geh mit Gott, dann gehst du mit keinem Spitzbuben.«

Sie machten sich auf, den Eltern Bremen zu zeigen. Einen Parkplatz fanden sie beim AmfVi in der Charlottenstraße.

»Der Roland ist das Symbol für die Freiheit der Bürger. Sie hatten ja keinen König oder Großherzog hier in Bremen. Und solange der Roland vor dem Rathaus steht, kann Bremen nichts passieren.«

»Da im Ratskeller habt ihr also mit Tante Elfriede gesessen ...?« Es war die Spezialität seiner Mutter, ihren Assoziationen freien Lauf zu lassen, was immer die anderen gerade sagten oder taten.

Manfred überhörte es. »1813 haben die Franzosen aus dem Roland Pflastersteine machen wollen, da ist aber der russische Kosakengeneral Tettenborn gekommen und hat sie gerade noch verjagen können.«

Der Vater überlegte einen Augenblick. »Tettenborn, das ist doch der von Theodor Fontane ...?«

»Wie ...?« Manfred staunte gehörig.

»Ja, in Fontanes erstem Roman *Vor dem Sturm*, da kommt der Tettenborn drin vor. Berndt von Vitzewitz will die Franzosen aus Frankfurt an der Oder vertreiben und bildet einen Landsturm. Napoleon hat den Krieg in Rußland verloren, und seine Soldaten strömen zurück, können aber Frankfurt noch halten, obwohl die russischen Truppen schon am östlichen Ufer stehen. Tettenborn verspricht, Vitzewitz zu helfen, doch als es soweit ist, läßt er die Brandenburger im Stich, und die Sache geht schlimm für sie aus.«

Manfred staunte, daß der Vater das alles wußte, und er fragte sich, warum es ein Mann mit diesem Wissen und den vielen anderen großartigen Anlagen im Leben nicht weiter gebracht hatte als bis zum Technischen Fernmeldehauptsekretär bei der Deutschen Bundespost, wo doch andere, die viel dämlicher waren als er, Senatoren, Bürgermeister und Minister geworden waren. Wer hatte da die Hand im Spiel? Gott, Zufall oder Zugehörigkeit zu einer Partei, Gewerkschaft, Bank, Versicherung oder Firma? Als Einzelkämpfer kam man nie weiter, als Otto Matuschewski eben gekommen war, das stand fest.

»Wo sind denn nun die Bremer Stadtmusikanten?« Die Mutter drängelte.

»Hier um die Ecke.«

»Du willst deine Mutter um die Ecke bringen?« fragte Renate.

»Das ist pure Projektion«, erwiderte Manfred. »Da denkst du ausschließlich an deine eigene.«

»Wie geht's denn meiner Mutter?« fragte Renate ihre Schwiegermutter.

Margot Matuschewski wurde nun so theatralisch, wie es früher ihre Schwiegermutter gewesen war, Manfreds Kohlenoma. »Mit der bin ich fertig, die hat mich fallenlassen.«

Manfred lachte. »Wie: Hat sie dich oben auf dein Sideboard setzen wollen und dann losgelassen ...?«

»Nein. Ich rufe sie an und frage sie: ›Charlotte, ich habe eine Karte übrig, gehen wir am Sonntag zusammen ins Theater?‹ Da sagt sie: ›Tut mir leid, Margot, ich gehe mit einem Bekannten ins Konzert, der gibt mir mehr.‹«

»Vielleicht hat sie gesagt: ›Das gibt mir mehr.‹?«

»Nein: der!«

Manfred grinste. »Sie heißt immerhin Lamouche.«

»Bis jetzt hat mich keiner fallenlassen, keine Freundin, keine Verwandte. Diese Frau ist die erste.«

»Komm, Mutti, wir gucken uns den Schnoor und die Böttcherstraße an, da kommst du auf andere Gedanken.«

Das war in der Tat so, und wieder ganz die Alte war sie, als sie eine kleine Toneule für die Liebetruths kaufte. »Die sind immer so gefällig.«

Als sie an der Weser standen, nahm der Vater seinen Stock und legte ihn an wie ein Gewehr, um auf eine Hafenbarkasse zu zielen. Die Weser fror schon lange nicht mehr zu, das verhinderten die starke Versalzung oben in der DDR und das warme Kühlwasser aus dem KKW Grohnde.

»He!« rief Renate. »Du hast Hundekot am Stock.«

Otto Matuschewski musterte den Gummipuffer an seiner Gehstütze unten. »Kacke am Stock ist auch ein Bukett.« Und für Renate übersetzte er, daß damit ein Blumenstrauß gemeint sei.

»Otto, man muß sich ja schämen mit dir.«

Der Vater gebrauchte den Stock nicht nur als Gehhilfe – wegen seiner steifen Hüfte –, sondern auch als Schlagballkeule, als Minigolfschläger, als »Angel«, um etwas unter Betten und Sofas hervorzuholen, zum »Stuken« bei verstopften Toiletten, als imaginäres Gewehr, als Zollstock zur Vermessung von Schränken, Tischen und Wasserständen, als Degen, um sich in der U-Bahn Taschendiebe vom Leib zu halten, als verlängerten Arm, um anderen über schmale Bäche und breite Pfützen hinwegzuhelfen, als Enterhaken, um Hüte aus dem Wasser zu fischen, als Angelrute am Neuköllner Schiffahrtskanal, als Hammer zum Einschlagen breitköpfiger Nägel und um Tapetenkleister umzurühren und Wespennester abzuschlagen. Und einmal hatte er Manfred mit diesem Stock verdroschen, als er nicht vom Fußballspiel weggekommen war und vergessen hatte, eine wichtige Röntgenaufnahme ins Krankenhaus zu bringen.

»Wenn ich tot bin«, sagte Otto Matuschewski, »möchte ich, daß der Stock mit in meinen Sarg reinkommt.«

»Hör auf damit!« mahnte seine Frau.

Er ließ sich nicht beirren. »Das ist Holz, das verbrennt mit.«

»Und hat noch dreißig Jahre Zeit«, lachte Manfred. Im Januar wurde der Vater 65 Jahre alt. *Am besten verdrängen.*

Als sie nach Hause kamen, war das Thema Tod plötzlich wieder aktuell, denn Hans-Peter Pforte, ihr Nachbar, kam kreidebleich aus seinem BMW gesprungen.

»Was ist denn?« fragte Renate.

»Torsten hat angerufen, bei mir im Büro, und gesagt: ›Papa, Mama ist vom Auto totgefahren worden!‹ Dann hat er fürchterlich geweint. Da war die Verbindung weg.«

Manfred war ganz schlecht geworden. »Wir waren nicht hier, aber ... Es ist doch nichts zu sehen.«

»Petra wird im Krankenhaus sein und der Junge bei der Oma.«

Sie ließen die Eltern stehen und stürzten mit Herrn Pforte nach oben. Alles ruhig in seiner Wohnung. Klar. Als er klingelte, mußten sie ihn stützen, sonst wäre er zusammengebrochen.

»Nichts ...«, sagte er mit tonloser Stimme.

Nach einer Ewigkeit ging oben bei Wätjens die Tür auf, und Frau Wätjen rief nach unten: »Herr Pforte ... Sie ...!?«

»Ja ... Wissen Sie, wo meine Frau liegt?«

»Ja: Bei mir unter der Höhensonne, sie will zu Weihnachten so braun sein wie die Gans.«

Manfred und Renate fielen sich um den Hals. Vor Erleichterung, aber auch, um nicht schallend lachen zu müssen. Es stellte sich heraus, daß Torsten Pforte mit seinem Freund Markus »Autounfall« und »Meine Mama ist tot« gespielt hatte.

»Ist doch schön, wenn Kinder Phantasie haben«, sagte Manfred und hielt Herrn Pforte davon ab, Torsten zu züchtigen. Auch Petra Pforte fand das Ganze köstlich und zog gleich am nächsten Morgen los, um ihrem Sohn einen Rettungswagen zu kaufen und Heiligabend unter den Christbaum zu legen.

Unter dem von Manfred und Renate lag wesentlich mehr, nämlich ein Kuvert von seiner Mutter mit 20 Hundertmarkscheinen und einem Kärtchen: »Von Euren lieben Eltern und Schwiegereltern für eine Urlaubsreise nach Menorca zum Weihnachtsfest 1970 bei Euch in Bremen.«

»Da bin ick aba jerührt wie Appelmus«, sagte Manfred und umarmte und küßte erst seine Mutter, dann seinen Vater.

Geld zu verschenken, das wurde ihm klar, war die Art seiner Mutter, Liebe zu zeigen. Sie tat es nicht mit Worten und nicht dadurch, daß sie ihm über die Haare strich, sondern mit Scheinen. Das war schon immer so gewesen. »Ich hab' dich lieb, also gebe ich dir das Geld, damit du das Abitur machen und studieren kannst.« So war ihm zumindest ein Hundeleben bei Siemens erspart geblieben. Doch wäre er glücklicher geworden, wenn sie ihm mehr Zärtlichkeit und weniger Geld geschenkt hätte? Manfred seufzte. Früher, in der beliebtesten Berliner Radiosendung nach dem Kriege, hatte es im RIAS mit Ivo Veit geheißen: *Wer fragt, gewinnt*. Ihm dämmerte, daß man sich das Leben verdarb, wenn man immer nur fragte und alles in Frage stellte. Jedenfalls ging dabei verloren, was man später »die Leichtigkeit des Seins« nannte.

Manfred machte sich lieber daran, die anderen Geschenke, die unter dem Weihnachtsbaum lagen, hervorzuholen und an Renate und seine Eltern zu verteilen. Die Mutter hatte ihn noch mit einem weißen Oberhemd und einem passenden bordeauxroten Schlips bedacht. Er heuchelte höchste Verzückung.

»Du mußt nicht denken, daß der billig gewesen ist«, sagte sie.

Manfred hielt sich den Schlips vor die Brust. »Den binde ich um, wenn ich bei Koschnick Karriere mache und in Bonn Minister für Arbeit und Soziales werde.« Und er setzte an, den Eid zu sprechen.

»Sag lieber dein Weihnachtsgedicht auf, sonst werden dir alle Geschenke wieder weggenommen.«

Manfred fand das ziemlich albern, aber sie hätte garantiert wieder geheult, wenn er *unartig* gewesen wäre. Also machte er eine kleine Verbeugung und begann mit dem geforderten Ernst: »Lieber guter Weihnachtsmann, schau mich nicht so böse an, stecke deine Rute ein, ich will auch immer artig sein.«

Nun war Renate an der Reihe, und als sie einige Zeilen Theodor Storms vortrug – »Vom Himmel in die tiefsten Klüfte ein milder Stern herniederlacht ...« –, kam Rührung auf, und Manfred dachte an die Tage in der Neuköllner Ossastraße zurück. Wie die Schmöckwitzer Oma gekommen war, Weihnachten 1946, eine selbst abgesägte kleine Kiefer in der Hand. Und sie hatten viel an seinen Vater gedacht, der sich irgendwo in russischer Kriegsgefangenschaft befunden hatte. *Es steht ein Soldat am Wolgastrand* ... Was würde in einem Jahr sein, in zehn, in zwanzig ...? Wenn sie sich an diesen Weihnachtsabend erinnerten, bekamen sie immer feuchte Augen.

Der Mutter hatten sie einen Roman der Amerikanerin Pearl S. Buck geschenkt, die sie mit ihrem Lyzeumsenglisch von 1925 wie »Böck« aussprach, und dazu eine Leselampe sowie eine schöne Rüschenbluse »fürs Theater«. Sie freute sich indes nur mäßig.

»Du mußt mal sehen«, flüsterte Manfred Renate ins Ohr, »was das für'n Arschaufreißen ist, wenn Gerda Neutig ihr ein Stück Seife schenkt.«

Der Vater strahlte, als er sein Geschenk ausgepackt hatte: eine E-Lok für seine TT-Modelleisenbahn, mit deren Bau er nach seiner Pensionierung im nächsten Monat sofort beginnen wollte.

Manfred und Renate waren übereingekommen, sich nichts »Großes« zu schenken. Ihr einziger Wunsch war ja, etwas »Kleines« zu bekommen, aber es wollte nicht klappen. So blieb es bei Kleinigkeiten wie Schallplatten, Taschenbüchern, Konfekt und einigen praktischen Dingen, angefangen beim neuen Korkenzieher bis hin zu einer Luftpumpe für Renates Fahrrad.

Nach der Bescherung sangen sie Weihnachtslieder und aßen traditionsgemäß Gänseklein mit weißer Soße.

Der Vater tat es mit Behagen und rülpste laut.

»Otto!« kam es sofort von der Mutter.

Manfred bekam den Eindruck, daß sein Vater den Proleten spielte, um sich seiner Frau gegenüber ein Stück Freiheit zu bewahren. Nein, sie kriegte ihn nicht unter. Es war Auflehnung gegen das ewige *Was sollen denn die Leute von uns denken?* Nur nicht auffallen. Unter diesem mütterlichen Normendiktat hatte auch Manfred sehr gelitten.

Nach dem Essen wurde auf den ultimativen Wunsch der Mutter hin der Fernseher eingeschaltet. »Alle sehen Anneliese Rothenberger!« Die hatte zu einer Soiree mit Hermann Prey und dem Tölzer Knabenchor geladen. Manfred murmelte Unchristliches, während seine Mutter vor Rührung weinte. Danach beharrte sie darauf, Scrabble zu spielen, was ihm ebensowenig behagte, weil er nicht einsah, daß er sich am Heiligabend den Kopf zerbrechen sollte. Immerhin hatte das Weihnachtsfest einen echten Höhepunkt, denn als sich die Eltern zur Nachtruhe in ihre Pension zurückgezogen hatten, trieben Manfred und Renate es munter unterm Tannenbaum.

Am nächsten Morgen trafen sich alle in der Armsener Straße, um gemeinsam zu frühstücken. Die Mutter berichtete, in ihrer Pension habe man viel geweint.

»Kein Wunder«, sagte Manfred, »es heißt ja auch Weihnachten.«

»Nein, der Pensionsinhaber ist im Sommer beim Pflaumenpflücken vom Baum gefallen und hat sich das Genick gebrochen.« Das nahm sie so mit, als wäre es ihr eigener Vater gewesen.

Nach dem Frühstück wurde die Gans, die Hüring ihnen von einem niedersächsischen Bauern billig besorgt hatte, mit Äpfeln und Kräutern gefüllt. Während der »tote Vogel«, so der Vater, im Ofen briet, unternahmen sie einen ausgedehnten Spaziergang bis hin zum Osterholzer Friedhof. Plötzlich schrie Manfred auf.

»Da liegt ja dein Heinrich Holtz!«

Und richtig, die Daten, die auf dem Grabstein standen, ließen keinen Zweifel daran, daß man den gewesenen Kollegen seines Vaters aus dem Reichspostzentralamt (RPZ) schon vor über fünf Jahren hier begraben hatte.

Die Weihnachtsgans schmeckte ihnen dennoch, und wie jedes Jahr erinnerte sich die Mutter daran, was ihr Vater, gestorben 1937, beim Zerteilen des Bratens immer gesagt hatte: »Eine gute gebratene Gans ist eine gute Gabe Gottes.« So hoben sie ihre gut gefüllten Weißweingläser und stießen auf alle an, »die nicht mehr unter uns sind«. Was Manfred an die Pragreise mit seinem Freund Moshe Bleibaum erinnerte, wo sie eine Karte an Bea Reinicke, seine erste große Liebe, geschrieben hatten: »Schade, daß du nicht unter uns bist.« Was wäre geworden, wenn er Bea geheiratet hätte ...? Sie kannte hundert Leute in einflußreichen Positionen, und ein Wort von ihr hätte genügt, seine Karriere zu beflügeln.

Nach dem Festmahl machten alle ein Nickerchen, dann wurde Kaffee getrunken, ferngesehen und gespielt, Canasta diesmal. Renate mit dem Vater gegen ihn und die Mutter. Und da die ununterbrochen plapperte, verloren sie Runde um Runde.

»Mutti, kannst du dich nicht mal konzentrieren.«

»In der Schule hat schon ein Lehrer zu mir gesagt: ›Sie müßten nicht Schattan, sondern Schnattan heißen!‹«

Am zweiten Feiertag unternahmen sie einen Stadtbummel und fuhren anschließend nach Worpswede hinaus. Manfred genoß es, seinen Vater einmal eine Stunde für sich allein zu haben, denn Renate und seine Mutter wollten sich in einem der vielen Läden nach etwas »Kunstgewerblichem« umsehen.

»Uns Männern ist etwas Gunstgewerbliches lieber«, sagte Manfred und spazierte mit dem Vater den Weiherberg hinauf.

Otto Matuschewski konnte sich nicht sattsehen an allem. »Sogar im Winter ist es wunderschön hier oben im Norden.«

»Wollt ihr euch nicht ansiedeln hier, wenn ihr beide pensioniert seid, hier hast du das Meer in der Nähe, und wenn du dir ein Motorboot kaufst, dann bist du bald oben in Bremerhaven.«

Der Vater sah ihn an. »Willst du in Bremen bleiben?«

»Klar, ich mach' Karriere bei Koschnick im Troß.«

»Für immer weg von Berlin?«

»Was sein muß, muß sein.« Manfred blickte nach Bremen hinüber. »Schön wäre es, wenn wir wieder so etwas wie eine Großfamilie hätten. Es muß ja nicht immer Schmöckwitz sein, auch in Worpswede, Lilienthal oder Grasberg ginge es. Wenn wir alles Geld zusammenlegen würden ...« Er hatte das Bild ganz genau vor Augen: wie seine beiden Kinder, Tochter und Sohn, unterm großen Birnbaum spielten und ihr Opa auf sie aufpaßte. Der hatte eine Kindheit gehabt, die allen Lehrbüchern zufolge nur zum Alkoholismus und zur Kriminalität führen konnte: Mutterentbehrung (Bowlby), keine ausreichende Ich-Identität (Erikson), einen autoritären und ständig prügelnden (Stief-)Vater (Reich) und niemals genügend libidinöse Energie, um die aggressive zu binden (frei nach Freud). Aber er war kein Alkoholiker und kein Verbrecher geworden, sondern ein liebenswerter und sehr konzilianter Mensch, voller Wärme und Einfühlungsvermögen. Die Aufgabe, die harten Werte der Gesellschaft durchzusetzen, das Über-Ich zu befriedigen, war seiner Mutter zugefallen.

Was das wohl für Folgen haben würde – oder schon gehabt hatte ...?

»Sich hier was kaufen, hm ...« Otto Matuschewski schaffte es nun, in einem Atemzug gleich zwei seiner Sprüche an den Mann zu bringen. »Wir sind beide kleine Beamte, deine Mutter und ich, und du weißt ja: Wie man sich dreht und wendet, der Arsch bleibt immer hinten. Und mit Gewalt läßt sich kein Bulle melken.«

Manfred grinste und parodierte ihn ein wenig: »Da kannst du beruhigt einen drauf lassen.« Er freute sich, daß er einen Vater wie diesen hatte, keinen gelackten Banker und keinen arroganten Chirurgen, sondern ein richtiggehendes Original.

Unvermittelt begann der Vater über Rainer Barzel zu schimpfen. »Der denkt auch nur so weit, wie ein Bulle scheißt!« Und er riß seinen Stock hoch, wie um auf den Möchtegernkanzler einzuschlagen.

Manfred mußte schmunzeln: Der so sanfte und einfühlsame Mann konnte verdammt jähzornig sein. Nun folgte eine Analyse der politischen Verhältnisse im geteilten Deutschland, wie sie die meisten Journalisten und Politologen aus dem hohlen Bauch heraus nicht besser geschafft hätten. Der Vater unterbrach sich erst, als sie von den zwei Frauen eingeholt wurden. Die wollten schnell noch in eine Ausstellung mit Arbeiten von Heinrich Vogeler und Paula Modersohn-Becker und dann essen gehen.

Nachdem dieser Tag so schön und so harmonisch verlaufen war, zog es sie am nächsten Morgen nach Wildeshausen und Testrup zu den Hünengräbern. Renate verfrachtete sie alle in den türkisblauen Käfer, dann ging es los. Die Fahrt als solche verlief friedlich. Die erste Mißstimmung kam auf, als der Vater trotz der steifen Hüfte unbedingt in eines der rekonstruierten Königsgräber kriechen wollte.

»Otto, laß das: Du kommst da nicht mehr raus!« warnte ihn seine Frau mit schriller Stimme.

»Kann ich mich gleich mal dran gewöhnen, wie es ist, bis in alle Ewigkeit im Grab zu liegen.«

»Beschrei es nicht!«

»Wer hier schreit, bist einzig du«, griff Manfred ein und half seinem Vater, auf die Knie zu kommen und sich in den engen Eingang zu zwängen.

»Otto, du bleibst drin stecken. Ich bleib' jedenfalls draußen.«

»Wenn wir in zehn Stunden nicht wieder zurück sind, dann hol doch bitte Hilfe. Am besten die Bergwacht von Parten-Garmischkirchen.« Manfred war nicht ganz wohl, als er hinter seinem Vater in die enge dunkle Röhre kroch. Wenn die tonnenschweren Steine auf sie niederkrachten, waren sie buchstäblich platt. So jedenfalls würde es im *Weser-Kurier* nachzulesen sein, mit der Bemerkung, daß jede Hilfe zu spät gekommen sei.

Renate, die ein paar Meter Vorsprung hatte, schrie plötzlich auf.

»Ist dir was passiert?«

»Nein, ich hab' nur in Hundekacke gefaßt.«

»Dann bleib mal gefaßt.«

Alle kamen wieder heil heraus, doch als der Vater auch auf das Hünengrab hinaufklettern wollte, rief er erschrocken: »Mein Stock ist weg!« Er hatte ihn beim Herumkrauchen im dunklen Hünengrab zur Seite gelegt und vergessen. »Ohne meinen Stock bin ich verloren.«

»Dann trink doch Asbach, Jacobi oder Dujardin«, sagte Manfred, in Anspielung darauf, daß Stock eine Weinbrandmarke war.

»Nun geh«, seine Mutter stieß ihn an, »Vatis Stock rausholen.«

»Ohne Taschenlampe ...?« Manfred glaubte nicht, daß er da Chancen hatte.

»Dann gehst du eben zum Parkplatz zurück und holst dir eine aus dem Auto.«

»Zu Befehl.« Manfred maulte ein wenig, weil es bis zum Parkplatz gute zweihundertfünfzig Meter waren.

»Wenn du einen Führerschein hättest, könntest du das Auto gleich mitbringen. Alle haben jetzt einen Führerschein, sogar Gerda Neutig und Renates Mutter, nur du nicht.«

»Natürlich hab' ich einen«, log Manfred. »Sogar einen für Lastwagen und Panzer.«

»Das ist doch nicht wahr!«

»Doch. In Bremen bei der Bundeswehr gemacht.«

»Na, geh erst mal die Lampe holen!«

Manfred tat, wie ihm geheißen, und fand das dritte Bein seines Vaters nach knappen zehn Minuten Suche. Es hätte nun alles gut sein können, aber als sie vor ihrem Käfer standen, fiel seiner Mutter wieder ein, daß er angeblich den Führerschein gemacht habe.

»Dann zeig doch mal, was du alles kannst.« Die Mutter nahm Renate den Autoschlüssel aus der Hand und gab sie ihm.

Manfred hatte nur einmal in seinem Leben am Lenkrad eines Wagens gesessen: im Autoscooter in der Hasenheide bei den *Neuköllner Maientagen*, gerade als er Renate, die ja eine alte Klassenkameradin war, aber sitzengeblieben und frühzeitig abgegangen war, nach vielen Jahren wiedergesehen hatte. Andererseits konnte Autofahren keine so große Kunst sein, denn sonst hätten nicht alle, darunter Hunderttausende grenzdebile Menschen, den Führerschein gemacht. Und zudem erinnerte er sich daran, wie er das Radfahren erlernt hatte, damals in Karolinenhof an der Seite von Inge und Gerhard. Einfach gesagt: »Das kann doch jeder!«, sich raufgesetzt, in die Pedale getreten – und schon war er losgebraust. Fast in die heranrauschende Straßenbahn hinein, aber nur fast. Er sah sich um. Sie befanden sich auf einem Parkplatz von der Größe eines Eishockeyfeldes, und weit und breit war niemand zu sehen. Auch kein anderes Auto. Was riskierte er schon, wenn er hier ein wenig herumkurvte, ohne Führerschein. Nichts.

Also schloß er auf und ließ sich lächelnd hinters Steuer fallen. »Ich hab' auf'm Mercedes gelernt, aber mit 'ner automatischen Kupplung. Renate muß mir nur schnell zeigen, wie das hier beim VW mit der normalen Kupplung geht.«

Seine Frau machte mit, setzte sich auf den Beifahrersitz, schlug die Tür zu und flüsterte ihm zu, was zu tun war. Er machte sich ans Werk und winkte seinen Eltern, die draußen standen, Mund und Nase aufgesperrt.

»Nun ganz langsam Gas geben«, sagte Renate.

Doch da gingen Manfred die Gäule durch. Er trat voll aufs Gaspedal.

»Bremsen, bremsen!« schrie Renate. »Und geradeaus!«

Manfred jedoch verhielt sich genau wie damals im Autoscooter und tat nichts anderes, als das Steuer herumzureißen. Das mochte damals in der Berliner Hasenheide gut und richtig gewesen sein, hier aber, bei den Hünengräbern von Visbek, Testrup und Kleinenkneten, führte es dazu, daß er über den Rand des Parkplatzes hinausschoß, in einen Entwässerungsgraben plumpste und erst zum Stehen kam, als sich Bug und Stoßstange des Käfers in einer Kiefernschonung verfangen hatten.

Als die Schrecksekunde vorüber war, nahmen beide nur die tiefe Stille der Natur wahr, wie sie sowohl von Theodor Fontane als auch von Hermann Löns so eindrucksvoll beschrieben worden war.

»Scheiße«, fluchte Manfred. »Hoffentlich ist nichts passiert.«

»Wenn jetzt die Polizei oder der Förster kommt, dann ...« Renate kletterte ins Freie. »Meine Tür geht noch auf.«

»Meine auch.« Doch Manfred zögerte, Renate zu folgen, denn oben standen seine Eltern, und seine Mutter tat, als hätte er eben mit einem kräftigen Rammstoß mindestens das Bremer Rathaus in Schutt und Asche gelegt.

»Das schöne Auto!« rief sie.

»O Jammer, der ist hin«, sagte der Vater, den Spruch auf dem Granseer Denkmal der Königin Louise leicht variierend.

»Du mußt nicht denken, daß so'n gebrauchter Käfer billig ist.« Manfred kletterte die Böschung hinauf.

Die Mutter begann zu barmen. »Hier ist kein Mensch in der Nähe, und Otto kann nicht laufen. Wenn jetzt Schnee und Eis kommen, dann ...«

»... dann baue ich ein Iglu für alle, und wir ernähren uns von unseren Körperteilen.«

»Und mit deinen Schinken fangen wir an.« Der Vater klatschte mit der flachen Hand bei der Mutter auf die so bezeichnete Stelle.

Die Mutter fing an zu weinen. »Ihr mit eurem Spott immer. Wenn jetzt die Polizei kommt, dann ...«

Manfred zuckte zusammen. »Gott, ja ...« Fahren ohne Führerschein, und ein paar Bäumchen waren arg verbogen. »Ich spende was für den Naturschutz, um das wiedergutzumachen ... Aber das Auto: Wie kommen wir nach Bremen zurück ...? Wenn wir es abschleppen lassen, dann sitz' ich in der Patsche.«

Renate setzte sich nun hinters Steuer und legte den Rückwärtsgang ein. Doch so geschickt sie es auch anstellte, sie schaffte es nicht, den Käfer auf die Asphaltfläche zu bugsieren, zu steil war die Böschung, zu sehr hatte er sich im Unterholz verfangen.

»Du mußt von unten schieben!« rief sie Manfred zu.

Er kletterte hinunter und kam sich vor wie ein Soldat im Schützengraben. Der Boden war schlammig, und die Sträucher und Bäumchen waren so zäh und widerspenstig wie der Amazonasdschungel. Mit aller Kraft stemmte sich Manfred gegen die Stoßstange. Seit seinem Gewichthebetraining bei den Neuköllner Sportfreunden hatte er nicht mehr so viel Kraft entfaltet. Doch so sehr er auch keuchte und kämpfte, es war vergeblich.

»Ich kann nicht mehr. Wir müssen jemanden holen.« Er war total am Ende. Sein Herz schien zerspringen zu wollen. Zudem waren seine Lederhandschuhe und seine Jeans restlos dahin.

Renate war dagegen. »Das steht dann in der Zeitung, und du hast Ärger mit den Leuten im Rathaus. Wenn du mal befördert werden sollst, hängt dir das an. Mir auch.«

Manfred mußte ihr recht geben. Strenggenommen war es Fahrerflucht, wenn sie sich vom Parkplatz entfernten. Dazu kamen Fahren ohne Führerschein und Sachbeschädigung beziehungsweise Forstfrevel oder ähnliches.

»Otto!« schrie da die Mutter. »Bist du denn lebensmüde!?«

Sie hatten einen Augenblick lang nicht auf den Vater geachtet. Der hangelte sich, ohne daß sie es verhindern konnten, die Böschung hinunter.

»Wenn ich meinen Stock als Brechstange nehme, kriegen wir es vielleicht hin. Man muß nur der Kraft des Hebels vertrauen.«

Und er sollte recht behalten: Beim dritten Anlauf schafften sie es mit vereinten Kräften, den Käfer aus dem Graben zu schieben. Sie fielen sich um den Hals und rissen die Arme hoch, als hätten sie gerade die Rallye Monte Carlo gewonnen.

»Einsteigen, bitte.« Renate wollte nun endlich nach Hause. »Ich verhungere sonst.«

Doch es sollte noch geraume Zeit vergehen, bis sie die Reste ihrer Weihnachtsgans verspeisen konnten, denn als sie den Parkplatz verlassen wollten, zeigte sich, daß der VW nur noch nach scharf rechts zu lenken war. Wollten sie nach links, ging das nur in ganz sanften Krümmungen, so sehr hatte sich das Fahrgestell verzogen.

»So kommen wir nie nach Bremen«, war ihr Fazit, nachdem sie nochmals ausgestiegen waren und sich den Schaden besehen hatten. Daß Manfred an den Blechen zog und riß, machte die Sache nicht besser.

»Wir müssen nach Wildeshausen fahren und gucken, ob wir da 'ne Werkstatt finden.«

»Wie denn: wenn ich immer nur rechts rum kann?«

»Das muß man rein empirisch betrachten«, stellte Manfred fest. »Trial and error.«

Und prompt sahen sie, als sie in die kleine Stadt geeiert kamen, die Reklametafel einer Werkstatt mit einem dicken roten Pfeil nach links.

»Da haben wir den Salat«, sagte Renate und hielt am Straßenrand.

»Vor Schreck ließ er in Wildeshausen erst mal kräftig einen sausen«, dichtete der Vater, ebenso ratlos wie sie. »Aussteigen, hochheben und umdrehen geht ja nicht.«

Manfred verließ sich auf die reine Logik. »Das muß doch

gehen: rechts rum, eine Straßenkreuzung weiter, dann wieder rechts, parallel zurück, dann wieder rechts und über die Straße hinweg, auf der wir gerade sind, und dann wieder rechts Richtung Osten.«

Renate fuhr los, doch bald steckten sie wieder fest, denn in Manfreds Logik waren keine Einbahnstraßen vorgesehen gewesen. So zogen sie immer neue Schleifen, und einmal waren sie schon direkt vor der Werkstatt, kamen aber nicht durch das Tor, weil sie dafür links hätten abbiegen müssen.

»In zehn Minuten machen die zu«, warnte die Mutter.

»Dann steigt aus und sagt denen, daß sie bitte warten mögen.«

Die Eltern taten es, wenn auch, was die Mutter betraf, ein wenig murrend, denn es war verdammt kalt geworden, und von der Nordsee her wehte eine ß-teife Brise übers Land.

»Wenn wir euch nicht mehr wiederfinden sollten: dann Ostern in Berlin«, meinte Manfred, bevor sie sich entfernten. »Und erzählt denen in der Werkstatt, der Wagen wäre uns einen Hang runtergerollt, auf Privatgelände aber, bei Ilschen auf'm Bauernhof.«

Nach weiteren zehn Minuten war es geschafft: Sie hatten eine Einflugschneise gefunden, die es Renate gestattete, den Wagen nach rechts auf den Werkstatthof zu lenken. Für die Mechaniker war es eine Kleinigkeit, den Wagen zu richten. Sie nahmen eine schwere eiserne Kette, schlangen das eine Ende um einen Pfeiler und befestigten das andere irgendwo unten am Vorderteil des Käfers. Dann ging es ruck, zuck: Einer der Kfz-Mechaniker setzte sich hinters Steuer, legte den Rückwärtsgang ein und gab Vollgas. Krachend kehrte das Chassis in seinen vorigen Zustand zurück. Daß der Wiederverkaufswert des Vehikels damit erheblich sank, nahmen sie klaglos hin. Jedenfalls verlief die Rückkehr nach Bremen ohne weitere Zwischenfälle.

Der letzte Abend mit den Eltern wurde urgemütlich, nicht zuletzt aufgrund einer Feuerzangenbowle. Der Vater erzählte viel von früher. Daß er von seinem Stiefvater wie ein Sklavenjunge gehalten worden sei, im Fuhrgeschäft damals, in der

Manteuffelstraße in Kreuzberg. »Nichts Richtiges zu essen und jeden Tag die Pferde striegeln, sonntags auch. Da hab' ich mir manchmal 'n Groschen genommen und mir Pferdebuletten gekauft, das war meine doppelte Rache.« Wie er bei der Schwester seiner Mutter auf einem Oderkahn großgeworden war. »Wenn ich da über Bord gefallen wäre, hätten alle aufgeatmet.« Wie er mit seiner Margot im Faltboot die deutschen Flüsse hinuntergepaddelt war. »Nur auf der Oder war deine Mutter nicht mit, weil du schon unterwegs gewesen bist.« Wie er sich als Arbeitsloser als Statist beim Film ein paar Mark verdient hatte. »Meistens hab' ich Klaviere in irgendwelche Villen getragen.« Wie er als Telegraphenbauhandwerker seinen Monteurkasten oben auf die Schornsteine gestellt hatte und den Leuten unten der Qualm aus dem Ofen geschlagen war. »Den Geizhälsen, die kein Trinkgeld für uns übrig hatten.« Wie er den Nazis beim Ariernachweis ein Schnippchen geschlagen hatte. »Einer deiner Vorfahren war Jude und ist später zum Christentum übergetreten. Und da haben wir das dann so gedreht, als sei er von Anfang an evangelisch gewesen.« Wie er in der Störungsstelle immer unter seinem einbeinigen Kollegen gelitten hatte. »Der hatte ja nun noch die zweite Socke, und um die nicht unnütz im Schrank liegenzulassen, hat er sie angezogen. Und zwei Socken an einem Fuß, das hat solche Käsebeine gegeben, daß wir jedesmal umgefallen sind.« Wie ihn dümmliche Vorgesetzte geschurigelt hatten. »Ihre Briefe haben immer so von Deutschfehlern gestrotzt, daß ich sie alle neu schreiben mußte, bevor wir sie abschicken konnten. Aus Rache haben sie mir in die Beurteilung geschrieben, daß mein Deutsch zu wünschen übrigläßt.« Wie er in russischer Kriegsgefangenschaft überlebt hatte. »Manchmal haben uns die Leute im Dorf, obwohl sie selber nichts hatten, 'n Stück Brot durch den Zaun gesteckt.«

Als seine Eltern am nächsten Morgen ins Flugzeug stiegen, hatte Manfred das Gefühl, daß sie noch gar nicht angekommen waren. Alles, was sie in der einen Woche erlebt hatten, schien nur ein Produkt seiner Vorstellungskraft zu sein, und in Wahrheit schien es sie längst nicht mehr zu geben. ... *denn ein Traum ist alles Leben,/und die Träume selbst ein Traum.* Calderón hatte schon recht.

»Das Flugzeug hebt ab«, sagte Renate.

»Mir wäre es lieber, wir würden mal abheben«, lachte Manfred.

Manfred Matuschewski wußte aus den psychologischen Lehrbüchern sehr genau, wie das Syndrom genannt wurde, worunter er seit früher Kindheit litt: Es war die narzißtische Unersättlichkeit. Viel zu wenig Lob und Anerkennung hatte er von seiner Mutter und von seinen Lehrern bekommen, statt der berühmten Streicheleinheiten zumeist Vorwürfe und Ermahnungen. Wie sehr hatte er sich nach einem *Wir sind stolz auf dich* gesehnt ... und statt dessen ein *Man muß sich ja schämen mit dir* zu hören bekommen. Daher war es sein großer Traum, ebenso diffus wie gewiß, einmal als Dozent in einem Hörsaal zu stehen und den Leuten so viel zu geben, daß sie am Ende Beifall klatschten beziehungsweise dankbar klopften. Vor dem Einschlafen und in seinen Tagträumen sah er sich immer wieder in solchen Szenen, und er erzählte den Leuten darin viel über das Sosein großer Organisationen und wie sie in ihnen leben und überleben konnten. Doch am nächsten Morgen saß er dann wieder im AmfVi am Landweg und konnte höchstens den Spatzen auf dem Parkplatz draußen einen Vortrag halten.

Es war der 12. Januar, der Tag, an dem die Schmöckwitzer Oma ihren 86. Geburtstag gefeiert hätte, und er war in Gedanken bei ihr in ihrem Häuschen, als das Telefon klingelte. Er zuckte zusammen und wollte gar nicht abnehmen, denn das konnte nur seine Mutter sein. *Vergiß nicht, bei Oma anzurufen.*

Doch es war kein Ferngespräch aus Berlin, sondern ein Anruf auf der Amtsleitung, wie Frau Winterberg ihm sagte: »Die Verwaltungsschule, der Herr Jäger.«

»Ich kenne keinen Herrn Jäger.«

»Mit dem haben Sie doch beim Betriebsausflug geredet.«

Manfred konnte sich an nichts erinnern, drückte aber das Knöpfchen, um das Gespräch zu übernehmen. Erst als er Jägers Stimme hörte und erfuhr, daß er zugesagt hatte, ab nächsten Mittwoch den Kurs *Einführung in die moderne Organisations- und Verwaltungssoziologie* zu übernehmen, dämmerte ihm wieder etwas, ganz dunkel.

»Ja, natürlich«, rief er, hocherfreut über diesen Anruf. »Ich dachte schon, Sie hätten alles vergessen.«

»Nein, nein, ganz im Gegenteil. Kommen Sie am Mittwoch Viertel vor vier kurz bei mir vorbei.«

»Wann …« Manfred war so aufgedreht, ja, aufgewühlt, daß er Jägers Zeitangabe erst von der bremischen Art und Weise in die berlinische umrechnen mußte. »Ach, ja: Dreiviertel vier. Klar, ich komme geflogen.« Er ahnte, daß sich mit diesem Anruf sein Leben grundlegend verändern würde, irgendwann, irgendwo, irgendwie.

Als er in Karl-Hermann Jägers Büro saß, fand er, daß der seinem Großcousin Curt, Tante Evas Sohn, zum Verwechseln ähnlich sah, was ihn ein wenig irritierte. Andererseits glich der Bremer ein wenig US-amerikanischen Managern oder Uni-Präsidenten, wie man sie in Hollywoodfilmen sah. Sein Schädel war kantig und deutete Dynamik an, das Gesicht aber wirkte so weich und freundlich, daß man an einen satten Säugling denken konnte. Viele Haare hatte er nicht mehr, und seine schwere Brille verlieh ihm eine gewisse intellektuelle Note. Mit seinen dunklen Augen und den schwarzen Wimpern hätte er, wie Manfred meinte, auch als spanischer Hotelmanager auf den Kanaren durchgehen können. Was Jäger managte, waren indessen die Verwaltungsschule und ein Fußballverein der deutschen Spitzenklasse. Mit sicherem Gespür für den Zeitgeist hielt er die Sozialwissenschaften für unabdingbar, wollte die öffentliche Verwaltung in Zukunft bürgerorientierter werden, und er war auf Manfred zugegangen, als er gehört hatte, daß es sich bei ihm um einen Schüler und sogar Assistenten der legendären Renate Mayntz aus Berlin handelte.

Jäger besprach die letzten Einzelheiten mit ihm, und dann

war der Tag seines ersten Auftritts als Dozent auch schon gekommen. Um 14 Uhr sollte es losgehen, und als er sich zehn Minuten vorher im Dozentenraum eingefunden hatte, von allen guten Wünschen seiner AmfVi-Kollegen begleitet, bekam er ein so heftiges Nasenbluten, daß nichts dagegen helfen wollte. Weder das kalte Messer im Nacken noch das minutenlange Zusammenpressen der Nase zwischen Zeigefinger und Daumen. Eine der Sekretärinnen bot ihm schließlich einen Tampon an, doch mit einem Tampon im Nasenloch mochte er nicht vor die Schar seiner Zuhörer treten. Immerhin brachte ihn das auf die Idee, sich das zusammengezwirbelte Ende eines Tempotaschentuches in die Nase zu stecken und so die Blutung zum Stillstand zu bringen. Das hatte zur Folge, daß er sich wie Ernst Reuter anhörte, als der zu Beginn der Berliner Blockade vor dem Reichstag ausrief: »Ihr Völker der Welt! Schaut auf diese Stadt!« Das hob sein Renommee.

Die ersten Minuten litt er unter Lampenfieber, dann aber, als er den Bremern die ersten Aha-Erlebnisse vermittelt hatte, fühlte er sich voll in seinem Element und genoß es, wie sie ihm zuhörten, ihm, der bei Geburtstagsfeiern immer darunter litt, daß andere, Gerhard Bugsin zum Beispiel, nur zu erzählen brauchten, wie sie sich beim Rasieren fast geschnitten hätten, um andere auflachen zu lassen, während bei ihm keiner hinhörte. *Alles hört auf mein Kommando!* Es war herrlich, das einmal zu erleben. Wenn er sagte, sie sollten mitschreiben, schrieben sie mit, und wenn er sie fragte, ob sie ahnten, was der Begriff »Intrarollenkonflikt« wohl meinte, dann dachten sie nach und bemühten sich, bei ihm Anerkennung zu finden.

»Das schönste Beispiel eines Intrarollenkonfliktes ist der ›Mann in der Mitte‹, der selbstverständlich auch eine Frau sein kann. Aber beim klassischen Beispiel von Alwin W. Gouldner ist es nun leider ein Mann, und zwar der neue Chef, der von der Zentrale in die amerikanische Provinz geschickt worden ist, um nach dem Ausscheiden des alten Chefs, Doug hieß er, eine Gipsfabrik wieder auf Vordermann zu bringen. Beim alten Chef, der aus der Region selbst gekommen war und alle geduzt hatte, ist es sehr familiär, solidarisch und gemütlich zugegangen. Wer zu Hause mal schnell ein Stückchen Felsen wegsprengen wollte, durfte sich sein Dynamit aus dem Betrieb mitnehmen. Es galt das ›indulgency pattern‹, das ›Muster der Großzügigkeit‹. Das Betriebsklima war also phantastisch, nur eines war die Firma nicht: effizient. Das sollte der neue Chef schlagartig ändern. Und er stand nun im Schnittpunkt zweier sich total ausschließender Erwartungen: Die Belegschaft erwartete von ihm, daß es bei ihm genauso menschlich und gemütlich zugehen würde wie beim alten Doug, und die Firmenspitze forderte von ihm, mit harter Hand durchzugreifen, alle Privilegien abzubauen und die Leute mehr und härter arbeiten zu lassen. Es stand also die expressive gegen die instrumentelle Orientierung. Was hätten Sie gemacht, wenn Sie zum neuen Chef ernannt worden wären ...? Na, erst mal drei Gruppen gebildet und sich eine Viertelstunde lang zusammengesetzt.«

Gruppenarbeit war der letzte Schrei, und sie funktionierte auch hier in der Verwaltungsschule Bremen. Als die Doppelstunde vorüber war, wurde Manfred mit viel Beifall verabschiedet, und als er abends beim Essen Renate Bericht erstattete, sagte er, es sei die Erfüllung eines Traumes gewesen.

»Irgendwie habe ich schon immer Lehrer werden wollen.«

»Hast du nicht von denen in der Albert-Schweitzer-Schule die Nase voll?«

»Man kann es ja besser machen als die.« Aber das pädagogische Element war es sicher nicht allein, was ihn am Lehrersein so faszinierte. Es war die Macht, die man plötzlich über andere Menschen hatte, und das war wohltuend für einen, der sich bislang immer nur als Wurm gesehen hatte. Aber auch das war nicht die ganze Wahrheit. Hinzu kam das Glück, auf einer Bühne agieren zu dürfen und dort im Mittelpunkt zu stehen. Als Alleinunterhalter. Und das war Balsam für die Seele eines Menschen, der immer kleingehalten worden war. Nur nicht auffallen.

An diesem Abend war er in Bremen zum ersten Mal rundum zufrieden, ja glücklich. Es ging voran. Machte er als Dozent Furore, förderte das seine Chancen, im Koschnick-Clan

Karriere zu machen. Und es sollte noch besser kommen, denn Jäger rief ihn am nächsten Morgen an und machte ihm den Vorschlag, mit ihm zusammen ein Lehrbuch zu verfassen.

»Eine Einführung in die Soziologie für die Mitarbeiter des öffentlichen Dienstes. Mit vielen Fällen aus der öffentlichen Verwaltung. Ich habe schon die Zusage eines Verlages in Herford.«

»Fallbezug ist immer gut, aber ich bin ja noch nicht so lange dabei, daß ich da viele Fälle hätte ...«

»Hans-Ulrich würde auch mitmachen ... Der Muldenstein aus der SKP.«

»Ich weiß, ich kenn' den vom Betriebsausflug her. Prima.«

»Wir gehen Sonnabend zusammen zum Werder-Spiel und besprechen nachher alles.«

»Kommen Sie doch beide zu mir in die Armsener Straße.«

»Okay.«

Als Manfred mit seinen beiden Co-Autoren die Wohnungstür aufschloß, das Licht anknipste und in den Flur treten wollte, prallte er zurück, denn mitten auf der kamelfarbenen Auslegware waren etliche Kötel plaziert, Tierkot in rosinenähnlicher Form.

»Ratten!« schrie Manfred auf. Aus den Zeiten, da er in der Neuköllner Ossastraße allein in den Keller gehen mußte, um Kohlen zu holen, hatte er eine Rattenphobie übrigbehalten. »Renate ...?!«

Doch seine Frau antwortete nicht. Wahrscheinlich war sie nach oben zu Petra Pforte geflüchtet. Und irgendwie hatte der Schock die Schaltkreise in seinem Gehirn durcheinandergebracht, denn ihm war, als würde er Max Bugsins Stimme hören: »Ah, da sind ja Rattenschisse, äh: Schattenrisse.«

Muldenstein fragte, ob der Vormieter zufällig ein Herr Hauptmann gewesen sei, denn der hielte es mit den Ratten.

»Nein, nur ein Herr ... Da huscht ja eine!« Die Schlafzimmertür stand einen Spaltbreit offen, und zweifellos war da eine dicke fette Ratte langgelaufen. Auch Jäger hatte sie gesehen.

»Schade, daß sie nicht in der Kammer gewesen ist und du

kein Kammerjäger bist, sondern nur ein einfacher«, merkte Muldenstein an.

Manfred stürzte hin und zog die Schlafzimmertür krachend ins Schloß. »Ich geh' da nicht rein und seh' nach, denn wenn sie einen anspringen und dann ins Hosenbein schlüpfen ...« Er sprach mit hoher Stimme weiter. »Schließlich möchte ich mal Kinder haben.«

Sie setzten sich ins Wohnzimmer, um Titel und Struktur ihres Buches zu beraten. Was sollte rein? Ein wenig Geschichte der Soziologie und das Einmaleins der empirischen Sozialforschung, soziale Schichtung, System- und Konflikttheorie, vor allem aber viel Organisations- und Verwaltungssoziologie.

»Ich liefere die Theorien, und ihr konstruiert die Fälle dazu. Aus der Praxis, für die Praxis.«

»Wer macht was?«

»Wer schreibt auf, was wer macht?«

»Und wie nennen wir das Ganze dann?«

Sie brauchten eine geschlagene Stunde und zwei Flaschen Wein, um die Arbeit zu verteilen, den Verlagsvertrag zu fixieren und auf einen Titel zu kommen, der nicht unbedingt originell war, mit dem sich aber leben ließ: *Soziologie für den öffentlichen Dienst*. Verworfen wurde »Soziologie für Mensch und Vieh (Korinthenkacker)« ebenso wie »Soziologie und Verwaltungsgenie«. Auch Muldensteins Vorschlag für einen Untertitel – »Alles verstehen heißt alles begreifen« – fand keine allgemeine Zustimmung.

Als Renate von ihrem Spaziergang mit Pfortes nach Hause kam, fragte sie die drei Männer, wie sie Ottokar von Hoppel fänden.

»Wen ...?« Manfred fühlte sich an einen Protagonisten Fontanes erinnert – Schach von Wuthenow, Lewin von Vitzewitz, General von Bamme –, kam aber nicht darauf, aus welchem Werk von Hoppel stammte. »Aus *L'Adultera* vielleicht ...?« Das war der einzige Roman Fontanes, den er noch nicht gelesen hatte.

Renate wollte sich halb totlachen. »Ottokar von Hoppel

ist mein Zwerghase, den ich mir vorhin gekauft habe.« Sie machte das Schlafzimmer auf und holte ihn hervor. »Ist er nicht süß?«

Manfred schluckte, aber was blieb ihm, als gute Miene zum bösen Spiel zu machen? Er war es nicht gewohnt, mit Haustieren zusammenzuleben und ekelte sich vor deren Kot, insbesondere wenn er in der Nähe von Eßwaren anzutreffen war. Aber wenn Renate sich das so sehr gewünscht hatte ...

Muldenstein sah Manfred an und schmunzelte. »Wenn eine Frau schwanger ist, muß der Hase wegen der Toxoplasmosegefahr sofort wieder abgeschafft werden.«

Wenn die ganze Welt ein Dorf war, dann Bremen erst recht. In kurzer Zeit hatten sich Manfreds Aktivitäten überall herumgesprochen, und so war er nicht einmal erstaunt, als ihm Muldenstein zehn Tage später mitteilte, daß auch die PH Bremen in Walle draußen Interesse an ihm zeigen würde und er sich doch bitte am Sonntag vormittag, nur da wäre Zeit, bei Professor Ecker wegen eines möglichen Lehrauftrages melden möge.

»Der wohnt am Bürgerpark, und da könnt ihr auch spazierengehen.«

Manfred sagte zu und klingelte am Sonntag morgen pünktlich um elf mit Renate zusammen bei Ecker in Schwachhausen an der Wohnungstür. Fast hochherrschaftlich war es hier, und fast kam er sich wie ein Bittsteller vor. Doch Ecker war alles andere als hochnäsig. Manfred war voller Bewunderung, wie beiläufig und souverän der PH-Professor alles nahm, was Lehre, Forschung und das Hickhack unter den Kollegen betraf. In Berlin hatte man diese Haltung früher mit »Mir kann keena« umrissen, und einen solchen Beruf hatte er sich immer gewünscht: quasi keinen Vorgesetzten mehr zu haben. Schön, da waren die Gremien, die einen aus der Ferne kontrollierten, und die Standards des eigenen Standes, etwa der Zwang zum Publizieren (»To publish or to perish«), aber das zählte nichts gegen das, was man bei Siemens oder im Bremer Rathaus zu ertragen hatte. Ecker entschied nach einem längeren Gespräch, es wäre das Beste, er würde seiner Lehrveranstaltung an der Pädagogischen Hochschule den Titel *Geschlechtsspezifische Sozialisation in Familie und Beruf* geben. So könne er auch seine Siemens- und AmfVi-Erfahrungen nutzen. Manfred war einverstanden. Die nächsten Wochenenden und jede freie Minute im AmfVi nutzte er zur Vorbereitung seiner ersten Doppelstunde.

Als er dann an einem Freitag im Anschluß an den Dienst mit der 2 in Richtung Walle fuhr, war er wenig euphorisch gestimmt. Nicht nur das »Ich weiß, daß ich nichts weiß« des Herrn Sokrates bedrückte ihn, sondern die Gewißheit, vor leeren Rängen predigen zu müssen, denn nach einigem Hin und Her hatte man seine Veranstaltung auf 18 bis 20 Uhr gelegt und ihm, wie Muldenstein wußte, auch noch den kleinsten aller Hörsäle gegeben. Das ginge nicht anders, hieß es, dafür bekäme er für seine Teilnahme an einem interdisziplinären Colloquium zur Sozialisation, das für 20 bis 22 Uhr angesetzt sei, auch die volle Vergütung. Außer ihm sollten ein Pädagogik-, ein Psychologie- und ein Politologie-Professor fortgeschrittene Studenten betreuen. Manfred hatte Angst, inmitten dieser geübten Experten stotternd dazusitzen. »Tut mir leid, davon habe ich noch nichts gehört ...«

Am liebsten wäre er in der Straßenbahn sitzengeblieben und bis nach Gröpelingen gefahren, wo Muldenstein wohnte. Pfiffig hatte der dort in der Flutgeschädigtensiedlung zu günstigsten Konditionen ein Eigenheim erworben, und in dessen Keller stand ein alter Flipperautomat. Um wieviel lieber hätte Manfred geflippert, als sich in der PH zum Narren zu machen. Zur ersten Veranstaltung würde keiner kommen, und in der zweiten würden sie ihn den Wölfen zum Fraß vorwerfen, dessen war er gewiß.

In der Dämmerung kamen ihm die Backsteinkästen der Hochschule noch bedrohlicher vor als tagsüber. Als *heilige Hallen der Wissenschaft*, so sah er sie und fühlte sich furchtbar klein und unbedeutend. Mehrfach ging er auf der Straße auf und ab, ehe er sich hineinwagte. Und richtig, als er den Hörsaal gefunden hatte, der ihm zugewiesen worden war, da war der gähnend leer. *Ich wußte doch, daß keiner kommt.* Unglücklich stand er da und überlegte, was er nun anfangen sollte. Als Verlierer nach Hause fahren mochte er nicht. Renates Trost war nicht unbedingt heilsam. Am besten war es wohl, wenn er in ein nahe gelegenes Restaurant ginge und sich mit einem teuren Essen tröstete. Oder sollte er lieber zu Muldenstein fahren und die Zeit nutzen, ihr Buch voranzubringen …? Vielleicht konnte man beides kombinieren. So ging er mit müden Schritten zum Ausgang zurück. Wieder eine Niederlage mehr. Und es wäre so schön gewesen, wenn er im Hinblick auf sein Ziel, die Karriere bei Koschnick, auch in der Rolle des Dozenten in Bremen glanzvoll dagestanden hätte. Nun ja, es hatte nicht sollen sein …

»Herr Matuschewski, Moment mal, hallo …!«

Es war Eckers Stimme, und er hatte wenig Lust, nach dieser Blamage mit dem PH-Mann zu reden. Also tat er, als hätte er ihn nicht rufen gehört. Doch Ecker war schon an seiner Seite.

»Wo wollen Sie denn hin?«

»Na, wieder nach Hause.«

»Wieso …?«

»Weil keiner da ist.«

»Hat man Ihnen denn nicht gesagt, daß viel zu viele da sind und sie Ihnen einen großen Hörsaal geben mußten …?«

»Nein.«

»Dann kommen Sie mal!«

Ecker führte ihn hin, und es hatten sich trotz der ungünstigen Zeit weit über hundert Studenten eingefunden. Auch in diesem Hörsaal saßen sie auf den Fensterbrettern und Heizungen, ja, einige sogar ihm zu Füßen. Das war der Wunsch eines jeden Dozenten, und als sie ihm dann so hingegeben zuhörten wie echte Jünger, schwamm Manfred in Wonne. Von solch einer Szene hätte er früher in der Schule nicht einmal zu träumen gewagt. Er war zu schüchtern gewesen, sich zu Wort zu melden, und vorne an der Tafel hatte er immer tumb herumgestottert. Nun aber lief er zur Hochform auf.

»Eine Sozialisation gilt in den Augen der Sozialisatoren, also der Herrschenden, immer dann als gelungen, wenn der

Sozialisand aus freien Stücken, also aus sich heraus, intrinsisch motiviert, das tut, was er tun muß. So ist meine Frau – nehmen wir die eheliche Sozialisation – glücklich und zufrieden, wenn ich von mir aus den Mülleimer nehme und nach unten trage und sie mich nicht erst bitten, also anweisen muß, dies zu tun.«

So hatten sie an ihrer PH noch keinen reden hören und quittierten es immer wieder mit Beifall und Heiterkeitsausbrüchen. Erkenntnisse ließen sich also auch anders als unter Qualen gewinnen. Was Manfred am meisten erquickte, war das bewundernde Lachen einer etwas älteren Studentin, die Bea, seiner ersten großen Liebe, täuschend ähnlich sah. Und nicht genug damit: Sie trug ein Kostüm in denselben taubengrauen Farben, das Bea als Stewardeß der PAN AM getragen hatte. Im ersten Augenblick hatte er gedacht, Bea säße wirklich hier. Sie sollte mittlerweile den Inhaber einer Privatbank geheiratet haben, und was sprach dagegen, daß sie nach Bremen gegangen waren und er seinem »Luxusweibchen« gestattete, zu studieren und Lehrerin zu werden, Abitur hatte sie ja. Nein, die echte Bea war es nicht, aber ihre Doppelgängerin schien ihm eher noch eine Spur reizvoller zu sein. Gerade erzählte er, daß sich die soziologische Rollentheorie von der Theatermetapher herleite und alle immer an Shakespeares »Die ganze Welt ist eine Bühne« denken sollten. Er stellte sich insgeheim die Frage, welches Stück das Schicksal für ihn geschrieben hatte ... ein klassisches Drama (er verliebte sich in »Bea«, sie brannten durch, ihr Mann und Renate nahmen sich das Leben), eine Komödie (sie hatten eine zauberhafte Affäre und trafen sich jede Woche einmal im Stundenhotel, um sich zu lieben) oder einen deutschen TV-Film mit sorgfältig recherchierter Realität, also Zerfleischung und Selbstzerfleischung, bösen Kommentaren der Eltern, Anwaltsbesuchen, Scheidungsterminen, Streit um die Möbel, Umzug nach Brechhausen an der Runze, wo Bea eine Stelle in der einklassigen Dorfschule bekommen hatte, und Gang zum Arbeitsamt, weil man nirgendwo einen Soziologen brauchte. Dazu das Gequake eines Kindes, das sie im Liebesrausch gezeugt hatten ...?

Wie auch immer, seine Hochform hielt auch noch an, als er sich in der nächsten Veranstaltung mit den drei gestandenen Hochschullehrern zu messen hatte. Ohne Zweifel war er besser als sie, und plötzlich war der Gedanke da, selber Professor zu werden. War es das, was er wirklich wollte ...? Und es ging nur eines: entweder die Karriere bei und mit Koschnick oder die Karriere als Hochschullehrer.

Um 21 Uhr 30 mußte ein Teil der Studenten den Hörsaal verlassen, weil sie den letzten Zug nach Bremerhaven erwischen wollten, und die vier Dozenten beschlossen, noch zum Italiener zu gehen, um den weiteren Ablauf des Sozialisations-Colloquiums zu bereden. Wer von den restlichen Studentinnen und Studenten Lust habe, könne sich anschließen. Sieben wollten noch, darunter auch »Bea«, die allerdings Gesche hieß, Gesche Grams, wie er erfuhr, als sie sich für das Kurzreferat zum unterschiedlichen Stillverhalten von Müttern Söhnen und Töchtern gegenüber anmeldete. »Gesche« klang nicht sehr romantisch, zumal es ihn an Gesche Gottfried erinnerte, die Bremer Giftmörderin. Melina hätte er passender gefunden, denn irgendwie sah sie aus, als wäre sie Melina Mercouris Schwester. Auf alle Fälle saß ihm Bea/Gesche/Melina schräg gegenüber, und es gab ihm den berühmten Stich ins Herz, als er hörte, daß sie verheiratet war, und zwar mit einem Bauunternehmer, der einen alten Bauernhof oben in St. Jürgen gekauft und wunderbar renoviert hatte. Einen dreijährigen Jungen hatte sie auch ... *Alles wie damals bei Bea.* Manfred konnte nichts anderes mehr denken. Damals war er zurückgeschreckt vor den Konsequenzen und hatte seine große Liebe sausenlassen, um zu Ende zu studieren und sich mit dem Doktortitel zu schmücken. Verfuhr das Schicksal nun nach der Maxime *Give him a second chance*?

Kurz vor Mitternacht standen sie auf der Straße und erörterten, wer mit wem in wessen Auto nach Hause fahren konnte. In Osterholz und dessen näherer Umgebung wohnte leider keiner.

Da stand Gesche neben ihm. »Ich mach' 'n kleinen Umweg und nehm' dich mit.« Es klang so vertraut, als würden sie sich schon seit Jahren kennen. Daß die Studenten beschlossen, sich und ihn von Anfang an zu duzen, machte alles leichter, konnte aber dazu führen, sich in den Gefühlen des anderen zu täuschen. Das war ihm durchaus bewußt, und dennoch genoß er ihr Du mit den Wonnen eines frischverliebten Jünglings.

Manfred stieg ein und saß dann so neben ihr, wie er damals neben Bea gesessen hatte. Und auch Gesches Rock war kurz und ließ die Knie frei, die schön wie die eines Mannequins waren, und der Stoff fiel so zwischen ihre Schenkel wie in der Nacht, als ihn Bea nach Moshe Bleibaums Verlobungsfeier durch das nächtliche Berlin gefahren hatte. Seine Hände zuckten, und er wollte nur noch eins: morgen früh mit ihr Paris erreichen.

Empirische Sozialforschung war weithin monotone Kiepenarbeit, wie Manfred zwar aus seinen Assistentenzeiten wußte, aber so unmittelbar wie jetzt im AmfVi noch nie am eigenen Leib erfahren hatte. Um die Repräsentativität der ORWUBB zu sichern, hatte er aus der Gesamtzahl der rund 6 000 Beschäftigten im höheren, gehobenen und mittleren Dienst und den vergleichbaren Angestelltenkategorien 2 300 auswählen müssen. In der Praxis hieß das, tagelang vor den endlosen grünweißen Ausdrucken des Rechenzentrums zu sitzen und den Zufall frei walten zu lassen, was so ablief, daß er mit einem Würfel eine Zahl zwischen 1 und 6 bestimmte und dann, war beispielsweise beim Senator für das Bildungswesen die 4 gefallen, von da an jeden dritten Namen ankreuzte, also den 4., 7., 10., 13., 16., 19. und so weiter. Mit Kemena und Frau Winterberg zusammen waren dann per Kugelschreiber Name und Dienststelle auf einen DIN-A4-Umschlag zu schreiben.

Er ertrug das nur, indem er pausenlos an Gesche dachte. Sie hatte ihn quasi in Besitz genommen und erfüllte ihn in jeder wachen Sekunde. Immer wieder flüchtete er in sein Büro hinauf, um ihr zu schreiben. Sie kam in jede seiner Vorlesungen und fuhr ihn abends nach Hause, gab ihm jedoch keine eindeutigen Zeichen. Offenbar suchte sie einen Mann mit Esprit und akademischen Weihen, offenbar haßte sie die Enge des dörflichen Lebens, offenbar wollte sie ein anderes Leben, aber so ganz ohne Geld, mit dem Kind, mit ihm, einem Karriere-Anfänger …? Sie sagte es nie so offen heraus, aber ihr Schweigen wie ihre Gesten verrieten ihm genug. Und daß sie ihm Walter Kempowskis vielgelobten Roman *Tadellöser & Wolff* mit der Widmung »Jedes Leben kann ein Roman sein« zum Geburtstag geschenkt hatte, war ganz sicher ein Indiz dafür, daß er ihr einiges bedeutete. Aber den nächsten Schritt im Paarungsritual, den tat sie nicht. Er schaffte es andererseits nicht, Renate *zu betrügen*. Es war ein fürchterliches Wort, es blockierte ihn ebenso wie das alttestamentarische »bis daß der Tod euch scheidet«. *Gott, bist du verklemmt!* Ja und nein. Er war eher ein Spieler, und als solcher erging es ihm wie damals mit Bea: War der Preis für einen »Fehltritt« nicht auf jeden Fall zu hoch? Renate würde er ebenso verlieren wie seine Lehraufträge, und war sein Ruf erst ruiniert, dann würde ihn kein Koschnick mehr ins Team aufnehmen. Es zerriß ihn: Er mußte mit Gesche ins Bett, und er durfte es nicht, denn das hieß, den sozialen Tod zu erleiden.

»Was ist denn mit dir?« fragte Henning Wannowski.

»Nichts.«

»Kommt doch sonntags mal bei uns vorbei.«

Das taten sie, zumal man von der Armsener Straße bis nach Hemelingen nur fünf Minuten zu fahren hatte. Wannowski wohnte mit Frau und Kind im Erdgeschoß eines kleinen Hauses. Oben logierten seine Mutter und seine Schwester. Mit beiden stand er meist auf dem Kriegsfuß, jedenfalls waren ihre diplomatischen Beziehungen so getrübt wie die zwischen Ost und West. Das hatte ihn, wie gesagt, mit den Jahren etwas gallig werden lassen. Friederike, seine Frau, war Gruppenleiterin beim Senator für Jugend und Wohlfahrt und schaute so traurig drein wie die Gräfin Christine in Fontanes Roman *Unwiederbringlich*, deren Eheglück mit dem hübschen, aber irgendwie zu weichlichen Grafen Holk ein für allemal verloren zu sein schien. Wie Fontanes Grafenpaar gingen Henning und Friederike kühl bis kalt miteinander um, es gab keine zärtlichen Blicke, kein Feuer glimmte mehr. Nur die Gewohnheit schien sie noch aneinander zu ketten und wohl auch Jonas, ihr Sohn, der etwa vier Jahre alt war. Manfred verschätzte sich da ständig.

Es war das letzte Februarwochenende und trübe wie fast immer in Bremen. Wenn man wenigstens draußen im Garten hätte sitzen können. So aber flüsterten Manfred und Renate miteinander, daß sie schon Beerdigungen erlebt hatten, bei denen es fröhlicher zugegangen war. Allmählich wurde den beiden klar, warum Wannowski sie eingeladen hatte: um ihm und seiner Familie über das Wochenende zu helfen, das sie allein kaum noch zu ertragen vermochten. Ihre Zerrüttung war schon so weit gediehen, daß er seine Frau nicht einmal mehr direkt anredete, wenn es darum ging, einen Aschenbecher für Renate zu suchen. Er sagte nicht: »Friederike, guck doch bitte mal im Keller nach, ob sich da einer finden läßt«, sondern: »Wer weiß denn hier, wo im Keller unten der Aschenbecher für Frau Matuschewski steht?«

Jonas Wannowski war gerade am Sehnerv operiert worden, trug eine Augenklappe und stürzte sich sofort auf Manfred, um mit ihm zu spielen. Dabei schlug er mit einem Plastikschwert auf ihn ein und schrie: »Ich geb' dir jetzt einen Schreck!«

Manfred wußte nun, wie es bei ihm und Renate aussehen würde, wenn er sich auf eine Affäre mit Gesche Grams einließ. Auch bei Muldenstein, den sie ein paar Tage später in Gröpelingen besuchten, schien es in der Ehe gehörig zu kriseln, denn so dänisch und locker es bei ihnen zuging, so wenig war zu verkennen, daß Armgard Muldensteins leiser Spott voller Aggressionen steckte. Armgard hatte so viel Schauspielunterricht genossen, daß sie die Rolle der in allem überlegenen Frau schon vollendet spielen konnte, bevor feministische Autorinnen sie massenwirksam formuliert hatten.

»Dr. Matuschewski, was meinen Sie, wie lange mein Ulli schon an seinem Teil für ihr gemeinsames Buch sitzt. Bei anderen Gelegenheiten ist er immer viel schneller fertig gewesen.«

»Das hängt von der Größe des Lustgewinns ab«, entgegnete Muldenstein.

Manfred mochte Dialoge dieser Art gar nicht und flüchtete sich schnell in den Keller, um mit Benno und Martin, den beiden Söhnen, Tischtennis und Flipper zu spielen.

Was ihn Gesche Grams nachgerade in die Arme treiben sollte, war ein Besuch bei Karl-Heinz Kemena wenig später. Dessen Ehe war so glatt und glücklich, wie Manfred es in Berlin von den Liebetruths kannte. Frau Kemena war genauso beleibt, gemütlich und bieder wie ihr Mann, und beide paßten, Manfred dachte in den Worten seines Vaters, wie die Faust aufs Auge. Sie waren phantastisch aufeinander eingespielt. Sie kochte gerne, er ließ sich gerne bekochen. Er sagte gerne, wo es langgehen sollte, und sie folge ihm gerne auf den Wegen, die er vorgegeben hatte. Er lag beim Akt gern unten, sie gern oben. Es war die perfekte Rollenverteilung. Das machte Manfred mehr Angst als die gescheiterten beziehungsweise bedrohten Beziehungen der beiden anderen Kollegen. Die perfekte Symmetrie bedeutete für ihn Langeweile, Grabesruhe, Stillstand, den Tod schon im Leben. Und ergriff er nicht mit Bea/Gesche die Flucht, dann drohte ihm genau dies.

Er quälte sich tagsüber und wälzte sich nächtelang ruhelos herum, und wären nicht Werder Bremen, der TV Kükenmoor und die SPD gewesen, so wäre er womöglich völlig aus dem Gleichgewicht geraten.

Auf die Idee, in der Leichtathletikabteilung von Werder das Sprinttraining der B-Jugend zu übernehmen, hatte ihn Jäger gebracht. Erst hatte er gezögert, sich dann aber doch breitschlagen lassen und bei Karstadt eine grüne Turnhose und neue Laufschuhe »käuflich erworben«. Seit er in der Verwaltung arbeitete, parodierte er ständig deren Sprache, sagte »Ich trete eine Reise an« statt »Ich verreise« und »Ich bringe einen Brief auf den Postweg« statt »Ich werfe einen Brief ein«. Als er sich in einer kleinen Sporthalle im Bremer Norden mit einem Dutzend Fünfzehnjähriger warmgelaufen hatte, spürte er, daß er die hundert Meter nicht mehr in 11,1 Sekunden laufen konnte. 1956 war das gewesen, damals in Malmö, vor Ewigkeiten also. Und als er jetzt bei einer Startübung so dynamisch wie früher aus den Blöcken schoß, reichte seine Kraft nur für knappe zehn Meter. Dann knickten seine Beine ganz einfach weg, und er flog, um es auf Berlinisch zu sagen, fürchterlich auf die Schnauze. Er schob das auf seine neuen Turnschuhe und deren offene Schnürsenkel und verkniff sich das Jammern über seine aufgeschrammten Knie. Da er ein paar Meter über den Linoleumboden gerutscht war, hatte er ganz hübsche Verbrennungen davongetragen. Aber seine Jungs dankten ihm den Einsatz, und im Hinblick auf seine Karriereplanung fand er es sehr erfreulich, daß die örtliche Presse seinen ehrenamtlichen Einsatz zum Wohle der Jugend gebührend würdigte.

Das nächste Mal sah er sich samt Foto in der Zeitung, als er an der Spitze einer kleinen, aber feinen Bürgerbewegung für die Errichtung von Tennisplätzen auf der neuen Bezirkssportanlage kämpfte. Statt des geplanten vierten Fußballplatzes wollte man eine Reihe von Tennisplätzen und Basketballfeldern und gründete zu diesem Zweck extra den Tennisverein (TV) Kükenmoor. Zwar gab es nirgendwo in der Gegend ein Moor, das irgend etwas mit kuschligen Junghühnern zu tun hatte, aber es klang, als würden sie sich ganz besonders um den Nachwuchs kümmern, was immer Pluspunkte brachte.

Als sie auf der ganzen Linie gesiegt hatten und der TV Kükenmoor vier Tennisplätze bewilligt bekam, strahlte Gesche ihn an. Jedenfalls glaubte er, das zu erkennen, als sie ihn nach dem Colloquium in der PH nach Hause fuhr. Ein wenig mißtrauisch war er dennoch.

»Dich freut das doch sicher nur, weil dein Mann die Tennisplätze baut, oder?«

»So ist es.«

Manfred lachte. »Den Seinen gibt's der Herr im Schlafe.«

»Du bist doch in der SPD. Mach was draus! Euer Ortsvereinsvorsitzender, der Willi Wuschewier, das ist ein alter Sack, der längst abgelöst werden müßte. Kümmere dich darum, werd sein Nachfolger, und komm dann zu unserem großen Gartenfest: Da lernst du alle kennen, die dir nach oben helfen. Wenn ich dich den Leuten vorstelle und ihnen erzähle, daß du der neue Star der PH bist, dann ...«

Manfred geriet noch mehr ins Träumen und formulierte es als Filmtitel: *Gesche Grams – die Frau, die Männer zu Ministern macht.* Und sie hatte auch das Geld dazu, denn die Hälfte der Firma ihres Mannes gehörte ihr. Der würde, so wie Manfred ihn kennengelernt hatte, nie Minister werden, dazu war er einfach zu furztrocken und kam erheblich ins Stottern, wenn er mehr als zwanzig Menschen sah.

Manfred zögerte, sie »aus Versehen« so zu berühren, daß der Funke ungehindert überspringen konnte, denn das wäre für ihn selbstverschuldeter Ehebruch gewesen. Wenn sie es tat, dann war das Prädestination, und er war ein viel zu schwacher Mensch, um sich eventuell dagegen zu wehren. Ergriff sie die Initiative, war alles gelaufen, und er hatte das Gefühl, daß sie nicht mehr lange an sich halten konnte, verliebt genug, heiß genug schien sie zu sein. Auch ohne große Worte war ihr das anzumerken. Man war in Bremen und nicht in Taormina ...

Jedenfalls stürzte sich Manfred nun mit ziemlicher Wucht ins Parteileben, mehr noch als damals in Neukölln mit Horst Hastenteufel, und wurde von den Genossen Hüring, Kemena und Wannowski nach Kräften unterstützt.

»Du gehst hin zu einer Parteiversammlung und bietest dich an, die Drecksarbeit zu machen: Sonnabendvormittag am Informationsstand Broschüren verteilen ...«

»... und als Hilfskassierer diejenigen abklappern, die ihre Beiträge nicht zahlen wollen.«

»Beliebt machen kannst du dich auch, wenn du sagst: Ich gestalte den Schaukasten an der Bushaltestelle bei mir an der Osterholzer Heerstraße.«

Manfred tat dies alles, und Gesche Grams nutzte ihre Kontakte zur örtlichen Presse, die ihn als einen Mann herausstreichen sollte, der an der Weser für immer Wurzeln schlagen und sich um das Gemeinwohl verdient machen wollte.

Blieb nur Willi Wuschewier, und um den wollte sich Hüring

kümmern. Man kannte sich schon von ganz früher her, wo Hüring beim Senator für Inneres ein Praktikum gemacht und Wuschewier als Pförtner gearbeitet hatte. Als Hüring von ihrem Treffen berichtete, lagen sie im AmfVi vor Lachen am Boden.

»Willi hat 'ne Laube in Rablinghausen, und als ich mit meinem Wagen den Hauptweg langkomme, geht er gerade spazieren. Allein und ganz in Gedanken versunken. Ich fahre ganz langsam hinter ihm her, ihm fast in die Hacken, hupe plötzlich und schreie: ›Mann, passen Sie doch auf, Sie laufen mir ja direkt ins Auto!‹ Willi kriegt einen Mordsschreck und glaubt, es sei wirklich so gewesen. ›Gott, Willi‹, sage ich, ›du siehst ja immer schlechter, deine Augen!‹ Und dann habe ich ihm eine Stunde lang erklärt, daß er sich schonen muß, wenn er sechzig werden will. ›Vor allem keine Parteiämter mehr, das frißt dich sonst auf.‹«

»Meinen Sie wirklich, er tritt freiwillig ab?« Frau Winterberg blieb skeptisch.

»Er wird ...« Hüring lachte sardonisch. »Wenn man einsieht, daß man a und b nicht mehr richtig auseinanderhalten kann ...«

»Was hast du denn noch mit ihm angestellt?«

»Ich hab' ihm zwei Aufkleber geschenkt – so für hinten aufs Auto. Einen von Werder Bremen und einen von Bayern München.«

»Da hat er sich natürlich den von Werder raufgeklebt und den andern in den Abfalleimer geworfen.«

»Sicher ... Aber ich hab' ihn wieder rausgepult und ihn über den von Werder geklebt. Und ich glaub' nicht, daß er das merkt. Was meint ihr, was heute abend los ist, wenn Bayern gegen Werder spielt und er mit seinem Bayernaufkleber auf den Parkplatz fährt, wo sich die Werder-Fans versammelt haben ...«

»Das müssen wir sehen!«

Bis zum Anpfiff sollten noch zehn Stunden vergehen, und es gab eine Menge zu tun. Im Sitzungssaal lagen vier große Stapel: zuerst die 2 300 ORWUBB-Fragebogen mit genau 119

Fragen und Statements, dann 2 300 große Briefumschläge, die sie inzwischen alle mit Namen und Behördenanschrift versehen hatten; dazu 2 300 weitere Kuverts, in denen die Befragten die ausgefüllten Bögen anonym ans AmfVi zurückschicken sollten, und schließlich 2 300 Anschreiben des Bürgermeisters an seine lieben Mitarbeiterinnen und Mitarbeiter, in denen sie aufgefordert wurden, doch bitte mitzumachen, da nur so die Anpassung der öffentlichen Verwaltung an die Erfordernisse der Zukunft möglich sei. Alle gingen sie nun um den Tisch herum, um Anschreiben, Fragebogen und Rückumschlag sauber einzutüten, auch Hüring machte mit. Der Flachs blühte, und es war urgemütlich.

Manfred nutzte jede Pause, um in sein Büro zu gehen und Renate sowie Gesche anzurufen. Es war Boulevardtheater live und versetzte ihn in eine rauschhafte Stimmung. Das Gespräch mit Renate war ein nüchterner Informationsaustausch zur betriebswirtschaftlich optimalen Gestaltung ihres Haushaltes in der Armenser Straße, das mit Gesche glich klassischem Liebesgeflüster.

»Kannst du den Schnellkochtopf abholen, den ich in dem kleinen Geschäft da am Sielwall letzten Mittwoch bestellt habe ...?«

»Ja, mach' ich. Dann gehst du aber in den Supermarkt und bringst die Nudeln mit, das schaff' ich sonst nicht mehr.«

»Ich war gestern erst einkaufen.«

»*Du* hast das Auto.«

Bei Gesche hingegen war alles luftig und leicht, und allein ihre Stimme war so erotisch, daß er sich schnell einen Aktendeckel unten vorhalten mußte, als Frau Winterberg klopfte, um ihm eine Nachricht des Rechenzentrums betreffs der ORWUBB-Auswertung zu bringen.

»Bei Gesche muß ich immer an unser Brot denken, damals in Berlin. Geschi hieß die Firma. Unvergleichlich knusprig ... Da haben wir uns alle gerne eine Scheibe von abgeschnitten.«

»O danke.«

»Geschi ist ja nun Geschichte für mich. Aber weiß man, was noch so gesche-hen wird ...?«

»Nächsten Freitag fällt unser Colloquium aus, weil die PH mal wieder ihre Tage hat... Was meinst du, wenn wir uns da alle am Sonnabend morgen bei mir auf'm Bauernhof treffen und gleich dableiben zur Party hinterher.«

»Da bin ich mit von der Partie, selbstredend, insbesondere wenn nicht allzu viele kommen.«

So ließ sich das Leben ertragen, und bis zum Feierabend hatten sie die Hälfte der Fragebogen eingetütet. Zum Dank für die fleißige Hilfe lud Manfred das ganze AmfVi zum Essen ein, und zwar zu Vosteen am Ostertorsteinweg.

Gesprächsthema Nummer eins war Karl-Heinz Kemena, denn der hatte sich drei Tage Urlaub genommen, um anderntags auf Kosten einer Investment-Firma nach Menorca zu fliegen und dort einen Bungalow zu kaufen. Einen Vorvertrag hatte er schon abgeschlossen, und alle waren sich darin einig, daß er den Kaufvertrag unterschreiben würde, wenn es den Maklern erst gelungen war, ihn mit Worten und Wein genügend einzululllen.

»Cala Blanca«, schwärmte Kemena, »das ist doch 'n anderer Schnack als der Harrierer Sand oder eine Wiese bei Grasberg: Sonne, Sand und Sonnenschein. Und ihr könnt die nächsten Jahre alle billig bei mir wohnen.«

»Glaub' ich nicht«, sagte Hüring. »Dein Luxusschuppen wird doch schon beim ersten Sturm über die Klippen geweht. So, wie die da bauen.«

»Dann kommt noch vor dem Sturm.«

»Zum Trockenwohnen, nee du!« lachte Manfred. »Das haben sie in den Gründerjahren in Berlin gemacht und sich alle 'ne Tbc dabei geholt.«

»Trotzdem sollten wir hinfahren«, gab Wannowski zu bedenken. »Denn wenn ein Kollege im Knast sitzt, sollten ihn die anderen nicht in Stich lassen.«

Kemena legte die Stirn in Falten. »Wieso soll ich im Knast sitzen?«

»Na, als Mittäter natürlich. Die Firmen, die so etwas arrangieren, sind doch mehr oder minder alle kriminell.«

Nach dem Essen zogen sie alle zum Weser-Stadion, um sich

an Willi Wuschewiers Debakel zu erfreuen. Kemena wußte, wo er seinen angestammten Parkplatz hatte: direkt neben seinem.

»Der ß-pitzbube wird das geahnt haben und gar nicht von zu Hause losgefahren sein«, fürchtete Wannowski.

Doch sie brauchten nicht lange zu warten, bis Willi Wuschewier in seinem grauen Opel angerollt kam. Hupend fuhr er auf eine Schar grün-weißer Werder-Fans zu und machte mit ausgestreckter rechter Hand das Victory-Zeichen, fühlte er sich doch eins mit ihnen allen. Und selten hatte ein Mensch so verdutzt geguckt wie der SPD-Ortsvereinsvorsitzende Willi Wuschewier, als sie Sekunden später begannen, mit Fäusten und mit Fahnenstangen auf sein Dach einzuschlagen. Eine Bremer Autonummer und ein Bayern-München-Emblem, das war es, was sie ganz besonders haßten. Willi Wuschewier glaubte an einen Irrtum und schrie durch das schnell heruntergedrehte Fenster, daß sie ja wohl nicht mehr alle hätten: »Könnt ihr gucken, was ich hinten dran habe!?«

»Ne Beule haste hinten dran, du Arsch!« Und der nachfolgende Tritt mit einem schweren Werftarbeiterstiefel führte dieses Zustand in der Tat herbei.

Nun sah Willi Wuschewier rot, denn er liebte seinen Wagen mehr, als er seine Frau geliebt hatte, und sprang hinaus, um auf den Attentäter loszugehen.

Manfred war kreidebleich geworden. »Mensch, dazwischen, sonst gibt's Mord und Totschlag.« Obwohl er vor der grün-weißen Horde Bammel hatte, stürzte er los und schrie, daß sie von Willi Wuschewier ablassen sollten, das sei ein fanatischer Werder-Anhänger.

»Und warum hat er die Scheiße von den Bayern da an seiner Karre!?«

»Das ist eine Verwechslung«, stotterte Willi Wuschewier, »das, das hab' ich nicht ... Also, ich hab' doch ...«

Nun war auch Hüring heran, und der hatte bekanntlich die Figur eines Rugbyspielers. Daß er eher eine hohle Eiche war, sah ihm so schnell keiner an.

»Ich hab' ihm zwei Aufkleber geschenkt, und die muß er verwechselt haben. Ihr seht doch, daß er schlecht sieht.« Das bezog sich auf die Sonnenbrille, die Willi Wuschewier ständig tragen mußte, weil seine Augen kein grelles Licht vertrugen. »Das ist ein so waschechter Werder-Fan, der hat sogar grün-weiße Unterhosen an.«

»Zeigen!« schrien die Fans, die schon reichlich Bremer Bier getrunken hatten.

Willi Wuschewier zögerte nicht lange, seine graue Hausmeisterhose runterzulassen, und es kamen in der Tat Boxershorts in den Werder-Farben zum Vorschein. Alles grölte. Manfred tat er leid. Willi Wuschewier selber allerdings fand das Ganze eher, so schien es jedenfalls, furchtbar witzig und verbrüderte sich auf der Stelle mit dem, der ihm die Beule ins Auto getreten hatte.

»Minsch, wat heff ik dor'n Gluck bi harrt«, rief er und bemühte sich, den Bayern-Aufkleber abzulösen.

»Das ist gerade noch mal gutgegangen«, sagte Hüring und klopfte ihm auf die Schulter. »Aber 'n bißchen tütelig biste ja geworden, Willi, daß du das verwechselt hast. Nu segg blot noch, du machst dat mit der Partei noch weiter ... Du versteihst doch dor nixnich mehr von af.«

»Stürmann«, sang Willi Wuschewier nun, »mak die keene Sorg, dit Schipp is bot bis Tecklenborg! Du hast recht mit die SPD: De Tiden sind vorbi!«

So ganz trauten ihm Manfred und seine Ratgeber jedoch nicht, und so klemmten sie sich hinter Holger Röthig, einen jungen Mann aus dem Rathaus, von dem man munkelte, er werde eines Tages Senator werden. Da Röthig ein genuines Interesse daran hatte, Manfred in seine Seilschaft aufzunehmen, zog er an mehreren Abenden durch den Ortsverein, um Stimmung für den Neu-Bremer zu machen. »Schon der Urgroßvater von Dr. Matuschewski hat auf unseren Werften gearbeitet, als Kunsttischler, und die Ozeandampfer mit Intarsien ausgestattet.« Das war zwar in Hamburg gewesen, aber die Genossen glaubten es, und so konnte Holger Röthig am Abend vor der Wahl vermelden, daß man 35 Stimmen für Manfred sicher hätte. »Und mehr als fünfzig kommen nie.«

Die Versammlung sollte in einem Seniorenheim an der Osterholzer Landstraße stattfinden, und als Manfred den Saal betrat, fand er alle aufgereiht, die sich für ihn entscheiden wollten, unter anderem auch Jens-Uwe Wätjen, seinen Nachbarn, von dem er gar nicht gewußt hatte, daß er Genosse war. Er sei extra einen Tag eher aus Singapore zurückgekommen. Holger Röthig war als Gast erschienen, und neutrale Genossen wie ihn konnte man gut gebrauchen, wenn es ans Stimmauszählen ging. Er zeigte unauffällig auf die zehn, zwölf Genossinnen und Genossen, die zu Willi Wuschewier halten würden.

»Nicht mehr als zwanzig Prozent. Die Sache ist gelaufen.«

»Komisch, daß Wuschewier noch nicht da ist ...« Manfred wunderte sich.

»Der wird schon aufgegeben haben,« vermutete Jens-Uwe Wätjen.

Holger Röthig drückte Manfred die Hand. Es war die vorweggenommene Gratulation. Manfred war voll stiller Freude. Alles, was er anpackte, glückte ihm. *Du machst die große Karriere in Bremen, ich hab' dir's ja gesagt.* Es war Gesches Stimme, die er plötzlich hörte. Ihre Gedanken waren wie Wellen, die ihn aus der Ferne erreichten. Nein, da stand sie wirklich hinter ihm. Und sie umarmte ihn. *Alle Träume werden wahr.* Er konnte nur noch in vorgestanzten Sätzen denken. Sie setzten sich, um noch ein paar Minuten auf Willi Wuschewier zu warten.

Manfred begann er leid zu tun. *Poor old man.* Hatte so viel für die Partei getan und wurde nun von den Jüngeren eiskalt abserviert. Wie ein Schwein kam Manfred sich vor. *Hör auf, anders kannst du nie was werden.* Was ganz sicher stimmte.

Als sie sich alle einig waren, daß Willi Wuschewier gekniffen hatte, stand er in der Tür.

»Wir müssen leider umziehen, dieser Raum hier ist zu klein. Die anderen warten im Speisesaal.«

Was war geschehen? Willi Wuschewier, Hausmeister in

diesem Altenheim, hatte unter den Bewohnern innerhalb weniger Tage sage und schreibe 30 neue Mitglieder für die SPD gewinnen können. Teils mit Versprechungen im Hinblick auf bessere Zimmer, bessere Matratzen und, und, und, teils mit versteckten Drohungen, in Zukunft nicht mehr ganz so schnell zur Stelle zu sein, wenn die Nachttischlampe oder der Fernseher entzweigegangen war.

Bei der Wahl um den Ortsvereinsvorsitz entfielen auf Willi Wuschewier 41 und auf Manfred Matuschewski 34 Stimmen.

»Bremer wählen eben Bremer und keine Berliner«, lachte Willi Wuschewier. »Berliner vernaschen wir nur.« Und er spendierte seiner Anhängerschaft zur Siegesfeier je einen Berliner, das heißt: einen Pfannkuchen.

Der Eilzug fuhr durch eine Landschaft, die Manfred an die weiten Prärien Nordamerikas und an Old Shatterhand erinnerten. Bassum, Sulingen, Holzhausen-Heddershausen ... Alles Ortsnamen, die er nie zuvor gehört hatte. Der Raum zwischen Bremen und Bielefeld war für ihn reines Niemandsland. Daß hier Menschen siedelten, versetzte ihn in kindliches Erstaunen, und daß hier eine Eisenbahn fuhr, noch viel mehr. Dabei war die Geographie schon seit frühster Kindheit seine absolute Stärke, und da er fünf Eisenbahnmagazine abonniert hatte, kannte er an sich jede kleine Nebenbahn in Deutschland. Zudem hatte er jeden Sportverein gespeichert, der in den letzten dreißig Jahren irgendwie von sich reden gemacht hatte, und sei es, daß auf seinem Acker der Schiedsrichter seine Pfeife verschluckt hatte.

Es war Mai geworden, Mai 1971, und seit seinem blamablen Aus gegen Willi Wuschewier war ein Vierteljahr ins Land gegangen. Der Schock saß tief, wurde fast zum Trauma. *Mann, bist du da auf die Schnauze gefallen.* Wie hätte er ahnen können, daß sein Gegner zu dem genialen Coup mit den Altenheiminsassen fähig war? Lief Willi Wuschewier doch, dickbäuchig und watschelnd, mit seinem blauen Trainingsanzug, seiner altmodischen Sonnenbrille und seinem räudigen Hund immerzu wie einer herum, der gerade aus der Psychiatrie entkommen war. Daß ausgerechnet der ihn ausgetrickst hatte, den die eigenen Genossen als »dümmsten Ortsvereinsvorsitzenden aller Zeiten« titulierten, konnte, was die Karriere anging, tödlich für Manfred werden. Sicher, Gesche Grams und die Kollegen hatten ihn getröstet und Rache geschworen, und Renate hatte es insofern positiv gesehen, als er nun viel mehr Zeit für ihr Kind haben würde, wenn es denn irgendwann mal käme, aber dennoch war und blieb es eine der schmerzhaftesten Niederlagen, die er je erlitten hatte. Das würde ihm immer anhaften, auch nach dreißig Jahren noch. »Ach, der Matuschewski, das ist doch der, der damals von diesem Deppen da, dem Willi Sowieso, nach Strich und Faden verarscht worden ist.«

»Hat es über die SPD nicht geklappt, mußt du es über die Uni versuchen«, sagte Gesche Grams, als sie im umgebauten Pferdestall saßen und bei Ringo Starr *(Don't Come Easy)* und Danyel Gérard *(Butterfly)* eigentlich über ihre Referate diskutieren wollten. »Irgendwann in allernächster Zeit wird hier an der Uni eine C4-Stelle für Verwaltungssoziologie ausgeschrieben, und darauf solltest du dich jetzt kaprizieren.«

Manfred sah endlich wieder Land. »Ja, das wär' was.«

»Wenn du auf die Berufungsliste kommen willst, mußt du aber nicht nur Erfahrungen in der Lehre vorweisen können – da hast du ja FU, PH und Verwaltungsschule –, sondern auch in der Forschung.«

»Da hab' ich die ORWUBB.«

»Nein, auch etwas im universitären Bereich.«

Manfred überlegte. »Ich glaube, in Bielefeld läuft da was ...« Er hatte irgendwo gelesen, daß Renate Mayntz und Niklas Luhmann ein Projekt zur Reform des öffentlichen Dienstes begonnen hatten. »... über Rekrutierung und Karrieren. Vielleicht kann ich mich da einklinken und in Bremen was machen. Ich kenn' da einen von früher her, den Rüdiger Kusch, bei dem muß ich mich mal erkundigen.«

Das hatte geklappt, und so war er nun auf dem Weg nach Bielefeld. Gleichzeitig nutzte er die Fahrt, um einen weiteren Aufsatz zu Papier zu bringen, diesmal zu dem Thema »Bündnisse und Seilschaften als ›sozialer Kitt‹ in Großorganisationen«. Was er, anknüpfend an seine Siemens-Zeit, über die Industrieverwaltung geschrieben und veröffentlicht hatte, war schon eine ganze Menge, und seine in einem renommierten Stuttgarter Verlag erschienene Dissertation hatte ihm viel Anerkennung eingebracht. Jetzt mußte er sich auch auf dem Gebiet der öffentlichen Verwaltung als Fachmann ausweisen. Wenn die ORWUBB abgeschlossen war, würde er genügend Material zur Hand haben, dann war alles gelaufen.

So war er bei halbwegs guter Laune, als er zur Zeitung griff, um sich ein wenig zu entspannen, bevor er sich in Bielefeld ins intellektuelle Gefecht stürzen mußte. Noch immer beherrschte die Ablösung Walter Ulbrichts durch Erich Honecker die Schlagzeilen des *Weser-Kuriers.* »Der Spitzbart muß weg!« hatten sie immer gerufen – nun war er abgetreten, doch die DDR war weiterhin höchst existent. Ob das Konzept von Brandt und Bahr wirklich aufging: Wandlung durch Annäherung? Wollten die Supermächte das wirklich? Der Westen wie der Osten brauchten ja einen äußeren Feind, um nach innen möglichst geschlossen bleiben zu können. Über Berlin war im *Weser-Kurier* wenig zu erfahren. Höchstens, daß Klaus Schütz nach dem Wahlsieg der SPD im März noch Regierender Bürgermeister war und daß man in der Schaubühne unter der Regie von Peter Stein mit großem Erfolg Ibsens *Peer Gynt* aufgeführt hatten. *Berlin, wo liegt das eigentlich?*

Bielefeld hatte Manfred bis dahin nur mit Dr. Oetkers Backpulver und dem Fußballverein Arminia in Verbindung gebracht. Rüdiger Kusch, auch er ein Soziologe und derzeit Uni-Assistent, holte ihn vom Bahnhof ab. Kusch glich dem jungen Thomas Mann aufs Haar und trug stets braune Anzüge mit weißem Hemd und Schlips, was für einen jüngeren Sozialwissenschaftler ziemlich einmalig war. Aber nicht nur dadurch fiel er auf, sondern auch durch seine Sprache, sein Wissenschaftsdeutsch, das Manfred als so blutleer und trocken empfand, daß es schon schmerzte, Kusch aber in der Zunft viel Lob einbrachte.

Bevor die Sitzung begann, mußte Kusch eine Lehrveranstaltung abhalten, und Manfred wurde für eine halbe Stunde bei Enno Lorenz, einem Luhmann-Assistenten, abgegeben. Der nun war ein lockerer Typ, und als sie beide beim Tee auf Rüdiger Kusch zu sprechen kamen, sprang Lorenz auf.

»Er ist ja noch 'ne Weile im Hörsaal drüben. Kommen Sie, ich muß Ihnen sein Zimmer zeigen.«

»Was soll denn daran so erstaunlich sein?«

»Warten Sie's ab!«

Als Manfred einen Blick in Kuschs Büro geworfen hatte, war er fassungslos: Solch ein pathologisches Maß an Ordnung war ihm noch nirgendwo untergekommen, nicht einmal bei Siemens oder in der bremischen Verwaltung. Nicht nur, daß Bleistifte, Füllfederhalter, Buntstifte und Kugelschreiber sauber ausgerichtet auf der hellgrauen Schreibtischplatte lagen, es gab auch regelrechte Markierungen für sie. Daß jemand seine Fachliteratur nach Verlagen, Themen oder Autoren ordnete, konnte unter Wissenschaftlern als selbstverständlich gelten, Kusch aber hatte viele seiner Bücher mindestens dreifach gekauft beziehungsweise entliehen, so daß sich beispielsweise Renate Mayntz' *Soziologie der Organisation* sowohl im Regal I (Organisations- und Verwaltungssoziologie) als auch in den Regalen II (Soziologen, Buchstabe M) und IX (rororo-Taschenbücher, auch rde) befand. Auf einem Regal lag ein Tennisschläger, und auf dessen Bespannung ruhten in drei Reihen, so sauber ausgerichtet wie die preußische Infanterie, drei mal drei Tennisbälle, durchnumeriert und mit dem Datum ihrer Erstbenutzung versehen. Den drei Stühlen in der Besucherecke waren Schonbezüge übergestülpt, wie man sie aus alten Schlössern kannte, und die Schreibmaschine war mit einer Schutzhaube abgedeckt. Die Kekse daneben waren in Form einer Pyramide kunstvoll gestapelt. Alle Leitz-Ordner waren so beschriftet, daß es wie gedruckt aussah, und die *papers* steckten in Klarsichthüllen. Für die Reinemachefrauen gab es eine Reihe präziser Anweisungen, zum Beispiel: »Bitte Radiergummis immer in den Schreibmaschinentisch. Danke!« oder »Bitte unter der Tür hindurchgeschobene Schriftstücke auf den Schreibtisch legen. Danke!«

Enno Lorenz und Manfred Matuschewski sahen sich an. Zu groß war die Versuchung, es zu tun, aber ...

»Etwas auch nur eine Sekunde lang suchen zu müssen, scheint das Funktionieren seines Organismus ernsthaft zu gefährden«, analysierte Lorenz den Zustand seines Kollegen. »Fehlt ihm die absolute Gewißheit, dann erleidet er einen Nervenzusammenbruch. Von daher ...«

»Vielleicht ist es die einzige Therapie, die noch was bringt«, wandte Manfred ein.

»Die berühmte Schocktherapie ...«

»So ist es.«

Und damit machten sie sich ans Werk. Innerhalb von zwei Minuten hatten sie Kuschs perfekte Ordnung in ein nicht minder perfektes Chaos verwandelt.

»Ordnung ist eben nur das halbe Leben«, höhnte Manfred, als sie sich davonschlichen. »Lernt er auch mal die andere Seite kennen.«

Nachher, bei der großen Arbeitssitzung mit Renate Mayntz und Niklas Luhmann, saß Holger Kusch merkwürdig bedrückt am Tisch. Auch Manfred war befangen und hatte enorme Schwierigkeiten, sich adressatenadäquat zu artikulieren, wie Kusch das auszudrücken pflegte, das heißt, er schaffte es nur unter Schwierigkeiten, von der Alltagssprache des AmfVi auf die hochelaborierte Sprache zweier maßgebender deutscher Soziologen umzuschalten. Es war ein bißchen wie bei Karl May: Da kam ein Greenhorn aus Europa und hatte die hohe Ehre, zusammen mit Winnetou und Old Shatterhand durch den Wilden Westen zu reiten. Einerseits war er in ihrer Nähe sicher und geborgen, andererseits ein kleines Licht, das dauernd Fehler machte. Vielleicht litt er wirklich nur unter einem Neuköllner Minderwertigkeitskomplex. Davon abgesehen erfreuten sich Verwaltungspraktiker hier im Elfenbeinturm von vornherein keines hohen Ansehens.

»Die Leute in den Rathäusern machen zwar ihre Arbeit,

wissen aber nicht, warum und mit welchen Folgen«, führte Manfred aus, ohne daß seine Ironie verstanden worden wäre. »Und von den funktionalen Äquivalenzen ihres Tuns haben sie erst recht keine Ahnung. So müßten die meisten Tore in der Bundesliga eigentlich aberkannt werden, weil die Torschützen nicht wissen, welche Rolle sie im Kapitalverwertungsprozeß des modernen Fußballs spielen.« Als er sagte, daß nach seinen Bremer Erfahrungen die Netzwerke, in die man eingebunden sei, die wichtigste Größe für die Beförderungsgeschwindigkeit seien, stöhnte die akademische Seite sofort auf.

»Lieber Herr Matuschewski, Murray und Renfrew weisen ganz eindeutig nach, daß der soziale Status des Vaters beziehungsweise das Milieu der Eltern der primäre Karrierefaktor ist.«

Manfred hatte nie etwas von Murray und Renfrew gehört, blieb aber stur. »Aber wir sind nun mal in Deutschland, und in der bundesrepublikanischen Verwaltung sind Parteien und Personalrat von ganz anderem Gewicht.«

»Kusch und Lorenz haben doch eindeutig gezeigt, daß in den Stadtstaaten ganz spezifische Bedingungen herrschen, die man nicht auf die Flächenstaaten und erst recht nicht auf den Bund übertragen darf.«

Das kam so von oben herab, daß Manfred zornig wurde – und richtig *unartig*. »Mag ja sein, aber andererseits haben Charlton und Moore für die neuseeländische Verwaltung das genaue Gegenteil herausgefunden: daß nämlich Wellington überall ist und man das Muster der Hauptstadt durchaus voll und ganz auf die Staatsverwaltung übertragen kann. Und Matthews und Stiles sehen durchaus Parallelen zwischen den Rekrutierungs- und Karrieremustern in Columbus wie im gesamten Bundesstaat Ohio.«

»Ah, ja ...« Man staunte, wie sehr sich Manfred in der Bremer Wissenschaftswüste kundig gemacht hatte, und lenkte beeindruckt ein. Schade nur, daß Charlton, Moore, Matthews und Stiles in Wirklichkeit keine Soziologen, sondern englische Fußballer waren – und er alles erschwindelt hatte.

Als er wieder im Zug saß, hatte er einen schönen Auftrag in der Tasche. Er sollte an ausgewählten Bremer Schulen die Absolventen der jeweils letzten Klassen befragen, was sie von der öffentlichen Verwaltung hielten und ob sie sich dort eine Karriere vorstellen konnten.

Gesche Grams freute sich, daß er damit einen weiteren Pluspunkt sammeln würde.

»Und weißt du, was das Schönste war, als ich von Bielefeld zurückgekommen bin ...?«

»Nicht etwa die Sehnsucht nach Bremen ...?«

»Doch, zum ersten Mal habe ich das Gefühl gehabt, nach Hause zu fahren, in meine Heimat. Und das wird nicht nur am Bremer Rathaus gelegen haben.«

»Woran dann?«

»An Bremens Studentinnen vielleicht ...«

Mehr Flirt war nicht drin, denn Gesches Mann kam mit Renate aus dem Clubhaus geschlendert. Sie spielten jetzt einmal pro Woche auf dem provisorisch hergerichteten Platz des TV Kükenmoor gemischtes Doppel: Manfred und Gesche gegen Renate und Geert Grams.

Gesches Vorabinformationen hatten gestimmt, und bald fand sich in den Bremer Tageszeitungen wie in der *Zeit* und einigen Fachzeitschriften die Ausschreibung für eine C4-Professur an der Bremer Uni. Seiner Bewerbung mußte er zwei Gutachten beilegen. Er bat Frau Mayntz und Eckes von der PH darum und bekam bald von beiden wunderschöne Texte.

Als im AmfVi ruchbar wurde, daß er in Richtung Universität entschweben wollte, schwiegen die Kollegen, und Manfred fühlte genau, daß sie gekränkt waren: *Dem sind wir wohl nicht mehr gut genug.* Hüring fand schließlich eine Floskel, die auch Hans Koschnick immer gebrauchte: »Reisende soll man nicht aufhalten.«

Manfred erwiderte, daß es ihm im AmfVi immer wunderbar gefallen habe, daß er ja an sich gar nicht wolle, aber ... »Wenn mein Vertrag hier ausgelaufen ist, dann steh' ich da, und 'n Kind wollen wir auch haben. Renate muß dann zu

Hause bleiben, und ich bin arbeitslos ... Da mußte ich ganz einfach.«

»Ja, du mußtest«, sagte Henning Wannowski. »Wenn du gehst, dann geh' ich auch.«

Manfred hatte ein verdammt schlechtes Gewissen. »Die ORWUBB führe ich auf alle Fälle noch zu Ende. Außerdem lade ich euch zum Essen ein ...«

»Laß mal«, Hüring winkte ab. »Ich habe meine Brote mit.«

Manfred wußte, daß sie ihm nie verzeihen würden. Es war wie ein Ehebruch. Trotzdem: *Was sein muß, muß sein.* Auch Renate machte ihm Mut, die Durststrecke im AmfVi durchzustehen, und bald sei er ja sowieso nicht mehr in der Charlottenstraße.

»Womit du auch wieder recht hast.«

Manfreds Zuversicht wuchs, als eines Tages Holger Röthig, der große Strippenzieher, bei ihm in Osterholz erschien und zu erkennen gab, daß man alles ganz wunderbar eingefädelt habe.

»Deine Bewerbung ist gut angekommen. Von neunzig Leuten werden sie vier zum Hearing einladen – und du bist einer davon.«

»Und wie ist das mit der Habilitation ...?«

»Deine bisherigen Veröffentlichungen und die ORWUBB werden wie eine Habilitation gewertet.«

»Na wunderbar.«

Ausgerechnet auf den 17. Juni, den »Bundesbadetag«, hatte man die Anhörung der vier Kandidaten angesetzt. Manfred lernte und paukte fast soviel wie vor seinem Doktorexamen. Er hatte eine Wahnsinnsangst vor dem Hearing, denn es ging um viel, es ging um alles: Arbeitslos oder Professor in Bremen – das war die Frage.

Wie in Trance fuhr er mit Bahn und Bus zur neuen Uni hinaus und ließ sich zum angegebenen Hörsaal führen wie ein Schaf zur Schlachtbank. *Wenn bloß erst alles vorbei wäre!* Daß er sich hier und heute unsterblich blamieren würde, schien ihm sicher. Bloß gut, daß Renate, Gesche, Muldenstein, Hüring, Wannowski, Jäger und die anderen

Freunde nicht gekommen waren. Teils, weil er sie darum gebeten hatte, teils, weil sie anderen Verpflichtungen nachgehen mußten. Gesche zum Beispiel hatte den Geburtstag ihres Sohnes zu feiern.

»Herr Dr. Matuschewski, bitte ...«

Als Manfred die ersten beiden seiner Konkurrenten sah, stieg seine Stimmung zuerst ein wenig. Ihre Namen hatte er noch nie gehört. Große Koryphäen konnten also alle beide nicht sein, was seine Chancen aber kaum erhöhte, denn damit stand fest, daß in der Berufungskommission Freunde von ihnen saßen und sie bestimmten Seilschaften angehörten. Als ihm der dritte Konkurrent vorgestellt wurde, sah er seine Aktien ins Bodenlose fallen, denn das war nun wirklich ein As ihrer Zunft, unschlagbar für sie alle.

»Fangen wir an«, beschieden die Organisatoren. Ein Zurück gab es nicht mehr.

Die Berufungskommission wirkte auf Manfred wie eine gemischtgeschlechtliche Freizeittruppe, die sich am Sonntagvormittag im Tiergarten traf, um mal schnell ein Stündchen Volleyball zu spielen. Die sieben oder acht allesamt recht jungen Entscheidungsträger mußten eben erst in Bremen eingetroffen sein; die Reisetaschen standen unter den Tischen und auf den Fensterbänken. Ihre Lockerheit verunsicherte Manfred mehr, als es zehn Talare mit ihrem tausend Jahre alten Muff darunter je getan hätten. Er spürte sofort, daß sie ihn nicht zu den Ihren zählten, sondern als Lakaien Koschnicks verachteten, als einen, der vom Establishment in die neue Uni eingeschleust werden sollte, um nach oben zu melden, was dort so geschah. Er wußte, daß er das Spiel verloren hatte, bevor es überhaupt angepfiffen worden war. Sie hatten ihre Wahl schon getroffen und die Berufungsliste fest im Kopf, und er war nichts weiter als ihr Alibi dem Rathaus gegenüber. Manfred fühlte sich von Hans Koschnick enttäuscht. Warum hatte der nicht ...? Oder hatte er doch ...? Nein, dann hätten die Damen und Herren der Berufungskommission anders ausgesehen, mehr nach SPD und nicht so sehr nach APO. Gleichzeitig begriff er, wie naiv er das Ganze angegangen war. Ohne ausreichend Kontakte zu knüpfen, ohne sich genug Verbündete zu suchen. Manfred fühlte, daß es nur noch eine Möglichkeit gab, wenigstens vor sich selber als Sieger zu gelten: laut zu rufen, daß sie alle Arschlöcher seien, die ihn mal könnten, und dann erhobenen Hauptes aus dem Saale zu schreiten.

Doch er blieb. Wieder einmal fehlte ihm die Kraft, konsequent zu sein und so zu handeln, daß er zufrieden in den Spiegel gucken konnte. Wieder etwas, das er sich bis zum Ende seiner Tage nicht verzeihen würde.

Das öffentliche Hearing begann, und er war der erste, dem sie sich widmeten. Mit Schrecken sah er, daß Hüring und Wannowski nun doch unter den Zuhörern saßen, und das nahm ihm die Möglichkeit, mit der Kritik herauszurücken, die er am AmfVi zu üben gehabt hätte. Seine Befangenheit wurde so groß, daß er leise und vernuschelt sprach. Eine klebrige Masse schien sich in seinem Mund auszubreiten. Seine Darlegungen und Antworten waren wirklich nicht überzeugend, oft verstand er nicht mal die Fragen, die ihm gestellt wurden. Fast kam er sich als Hochstapler vor. *Sie wollen Verwaltungssoziologe sein ...? Daß ich nicht lache!*

»Herr Matuschewski, glauben Sie, daß sich mit einer Untersuchung wie Ihrer ORWUBB die Herrschaft der Bürokratie über den Bürger wirklich abbauen läßt – oder ist das, was Sie Reform nennen, nicht doch eher ein Palliativ?«

Manfred wußte nicht, daß Palliativa Arzneimittel waren, die nur lindernd wirken, aber keine Ursache beseitigen, und so fiel seine Antwort sehr verschwommen aus, zumal er in seiner Verwirrung an Palisaden denken mußte.

»Ein Hindernis, die Festung Bürokratie zu stürmen, ist sie ganz sicher nicht, eher im Gegenteil.«

»Können wir das in den Kontext moderner Policy-Forschung stellen ...«

»Da verstehe ich den tieferen Sinn Ihrer Frage nicht so ganz ...?«

»Na, inwieweit werden die Politikinhalte in Bremen durch die politisch-administrativen Strukturen und Prozesse behindert oder begünstigt – und was würde eine durchgreifende Verwaltungsreform mit einer größeren Entscheidungsautonomie der unteren Systemeinheiten daran wohl ändern ...?«

In Manfred sperrte sich alles gegen diese Art von Abstraktion. Der Neuköllner Hinterhofjunge vom Schlage »Ickedette-kieke-ma« kam trotzig in ihm hervor und produzierte eine Antwort, die nicht gerade nach Professor klang: »Das, was der kleine Mann auf der Straße wirklich will und braucht, soll durch Ortsämter stärker zur Geltung kommen.«

»Nun ja ...« Der Vorsitzende der Berufungskommission seufzte und machte sich eine Notiz, in Form eines einzigen Striches.

Manfred fühlte sich furchtbar blamiert, bloßgestellt auch vor seinen AmfVi-Kollegen. Der Flurfunk würde sehr schnell dafür sorgen, daß sein unglücklicher Auftritt in allen bremischen Behörden tüchtig durchgehechelt wurde. Und er hörte Koschnick sagen, daß man sich mit diesem Matuschewski aus Berlin wohl eine taube Nuß eingekauft hätte. *Bloß weg aus Bremen!* Aber wohin denn: in die Arbeitslosigkeit ...? Das war das Soziologenschicksal Nummer eins. Und hatte er sich eben noch fallenlassen wollen, schrie er sich nun zu: *Kämpfen – auch wenn du 0:3 im Rückstand liegst!* Das wirkte. Er wurde schnell besser und besser, fast brillant. Über den Sinn der ORWUBB sprach er, wie er sich die deutsche Verwaltung von morgen dachte und welch überragende Rolle die Verwaltungswissenschaft dabei zu spielen hatte.

»Um es in der Marxschen Terminologie zu sagen: Bislang haben die Wissenschaftler die Verwaltung nur unterschiedlich interpretiert, jetzt kommt es darauf an, sie zu verändern. Und statt der Formulierung abstrakter Soll-Werte, wie sie in den verwaltungsjuristischen wie den betriebswirtschaftlichen Retorten brodeln, aufgestellt ohne Kenntnis der Organisationswirklichkeit wie der Wünsche und Bedürfnisse der Beschäftigten und zutiefst undemokratisch, sollte eine Organisationsentwicklung ins Auge gefaßt werden, die auf empirischer Forschung beruht und bei allen Reformprozessen auch die Beteiligung der unteren Ränge einschließt.«

Ausführungen wie diese hinterließen einen gewissen Eindruck.

»Danke sehr, Herr Dr. Matuschewski...«

Freundlich wurde er verabschiedet, und dies ließ ihn hoffen. Es war überstanden, und er hatte sich wacker geschlagen. Geradezu euphorisch fuhr er nach Hause, um Renate zu umarmen.

»Ich glaube, ich werde Professor in Bremen.«

»Lebenslänglich Bremen. Schön.«

»Komm. Bin ich erst mal Professor, kriege ich später woanders viel eher 'n Lehrstuhl. Wo immer du dann willst.«

Schon am nächsten Morgen, als er sich in seinem AmfVi-Büro gerade dem *Weser-Kurier* widmen wollte, kam ein Anruf von Holger Röthig.

»Du, ihr wart alle vier so gut, daß man aus der einen Stelle gleich zwei gemacht hat...«

»Und...« Manfreds Herzschlag stockte.

»Du bist leider auf den Plätzen drei und vier gelandet.«

Manfred legte wortlos auf und starrte in den grauen bremischen Himmel. *Aus und vorbei.* Eine Ewigkeit saß er so da. Wie im Koma fühlte er sich und hoffte, nie mehr richtig zu erwachen. Vieles ging ihm durch den Kopf. Nicht einmal an eine solche Popeluniversität wie diese wurde er berufen. Diese Niederlage entwertete alles, was er bislang erreicht hatte. Wer vom Neuköllner Hinterhof kam, der hatte eben für immer einen Klotz am Bein. Sein Vater hatte es auf den Punkt gebracht: *Du kannst dich drehen und wenden wie du willst, der Arsch bleibt immer hinten.* Und immer wieder hielt er sich vor, daß es nun mit seiner Karrire in Bremen aus war. Keiner seiner Trümpfe hatte gestochen, weder die Karte Mayntz-Trier, was seine wissenschaftliche Herkunft betraf, noch die Karte praktische Erfahrungen in großen Organisationen wie Siemens und Bremer Verwaltung, noch die Asse ORWUBB, Fachartikel, SPD und Koschnick. Mit dem Doktortitel und dem Status eines wissenschaftlichen Mitarbeiters der Besoldungsstufe BAT II a war sein Blatt ganz offensichtlich ausgereizt. Vielleicht ließ sich doch noch alles umdrehen, wenn Gesche, die Herzdame, ihren Einfluß geltend machte? Noch lag die Berufungsliste nicht beim Senator, noch konnte alles umgeworfen werden ... Ob er, sollte er ...? Er schwankte lange und kam zu keinem Entschluß. Was war es wert, wenn er durch ihr Intervenieren die Stelle bekam ...? Nichts. Oder? Wenn auf dieser Welt alle, die durch solche Manipulationen etwas geworden waren, den Arm heben würden, dann ...

»Es kann gefrü-s-tückt werden!« Frau Winterberg schreckte ihn hoch. Ausgebrannt ging er in den Sitzungssaal hinunter. Er mußte gute Miene machen, denn die Kollegen sollten nicht merken, daß er sein großes Spiel verloren hatte.

»Dalli, dalli!« rief Hüring, als Manfred beim Gnuxen um die halben Hähnchen von Karstadt nicht mitmachen wollte, und, frei nach Hans Rosenthal: »Das ist Spitze!«, als gleich in der zweiten Runde niemand mehr ein Hölzchen in der Faust hatte und Frau Winterberg »Null« sagte. Alle waren fröhlich. Für Manfred war es eine einzige Qual.

Doch es sollte noch schlimmer kommen. Denn als das Telefon klingelte, meldete Frau Winterberg Gesche Grams. »Für Sie, Herr Doktor.«

»Weißt du es schon?« fragte Gesche ihn, als er den Hörer ans Ohr gepreßt hatte.

»Ja ...« Manfred mußte wortkarg bleiben, damit die anderen nichts mitkriegten. »Was soll man machen ...«

»Und auch noch nach Saudi-Arabien.«

»Wie ...?«

»Mein Mann muß für zwei Jahre nach Saudi-Arabien – und der Junge und ich, wir gehen mit.«

Der altertümliche Motor der *Isabella* begann immer mehr zu husten und zu spucken, und als sie das Cap d'Artrutx mit dem schwarzweiß gestreiften Leuchtturm passierten, wurde der Wellengang so stark, daß sich Schiffsschraube und Ruder des öfteren im Leeren drehten. Mochten sie auch nur dreihundert Meter vor der Küste Menorcas durch das Mittelmeer pflügen, zum Ertrinken reichte es allemal, besonders für einen so lausigen Schwimmer wie ihn. Und ob Renate ihn retten konnte, war fraglich, denn sie hatte, seit sie an Bord gegangen waren, eine Menge getrunken. Schließlich galt es heute, ihren Geburtstag zu feiern.

»Hast du Angst?« fragte sie.

»Nein. Ob ich nun hier untergehe – oder zu Hause in Deutschland.«

Muldenstein hatte ihm Menorca empfohlen, um in aller Ruhe die Wunden lecken zu können, die ihm seine Bremer Pleitenserie geschlagen hatte. Als er beim Frühstück im AmfVi Menorca erwähnte, war Kemena sofort hochgefahren und hatte gekräht: »Dann mußt du in Cala Blanca in meinem Bungalow wohnen.« Hürings Einwand wegwischend, daß der beim letzten Erdbeben – »Stärke 0,00001 auf der nach unten offenen Richter-Skala« – eingestürzt sei, hatte er Manfred für vierzehn Tage im Juli einen Freundschaftspreis gemacht. »Zwanzig Prozent unter dem, was du bei TUI geben müßtest.« Wannowski hatte zwar gelacht und gemeint, zwanzig Prozent darüber, das käme ungefähr hin, doch Manfred hatte schnell eingewilligt, zumal Kemena ihm zugesagt hatte, sie kostenlos nach Hannover zum Flughafen zu fahren. Warum auch nicht? Zum einen scheute er die Erkundungen in den Reisebüros, und zum anderen war Kemmi ein so putziges Kerlchen, daß man ihm nichts abschlagen konnte. Vor Ort angekommen, hatte sich der Kemenasche Bungalow als durchaus bewohnbar erwiesen, nachdem Manfred das Dach repariert und eine mitten durch das Schlafzimmer führende Ameisenstraße mittels einer Chemikalie stillgelegt hatte.

Daß er sich hier auf den Balearen völlig von allem loslöste, ließ sich nicht behaupten, aber immerhin dachte er nun nicht mehr pausenlos an das, was er verloren hatte: die Professorenstelle, Gesche, die Karriere in Bremen. Mit 33 war es eigentlich zu früh für eine Midlife-crisis, doch so etwas ähnliches hatte ihn da schon gepackt. Was jetzt nachkommen konnte, war nur der Abstieg. *Dabei hätte das Leben so schön sein können*, wie er sich immer wieder sagte.

Sie fuhren jetzt parallel zur Südküste der Insel, und die *Isabella* hatte sich inzwischen so weit mit Neptun arrangiert, daß nur noch zehn der etwa achtzig Touristen, ausschließlich Deutsche, über der Reling hingen und dem Meeresgott ihr halbverdautes Frühstück opferten. Manfred und Renate zeigten sich immun gegen die Schaukelei. Er war von seinem *Rebell* und dem Berliner Müggelsee einiges gewohnt, und sie hatte in ihrer DDR-Jugend viele Sommer auf den Seen Mecklenburgs verbracht, denn ihre Mutter flog auf fesche Binnensegler. Son Saura tauchte auf. Ein langer Sandstrand, dahinter Pinienwald. Hier ein kleines Häuschen haben und als Maler leben ... Aber Manfred war kaum in der Lage, ein Strichmännchen aufs Papier zu bringen. Er dachte an seinen alten Freund Horst Hastenteufel, der auf einer griechischen Insel hockte und Kriminalromane schrieb, etwa den *Bleistift mit der Todesschrift* und ähnliches.

»Kommt jetzt das, wo wir unser Picknick haben?« fragte Renate, und es klang so amerikanisch, daß Manfred fast zusammenzuckte.

»Die Cala en Turqueta, ja.«

Diese Bucht war schlichtweg paradiesisch. Pinienwälder und Felsen begrenzten den halbmondförmigen Strand, und das Ganze ließ an Jack London und die Südsee denken, an David Grief, den »Sohn der Sonne«, der mit seinem Schoner Inseln wie Bora-Bora oder Pitcairn angesteuert hatte. Die *Isabella* drehte bei. Man ankerte und fuhr die Touristen mit einem kleinen Beiboot zum Strand. Auch der Grill, Fische, Weißbrot und Wein wurden auf diese Weise an Land gebracht. Bis zum Essen dauerte es noch eine gute Stunde, und sie konnten vorher baden und sich ein wenig die Insel ansehen. Manfred und Renate taten es. Das Wasser war so klar und schimmerte so bläulich, wie es in seiner Jugend die *Algemarin*-Reklame gezeigt hatte; kein Vergleich mit der trüben grünlichen Brühe von Schmöckwitz und Umgebung. Und dennoch, wenn er die Wahl gehabt hätte: Urlaub in Schmöckwitz oder auf Menorca – er hätte sich für Schmöckwitz und sein Faltboot entschieden. Ihn überkam das Gefühl, alles, was das Leben ihm bot, undankbar abzulehnen. Ja, Gott: *Das Glück wohnt halt immer am anderen Ufer.* Seine Begabung zum Unglücklichsein äußerte sich und verdarb ihm sogar den Genuß an der Cala en Turqueta. Sie schwammen ans Ufer zurück, trockneten sich ab und zogen Shorts und Hemden über. Sie hatten Hunger, doch die Matrosen hatten den Grill noch nicht angeworfen, so daß sie sich fürs erste ein Eis kauften und sich in die Büsche schlugen, um sich die Füße zu vertreten.

In den Pinien und der Macchia saßen Zehntausende von Zikaden, ihr Konzert war ohrenbetäubend. Hübsch waren auch die Höhlen, die sich einige Spanier zu Urlaubsdomizilen ausgebaut hatten, und das erinnerte Manfred an die Pueblos von Winnetous Apachen unten am Rio Pecos. Auch wie sie sich dann auf schmalen Pfaden durch dichtes Gestrüpp zum Wachturm S'Atalaya d'Artrutx hinaufarbeiteten, war abenteuerlich.

»Mein Gott!« Manfred unterdrückte einen kleinen Schrei, denn vor dem Turm saß ein Fakir, wie er ihn aus Karl Mays Büchern kannte. Hager und asketisch, mit einem Turban auf dem Kopf und insoweit normal. Was Manfred hingegen erschreckt hatte, war etwas anderes. Dem Manne fehlten die Beine, nur Stümpfe waren zu sehen.

Da hörten sie eine Frauenstimme aus dem Unterholz hinter dem Turm: »Nudel, wo steckst du wieder? Ich habe ein schönes Plätzchen für uns zwei gefunden.«

Der Fakir erhob sich und lief auf zwei überaus gesunden Beinen in die Richtung, aus der der Ruf gekommen war. »Gleich, Cornelia, gleich, ich komm' ja schon.«

Manfred begriff, was Sache war: Der Mann war dünn wie eine Nudel und verstand es, seine Beine so zu verknoten, daß sie wie amputiert aussahen, konnte also Arme und Beine verdrehen wie Spaghetti an der Gabel.

Nudel verschwand, und Manfred und Renate wollten die beiden nicht bei dem stören, was sie offenbar gerade vorhatten; vielleicht ging es bei ihnen nur in einem steinernen Verlies.

Das Picknick am Strand war einerseits paradiesisch schön, andererseits litt Manfred darunter, mit so vielen anderen und noch dazu wildfremden Menschen zusammen speisen und jenen Small talk betreiben zu müssen, den er nachgerade haßte.

»Ah, kommen Sie auch von der Cala Santandría ...?«

»Nein, wir wohnen an der Cala Blanca.«

»Bei uns im Hotel ist das Frühstück wirklich eins a. Waren Sie schon in Ciutadella? Da müssen Sie sich mal nach Lederwaren umsehen. Mein Mann hat sich da eine wunderschöne Aktentasche gekauft. Nur halb so teuer wie bei uns in Düsseldorf.«

»Und keine Thermosflasche dazu?« brummte Manfred.

»Wieso Thermosflasche?«

»Na: Kacke in der Aktentasche hält uns warm die Thermosflasche.«

»Das ist aber ordinär.«

Damit drehte sich Frau Caumanns weg von ihm, und Renate stöhnte auf. Daß man sich ja seinetwegen schämen müßte.

»Du redest wie meine Mutter ...«

Manfred war es heiß, er wollte raus aus der Sonne und in sein kühles Büro im AmfVi. Ohne Frau Caumanns aus Düsseldorf und ihre billige Aktentasche. Dort sitzen, auf die Charlottenstraße hinuntersehen und von der Cala en Turqueta träumen. Der Traum vom Leben war das Eigentliche, nicht das Leben selbst. Es war gar nicht nötig, Professor oder Minister zu sein, man mußte nur Phantasie genug haben, sich vorzustellen, diese Rollen auf der Bühne des Lebens zu spielen. Und gesund mußte man sein und materiell so gut ausgestattet, daß man es beim Träumen belassen konnte. Im Klartext hieß das: Nimm den erstbesten Job, der sich dir bietet – das andere kommt dann schon.

Erleichtert fuhr er auf der *Isabella* zur Cala Blanca zurück und freute sich auf den Abend mit Renate in Kemmis Bungalow. In Bremen hatte er keine Lust und keine Kraft gehabt, mit ihr zu schlafen, schon gar nicht unter dem Zwang, Tochter oder Sohn zu zeugen. Nun aber schaute er allen Frauen hinterher, die nach seinem Gusto waren, um den Akku so weit aufzuladen, daß es heute abend endlich klappte.

Kein Zweifel, er befand sich auf dem Weg der Besserung.

Der Abend war so heiß, daß es im Bungalow nicht auszuhalten war. Manfred stöhnte, daß er sich totschwitzen würde.

Seine Frau lachte. »Das ist die Strafe dafür, daß ihr im AmfVi immer herumspöttelt, ihr müßtet Kemmis Bungalow trockenwohnen.«

In seinen unteren Regionen begann sich indessen mit Macht etwas zu regen, und Manfred freute sich schon, doch als er sich Renate näherte, schlüpfte die schnell aus dem Bett.

»So naß wie du bist ... brrrrr! Ich mag keine schweißtriefenden Männer. Komm zur Abkühlung erst mal ins Freie. Nach dem Spaziergang vielleicht ...«

Murrend zog er sich an und trabte mit ihr los. Sie wollten etwas essen und trinken, doch die wenigen Restaurants waren alle von englischen Gruppenreisenden besetzt, die erst den Sonnenuntergang – »A risky shot!« – und dann den wunderschönen Kupfermond abzulichten suchten. Schließlich fanden sie einen Laden, in dem sie eine Flasche *vino blanco* und ein paar Cracker kaufen konnten. Manfred kam auf die Idee, ihre Luftmatratzen aufzublasen und sich im Mondschein auf die Terrasse zu legen. Der Wein tat sein übriges, und zum ersten Mal seit langem vergaß er, wie schlecht es ihm ging.

Am nächsten Morgen zogen sie früh zum Strand hinunter, doch sie hatten weder an einen Schirm noch an ein großes Leinentuch gedacht, um sich vor der alles verzehrenden Sonne zu schützen. Es war gerade elf Uhr geworden, als Manfred meinte, er könne es nicht länger aushalten, er bekäme gleich einen Stich.

»Geh ins Wasser, dich abkühlen.« Nachdem sie vorhin weit hinausgeschwommen war, hatte Renate keine Lust, erneut in ihren Badeanzug zu steigen. »Der trocknet gerade so schön.«

So machte sich Manfred alleine auf den Weg. Der Strand der Cala Blanca war etwa halb so groß wie der an der Schmöckwitzer Badewiese. Dafür tummelten sich hier doppelt so viele Menschen, und es war ein Geschrei und ein Gewusel, daß er sich am liebsten die Ohren verstopft hätte. Erst wenn man weit hinausschwamm, war man allein, doch seine mehr als bescheidenen Schwimmkünste ließen das nicht zu. Am liebsten war es ihm, wenn er noch Grund unter den Füßen hatte, und mehr als dreißig Meter entfernte er sich nie vom rettenden Ufer, jedenfalls nicht im Alleingang. Am liebsten hätte er eine jener Badehosen angehabt, von denen die Werbung im *stern* und anderswo versprach, damit könne man garantiert nicht absaufen. Eigentlich war er sich sicher, hier auf Menorca zu ertrinken. Was manches andere Problem gelöst hätte ...

Dies alles im Kopf herumwälzend, ging er nur sehr langsam ins Wasser. Dabei fiel ihm ein, was seine Eltern manchmal erzählten: daß Tante Emma in Steinau an der Oder gesagt habe, sie würde ins Wasser gehen, wenn die Russen kämen. War sie aber nicht, sondern hatte noch Jahrzehnte an der Ruhr gelebt. Er jedoch ging so zögerlich ins Wasser wie ein potentieller Selbstmörder. Außerdem litt er unter der Vorstellung, einen Herzschlag zu kriegen, wenn er mit dem ganzen Körper ins lausig kalte Naß tauchen würde. Eine Brandung gab es hier nicht. Schließlich nahm er allen Mut zusammen, warf sich nach vorn und schwamm mit kräftigen Zügen in Richtung offenes Meer. Es war herrlich, jedenfalls, bis ihm die erste kleine Welle ins Gesicht schlug und er sich verschluckte. Mit dem Kopf unterzutauchen, wagte er nicht. Auf beiden Seiten der schmalen Bucht erhoben sich etwa zehn Meter hohe Felswände, in denen sich unzählige kleine Höhlen und Plateaus befanden, im Laufe der Jahrtausende von Wind und Wellen ausgewaschen und geformt. Fischer und Touristen hatten sich am Fuß dieser Felswände Plätze geschaffen, zum Befestigen der Boote wie zum ungestörten Sonnen. Wann auch immer ihn die Kräfte verlassen sollten, war also Rettung nahe. Nach einem Weilchen fing er an, das Schwimmen zu genießen, ohne an irgendwelche Gefahren und an den Bremer Ärger zu denken.

Als er zurückkam, packten sie ihre Sachen und zogen sich nach oben auf das Felsplateau zurück, wo einige Pinien lichten Schatten spendeten. Lag man auf den Luftmatratzen, war es ganz bequem. So lange jedenfalls, bis diese Luft abließen. Manfred las Falladas *Wolf unter Wölfen* und Renate erst einige Zeitschriften und dann Strittmatters *Ole Bienkopp*, kam sie doch von ihrer Zeit im Osten nicht recht los. Sie begann viele Sätze mit »Als ich damals mit …«. Da waren das Zeltlager der »Jungen Pioniere« am Werbellinsee, die Segeltouren mit den Verehrern ihrer Mutter auf der Müritz und die Besuche bei Tante Täubchen und Onkel Wölfi in Ferch am Schwielowsee. Manfred erzählte viel von Schmöckwitz.

Irgendwann war er weggedöst und hörte Renate aus weiter Ferne fragen, ob sie nicht hinuntergehen und Tretboot fahren sollten, es sei gerade eins frei.

Manfred hatte keine rechte Lust, zumal ihn die geheime Angst quälte, vom ablandigen Wind aufs offene Meer hinausgetrieben zu werden und dort einen jämmerlichen Tod zu sterben, doch er brummte: »Dein Wille geschehe …«

Und richtig, als sie sich zu weit aus dem Windschatten der Felsen hinausgewagt hatten, um im Norden wunderschön wie eine Fata Morgana in der Mittagssonne Ciutadella sehen zu können, bemerkte er mit Schrecken, daß die Kraft, mit der sie in die Pedale traten, nicht reichte, um Wind und Wellen Paroli zu bieten. Sofort geriet er in Panik, auch wenn er zu spotten suchte, daß Mallorca nur an die 40 Kilometer entfernt läge und er noch nicht dort gewesen sei.

»Treten, treten!« schrie Renate, doch es half nichts.

Noch waren sie nicht in Gefahr, aber je weiter sie hinausgetrieben wurden, desto höher wurde der Wellengang, und mit den Badesachen hatten sie auf den glatten Plastiksitzen keinen festen Halt. Also klammerten sie sich an das Steuer und aneinander und preßten die Füße gegen die Vorderwand. Um Hilfe zu rufen nutzte nichts, oben auf den Felsen hörte sie keiner, und wenn sie winkten, wurde nur fröhlich zurückgewinkt. Daß sie da draußen bei vergleichsweise ruhiger See und herrlichem Sonnenschein in Seenot sein würden, wollte keiner glauben. Und weit und breit kein Boot in Sicht.

»Wenn man 'ne Flaschenpost hätte?« lachte Renate.

»Du kannst wenigstens schwimmen«, klagte Manfred.

»Ich rette dich.«

»Mit mir schaffst du es nie und nimmer bis zum Ufer ...«

Sie trieben immer weiter ab, und die Menschen in der Bucht wurden immer kleiner. Auch die Hoffnung, daß der Tretbootverleiher sie entdecken und mit seinem Wellenreiter herbeieilen würde, zerschlug sich. Der Gute saß sicherlich irgendwo bei Wein und Tapas und hatte sie längst vergessen.

Nach und nach wurde es ernst, und sie begannen wirklich ums Überleben zu kämpfen, jedenfalls schien es Manfred so. Aber er wollte leben, einfach nur leben, auch ohne Karriere, und alles wiedersehen, was er liebte: seine Eltern, Schmöckwitz ... Und Kinder wollte er haben. Leise, um sich vor Renate nicht lächerlich zu machen, fing er an zu beten, unbeholfen, weil er es nie gelernt hatte: *Vater unser, der du bist ... Bitte, hilf uns, rette uns ...*

Von Ciutadella aus näherte sich ein kleines Motorboot, und als Manfred heftig mit den Armen ruderte und »Helfen Sie uns bitte!« schrie, hielt der Mann am Steuer auf sie zu. Als das Motorboot dicht herangekommen war, erkannten sie ihn: Es war der Fakir vom Wachturm an der Cala en Turqueta, den seine Frau »Nudel« gerufen hatte.

Helmut Kutzop, wie Nudel richtig hieß, rettete sie, und zum Dank luden sie die beiden zum Essen ein. Nudel war Ingenieur bei AEG am Hohenzollerndamm, und seine Frau Cornelia verdiente ihr Geld als MTA im Urban-Krankenhaus. Beide waren Berliner. Nudel erzählte, daß sie an der Cala 'n Drelli gewohnt hätten, dann aber nach Neukölln gezogen seien.

»Die Cala 'n Drelli ...?« fragte Manfred, der meinte, Berlin besser zu kennen als die meisten Taxifahrer. »Ist das eine neue Wohnanlage irgendwo am Wannsee ...?«

»... Nee, in Lankwitz ist das.«

»Das gibt's doch nicht.«

»Nie was von der Calandrellistraße gehört?«

»Nudel spinnt mal wieder«, stellte Cornelia fest.

»Jetzt wohnen wir an der Ringbahnstraße«, erzählte Nudel,

»weil ich so 'n begeisterter Flieger bin und da immer die nach Tempelhof anfliegenden Maschinen sehe.«

Sie sollten auf alle Fälle winken, bat Manfred, wenn er wieder nach Berlin käme. Sie verstanden sich prächtig und verabredeten sich für den nächsten Morgen, um mit einem Mietwagen gemeinsam zu den Platjes d'Algaiarens im Norden der Insel zu fahren.

Planmäßig ging es los. Nudel, der schon mal eine Rallye durch Finnland mitgemacht hatte, saß am Steuer, und Manfred hatte sich auf dem Beifahrersitz die Karte über die Knie gelegt. Die beiden Frauen saßen hinten und spotteten über die pfadfinderischen Fähigkeiten ihrer Männer. Irgendwann hinter Ciutadella, als links Richtung Cala Morell abgebogen werden mußte, ging es über schmale *farm tracks* nach Norden. Auf beiden Seiten der schmalen und meist einspurigen Fahrbahn hatten die menorquinischen Bauern im Lauf der Jahrhunderte die auf den Äckern aufgelesenen Steine zu mannshohen Mauern aufgeschichtet, so daß man auf der vielfach gewundenen Straße nicht sah, ob einem jemand entgegenkam. Kam einer, dann mußte man sich in langwierigen Dialogen darüber verständigen, wer nun zurückzusetzen hatte. War es ein Deutscher, kam es zu längeren Wortgefechten, denn keiner wollte nachgeben, war es ein Einheimischer, so fuhren sie, sich vielmals entschuldigend, auf der Stelle zurück, und war es ein Engländer, dann mußte Manfred versuchen, mit seinem lächerlichen Schulenglisch die Sache zu klären. Das dauerte am längsten, weil er immer auf die Frage zu sprechen kam, wie es um seinen früheren Lieblingsverein, den FC Sunderland, stünde. Hatte sich ein kleiner Stau gebildet und mußten gleich mehrere Mietwagen zurückgesetzt werden, verzögerte sich die Weiterfahrt um etliche Minuten, so daß alle, die zu den Stränden von Algaiarens wollten oder von dort kamen, in jeder Kurve wie die Wilden hupten, auf alle Fälle aber auf jede Staubwolke achteten, denn ziegelrote Windhosen zeigten immer an, daß da ein Raser kam.

Sie schafften es einige Kilometer weit ohne Zwischenfälle, bis sie plötzlich vor einem hölzernen Gatter halten mußten.

Dort war ein Schild angebracht, auf das einige spanische Worte gepinselt waren. Da man Renate in der Höheren Handelsschule auch in die Anfangsgründe des Spanischen eingeführt hatte, ließ sich entziffern, daß hier Privatbesitz begann. Ob nun die Weiterfahrt möglich war, und wenn ja, zu welchem Preis, das blieb auch ihr verschlossen.

Manfred tat, als sei er diplomierter Übersetzer. »Dann laßt mich mal ... Also ... Hier steht wörtlich: Bei Zuwiderhandlungen wird ohne vorherige Warnung von der Schußwaffe gebraucht gemacht.«

»Macht nichts«, war Cornelias Kommentar. »Wenn ihr Schrotkörner im Hintern habt, dann pule ich die euch alle wieder raus.«

»Wenn das kein Angebot ist«, sagte Renate. »Ich folge dir blind.«

»Das mußt du erst, *nachdem* die Pächter auf dich geschossen haben«, lachte Nudel.

»Egal, ich bleibe bei Cornelia.« Die beiden umarmten sich.

»Na bitte«, sagte Manfred und variierte die *Camelia*-Werbung für die kritischen Tage. »Cornelia schenkt allen Frauen Sicherheit und Selbstvertrauen.«

Nudel nahm sich ein Herz und öffnete das Gatter, allerdings leicht geduckt. Und als Manfred »Peng! Peng!« machte, ließ er sich kunstgerecht zu Boden fallen. Renate fuhr den Wagen auf das Privatgelände. Nichts geschah. Sie schlossen das Tor und rollten vorsichtig weiter Richtung Strand.

»Das hier nennt sich La Vall und ist das größte zusammenhängende Waldgebiet Menorcas«, erklärte Manfred anhand des Reiseführers.

»Da werden sie drinstecken mit ihren Schrotflinten«, sagte Nudel. »Neulich im Flugzeug hat's mich beinahe erwischt ...« Er erzählte, wie er mit seinem zweisitzigen Segelflugzeug, größtenteils selbstgebaut, in Celle aufgestiegen war und einen bärtigen Psychologiestudenten aus Berlin als zahlenden Gast mitgenommen hatte. »... eine phantastische Thermik, wir steigen und steigen, und der Sauerstoff wird schon ein bißchen knapp. Plötzlich legt mir der Psychologe hinten seine

Hände um den Hals, beginnt mich zu würgen und schreit: ›Laß uns gemeinsam sterben, schöner kann es nicht mehr werden!‹ Ich kann gerade noch zum Sturzflug ansetzen ...«

Cornelia strich ihm von hinten durch das wuschlige Waldschrathaar. »Mein armer Nudel. Wenn du wirklich gestorben wärst, hätte ich dich in ein Riesenglas mit Spiritus getan und in die Schrankwand gestellt.« Diese Idee stammte von einer Kollegin, die einen Abortus gehabt hatte. »Nun steht ihr kleiner Liebling in Spiritus auf ihrer Anrichte. So ein kleiner Fötus ist ja nicht schlimm, aber daß sie uns ausgerechnet zu Krabbensalat eingeladen hat ...«

Sie kamen zu den Platjes d'Algaiarens, und Manfred fand es hier noch viel herrlicher als vorgestern an der Cala en Turqueta. Bucht reihte sich an Bucht, und eine war immer menschenleerer als die andere. Das schönste war aber, daß – war man hundert Meter weit hinausgeschwommen – eine Sandbank kam, auf der man sich ausruhen konnte. Sie badeten, bis sie froren, wälzten sich dann im heißen Sand und brieten in der Sonne wie panierte Fische, spazierten am Strand entlang, tranken Rotwein, spielten Federball und quatschten über alles, was ihnen gerade einfiel.

Als sie spätabends in die Urbanisation Cala Blanca zurückkamen, dachte Manfred, daß dies einer der schönsten Tage seines Lebens gewesen sei und fühlte sich wie neugeboren. Eine Hochstimmung erfüllte ihn, ein Einssein mit sich und der Welt, ein Rausch: *Freude, schöner Götterfunken ...*

»Wir treffen uns im Hotelrestaurant bei euch zum Essen«, sagte Manfred, als Nudel sie vor ihrer Bungalowanlage absetzte.

»Okay, see you later.«

»Warum willst du meine Latte sehen? Ich hab' doch gar keine.«

»Manfred!« Renate stieß ihm den Ellenbogen in die Seite. Er wehrte sich, und kichernd kamen sie an ihren Bungalow, bereit, sofort, wenn sie die Tür aufgeschlossen hatten, übereinander herzufallen.

Doch auf Manfreds Bett lag ein kleiner Zettel mit dem Briefkopf ihrer Reisegesellschaft: »Lieber Herr Matuschewski, Anruf Ihrer Mutter. Ihr Vater hat einen schweren Schlaganfall erlitten, liegt im Neuköllner Krankenhaus, und Sie sollen sofort nach Berlin kommen. Vorsorglich habe ich gesehen, daß ich einen vorzeitigen Rückflug für Sie bekomme. Es geht nur von Mahón über Barcelona und Frankfurt nach Berlin und kostet einiges. Wenn Sie trotzdem morgen früh fliegen wollen, melden Sie sich noch heute abend bei mir. Ihre Britta R.«

Als Manfred seinen Vater sah, kam ihm das Bild vor Augen, wie er ihn 1947 im St.-Hedwigs-Krankenhaus nach der Entlassung aus russischer Kriegsgefangenschaft unter wohl dreißig anderen Männern in einem großen Krankensaal gefunden hatte. »Geh: Such deinen Vati!« hatte die Mutter gesagt, und er hatte auf eine Galerie von Totenköpfen gestarrt, ein Gesicht so ausgemergelt wie das andere, nur noch Haut und Knochen. Gemessen daran sah der Vater heute so wohlgenährt und wonnig wie ein Säugling aus. Auch lag er allein im Zimmer. Hatte es damals keinerlei Apparate um ihn herum gegeben, so schien er jetzt nur noch ein Anhängsel medizinischer Geräte zu sein. Zwei Ständer mit je einem Tropf umrahmten sein Haupt, Schläuche und Kanülen steckten in seinen Armen, Meßfühler führten zu leise surrenden Oszillographen und Schreibern. Daß er weit über 40 Grad Fieber hatte, las Manfred irgendwo ab. Sein Atem war kaum noch hörbar. Manfred spürte nur einen Impuls: hinstürzen, sich auf die Knie werfen, seine Hand küssen und etwas stammeln wie »Vati, bitte, wach wieder auf, bitte!« Natürlich tat er das nicht, obwohl es die einzig angemessene Reaktion gewesen wäre. Das ging nicht.

So blieb er hilflos auf halbem Wege stehen und verdrängte den Gedanken, daß sein Vater im Koma lag. Daß er sterben würde, schien ihm ausgeschlossen. Er empfand seinen Zustand als tiefen Schlaf, aus dem er bald ganz gesund erwachen würde. Hinter ihm unterhielt sich die Mutter mit einer Krankenschwester über Belangloses. Ob sie nicht eine größere Vase für die Blumen hätte. Daß es morgen noch heißer werden würde und ihre Kollegen bei der AOK immer so gefällig seien, wenn es darum ginge, ihre Arbeit mitzumachen. Auch sie, so schien es Manfred, begriff nicht, was hier geschah, und klammerte sich an den Gedanken, alles sei ganz alltäglich.

Tante Eva kam. Sie war eine echte Hilfe, denn als Krankenschwester in einem Altenpflegeheim wußte sie, wie mit Sterbenden und deren Angehörigen umzugehen war. Zunächst aber redete sie in einem fort und stöhnte hin und wieder sehr theatralisch auf.

»Ich muß immer an Jochens Tod denken. Sie haben ihn im Krankenhaus aufgeschnitten und gleich wieder zugenäht. ›Da ist nichts mehr zu machen!‹ Oder meine Mutter, wie lange die sich gequält hat. Ich wünsche allen einen leichten Tod. So wie dein Vater, Margot: hat morgens eine Blutentzündung, kommt ins Krankenhaus – und ist abends tot.«

Manfred konnte es nicht länger ertragen. Ihm war im Flugzeug eingefallen, daß Barbara Agricola, die ein Jahr nach ihm an der Albert-Schweitzer-Schule Abitur gemacht hatte, hier im Neuköllner Krankenhaus Assistenzärztin sein sollte, wie ihm Bimbo einmal am Telefon berichtet hatte. Ja, es stimmte, die Krankenschwester kannte sie. Er ging hinaus, um sich zu ihr durchzufragen. Vor fünfzehn Jahren hatte er manchmal von ihr geträumt. Das Wiedersehen war ernst, denn Barbara wußte um den Zustand seines Vaters.

»Hat er noch eine Chance?«

»Nein. Mit seinen Schädigungen wird er nicht mehr aus dem Koma erwachen.«

»Auch ein Wunder ist völlig ausgeschlossen?«

»Ja.«

Manfred schluckte. »Spürt er, daß wir bei ihm sind?«

»Niemand weiß das ganz genau, ich meine aber: ja.«

Manfred kippte zur Seite, die junge Ärztin konnte ihn gerade noch auffangen. Man brachte ihn in ein Behandlungszimmer, wo er eine Spritze bekam. Dann ging es wieder. Renate fehlte ihm sehr. Sie liebte ihren Schwiegervater und hatte unbedingt mitkommen wollen, doch bei keiner der Fluggesellschaften hatten sie auf die Schnelle einen Platz für sie bekommen können. So war sie in Cala Blanca in der Obhut der Nudels geblieben.

Manfred ging in das Zimmer zurück, in dem sein Vater lag. Tante Eva und die Mutter saßen am Fußende des Bettes und erzählten sich so laut und emphatisch, wie ihre Vorfahren gestorben waren, als würde sie vor der Kamera eines Jungfilmers stehen.

»Großmutti Schulze ist zu Hause gestorben, an Krebs, und wir haben alle an ihrem Bett gestanden, auch die Kinder. Kannst du dich erinnern, Eva?«

»Wie ...? Ja. Bei Jochen im Krankenhaus bin ich ganz allein gewesen. Auch wieder Krebs. Sie haben ihn ja nur aufgeschnitten und gesehen, daß da nichts mehr zu machen ist. Wie dein Vater, Margot, 1937.«

»Mein Vater ist nicht an Krebs gestorben, Eva, sondern an einer Blutvergiftung. Als Kind hatten sie ihm die Lymphdrüsen rausgenommen, und da ist das Gift gleich in die Blutbahn gelangt.«

»Meine Mutter ist aber an Krebs gestorben, und obwohl Frau Dr. Bauch jeden Tag zweimal bei ihr gewesen ist, hat sie schreckliche Schmerzen auszustehen gehabt.«

»Mutti auch. Gerda und Leszek haben sie in dieses alte Krankenhaus da am Müggelsee gebracht, und sie hat gesungen: ›Ich wär' ja so gern noch geblieben, aber der Wagen, der rollt.‹ Da warst du nicht dabei, Eva.«

»Zu Otto wollt' ich doch aber kommen, obwohl es mir so schlechtgeht, Margot. Ich hab' gestern abend bei Curt angerufen und gesagt: ›Curt, jetzt geht's zu Ende mit mir.‹«

»Das sagst du schon seit zehn Jahren, Eva.«

»Ich möchte so sterben wie ein Onkel von mir, der Onkel Benno: Setzt sich in die Badewanne und schläft sanft ein.«

»Onkel Paul und Tante Friedel sind ganz schrecklich gestorben: die Bomben auf ihre Laube in Senzig. Bei Onkel Paul der Kopf abgetrennt.«

»Und der Gerhard: im Krieg gefallen, bei Kattowitz.«

Manfred hätte schreien mögen, daß sie endlich den Mund

halten sollten. Er wollte allein sein mit seinem Vater und noch einmal ganz intensiv alles nacherleben, was es in dreiunddreißig Jahren an Besonderem gegeben hatte.

Endlich gingen die beiden einen Kaffee trinken, und da waren sie, die alten Bilder, Szenen aus Kindheit und Jugend, mit denen der Vater für immer in ihm weiterleben würde …

Schmöckwitz 1941. Der Vater setzt ihn vorn auf den Gartenzaun, und er bestaunt die vorbeifahrende Straßenbahn, die 86.

Schmöckwitz 1942. Der Vater bastelt ihm aus Holz eine Lok und einen Güterzug, und mit denen spielt er vorn auf der Spritzdecke des Klepperbootes, mit dem sie zum Krossinsee paddeln, wo Max Bugsin mit seinem Motorboot vor Anker liegt.

Berlin 1943. Sie gehen ins Verkehrsmuseum im alten Hamburger Bahnhof, und der Vater zeigt ihm die großen Modelle der alten Loks und Eisenbahnwagen.

Steinau 1943. Sie sind evakuiert und wohnen bei Tante Emma. Der Vater setzt ihn auf das Geländer der langgestreckten Oderbrücke. Unten fließt träge und drohend der Strom, und Schleppdampfer nähern sich, zwei Schornsteine nebeneinander.

Zieko 1944. Von Steinau, dem sich die Ostfront langsam nähert, zieht er mit der Mutter in die Nähe von Coswig. Jedes Wochenende kommt der Vater aus Berlin herüber. Und wenn er da ist, steht er mitten im Zimmer, dreht sich in alle vier Himmelsrichtungen und pupt ein jedes Mal dabei.

Groß Pankow 1944/45. Bevor der Vater eingezogen wird, arbeitet er hier in einer Außenstelle des Reichspostzentralamtes. Weihnachten 1944 bastelt er aus Kontrollämpchen von Telefonvermittlungsschränken eine Lichterkette für ihren Tannenbaum, und das ganze Dorf bleibt vor ihrem Fenster stehen.

Berlin 1947. Der Vater ist aus sowjetischer Kriegsgefangenschaft zurückgekommen. Er liegt mit einer Hüftgelenk-Tbc im Hedwigskrankenhaus, und die Mutter ruft ihm, Manfred, als sie in der Tür eines riesigen Krankensaals stehen, in dem zwei, drei Dutzend gleich elend aussehender Männer liegen, zu: »Geh: Such deinen Vati!«

Berlin 1948. Der Vater ist aus dem Krankenhaus entlassen worden, kann mit Hilfe eines Gehapparates wieder einigermaßen laufen, wenn auch nur am Stock, und er, Manfred, vergißt im Eifer des Fußballspiels, eine wichtige Röntgenaufnahme ins Oskar-Helene-Heim zu bringen, worauf der Vater ihn mit dem Stock verprügeln will – und sie beide wie bei einem Verfolgungsrennen um den Wohnzimmertisch laufen.

Berlin 1949. Morgens schlüpft er zu seinen Eltern ins Bett und spielt mit dem Vater: Vornamen von A–Z, Hauptstädte von A–Z, Flüsse von A–Z und so weiter.

Schmöckwitz 1951. Der Vater sitzt trotz seiner steifen Hüfte mit ihm im Boot, sie paddeln den Seddinsee hinauf, zwängen sich in den Gosener Graben, und der Vater will ihm das Morsealphabet beibringen: Da-da-dit-dit.

Berlin 1952. Er spielt Fußball beim 1. FC Neukölln, und der Vater steht auf dem Hertzbergplatz hinter seinem Tor und klatscht, wenn er die Bälle hält.

Und er sieht, wie sie zu Tasmania 1900 ins Neuköllner Stadion gehen, wie sie mit der 95, der S-Bahn und der 86 nach Schmöckwitz fahren oder zu Bugsins zum Kartenspielen, wie sie von Neukölln nach Kreuzberg laufen, um die Kohlenoma und Onkel Helmut zu besuchen, beide in der Manteuffelstraße, wie sie zu Hause am kleinen Billardtisch um die Punkte kämpfen, wie sie zusammen an der Modellbahn basteln, wie sie vor dem Fernseher sitzen und erregt über alles diskutieren, was in der Welt passiert, wie sie sich streiten, wer den *Telegraf* am Morgen als erster lesen darf, wie sie gemeinsam die Wohnung renovieren, abwaschen und abtrocknen und in der Küche Linoleumfliesen verlegen, wie sie vor dem Weihnachtsbaum stehen und Geschenke auspacken.

Er griff nach der Hand seines Vaters und flüsterte: »Ich danke dir. Du warst der beste aller möglichen Väter ...« Weiter kam er nicht, es waren die Tränen.

Und was er für immer in sich tragen würde wie Gene, waren die Sprüche seines Vaters. Manchmal schien es ihm, als wäre Otto Matuschewski nur die Summe all seiner Sentenzen:

Wie man sich dreht und wendet, der Allerwerteste bleibt immer hinten.
Mit Gewalt läßt sich kein Bulle melken.
Man kann nicht gegen die Klistierspritze pupen.
Der denkt auch nur so weit, wie ein Bulle scheißt.
Der Morgenschiß, der kommt gewiß – und wenn es spät am Abend ist.
Ich glaube nur, daß zwei Pfund Rindfleisch eine gute Brühe ergeben.
Kacke am Stock ist auch ein Bukett.
Gefährlich ist der Furz der Sachsen, denn der kann im Darme wachsen und beendet seinen Marsch mit 'nem lauten Knalle aus dem Arsch.
Ein Rülpser ist ein Magenwind, der nicht den Weg nach hinten find', hat er 'n aber doch gefunden, so ist er mit Gestank verbunden.
Es gibt Künstler und Dilettanten, die einen treffen ins Loch, die anderen kacken auf die Kanten.
Weißt du, was unmöglich ist? – In einem runden Saal in die Ecke zu kacken.
Dicke Stullen essen und große Haufen machen, det kannste, aber sonst biste zu nüscht weita nütze.
Wieso meckern die Leute alle über die Erhöhung des Portos? – Bring du mal 'n Brief für achtzig Pfennige von Berlin nach Hamburg.

Auch bei Friedrich dem Großen an der Tafel von Sanssouci, wo die klügsten Köpfe der Zeit hochgelehrt und in der geschliffensten Sprache diskutierten, hatte man zweideutige und frivole Sprüche gemacht. Beides, Kultur wie Ordinäres, ging also zusammen. Wie zur Bestätigung waren der Preußenkönig und Otto Matuschewski am selben Tag geboren worden: dem 24. Januar. Im Grunde enthielten die dicksten soziologischen Lehrbücher auch keine anderen Erkenntnisse als die Sprüchesammlung seines Vaters: Der kleine Mann stand den Herrschenden ohnmächtig gegenüber, und die einzige Möglichkeit der Gegenwehr waren Skepsis und die Verspottung ihrer Werte. Tabuisierten sie alles Anale, so kultivierte der kleine Mann es und schuf sich damit eine Gegenwelt. Das Kreatürliche wurde nicht hinwegparfümiert, sondern zum wichtigen Alltagsthema gemacht. Da er das Menschliche und Alltägliche betonte, konnte man den Vater durchaus einen Volksphilosophen nennen, dachte Manfred, und er war stolz auf ihn.

Die Mutter und Tante Eva kamen zurück und redeten über Romy Schneider. Letzte Woche hatten sie im Gloria-Palast zusammen *Das Mädchen und der Kommissar* gesehen.

»*Der Wendekreises des Krebses* soll noch freier sein«, sagte die Mutter.

»Ich wollte heute an sich meine Gardinen waschen«, erwiderte Tante Eva.

Draußen wurde es langsam dunkel. Manfred dachte an die Worte, die oben an der Emmaus-Kirche am Lausitzer Platz standen, wo der Vater eingesegnet worden war: *Herr, bleibe bei uns, denn es will Abend werden.* Und er hoffte mit aller Inbrunst, daß es diesen Herrn gab und er seinen Vater einmal wiedersehen würde, in welcher Gestalt auch immer. Dieses *nie mehr* war der schrecklichste Gedanke. Nein, noch schrecklicher war es, daran zu denken, daß er eines Tages auch im Koma liegen würde und dann *seine* Kinder am Totenbett standen und weinten. Gegen den Tod ließ sich letztlich nichts unternehmen. Die Welt erschien Manfred als eine gottverdammte Fehlkonstruktion. Warum lebte ein Mensch, wenn er doch sterben mußte? *Damit die Art erhalten bleibt.* Ein fürchterliches Gefühl, nur Ameise zu sein, damit es noch in Jahrmillionen Ameisen gab.

»Vati möchte unbedingt, daß sein Stock mit in den Sarg kommt«, erinnerte sich die Mutter. »Er hat gesagt, daß der sein drittes Bein ist, und das muß mit.«

Sie hatte ihn, als sie von der Arbeit nach Hause gekommen war, im Sessel sitzend vorgefunden, teilweise gelähmt und unfähig zu sprechen. An einen Schlaganfall hatte sie nicht denken mögen und bei dem Telefonat mit Dr. Eck in der Sonnenallee die Sache nicht genügend dramatisiert, so daß die Sprechstundenhilfe nicht gleich die Feuerwehr alarmiert und der Arzt sich erst den in der Praxis wartenden Patienten zugewandt hatte. So war eine Menge Zeit vergangen, und viel zu spät war der Vater ins Krankenhaus gekommen. *Wenn du Pech hast, verlierst du das Wasser aus der Kiepe.* Wenn Manfred in Berlin gewesen wäre, dann …

»So friedlich ist Jochen auch eingeschlafen«, sagte Tante Eva.

Manfred ging auf den Flur hinaus, er ertrug es nicht mehr. Bis zur Straße wanderte er. Er konnte nicht fassen, daß da alles wie gewohnt weiterging, als würde sein Vater nicht im Sterben liegen und als sei dies nicht der schrecklichste Tag seines Lebens. Alle schienen absolut gleichgültig gegenüber seinem Leid zu sein. Jedes Lachen traf ihn wie eine Kugel. In Manfred kam Haß gegen die anderen hoch, er hätte am liebsten eine große Bombe gezündet, um sie alle zu vernichten. Wenn er, dann auch ihr.

Als er ins Sterbezimmer zurückkam, berieten Tante Eva und die Mutter, ob und wie lange sie bleiben sollten.

»Das kann Tage dauern, daß er so im Koma liegt«, sagte Tante Eva. »Ich fahr' jetzt nach Hause.«

Auch die Mutter stand auf. »Ich komme mit, ich kann nicht mehr. Ich muß morgen früh zum Dienst und sehen, ob mir mein Chef noch einen Tag freigibt.« Sie drehte sich zum Bett ihres Mannes hin. »Morgen vormittag bin ich wieder hier, und da wird's dir ja auch besser gehen.«

Manfred schwankte. Es war seine Pflicht, am Sterbebett seines Vaters sitzenzubleiben, aber ebenso zwingend mußte er seine Mutter nach Hause begleiten, sie trösten und sie ablenken, irgendwie dafür sorgen, daß sie über die Nacht hinwegkam, ohne zusammenzubrechen oder vielleicht »Dummheiten zu machen«, wie Tante Eva gerade meinte. Es war die schwerste Entscheidung seines Lebens. Und er tat das Falsche: Er ging mit seiner Mutter mit. Vielleicht auch, weil er zu schwach war, es weiter auszuhalten, weil er es nicht länger ertragen konnte, dem Tod bei seiner Arbeit zuzusehen. Wie auch immer. Ein letzter Blick, ein letzter Kuß.

Es war neun Uhr abends, und auf seinen Vorschlag hin gingen sie zu Fuß zur Treptower Brücke. Das schaffte Bewegung, das war nicht so furchtbar, wie in der engen Wohnung zu sitzen und immer dieselben Dialoge zu führen.

Als sie im Flur standen, klingelte das Telefon. Manfred nahm ab. Es war das Krankenhaus. Sie teilten ihm mit, daß sein Vater verstorben war, »kurz nachdem sie sein Zimmer verlassen hatten«.

Von da an lag ein Schatten über Manfreds Leben. Er wußte ja von Barbara Agricola, daß Menschen, die im Koma lagen, in der Lage sein können wahrzunehmen, was um sie herum geschah. Sein Vater hatte sich also wohl im wahrsten Sinne des Wortes von allen verlassen und aufgegeben gefühlt. Alle trösteten Manfred und versicherten ihm wieder und wieder, daß der Vater auch so gestorben wäre, doch er fühlte sich für immer schuldig.

Die nächsten Tage vergingen wie in Trance. Die Seele schützte sich, indem sie blockierte, und das hieß: absolute Leere, was die Gefühle betraf. Alles geschah nur noch, und sie bewegten sich wie Roboter. Als Begräbnisinstitut wählten sie *Otto Berg*, weil die Mutter meinte, der Vorname Otto ließe dies sinnvoll erscheinen, und dann zogen sie beide durch Berlin, eingeladen von allen Freunden und Verwandten, die sie trösten wollten. Nach Wilmersdorf zu den Bugsins, nach Tegel zu Neutigs, nach Halensee zu den Liebetruths, nach Hakenfelde zu Tante Eva, nach Hermsdorf zu Curt und Anett und nach Siemensstadt zu Tante Trudchen. Jedesmal schilderte die Mutter mit genau denselben Worten und Wendungen, wie sie »ihren Otto« zu Hause gefunden hatte und wie bis zu seinem Tode alles abgelaufen war, und immer schloß sie mit den Worten: »Ich hatte einen so lieben, guten Mann, wie ich nie wieder einen kriegen werde.« Manfred ließ sie, denn er hatte schnell begriffen, daß dies für sie die wirksamste Form von Trauerarbeit war.

Nur einmal gab es einen kleinen Disput, als sie nämlich von ihm verlangte, vor der Beerdigung unbedingt zum Frisör zu gehen.

»Mutti, ich hasse es, da rumzusitzen und mir am Kopf herumfummeln zu lassen.«

»Wie sieht denn das aus mit deinen langen Haaren. Man muß sich ja schämen.«

»Mutti, ich bin dreiunddreißig Jahre alt!«

»Was soll denn Vati von dir denken!«

Da nun bekam er einen wahren Lachanfall, und sie reagierte so betroffen, daß er sie nur mit den Worten »Ich geh' ja schon, ist ja gut!« besänftigen konnte.

Die Trauerfeier fand im Krematorium Wilmersdorf statt, und alle Verwandten, Freunde und Kollegen waren da, sogar Tante Gerda aus Ostberlin. Renate war am Morgen aus Bremen gekommen. Es war ein selten sonniger Tag, und in ihrer schwarzen Kleidung standen sie wie Königspinguine auf den Stufen der Trauerhalle. Max Bugsin versicherte jedem, Otto Matuschewski sei sein bester Freund gewesen, und fügte hinzu: »Verwandte kann man sich nicht aussuchen, aber seine Freunde kann man sich aussuchen.« Als sie eingetreten waren und vor dem Sarg standen, entspann sich ein kurzer Kampf zwischen Tante Trudchen und Renate, wer denn in der ersten Reihe rechts von Manfred sitzen dürfe.

»Ich kenn' Otto länger als du!« zischte Tante Trudchen.

»Und ich bin seine Schwiegertochter!« gab Renate zurück.

Renate war schneller, doch Tante Trudchen, die nicht größer als ein zehnjähriges Mädchen war und deshalb Pumpelchen genannt wurde, setzte sich auf ihren Schoß. So ging es natürlich nicht, und Manfred mußte nach rechts rücken, um Platz zu schaffen, womit ein ziemliches Durcheinander begann, denn Tante Elfriede aus Krefeld drohte nun das Schicksal, aus der ersten Reihe verdrängt zu werden, und sie war schließlich die einzige Cousine des Verstorbenen. Als niemand weichen wollte, mußte der Friedhofsdiener einen zusätzlichen Stuhl herbeischaffen.

Das Orgelspiel begann, und Manfred versuchte, sich mit

aller Macht gegen die Vorstellung zu stemmen, daß es sein Vater war, der dort vorn im Sarg lag und gleich in die Tiefe gleiten sollte, in den Verbrennungsofen.

»Ob Vatis Stock mit im Sarg liegt?« fragte die Mutter.

»Ja, sicher ...« antwortete Manfred, obwohl es niemand wußte, denn im Krankenhaus und beim Leichenbestatter hatten sie den Vater nicht mehr sehen können, vielleicht auch gar nicht wollen, hatten nicht mehr nachgehakt.

Die Predigt hielt der Pfarrer einer freikirchlichen Gemeinde aus Neukölln. Er ging auf die wichtigsten Stationen im Leben des Otto Matuschewski ein.

»... wurde er am 24. Januar 1906 in Unterweinberge, Kreis Züllichau, geboren, im heutigen Polen, da, wo sich – wie es im Lied heißt – die Oder im hohen Bogen ins Brandenburger Land ergießt. Ein uneheliches Kind war der kleine Otto und damit gebrandmarkt, zumal in der damaligen Zeit. Ohne Vater wuchs er auf, bei fernen Verwandten, und als er dann einen Stiefvater bekam, hatte er sehr unter dessen Hartherzigkeit und Kälte zu leiden. Aber Gott hatte ihn nicht verlassen, sondern war immer bei ihm, und so ist aus Otto Matuschewski auch unter widrigsten Umständen ein Mensch geworden, der durch seine Güte, seine Herzlichkeit und seine konziliante Art überall geliebt und geschätzt worden ist. Er war graduierter Ingenieur und hat bei der Post als Technischer Fernmeldehauptsekretär seinen Mann gestanden, obwohl er als Schwerbeschädigter aus einem Krieg zurückgekommen ist, den er als einer, der im Kreuzberger Straßenkampf gegen die Nazis Front gemacht hat, ganz gewiß nicht gewollt hat. Er hinterläßt eine Ehefrau, seine Margot, zu der er immer gehalten hat, auch als sie beide, da sie unter die Nürnberger Rassegesetze gefallen ist, vom KZ bedroht waren, und einen Sohn, auf den er immer stolz gewesen ist und der ihm so unendlich viel zu danken hat. In Ihnen, lieber Manfred, lebt er fort, und da Sie Akademiker geworden sind, ist es Ihr Vater auch geworden, durch Sie, der Väter Traum hat sich hier erfüllt. Aber nicht nur Ihnen beiden hat er sehr viel gegeben, alle seine Verwandten, Freunde und Kollegen blühten auf, wenn er in ihrer Nähe war – immer humorvoll und so verschmitzt wie kein anderer …«

»Verschwitzt auch«, murmelte die Mutter.

Manfred fragte sich, warum man solche Reden nicht zu Lebzeiten der verstorbenen Leute hielt. Schlagartig ließen seine Kräfte nach, und er konnte sich nicht mehr auf das konzentrieren, was der Pfarrer sagte, verfiel in eine Art Dämmerzustand, der alles federleicht erscheinen ließ. Fast heiter fühlte er sich jetzt. Es folgten das Vaterunser und etliche Verse aus der Bibel, an Manfred aber ging das alles vorbei, als würde es in einer ihm völlig fremden Sprache gesagt. Irgendwann, er hatte jedes Zeitgefühl verloren, öffneten sich die Klapptüren, und der Sarg mit seinem Vater glitt in die Tiefe. Er verfolgte es ohne jede Anteilnahme, wie einen langweiligen Film. Tief innen spürte er den Drang, schreiend nach vorne zu laufen, den Sarg zu öffnen und sich über seinen Vater zu werfen. »Bitte, komm zurück, bitte!« Doch so was tat man ja nicht. Also blieb nur das totale Abschalten. So tun, als wäre nichts. Ein Wort ging ihm im Kopf herum, ein Romantitel Theodor Fontanes: *Unwiederbringlich*. Alles war für immer und ewig vorbei. *Nie wieder* … Nie wieder konnte er mit seinem Vater unterm Weihnachtsbaum sitzen, Modellbahnen bestaunen, zum Fußball gehen. Da begann Manfred zu weinen. Niemand sollte es sehen. Außer Renate.

Anschließend saß man in einem nahe gelegenen Café und versuchte, in den Alltag zurückzukehren. Renate indes war so aufgewühlt, daß sie auf der Toilette vergaß, beim Pinkeln den Deckel hochzuklappen.

Am Abend flogen sie nach Bremen zurück und nahmen die Mutter für vierzehn Tage mit an die Weser.

Heimweh nach dem Kurfürstendamm

Das Leben geht weiter. Immer wieder hörte Manfred diesen Satz, und da er Gemeinplätze haßte, konnte er ihn schließlich nicht mehr hören. Andererseits spielten alle, die er kannte, ihre Rollen auf der großen Bühne des Lebens weiter, als wäre nichts geschehen und sein Vater nicht gestorben. Was für ihn die größte Katastrophe seiner 33 Jahre darstellte, war für die meisten, die Otto Matuschewski gekannt hatten, von geringerer Bedeutung als der Abstieg Herthas aus der Bundesliga. Fast haßte er sie deswegen. Aber wie, zum Beispiel, hatte er sich verhalten, als Hürings Vater gestorben war? Da war auch nicht mehr als das ritualisierte »Mein herzliches Beileid« gekommen. Er zählte einmal durch und kam auf über 200 Menschen, die er in seinem bisherigen Leben näher kennengelernt hatte: als Verwandte, in der Schule, in Sportvereinen, als Freunde, als Nachbarn, als Freunde seiner Eltern, beim Studium, in der SPD und bei Siemens in Berlin, Hannover und Erlangen. Eine unglaubliche Zahl, und wenn er jedesmal in tiefe Trauer gefallen und völlig aus der Bahn geworfen worden wäre, wenn einer von deren nahen Angehörigen starb ... Es war also unfair, den anderen Vorwürfe zu machen, weil sie den Tod seines Vaters hinnahmen wie null Richtige beim Lotto. Sogar seine Mutter konnte manchmal wieder lachen, obwohl sie noch schwarz gekleidet ging und ihre Gefühle mit der Sentenz »Dich verlieren war schon schwer, Dich vermissen noch viel mehr« passend umschrieben waren.

Der trübe Bremer Herbst war ihm durch die schlechte Stimmung im AmfVi ohnehin vermiest. Hüring hatte ihm seine Bewerbung an der Uni Bremen nicht verziehen und sah sie tief innen als Verrat und Fahnenflucht an. Folglich ließ er Manfred an keiner Entscheidung mehr teilnehmen und verhängte Informationssperre über ihn. Sprach Manfred ihn darauf an, kam regelmäßig der Satz, er möge doch bitte seine ORWUBB zu Ende bringen, dann werde man schon weitersehen. Und je mehr das Jahr 1971 seinem Ende zuging, desto klarer wurde ihm, daß er in Bremen keine Zukunft mehr hatte. Doch was tun? Er wußte es ebensowenig wie Renate. Ihr Schiff dümpelte dahin, und alles, was sie taten, erfolgte irgendwie mechanisch. Nach dem Sonntag kam der Montag, und dann warteten sie auf das nächste Wochenende, wo sie sich mit Freunden trafen. Am häufigsten mit Henning Wannowski, der sich endgültig von seiner Frau getrennt hatte. Eines Tages bekam Manfred einen Anruf von Friederike: Ob er ihnen beiden als Schlichter helfen wolle? Er hatte daraufhin viel mit beiden geredet und riet ihnen schließlich zur Scheidung. Friedrike fand für sich und ihren Sohn bald »einen anderen«, während Henning suchte und suchte. Er kam gerne in die Armsener Straße, um sich von seinem Elend abzulenken. Sie spielten meist Tischfußball oder klapperten gemeinsam die Umgebung ab. Ende November kam er ganz aufgeregt bei ihnen an.

»Was ist denn los?« fragte Manfred. »Hast du 'ne neue Frau gefunden? Immer an Fontane denken: Eine Frau ist schlimm, keine Frau noch schlimmer.«

»Nein, nein ...« Wannowski hängte seine Joppe auf. »Es ist ein Mann ...«

Renate lachte. »Auch nicht schlecht, spart ihr wenigstens die Kosten für die Pille.«

»Der Senator ...«

»Na wunderbar!« rief Manfred. »Warum sollen sich immer nur die Frauen nach oben schlafen.«

»Es ist ganz ernst«, versicherte Wannowski.

»Du mußt dich nicht rechtfertigen. Wir sind moderne Menschen und für alles aufgeschlossen.«

»Laßt mich doch mal ausreden!« Und dann erzählte er. Im Anschluß an den letzten Parteiabend hatte er mit einem Mann beim Bier gesessen, der sich in der Privatwirtschaft und als Betriebsrat nach oben gearbeitet hatte und nun Senator werden sollte. »Ohne jede Verwaltungserfahrung. Der weiß nicht, was ein Widerspruchsbescheid ist und hält den Vermerk ›k. w.‹ für das Autokennzeichen von Königswinter. Da hat er mich gefragt, ob ich nicht sein persönlicher Referent werden will.«

»Mann!« Manfred umarmte Wannowski. »Das ist das große Los für dich. Heute bist du Oberinspektor mit A 10 und in zehn Jahren Oberregierungsrat mit A 14. Also willst du wollen?«

»Das heißt: zwölf Stunden Arbeit am Tag – und mehr.«

»Dann kommst du eher über das mit Friederike hinweg.«

»Klar, ich mach' es auch.«

Wenig später verließ Henning Wannowski das AmfVi. Für Manfred bedeutete das einen erheblichen Verlust, denn mit Henning und seinem bissigen Granteln verlor das AmfVi-Team doch erheblich an intellektueller Qualität. Vor allem hatte er jetzt keinen mehr, mit dem er spazierengehen konnte. Ein Nachfolger ließ auf sich warten, und wer immer es sein mochte, Wannowski war nicht zu ersetzen. So saß Manfred von seinen rund achteinhalb Stunden in der Charlottenstraße meist acht allein in seinem Büro und versuchte, die ORWUBB mit Anstand zu Ende zu bringen. Über 1 900 Fragebögen waren ausgefüllt zurückgekommen, und die galt es durchzusehen und nachzuverschlüsseln, was die offenen Fragen betraf. Im Rechenzentrum wurde dann alles »eingegeben«, und alsbald lag ein Riesenstapel von grünweißen, schraffierten Computerausdrucken auf seinem Schreibtisch, Tabellen über Tabellen, Friedhöfe von Zahlen. Daraus einen lesbaren Bericht zu machen war fast so schwer, wie eine Dissertation zu schreiben. Er stürzte sich mit Feuereifer in die Arbeit. Das linderte den Schmerz um den Verlust seines Vaters am ehesten. Außerdem konnte er anhand der ORWUBB mühelos zehn, zwölf Fachaufsätze schreiben und hatte auf diese Weise bei der nächsten Bewerbung, wo auch immer, weitaus größere Chancen, beurteilten doch die meisten Berufungskommissionen die Veröffentlichungen nur nach der Quantität.

Er war also voll integriert ins bürgerliche Leben, und dennoch litt er ständig unter dem Gefühl, daß ihm etwas ganz Entscheidendes fehlte. Es ließ sich nicht in Worte fassen, es war diffus und quallig, und am ehesten verstand er, was ihn umtrieb, als er auf einem Kalenderblatt einen Vierzeiler von Hermann Hesse fand: *Im Leeren dreht sich, ohne Zwang und Not,/Frei unser Leben, stets zum Spiel bereit,/Doch heimlich dürsten wir nach Wirklichkeit,/Nach Zeugung und Geburt, nach Leid und Tod.* Nun, Leid und Tod hatte er gerade erfahren, danach dürstete er nicht. Ohne den Tod seines Vaters wäre ihm dieser Herbst nicht so unendlich leer erschienen. Auch Gesche Grams fehlte ihm. Mochte sich die Affäre mit ihr im wesentlichen im Kopf, in seiner Phantasie abgespielt haben, so hatte sie ihn doch über öde Wochen hinweggetragen. Allein der Gedanke, mit ihr »durchzubrennen«, hatte ihn unter lustvolle Spannung gesetzt. Nun saß sie in einem der sittenstrengen Emirate am Persischen Golf und wagte nicht, einem fremden Mann zu schreiben.

»Ich weiß nicht, was ich in Bremen noch soll ...« Fast jeden Abend bekam Renate diesen Satz zu hören, und immer öfter legte er die Platte auf, wo Hildegard Knef ihr Heimweh nach dem Kurfürstendamm so effektvoll besang. »Das packt mich immer mehr.«

»Mich nicht.« Renate gefiel ihre Arbeit sehr, und sie war froh, in Bremen nicht jeden Augenblick mit dem Besuch ihrer Mutter rechnen zu müssen. Charlotte Lamouche war und blieb ihr größtes Trauma.

»Und wenn es nicht Berlin sein kann, dann ... Du weißt doch: Das Glück wohnt immer am anderen Ufer.«

»Du mußt dein Buch mit Muldenstein und Jäger zu Ende bringen.«

»Das kann man auch von woanders aus machen ... Von Bielefeld aus ... zum Beispiel.«

Sie legte ihren *Weser-Kurier* beiseite. »Hast du da was?«

»Ja, der Enno Lorenz hat vorhin im AmfVi angerufen. Sie haben da eine Stelle für Verwaltungswissenschaft ausgeschrieben, mit dem Schwerpunkt Organisations- und Verwaltungssoziologie.«

So saß er am Wochenende zu Hause und stellte Bewerbungsunterlagen zusammen: Begründung der Bewerbung,

Lebenslauf, wissenschaftlicher Werdegang, wissenschaftliche Veröffentlichungen, Fotokopien von Diplom und Promotion, Gutachten. Alles ging holterdiepolter und schien schon von daher unter einem guten Stern zu stehen, doch als er zum Hearing nach Bielefeld fuhr, ließen sie ihn ziemlich auflaufen, und es reichte bei weitem nicht zu einem Listenplatz. Das schmerzte ihn längst nicht so wie die Niederlage an der Uni Bremen, denn eigentlich hatte er nie nach Bielefeld gewollt. Er hätte es eher als eine Art Beerdigung empfunden, wenn er dort gelandet wäre.

So saß er wieder im AmfVi, flöhte die Korrelationstabellen durch und formulierte die ersten Zeilen des großen ORWUBB-Endberichts: »Gewährung von Leistungen für den Bürger und Befriedigung von Ordnungs- und Sicherheitserwartungen werden mit 37 bzw. 35 % in nahezu gleicher Stärke als die Hauptziele angesehen, die die öffentliche Verwaltung anstreben sollte.« Als er das geschrieben hatte, kam ihm ein alter griechischer Aphorismus in den Sinn: *Der Anfang ist die Hälfte des Ganzen.* Na also, vielleicht ging es langsam aufwärts mit ihm. Aber: *Hoffen und Harren macht manchen zum Narren.*

Frau Winterberg rief von unten herauf, daß Besuch für ihn da sei, ein Herr. Wer mochte das sein? Hoffentlich niemand vom Verfassungsschutz, von der Bundeswehr oder ... Manfred ging zur Treppe und sah hinunter.

Unten im Flur stand sein alter Busenfreund Moshe, eigentlich Dr. Bernhard Bleibaum. Sie umarmten sich stürmisch.

»Mensch, du, das ist ja 'ne Überraschung!«

»Man muß auch mal an die Menschen in der Diaspora denken«, sagte Moshe Bleibaum.

Manfred zögerte einen Augenblick mit einer Antwort, da er nicht genau wußte, was eine Diaspora war, und tippte auf so etwas wie ein Abseits. Daß er sich mit all seinen Entscheidungen – weg von Siemens, weg von der FU und Renate Mayntz, weg von Berlin – ins Abseits manövriert hatte, lag auf der Hand. Der Freund dagegen war auf der Karriereleiter steil nach oben geklettert: Direktor einer Privatbank war er seit längerem schon, und nun war er dabei, Einzug in die Chefetage des ZDF zu halten. Gar nicht zu reden davon, daß er in der jüdischen Gemeinde den Ton angab und nach seiner Habilitation zum Privatdozenten an die Uni Mainz berufen worden war.

»Einen Lehrstuhl für Steuerrecht hätte ich haben können, aber das ist Schwachsinn: viel Arbeit und wenig Geld. Mir reicht es, wenn sie mich in ein paar Jahren zum Honorarprofessor machen.«

Moshe Bleibaum maß kaum mehr als einen Meter sechzig, aber neben ihm schrumpfte Manfred von Minute zu Minute, bis auf Däumlingsgröße. Es kam hinzu, daß der Freund einen Maßanzug trug, von dem er beiläufig sagte: »Englische Nadelstreifen, extra in London für mich gebaut.« Jedem anderen gegenüber hätte Manfred Neid empfunden, bei Moshe aber hielt er es für ausgleichende Gerechtigkeit, denn wie Anne Frank hatte sich Bernhard Bleibaum gegen Ende des Dritten Reiches monatelang in Amsterdam in einer Dachkammer verstecken und um sein Leben bangen müssen.

Manfred nahm sich frei, um mit dem Freund durch die Stadt zu schlendern. Als sie genug herumspaziert waren, aßen sie bei Vosteen am Ostertorsteinweg.

»Und …?« fragte Moshe Bleibaum beim Suppelöffeln. »Was machst du, wenn dein Vertrag in Bremen ausgelaufen ist?«

Ohne den Kopf zu heben, berichtete Manfred von den Fehlschlägen, die seine Karriere als Hochschullehrer ins Stocken gebracht hatten. »In Bremen nichts, in Bielefeld noch viel weniger. Aber darüber hatten wir ja schon am Telefon gesprochen. Du wolltest doch mal sehen, ob da bei euch in Mainz was möglich ist …«

»Ich hab' mit einem Freund in Bonn geredet, der sitzt da in der SPD-Baracke. Daß du bei Siemens ein Star gewesen bist, daß du von der Mayntz kommst und daß du bei Koschnick viel bewirkt hast … Ob sie dich da nicht als alten Genossen auf ihrem Ticket in die Programmdirektion einschleusen wollen … Und weißt du, was passiert ist …?«

Manfred wartete auf die Antwort wie früher beim Hundertmeterlauf auf den Startschuß. »Nein, woher … Was denn?«

»Ausgelacht haben sie mich.«

Manfred schwieg. Was hatte der Pfarrer bei der Beerdigung seines Vaters gesagt: Man kann nicht tiefer fallen als in die Hand Gottes. Was als Trost gemeint war: Denn siehe, der HERR wird dich immer auffangen, wie tief du auch fällst. Manfred hatte das Gefühl, immer tiefer zu fallen, ohne daß ihn jemand auffangen würde. »Hier in Bremen bin ich aus dem Rennen. Was bleibt mir also? Die Arbeitslosigkeit. Aber damit mußte ich als Soziologe von Anfang an rechnen. Na, okay … Nur gut, daß wir keine Kinder haben, und solange Renate ein bißchen verdient …«

Moshe Bleibaum spielte mit seinem Seltersglas. »Komm doch zu mir nach Mainz. Wir kaufen uns nächsten Monat ein großes Haus am Lerchenberg, und du könntest dich da um alles kümmern. Für mich die Korrespondenz erledigen und als eine Art Privatsekretär fungieren, dafür bist du bestens qualifiziert. Dazu alle handwerklichen Arbeiten im Haus übernehmen, das kannst du auch, und dann als eine Art Hauslehrer mit Miriam Schularbeiten machen und sehen, daß sie etwas sportlicher wird als ihre Eltern. Vier wird sie jetzt, und wenn sie mal eine Goldmedaille holt, dann …«

»Danke …«, murmelte Manfred. Er wußte nicht, ob er das Angebot als Hilfe oder als Demütigung werten sollte.

»Bezahlt wirst du nach BAT II a, ich müßte nur sehen, wie ich das steuerrechtlich am besten hinkriege. Na, wie ist es …?«

»Ich bitte um Bedenkzeit«, erwiderte Manfred mit einer Floskel, die er sich angewöhnt hatte, seit es Heinz Maegerleins Quizsendung gab.

So verblieben sie auch, als er Moshe zum Flugplatz gebracht hatte, und Renate meinte, es sei besser, in dieses Netz zu fallen, als voll zu Boden zu gehen.

»Na wunderbar«, brummte Manfred, »wie sich der Kreis nun schließt: Schon meine Vorfahren Johann und Erdmann waren Kammerdiener, und zwar auf Schloß Tamsel in der Neumark, also im brandenburgischen Land jenseits der Oder, und warum soll ich nicht Kammerdiener in der Villa Bleibaum werden, ein promovierter noch dazu. Abends am Kamin, wenn ich Herzog Moshe die angewärmten Hausschuhe gebracht habe, plaudern wir angeregt über unsere schönen Tage bei Siemens und an der FU, vor allem aber über unsere Abenteuerreisen nach Griechenland und in die ČSSR. Wie wir mal an derselben Startlinie gestanden haben ...«

»Habt ihr nicht«, wandte Renate ein, »denn er kommt aus einer hochgebildeten jüdischen Familie – und du kommst vom Neuköllner Hinterhof.«

In den nächsten Tagen saß er nur herum und war etwa so motiviert wie ein Fußballer, dessen Team definitiv zu den Absteigern der Saison gehörte. Weder mit der ORWUBB noch mit dem Lehrbuch, das er mit Muldenstein und Jäger schrieb, kam er voran. An welchem Schreibtisch er auch immer saß, er brachte kaum eine Zeile zu Papier, zu schnell war er mit seinen Gedanken woanders. Was hatte er verkehrt gemacht, wo hatte er die Weichen seines Lebens falsch gestellt ...? Und wie schon in seiner Siemens-Zeit fragte er sich, ob Selbstmord nicht die einzige und beste Lösung war, verpfuscht, wie ihm sein Leben schien. Und Renate? Für die war es besser, wenn sie rechtzeitig von ihm erlöst wurde.

Müde und ausgebrannt fuhr er auch diesen Freitag nach Hause. Das Weihnachtsfest stand vor der Tür, und überall brannten elektrische Kerzen, was er fast als Hohn empfand.

Als Renate ihm öffnete, hatte sie Tränen in den Augen, und ehe er sie fragen konnte, was denn los sei, fiel sie ihm um den Hals und küßte ihn.

»Wir kriegen ein Kind!«

Manfred freute sich. Zugleich ärgerte er sich, daß sich seine Freude in Grenzen hielt, schoß doch die Angst in ihm hoch, seine Familie nicht über die Runden bringen zu können, arbeitslos, wie er sein würde, und ohne jede Zukunft. Das Leben war teuer, und bald würde Renate nichts mehr dazuverdienen können. In seinem Kopf kreisten Volksweisheiten wie *Kommt Zeit, kommt Rat* oder *Nichts wird so heiß gegessen, wie es gekocht wird*, Weisheiten, die ebenso banal wie tröstlich waren. Zwei Tage später war das Kind fast wieder vergessen, denn bis zur Geburt, die auf Mitte August 72 terminiert worden war, dauerte es noch lange. Renate brachte ihn wieder darauf, als sie ihn aufgeregt an Muldensteins Bemerkung erinnerte, ihr Haustier könne eine Krankheit, Toxoplasmose, auf Menschen übertragen und damit ihre Schwangerschaft gefährden. Ottokar von Hoppel mußte also abgeschafft werden. »Aber wohin mit ihm?« Als Manfred ein wenig unüberlegt sagte: »Na, in die Pfanne«, brach sie in Tränen aus. Er brauchte mehrere Tage, sie wieder zu versöhnen. Muldensteins boten sich als Stiefeltern an und versprachen, sich rührend um das Tier zu kümmern. So wurde denn Ottokar von Hoppel im frisch gesäuberten Käfig von Osterholz nach Gröpelingen verfrachtet.

Weniger Probleme bereitete ihnen die Suche nach einem Vornamen, denn Manfred war da völlig leidenschaftslos und schloß sich sofort Renates altbekanntem Vorschlag an: »Wenn es ein Mädchen wird, dann soll sie Larissa heißen, und wenn es ein Junge wird, dann Joscha. Zu einem polnischen oder russischen Nachnamen paßt das am besten.«

Da mußte er ihr zustimmen, denn Carmen Müller oder Marilyn Meyer waren für ihn ziemliche Lachnummern. Doch führte er ihre Wahl nicht so sehr darauf zurück, sondern auf ihren Hang zur rrrussischen Seele. Diskussionen gab es allerdings im Hinblick auf die Reaktionen ihrer Mütter und die Frage, wo der Sohn/die Tochter geboren werden sollte. Schließlich waren sie beide überzeugte Berliner.

»Ich kann mir nur schwer vorstellen, daß in seinem oder ihrem Paß mal stehen wird: Geburtsort Bremen ...« Und dann begann er das alte Lied der Knef zu singen: »Ich hab' so Heimweh nach dem Kurfürstendamm, ich hab' so Heimweh nach meinem Berlin ...«

Renate setzte sich neben ihn. »Ich auch. Soll ich denn zur Geburt nach Berlin fliegen ...?«

»Als Hochschwangere fliegen ...?« Manfred war wenig begeistert. »Die Strahlung da oben und das Gerüttle im Luftkorridor ...«

»Ich finde es viel schlimmer, daß meine Mutter plötzlich in der Klinik auftauchen könnte. Und deine dazu ...«

Ihre Mütter, das waren, wie Manfred es mit einer Wendung der Schmöckwitzer Oma formulierte, ein »Paar wie Paul und Clärchen«. Während Charlotte Lamouche sehr theatralisch auf die Mitteilung reagiert hatte, sie würde Oma werden, und »sich einen abjubelte«, wie Renate es nannte, gab sich Margot Matuschewski fast mürrisch und meinte, es wäre ja wohl auch höchste Zeit gewesen, denn so jung seien nun beide nicht mehr, und da sie wußte, wie geizig die andere Großmutter war, fügte sie schnell hinzu, daß Joscha oder Larissa ein Sparbuch mit tausend Mark von ihr bekäme.

Am dritten Advent, vormittags, klingelten Muldenstein und Jäger in der Armsener Straße, weil sie gemeinsam weitere Kapitel ihres Buches durchsprechen wollten. Als die beiden erfuhren, daß Renate »gesegneten Leibes« war, wie Manfred es formulierte, gab es ein großes Hallo.

»Bis dahin wird der junge Vater Professor sein«, sagte Muldenstein.

Manfred sah ihn schräg von der Seite an. »Willst du mich verscheißern?«

»Nein ... Lies mal hier! Habe ich vorhin im Keller gefunden.« Und er warf Manfred eine November-Nummer der *Zeit* auf den Wohnzimmertisch. Manfred überflog den Text:

In BERLIN wird die Ausbildung der Inspektorenanwärter für den gehobenen Verwaltungsdienst ab 1973 an der

Hochschule für öffentliche Verwaltung (HÖV)

erfolgen, einer neu zu gründenden Fachhochschule, deren Bildungsziele und -methoden in einer interdisziplinären Projektgruppe aus den Leistungsanforderungen der modernen Verwaltung entwickelt werden sollen. Für diese Arbeitsgruppe wie als künftige Dozenten werden für die Sachbereiche

1. Rechtswesen
2. Finanz- und Rechnungswesen
3. Organisationswesen
4. Verwaltungswissenschaftliche System- und Methodenlehre
5. Personalwesen
6. Politik

zum 1. Februar 1972 oder später Mitarbeiter mit entsprechender Vorbildung gesucht.

Außer einem abgeschlossenen Hochschulstudium sind Promotion, didaktische Befähigung, Lehrerfahrung innerhalb und außerhalb der Verwaltung erwünscht.

Bewerbungen erwartete man bis zum 15. Dezember 1971 an die Berliner Innenverwaltung am Fehrbelliner Platz. Manfred hatte noch ganze zwei Tage Zeit, und er machte sich, kaum daß die beiden Bremer Freunde gegangen waren, mit Feuereifer ans Werk.

Seine Mutter rief an. Ob sie sich auch freuten, daß Willy Brandt den Friedensnobelpreis bekommen hatte? Dann kam sie auf den Urlaub zu sprechen. »Herbert Neutig hat mich gestern gefragt, ob ich im Sommer nach Farchant fahren will, zum ersten Mal ohne Vati. Gerda will auch.« Gerda Neutig, die Frau ihres AOK-Kollegen, hatte mit ihrem ewigen Nörgeln alle in der Hand. »Und was sagst du dazu, daß wir nun dreißig Mal im Jahr in den Osten rüberfahren können …?«

Manfred lachte. »Dreißig Mal Tante Gerda hält man nur aus, wenn man vorher schwerhörig geworden ist.«

»Wie redest du denn über deine Lieblingstante!«

Insgesamt aber, fanden sie, war die neue Transitregelung, die Egon Bahr für die Bundesrepublik und Michael Kohl für die DDR ausgehandelt hatten, eine gute Sache. Berlin wurde auf diese Weise um einiges attraktiver.

Da Hüring und die anderen AmfVi-Kollegen von seiner Bewerbung an die Spree vorerst nichts wissen sollten, hatte Manfred die letztmögliche BEA-Maschine nach Berlin gebucht. Selbstverständlich wollte er bei seiner Mutter übernachten, und da in Neukölln einschließlich der Zahnbürste alles vorhanden war, brauchte er nichts weiter mitzunehmen, fiel also im Büro nicht durch einen Koffer oder eine Tragetasche auf. Nach den Bewerbungspleiten von Bremen und Bielefeld fürchtete er den Spott der anderen. Ganz wohl war ihm nicht dabei, Hüring nicht von vornherein in alles einzuweihen, denn zweifellos würden die Berliner SPD-Leute bei den Genossen in Bremen anrufen und fragen, was dieser Dr. Matuschewski für einer sei, und wenn sich Hüring hintergangen fühlte, konnte er womöglich eine negative Auskunft geben. Doch die gab er wohl ohnehin, denn daß Manfred sein Amt so schnell wieder verlassen wollte, wertete er sicher als Affront. Oder trug ihre alte Freundschaft noch?

Es war ein trüber Märztag, typisch Bremen, und Manfred hockte lustlos am Schreibtisch. Anfang Februar hatten die Olympischen Winterspiele in Sapporo für ein wenig Spannung gesorgt. Schon vor dem Frühstück hatte er vor dem Fernseher gesessen und mit Freudentränen in den Augen den Sieg von Monika Pflug im Eisschnellauf live erlebt. Auch für Erhard Keller und den Zweierbob mit Zimmerer/Utzschneider hatte es Gold gegeben, und das versetzte ihn in eine solche Euphorie, als hätte er selber gewonnen. So ließ sich das AmfVi leichter ertragen. Er hatte sich jetzt verstärkt Gedanken darüber zu machen, wie der Abschnitt II/1.2 der ORWUBB am besten einzuleiten war, überschrieben mit: *Der Bürokratisierungsgrad der bremischen Verwaltung*. Doch was er heute zu Papier brachte, war eher dürftig. Im Geiste war er schon in Berlin und sah sich an der Treptower Brücke in den großen Gelben klettern, den altvertrauten Doppeldeckerbus. Erster Rang, erste Reihe, das war seit Kindheitstagen ein Riesenspaß geblieben, und heute war man da ganz Flaneur der alten Schule, nur nicht mehr zu Fuß. Im A 4 Berlin erfahren. Von Neukölln zum Fehrbelliner Platz, zum Senator für Inneres, wo man die HÖV plante und wo die Bewerbungsgespräche für die Planungsgruppe und die Professorenstellen stattfinden sollten. Harzer Straße – die Mauer im Blickfeld und vorbei an den Geyer-Werken, wo fast alle deutschen Spielfilme kopiert wurden; Sonnenallee – linker Hand das alte Rixdorfer Polizeipräsidium wilhelminischer Prägung; die Karl-Marx-Straße mit Rathaus, Hertie und Post; auf der Werbellinstraße den Rollberg hinauf; die Hermannstraße mit den Kindl-Festsälen, wo er als SPD-Kreisdelegierter gesessen und gelitten hatte; Flughafenstraße, Columbiadamm und Hasenheide – wo er so viel trainiert hatte, letztendlich vergeblich; Tempelhof, der Flughafen …

Unwillkürlich sah er aus dem Fenster. Schon den ganzen Tag über war es nicht richtig hell geworden, und jetzt entwickelte sich aus Nebel und Nieselregen eine echte Waschküche. Er erschrak: kein Flug, kein Vorstellungsgespräch, keine gutdotierte Stelle, kein Professorentitel. Wie sollte er da jemals eine Familie ernähren können? Die Angst würgte ihn und machte ihn hektisch. Er rief den Bremen Flughafen an, doch auf dem Neuenlander Feld wollte man sich nicht festlegen. »Noch starten und landen alle Maschinen, aber keiner weiß, was in zwei Stunden sein wird …« Die Bremer Start- und Landebahn war sehr kurz, die Ochtum stand einer Verlängerung im Wege. Er überlegte, ob er nicht lieber mit der Bahn fahren sollte. Aber fuhr er die Nacht über und kam wegen der dauernden Kontrollen nicht richtig zum Schlafen, war er morgen früh völlig durcheinander und würde nur Stuß reden. Der Linienbus, wenn es überhaupt einen gab, war auch nicht besser. Und daß Henning Wannowski ihn fuhr, war ausgeschlossen, der konnte sich keinen Urlaub nehmen. Schließlich rief er zu Hause an, doch Renate war nicht da. Donnerstags hatte sie einen Schwangerschaftskurs. Hoffentlich vergaß sie nicht, ihn krank zu melden. Wenn ihn nun einer, der ihn kannte, auf dem Flughafen sah …?

Manfred stürzte zur Toilette. Durchfall. Sonderlich streßresistent war er nicht. Schon von daher erschien es ihm überlebenswichtig, die Hochschullehrerstelle in Berlin zu bekommen, denn im Stab eines führenden Politprofis wäre er ganz sicher sehr bald einem Herzinfarkt erlegen. So war es wohl ein Segen für ihn, von Hans Koschnick nicht entdeckt worden zu sein.

Hüring kam ihm entgegen. »Ich fahre heut' nach Rothenburg und kann dich nach Hause mitnehmen.«

»Danke, ich muß noch 'n Freund vom Flughafen abholen.«

Als er mit der Straßenbahn zum Neuenlander Feld hinausgefahren war, wurde ihm am BEA-Schalter mitgeteilt, daß »Bremen zu sei«, man aber von Hannover aus fliegen könne. »Checken Sie sich ganz normal ein, der Bus wartet draußen auf dem Rollfeld.« Doch bis der kam, verging eine Viertelstunde nach der anderen. Manfred schwitzte wie ein Fieberkranker, und sein Puls klopfte immer wilder. Anstatt dies alles mit fernöstlicher, wenigstens aber bremischer Gelassenheit zu nehmen, steigerte er sich in eine gefährliche Erregung hinein: *Wenn ich den Flug nach Berlin nicht kriege, ist alles aus.* Sozialamt statt Karriere. Aber vielleicht war es gut, daß heute nicht geflogen werden konnte, denn ... *Fliegen ist wie Selbstmord* ... Erst Anfang September hatte eine BAC 1-11 kurz nach dem Start in Hamburg auf einer Autobahn notlanden müssen, weil die Triebwerke gebrannt hatten: Man hatte Kerosin in die Kühlwassertanks gefüllt. 22 Menschen waren gestorben. Und auch er würde mit einer BAC 1-11 fliegen müssen ...

Endlich wurden sie zum Bus gebracht, stiegen ein und wurden von der Dunkelheit verschluckt wie vom Maul eines riesigen Tieres. Manfred hatte das Gefühl, sie würden Richtung Norden fahren, obwohl Hannover mit dem Flugplatz Langenhagen eindeutig im Südwesten lag. Das war gar kein Zubringerbus der BEA! Sie wurden entführt, irgendwie von einem Ostseehafen aus. »Ihr Name ...!?« hörte er einen KGB-Mann rufen. »Weiß ich nicht.« Und in diesem Augenblick hatte er ihn wirklich nicht parat. *Wer bin ich, wo bin ich?* Er bekam es so qualvoll langsam zusammen wie eine mathematische Formel, die er in der 8. Klasse gelernt hatte: »Manfred Matuschewski auf der Fahrt zum Flughafen Hannover-Langenhagen, weil in Bremen Nebel ist.« *Ich bin verrückt geworden*, dachte er gequält. Er fühlte sich wie ein Schuß blauer Tinte, den man in einen Wassereimer gab. Zerfloß ins Nichts. Sein Atem ging schwer und röchelnd, sein Herz schlug so hart, daß er die Hand auf die Brust pressen mußte, sonst wäre es herausgesprungen. Er wollte schreien, daß man ihn in ein Krankenhaus fahren solle, doch er traute sich nicht, kam sich albern vor. Er dachte an Renate und das Kind, das seinen Vater vielleicht nie kennenlernen würde.

Er stabilisierte sich ein wenig, als sie den Flughafen erreichten und in die Düsenmaschine stiegen, die auf sie wartete. Wie in Hypnose bewegte er sich, lebte nicht mehr, war aber auch nicht richtig tot. Er fühlte sich nicht mehr. Alle nahmen ihn als Manfred Matuschewski wahr, doch er existierte nicht mehr als solcher, spielte nur noch dessen Rollen. Seine Seele, so schien ihm, hatte seinen Körper verlassen.

Sie rasten die Startbahn entlang und hoben ab. Er preßte die heiße Stirn gegen die Fensterscheibe und betete: *Herr, laß es wieder so sein wie heute morgen.* Im Luftkorridor nach Berlin gerieten sie sofort in erhebliche Turbulenzen. Gleich setzen die Turbinen aus, gleich schlägt mein Herz nicht mehr, dachte er. Er geriet dermaßen in Panik, daß er am liebsten losgeschrien hätte, wie ein Säugling in der Nacht. Er preßte die Hände vors Gesicht.

»Ist Ihnen nicht gut?« fragte die Stewardeß.

»Doch, doch. Danke.«

Sie erinnerte ihn an Bea, seine erste große Liebe, die Stewardeß bei der PAN AM gewesen war, und für den Rest des Fluges ging es ihm etwas besser.

In Tempelhof nahm er sich keine Taxe, um nicht zu schnell bei seiner Mutter zu sein. Fuhr er mit dem Bus, so gewann er Zeit, und vielleicht hatte sich sein Zustand bis Mitternacht wieder normalisiert. Daß er noch logisch denken konnte, beruhigte ihn, doch als er an der Bushaltestelle stand, löste sich alles wieder in diffuse Nebel auf: Wo war er hier, was war das da für ein komisches Gebilde mitten auf dem Platz ...? Als wär's im vorigen Leben gewesen, fiel ihm ein, daß das nur das Luftbrückendenkmal sein konnte. Aber der Bus, der A 4, fuhr der wirklich zu seiner Mutter ...? Wer war das, wo wohnte sie ...? Um sich über die Wirklichkeit zu vergewissern, brauchte er qualvolle Minuten. Als der Doppeldecker heranrollte, stieg er zwar ein, wußte aber viele Haltestellen lang nicht, weshalb er dies eigentlich getan hatte.

An der Treptower Brücke angekommen, fühlte er sich wie eine Marionette. Er funktionierte, konnte laufen, sprechen und lächeln wie immer, war also dem äußeren Anschein nach ein ganz normaler Mensch, und doch war alles ganz anders als heute morgen, denn es fehlte ihm die Seele, sein Ich. Es schien zerfallen zu sein.

In dieser Stimmung geriet er an seine Mutter, die mächtig aufgedreht war und ihn mit ihren Worten wie mit ihrer Fürsorge überschüttete und quälte. Er wollte nur eines: dasitzen, an die frisch geweißte Decke starren und ergründen, woher die Vertiefungen stammten, die der Maler beim Vergipsen übersehen hatte. Ein Champagnerkorken war dagegengeknallt ... Die Lampe über dem Eßtisch hatte ursprünglich woanders gehangen ... Einmal hatten sie mit dem Besenstiel gegen die Decke geklopft, um den Liebetruths zu signalisieren, daß der Kaffee fertig sei.

»Vati fehlt mir sehr«, sagte die Mutter, während sie ihren Blick wie gewohnt aufs Fernsehen gerichtet hielt. »Aber solange ich meine AOK noch habe, geht es. Ich laufe jetzt jeden Morgen zum Dienst. Fast eine Stunde. Mit dem Hauff und dem Riebow zusammen. Immer am Kanal lang. Solange das Wetter nicht zu schlecht ist. Von Liebetruths soll ich dich schön grüßen.«

»Danke ...«

»Die sind ja immer so gefällig. Allein gehe ich nicht zu Vatis Grab, auf'm Friedhof ist es mir doch zu einsam. Wenn Liebetruths da nicht immer mitkommen würden. Nachher hab' ich sie zum Essen eingeladen. In die Britzer Mühle, da ißt man ganz gut.«

Manfred hörte es mit Neid. Andere waren gesund und konnten das Leben genießen ... er war krank, er war *ver-*

rückt geworden. Und dies, er blickte auf die Uhr, neun Stunden vor dem alles entscheidenden Gespräch beim Innensenat. Schlafen, nur schlafen, ausschlafen, wieder frisch sein, das wollte er, und hoffen, daß er nach dem Aufwachen wieder völlig normal sein würde. Doch zugleich hatte er Angst vor Nacht und Dunkelheit. Da würden die Geister kommen und ihn vollends in die andere Welt hinüberschleppen.

»Ich hab' dir die Liege drüben fertiggemacht«, sagte seine Mutter. »Ich schlafe ja immer so schlecht, die halbe Nacht liege ich wach. Wie früher Oma in Schmöckwitz.«

Als sie sich kurz vor 23 Uhr gute Nacht sagten, suchte Manfred noch etwas zum Lesen, schreckte aber vor allen Buchrücken, die er anfassen wollte, zurück. Dies alles war von seinem Vater berührt worden. Vor zehn Jahren, vor zwanzig Jahren und schon zu Zeiten, da Otto Matuschewski so alt gewesen war wie er an diesem Tage. Manfred rechnete. 1940 also ...

Er machte das Licht aus. *Du mußt schnell einschlafen, damit du morgen früh in Hochform bist.* Er wollte sich zwingen, endlich abzuschalten, doch im Dunkeln explodierten die Gedanken und Bildsequenzen wie Feuerwerkskörper. In seinem Hirn schossen die Ströme ungebremst durch die Synapsen, brach das Chaos aus. Er saß mit dem Vater im Boot und paddelte den Gosener Graben entlang. »Da-da-dit-dit-da-dit.« – »Nein: Da-da-dit-dit-dit.« Der Vater versuchte, ihm das Morsealphabet beizubringen. »Matuschewski, wo geht die Sonne auf?« – »Bei Capri geht die Sonne auf.« – »Permanenter Döskopp! Setzen, fünf.« Das war Meph, Dr. Mann, der absolute Schrecken der Albert-Schweitzer-Schule. »Auf die Plätze ... fertig ... los!« Zweiter Fehlstart, ausgeschieden. Auch jetzt hatte er zwei Fehlstarts auf dem Konto: Bielefeld und Bremen. *Und morgen wird es den dritten geben.* Wenn er nicht richtig ausgeschlafen war. Die Schmöckwitzer Oma streichelte ihm über die Wangen. »Du wirst es schon machen, mein Junge, die wissen, was sie an dir haben. Ich glaube an das Gute im Menschen.« Der

Gedanke, diese herzensgute Großmutter für immer verloren zu haben, ließ ihn hochfahren. Atemnot stellte sich ein, und er mußte eine Weile husten.

Seine Mutter kam auf den Korridor. »Wenn du nicht schläfst, seh' ich schwarz für morgen. Ich habe mich schon so gefreut, daß ihr nach Berlin zurückkommt. Der Neffe von Gerda Neutig will sich ein Haus bauen und seine Mutter zu sich nehmen.«

Manfred zog es vor, keine Antwort zu geben. Er schaltete das Radio ein. Juliane Werding sang *Am Tag, als Conny Kramer starb*. Das war nicht gerade ermutigend. Unwillig drückte er auf die Aus-Taste und erfreute sich sekundenlang an der absoluten Stille. Aber schnell war der innere Friede wieder dahin, sein Gehirn raste: Tante Gerda-Puperda. Pup ließ er, Pup steckt er in die Tasche, da hat er 'ne Flasche. »Mann, du Flasche, spiel endlich ab!« Spül endlich ab! »Otto wäscht ab, und Manfred spült ab. Ich habe zwei liebe Männer zu Hause.« Alfred Hause aus dem NDR-Tanzorchester. »Halt!« rief der Tanzlehrer. »So wie der Herr da mit dem krummen Rücken, so wollen wir es nicht machen.« Gegen drei Uhr morgens döste er endlich weg ...

... da riß ihn zehn Minuten später ein so ohrenbetäubendes Klirren und Krachen aus dem Schlaf, daß er im ersten Augenblick dachte, an der Treptower Brücke sei eine Bombe hochgegangen. Er sprang zum Fenster und riß die Vorhänge zur Seite: Gegenüber im Supermarkt hatten sie die große Scheibe eingeworfen, um sich mit Wodka, Whiskey und anderem einzudecken. Zwei Männer verschwanden in der Werrastraße, ein Motor heulte auf. Manfred sah auf die Uhr. Es dauerte drei Minuten und 34 Sekunden, bis die Polizei zur Stelle war.

»Du mußt dich als Zeuge zur Verfügung stellen«, sagte seine Mutter, die im Morgenmantel hinter ihm auftauchte.

»Ich hab' doch nichts weiter gesehen.«

»Alles ist wichtig, um die Täter zu kriegen.«

Manfred legte sich wieder hin und las nun doch in einem der Bücher, an denen sein Vater so gehangen hatte: *Metall* von Schenzinger. Als er auf den Namen Siemens stieß, legte er es beiseite und griff sich den *Telegraf*, den sich die Mutter weiterhin hielt. In der »Neuen Welt« in der Hasenheide gab es wieder mal ein Catch-Turnier. René Lasartesse, der dreifache Weltmeister, kämpfte gegen Hans Roocks. Ex-Europameister Michael Nador war auch dabei. Manfred dachte an Dirk Kollmannsperger: ihn anrufen und dann ... *Lang, lang ist's her.* Im Theater des Westens gab es den *Alexis Sorbas* als Musical. Die Werbung war immer noch dieselbe: MÖBEL KUNST, der wohnt, das weiß ich, Blücherstraße 32. Tasmania 1900 war Tabellenerster der Regionalliga und hatte TuS Wannsee 4:1 besiegt. Heinz Rühmann war 70 Jahre alt geworden, und die Mutter hatte das rot angestrichen. Im Fernsehen gab es schon wieder Jacques Cousteaus *Geheimnisse des Meeres*. Nie mehr durch Mundgeruch getrennt – SUPER COLGATE – Stoppt Mundgeruch.

Er legte den *Telegraf* beiseite und suchte sich an Bea zu erinnern, wie er ihr bei der Verlobung von Moshe Bleibaum zum ersten Mal begegnet war. Was wäre aus ihm geworden, wenn er damals mit ihr ... Als er um sechs Uhr erwachte, erschrak er sehr. Wie sollte er den feuchten Fleck im Bett vor seiner Mutter verbergen? Wie ein Irrer mühte er sich, das Laken trockenzureiben. Wie gerädert saß er am Frühstückstisch und mußte sich immer wieder vergewissern, wer er war und wo er war. War er nur völlig durchgedreht ... oder schon psychisch krank?

»Ich hatte ja immer noch gehofft, du gehst zur AOK«, sagte die Mutter. »Vati ist so enttäuscht gewesen, daß du nicht Oberpostrat geworden bist. Aber vielleicht meine Enkelkinder mal ... Aber erst muß ich welche haben ...«

Manfred warf seine Quarkstulle auf den Teller und ging auf den Korridor hinaus, um sich anzuziehen. Renate rief an, um ihm viel Glück zu wünschen. Er dankte ihr mit gepreßter Stimme, denn wegen seiner allzu heftigen Erinnerungen an Bea hatte er ein schlechtes Gewissen. Und mit einer Wendung aus den *Heiden von Kummerow* dachte er: *Der Tag hat verkalbt.*

Er ging zum 4er Bus, um zum Fehrbelliner Platz zu fahren. Träumte er das alles, oder geschah es wirklich? Mit Hilfe seines Einladungsschreibens überwand er die erste Hürde, die Pförtnerloge, verlief sich dann aber in den kafkaesken Weiten des Dienstgebäudes der Innenverwaltung. Gänge, Treppen, Linoleum, Bohnerwachsgerüche, gläserne Fahrstühle, Sackgassen. Endlich fand er eine Toilette, stürzte hinein, schloß sich in eine der Kabinen ein und schluckte eine Tablette. Draußen waren plötzlich Stimmen zu hören. Frauen ... Was machten Frauen im Vorraum einer Herrentoilette ...? Da registrierte er unter heftigen Schweißausbrüchen, daß er in die Damentoilette geraten war. Was nun ...? Bemerkte ihn einer, besser: eine, dann war der Teufel los, und wenn die hohen Beamten, die ihn einstellen sollten, Wind davon bekamen, war die Sache gelaufen. Was blieb ihm, als sich ruhig zu verhalten und die Taktik »toter Käfer« zu wählen. Ein Blick auf die Uhr zeigte ihm aber, daß das nicht lange durchzuhalten war, denn um 9 Uhr hatte er sich im Sitzungszimmer einzufinden, und jetzt war es fünf Minuten vor der Zeit. Sicher war nur eins: Wer zu einem Termin wie diesem auch nur Sekunden zu spät kam, war schon weg vom Fenster, ehe er einen Mucks von sich gegeben hatte.

Er hatte Glück. Die Frauen verließen fröhlich schnatternd die Toilette, und er konnte hinausschlüpfen. Nun tat er, was er eigentlich haßte: Leute nach dem Weg zu fragen. Einer wußte Bescheid, und so kam er auf die Sekunde genau am Sitzungszimmer an. Er wurde von einer grauhaarigen und recht korpulenten Frau empfangen, die sich als Gerda Bachnik vorstellte und genau der Typ war, den man gemeinhin als »Mutter der Kompanie« bezeichnete. Sie erinnerte Manfred an die resoluten und lebenstüchtigen Freundinnen der Schmöckwitzer Oma, vor allem an Else Zastrow und Erna Kühnemund. Im Vorraum wartete bereits ein anderer Bewerber, einer, der aussah wie ein Armenier, aber Schmalstich hieß und sich auf die Stelle des Volkswirts in der Planungsgruppe zur Gründung der HÖV beworben hatte. Sie machten sich gegenseitig Mut, dann wurde Manfred abgeholt. Er fühlte sich, als ginge es zu seiner Hinrichtung.

Als er den Sitzungssaal betrat, kam er sich vor wie beim mündlichen Abitur. Wie damals den Lehrern, so sah er sich jetzt elf, zwölf Beamten gegenüber, die über sein Schicksal zu entscheiden hatten. Sie saßen an einem Riesentisch und erhoben sich nacheinander aus ihren grün gepolsterten Stühlen, als Gerda Bachnik mit ihm die Reihen abschritt und ihm erklärte, wer in welcher Funktion zugegen war. Nur den Senatsdirektor kannte Manfred aus der Zeitung, und die Namen, die man ihm nannte, vergaß er sofort wieder. Personalrat Inneres, Gesamtpersonalrat, Jugendpersonalrat, ÖTV, Komba, Vertreter des Rates der Bürgermeister, Verwaltungsschule, Ausbildungsreferat Inneres, der Senatsdirigent Inneres ... Manfred nickte ein jedes Mal lieb und freundlich, fast devot, und hoffte, daß diese Maskierung perfekt genug war, um sie nicht merken zu lassen, wie es um ihn stand: daß er ein *psychisch Kranker* war. Als gerissen-schäbigen Vertreter sah er sich, der ehrbaren Leuten eine Mogelpackung andrehen wollte: sich selber.

Das Ritual ging vorüber, ohne daß er so recht realisiert hatte, wo er war und was er tat. Alles geschah nur noch mit ihm. Er agierte nicht, er reagierte lediglich ... Er wußte, daß man mit einer solchen Haltung bei Bewerbungsgesprächen sehr schnell aus dem Rennen war. Aber der Senatsdirektor war sanft und freundlich, ein gelernter Sozialarbeiter, und das ließ ihn hoffen.

»Herr Dr. Matuschewski ...«, begann er.

Fast hätte sich Manfred umgesehen, um diesen Dr. Matuschewski zu suchen. Daß er es selber war, schien ihm nicht ganz sicher, obwohl ... es sprach zu viel dafür.

»Sie waren Assistent bei Renate Mayntz, Sie sind wissenschaftlicher Mitarbeiter im Bremer AmfVi, Sie haben in Fachzeitschriften einiges über unsere Verwaltung veröffentlicht ...«

»Ja ...« Statt einer geistvollen Bestätigung dieser Fakten brachte Manfred nichts weiter als dieses leicht debile Ja hervor.

»... und haben an der Verwaltungsschule und in der PH Bremen Lehrerfahrungen sammeln können.«

»Ja ...«

Der Senatsdirektor sah irritiert zum Senatsdirigenten hinüber, der ungerührt seine Dunhill-Pfeife reinigte. Sein Blick ging weiter zu einem Mann von etwa vierzig Jahren, der zwar Brille und Anzug trug, sonst aber, vor allem wegen seiner Seemannskrause, wie ein Kapitän aussah, der nach langer Fahrt endlich eine Landestelle gefunden hatte. »Herr Dr. Puppke, wenn Sie bitte weiter ... APLAUS.«

Jetzt drohte Manfred völlig abzustürzen. Weshalb sollte Dr. Puppke mit Applaus zu begrüßen sein? Und ohne, daß er es eigentlich wollte, entschlüpfte ihm nun diese Frage.

An all den Tagen, wo es Dutzende von Kandidaten zu begutachten gab, hatte sich die Auswahlkommission nicht so gut amüsiert. Manfred war sich nicht sicher, ob man ihn an- oder auslachte.

Frau Bachnik erklärte ihm, APLAUS sei das gängige Kürzel für die allseits bekannte ArbeitsPLAtzUnterSuchung des gehobenen allgemeinen nicht-technischen Verwaltungsdienstes, die Dr. Puppke in einigen Bundesländern durchgeführt habe und die man zur Grundlage des ersten HÖV-Curriculums machen wolle.

Nun funktionierten Manfreds geistige Reflexe auf einmal.

»Man kann doch nicht das, was gestern war, zum Maßstab dessen machen, was morgen sein soll. Das Curriculum der HÖV kann nur an einem ausgerichtet sein: an den Erfordernissen von morgen. Auszubilden sind in den nächsten Jahren die, die im Jahre 2000 die Verwaltung zu reformieren haben! Weg von der Bürokratie und hin zu teamartig-professionellen Formen mit Marketing und Dienstleistung. Und einem tieferen Verständnis für die sozial Schwachen. Die werden zu Hunderttausenden in die Ämter strömen, und der moderne Beamte muß nicht nur rechtskundig sein, sondern auch Therapeut und Seelsorger. Unser Credo kann nur sein: Verwaltungsreform durch Ausbildungsreform ... und Ausbildungsreform durch Errichtung der HÖV und praxisbezogener Lehre auf wissenschaftlicher Grundlage. APLAUS ist nicht wichtig, wichtig sind Visionen.«

Trotz seines labilen Zustandes registrierte er genau, daß er sich mit seinem Appell einen neuen Feind fürs Leben geschaffen hatte: eben jenen Dr. Puppke, und da sie den mit Sicherheit zum Leiter der Projektgruppe zur Gründung der HÖV (PGH) und später zum ersten Rektor machen würden, waren seine Chancen damit wohl auf Null gesunken. Zustimmung schien er nur von der ÖTV und von Gerda Bachnik zu bekommen. Die Verwaltungspraktiker guckten ebenso grimmig wie Puppke, und der Senatsdirektor hielt sich bedeckt.

»Wozu braucht man in der Beamtenausbildung Soziologie?« fragte ein jüngerer Vertreter des Beamtenbundes.

»Damit Fragen wie diese nicht mehr gestellt werden«, lachte Manfred.

»Das klingt alles ein wenig radikal, was Sie uns hier auftischen, Herr Dr. Matuschewski«, sagte einer der Beamten in der Nähe des Senatsdirektors. Manfred zuckte zusammen, denn vor kurzem hatte Bundesinnenminister Hans-Dietrich Genscher den Radikalenerlaß durch den Bundestag gebracht, der vor allem Linksradikalen den Einritt in den öffentlichen Dienst verwehren sollte.

»Wenn die SPD eine linksextremistische Partei ist, dann ...«

»Ich glaube, das genügt«, sagte der Senatsdirektor und stand auf, um Manfred zur Tür zu bringen. »Wir danken Ihnen, Herr Dr. Matuschewski ... Sie werden in absehbarer Zeit von uns hören.«

Mit dem Gefühl, im dritten Spiel um den Aufstieg in die Hochschullehrerliga die dritte Niederlage bezogen zu haben, flog er nach Bremen zurück.

Renate war zutiefst enttäuscht. »Ich hab' mir so gewünscht, daß unser erstes Kind in Berlin aufwächst.«

Und es wird ohne Vater aufwachsen. Manfred war sich sicher, daß er noch vor der Geburt sterben würde. Das Herz.

Ostern fiel dieses Jahr auf den ersten Sonntag im April, und sie stellten sich vor, wie es sein würde, wenn in einem Jahr neben ihnen eine Wiege stehen würde. Renate ging zwar wie gewohnt zur Arbeit, doch eigentlich kreisten ihre Gedanken nur noch um die Geburtsvorbereitung und den Kauf von Babykleidung. Ihre bevorzugte Lektüre waren Bücher wie *Begreif doch, was Dein Kind begreift* von Muriel Beadle und *Abc für junge Mütter* von Leiber und Schlack. Das meiste, was dort geschrieben stand, erschien Manfred so selbstverständlich, daß man es nicht diskutieren mußte. Alle Untersuchungsergebnisse waren bestens, und Renate hatte eine leichte Schwangerschaft. Zum Geburtsvorbereitungskurs ging er nicht mit, da von vornherein feststand, daß er bei der Geburt nicht dabeisein konnte, denn Renate hatte sich für das katholische St.-Josephs-Stift entschieden. Einerseits war ihm das ganz lieb, denn er fürchtete, dabei zusammenzubrechen, andererseits schämte er sich, kein mutiger und progressiver Vater zu sein und vor allem, Renate »in ihrer schwersten Stunde« nicht beistehen zu können. So weit vom Idealzustand entfernt zu sein, bedrückte ihn in hohem Maße, und so litt er immer stärker unter Schlaf- und Herzrhythmusstörungen. Er kam sich minderwertig vor. Und wenn er sein Ohr auf Renates Bauch legte, um das Kind zu spüren, dann zumeist mit dem schlechten Gefühl, schon jetzt als Vater zu versagen. Berlin hatte nichts von sich hören lassen, und er war sich sicher, daß auch dieser Zug abgefahren war, doch selber anzurufen wagte er nicht, um sich wenigstens den Hauch einer Hoffnung zu erhalten.

Er flüchtete sich in die Arbeit, auch in der Annahme, daß jede weitere Aktivität bei künftigen Bewerbungen nützlich werden könnte. Die wichtigsten Ergebnisse der ORWUBB waren jetzt so weit schriftlich fixiert, daß er sie den einzelnen Behördenleitern zuschicken und mit ihnen durchsprechen konnte. So zog er durch Bremen, mal allein, mal mit Hüring zusammen, und manchmal ging es bis nach Bremerhaven hinauf, wo er sich die Zeit nahm, ins Schiffahrtsmuseum zu gehen. Hinzu kamen die Interviews, die er für die Bielefelder

Forschungsgruppe in den Bremer Schulen durchführen mußte, und die Arbeit am verwaltungssoziologischen Lehrbuch. Die meiste Zeit aber beanspruchten die Lehraufträge an der Verwaltungsschule und der PH Bremen, wo es ohne Gesche Grams eher traurig war. Gefragt war er auch als Organisationssoziologe, und so fuhr er in den ersten Monaten des Jahres zu Fortbildungslehrgängen nach Bad Meinberg und Hilden, um dort Seminare abzuhalten. Der Höhepunkt aber war eine Einladung zu einer hochkarätigen betriebswirtschaftlichen Tagung, die Mitte März in der Nähe von Füssen stattfinden sollte, in Hopfen am See. Die Leute hatten seine Dissertation gelesen und lobten ihn sehr. Geschmeichelt sagte er zu, obwohl er dachte: *Das ist mir alles zuviel.*

»Vorher machen wir zwei Wochen Urlaub!« rief Renate, als sie das hörte. »Ich wollte schon immer mal an den Bodensee.«

Manfred stimmte zu, denn Marianne Hold, die »Fischerin vom Bodensee«, war neben Bibi Johns der große Schwarm seiner Jugend gewesen, die imaginäre Lebens- und Intimpartnerin vieler Neuköllner Jahre, was er aber offensichtlich bis zu diesem Moment ein wenig verdrängt hatte. »Außerdem können wir uns da mit Dirk Kollmannsperger treffen.« Der Freund und Klassenkamerad aus der Albert-Schweitzer-Schule war mittlerweile Dr. rer. nat. und baute bei der AEG Computer.

Auf dieser Reise saß Manfred zum ersten Mal in einem EC, und da sie sich den Luxus leisteten, in der 1. Klasse zu fahren, kam er sich richtig gehoben vor. Sollten sich die Berliner, bei allem Heimweh nach dem Kurfürstendamm, ihre HÖV an den Hut stecken, er fand auch so einen Job. Mit seinen Vorstellungen über die moderne Organisation, die er als »teamartig-professionell« umschrieb, konnte er überall Furore machen. Seine Hochstimmung hielt an, als sie ihr Hotel in Wasserburg erreichten: Eine richtige Nobelherberge hatten sie sich ausgesucht. Wer sich so etwas leisten konnte, der war schon wer.

Der Absturz erfolgte schon am übernächsten Tag, als sie

von Bregenz aus auf den Pfänder fuhren und bei herrlichem Frühsommerwetter zu Fuß ins Tal zurückwollten. Auf halbem Wege hatte sich Renate die Füße durchgetreten, wie sie das nannte, und wenig später stöhnte sie auf: »Das Kind!« Manfred riß sich sein Jackett vom Körper und bettete sie darauf ins Gras. *Eine Fehlgeburt.* Tränen füllten ihre Augen, und Manfred hatte sie noch nie als eine so schöne Frau erlebt wie in diesen Sekunden. Er sprang auf, um Hilfe zu holen, doch die Krise ging von selbst vorüber. Langsam tasteten sie sich zur Straße, und Manfred bat mit Hinweis auf Renates Zustand eine Autofahrerin, ihnen von Bregenz aus eine Taxe nach oben zu schicken. Glücklich in Wasserburg zurück, schonte Renate sich.

Am letzten Tag, bevor es nach Füssen zum Vortragen ging, trafen sie sich mit Dirk Kollmannsperger. Mit Frau und Tochter im Wagen stand er vor ihrem Hotel, um sie abzuholen.

»Es muß genau zwanzig Jahre hersein, daß wir uns zum ersten Mal gesehen haben – in der Albert-Schweitzer-Schule«, sagte Manfred. »Schön, daß wir uns treffen, bevor wir ins Altersheim kommen.«

»Treffen und getroffen werden«, lachte Dirk Kollmannsperger, »das ist das Leben.«

»Hättest du das damals bei Frau Hünicke gesagt, wärst du nicht mit ’ner Fünf in Deutsch hängengeblieben. Alles nur, um aus dir einen anständigen Menschen zu machen.«

»Unanständig wäre mir lieber gewesen.«

So ging es den ganzen Tag lang, genau wie früher, und als Manfred am nächsten Vormittag im Konferenzzentrum in Hopfen den ernsthaften Wissenschaftler spielen sollte, hatte er erhebliche Mühe, zumal ihm kurz zuvor wieder mal ein Malheur passiert war. Vor Aufregung hatte er noch schnell auf die Toilette gemußt – v*on Tische zu Wische*, wie sein Vater das ausgedrückt hätte – und sich gerade mit einer leichten Drehung nach hinten über die beheizte Toilettenbrille gewundert, als aus den Tiefen der Kloschüssel urplötzlich ein warmer Wasserstrahl hervorgeschossen kam, offensichtlich, um den archaischen Gebrauch von Toilettenpapier sowie den menschenunwürdigen Wischvorgang überflüssig zu machen. Wie auch immer, der Strahl hatte nicht die Anusfalte getroffen, sondern sein Gehänge, so daß er, eine Art Kastrationsmaschine wähnend, schreiend zu Renate ins Zimmer gelaufen war. Dennoch wurde sein Vortrag mit großem Beifall aufgenommen, und mit neuem Lebensmut ging es nach Bremen zurück.

Der nächste Höhepunkt dieses Frühjahrs war die Einsegnung seines ältesten Patenjungen. Am 16. April sollte Thomas Liebetruth »an den Tisch des Herrn treten«, wie Manfred das mit einer Wendung aus den *Heiden von Kummerow* ausdrückte, und er hatte nicht gezögert, extra zu diesem Anlaß nach Berlin zu fliegen. Ohne Renate, die nicht wollte – damit bei einem Fliegerunglück wenigstens ein Elternteil übrigbleibe.

Die Einsegnung hatte ihren eigentlichen Höhepunkt eine halbe Stunde vor ihrem Beginn, was daran lag, daß man zur Kirche ein paar Stationen mit dem 4er Bus zurücklegen mußte. Unter den Gästen waren nur wenige, die einen eigenen Pkw besaßen, aber die kamen entweder direkt zur Kirche oder hatten alle freien Plätze an ältere Menschen vergeben, so daß auch Oma Schmieder gezwungen war, in das besagte öffentliche Verkehrsmittel zu steigen. Aus Sparsamkeit, der höchsten Tugend, hatte sie es kategorisch abgelehnt, eine Taxe zu nehmen. Im Bus gab es unten nur einen einzigen freien Sitz, auf den Oma Schmieder plaziert wurde, und für die anderen vier Familienmitglieder stellte sich die Frage, ob man lieber unten stehen oder oben sitzen wolle. Die beiden Kinder, Thomas und seine zwei Jahre jüngere Schwester Sabrina, waren dafür, die Eltern dagegen. Damit stand es zwar pari, aber Willi Liebetruth entschied, daß heute der Wunsch des Konfirmanden Befehl für alle sei – und man kletterte nach oben. Als man vor der Kirche hielt und alle ausgestiegen waren, stieß Elvira Liebetruth einen Schreckensruf aus: »Mutti ist weg!«

Hier nun wurde Manfred in das Geschehen einbezogen,

denn er stand, ordnungsgemäß im schwarzen Anzug und mit frisch gewaschenen Haaren, mit seiner Mutter und etlichen anderen Gästen an der Haltestelle, um auf die Großfamilie Liebetruth zu warten.

Mehrere beherzte Männer, darunter ein Kriminalkommissar und Onkel Ferdinand, stellten sich vor den Bus, um den Fahrer am Weiterfahren zu hindern und Willi Liebetruth die Chance zu geben, den gelben Doppeldecker nochmals zu entern und nach seiner Schwiegermutter Ausschau zu halten.

»Die wird kaum untern Sitz gerutscht sein«, stellte Thomas Liebetruth fest.

»Tatsache ist ja mal, daß sie nicht da ist«, merkte Manfred an, die Lieblingswendung der alten Dame sanft parodierend, um dann die anderen mit einer Schlußfolgerung zu verblüffen, die man als Frucht jahrelangen wissenschaftlichen Denkens werten konnte: »Wenn sie mit ihren Kindern zusammen eingestiegen ist, jetzt aber nicht mehr drin ist im Bus, muß sie schon vorher ausgestiegen sein.«

Diese scharfsinnige Analyse ermöglichte gezieltes Handeln, und so schlossen sich alle, die gut zu Fuß waren, Elvira Liebetruth an, um die Strecke zurückzulaufen. »Irgendwann müssen wir Mutti da treffen. Die anderen gehen schon mal in die Kirche und halten unsere Plätze frei. Und Thomas geht ins Konfirmandenzimmer.«

Manfred schloß sich dem Suchtrupp an, doch was sie in den nächsten zehn Minuten fanden, war eine ganze Menge, nur Oma Schmieder nicht.

»Die kann sich nicht in Luft aufgelöst haben«, befand Onkel Ferdinand.

»Und wenn«, sagte jemand, der lieber anonym bleiben wollte, »dann würde es hier immer noch nach Kampfer riechen.«

Elvira Liebetruth begann sich langsam Sorgen um ihre Mutter zu machen. »Wenn sie nun im Krankenhaus liegt ...?«

»Erst die Einsegnung, dann die Beerdigung«, murmelte Manfred, der es manchmal ein wenig drastisch bis sarkastisch liebte. »Was ist denn wichtiger?«

»Zu vermuten ist, daß sie einen anderen Weg gegangen ist.« Der Kriminalkommissar war es, der diesen Verdacht äußerte. »Eine Abkürzung ...«

»Die kennt sich hier in der Gegend gar nicht aus«, befand Willi Liebetruth.

Manfred ergriff nun die Initiative. »Nehmen wir mal an, daß sie eine Haltestelle früher ausgestiegen ist: Dann schwärmen hier alle aus. Treffpunkt ist die Kirche.«

Als sie eine Viertelstunde später dort eintrafen, gab es von Oma Schmieder noch immer keine Spur.

»Vielleicht sitzt sie schon in der Kirche«, rief Onkel Ferdinand. »Ich kenn' meine Schwester.«

Er irrte sich. Nach wie vor blieb Oma Schmieder verschwunden, und die Glocken läuteten bereits.

Da hielt wieder ein 4er Bus vor der Kirche, und dem entstieg die Gesuchte, hilfreich geleitet von einer Nachbarin. Die hatte Oma Schmieder im Hausflur getroffen. »Nanu, Frau Schmieder, ich denke, Ihr Enkel wird heut' eingesegnet ...!?« Das hatte sie ganz vergessen gehabt ...

Von nun an verlief alles so, wie es geplant gewesen war: mit der Feier in der Kirche, dem Gruppenbild aller Konfirmanden draußen auf der Treppe, den drei Festessen zu Hause – Mittag, Kaffee und Abendbrot –, dem Auspacken der Geschenke und dem großen Gedicht von Onkel Ferdinand, das er unter dem herzlichen Applaus aller mit dem Ausruf beendete: »Was man aus Liebe t-r-ut, wird immer gut, und besonders, wenn es Thomas heißt!«

Manfred fragte sich, was wohl sein würde, wenn ihr Kind – Joscha oder Larissa – erst eingesegnet werden würde, im Jahr – er mußte rechnen – 1987 vielleicht. Ob er da überhaupt noch lebte ...?

Als er nach dem Kaffeetrinken in Bremen anrief, um ein Lebenszeichen zu geben, kam Renate ihm sofort mit der Neuigkeit des Tages: »Du, ein Dr. Puppke hat hier angerufen ...«

Manfreds Herz schlug schneller. »Und – was hat er gesagt ...?«

»Er wundert sich, daß du dich noch nicht gemeldet hast, und ob du die Stelle gar nicht haben willst.«

»Doch! Da muß 'n Brief verlorengegangen sein.«

Er trank eine Menge Wein und war so ausgelassen wie schon lange nicht mehr, insbesondere, als er auf den Balkon trat und das Lied der Capri-Fischer sang: »Wenn bei Capri die rote Sonne im Meer versinkt und vom Himmel die bleiche Sichel des Mondes blinkt, zieh'n die Fischer mit ihren Booten aufs Meer hinaus, und sie legen in weitem Bogen die Netze aus. Nur die Sterne, sie zeigen ihnen am Firmament ihren Weg mit den Bildern, die jeder Fischer kennt. Und von Boot zu Boot das alte Lied erklingt, hör von fern, wie es singt: Bella bella Mari, bleib mir treu, ich komm' zurück morgen früh! Bella, bella, bella Mari, vergiß mich nie!« Und wie bei seiner eigenen Einsegnung vor neunzehn Jahren sangen alle mit, und Onkel Ferdinand kannte sogar die zweite Strophe: »Sieh den Lichterschein draußen auf dem Meer, ruhelos und klein, was kann das sein, was irrt dort spätnachts umher. Weißt du, was da fährt, was die Flut durchquert? Ungezählte Fischer, deren Lied von fern man hört ...« Und wieder stimmten alle ein. »Bella bella Mari, bleib mir treu, ich komm' zurück morgen früh! Bella, bella, bella Mari, vergiß mich nie!«

Am nächsten Morgen fuhr er gleich zum Fehrbelliner Platz, sprach mit Dr. Puppke und dem Personalsachbearbeiter und machte alles klar: Am 1. Oktober begann er bei der Projektgruppe zur Gründung der HÖV Berlin, der sogenannten PGH, und sollte, würde sie wirklich eröffnet werden, am 1. April 1973 zum Professor ernannt werden. *Wer nur warten kann, zu dem kommt alles.* Das vor allem fühlte er auf dem Rückflug nach Bremen, und gleich danach: *Berlin ist die einzige Stadt in Deutschland, in der ich leben kann.* Allerdings trauerte er auch ein wenig den anderen Chancen nach, die ihm nun entgingen. Professor war schön und gut, aber das war keine Karriere, wie er sie sich erträumt hatte: im Gefolge von Hans Koschnick eine Person des öffentlichen Lebens werden, die ihren Namen jede Woche in *Zeit* und *Spiegel* lesen und beim Anruf in Neukölln lässig sagen konnte:

»Mutti, schalt mal heut' die *Tagesschau* ein, da bin ich wieder mit einem längeren Interview drin.« War er undankbar? Sein größter Wunsch war eigentlich, wie vor zehn, zwölf Jahren wieder an der Treptower Brücke auf der Couch zu liegen und davon zu träumen, im Spiel des Lebens das große Los zu ziehen. Und nicht mit einem kleinen Gewinn abgespeist zu werden ... Prof. Dr. Manfred Matuschewski, das war für ein Schlüsselkind vom Neuköllner Hinterhof allerdings eine ganze Menge, und er hätte es an sich mit einer Champagnerdusche feiern müssen, wie ein Rennfahrer seinen ersten Sieg in einem Grand Prix.

»Ich hab' Quetschkartoffeln für dich gemacht«, sagte Renate, als er sie in der Armsener Straße in die Arme nahm. »Quetschkartoffeln mit sauren Eiern.«

In den nächsten Wochen ging er mit einem komischen Gefühl zum Dienst. Es war ein bißchen wie am letzten Urlaubstag: Man war schon gar nicht mehr richtig am Ort und nahm voller Wehmut von allem Abschied, was man vorher gar nicht recht beachtet hatte. Bremen als Urlaub von Berlin, so war es nicht ganz, aber doch auch wieder. In die Frontstadt zurück, das hatte auch unangenehme Seiten. Nichts mehr mit: eben mal ins Umland fahren, wie hier nach Ganderkesee, Verden oder Bederkesa – nach spätestens einer Dreiviertelstunde im Wagen stand man in Berlin vor Mauer oder Stacheldraht. Und kein Landesherr mehr, mit dem man gemeinsam an der Pinkelrinne klönte.

An der ORWUBB saß er weiterhin mit hohem Eifer. Ansonsten aber glich der Aufenthalt im AmfVi einem emotionalen Spießrutenlaufen. Wenn er zur hiesigen Uni gewechselt wäre, okay, aber daß er Bremen ganz verließ, das hielt man im Grunde für unverzeihlich. Ohne es zu wollen, hatte er sie bloßgestellt, nach dem Motto: Sieh an, der Hüring und die anderen vom AmfVi haben es nicht hingekriegt, den Dr. bei uns in Bremen zu halten, was müssen das für Versager sein. Nur selten fanden sie zurück zur alten Herzlichkeit. Das erste Mal am 27. 4., einem Donnerstag, wo alle ihre Kofferradios mit ins AmfVi brachten, um die Live-Übertragung aus dem Deutschen Bundestag verfolgen zu können, wie es mit dem Mißtrauensvotum der CDU/CSU-Opposition gegen Willy Brandt ausgehen würde, ob es gelang, den CDU-Vorsitzenden Rainer Barzel zum neuen Bundeskanzler zu wählen.

»Diese größte Ölkanne aller Zeiten!« rief Kemena und preßte beide Hände gegen die Schläfen. »Ich halt' das im Kopf nicht aus.«

»Auswandern«, stöhnte Hüring. »Möglichst weit weg.«

»Mein Mann sagt, daß wir unser Willy-Brandt-Bild auf keinen Fall abhängen«, warf Frau Winterberg ein. »Da können sich die Kunden zehnmal dran ß-tören.«

»Wir sollten irgend etwas nach ihm benennen«, schlug Manfred vor. »Etwa die Brandt-Mauer, die Brandt-Blase, die Stadt Brandtenburg – und so weiter.«

Mit diesen Witzeleien überspielte er nur, daß er Willy Brandt in einem Maß verehrte, daß es ihm, der auf seine intellektuelle Unabhängigkeit so stolz war, fast schon peinlich war. Willy Brandt und Friedrich der Große, das waren die beiden einzigen Männer in Deutschlands langer Geschichte, die er als Vorbilder gelten ließ, trotz einiger Wenn und Aber. Und fiel Willy Brandt heute in der entscheidenden Schlacht gegen den Feind, dann würde auch er sich verraten und verkauft fühlen und für sich, Renate und das Kind viel weniger Lebenschancen sehen. Weniger Demokratie, weniger Toleranz und Offenheit, weniger Möglichkeiten für die kleinen Leute. Er litt so sehr, und die Spannung nahm ihn so mit, daß er einer Herzattacke nahe war. Die Welt schien zum Nullsummenspiel geworden zu sein: Alles oder nichts. Natürlich wußte er, daß in diesem Lande die Gewalt nicht vom Volke ausging, schon gar nicht »alle«, sondern von den Banken und Konzernen, und sich grundsätzlich wenig änderte, ob der Bundeskanzler nun Brandt, Barzel oder sonstwie hieß, aber im Gefühl ging es nur um rot (Brandt) oder tot (Barzel).

Und so lagen sich denn alle in den Armen und ließen die Sektkorken knallen, als Rainer Barzel nur 247 von 260 abgegebenen Stimmen erhielt und damit die erforderliche Mehrheit um zwei Stimmen verfehlte.

Von nun an ging's bergab. Es begann damit, daß sie sich Anfang Mai eines Abends nach dem Abendbrot auf ihre Klappräder setzten, um auf dem Deich in Richtung Oberneuland zu fahren und Renate mit einem Auto kollidierte, das plötzlich aus einer etwas tiefer gelegenen Garage herausgerollt kam. Sie stürzte und blieb auf dem Pflaster liegen. Manfred, der ein paar Meter vor ihr gefahren war, sprang vom Rad, lief zu ihr hin und schrie, er werde den Autofahrer umbringen, wenn sie das Kind verlieren würde. Und bevor er sich zu ihr hinunterbückte, haute er dem Bremer derart kräftig eine runter, daß der zu Boden ging. Renate war glücklicherweise nichts passiert. Die Frau des Autofahrers war eher auf Renates Seite. Sie verhinderte, daß ihr Mann Revanche nahm und eine regelrechte Prügelei entstand. Auch 110 anrufen durfte er nicht.

So glimpflich es abgegangen war: Das Ganze regte Manfred derart auf, daß er die Nacht nicht schlafen konnte. Am nächsten Morgen litt er unter erheblichen Kreislaufstörungen. Er war völlig überdreht; ihn plagte das Schreckbild, daß sich der Fahrradlenker in Renates Bauch bohrte und ihr Kind tötete. Mehr noch als das belastete ihn die Veränderung, die seit diesem Unfall mit Renate vorging. Ihr ganzes Sinnen und Trachten war von da an ausschließlich auf ihr Baby ausgerichtet. Egal, wovon er sprach, von seinen Ängsten, von den Mühen mit der ORWUBB oder von ihrem Umzug nach Berlin, er hatte stets das Gefühl, gegen eine Wand zu reden. Sie saß immer nur da, preßte die rechte Hand auf den Bauch, um die strampelnden Händchen und Beinchen des Kindes zu spüren, und starrte mit leerem Blick aus dem Fenster. Er fühlte sich so allein wie ein Astronaut, dem mitten im Weltraum die Nabelschnur zu seiner Kapsel gerissen war. Seit zwanzig Jahren kannte er Renate, und nun war sie ihm so fremd geworden wie eine x-beliebige Frau auf der Straße.

Er fühlte sich stark genug, alles zu packen, doch am 15. Mai, einem Montag, kam, was kommen mußte. Schon beim Aufstehen fühlte er sich furchtbar ausgelaugt. Am vorausgegangenen Mittwoch war er in Bielefeld gewesen, um dort das

Rekrutierungsprojekt zu Ende zu bringen, und hatte im Kreise der soziologischen Elite harte Kämpfe durchstehen müssen. Auch am Himmelfahrtstag hatte er sich nicht so recht entspannen können, denn Renate hatte allein sein wollen, und so war er mit Muldenstein durch die Lande gefahren. Erst hatten sie Ilschen besucht, seine Großcousine, die auf einen Bauernhof in der Nähe von Otterndorf geheiratet hatte, dann das Deutsche Schiffahrtsmuseum in Bremerhaven und schließlich Wilhelmshaven und Jever. So schön das gewesen war, es hatte viel Kraft gekostet, einen ganzen langen Tag Muldensteins kryptische Sprache zu enträtseln.

»Der eine Herr Senatsdirektor«, sagte er beispielsweise, »war am Vatertag so platt, daß ihn die Kwakiutl für ihr Museum angefordert haben.«

Um dahinterzukommen, wer gemeint war, mußte sich Manfred gehörig den Kopf zerbrechen. Die bekanntesten Bremer Senatsdirektoren waren Hinterthür, Häusler, Röck und Kupfer, und die Kwakiutl waren ein Indianerstamm in der Nähe von Vancouver, den Ruth Benedict in ihrem Buch *Urformen der Kultur* beschrieben hatte. Aber was verband beide miteinander ...? Hatte Hinterthür eine Dienstreise zu den Kwakiutl unternommen ...? Hatte Röck den Kwakiutl-Frauen europäische Röcke nahegebracht, womöglich mit Marika Rökk als Werbeträgerin (»Hoch die Rökk!«) ...? Oder hatte Häusler den Naturkindern OKAL-Fertighäuser angedreht ...? Wohl kaum. Des Rätsels Lösung lag in dem Wort »platt«, betrunken. Das war es: Betrunkensein gleich sich in einem Rausch befinden. Und die Kwakiutl befanden sich immer dann im Rausch, wenn sie ihr Potlatsch-Fest feierten. Bei dem verbrannten sie Kupferplatten. Also hatte Muldenstein den Senatsdirektor Kupfer gemeint ...

Am Freitag hatte es im AmfVi eine lange Sitzung gegeben, wo er sich vor den Herren Senatsdirektoren mit Kupfer an der Spitze über den Nutzen der ORWUBB auslassen mußte, und anschließend sechs Stunden an der PH, wo er immer voll gefordert wurde und anschließend nie vor zwei Uhr nachts einschlafen konnte, überreizt, wie er war. Sonnabend früh war er zum Flugplatz gehetzt, um nach Berlin zu fliegen, denn es war Muttertag, und am Sonntag abend war er mit der letzten Maschine zurückgekommen, von Renate schmollend empfangen.

»Läßt du mich mit dem Kind das ganze Wochenende über allein, das kann ja heiter werden.«

»Wenn ich hiergewesen wäre, hättest du dich sowieso zurückgezogen.«

»Hör auf, mit mir zu streiten, denk an das Kind: Das kriegt alles mit.«

»Das Kind, das Kind ...«

Nach diesem Streit warf er sich vor, zu egozentrisch zu sein. Vor allem aber wuchs seine Angst, dem allem, Renates Schwangerschaft wie seiner Vaterschaft, nicht gewachsen zu sein, und er schlief abermals kaum. Die Folge war, daß er am Montag morgen beim Frühstück im AmfVi unter Gleichgewichtsstörungen zu leiden begann und sich an der Tischkante festhalten mußte, dann sekundenlang die Orientierung verlor: Wo bin ich, wer bin ich? Auch bekam er immer schwerer Luft und hustete anhaltend.

»Ich glaube, mir ist nicht gut«, sagte er schließlich und stand auf, um zu Dr. Blut zu gehen.

»Soll ich mitkommen?« fragte Frau Winterberg.

»Nein, nein, danke, es geht schon.«

Doch als er die Charlottenstraße Richtung Dobben ging, fühlte er sich so schwach wie einer, der wochenlang im Krankenbett gelegen hat. Die Füße knickten ihm weg. Mein Herz! Das war das letzte, was er denken konnte.

»Noch ist kein Meister vom Himmel gefallen, und auch für die junge, mit Babys noch unerfahrene Mutter ist der Anfang manchmal recht schwer ... Es hat uns besonders am Herzen gelegen, darzustellen, wie sich die junge Mutter in vielen schwierigen Lagen oftmals selber helfen kann und darf ... Sollte einmal eine junge Mutter eine erwünschte Information vielleicht vergeblich im ›Abc‹ gesucht haben ...«

Manfred lag im Bett und las im *Abc für junge Mütter*. Er

war für mindestens 14 Tage krankgeschrieben. Zu seinem Glück hatte sich Frau Winterberg Sorgen um ihn gemacht, war ihm hinterhergeeilt und hatte ihn am Straßenrand liegend gefunden. Von Hüring schnell mit dem Wagen zu Dr. Blut gebracht, hatte er Calcium gespritzt bekommen und mußte nun in der Hauptsache grünlich gefärbte Tabletten schlucken, Librium, einen neuen Tranquilizer. Mehr könne er nicht für ihn tun, hatte der Arzt gesagt, denn organisch sei er völlig gesund, und zur Lösung seiner psychischen Probleme möge er doch bitte einen Fachmann aufsuchen. Davor scheute Manfred zurück, denn wenn es sich bis Berlin herumsprechen sollte, daß er bei einem Nervenarzt in Behandlung war, suchten sie sich womöglich einen anderen. Renates Schutzschild bewirkte, daß sie seine Krankheit eigentlich gar nicht registrierte. Außer einem lapidaren »Das ist ja alles weniger schön« war da nichts gekommen. So war er völlig auf sich allein zurückgeworfen und hätte doch gerade in dieser Phase jemanden gebraucht. Er haßte das kleine Schlafzimmer wie eine Gruft, wagte es aber nicht, mit dem Rad einen Ausflug zu machen, weil er befürchtete, hilflos zusammenzubrechen. Jeden Augenblick konnte es wieder passieren: keine Luft, keine Kraft, kein Gefühl mehr für Körper, Kopf und Zeit, sich Verlieren im Nichts …

So verbrachte er die letzten Wochen von Renates Schwangerschaft wie ein Roboter, tat alles, was von ihm gefordert wurde, ohne aber wirklich zu leben. Er führte seine Lehrveranstaltungen an der PH zu Ende, schrieb weiter am Soziologielehrbuch wie an der ORWUBB, holte ein, wusch ab, organisierte Renates Geburtstag, fuhr mit ihr, als sie nicht mehr arbeiten mußte, nach Walsrode in den Vogelpark, zum Oyter See und immer wieder zum Spazierengehen in den Bremer Bürgerpark, guckte *Raumschiff Enterprise* mit Captain Kirk und Mr. Spock, verfolgte den Freispruch der US-Bürgerrechtlerin Angela Davis ebenso emotionslos wie die Verhaftung Ulrike Meinhofs und den Sieg der deutschen Fußballer bei der Europameisterschaft, schluckte Librium und ließ sich gegen seinen Heuschnupfen Volon A 40 spritzen. Er betätigte sich sogar als Cicerone, als Tante Täubchen und Onkel Wölfi, die Leipziger, für einen Tag nach Bremen kamen, nicht zuletzt um den dicken Bauch ihrer Nichte zu bestaunen. Und niemand merkte Manfred an, wie er sich fühlte: als ein Toter nämlich. Wenn ein Toter Vater wird, so formulierte er es des öfteren im inneren Monolog. Weder mit Wannowski noch mit Muldenstein war er vertraut genug, um mit ihnen über seine Nöte zu reden. Auch von den alten Freunden, telefonierte er mit ihnen, hatte keiner das besondere Gespür für das, was ihn bedrückte, egal ob Gerhard in Berlin, Bimbo in Jülich, Dirk Kollmannsperger in Konstanz oder Moshe Bleibaum in Mainz. Mochte es einmal anders gewesen sein, im Augenblick waren es reine Schönwetterfreundschaften. Er hatte den Eindruck, daß Fallada die letzte Wahrheit dieser Welt auf den Punkt gebracht hatte: *Jeder stirbt für sich allein.*

Zwei Fragen diskutierten sie den ganzen Sommer über wieder und wieder: Ob Renate das Kind in Bremen zur Welt bringen oder einen Monat vorher nach Berlin fliegen sollte und ob er bei der Geburt im Kreißsaal dabei sein sollte oder nicht. Einerseits wollte er Renate beistehen und alles Minute für Minute miterleben, was für den progressiven Vater allmählich ja auch zur Pflicht geworden war, andererseits fürchtete er sich vor all dem Blut und den Schmerzensschreien. Er sah es schon als Überschrift im *Weser-Kurier*: *Drama im Kreißsaal: Kind lebt – Vater tot.* Auch wenn es nicht ganz so drastisch zugehen würde, so fragte er sich doch, ob er Renate wirklich eine Hilfe sein würde.

An ihrem Geburtstag Mitte Juli erklärte ihm Renate beim Frühstück, sie habe sich endgültig entschieden.

»Ich fliege nicht nach Berlin, sondern entbinde hier im St.-Joseph-Stift.«

Manfred sah sie mit ungewissem Lächeln an. »Da dürfen die Väter nicht dabeisein.«

»Nein. Aber du willst doch sowieso nicht, ich kenn' dich.«

»Ich will schon.«

»Du hast dich nie klar geäußert. Nun ist es zu spät.«

Manfred sagte nichts mehr. Einerseits war er erleichtert, andererseits wußte er, daß sie ihm nun bei jedem Streit vorhalten würde, sie allein gelassen zu haben. Es trug nicht dazu bei, daß sich sein Zustand besserte, und ohne seine Dosis Librium, ohne Beruhigungsmittel und Stimmungsaufheller kam er nicht mehr über den Tag.

Als Anfang Juni nacheinander Andreas Baader, Holger Meins, Jan-Carl Raspe, Gudrun Ensslin und Ulrike Meinhof verhaftet wurden, hielt er den Mund. Was er darüber dachte, hatte er mit Horst Hastenteufel besprochen, dem alten SPD-Freund aus Berlin, der ihn kürzlich in Bremen besucht hatte.

»Du kennst doch Albert Camus ...?«

Manfred hatte genickt. »Ja: ›Auflehnung gibt dem Leben seinen Sinn.‹«

»Ja, und wenn Albert Camus recht hat – und wenn der Kapitalismus als System letztendlich wirklich mörderisch ist, dann ist zumindest darüber zu diskutieren, ob die DDR und Baader-Meinhof als Versuche nur allzu logisch, wenn nicht sogar notwendig sind, dialektisch gesehen.«

»Aha: Da entlarvt sich einer als klammheimlicher Sympathisant.«

»Nein. Ich frage mich nur, vor wem denn unsere wahren Herrscher: die Konzernherren, jetzt noch zittern sollen ...«

»Ich bin im öffentlichen Dienst beschäftigt, und daher beziehe ich nur mein Gehalt – und keine Stellung.«

Hastenteufel hatte zum Abschluß Diderot zitiert: »›Man spuckt auf einen kleinen Schelm, aber man kann einem großen Verbrecher eine Art Achtung nicht verweigern. Sein Mut setzt Euch in Erstaunen, seine Grausamkeit macht Euch zittern, man ehrt überall die Einheit des Charakters.‹«

»Und?«

»Natürlich würde ich ihn jederzeit an die Polizei verraten – aber dennoch wäre ich viel lieber Andreas Baader als Horst Hastenteufel.«

Wenn Manfred über das alles nachdachte, über die Verrenkungen, die man machen mußte, um die Lieder derer zu singen, deren Brot man aß, stieg sein Blutdruck sofort an, und immer wieder meinte er, schlagartig tot auf die Erde stürzen zu müssen. Ganz schlimm ging es ihm, als Renate eines Mittags im AmfVi anrief und ihm sagte, sie breche gleich zusammen, er möge sofort kommen.

Manfred stürzte in Hürings Zimmer. »Meine Frau hat 'ne Fehlgeburt, fährst du mich schnell zu ihr?«

Als sie ankamen, war der Notarzt schon da. Zum Glück war es nur eine Kreislaufschwäche. Manfred wurde angeraten, sofort seine Blutgruppe bestimmen zu lassen. Für den Fall der Fälle. Sobald er Renate mit Petra Pforte allein lassen konnte, fuhr er mit einer Taxe ins Labor. Als die Nadel in der Vene seines rechten Armes stak und er sein Blut herausrinnen sah, war er nahe daran, in Ohnmacht zu fallen. Daß er die seltene Blutgruppe »AB Rh. neg.« hatte, trug noch mehr zu seiner Beunruhigung bei. Als sie ihm erklären wollten, was das für ihr Kind bedeutete, verstand er nichts. War es nun ein Grund zur Besorgnis oder nicht? Irgendwie hatte er das dunkle Gefühl, Renates Gynäkologe habe »Mist gemacht«.

Alles war unwirklich. Sogar den einfachsten Alltag verstand Manfred nicht mehr. Er fühlte sich wie eine Ameise, die über den *Weser-Kurier* kriecht und nicht mal die Sportergebnisse lesen kann. Das Kind schien sehr lebhaft zu sein, und wenn er sein Ohr gegen Renates Bauch preßte, spürte er die Ärmchen und Beinchen. Er freute sich unbändig auf die Zeit, die nun kommen würde, und er hatte zugleich unendliche Angst vor den nächsten fünfzehn Jahren: Das ist alles zuviel für mich. Ich halte das nicht durch.

»Renate, mir geht's nicht gut, ich muß mich hinlegen.« Wieder glaubte er zu sterben.

»Nimm noch 'ne Tablette.«

Seine Mutter rief an und klagte ihm, wie schlecht es ihr ginge. »Jetzt, ohne Vati. Und stell dir vor: *Telegraf* und *Nachtdepesche* gibt es auch nicht mehr. Ich weiß gar nicht, was ich lesen soll.«

Am 14. August, das war ein Montag, meinte Renate, die ersten leichten Wehen zu verspüren, und er rief eine Taxe, um mit ihr in die Klinik zu fahren. Kühl kam sie ihm vor, erschreckend fremd, und er empfand sich als überflüssig. Mit dem Zeugungsakt schien er seine Schuldigkeit getan zu haben und konnte gehen. Sie schien ihm, was die Gefühle anging, ebenso ratlos und betäubt zu sein wie er selber. Vielleicht gab sie ihm die Schuld an dem, was ihr bevorstand: Und jetzt läßt du mich allein. Aber sie selbst war ja auf die Idee gekommen, ins St.-Joseph-Stift zu gehen. Unreif kam Manfred sich vor, und Renate schien es nicht besser zu gehen. Doch sie sprachen nicht darüber, sondern ausschließlich über praktische Dinge, welche Blumen in ihrer Abwesenheit wie zu gießen waren und was er ihr, sollte das Kind auf sich warten lassen, morgen mit ins Krankenhaus bringen möge.

»Und noch etwas ...«

»Ja ...?« Manfred sah zu ihr hinüber, sie saß links von ihm im Fond der Taxe, und hoffte nur, sie würde jetzt nicht sagen, was zu tun sei, wenn sie die Geburt nicht überleben würde.

»Verhindere auf alle Fälle, daß meine Mutter gleich nach Bremen kommt ... Und deine auch. Das halt' ich nicht aus.«

»Ich werd' mir alle Mühe geben und notfalls das Flugzeug, in dem sie sitzen, vom Balkon aus abschießen.«

Sie hielten vor dem St.-Joseph-Stift, und er trug ihre Tasche hinein. Alles war vorbereitet. Eine Krankenschwester aus Nicaragua nahm sie in Empfang. Sie wirkte freundlich und einfühlsam, und dennoch wuchs Manfreds Verstörung. Renate hier abzugeben und nach Hause zu fahren, als wäre sie eben mal zu einer Freundin gegangen, war ebenso unnatürlich wie unmenschlich. Richtig wäre es gewesen, sie hätte das Kind zu Hause zur Welt gebracht, umsorgt von Müttern, Großmüttern, Schwestern und Cousinen, er in unmittelbarer Nähe. So aber war es ein barbarischer Akt und vielleicht der entscheidende Bruch in ihrem Leben. Rührend besorgt war er und hielt ihre Hand. Doch er fühlte sich selber schwach, zu schwach zu allem.

»Ich muß jetzt zu meinen Untersuchungen«, sagte Renate, als sie sich in ihrem Zweibettzimmer eingerichtet hatte. »Am besten, du gehst ...«

Er nahm sie in den Arm und strich mit der rechten Hand

zart über den hochgewölbten Bauch. »Und komm mir schön friedlich auf die Welt, wer immer du bist.«

Dann lief er vom St.-Joseph-Stift zu Fuß nach Hause, so wie er es beim Tode seines Vaters getan hatte. Immer wieder dachte er: Bitte, Herr, laß alles gutgehen! Als er nach über zwei Stunden in der Armsener Straße angekommen war, erschreckte ihn die Leere in der Wohnung, und für einen Augenblick glaubte er, von Renates Beerdigung gekommen zu sein. Nie wieder würde sie ihn hier erwarten, mit ihm essen, mit ihm reden, mit ihm schlafen. Jetzt wußte er wieder, daß er sie liebte und brauchte, aber warum war er nicht in der Lage gewesen, ihr das alles zu sagen. Er fiel aufs Sofa und hoffte, daß der Fernseher ihn ablenken würde. Doch er half ebensowenig wie die Anrufe bei seiner Mutter, bei Muldenstein und Wannowski. Beide hatten wichtige Termine und keine Zeit für ihn. Was er brauchte, wäre ein Betäubungsmittel gewesen, das bis zum Anruf aus der Klinik vorgehalten hätte. Plötzlich bekam er keine Luft mehr, und sein Herz begann zu rasen. Schnell schluckte er zwei Librium, ohne in einen wohligen Dämmerzustand zu verfallen. Über die Nacht zu kommen, ohne zu kollabieren, schien ihm unmöglich zu sein. In eine Kneipe zu gehen oder womöglich in ein Bordell und sich vollaufen zu lassen, war nicht seine Art. Er bedauerte, daß er nicht Auto fahren konnte: Sich jetzt in den Wagen zu setzen und durch halb Norddeutschland zu rasen, das wäre wohl das beste gewesen.

Irgendwann siegte der Schlaf, und kaum hatte er sich am nächsten Morgen zum Frühstücken im Sitzungssaal des AmfVi niedergelassen, kam der Anruf aus der Klinik.

»Herzlichen Glückwunsch: Sie sind soeben Vater eines Jungen geworden. Mutter und Kind sind wohlauf. Schöne Grüße von Ihrer Frau.«

Manfred hörte es wie in Trance und war noch nicht ganz da, als Hüring und Kemena ihm die Hände schüttelten und alles Gute wünschten, auch dann noch nicht, als sie die Flasche Sekt austranken, die Frau Winterberg besorgt und kaltgestellt hatte.

»Jetzt mußt du aber ins Krankenhaus«, sagte Hüring. »Ich fahr' dich schnell hin.«

»Und nicht vergessen, rote Rosen zu kaufen«, rief Frau Winterberg.

All das dauerte, und als er endlich im St.-Joseph-Stift angekommen war, schimpfte ihn Renate, ehe er sie umarmen konnte, aus, daß es so spät geworden sei. Eine Schwester brachte ein schreiendes Etwas herein, einen krebsroten Waldschrat, den er für das Kind der Zimmernachbarin hielt.

»Das ist dein Sohn«, sagte Renate. »Joscha, dein Vater ist da.«

Manfred nahm das kleine Bündel Leben in den Arm. Man hatte seinem Sohn kleine Handschuhe aus Mulltüchern angezogen, weil er ständig dabei war, sich das Gesichtchen zu zerkratzen.

»Hallo«, sagte Manfred und küßte Joscha auf die Stirn. »Auf eine schöne Zeit. Wachse, blühe und gedeihe!«

Berlin und die Mühe, wieder Wurzeln zu schlagen

Manfred stieg am Wittenbergplatz aus der U-Bahn und sah nach schräg oben. Das mit eloxierten Platten verkleidete Hochhaus ragte als dunkler Quader in den smoggrauen Himmel und erinnerte ihn an eine der Anfangssequenzen in *2001 – Odyssee im Weltraum*. In dem starken Wind schien das Gebäude zu schwanken wie früher seine Türme aus dem *Anker*-Steinbaukasten. Neunzehn Stockwerke zählte er, nein zwanzig. Ganz oben hatten sie eine Tanzschule eingerichtet. Er dachte an seine Tanzstundenzeit, wo er nach den ersten Stunden die Flucht ergriff, weil man ihn ständig als Deppen vorgeführt hatte. *»Halt!« rief der Tanzlehrer. »So wie der Herr da mit dem krummen Rücken, so machen wir das nicht!«* Noch mehr aber scheute er den Tauentzien-Tower wegen seiner Höhenangst. Schon auf einer Trittleiter bekam er weiche Knie, und auf den Funkturm hatte er sich noch nie getraut. Wenn der gerade in dem Augenblick umfiel, in dem er oben stand ... Es war ein grausamer Gedanke für ihn, in einem Hochhaus zu arbeiten. *Das stehst du nicht durch*. Erst die U-Bahn, wo er unter Tunnelangst litt, dann der Tauentzien-Tower ... Schon die Fahrt von der Treptower Brücke bis zum Wittenbergplatz kostete einige Kraft. Mit dem 4er Bus zum Platz der Luftbrücke, umsteigen in die U-Bahn, mit der Linie C bis Hallesches Tor, dort durch lange Gänge und steile Treppen hinauf zur Hochbahn, dann mit der Linie B bis Wittenbergplatz, immer in Panik, denn wie leicht konnte der Zug in die Tiefe stürzen, und jeden Augenblick sah er sich eingeschlossen im Wagen auf dem Grunde des Landwehrkanals, langsam erstickend. Morgens um 8 Uhr 25 völlig erschöpft, ging er am KaDeWe vorbei. Wie sollte das nur enden ...?

Es war Montag, der 1. Oktober 1972, und sein erster Arbeitstag bei der Projektgruppe zur Gründung der HÖV (PGH). Er war hundemüde. Sicher wäre es klüger gewesen, nicht erst um 20 Uhr 40 von Bremen nach Berlin zu fliegen, aber das ganze Wochenende über hatte er nur den einen Gedanken gehabt: *Du wirst deine Familie nie wiedersehen.* Gegen diese Zwangsidee war nicht anzukommen, nicht einmal, als Joscha kurz bei Pfortes oben spielte und er in aller Eile mit Renate schlief.

Du bist jetzt in Berlin! Er war sich nicht sicher, ob es wirklich stimmte, befahl sich aber, es zu glauben. Wie ein Roboter fühlte er sich, innen gefühllos. Irgendwer hatte ihn programmiert, ab jetzt in der PGH Berlin im Einsatz zu sein. Nun gut. *Glücklich ist, wer vergißt, was doch nicht zu ändern ist.* Er suchte die Hausnummer, die ihm aufgeschrieben worden war. Es gab sie nicht. Da war jemand, der ihn in den Wahnsinn treiben wollte. Doch, hier ... Es hingen noch viele andere Schilder unten am Tauentzien-Tower, denn für die HÖV (PGH) waren nur die Stockwerke 8 bis 17 angemietet worden. Sein nächstes Problem waren die Fahrstühle. Er haßte sie, denn in einer Fahrstuhlkabine fühlte er sich eingeschlossen wie in einem Sarg. Fahrstühle blieben ständig stecken, Fahrstühle stürzten ab, in Fahrstühlen konnte plötzlich der Boden wegklappen ... Er sah sich mit einem Todesschrei auf den Lippen in die Tiefe rasen, »ärschlings in die Hölle«, wie Luther es ausgedrückt hätte. Also kein Fahrstuhl. Aber wie sollte er ins 8. Stockwerk kommen, wo er sich melden sollte ...? Laufen ging nicht, da würde er mit einem Kreislaufkollaps auf der Treppe liegenbleiben. Also doch der Fahrstuhl. Er schloß sich einer Gruppe plappernder Weißkittel an, die offensichtlich einer Pharmafirma angehörten. Wenn er umfiel, hatten sie sicher Tabletten für ihn.

So ging es, und er kam schweißgebadet und ein wenig schwerer atmend oben an. Um Infarkt und Herzstillstand war er vorläufig herumgekommen. Suchend ging er durch die Flure. Die PGH hatte sich hinter einer Glastür versteckt. Er zögerte einen Augenblick mit dem Klopfen, denn vor dem Wiedersehen mit Puppke grauste ihm ein wenig. Und überhaupt. Er wollte weg von hier. Weglaufen vor der HÖV und dem Leben. Gegen seinen Willen fuhren nun seine Fingerknöchel gegen die geriffelte Scheibe, wie auf einen Knopfdruck hin. Nicht er klopfte da an, man ließ ihn klopfen. Ganz mechanisch.

Es erschien nicht Puppke, um ihm zu öffnen, sondern ein Mann seines Alters mit blonder Mähne, irgendwie schwedisch locker in allem. Doch er berlinerte kräftig.

»Komm rin, ick bin der Maxe ... Und du bist der Manne, wa?«

»Ja ...« Manfred nahm an, daß ihn eine untere Verwaltungskraft begrüßte und womöglich für den neuen Vervielfältiger und Büroboten hielt. »Dann komm ma mit, ick bring dir zu olle Puppke. Und ville Glück bei uns.«

Vom designierten Gründungsrektor der HÖV erfuhr Manfred zu seinem großen Erstaunen, daß die vermeintliche untere Verwaltungskraft als Jurist zur PGH gekommen war, später Professor werden sollte und bis dahin ein bundesweit vorbildliches rechtswissenschaftliches Curriculum zusammenbasteln wollte. »Das ist Herr Raddusch.«

Dieser Dr. jur. Maximilian Raddusch wirkte auf Manfred stärker als eine ganze Schachtel voller Stimmungsaufheller. Raddusch hatte das Zeug, einer der ganz Großen auf der Westberliner Prominentenbühne zu werden. Das mochte nicht soviel heißen, denn im Treibhausklima der provinziellen Insel Berlin schoß alles himmelhoch, was sonst nur bis auf Kniehöhe gekommen wäre. Doch bei ihm steckte wirklich viel Substanz dahinter. Schon seine äußere Erscheinung verlieh ihm viel Charisma. Mit seinen langen und ständig irr zerzausten weizenblonden Haaren wirkte er wie ein Theaterintendant kurz vor der Premiere, nervös und überagiert. Die überdimensionierte Nase in seinem märkischen Bauerngesicht verriet unbändige Kraft und einen durch nichts zu brechenden Siegeswillen. Zu dem Siegerimage trug entscheidend bei, daß er in seiner Jugend als Radrennfahrer viele Lorbeerkränze gesammelt hatte, immer einen Tour-de-France-Sieg vor Augen, und seine Rennkarriere erst aufgegeben hatte, als sein Jurastudium nichts anderes mehr erlaubte als die Paragraphenbüffelei.

Als einer der wenigen Einser-Juristen der FU Berlin hatte er sofort eine Stelle als Vorstandsassistent eines der großen Stahlkocher an Rhein und Ruhr gefunden und wäre dort in kurzer Zeit zu viel Macht und Geld gekommen, wenn ihn nicht plötzlich die 68er Bewegung mitgerissen hätte. Als Prokuristensohn im stinkvornehmen Dahlem aufgewachsen, hatte er bis dato nur konservativen Werten angehangen, dann aber, nach dem Tode Benno Ohnesorgs, sein Golgatha erlebt, Karl Marx und Che Guevara für sich entdeckt und beschlossen, auf dem linken Flügel der Willy-Brandt-Partei Reformen zu wagen, denn an eine Revolution in Deutschland zu glauben, dazu war er zu klug. Ausgehend von dem klassischen Satz Max Webers, Herrschaft im Alltag sei Verwaltung, war er sogleich angesprungen, als er in der *Zeit* die Ausschreibung der PGH beziehungsweise HÖV Berlin gelesen hatte. Uschi, seine Frau, hatte ihn in allem bestärkt. Als Kindergärtnerin war sie längst in den Sog derer geraten, die sich von der antiautoritären Erziehung die Rettung der Welt versprachen, zumindest aber, daß es keinen Faschismus und keine imperialistischen Kriege mehr geben würde, wenn die Maxime, die seit Urzeiten willige Soldaten und Killer hervorgebracht hatte, nicht mehr galt: Das Wichtigste, was ein Kind lernen sollte, sei Gehorsam gegenüber den Eltern. Nein, kritisch und aufmüpfig sollten die Kinder sein, kreativ, einfühlsam und selbstbestimmt.

Manfred empfand Maxe gegenüber, wie sie Maximilian Raddusch nannten, vom ersten Augenblick an eine starke Zuneigung, was auch darin begründet sein mochte, daß er sehr Onkel Albert ähnelte, dem ältesten Bruder der Schmöckwitzer Oma, einem der Originale seiner Familie. Maxe und Manne, das konnte was geben.

Der Vormittag verging schnell, denn Puppke hatte Manfred die APLAUS-Ergebnisse mitgegeben, und die waren nun durchzuackern. Im 14. Stockwerk hatte er ein Einzelzimmer mit Blick auf Funkturm und Teufelsberg. Wenn er nicht gerade dicht ans Fenster trat, ging es mit der Höhenangst. Er dachte an seine ersten Tage bei Siemens und im AmfVi. Daran gemessen, hatte er hier die besseren Karten.

Die PGH arbeitete bereits seit einem Monat, und es hatten sich sehr schnell die ersten Grüppchen, Fraktionen und Fronten gebildet. In der Sache unversöhnlich und in einem regelrechten Grabenkrieg, so schien es Manfred, standen sich zwei Parteien gegenüber: die Ständisch-Konservative Partei, wie er sie nannte, die SKP, mit Puppke an der Spitze, und die Links-Progressive Partei, die LPP, mit Raddusch als »Vorturner«. Zur LPP gehörten noch Tobias Rindt und Leo Schmalstich, und man traf sich zum Mittagessen, den *Abend* unterm Arm, ebenso konspirativ wie der feineren Lebensart entsprechend, nicht in der Kantine des T-T, sondern beim Italiener in der Kurfürstenstraße.

Wäre Tobias Rindt in Robert Lembkes *Heiterem Berufe-raten* erschienen, hätten ihn 98,4 Prozent aller Zuschauer auf Anhieb für einen Oberstleutnant der Bundeswehr gehalten, so großgewachsen und schneidig war er, so bedingungslos gültig schien alles, was er dachte und sagte, ständig ausgerichtet an Befehl, Gehorsam und Gefolgschaftstreue als höchste aller Werte. Doch Rindt war promovierter Soziologe. Er war in eine Jesuitenschule gegangen und dort mit dem Gedankengut und der Soziallehre des legendären SJ-Paters Oswald von Nell-Breuning in Berührung gekommen. Und Ende der sechziger Jahre hatte die Soziologie als das Fach, das in den Dienst der Schwachen und Deprivierten gestellt wurde, einen großen Boom erlebt. Sein Fachwissen war für einen C3-Professor dennoch eher mäßig zu nennen, und ohne Manfreds Hilfe hätte er manche Lehrveranstaltung kaum gestalten können. Dennoch sollte er es später dank seiner Kommando-Autorität ganz ausgezeichnet verstehen, den Studenten das Wesentliche einzubleuen. Manfred und er bildeten ein gutes Gespann: Manfred hatte die Einfälle und machte die Pläne, und Tobias Rindt setzte mit seiner unnachahmlichen sozialen Brachialgewalt in den Gremien und bei der Fachaufsicht alles durch. Für solche Gefechte trainierte er tagtäglich mit seiner Frau Ilona, die in einer der kleineren Berliner Parteien Karriere machte. Wenn sie sich fetzten, hoben die Nachbarn gleich den Telefonhörer ab, um schneller die Polizei alarmieren zu können.

Leo Schmalstich war das, was Theodor Fontane einen »Damenmann« nannte, also einer, auf den die Frauen bedingungslos abfuhren. Er schien drei Identitäten zu haben: die eines dunkelhaarigen, schnauzbärtigen Armeniers, dann die eines lieben Seehunds mit großen blanken Augen und schließlich die Clark Gables, wie ihn der Wind verwehte. Wie die Firma Bauknecht mit ihren Kühlschränken, Waschmaschinen und Kochherden wußte er, was Frauen wünschten. Sein Standardprogramm war ein romantisches Diner bei Kerzenlicht und mit leiser Musik im Penthouse hoch über Berlin, Beaujolais primeur im Glas und Schmetterlingen im Bauch ... Eigentlich hätte er rund um die Uhr an seiner Doktorarbeit schreiben müssen, statt Damen aller Altersklassen zu beglücken, denn nur als Diplomvolkswirt, also ohne das Dr-Punkt vor dem Namen, konnte er kein HÖV-Professor werden. Und war er nicht der Herr Prof. Dr. Leo Schmalstich, würde er gegenüber seiner Ehefrau immer und ewig den kürzeren ziehen. Nora Schmalstich-Röder betrieb in Stuttgart eine gutgehende Anwaltskanzlei, und alle vierzehn Tage flog er von seinen geliebten Berliner Heimspielen zum weniger geschätzten Auswärtsspiel in den Süden.

Um 15 Uhr war der nächste Jour fixe der PGH, und Manfred hatte ein paar Minuten Zeit, in der *Berliner Morgenpost* zu blättern. Die hatte seine Mutter jetzt abonniert, denn der *Telegraf* war Ende Juni eingestellt worden. Manfred empfand das so, als wäre ein naher Verwandter gestorben. Was gab es in Berlin ...? Bei Peek & Cloppenburg STREICHEL-SAKKOS: Für das Lebens zu zweit, denn Frauen fühlen Samt so gern. *Gott, Sorgen haben die!* In der Deutschlandhalle hatte Walt Disney mit seiner Acht-Millionen-Superschau Einzug gehalten, und im Sportpalast sollte es in vierzehn Tagen das 68. Berliner Sechstagerennen geben. Im Kino spielten sie vor allem den *Paten* mit Marlon Brando und Al Pacino. Den wollte er sich unbedingt ansehen, denn bei der Mafia konnte man sich viele Anregungen holen, wenn es um die Analyse der öffentlichen Verwaltung ging: Wie da Don Corleone gute Taten wie Wertpapiere hortete und eines Tages mit ganz bestimmten Bitten kam ... In der Rubrik *Für die Frau* standen die neuen Modelle von Triumph im Mittelpunkt: »Der BH von heute verzichtet meist auf jeden Einbau und gibt sich federleicht.« Im ZDF gab es um 20 Uhr 15 einen großen Agenten-Thriller, den Dreiteiler *Der Illegale* mit Götz George, Olga Tschechowa und Gustav Knuth. *Na gut ...*

»Manne, komm, nimm die Kanne!« Maximilian Raddusch kam, um ihn zur Sitzung mitzunehmen. Diesmal ging es um den Anteil, den die Rechtsfächer am Gesamtcurriculum haben sollten. Da dies eine zentrale Frage war, hatte auch die Fachaufsicht ihren Vertreter entsandt, einen Oberbeamten namens Jahrow.

Wolfgang Jahrow hatte die HÖV mit aller Kraft verhindern wollen, war dann aber, als ihm dies nicht gelingen wollte, im letzten Augenblick auf den fahrenden Zug gesprungen, um ihn unter lauten »Schneller voran«-Rufen erfolgreich bremsen zu können. Das letzte Revirement in der Berliner Verwaltung hatte ihn dorthin gebracht, wo er am besten wirken konnte: an die Spitze der Fachaufsicht über die HÖV Berlin. Zugleich war er Vorsitzender des Examensausschusses, in dem jenseits aller demokratisch verfaßten HÖV-Gremien die eigentliche Macht konzentriert war. Indem man festlegte, was geprüft wurde, bestimmte man den Inhalt der Lehre. Die Freiheit von Forschung und Lehre war zwar im Grundgesetz festgehalten, aber für Jahrow war es ein Faktum, daß die jungen Beamten, wenn sie von so linken Spinnern wie Raddusch und Matuschewski ausgebildet wurden, eben dieses Grundgesetz zerstören würden. Und da er geschworen hatte, es aktiv zu verteidigen, tat er alles, diesen »Ratten, Pinschern und Schmeißfliegen« das Handwerk zu legen. Zwar war er parteilos und reiste auf dem SPD-Ticket, übernahm aber dankbar die Straußsche Terminologie. Den »langen Marsch durch die Institutionen« wollte er nachhaltig vermasseln. Sein Lieblingswitz war der, wo der einfach gestrickte und bodenständige deutsche Unteroffizier auf dem Kasernenhof einen hochgebildeten cand. phil. anspricht: »Wissen Sie, was eine Idee ist?« – »Natürlich. Eine Idee ist nach Hegel das Wahre an und für sich, die absolute Einheit des Begriffs und der Objektivität. Bei Augustinus hingegen sind Ideen die Urbilder allen Seins im Geiste Gottes.« – »Gut, dann nehmen Sie mal Ihr Gewehr eine Idee höher.« Jahrow hatte sich in der Innenverwaltung vom einfachen Angestellten bis zum Oberregierungsrat hochgedient, und die angestrebte Intellektualisierung der öffentlichen Verwaltung bedeutete für ihn ihren Untergang, zumindest aber ihre partielle Arbeitsunfähigkeit. Weisung, Ausführung, Rückmeldung, zack-zack, so funktionierte das … schon seit Jahrtausenden. *Räsoniere er nicht!* Es war ein Frevel für ihn, wenn hochbezahlte Leute stundenlang herumlaberten und dann weniger herauskam, als er in zehn Minuten allein auf sich gestellt geschafft hätte. Und die neue HÖV, da war er sich sicher, erhob dieses aufgeblasene und ineffiziente Schwätzertum zum alleinseligmachenden Prinzip. Das schmerzte ihn ungemein, und das verzieh er Raddusch & Konsorten, wie er sie nannte, niemals.

Selbstverständlich unterstützte er Puppke, wo immer es ging. Puppke war indessen nicht allein nach Berlin gekommen, sondern hatte zwei Männer aus dem hohen Norden mitgebracht, die ihm, wie Rindt es formulierte, »hündisch« ergeben waren: Ralf März und Einar Thorensen.

Einar Thorensen paßte in die deutsche Verwaltung wie eine Rolle Klopapier auf den Kopf der Königin von England. Fotograf war er eigentlich, Kameramann, auch Songtexter für Kabarettisten und Schlagersternchen, Künstler eben durch und durch. Aber den großen Durchbruch hatte er, Mitte Dreißig war er, noch immer nicht geschafft, und da er die Entbehrungen des Bohemiens nicht eben schätzte, war er Beamter des gehobenen Dienstes geworden, Amtsrat immerhin, und das im Hamburger Kulturressort. Auf der Bühne Büro konnte er sich tagtäglich selber inszenieren, und so war das Ganze mehr als ein reiner Brotberuf. Ständig strahlte er so glühbirnenhaft wie ein Galerist in der ersten Stunde einer Vernissage, und sein Gesicht war so gerötet wie das eines französischen Weinbauern aus der Gegend von Clochemerle. So *overdressed* wie er war niemand sonst an der HÖV, man kannte ihn nicht anders als in dunklem Anzug, weißem Hemd und bordeauxroter Fliege. Was ihn aber vollends von allen anderen abhob, war seine Ausdrucksweise. Saß er in einem Gremium, so sagte Thorensen nicht etwa: »Bei einem Kurs freitags von 16 bis 18 Uhr paßt doch keiner mehr auf«, sondern: »Terminieren wir eine Lehrveranstaltung in dem zur Debatte stehenden Zeitraum am Freitag von 16 Uhr s. t. bis 17 Uhr, so müssen wir bei Berücksichtigung aller in Frage kommender Parameter von einer suboptimalen Motivation der involvierten Studenten ausgehen.« Was Thorensen an Puppke band, wußte niemand zu sagen, die Männerliebe, wie manche munkelten, wohl nicht, denn er unterhielt rege und durchaus körperliche Beziehungen zu einer Stuttgarter Schauspielerin, zu der er – trotz seiner gewaltigen Flugangst – jedes Wochenende jettete. Mochte sein, daß er davon geträumt hatte, selber einmal vor der Kamera zu stehen – vielleicht als Butler, etwa in der Art Hubert von Meyerinks, dem »Hubsi«, dem er in vielem ähnlich sah, bis hin zur Glatze und der gekünstelt dekadenten Stimme. Jedenfalls war er Rektor Puppkes idealer Referent.

Ralf März war der andere Adlatus beziehungsweise Wasserträger, den Puppke aus dem Norden mitgebracht hatte, ein bärtiger Verwaltungsmann von knapp dreißig Jahren. Hager und asketisch war er, was an seinem ewig kranken Magen lag. Seine Konfliktresistenz lag bei Null, schon bei den kleinsten Attacken gegen seinen Herrn und Meister mußte er zu Arzneimitteln greifen. Meistens brachte er ein gefülltes Wasserglas in die Sitzungssäle mit, um seine Tabletten besser schlucken zu können. Kam es ganz schlimm, stürzte er nach draußen, um sich zu erbrechen oder wegen Durchfalls notzulanden. Nach Abitur und anschließender Verwaltungsschule hatte er sich mit viel Fleiß und Fortbildung in den höheren Dienst emporgearbeitet, war aber dem Tagesstreß eines Regierungsrates nicht gewachsen und hoffte, mit einer C2-Professur an der HÖV Berlin den ersehnten ruhigen Hafen zu finden. Fachlich war er, was die Verwaltungslehre betraf, ein guter Mann, hatte auch das APLAUS-Projekt gehörig vorangetrieben, konnte aber Puppke in den harten Kämpfen um den richtigen Weg der HÖV aus den erwähnten Gründen wenig nützen, es sei denn, die Anti-Puppke-Fronde schwächte ihr Feuer aus Mitleid mit ihm ein wenig ab, was sie aber nicht immer tat, denn schnell hatten die Raddusch, Rindt, Schmalstich und Matuschewski erkannt, daß der Rektor die Schwäche seines Freundes zu instrumentalisieren wußte.

Von den Berlinern stand nur Rainer Wurl auf Puppkes Seite, schlicht und einfach, weil er der Gruppenleiter war und sich in Wurls Verständnis die Gesellschaft nur erhalten konnte, wenn sich alle Macht ausschließlich an der Spitze eines Systems befand und die Unteren das taten, was die Oberen für richtig hielten. »Auf jedem Schiff, das dampft und segelt, ist einer, der die Sache regelt«, war sein Lieblingsspruch, und er behielt ihn auch bei, als Manfred ihn mit der Wendung »... ist einer, der die Waschfrau vögelt« zu entwerten versuchte. Rainer Wurl war der geborene Schauspieler, und als solcher hatte er zwei Möglichkeiten der beruflichen Selbstverwirklichung gesehen: entweder Mime oder aber Jurist zu werden. Er hatte sich für die zweite Alternative entschieden und nach abgeschlossenem Studium bei der Ausschau nach der besseren juristischen Bühne nicht den Gerichts-, sondern den Hörsaal gewählt, wollte also über den Umweg der PGH Professor werden und nicht Richter, Rechts- oder Staatsanwalt. In der alten Verwaltungs- wie der Polizeischule hatte er mit großem Erfolg Kurse abgehalten. Dabei kam ihm seine Ähnlichkeit mit Harald Juhnke zustatten. Ein Komödiant war er, und wenn er im Tauentzien-Tower einen Fall mit verteilten Rollen nach- beziehungsweise vorspielte, sicherte ihm das den Beifall auch der müdesten Studenten. In Wurls Erbgut mußte sich ein besonderes Gen für Normentreue eingenistet haben. Wurl war einer, der lieber einen wichtigen Termin verpaßte, als bei Ampelrot über die Straße zu eilen. Dies war für ihn der Anfang vom Ende der bürgerlichen Gesellschaft. Nie betrog er die Steuer auch nur um einen Pfennig, hatte noch niemals eine Büroklammer für seine privaten Papiere benutzt oder auf Staatskosten ein Gespräch mit seiner Frau geführt, und niemals schloß er eine Lehrveranstaltung auch nur um Sekunden früher ab, denn er wurde vom Land Berlin ja für die volle Zeit bezahlt. Kurzum, er trug jedes Gesetz nicht nur unter dem Arm, sondern auch im Herzen.

Puppke eröffnete die Sitzung, und Jahrow trug die Klage der Innenverwaltung vor, daß im Curriculum der HÖV nur knapp sechzig Prozent Rechtsfächer vorgesehen seien.

»Nehmen wir noch senk- und waagerecht dazu«, rief Manfred. »Damit unsere Beamten ihre Kreuzworträtsel am Arbeitsplatz in Zukunft schneller lösen können.«

»Ich bitte mir etwas mehr Ernst aus«, mahnte Puppke.

»Und ich mir mehr Unernst«, gab Manfred zurück, »denn kontrolliertes Brainstorming ist etwa so kreativ wie ... wenn ich ein Bild von Rembrandt abfotografiere.«

Jahrow lehnte sich zurück und gab den Großwesir des Kalifen, der einen unbotmäßigen Untertanen wie diesen zerquetschen und wegschnipsen konnte wie eine Ameise, die über seine Pluderhose kroch. »Bilden wir hier Maler aus? ... Am besten mit Hilfe von Horst Mahler ...« Der, als sogenannter RAF-Anwalt, war seine größte Reizfigur. »Die Rechtsfächer sind das Eigentliche in der Beamtenausbildung, alles andere ist nichts als modischer Schnickschnack, der nur dazu da ist, den Wert des Eigentlichen zu steigern.«

Manfred wußte nun, was ihn an der HÖV erwarten würde: immer als eigentlich unnütz zu gelten. Hätte er jetzt aufstehen sollen, um mit einem »Sie können mich mal!« den Raum zu verlassen und sein Glück anderswo zu machen? Oder war es das, was ihn aushalten ließ: ein gewaltiger Zorn auf das Bestehende und die Hoffnung, mit Raddusch, Rindt, Schmalstich und anderen die Verhältnisse zu ändern? Gesellschaftsreform durch Verwaltungsreform ... und Verwaltungsreform durch Ausbildungsreform. Möglicherweise war es auch ein gewaltiger Haß auf Puppke, der ihn hier festhielt. Daß Puppke als Sieger blieb und sie alle, mit ihm Raddusch und Rindt, als Verlierer den Ring verließen, war ein unerträglicher Gedanke.

So biß er sich wie ein Kampfhund an Rudolph Puppke fest. Wer Puppke zum ersten Mal sah, fühlte sich unwillkürlich an einen Jugendherbergsvater der fünfziger Jahre erinnert, einen leicht gealterten Wandervogel mit Schillerkragen, immer frisch-fromm-fröhlich-frei und von einer naiven Art, die herzerfrischend und gewinnend war, andererseits ein wenig an den Onkel Pelle denken ließ, wie er bei Kinderfesten die lieben Kleinen unterhielt. Wenn er im Tauentzien-Tower auf dem Weg zum Hörsaal war, um in der Verwaltungsschule dem mittleren Dienst bürgerliches Recht zu vermitteln, schien er mit knorrigem Wanderstab und wehrmachtsgrünem Rucksack unterwegs zu sein, und dozierte er in seinem singenden Hamburgisch vorn an Overheadprojektor und Tafel, sah man ihn automatisch im Lodenmantel. Puppke hatte sich nicht mit List als Biedermann getarnt, er war wirklich so wenig intellektuell, wie er aussah, und Rindt, der mitunter recht ätzend sein konnte, hatte gleich zu Anfang gesagt, Puppke würde einmal einen leichten Tod haben, denn viel Geist habe er nicht aufzugeben. Manfred fand das ein wenig ungerecht, denn immerhin hatte Puppke die Reform der Verwaltungsausbildung in Berlin vorangebracht, da er bei einer Tagung in Bad Münstereifel auf die insularen Entscheidungsträger zugegangen war, um sie zu fragen, wann Berlin seine HÖV bekäme.

Puppke kam aus Itzehoe, war Volljurist und hatte es nach kurzer Tätigkeit in einem schleswig-holsteinischen Landratsamt vorgezogen, als Dozent in verschiedenen Verwaltungsschulen zu wirken. Die Westberliner, immer in der Angst, vom Osten auf kleiner Flamme gargekocht zu werden, das heißt, so lange geschrumpft zu werden, bis sich die Verteidigung der Frontstadt für den Westen gar nicht mehr lohnte, waren wild auf jede Blutauffrischung. Sie hatten Puppke als Geschenk des Himmels betrachtet. Im Eilverfahren war er beauftragt worden, die PROFA, die Projektgruppe Fachhochschulgründung, als Nukleus der künftigen HÖV aus dem Boden zu stampfen, was er mit Hilfe seiner beiden importierten Nordlichter, Thorensen und März, auch geschafft hatte. Mit der Rekrutierung weiterer Mitglieder und designierter Professoren hatten sie sich dann in »PGH« umbenannt, weil PROFA zu sehr nach profan geklungen hatte und weil die linken und die Satire-Blätter PROFAschistisch daraus gemacht hatten. In ihrer ersten Phase waren Puppke, März und Thorensen durch die Berliner Verwaltung gezogen, um herauszufinden, was der gehobene Dienst denn nun wirklich trieb, und hatten ihre Erkenntnisse in einem Bericht von 500 Seiten Umfang zu Papier gebracht, eben dem APLAUS, was, wie schon betont, Arbeitsplatzuntersuchung meinte. Applaus von allen Seiten war ihm dennoch nicht beschieden, weil er zu sehr auf das Gestern ausgerichtet sei. Deswegen hatte sich Manfred schon bei seinem Einstellungsgespräch mit Puppke in der Wolle gehabt.

Auch Armschat ließ keine Sitzung vergehen, ohne Puppkes Werk als wertlos zu deklarieren. »Für die Verwaltung von morgen, lieber Herr Puppke, müssen wir uns das moderne Industriemanagement zum Vorbild nehmen und nicht die preußische Bürokratie von gestern. Wenn wir unser Curriculum auf den Ist-Zustand zuschneiden und nicht auf einen reformerischen Soll-Zustand, dann verbauen wir unseren Absolventen jede Chance, im nächsten Jahrtausend Karriere zu machen, denn 2000 wird die Berliner Verwaltung eine ganz andere sein als heute – und da sind sie dann im Vorgesetztenalter. Ihr APLAUS taugt da zu nichts weiter als zum Feueranmachen. Hat mal einer Streichhölzer da?«

Christian Armschat kam wie Manfred vom Berliner Hinterhof, wenn auch nicht aus Neukölln, sondern aus dem Wedding. Was ihn auszeichnete, war eine hohe Kompetenz im Bereich der betriebswirtschaftlichen Organisationslehre, die er sich – das war die andere Parallele zu Manfred – als Stammhauslehrling bei der Firma Siemens wie an der Uni Köln angeeignet hatte. In vielem war er Manfreds altem Schulfreund Dirk Kollmannsperger ähnlich, denn auch er war rotzfrech zu allen und jedem und machte nicht den geringsten Versuch, den Leuten nach dem Munde zu reden. Später sagte er Studenten, die ihm nicht folgen konnten, und das waren nicht wenige, mitten ins Gesicht, »daß sie zum Scheißen zu dämlich seien«. Die verklagten ihn aber nicht etwa beim Fachbereichsrat, sondern kauften oder liehen sich schnell eines seiner Bücher, um fürderhin von seinem Zorn verschont zu bleiben. Daß er so viel Zuspruch hatte, lag gerade an seinem ruppigen Charme, ähnlich dem, den Jahre später Götz George als *Tatort*-Kommissar Schimanski kultivierte. Manfred kam gut mit Armschat aus, denn beide achteten sich und zitierten sich gegenseitig in den eigenen Schriften, wo immer es ging.

Nun meldeten sich Engelhard und Schattan zu Wort, zwei weitere wissenschaftliche Planer in der PGH und designierte Professoren. Zwar war alles gesagt worden, aber zum Ritual dieser Sitzungen gehörte es, zu jedem Thema »seinen Senf dazuzugeben«. Manfred merkte, warum er die »Gremienarbeit« von Anfang an so gehaßt hatte. Sehr schnell wußte jeder von jedem, was der zu den Problemen 1 bis 15 dachte, und viele Wortbeiträge hätten sich so ganz einfach erübrigt. Aber alle redeten und redeten und redeten, teils aus narzißtischer Bedürftigkeit und Freude an der Selbstdarstellung, teils aus strategischen Überlegungen, das heißt, zur Verteidigung der eigenen Claims oder zur Betonung des eigenen Faches. Manchmal auch nur, weil die Freunde Unterstützung brauchten oder man ansonsten einzuschlafen drohte.

»Wozu gibt es denn überhaupt so etwas wie ein Curriculum?« fragte Engelhard. Alle stöhnten auf, weil nun wieder viel Grundsätzliches kam. »Wir brauchen es, weil es die Komplexität so weit reduziert, daß unser System überhaupt funktioniert. Andererseits ist diese Reduktion von Komplexität eine politische Entscheidung, die wir uns sorgsam überlegen müssen, ein Stück Herrschaftsausübung. Und da stellt sich die Frage, ob wir hier a priori etwas festlegen können, ohne die hauptsächlich davon betroffenen Menschen angehört zu haben: unsere Studenten.«

»Wir können nicht warten, bis die da sind!« rief Schattan. »Wir sind die Henne, die das Ei legen muß, nicht die Studenten.«

»Das Bild ist absolut falsch!« Engelhard winkte ab. »Im Ei ist das unkorrigierbar festgelegt, was einmal herauskommen wird, wir aber müssen eine Studienordnung schaffen, die sich nach den Bedürfnissen derer richtet, die hier studieren werden und die wir noch nicht kennen.«

»Die werden das Bedürfnis haben, möglichst wenig zu lernen«, lachte Schmalstich.

»Warum denn diese Self-fulfilling prophecy?« fragte Engelhard. »Ich glaube, daß die jungen Menschen, die zu uns kommen, eine starke Affinität zum Recht haben. Was ist denn unser Recht? Es ist das organisierte und institutionalisierte Verfahren zum Erhalt einer Normenordnung, die mit einem hochentwickelten Erzwingungsverfahren durchgesetzt werden soll. Was heißt das nun für unser Curriculum? Das heißt, daß wir gerade dieses Erzwingungsverfahren besonders thematisieren müssen, während Sie, Herr Puppke, unsere Studenten nur zu reinen, das heißt, ihr Tun nicht reflektierenden Gesetzesanwendern machen möchten.«

So sehr Manfred dem Kollegen Engelhard innerlich zustimmte, ihm dröhnte der Kopf, und jedes weitere seiner Worte schien seine Synapsen explodieren zu lassen. Er konnte sich nur retten, indem er nicht mehr zuhörte und den Kollegen quasi mit abgeschaltetem Ton beobachtete.

Alwin Engelhard lief immer durch den Tauentzien-Tower wie der Prinz von Homburg vor der Schlacht bei Fehrbellin: *Wach' ich oder träum' ich?* Bevor er Jurist geworden war, hatte er Philosophie studiert und ließ durch Körpersprache und Mimik zu jeder Sekunde erkennen, daß er der einzige war, der die Welt und das Sosein der Verwaltung halbwegs deuten konnte. Während andere fünf Fachartikel von je zwanzig Seiten in einem Jahr schrieben, schaffte er einen von zwei Seiten in fünf Jahren. Dafür hatte jeder Satz einen solchen Tiefgang, daß er hinterher selber Schwierigkeiten hatte, ihn zu verstehen. Was ihn ganz besonders erfreute, denn nichts zu verstehen war in seinen Augen die höchste Stufe einer ausgereiften Hochkultur. Schließlich habe sich das ganze Weltall vom Urknall an ohne Sinn und Verstand bis zum heutigen Zustand entwickelt. Einmal bestritt er wortreich, daß die Tauentzienstraße zwischen Wittenbergplatz und Gedächtniskirche eine Gerade sei. Sicher sähe das so aus, aber in Wahrheit sei sie eine vielfach verschlungene, labyrinthische Straße, nur würden das die Leute mit ihren eingeschränkten Sinnen nicht wahrnehmen wollen und können, er aber registriere es sehr wohl.

Engelhard war ganz sicher der professoralste Professor aller HÖV-Kollegen, aber Dieter Schattan stand ihm kaum nach. Wer ihn zum ersten Mal sah, zuckte unwillkürlich zusammen, denn man glaubte, Sigmund Freud vor sich zu haben, auferstanden von den Toten. Auch rauchte er in derselben exzessiven Art und Weise wie der große Psychoanalytiker. Er war nur drei Jahre älter als Manfred und hatte dieselben Erinnerungen an den Luftschutzkeller und die Zeiten, wo es »Brennholz für Kartoffelschalen« geheißen hatte. Den größten Ruf genoß er nicht in seiner Zunft, der Volkswirtschaft, sondern unter Sammlern alter Briefe, insbesondere bei denen, die Briefe Theodor Fontanes horteten.

Den zitierte er jetzt, wo es darum ging, die eh schon zu hohen Anteile der Volkswirtschaft am Curriculum um weitere drei bis vier Prozent zu erhöhen. »Nun, lieber Alwin Engelhard, wie schreibt schon Fontane an seinen Freund Philipp zu Eulenburg: › ... geistreich-sein ist bloß gefährlich wie schön-sein und ruiniert den Charakter.‹ Darum will ich mit Ihrem Recht nicht rechten, sondern nur anmerken, daß es rechtlich nichts zu normieren gäbe, wenn das Leben und Überleben der Menschen in einer Gesellschaft nicht durch eine funktionierende Ökonomie sichergestellt wäre, also das ökonomische Denken vor dem juristischen Denken einzuordnen wäre, und der moderne Beamte dies auch erkennen können muß, will er effizient handeln.«

»Und Handeln ist immer soziales Handeln!« rief Jochen Rindt dazwischen. »Siehe Max Weber. So daß der Primat des Soziologischen wohl außer Frage steht.«

So ging das oft stundenlang, und es zermürbte Manfred zunehmend, zumal er nach diesen Mammutsitzungen mit Raddusch, Rindt und Schmalstich meist bis weit nach Mitternacht in irgendeiner verrauchten Kneipe hockte, alles x-mal durchkaute und nach Möglichkeiten suchte, den Kampf gegen Puppke und Jahrow zu gewinnen. Kam er einmal früher nach Hause, das heißt, in die Wohnung seiner Mutter an der Treptower Brücke, überfiel sie ihn schwallartig mit allen Neuigkeiten aus ihrem Leben.

»Stell dir vor, Liebetruths ist schon wieder ein Goldhamster gestorben.«

»Sag bloß ...?« Diese Wendung hatte er von Günther Hüring aus Bremen mitgebracht.

»Guck dir mal meinen Gummibaum an: Schon wieder ein neues Blatt!«

»Ja, bald mußt du ein Loch durch die Decke bohren ...«

»Gerda Neutig meint, daß wir auch ohne Vati wieder nach Farchant fahren sollen. Aber soll ich das wirklich?«

»Nein, laß mal noch ein bißchen Zeit vergehen.«

»Neue Gardinen brauche ich.«

»Mutti, die alten sind noch wie neu.«

Und wenn sie vor dem Fernseher saßen und die Berliner *Abendschau* sahen, redete sie mehr als Harald Karras im Studio. Entspannung pur war das sicher nicht, und Manfred ging aus lauter Verzweiflung oft schon um halb zehn ins Bett. Gleich einschlafen konnte er trotz aller Erschöpfung nur selten. Meist lag er bis weit nach Mitternacht wach und wälzte sich herum. *Das ist alles nicht zu schaffen.* Manchmal klopfte die Mutter an die Tür.

»Schläfst du?«

»Ja, ganz tief und fest.«

»Du müßtest dich um eine Wohnung kümmern. Zu wann habt ihr denn eure Wohnung in Bremen gekündigt?«

»Zum 31. März.«

Die Mutter verschwand im Bad, und Manfreds Gedanken gingen in die Armsener Straße. Er hatte Sehnsucht nach Joscha und Renate und stellte sich vor, wie er an das Kinderbett trat und seinen Sohn friedlich schlummern sah. Jedes zweite Wochenende flog er nach Bremen, Freitagabend hin und Montagmorgen zurück, und da sich seine Flugangst nicht gegeben hatte, kostete jede Reise eine Menge Kraft. *Langsam ist der Akku leer.* Er war sich sicher, das alles nicht mehr lange aushalten zu können.

Er knipste die Nachttischlampe an und versuchte, müde zu werden, indem er las. Bislang hatten ihn die Berichte über die Olympischen Spiele immer entspannt, aber bei München 72 klappte das nicht mehr. Die Bilder vom »Massaker« überlagerten alles andere. Arabische Terroristen waren in die Unterkunft der israelischen Mannschaft eingedrungen, hatten zwei Sportler getötet und neun als Geiseln genommen. Am Flughafen Fürstenfeldbruck war es zum Kampf gekommen, und fünfzehn Menschen hatten ihr Leben lassen müssen: die neun Geiseln, fünf Araber und ein Polizist. »The games must go on«, hatte der IOC-Präsident gemeint. Ulrike Meyfarth, gerade 16 Jahre alt, hatte den Hoch- und Heide Rosendahl den Weitsprung gewonnen, und bei den Leichtathleten waren die Goldmedaillen in der 4 x 100-Meter-Staffel der Frauen, im Speerwurf (Klaus Wolfermann) und im 50-Kilometer-Gehen (Bernd Kannenberg) dazugekommen. Der große Held aber war der amerikanische Schwimmer Mark Spitz mit sieben Goldmedaillen.

Die Mutter kam aus dem Bad zurück und nahm den Faden wieder auf. »Alle könnt ihr nicht bei mir wohnen.«

»Nein, Mutti. Zum 1. April haben wir 'ne Wohnung hier in Berlin.«

»Wie denn, wenn du nicht suchst. Auf einem silbernen Tablett wird sie dir keiner hinterhertragen.«

»Ich suche ja.«

Das tat er wirklich, und es war eine Erfahrung, die auch eine stärkere Frohnatur als ihn in die Depression getrieben hätte. Bezahlbare Wohnungen mit drei bis vier Zimmern waren in Westberlin so rar wie in Ostberlin Sondergenehmigungen zu Fahrten ins kapitalistische Ausland. Meldete er sich auf Anzeigen hin, waren die Wohnungen längst vergeben, wenn er mit Bahn und Bus angereist war, und standen sie noch leer, dann waren es ausgesprochene Bruchbuden. Die Damen in den Maklerbüros waren durchweg aufgedonnert und legten, nachdem sie gemerkt hatten, daß er für Villen und Villenetagen nicht in Frage kam, eine Arroganz an den Tag, wie sie nicht mal im Sozialamt gegenüber sich demütig nähernden Obdachlosen üblich war. Besonders schmerzlich war es, wenn er abends vom Tauentzien-Tower nach Hause fuhr und vom Oberdeck der Busse in Hunderte von Wohnungen blickte, in denen die Lichter angingen und die Menschen glücklich waren. *Die alle haben eine, nur ich nicht.* Wenn wenigstens Renate bei ihm gewesen wäre. So litt jeder für sich allein, sie in Bremen, er in Berlin. Aber ohne seinen Job bei der HÖV hätten sie noch viel mehr gelitten. Alle vierzehn Tage flog er zwar das Wochenende über nach Bremen, von Freitagnachmittag bis Montagfrüh, aber das war viel zu wenig. Er hatte nicht viel von seinem Sohn, und Renate, dessen war er sich gewiß, würde ihm aus der Tiefe ihres Herzens nie verzeihen, daß er sie mit Joscha allein gelassen hatte.

»Seit es hier einen Fall von plötzlichem Kindstod gegeben hat, kann ich nicht mehr schlafen. Ich muß dauernd zur Wiege laufen, und wenn er mal nur ganz leise atmet, dann bin ich so in Panik, daß ich ...« Sie begann zu schluchzen.

»Du, die statistische Wahrscheinlichkeit, daß Joscha ...« Manfred wollte sie in den Arm nehmen und trösten, doch sie stieß ihn weg. Da nun war er verzweifelt und hatte Tränen in den Augen. »Was soll ich denn bloß machen!? Berlin und die HÖV – das ist die einzige Chance, die ich habe! Soll ich mein ganzes Leben lang arbeitslos sein ...!? Was haben wir denn dann!?« Und was er bei diesem Ausbruch fühlte und dachte, war schnell auf den Punkt gebracht: *Das ist mir alles zuviel. Ich kann nicht mehr, ich will nicht mehr.*

Renate sah ihn an. »Wenn wir nicht bald eine Wohnung in Berlin haben und wieder zusammen sind, dann ...«

»Wie denn, was ich soll ich denn bloß machen ...!?« Sein Elend und seine Larmoyanz waren nie größer gewesen als am letzten Sonnabend des Jahres 1972. Renate schien um zwanzig Jahre gealtert zu sein, und von ihrer Liebe war nicht viel geblieben. Im Gegenteil: Aggression und Haß standen Renate so deutlich ins Gesicht geschrieben wie auf einem Foto aus einem psychiatrischen Lehrbuch. Und Joscha schrie, als würde er gefoltert. Für einen Augenblick wünschte sich Manfred, mit einem Schlag zusammenzubrechen. *Nein, der Junge!* Er sah sich im Mai 1945 mit seiner Mutter in Groß Pankow, als sie Selbstmord begehen wollte, erweiterten Selbstmord, also mit ihm zusammen, und er es mit seinem Lebensmut gewesen war, der sie gerettet hatte. Und wie es ihm die Schmöckwitzer Oma immer wieder vorgemacht hatte, so ballte er jetzt die Fäuste: *Ich lass' mich nicht unterkriegen!*

Zum Glück kam Henning Wannowski zu Besuch und lenkte sie ab. Er war gerade geschieden worden, und es ging ihm furchtbar schlecht. Manfred fand es zynisch, aber die Tatsache, daß es einem anderen noch schlechter ging als ihnen, richtete sie beide allmählich wieder auf.

Gesprächsthemen gab es genug. Vor allem freuten sie sich, daß es ihre SPD bei der Wahl im November auf stolze 45,8 Prozent gebracht hatte und Willy Brandt am 14. Dezember mit den 8,4 Prozent der FDP erneut zum Bundeskanzler gewählt worden war. Auch, daß Heinrich Böll den Literatur-Nobelpreis bekommen hatte, fand ihren vollen Beifall.

So ging die Krise um die Jahreswende 72/73 vorbei, zumal Manfred und Renate zum zweiten Mal nach Joschas Geburt wieder miteinander schliefen.

Doch trotz aller guten Wünsche hatte er auch im neuen Jahr kein Glück bei der Wohnungssuche. Die Makler hatten nichts für ihn, auch wenn er die fürchterlichsten Verträge unterschrieb, und selbst die engsten Freunde konnten ihm nicht helfen. Bimbo saß in Jülich auf dem Postamt, Volker Gellert war Entwicklungshelfer im Iran, Horst Hastenteufel hielt sich mit dem Schreiben von Heftromanen mühsam über Wasser, Nudel Kutzop war gerade entlassen worden, weil er versucht hatte, in seiner Firma eine »Rote Zelle« zu gründen, Maximilian Raddusch hatte alle Beziehungen zu den Nicht-Linken abgebrochen, und Gerhard Bugsin war immer auf Geschäftsreise oder in einer wichtigen Besprechung, wenn Manfred ihn anrief. Die meiste Hoffnung hatte er auf Moshe Bleibaum gesetzt, doch sogar dessen reiche Tante mußte passen. Blieb lediglich Gerda Bachnik, die ihm schon einigemal geholfen hatte, doch auch sie und die SPD schafften es nicht, ein Wunder zu vollbringen. Was freute sich Manfred da, als Puppke auf ihn zukam und ihn fragte, ob er nicht eine Wohnung suche.

»Ja, natürlich.« Sein Herz hüpfte vor Freude.

»Ich hab' da was für Sie ...«

Manfred war nahe daran, Puppke zu umarmen und ihm ewige Freundschaft zu schwören. Schlagartig war alle Antipathie verschwunden. »Wo denn, was denn, wie denn ...!?«

Puppke zog einen Prospekt aus der Tasche. »Eine Wohnanlage in der Nähe der Clayallee, gleich am Roseneck. Wunderschön ... Zur Miete oder auch als Eigentum ... Der Bauherr ist ein alter Freund von mir.«

Manfred atmete erleichtert auf. »Phantastisch. Und von der Verkehrsanbindung her ist das ideal für mich: der 60er Bus fährt vom Roseneck direkt zum T-T.«

Puppke hatte seinen Prospekt aufgeschlagen. »Ich fürchte nur, das wird ein bißchen teuer für Sie sein, das können Sie sich garantiert nicht leisten.«

Er nannte eine Summe, die in der Tat utopisch war, und er tat es mit einem Grinsen, das Manfred als schadenfroh und hämisch deutete. Er hätte ihn in diesem Augenblick erwürgen können, sagte er später zu Renate.

Es war der Tag, an dem er abends Gerhard Bugsin besuchen wollte. Sein ältester Freund war mit Philip und Roswitha von Steglitz nach Wilmersdorf gezogen, in die Koblenzer Straße, in der die »alten Bugsins«, Onkel Max und Tante Irma, seit ihrer Übersiedlung aus Ostberlin gewohnt hatten, von 1954 an. Seit dieser Zeit hatten sie eine Laube in Kladow gehabt und sich dort nun ein OKAL-Haus hinsetzen lassen. Da Manfred sowohl zu Gerhards wie zu seinem Geburtstag nicht in Berlin gewesen war, wollten sie die Feiern Mitte Februar endlich nachholen.

Vom Tauentzien-Tower bis zur Koblenzer Straße war es nicht weit, die U-Bahn brachte ihn bis zum Heidelberger Platz, und von dort waren es knappe zehn Minuten zu Fuß, am Schwimmbad vorbei und immer an der Autobahn entlang. Die Vaterunser-Kirche an der Kreuzung Detmolder und Blissestraße solle er sich als Leuchtturm nehmen, hatte ihm Roswitha am Telefon gesagt.

»Du, ich kenne eure Wohnung seit 1954.«

Als Manfred an der Wohnungstür angekommen war, glaubte er, die Zeit sei stehengeblieben, denn immer noch prangte dasselbe Namensschild neben der Klingel – BUGSIN. Ein kraftvoller Name, der an Bugsieren und Bugsierer denken ließ. *Da ist Kies dahinter.* Wie seine Mutter immer sagte. Er kam sich schwach und armselig vor, als er die Blumen ausgewickelt und geklingelt hatte.

Roswitha öffnete ihm. Obwohl ihr Sohn Philip, der hinter ihr stand, schon zehn Jahre alt war, wirkte sie auf Manfred immer noch wie ein Schulmädchen, das kurz vor dem Übergang zur Oberschule stand. Gerhard sei noch nicht zu Hause, sagte sie.

»Macht nichts«, erwiderte Manfred, obwohl er betroffen war. Auch das war eine Form von Abwertung. Na sicher, mit ihm waren keine Geschäfte zu machen, er zählte kaum etwas. Philip verschwand in Richtung Kinderzimmer, um sich seinen Schularbeiten zu widmen, und Roswitha bat, sie entschuldigen zu wollen, da sie dringend ins Bad müsse. So blieb Manfred allein im Flur zurück und wunderte sich nur, daß sie ihm nicht aufgetragen hatte, den Mülleimer runterzubringen. In der Familie Bugsin hatte man ihn über Jahre hinweg als ewigen Bettelstudenten und Männchen für alles gesehen. Und schon klopfte Roswitha von innen an die Badezimmertür und fragte, ob er nicht mal schnell ihren Staubsauger reparieren könne, der stünde auf dem Wohnzimmerteppich.

»Ja, natürlich.« Er zog den Mantel aus und machte sich ans Werk. Es lag am Stecker, und das Problem war mit Hilfe seines Taschenmessers zu lösen. Als er fertig war, entdeckte er auf der Anrichte eine Sammelbüchse, wie man sie auf der Straße schwenkte. Sie trug die Aufschrift: BITTE EINE KLEINE SPENDE FÜR UNSEREN PHILIP. Manfred suchte in seinen Taschen, fand einen abgerissenen Hosenknopf, eine Büroklammer und einen alten BVG-Fahrschein und zögerte keinen Augenblick, den bitterarmen Eltern seines Patenjungen dies alles zuteil werden zu lassen.

Lange hatte Gerhard im Geschäft zu tun, und als er zur *Tagesschau*-Zeit endlich kam, ging es bei einem Glas Wein mit dem üblichen »Weißt du noch ...?« los, immer wieder von der Frage »Was macht denn ... jetzt?« unterbrochen.

Als Roswitha aus der Küche kam und ihnen ein paar belegte Schrippen brachte, fragte sie, ob Manfred schon das Neueste wüßte.

»Nein. Wir waren gerade beim Älteren ...«

»Nun ...« Sie errötete wie eine Jungfrau im Ohnsorg-Theater. »Philip bekommt ein Brüderchen.«

»Gratuliere!« rief Manfred. »Klar, wo sich Philip strikt

weigert, später das Geschäft weiterzuführen, da mußtet ihr ja einen zweiten Thronfolger haben. Wie soll er denn heißen?«

»Leander ...«

»Leander ...?« Manfred stutzte. Irgendwie kam ihm der Name bekannt vor, und um einen Augenblick nachdenken zu können, fing er an zu blödeln. »Aber die U-Bahn-Station Heinrich-Heine-Straße hieß früher Neander- und nicht Leanderstraße ...«

Roswithas Blick war vernichtend. »Hast du nie etwas von Hero und Leander gehört, dem berühmten Liebespaar?«

»Irgendwie ... Aber Leander, das ist doch 'ne Frau ...«

»Wieso?«

»Na, weil Hero 'n Männername ist.« Er ging da ganz einfach vom englischen *hero* aus, *a hero*, ein Held. »Und außerdem: Zarah Leander – ›Bei dir war es immer so schön.‹«

Roswitha belehrte ihn umfassend. »Leander ist eine Gestalt der griechischen Sage, ein Jüngling vom Hellespont, der eine Priesterin der Aphrodite liebte, die Hero. Sie wohnte auf der anderen Seite der Meeresenge. Da Leanders Eltern ihrer Heirat nicht zustimmten, mußte er sie heimlich besuchen. Und so schwamm er jede Nacht durchs Meer, wobei er sich an einer Leuchte orientierte, die sie für ihn in einen Turm gestellt hatte. Einmal aber blies ein Sturm das Licht aus, und Leander ertrank. Daraufhin stürzte sich Hero vom Turm.«

Manfred verzog das Gesicht. »Das ist kein gutes Omen.«

»Aber es ist eine herrliche Liebesgeschichte«, erklärte Roswitha mit leuchtenden Augen. »So romantisch und ...«

Manfred sah ein, daß das etwas anderes war, als Kloschüsseln und Toilettenbürsten zu vertreiben, was einmal Roswithas Beruf gewesen war. »Leander Bugsin, wunderbar ... Vor allem, wenn er später Schauspieler wird oder Fernsehmoderator.«

»Genau das soll er!« rief Roswitha und schwärmte von dieser Welt wie eine Teenagerin vom *Bravo*-Lesen.

Gerhard sah alles ein wenig pragmatischer. »Und da unsere Wohnung hier viel zu klein ist, hab' ich gestern einen Kaufvertrag für ein Reihenhaus in Kladow unterschrieben.«

Manfred glaubte sich verhört zu haben. »Was – ihr zieht aus?«

»Ja, zum 31. März.«

»Dann ist die Wohnung hier frei ...«

»Die Frau Recht wird schon eine ganze Liste mit Nachmietern haben«, sagte Roswitha.

Manfred sank vor ihr auf die Knie, es war aber kein Theater. »Bitte, bitte, liebe Rosi, sprich mit ihr und sag ihr, daß wir dringend 'ne Wohnung suchen und daß ich quasi 'n Verwandter von Gerhard bin.«

Sie versprach es, und als er am nächsten Tag von der HÖV aus bei ihr anrief, konnte sie ihm mitteilen, daß Frau Recht ihn um 18 Uhr zu sprechen wünsche. Jubelnd lief Manfred zu Raddusch, Rindt und Dietrich, um ihnen zu sagen, daß er eine Wohnung in Aussicht habe.

»Wieso in Aussicht?« fragte Heiner Dietrich. »Ich denke, du wolltest in Berlin bleiben ...«

Raddusch meinte, er als Jurist freue sich und sei sich gewiß, daß ihm die Recht Glück bringen werde, so wie es das Recht für ihn getan habe.

»Einigkeit und Recht und Freiheit«, sang Tobias Rindt, »sind des Glückes Unterpfand ...«

»Besser Unterpfand als Flaschenpfand«, sagte Manfred, doch als er Cecilie Recht in ihrem altdeutsch eingerichteten Zimmer gegenübersaß, verging ihm das Lachen, denn was sie da mit ihm veranstaltete, hatte etwas Inquisitorisches an sich.

»Joscha heißt Ihr Sohn?« fragte sie, und hinter ihren dicken Brillengläsern funkelte es ablehnend und feindselig.

»Ja ...« Er suchte nach einer Entschuldigung dafür, daß sie ihn nicht Michael, Stefan oder Alexander genannt hatten. »Meine Frau ist in der DDR aufgewachsen und hat da so ein wenig Gefallen an der russischen Seele gefunden.«

»Aus der DDR kommt sie, so ...« Das klang wie: Stasi und KGB will ich nicht in meinem Hause haben. »Und Sie, was machen Sie beruflich so ...«

»Ich bin in der Berliner Verwaltung beschäftigt.« Das,

dachte Manfred, mußte sie besänftigen, denn jeder im öffentlichen Dienst wurde vom Verfassungsschutz überwacht.

»Und als was?«

»Als ...« *Sag bloß nicht: als Soziologe.* Das schoß ihm als erstes durch den Kopf, denn daß sie gegen diesen Berufsstand etwas hatte, war ihr deutlich anzusehen. Das waren doch die 68er Revoluzzer, die alle Hauseigentümer enteignen wollten und jubelten, wenn die Chaoten Häuser besetzten. »Als ... Angestellter in der Hochschule für Öffentliche Verwaltung.«

»Was machen Sie da?«

»Ich kümmere mich um das Curriculum, den Lehrplan.«

»Als Jurist ...?«

»Nein, nein ...«

»Doktor sind Sie, sagt Frau Bugsin. Was denn für einer?«

Manfred wich ihr aus. »Ich habe bei Siemens Industriekaufmann gelernt.«

»Was Sie für einen Doktortitel haben!?«

»Dr. rer. pol.«

»Sind Sie also Betriebswirt?«

»Ja ... Nein ... Also, nicht so direkt.«

»Kann man denn indirekt Betriebswirt sein?«

»Ja, als Organisationswissenschaftler quasi. Ich habe vorher bei Hans Koschnick in Bremen in der Senatskanzlei gearbeitet, also, im Amt für Verwaltungsinnovation.«

Cecilie Recht nahm die Tageszeitung, die zusammengefaltet vor ihr lag, und schlug damit auf den Tisch. »Sie müssen doch irgend etwas studiert haben, junger Mann ...!?«

Manfred kam immer mehr ins Schwitzen. »Ja ... Betriebswirtschaft, Volkswirtschaft, Psychologie und ...« Das Wort Soziologie brachte er so wenig über die Lippen wie ein Mörder das Geständnis seiner Tat.

»Bei wem haben Sie Ihre Doktorarbeit geschrieben?«

»Bei Stammer.«

»Das war ein Soziologe!« Frau Recht schlug abermals mit der Zeitung auf den Tisch.

»Mehr ein Politologe ...«, druckste Manfred.

»Frau Bugsin hat mir erzählt, daß sie Assistent bei Frau Mayntz gewesen sind. Und was war die denn wohl: eine Soziologin – oder?«

»Ja, schon ...«

»Dann sind Sie also Diplomsoziologe?«

Jetzt half kein Leugnen mehr. Manfred senkte den Kopf und bekannte sich zu seiner Profession. Frau Recht sprang auf, und Manfred war sich sicher, daß damit das Aus gekommen war. Doch plötzlich wich alle Strenge aus dem Gesicht der Hausbesitzerin, und sie strahlte ihn an.

»Warum sagen Sie das nicht gleich? Meine Tochter hat auch bei Frau Mayntz studiert. Sie wohnt eine Treppe höher, kommen Sie, wir gehen mal rauf, vielleicht kennen Sie sich sogar.«

Eine halbe Stunde später hatte Manfred die Wohnung.

Freudetrunken fuhr er nach Neukölln, doch seine Mutter war bei Gerda Neutig. Sofort rief er Renate an, und die war überglücklich, daß die Familie nun bald wieder Tag für Tag beisammen war.

Kaum hatte Manfred den Hörer aufgelegt, kam die Katastrophe. Genau wie damals in Bremen auf der Straße. Es begann mit heftigem Schwindel, und er schaffte es gerade noch, sich am Türrahmen festzuhalten. *Jetzt ist alles aus, ich sterbe!* Was er auch tat, dieser Gedanke wirbelte in seinem Kopf herum wie ein Tischtennisball in einer heftig hin und her bewegten Schüssel. Das war das Bild, mit dem er der Sprechstundenhilfe seinen Zustand schilderte.

»Dr. Eck möchte bitte sofort vorbeikommen ...«

Dann lag er auf dem Sofa und schoß immer wieder hoch, weil er glaubte, sein Herz würde aussetzen. Luft bekam er auch keine mehr. *Wer bin ich, wo bin ich?* Sein Brustkorb krampfte sich zusammen. *Gleich* ... Er lief zur Toilette. Dauernd mußte er Harn lassen. Und hatte er es getan, mußte er schon wieder. Leichenblaß sah er aus. Mal war ihm siedendheiß, mal war er von Eiseskälte erfüllt. Der Kopf schien ihm zu platzen. Sein Mund war trocken. Jetzt stach es im Unterbauch, und in seinen Gedärmen gluckerte und wühlte es. *Krebs!* Er riß den Klodeckel abermals hoch. Einen so heftigen Durchfall hatte er lange nicht erlebt. Während er auf der Toilette saß, hatte er das Gefühl, ihm würden beide Füße absterben. *Jetzt hast du alles: Frau, Kind, Arbeit, Wohnung – und jetzt mußt du sterben.* Draußen im Treppenflur unterhielten sich zwei Mieter, und er war von der Furcht erfüllt, plötzlich nicht mehr er zu sein, sondern ein ganz anderer, und sie mit einem Küchenmesser abzustechen. Seine Mutter kam.

»Was ist denn?«

»Ich habe einen Herzanfall ...« Das war es nicht, aber er mußte ihm einen Namen geben. »Der Arzt ist gleich da ...«

Bevor der da ist, bist du tot.

Da der 1. April 1973 auf einen Sonntag fiel, konnte die feierliche Eröffnung der Hochschule für Öffentliche Verwaltung Berlin (HÖV) erst am Tag danach stattfinden, womit den Gegnern das Argument genommen war, es würde sich bei dieser Neugründung nur um einen Aprilscherz handeln. Man hatte sich nicht lumpen lassen und alle Würdenträger, Professoren, Verwaltungskräfte und Studenten in die Kongreßhalle gebeten, wobei die Reden des Innensenators und des Gründungsrektors Sekt und Schnittchen ersetzen mußten.

Manfred saß in der letzten Reihe und folgte der Zeremonie mit gemischten Gefühlen. Einerseits ... andererseits, sowohl ... als auch. Es ging furchtbar durcheinander. Er hatte mehr als ein Jahrzehnt unter der Angst gelitten, als Dauerarbeitsloser zu enden oder aber ins Siemens-Gefängnis zurückkehren zu müssen. Nun war er Professor, Beamter auf Lebenszeit, und konnte seine Familie sicher ernähren. Aber ... Aber er war nur C3-Professor an einer Fachhochschule, spielte also in der zweiten Liga, und sein Einkommen war, gemessen an dem von Politikern, Starjournalisten, Chefärzten, Filmschauspielern, Managern und Selbständigen, eher ein Klacks. Auch leitete er kein »Institut für Bürokratieforschung« und konnte andere für sich arbeiten lassen, sondern hatte 18 lange Stunden im Hörsaal zu stehen und nicht einen einzigen Assistenten, von einer Sekretärin ganz zu schweigen. Was ihn aber am meisten bedrückte, war sein

Gesundheitszustand. *Das stehst du niemals durch!* Wie warnte seine Mutter immer: »Übernimm dich nicht!« Er hatte sich gewaltig übernommen. Er sehnte sich danach, U-Bahn-Fahrer zu sein. Den ganzen Tag nicht reden müssen, mit keinem reden müssen. Und nie in Gefahr sein, einen Fehler zu machen. Stand das Signal auf Rot, und er fuhr trotzdem weiter, passierte nichts, denn der Zug blieb automatisch stehen. Immer im Tunnel, sicher wie im Uterus, wie im bombensicheren Bunker.

Er suchte sich abzulenken, indem er auf die *Morgenpost* schielte, die sein Nachbar las, ein Polizist in Uniform. Hertha hatte beim Spiel gegen Schalke 04 den ersten Auswärtssieg nur knapp verpaßt: 1:1, nachdem Hermandung per Kopfball das 1:0 erzielt hatte. Die Eishockey-Nationalmannschaft hatte mit dem 1:17 gegen die UdSSR die größte Schlappe aller Zeiten erlitten. Dabei war man durch Alois Schloder 1:0 in Führung gegangen. *Wer 1:0 führt, der stets verliert.* Im Theater des Westens tanzte Marika Rökk in *Hallo Dolly. Hoch die Rökk!* Rudolf Platte war im Hebbel-Theater im *Raub der Sabinerinnen* zu sehen. Da zog es ihn schon eher hin.

In der Aktentasche, die er auf den Knien hielt, ruhte seine Ernennungsurkunde. Er zog sie heraus und überflog sie noch einmal: »Im Namen des Senats von Berlin ernenne ich unter Berufung in das Beamtenverhältnis auf Probe Herrn Dr. Manfred Matuschewski mit Wirkung vom 1. April 1973 zum Professor.« Folgte die Unterschrift des Innensenators Kurt Neubauer. Das war einer der rechten Vormänner der Berliner SPD. Manfred hatte ihn bei den Parteiversammlungen oft ausgebuht und hätte ihn am liebsten pausenlos in den Hintern getreten. Und der nun ... Er kam sich ehrlos und korrupt vor, daß er ein Dokument akzeptierte, das von Kutte Neubauer unterschrieben war. Andererseits war es ja nicht der Mensch Kurt Neubauer, der ihn da zum Professor machte, sondern der Funktionsträger. Wie auch immer, groß freuen konnte er sich nicht.

»Soziologie ist das systematische und kontrollierte Beobachten und Erklären von regelmäßig auftretenden sozialen Beziehungen, von ihren Ursachen, Bedingungen und Folgen.« Manfred schrieb es langsam mit Kreide an die Tafel.

»Als Beamte ... wozu brauchen wir'n das?«

Manfred sah aus dem Fenster. Vom 15. Stockwerk des Tauentzien-Towers aus hatte man einen herrlichen Blick zum Teufelsberg hinüber. Die Radarstation der Amerikaner funkelte wie das Tadsch Mahal in der blanken Frühlingssonne. O Gott, wieviel Lustvolles hätte man jetzt tun können ... Er hörte seine Stimme wie die eines Fremden: »Sie sollen begreifen, warum Mensch und Organisation so sind, wie sie sind, wie sie funktionieren ... beziehungsweise: warum sie nicht so funktionieren, wie sie eigentlich funktionieren sollen, warum Soll und Ist zweierlei sind. Sie sollen verstehen lernen, daß es *den* Bürger nicht gibt, sondern daß die Erwartungen und Verhaltensweisen der Menschen, die zu Ihnen in die Ämter kommen, sehr unterschiedlich sind, je nachdem, aus welchen Schichten und Milieus sie kommen.«

»Ist das denn alles prüfungsrelevant?«

Manfred hatte das Gefühl, das Spiel schon vor dem Anpfiff verloren zu haben. In der ersten Stunde hatten sie noch vorsichtig und geduckt vor ihm gesessen, doch jetzt, in der dritten Woche, wagten sich immer mehr aus der sicheren Deckung hervor. Nur zehn bis fünfzehn Prozent seiner zwanzig Studenten, so schätzte er, waren von innen her interessiert, im Fachjargon: intrinsisch motiviert, die anderen kamen zur Soziologie einzig und allein, weil sie mußten. Und sie hatten nur eine Frage im Sinn: Wie kann ich den Aufwand minimieren? Also klagten sie über die Menge des Stoffes, über zuviel Theorie und über die angebliche Praxisferne der Sozialwissenschaften. Er verachtete und haßte diese Dumpfmeier, wußte aber, daß er ihren Widerstand so nicht brechen konnte. Das ging nur über Entertainment, und da er sich manchmal als verhinderten Schauspieler sah, hatte er sein Rezept schnell entwickelt: Soziologie auf der Bühne des Hörsaales als frohes Spiel zu inszenieren. Das ging so:

Er blickte in den Raum. »Was fällt Ihnen ein, wenn ich *Rolle* sagen ...?«

»Schauspieler.«

»Theater.«

»Richtig. Daher kommt die zentrale Kategorie der Soziologie: die soziale Rolle. ›All the world's a stage,/And all men and women merely players‹, so heißt es bei Shakespeare in *Wie es euch gefällt.* ›Die ganze Welt ist eine Bühne/Und alle Frauen und Männer nichts als Spieler.‹ Und wer schreibt das Stück, wer schreibt das Textbuch, nach dem wir reden und handeln müssen? Die Gesellschaft.«

»Das ist mir zu pauschal«, warf einer der wenigen Studenten ein, die Manfred geradezu als intellektuell erschienen.

»So ist es, Herr ...? Entschuldigung, daß ich Ihre Namen noch nicht alle gespeichert habe ...«

»Sobottka, Hagen Sobottka.«

»Danke. Also, Herr Sobottka, präzisieren wir ein wenig, wer denn festlegt, was wir zu tun und zu lassen haben, und zwar mit Hilfe von Karl Marx ...«

»Buuuuh!«

»Wir sind hier nicht im Osten.«

Manfred schloß nicht aus, daß unter den Aufstiegsbeamten, die in seiner Unterrichtsgemeinschaft saßen, auch Zuträger des Verfassungsschutzes waren, und so war er sehr vorsichtig.

»Der Himmel sei gelobt, daß wir nicht in die DDR eingemeindet worden sind, aber gehen Sie doch bitte einmal durch eine der drei Hauptstraßen Neuköllns ... und da finden Sie unter jedem Straßenschild: Karl Marx, Begründer des wissenschaftlichen Sozialismus. Und Neukölln gehört meines Wissens zu Westberlin ... Und bei Karl Marx heißt es sehr richtig: ›Die herrschenden Werte sind immer die Werte der Herrschenden.‹« Er warf einen Blick auf die beiden Studentinnen hinten in der rechten Ecke. »Und hier im Hörsaal 1522 gelten meine Werte und Normen, und die lauten ganz eindeutig: Wenn ich spreche, dann schweigen die anderen!« Sofort verstummten alle, und er genoß es. Vielleicht, so schoß es ihm durch den Kopf, war er nur Hochschullehrer geworden, um Macht über andere Menschen zu haben. Alles hört auf mein Kommando, zack, zack. Nein. Doch. Irgendwie schon ... Warum auch nicht.

»Müssen wir das alles mitschreiben?«

»Ja, mitschreiben hält wach und fördert die Wirtschaft durch Verbrauch von Papier und Kugelschreiberpaste. Sie wissen doch: Wer schreibt, der bleibt. Kommen wir zur Definition der sozialen Rolle, wie wir sie bei Ralf Dahrendorf im *Homo Sociologicus* finden: ›Soziale Rollen sind Bündel von Erwartungen, die sich in einer gegebenen Gesellschaft an das Verhalten der Träger von Positionen knüpfen.‹ Und nichts ist schlimmer, als wenn einer von uns aus der Rolle fällt ... Wie meine Mutter neulich ...«

»Erzählen Sie mal ...«

Er hatte leichte Skrupel, tat es aber dennoch. »Sie war zur Beerdigung auf dem St.-Thomas-Friedhof oben an der Hermannstraße. Der Mann einer Freundin war gestorben. Ein Alkoholiker, und die Frau hatte sehr unter ihm zu leiden gehabt. Es ist eine Erdbestattung, und meine Mutter reiht sich ein in die lange Schlange der Trauergäste. Nun muß man noch sagen, daß sie einmal das Lyzeum besucht hat, also das Gymnasium für Mädchen, und manchmal ein bißchen auf vornehm macht. Also will sie nicht wie alle anderen ›Mein herzliches Beileid‹ sagen, sondern viel gehobener: ›Ich kondoliere ...‹ Als sie dran ist, wirft sie ihre drei Hände Sand ins offene Grab und geht auf die trauernde Witwe zu, die sich auf ihre Verwandten stützt ... und sagt, Freud läßt grüßen: ›Ich gratuliere ...‹.«

Das kam an. Die Menge, von Grund auf apathisch, jubelte. Manfred bemerkte wieder einmal, wie recht doch Jean-Paul Sartre hatte, wenn er in *Der Ekel* schrieb: »Um das banalste Ereignis zu einem Abenteuer werden zu lassen, ist es erforderlich und ausreichend, es zu *erzählen*. Damit schlägt man die Leute vor den Kopf: Ein Mann ist immer ein Geschichtenerzähler, er lebt, umgeben von seinen und den Geschichten anderer, durch sie hindurch sieht er alles, was ihm zustößt. Und er versucht sein Leben so zu leben, als ob er es erzählte.«

Weiter ging es mit der Rollentheorie, und es waren so exotisch anmutende Begriffe wie Rollenambiguität, Rollenakkumulation und Rollentransfer mit Leben zu erfüllen. Es war ein hartes Brot, es allen recht zu machen, denn für die einen war schon ein Wort wie Relevanz unverständlich, andere aber fühlten sich unterfordert, wenn er hier Volkshochschule spielte. Rein statistisch zerfielen die vor ihm sitzenden jungen Menschen, die zugleich Studenten und Beamte waren, in drei Kategorien: Abiturienten – die Mehrzahl –, Studienabbrecher beziehungsweise Studienwechsler – sogar ein promovierter Geograph war darunter – und Aufstiegsbeamte, die im mittleren Dienst durch gute Leistungen aufgefallen waren und die eingeschränkte Hochschulreife in Abendkursen nachgeholt hatten. Von Verhalten, Intellekt, sprachlicher Gewandtheit und Wissens- sowie Erkenntnishunger her unterschied er nach der ersten Woche an der HÖV Berlin zwei Typen: die Interessanten, das waren vielleicht zehn Prozent, und die Uninteressanten. Letztere fielen nur dadurch auf, daß sie durch nichts auffielen, weder positiv noch negativ. Er verachtete sie nicht, und er hatte nie das Gefühl, Perlen vor die Säue zu werfen, denn genau zu ihrer Gruppe hatte er während seiner eigenen Studienzeit gehört. Und so kam er im allgemeinen prächtig mit ihnen über die Runden, nach dem Motto: Ich bin okay, du bist okay, wir sind okay. Niklas Luhmann hatte in einem seiner ersten Artikel vom »Lob der Routine« gesprochen, wie sehr sie einen entlasten würde, und diese absolut unauffälligen Studenten waren es, die ihm über seine herzneurotischen Symptome hinweghalfen. Wären alle derart anstrengend und nervend gewesen wie Hagen Sobottka, Markus Meier, Hansjörg Baumann, Udo Queiß oder Volker Flansch, um nur einige zu nennen, so wäre er alsbald neben seinem Vater auf dem Neuköllner Parkfriedhof gelandet.

»Nun zum nächsten Begriff ... der Rollenambiguität.« Er suchte nach seiner nächsten bunten Folie, obwohl er wußte, daß sie ihn schon Folien-Manne nannten.

»Deutscher, sprich deutsch!« forderte Markus Meier.

Manfred überlegte, ob und inwiefern diese Aufforderung faschistoid war und getadelt werden mußte oder ob es nicht wirklich nötig war, den Wissenschaftsbetrieb vom Wust der Fremdwörter zu säubern, die doch nur Scheinerkenntnis brachten und nichts weiter waren als intellektueller Bluff.

»Ambiguität ... Der weiß selber nicht, was das heißt«, hörte man Udo Queiß von hinten.

Manfred war kein ausgebildeter Pädagoge, erst recht nicht einer mit Sonderschulerfahrung. Er sah die beiden ziemlich ratlos an.

Markus Meier war die größte Dumpfnuß an der HÖV. Wegen eines Meniskusschadens hatte er eine Fußballerkarriere aufgeben müssen. Seine Förderer hatten ihn aber nicht im Stich gelassen und ihn an der HÖV beziehungsweise in der Verwaltung ihres Bezirkes untergebracht. Es war ein echtes Rätsel, wie er sein »Notabitur« geschafft hatte, doch er konnte das Zeugnis vorweisen. Die ersten Klausuren bestand er, wenn auch nur mit einer knappen Vier, und nicht nur Manfred vermutete, daß ihm jemand aus der Verwaltung, mit dem er gemeinsam Leichen im Keller hatte, die Fragen vorher zugespielt hatte.

Udo Queiß hatte angefangen, Psychologie zu studieren, auch Soziologie und Politologie, mit großen Anfangserfolgen, war dann aber an einer schwer therapierbaren Psychose erkrankt und hatte sein Studium abbrechen müssen. Nach längerem »Herumgammeln« war er auf eine Stellenanzeige der Verwaltung gestoßen, hatte sich auf Anraten seiner Therapeutin beworben und war schließlich genommen worden, weil das Land Berlin die Quoten des Behindertengesetzes zu erfüllen hatte. An sich waren Queiß keine Defizite anzumerken, höchstens daß er ein wenig schnell und sehr vernuschelt sprach und hin und wieder etwas wirr assoziierte. Er selbst sah sich stets in der Rolle des Über-Sozialwissenschaftlers und haßte die, die da standen, wo seiner Meinung nach eigentlich er hingehört hätte, und es verging keine Lehrveranstaltung, wo er nicht versucht hätte, die Herren Professoren Dietrich, Rindt, Kalkbrenner, Fürth, Buttenschön,

Greif-Hassert, Matuschewski und Blücher dumm aussehen zu lassen und als Versager vorzuführen.

Manfred beschloß, ruhig und sachlich zu bleiben, obwohl er innerlich kochte.

»Ambiguität, meine Damen und Herren, heißt wörtlich Mehrdeutigkeit.«

»Mehr Deutlichkeit wäre mir lieber«, brummte Hagen Sobottka.

Manfred mochte ihn, doch auch der Umgang mit ihm war kräftezehrend. Sobottka war einer der älteren Studenten mit einer ausgeprägten Persönlichkeit. Er war verheiratet, schrieb kleine Bücher für seine und anderer Leute Kinder und gab der studentischen Vertretung ihr Gepräge. Jedem, der den Hörsaal betrat, stach er sofort ins Auge, denn sein blasses Gesicht war so flächig, so zweidimensional, daß man im ersten Moment glaubte, da hätte sich einer ein Porträtfoto aus einer Illustrierten ausgeschnitten und an der Stirn befestigt. Er war auf dieselbe verquaste Art *sophisticated*, wie Manfred es von Muldenstein kannte. Alles war bei ihm hintergründig oder sollte es zumindest ansatzweise sein.

Alle forderten Manfred, überforderten ihn, jeder auf seine ganz besondere Art und Weise. Hilflos stand er da und schwamm mehr und mehr. Die alten Symptome waren wieder da: das nervöse Herzklopfen, die Atmung, die asthmatisch wurde, das Gefühl, Durchfall zu haben und auf die Toilette zu müssen, der Schweißausbruch. *Reiß dich zusammen, du bist kerngesund!*

»Machen wir uns die Rollenambiguität, die Mehrdeutigkeit einer Rolle, an einem Beispiel klar ...«

Wieder ließ sich Queiß vernehmen. »Könnten wir vielleicht eine Definition der Rollenambiguität haben, Herr Professor ...«

»Professor ...!?« lachte Cullmann so abschätzig, wie nur er es konnte. »Früher gab es solche Professoren nur an den Gymnasien ... siehe Professor Unrat. Was sich heute alles so Professor nennen darf ...«

Das war eine derartige Unverschämtheit, daß sich die ängstlichen unter den Studenten duckten, weil sie mit einem gewaltigen Wutausbruch seinerseits rechneten. Wie ein Boxer nach einem schweren Körpertreffer, gleichsam mit glasigen Augen, starrte er Cullmann an.

Nicolai Cullmann hatte eigentlich Versicherungskaufmann werden wollen, war jedoch bei den Tests mehrerer Institute wegen seiner Schwächen in Mathematik und ökonomischem Denken durchgefallen. Auch als Dressman hatte er nicht zu reüssieren vermocht, obwohl sich einige Teenies seine Unterwäschereklame übers Bett gehängt hatten. Obwohl seine Eltern waschechte Deutsche waren, Inhaber eines Pelzgeschäftes in Ku'damm-Nähe, hatte er in einer Vorabendserie einen Latin Lover gespielt, doch zu weiteren Rollen hatte es nicht gereicht, weil die in Frage kommenden Regisseure ihn empört abgelehnt hatten, alle mit denselben Worten: »Mit diesem arroganten Arschloch will ich nichts zu tun haben.« Daraufhin hatte sein Vater ein Machtwort gesprochen und mit Enterbung gedroht, wenn er nicht einen anständigen Beruf ergreifen würde. »Am besten, du gehst in die Verwaltung, dann wissen wir wenigstens, was wir machen müssen, um die auszutricksen.« Da er einen Senator und mehrere Senatsdirektoren zu Freunden hatte, war das leicht zu arrangieren gewesen.

Manfred sah sich hilfesuchend um. Gab es denn keinen, der das Wort ergriff, um sich schützend vor ihn zu stellen ...? Hagen Sobottka grinste nur: Wenn einer Format hat, und das erwarte ich von dir, dann kann er sich selber helfen. Vielleicht war Sobottka auch nur feige. Wer sich coram publico zu Manfred bekannte, waren die Frauen. Simona Sachs, Marga Schnaase und Hannelore Grau blitzten Cullmann so böse an, daß er ein wenig verunsichert den Kopf zur Seite wandte. Manfred registrierte es voller Dankbarkeit, obwohl er bei der einen zu genau wußte, warum sie es tat.

Simona Sachs war ebenso intelligent wie ansehnlich und wirkte wie eine Doppelgängerin der Schlagersängerin Sandy Shaw. Jedenfalls lief sie des öfteren barfuß durch die HÖV. Schnell hatte sie begriffen, daß man als Frau im öffentlichen

Dienst ab A 11 keine Chance mehr hatte, wenn man nicht einflußreiche Männer kannte, die einem halfen. Und die taten das selten aus reiner Nächstenliebe. Auch konnte man bessere Klausuren schreiben, wenn man vorher wußte, welche Fragen drankamen. Und das wußten die am besten, die sie formuliert hatten. Also schrieb sie ab und an Briefchen oder rief ihre Lieblingsdozenten abends an. Davon abgesehen, fand sie ältere Männer einfach viel aufregender als das, was mit ihr im Hörsaal saß, und es war ein köstliches Spiel für sie. Auch für Manfred, obwohl er wußte, daß es eins mit dem Feuer war. Eine Affäre hätte das Ende seiner Ehe bedeutet, Renate war da rigoros. Und er hätte Joscha verloren. Den Preis wollte er nicht zahlen, so verlockend Simona auch war. Auf sie verzichten zu müssen, war so schmerzlich wie die Tatsache, daß er die hundert Meter nie unter 11 Sekunden gelaufen war. Er hatte Angst vor ihr, denn es ließen sich Umstände denken, wo seine Widerstandskraft nicht mehr groß genug war. *Für einen Augenblick voller Seligkeit* … Er dachte an die vielen Operettenplatten seines Vaters. Wog für den Falter der lustvolle Augenblick, wo er ins Feuer stürzte, ein ganzes Falterleben voller Langeweile auf …?

Zum Glück war die Freundschaft mit den anderen beiden Studentinnen nicht so von Qual und Versuchung belastet.

Marga Schnaase war die Großmutter der Unterrichtsgemeinschaft 7. Nicht nur, weil sie Manfreds Alter hatte, sondern auch, weil ihre Erscheinung eine Mixtur von Mutter, Bauersfrau und Glucke war. Sie hatte eine siebzehnjährige Tochter, über deren bewegtes Liebesleben sie tagtäglich Klagelieder sang. Ihr Mann war Musiker im Opernorchester, und sie hatte der Familie wegen auf Abitur und Studium verzichtet, wollte aber nun so viel wie möglich nachholen und mit vierzig wenigstens als Diplomverwaltungswirtin dastehen.

Hannelore Grau war Aufstiegsbeamtin und schon durch mehr Ämter gezogen, als die meisten HÖV-Studenten aufzählen konnten. Sie kannte alles und jeden, da sowohl ihre Eltern wie auch ihre beiden Exehemänner aus der Verwaltung kamen. So war sie alles andere als eine graue Maus, eher die Femme fatale der HÖV, zumindest hatte sie die Attraktivität einer alternden Diva, was dazu führte, daß sich Haupt- und Nebenamtler gern in ihrer Nähe aufhielten und sie so etwas wie einen Salon zu führen begann. Dies nicht bei sich zu Hause, sondern in den Cafés und Restaurants rund um den Wittenbergplatz.

Sie drehte sich zu Cullmann um. »Du meinst wohl, weil du aus Zehlendorf kommst, kannst du dich hier groß aufspielen. Hier wird aber nicht mit Pelzen gehandelt ... und wenn dir noch die Laus drinsitzt, dann geh man schnell zur Desinfektionsanstalt. Dalli, dalli, Culli.«

Das wirkte, und es ging wieder einigermaßen. Doch Manfred hatte Mühe, sich auf seinen Stoff zu konzentrieren, denn der Konflikt mit Cullmann ließ in ihm die Minderwertigkeitsgefühle aufleben, die er als Neuköllner früher gegenüber den Zehlendorfern gehabt hatte. Hütte gegen Palast, das alte Lied des Klassenkampfes, präziser: Hinterhofwohnung ohne Bad gegen eigenes Haus im Grünen. Ging das ein Leben lang so, konnte man es nie ganz abschütteln? Cullmann haßte ihn, weil er ein Aufsteiger war, weil er ihn und seinesgleichen überholt hatte, und er wiederum hätte diesen Schnösel mit derselben Lust in den Arsch getreten wie als vierzehnjähriger Fußballer.

»Ja, was ist Rollenambiguität ...?« Manfreds Blick ging über die Gesichter hinweg. Die meisten Studenten waren in Deckung gegangen, das heißt, sie hatten den Kopf gesenkt und starrten, irgend etwas kritzelnd, aufs Papier, scheinbar völlig hingegeben. Einige der jungen Männer lasen Tageszeitungen oder Magazine für Motorsport, drei Studentinnen strickten. Eine andere dachte offenbar an Bernd Clüver und summte andauernd *Der Junge mit der Mundharmonika*, ihr Nebenmann konterte mit Marianne Rosenberg: *Jeder Weg hat mal ein Ende*. Einer zeichnete Loriots Comic-Hund Wum als HÖV-Professor. Mehrere hatten glasige Augen, der größte Fettkloß schien sanft entschlafen zu sein. Jetzt schnarchte er sogar.

Manfred zeigte zu ihm hin. »Das ist wohl das Krankheitsbild der Narkolepsie: anfallsweise auftretendes Einschlafen von kurzer Dauer außerhalb der normalen Schlafzeit. Dagegen kann man nichts machen.«

»Doch«, ließ sich Cullmann wieder vernehmen. »Besseren Unterricht.«

Manfred gab sich alle Mühe, die Contenance zu wahren. »Unterricht gibt es in allgemeinbildenden Schulen, wir aber sind hier in einer Hochschule ...«

»Aber nur, weil wir oben im Tauentzien-Tower sind.«

»... und in einer Hochschule gibt es Lehrveranstaltungen.« Manfred nahm den Faden wieder auf. »Was nun in Gottes Namen ist Rollenambiguität?«

Wachholz, der durchaus bemüht und gutwillig war, wollte es erklären. »Das ist, wenn eine Rolle in sich zerrissen ist und man im Zwiespalt ist, was man machen soll.«

»Da kann einer was nicht auseinanderhalten: Ambivalenz und Ambiguität«, höhnte Volker Flansch. »Mann, gib dein Abitur zurück!«

Nach dieser Intervention wagte es niemand mehr, auch nur einen Mucks zu sagen. Volker Flansch war die fleischgewordene Depression. Immer sah er aus, als hätte er gerade in eine Zitrone gebissen. Keiner konnte so »abätzen« wie er. Was auch immer seine Nebenleute sagten, stets kommentierte er es mit beißendem Spott. Das führte dazu, daß in seiner Nähe keiner mehr den Mund aufzumachen wagte. Manfred bezeichnete ihn im stillen als einen der »black hole«-Typen, einen derjenigen also, die dafür verantwortlich waren, daß ein Hörsaal zum Schwarzen Loch wurde, da er alle Energie ringsum vernichtete. Er hatte Literatur- und Theaterkritiker werden wollen, war aber in seinem Germanistikstudium aus vielerlei Gründen gescheitert.

Manfred blieb nichts anderes übrig, als die Definition selber vorzutragen. »Nach Kahn ist sie eine direkte Funktion der Diskrepanz zwischen den einer Person verfügbaren Informationen und dem, was von ihr zur adäquaten Erfüllung ihrer Rolle verlangt wird.«

»Det is mir zu hoch!« rief Markus Meier.

»Machen wir es einfacher ...« Manfred gab sich versöhnlich. »Rollenambiguität heißt, daß die Erwartungen an den Rollenspieler nicht konkret genug sind. Also ... Sie sind am ersten Tag im Praktikum, sitzen total verunsichert an Ihrem Katzentisch und haben Dutzende von Fragen, die Sie nicht zu stellen wagen: Darf ich privat telefonieren oder nicht? Muß ich Bescheid sagen, wenn ich auf die Toilette gehe? Kann ich essen, wenn ich Hunger habe ... oder muß ich warten, bis offizielle Frühstückspause ist? Und wenn es die gibt: Muß ich dann mit den anderen mitgehen ... oder kann ich allein am Schreibtisch sitzen bleiben? Darf ich Zeitung lesen, wenn ich nichts zu tun habe ... oder muß ich so tun, als hätte ich etwas zu tun? Soll ich meinen Praxisanleiter darauf aufmerksam machen, daß es Privileg heißt und nicht Priveleg, wie er in einem Brief geschrieben hat ... oder soll ich's lieber lassen? All das wird mit dem Begriff der Rollenambiguität auf den Punkt gebracht. Noch Fragen ...?«

»Wann ist endlich Schluß?«

Das war wiederum Cullmann, und Manfred wußte, daß er jetzt handeln mußte. Er ging zur Tür, öffnete sie und sagte mit der größtmöglichen Ruhe, die er seinem Publikum vorspielen konnte: »Bitte, Sie können gehen.«

»Anwesenheitspflicht!« lachte Meier.

»Sie gleich mit.« Manfred öffnete die Tür bis zum Anschlag. »Anwesend sind Sie auch dann, wenn Sie sich jetzt zum Fachbereichssprecher begeben und Herrn Professor Raddusch erklären, warum Sie gegen den Paragraphen 54 des Bundesbeamtengesetzes verstoßen, demzufolge sich der Beamte seinem Beruf mit voller Hingabe zu widmen hat ... Worin die Lehrveranstaltungen in Soziologie selbstverständlich eingeschlossen sind.«

Manfred war sehr zufrieden mit sich, und ein Blick zu Sobottka sagte ihm, daß selbst er die Szene als souveräne Leistung wertete. Doch seine beiden Studenten dachten nicht daran, sich zu erheben und den Hörsaal zu verlassen. Manfred war perplex. Es war so ruhig, daß er seine Armbanduhr ticken hörte. Er verfluchte es, daß sie im Kollegenkreis nie alle Eskalationsstufen durchgespielt hatten. Welche Sanktionsmöglichkeiten hatte er überhaupt ...? Er wußte es nicht. Eines aber war sicher: Als Dozent saß man am kürzeren Hebel, weil es unabwendbar heißen würde, man verfüge nicht über die nötigen pädagogischen Fähigkeiten und trage die Hauptschuld daran, daß die Studenten so disziplinlos seien. Die Sekunden vergingen, für ihn dehnte sich die Zeit zu Minuten, zu Stunden, zu Ewigkeiten. Was er auch machte, es würde falsch sein, aber der größte Fehler war sicherlich der, nichts zu machen. Was blieb ihm da, als seinerseits zu gehen. Und er tat es.

»Meine Herren, wenn Sie den Hörsaal nicht verlassen, dann muß ich es eben tun.« Er nahm seine Unterlagen vom Overheadprojektor. »Die UG 7 möge beschließen, wie es mit uns weitergehen soll. Wenn Sie Probleme mit einem Dozenten haben, wenden Sie sich am besten an die Lehrauftragskommission. Vorher aber ist der Fachkoordinator zu kontaktieren. Der für Soziologie bin ich. Sie finden mich in meinem Büro.«

Es war ein guter Abgang, doch bei der miserablen körperlichen und psychischen Verfassung, in der er sich befand, hatte er das Gefühl, jeden Augenblick zusammenbrechen zu müssen. Er rannte in die Toilette, drehte den Wasserhahn auf, schluckte eine grüne Librium und spülte sie runter. *Das ist alles zu viel für dich!* Das ganze Leben. Wenn jetzt ein Fenster offengestanden hätte ... Doch das Hochhaus war vollklimatisiert, und die Fenster ließen sich nicht öffnen.

Er erreichte sein Büro, schloß auf und fiel in den Drehsessel. Sein Atem ging keuchend, sein Magen krampfte sich zusammen. Durchfall. Er rannte zur Toilette zurück. *Dein Herz bleibt stehen.* Jeden Moment. Er dachte an Renate, an Joscha. Das Kind ohne Vater ... Langsam begann die Tablette zu wirken. Er ging zurück, blieb am Fenster stehen und sah zum Teufelsberg hinüber. Jetzt dort die Serpentinen hinaufsteigen, frei sein ... ohne Arschlöcher wie Cullmann und Meier. Welche Chancen hatte er gegen sie ...? Kaum welche.

Hing er die Sache an die große Glocke, hintertrieb er nur seinen Kampf für die Soziologie. Die Praktikerfront um Pansegrau und Jahrow würde sofort darauf drängen, den Stundenanteil zu reduzieren, und auch bei den meisten anderen Kollegen wären Punktverluste die Folge gewesen. Die Niederlagen des einen waren die Siege des anderen. Und die engsten Freunde? Heiner Dietrich war kein Kämpfer, und Maxe Raddusch dachte in diesem Fall eher strategisch. Blieb nur Tobias Rindt, der für seinen Freund ohne Wenn und Aber in die Schlachten zog. Sicherlich war er bereit, die UG 7 mit ihm zu tauschen. Dieser Gedanke beruhigte ihn.

Er setzte sich an den Schreibtisch, zog die *Zeit* hervor, las und wartete. Doch immer wieder überlagerten seine Gedanken die Lektüre. Diese verdammten Unterrichtsgemeinschaften. Es ließ sich schon jetzt absehen, daß sie der große Geburtsfehler der HÖV waren. Die Studierenden wurden nicht wie in jeder Uni in jedem Kurs und Seminar neu durcheinandergewürfelt, sondern hockten hier wie in Schulklassen zusammen und perpetuierten ihre mißratenen Strukturen bis zum bitteren Ende. Das Lernklima in der UG 7 war ein für allemal verdorben. Auch andere Dozenten klagten über Typen wie Cullmann, Meyer, Queiß und Flansch. *Gott, und da hast du Idiot immer davon geträumt, einmal im Hörsaal zu stehen und junge Menschen glücklich zu machen* ... Wie Sokrates oder Jesus hatte er sich gesehen: die Jünger zu Füßen. Doch nun hatte er eher einen Dompteur zu spielen: Ich bin der Chef im Ring, und wer mir nicht gehorchen will, der kriegt was mit der Peitsche übergezogen ... oder kein Futter, sprich: eine schlechte Note bei den Prüfungen. Nun gut, wer den Machtkampf wollte, der sollte ihn haben. Er wählte Gerda Bachniks Nummer.

»Du, ich hab' Schwierigkeiten mit diesem Cullmann und brauch' deinen Rat ...« Er schilderte ihr, was vorgefallen war.

Sie unterbrach ihn bald. »Hör auf zu jammern! Ihr Linken wollt doch, daß die Menschen Front machen gegen die Autoritäten. Freu dich darüber! Du bist jetzt die Autorität, kapier das bitte, und du mußt damit leben, daß sie dich in

Frage stellen. Die Saat, die ihr gesät habt, ist aufgegangen. Hurra.«

Manfred war zutiefst enttäuscht von Gerda Bachnik. »Ich dachte, du könntest da irgendwie dran drehen ...«

»Da bist du selber gefordert.«

»Das ist nur die Arroganz bei dem, das Großkotzige aus Zehlendorf.«

»Arroganz ist immer eine Folge von ... wie sagt ihr dazu ... Defiziten. Und die mußt du bei Cullmann abbauen.« Gerda Bachnik hatte Besuch und verabschiedete sich.

Manfred saß verdattert da. *Freude, schöner Götterfunken* ... Noch war er Beamter auf Probe, und versagte er als Professor, konnte er sich für den Rest seines Lebens arbeitslos melden oder sich als akademischer Knecht von einem Projekt zum anderen hangeln. Und Renate und Joscha waren von ihm abhängig. Er sah sie in Bremen durch die Armsener Straße laufen ... Der Umzug nach Berlin, was das alles kostete. Sein Herz schlug wieder so unregelmäßig, daß es jeden Augenblick völlig versagen zu wollen schien. Da klopfte es an der Tür. »Bitte ...«

Es hatte geschlagene vierzig Minuten gedauert, bis die Abordnung der UG 7 bei ihm erschien. Sie bestand aus Hagen Sobottka, Hannelore Grau und Michael Czibulski. Sie hatten eine Loyalitätserklärung formuliert, die von allen unterschrieben worden war, auch von Cullmann und Meier, und Czibulski las sie vor.

»Wir wissen, daß Sie, Herr Professor Dr. Matuschewski, einer der führenden deutschen Organisations- und Verwaltungssoziologen sind und schätzen Sie und Ihren Unterricht über alle Maßen ...«

Manfred hörte es mit Wohlgefallen wie mit Grausen, zumal es offenbar die Diktion Czibulskis war. Michael Czibulski hatte von seinen Kommilitonen den Spitznamen »Schleimi« verpaßt bekommen, da er als einziges Mitglied der UG 7 allen Dozenten gegenüber sehr unterwürfig war, nie eine kleine Verbeugung vergaß und als Anrede nur »Herr Professor« kannte. In vielem erinnerte er Manfred an seinen alten Schulfreund Peter Stier, Bimbo genannt, dessen Überlebenskunst ebenfalls darin bestanden hatte, devot zu sein und auf den Mitleidsbonus zu setzen.

»... und so hoffen wir bis zum Ende unseres Studiums an der HÖV auf eine fruchtbare Zusammenarbeit mit Ihnen, Herr Professor.«

Manfred schüttelte sich, als er das Wort Professor hörte. Zugleich machte ihn seine eigene Schizophrenie ratlos: Stellte einer seinen Professorenstatus in Frage, traf in das mächtig, wurde er aber ganz dick unterstrichen, so wollte ihm das auch nicht schmecken. *Gott, warum muß das alles so kompliziert sein ...* Und weiter: War er nun der Sieger oder der Verlierer, wenn er auf das Friedensangebot der Studenten einging und in den Hörsaal zurückkehrte ...? Peinlich war es, was sie da zu Papier gebracht hatten, es entwertete sie und ihn. Welche Möglichkeit gab es, sich mit Anstand aus der Affäre zu ziehen ...?

»Machen wir Schluß für heute«, sagte er schließlich, »und gehen ins nächstbeste Lokal, ein Bier trinken. Auf meine Kosten. Da läßt sich alles besser bereden.« Tricks wie diesen hatte er in der Bremer AmfVi-Zeit gelernt, da war er Hürings Schüler.

Und das sollte sich als der richtige Schachzug erweisen. Er bekam die UG 7 danach wenigstens so weit in den Griff, daß er mit ihr leben konnte, obwohl der Waffenstillstand sehr fragil war.

Kaum war Manfred aus dem Lokal zurück, ging es los mit Dutzenden von informellen Gesprächen. In Kürze sollte der erste Dekan des Fb 1 gewählt werden, der »Fachbereichssprecher«, wie es offiziell hieß, und viele drängten Manfred, »es zu machen«, besonders Rindt.

»Manne, du hast die größten Chancen von uns dreien.« Raddusch sei vielen zu radikal, und er selber gelte als zu wenig konziliant. »Los, gib dir 'n Stoß! Kommst du hier an der HÖV groß raus und gibt es in ein paar Jahren 'ne Gesamthochschule, dann kannst du schnell Karriere machen.«

Manfred flüchtete sich in eine Floskel. »Ich bitte um Bedenkzeit.«

Sollte er, oder sollte er nicht? Diese Frage quälte ihn so sehr, daß sich seine Därme zusammenkrampften und er auf die Toilette laufen mußte. Und jeden Augenblick schien das Herz stehenzubleiben. Der kalte Schweiß brach ihm aus, sein Gehirn streikte. *Jetzt ist alles aus.* Er schluckte eine blaßgrüne Tablette. Ein wenig taumelig kehrte er in sein karg eingerichtetes Büro zurück. *Nur nicht auffallen.* Er schloß sich ein, um sich ungestört auf seine drei Stühle legen zu können. Obwohl ... Wenn der Infarkt wirklich kam, konnte ihm keiner helfen. Er versuchte, tief und ruhig zu atmen und die jagenden Gedanken durch Schmöckwitz-Erinnerungen zu zähmen: wie er in seinem Boot saß und mit gleichmäßig ruhigen Paddelschlägen den Seddinsee durchschnitt, hinauf zum Gosener Graben. Es half nur wenig. Immer wieder hatte er die Stimme seiner Mutter im Ohr: *Übernimm dich nicht!* Und weiter: *Denk an den Jungen, soll der ohne Vater aufwachsen ...!?*

Er sprang auf: Verdammt noch mal, hatte er nicht mal die Kraft, Dekan zu werden? *Ja, ich mach' es!* Aber kaum hatte er diesen Entschluß gefaßt, klang das Aber in ihm auf: »Ich muß Zeit für Joscha haben. Nehmt doch Maxe, der hat keine Kinder.« Aber machte das Sinn, war das gut für alle ...? Sicherlich, Maximilian Raddusch wurde allseits geschätzt, aber zugleich fürchtete man, er werde ihnen ein zu hohes Tempo vorgeben, Einpeitscher und Workaholic, der er war. Sich so für die HÖV zu engagieren wie er, das wollten sie nicht, sie wollten Zeit und Kraft für sich, für ihre Forschungsprojekte, ihre Freizeit und ihre Familien. Wer kam sonst noch in Frage? Schattan wäre auch ein Kandidat, doch ohne Frage war man im Dauerkonflikt mit der Fachaufsicht besser beraten, wenn man einen Juristen als Vordermann hatte, also Raddusch, oder einen Wissenschaftler mit einem bundesweit guten Ruf.

Sein Kurzzeitwecker klingelte. Manfred fuhr hinunter in die »Leichenkammer«, das war ein fensterloser Sitzungssaal im 8. Stockwerk des Tauentzien-Towers, wo sie regelmäßig zur HSL zusammenkamen, zur Hochschullehrervollversammlung. Zu den neun Kollegen, die man aus der Arbeitsgruppe zur Errichtung der HÖV rekrutiert hatte – Armschat, Engelhard, März, Matuschewski, Puppke, Raddusch, Rindt, Schattan und Wurl –, war eine Reihe neuer Gesichter gekommen – Blücher, Buttenschön, Dietrich, Fürth, Greif-Hassert, Kalkbrenner, Lehmann, Menge und Vogler, so daß der Fachbereich 1 jetzt aus 18 Professoren bestand. Daß es keine Frau zur HÖV gezogen hatte, bedauerten alle. Leo Schmalstich hatte bislang nicht zum Professor ernannt werden können, da er mit seiner Dissertation »aus sehr persönlichen Gründen«, wie es hieß, arg in Rückstand geraten war. Da war nicht nur der Unfalltod seines jüngeren Bruders, sondern auch die Trennung von seiner Frau, die er zu verarbeiten hatte.

Es war die letzte HSL-Versammlung, die von Puppke geleitet wurde. Nach der Wahl würde dem neuen Fachbereichssprecher diese Funktion zufallen.

»Ich begrüße Sie alle sehr herzlich zum letzten Male ...« Puppke verlor sich in einem längeren Rückblick über das, was die PGH unter seiner Führung geleistet hatte, ehe er zur Tagesordnung kam. »Punkt eins ist heute die Frage der Anwesenheitsliste. Herr Jahrow will, daß jede UG eine Art Klassenbuch bekommt und wir das zu jeder Lehrveranstaltung mit in den Hörsaal nehmen ... Ich bitte um Wortmeldungen dazu.«

Manfred reagierte am impulsivsten. »Wie in der Schule. Fehlt bloß noch, daß wir alle aufrufen müssen und einen Klassenspiegel vor uns liegen haben. Aber nicht mit mir. Ich bin nicht der Büttel der Fachaufsicht.«

Schattan stimmte ihm zu. »Wenn sie die Anwesenheitspflicht durchsetzen wollen, dann schicken sie einen Stuako-Beamten durch die Hörsäle, einen Studentenanwesenheitskontrollbeamten.«

Die meisten anderen waren derselben Meinung, und die Sache schien auf den einstimmigen Beschluß hinauszulaufen, daß man sich weigere, der Innenverwaltung als billiger Vollzugsgehilfe zu dienen. Da ergriff Heiner Dietrich das Wort.

»Man sollte auch die Gegenseite verstehen, Jahrow und die anderen. Sie wollen und müssen die Anwesenheit ihrer Beamten auf Widerruf sicherstellen, wie es gesetzlich vorgegeben ist. Sie selber hocken auch vierzig Stunden im Büro. In der HÖV sitzen nun mal keine normalen Studenten, sondern Beamte, die sozusagen zu uns abgeordnet sind ... Und folglich dürfen sie nicht herumbummeln, sondern müssen an ihrem Arbeitsplatz sein ... und das ist die HÖV.«

Manfred, der sich mit Heiner Dietrich schon so gut angefreudet hatte, daß man sich samt Familie gegenseitig zum Kaffee besuchte, war ziemlich entsetzt. Heiner Dietrich war zwar Diplompsychologe und bereicherte die HÖV mit diversen Kursangeboten zur Sozialpsychologie, doch eigentlich war er Therapeut und Seelsorger. Als Mitgift hatte ihm der Herr sinnigerweise eine erhebliche Ähnlichkeit mit Jesus Christus verliehen, zumindest mit der Oberammergauer Festspielversion. Heiner wurde im Lauf der Zeit Manfreds bester Freund. Er spöttelte gern etwas über dessen fast sprichwörtliche Güte, etwa mit dem Spruch »Alles verstehen, heißt alles begreifen ... wie schon Heiner Dietrich schrieb.« Zuviel Empathie und Gutmenschentum nervten einen Manfred Matuschewski, der im rauhen Klima der Neuköllner Straßenschluchten aufgewachsen war. Bärtig wie ein biblischer Prophet war Prof. Dr. phil. Heiner Dietrich und dazu ein ausgeprägter Pykniker, also mit einem gehörigen Mönchsbäuchlein versehen, mit dem seine Jahr für Jahr expandierende Tonsur prächtig harmonierte. Er kam aus den Tiefen des Schwarzwalds, hatte in Berlin und Heidelberg studiert und sprach einen weichen süddeutschen Dialekt. Sein Vater war Militärpfarrer gewesen und kurz vor der Geburt seines Sohnes gefallen. Manchmal wurde Heiner etwas weitschweifig und salbungsvoll. Auf Hektiker jedenfalls wirkte er wie ein göttliches Sedativum, und ständig war sein Büro angefüllt mit Studenten, Kollegen und Verwaltungskräften, die Rat und Zuspruch suchten.

Heiner Dietrichs Einlassung rief jedenfalls die Hardliner auf den Plan, vor allem Puppke und Lehmann.

»Die jungen Menschen, die zu uns kommen, brauchen eine feste Hand«, behauptete Puppke. »Sonst wären sie nicht hier. Die überwachte Anwesenheitspflicht macht schon Sinn.«

»Sie sollen von Anfang an lernen, daß ein Betrieb nur funktioniert, wenn ein jedes Mitglied in jedem Moment an seinem Platz steht«, fuhr Lehmann fort.

»Ein Hoch auf die Beamtenkadettenanstalt!« rief Manfred.

»Ein Kadett ist mir allemal lieber als ein Chaot.«

Werner Lehmann hatte eine gewisse Ähnlichkeit mit dem französischen Komiker Tati, wie man ihn aus *Mein Onkel* kannte. Dies nicht nur von der Statur her, sondern auch, weil er immer ernst und feierlich aussah, als käme er gerade von der Beerdigung seiner Patentante. Vor dem BWL-Studium an der FU Berlin hatte er bei der AEG Industriekaufmann gelernt. Dennoch war er nur ein ziemlich mäßiger Betriebswirt, und so unrecht hatte Tobias Rindt nicht, wenn er behauptete, die einzige ernsthafte Veröffentlichung, die Lehmann vorzuweisen habe, sei eine Wohnungssuchanzeige in der *Berliner Morgenpost*. Richtig war auf alle Fälle, daß er ohne seinen durchsetzungsstarken Busenfreund Christian Armschat nie und nimmer eine HÖV-Professur bekommen hätte. Wie auch immer, er hatte eine sonore Kommandantenstimme und spielte die Rolle dessen, der in der wirr-chaotischen HÖV als einziger die pure Rationalität gepachtet hatte, so gekonnt, daß er bald alle jene hinter sich hatte, die dem charismatischen Maximilian Raddusch in seinem reformerischen 68er Kurs nicht folgen wollten. Lehmanns Einfluß wuchs noch, als die Computer ihren Siegeszug begannen und er sich zum unentbehrlichen EDV-Fachmann hochstilisieren konnte. Seine Gegner lästerten, daß er, so emotionslos er war, ganz sicher auch Schaltkreise und Drähte im Brustkorb hätte.

Lehmann redete noch ein Weilchen über die rechte Art, die HÖV zu führen. Allen war klar, daß er sich als Kandidat für den Sprecherposten aufbauen wollte und sich als Anführer des apolitisch-technokratischen und eher rechten Lagers sah, während Raddusch und Manfred für halblinke und progressive Positionen standen. Auch sah man Lehmann des öfteren in den Kreisen jener Praktiker, die lediglich die alte Verwaltungsschule unter neuem Namen wollten, während Raddusch die HÖV ganz eindeutig in Richtung Uni führen wollte.

»Also ein klares Ja zur Anwesenheitspflicht und ihrer lückenlosen Überwachung.« Lehmann lehnte sich selbstgefällig zurück.

Der nächste Kollege, der das Wort erhielt, war Jochen Kalkbrenner, der über einen sehr stillen und subtilen Humor verfügte. »Die bloße Anwesenheitsliste ist mir ein viel zu schwaches Instrument, und sie mißt ja auch nur die rein physische Anwesenheit. Darum schlage ich vor, daß wir in jeden Tisch eine Aufmerksamkeitstaste einbauen, die jeder Student einmal pro Minute zu drücken hat, wie das die S-Bahn-Fahrer auch haben. Das sichert uns die Zustimmung der ÖTV.«

Jochen Kalkbrenner war 33 Jahre alt, doch die Verkäuferinnen sagten noch immer »Junger Mann, was darf es sein?« zu ihm, und es war kein Witz, daß mehrmals im Monat ein Busfahrer seinen Studenten- oder gar Schülerausweis sehen wollte. Er war ein großer Junge geblieben. Er sprach vorsichtig tastend und leise und hatte die Langsamkeit als Lebensform entdeckt, hatte darauf seine Karriere gegründet und in seiner Partei, der FDP, damit manchen überdrehten Schreihals ausgestochen. Je hektischer die Zeiten wurden, desto größere Chancen hatten Menschen, die zuhören und vermitteln konnten und die leisen Töne liebten. Auch wurde er von denen unterstützt, die sich ihm überlegen fühlten und nicht befürchten mußten, daß er ihre Kreise störte. An die HÖV war er gekommen, weil sie ganz dringend einen Politologen – Schrägstrich – Soziologen gebraucht hatten und Manfred ihn von der FU her flüchtig kannte. In der Parteienforschung hatte er einen guten Namen, er hatte ein Standardwerk über dieses Thema geschrieben. Was ihm die schnelle Zustimmung aller verschafft hatte, war das Kalkül Maximilian Radduschs, mit Kalkbrenners Hilfe, wenn er denn demnächst Senatsdirektor oder gar Senator sein würde, die Hardliner beim Innensenator besser bekämpfen und der HÖV größere Freiräume sichern zu können.

Nach Kalkbrenners Beitrag kam Heiterkeit auf. Sein Parteifreund Buttenschön setzte noch einen drauf und schlug vor, jede Stunde zu filmen und einer besonderen Kommission für angepaßtes Verhalten die Auswertung zu übertragen. »Unter Umständen bekommen wir für einen dieser Filme bei der ›Berlinale‹ den ›Goldenen Bären‹.«

»Aber nur, wenn Rainer Wurl mitspielt«, lachte Manfred.

Nun kam eine Stimmung auf, die Leute wie Puppke, Lehmann und Blücher in einer Hochschullehrervollversammlung gar nicht schätzten. Blücher ging schnell dazwischen. »Ich finde das Thema zu ernst für eine kabarettistische Einlage. Akzeptieren wir die Anwesenheitspflicht mit Liste oder gar Klassenbuch, dann akzeptieren wir unsere Abdankung als Hochschule und als Professoren und verbauen uns jeden Weg in eine dritte Universität oder Gesamthochschule.«

Peter Blücher, in späteren Jahren von Figur und Frisur her dem Reichspräsidenten Hindenburg immer ähnlicher, trug jenen feierlichen Ernst in die HÖV, den ansonsten nur Politiker an den Tag legten, wenn sie sich »voller Abscheu und Empörung« gegen etwas wandten. Zu jeder Gelegenheit, sogar am Pinkelbecken, verwies er auf seine Dissertation über Herbert Wehner, die im Politteil des *Tagesspiegels* lobend erwähnt worden sei. Bei den Studenten war er beliebt, nicht nur, weil er am Ende des Semester immer alle in seinen Garten einlud, sondern weil er ihnen auch das Gefühl gab, ihre Zeit nicht zu verplempern, wie etwa bei der Sub-VHS-Politologie Buttenschönscher Prägung.

Ernst-August Buttenschön kam aus Krefeld und war ein Sproß einer alten Kaufmannsfamilie. Über ihn ist nicht viel mehr zu berichten, als daß er ständig in einem smokingähnlichen hellen Jackett daherkam und eine Fliege trug. Und daß er Pfeife rauchte. Diplompolitologe war er, was aber kaum einem auffiel, er hätte auch Barkeeper oder Croupier sein können. Puppke hatte ihn in die HÖV geschleust, um sich im Kampf gegen die Raddusch-Connection einen Verbündeten zu verschaffen. Seinen Lehrverpflichtungen kam Buttenschön in der Hauptsache dadurch nach, daß er Materialien der Landesanstalt für politische Bildung verteilte, Filme zeigte und mit seinen Studenten das Abgeordnetenhaus und andere Institutionen besuchte.

Manfred tuschelte mit Schattan, und als er erneut das Wort bekam, trug er vor, was sie eben ausgeheckt hatten. »Wir beide schlagen vor, statt der Anwesenheits- lieber die Abwesenheitspflicht aller Studenten einzuführen. Das eröffnet uns die größten Freiräume. Sie bekommen Literaturlisten und Lernzielkataloge in die Hand gedrückt und haben sich erst nach drei Jahren wieder einzufinden ... zur Staatsprüfung.«

»Ich bitte mir mehr Ernst aus!« rief März. »Wo sind wir denn hier?«

»Zum Glück nicht da, wo Sie uns hinhaben wollen«, lachte Manfred und machte damit weitere Pluspunkte.

Nun fürchtete Raddusch um seinen vermeintlichen Vorsprung und entschloß sich, die Rolle des Zuchtmeisters zu spielen. »Ich bin kein Herbert Wehner, aber ... Einige, die hier sitzen, haben wohl keine eigene Meinung, wie ...? Ich darf Sie daran erinnern, verehrte Kollegen, daß die Mitarbeit in den Gremien Voraussetzung für die Übernahme einer Professorenstelle ist.« Er sah die Kollegen der Reihe nach an und legte bei Fürth, Greif-Hassert, Menge und Vogler die Stirn in Falten.

»Nun ...« Rudi Fürth mußte als erster Farbe bekennen. »Die Anwesenheitspflicht ... Zahlreiche Autoren weisen auf Stufen in der Moralentwicklung hin, wonach viele Menschen, zum Beispiel aus Milieugründen, zeitlebens nicht über die Anfangsstufen hinausgelangen.«

Rudi Fürths Leben war in hohem Maße unorganisiert. Manche nannten ihn einen Chaoten, allerdings nicht in dem Sinne, der später im politischen wie im Straßenkampf aktuell werden sollte, sondern ganz individuell. Lange bevor er in den Professorenstand erhoben worden war, hatte er das Zerstreutsein kultiviert, und er besaß einen so umwerfenden

Charme, daß niemand ihm übelnahm, wenn er völlig unvorbereitet in eine Lehrveranstaltung kam. Auch konnte er so überzeugend wie kein zweiter über Dinge reden, von denen er nichts wußte und verstand und dabei den absoluten Fachmann blaß aussehen lassen. Hatte gerade jemand eine hoch gelobte Habilitationsschrift über die Organisationsentwicklung und die dahinterstehende Ideologie veröffentlicht, so brauchte ihn Rudi Fürth nur sekundenlang zu mustern und zu fragen, ob er den Begriff nicht irgendwie mißverstanden habe, und der Mann geriet ins Stottern. Er selbst hätte nicht einmal definieren können, was Organisationsentwicklung war, geschweige denn ihre Genesis und Anwendungsmöglichkeiten darlegen können, aber alle nahmen an, daß er der absolute Oberguru der Organisationserneuerer war. Hätte es in der Anfangsphase der HÖV ein Berufungsverfahren gegeben, wäre er keinesfalls mit einer C2-Professur beschenkt worden, so aber reichte es, daß er mit Tobias Rindt befreundet war. Der hatte ihn Puppke aufgezwungen, obwohl abzusehen war, daß Fürth seine Dissertation nie zu Ende bringen würde, jedenfalls nicht aus eigener Kraft. Aber auch das hatte Rindt mit Hilfe seines Netzwerkes zu deichseln gewußt. Manfred störte das nicht, er mochte Schlawiner wie Fürth.

Puppke gab nun das Wort an Greif-Hassert weiter, der sogar aufstand, um sein Statement abzugeben. »Meine sehr geschätzten jungen Kollegen, ich sehe uns alle als Schauspieler auf der Bühne der HÖV ... und was ist ein Schauspieler wert, wenn er vor leeren Rängen spielen muß: Nichts! Der einzelne Mensch ist nicht Ziel an sich, er lebt unter anderen und für andere Menschen, wie die anderen für ihn leben ... und wenn er sich dem entziehen will, dann muß man ihn dazu zwingen, zumal wenn er noch Geld dafür bekommt, daß er kommt.«

Die Diskussion geriet immer mehr zur Schlacht zwischen denen, die den Studenten als eigenverantwortlich und selbstgesteuert sahen oder sehen wollten, und denen, die ihm mißtrauten und ihn am kurzen Zügel führen wollten, und diese beiden konträren Positionen machten sich immer mehr an zwei Personen fest: Manfred Matuschewski und Werner Lehmann.

Der nächste auf der Rednerliste war Norbert Menge, und sein Diskussionsbeitrag bestand aus ganzen fünf Worten: »Ich schließe mich Matuschewski an.«

Norbert Menge war Verwaltungsrechtler und der HÖV-Professor mit der kürzesten Verweildauer im Tauentzien-Tower. Er rauschte in den Hörsaal, verteilte seine Fälle und verschwand wieder Richtung Tennisplatz. Während seine Studenten die Lösungen ausbrüteten, schlug er Asse und vervollkommnete sein Serve-and-Volley-Spiel. Er war der raffinierteste Minimalist, den Manfred je erlebt hatte: Nie erschien er in einem der unteren Gremien, der Ausbildungs- oder der Lehrauftragskommission zum Beispiel, und in den gesamten siebziger Jahren wurde er nur einmal im Fachbereichsrat gesichtet: anläßlich jener historischen Sitzung, auf der man lauthals die Überlastung der Professoren beklagte und das Lehrdeputat von 18 auf 12 Stunden verkürzen wollte. Sein Verhalten wurde indessen nie gerügt, denn a) war er ein netter Kerl und b) brauchte ihn die Raddusch-Connection, um bei Kampfabstimmungen die Oberhand zu haben.

Der letzte Kollege, den Raddusch genötigt hatte, das Wort zu ergreifen, war Wilhelm Vogler. Er drückte erst seine Zigarette aus, ehe er langsam und bedächtig anhob: »Nun, alles ist schon gesagt worden ... und es gilt, abzuwägen. Das Für und das Wider ... Vieles spricht für eine Anwesenheitspflicht, vieles dagegen ...«

Wilhelm Vogler war einer jener Professoren, die das Image der HÖV bei den Verwaltungsleuten unheimlich hoben, denn er war keine Primaballerina und kein Exot, kein arroganter Überflieger, der sich eigentlich viel zu schade war für die 2. Bundesliga der deutschen Hochschullandschaft, und auch kein Abzocker, der nur auf immer mehr Freizeit aus war. Ein solider juristischer Arbeiter war er, ein in sich ruhender Ostpreuße, wie er bei Siegfried Lenz vorkam, jemand, der vor allem dadurch auffiel, daß er nicht auffiel. In der Sportberichterstattung hätte es geheißen: »Vogler ackerte unauffällig im Mittelfeld und vermochte dem Spiel der HÖV keine Glanzlichter aufzusetzen, war aber der Garant für das hochverdiente Unentschieden gegen die Innenverwaltung.«

Manfred wurde ungeduldig und rief, er wünsche das Ende der Debatte. »Ich beantrage, daß wir der Anwesenheitspflicht trotz aller Bedenken zustimmen, weil sie wegen der Struktur der HÖV und der weniger guten Motivation der Studenten das kleinere Übel ist, uns aber strikt weigern, die Kontrolle selber auszuüben. Die Innenverwaltung hat das von sich aus zu tun und entweder die Studenten oder besondere Dienstkräfte damit zu beauftragen.«

Dies wurde einstimmig beschlossen und sicherte ihm schließlich bei der Sprecherwahl die Stimmenmehrheit. Bei 16 abgegebenen gültigen Stimmen – Menge war nicht zur Wahl erschienen, und Fürth hatte den Wahlzettel nicht so recht verstanden – lautete das Ergebnis: Manfred 8, Raddusch 5 und Lehmann 3 (wahrscheinlich die eigene und die von Puppke und März).

Manfred freute sich über die Wertschätzung seiner Kollegen und vergaß vorübergehend seine Ängste und Probleme. Auf Puppkes Frage, ob er die Wahl annehme, antwortete er mit einem deutlichen »Ja«. Alle gratulierten ihm. Die erste Fachbereichsratssitzung leitete er optimal, ließ jedem seinen Raum, ohne das Ganze ausufern zu lassen, faßte lange Diskussionen in einem Satz zusammen und sorgte dafür, daß alles leicht und locker blieb, ohne daß Würde oder Effizienz irgendwie litten. Es zeigte sich, daß er bei Siemens, bei Renate Mayntz-Trier, im AmfVi und bei der SPD eine ganze Menge gelernt hatte. Zufrieden packte er seine Sachen und fuhr nach Hause, das heißt, zu seiner Mutter. Dort gab es Quetschkartoffeln mit sauren Eiern, und wie schon als Kind formte er aus dem Kartoffelbrei ein Nest, in das er sich die sämige kartongraue Sauce mit den gekochten Eiern füllen ließ.

»Quetschkartoffeln und Karriere«, sagte Manfred. »So lasse ich mir das Leben gefallen.«

Seine Mutter verstand nicht, was Besonderes daran sein sollte, als Fachbereichssprecher einer Fachhochschule reüssiert zu haben. »Ich dachte, du gehst mal zur AOK und kriegst die 14 als Dienststellenleiter.«

Manfred sah auf die Uhr. »Mein Flugzeug! Ich muß nach Tempelhof ... Freitags sind die Maschinen immer alle ausgebucht.«

Wo sie früher mit den Rädern entlanggefahren waren, gingen sie nun mit Joscha im Kinderwagen spazieren. Etwas über acht Monate war er alt und konnte über den Boden robben und krabbeln und sogar schon sitzen, wenn auch noch etwas wacklig. Man mußte ständig aufpassen, daß er nicht aus dem Kinderwagen fiel.

Es war das Wochenende nach Ostern, genauer gesagt: Sonnabend, der 28. April, und für den 10. Mai hatten sie den Umzug nach Berlin geplant, »heim ins Reich«, wie Manfred das nannte, in Vergackeierung der Naziwelt.

Renate wurde zunehmend melancholischer. »Jetzt, wo es von Bremen weggeht, möchte ich am liebsten für immer hier bleiben. Vierzehn Tage nur noch ... dann habe ich keine Wiesen mehr, keinen Deich und keine Wümme. Dafür wieder Lärm, Hundekacke, die Mauer und Grenzkontrollen. Berlin, das ist wie ein Knast.«

Manfreds Blutdruck schnellte hoch. Er verfiel, erregt wie er war, in »Neuköllner Hinterhofjargon«, wie er das selber nannte. »Mann, da reiße ich mir den Arsch auf, daß ich an dieser Scheiß-HÖV Professor werde, weil du immer gestöhnt hast: ›Ich will in mein Berlin zurück, ich will in mein Berlin zurück‹ ... und nun geht es nach Berlin zurück, und da jammerst du, daß du in Bremen bleiben willst. Das kotzt mich wirklich an!« Er war außer sich vor Wut, ohne genau zu wissen, was ihn da so ausrasten ließ.

Renate nahm seinen Ausbruch scheinbar gelassen hin. »Das ist also 'ne wissenschaftliche Aussage ...«

Manfred beruhigte sich ein wenig. »Nein ...«, knurrte er. Wahrscheinlich war es reine Projektion. Er wollte selber nicht weg, hatte Angst vor Berlin, das ihn aufzufressen schien, und wollte viel lieber ganz behaglich hier in Bremen leben. Und um nicht sich selber beschimpfen und hassen zu müssen, ging er auf Renate zu. »Entschuldige ... Ich bin selber hin- und hergerissen.«

Seine Frau blieb stehen. »Vielleicht gibt es andere Alternativen für mich ...«

Manfreds Herz krampfte sich zusammen, seine Brust wurde eng. *Jetzt ist alles aus.* Sie hatte ihm erzählt, sie habe »ihren« Zahnarzt im Ratskeller getroffen. Mit ihm hatte sie in »wilder Ehe« zusammengelebt, während Manfred bei Siemens geackert hatte. Dann hatte er aber doch eine andere geheiratet. Burkhard sei nun geschieden, habe eine vierjährige Tochter und überlege, ob er die Praxis eines verstorbenen Freundes in Schwachhausen übernehmen solle. Ein Leben lang Düsseldorf gefiele ihm nicht.

»Ja ...« Mehr brachte Manfred nicht hervor. Die Pappeln ringsum schienen auf ihn niederstürzen zu wollen, seine Beine waren so schwach wie die eines Mannes, der tagelang bewegungslos im Bett gelegen hatte. Er schaffte es gerade noch zur nächsten Bank. Er glaubte, daß dies ein Moment war, wo sich alles entschied. Er sah sich plötzlich bis zur Jahrtausendwende bei seiner Mutter wohnen, verspottet von allen. Und statt mit Joscha Fußball zu spielen und herumzutoben, würde er mit der Mutter am Halmabrett sitzen und mit ihr zur Nachmittagsvorstellung in die Freie Volksbühne gehen, frisch gewaschen mit Schlips und Anzug. Sollte er vor Renate auf die Knie fallen und sie anflehen, ihn niemals zu verlassen? *Reisende soll man nicht aufhalten.* Er wünschte sich einen Freund herbei, mit dem sich alles bereden ließ. So auf sich allein gestellt, war er überfordert. *Das ist alles zuviel für mich* – das war alles, was er noch fühlen und denken konnte. Joscha war wach geworden und versuchte sich aufzurichten. Er hatte keinerlei Ähnlichkeit mit ihm. Renate hielt den Kinderwagen mit einer Hand und sah über ihn hinweg nach Oberneuland hinüber, wo es herrliche Villen gab. Villen für gut verdienende Zahnärzte.

»Wir haben doch die Wohnung in Berlin ...«, stieß er schließlich hervor.

»Ich wollte nie in Wilmersdorf wohnen«, sagte Renate.

»Tu, was du nicht lassen kannst«, sagte Manfred schließlich. Er hatte keine Kraft zu kämpfen. *Ich kann nicht mehr, ich will nicht mehr.* Renate schien es ebenso zu gehen. Irgendwie verzieh sie ihm wohl nicht, daß er sie einen langen öden Winter über mit dem Kind allein gelassen hatte. Da war etwas zerbrochen. Manfred fiel Fontane ein; mit ihnen beiden stand es so schlimm wie mit Holk und Christine in *Unwiederbringlich*. Da war Holk der Karriere wegen an den dänischen Hof gegangen, hatte seine Frau mit den Kindern allein zu Haus gelassen ... und alles verloren.

Wahrscheinlich wäre ihre Ehe in diesem Augenblick wirklich zerbrochen, wenn Joscha nicht aus dem Kinderwagen gefallen wäre. Er knallte mit dem Köpfchen auf den Asphalt und blieb regungslos liegen.

»Mein Gott, mein Gott!« Renate riß ihn hoch.

Manfred sprang hin, um beide zu umarmen, als enthalte diese Geste die magische Kraft, alles wiedergutzumachen. Dann rannte er zu einem Kiosk, um die Feuerwehr zu rufen.

Joscha schlug die Augen wieder auf, und im Krankenhaus stellten sie beim Röntgen fest, daß er »nur eine kleine Gehirnerschütterung« erlitten hatte. Manfred nahm Renate in die Arme.

Trotz der Versöhnung flog er am Montag morgen alles andere als euphorisch nach Berlin zurück. Ausgelaugt und krank war er. Mit 35 Jahren schon so kraftlos wie ein Greis. Und als im Luftkorridor über der DDR die ersten Turbulenzen auftraten, hoffte er, daß die Maschine abstürzte. Nicht wirklich vielleicht, aber doch irgendwie. *Lieber ein Ende mit Schrecken* ... Das Leben war nur noch Streß, also ein ewiger Schrecken. Kaum war er in Tempelhof gelandet, sprang er in die Taxe, um in die Sonnenallee zu fahren, wo ein Bekannter von C & A – Curt und Anett – ein Tapetengeschäft hatte und es die Schlafzimmertapete viel billiger gab. Mit der eilte er in die neue Wohnung in der Koblenzer Straße, um sie dem Maler in die Hand zu drücken. Der kam aber nicht. Und die Zeit drängte, denn um 10 Uhr 15 hatte er im Tauentzien-

Tower auf der Matte zu stehen, die UG 7 wartete auf ihn. Das Telefon war noch nicht umgemeldet, der Anschluß tot. Er lief zu den Nachbarn und klingelte. Keiner zu Hause. Er lief in die Wohnung zurück und spülte eine grüne Librium mit einem Schluck Wasser aus der hohlen Hand herunter. Endlich kam der Maler, doch der fing sofort an zu meckern. Er sei schon um 9 Uhr dagewesen, wie verabredet, und außerdem reiche die Tapete nicht.

»Dann lassen Sie da was weg, wo wir unsern großen Kleiderschrank hinstellen.«

»Wenn det mein Chef sieht, nee, Sie! Ick will noch ma mein' Meister machen.«

»Ich lauf' heute nachmittag noch 'ne Rolle holen und bring' Ihnen die morgen früh. Jetzt muß ich aber ...«

Als er in der HÖV ankam, war es genau 10 Uhr 12. Er raffte seine Unterlagen zusammen und stürzte in den Hörsaal. Dort fand er seine Studenten in einer merkwürdigen Mischung von Apathie und Aufruhr vor.

»Nun kommt er doch noch«, brummte Markus Meier, und Manfred sah, daß Arne Wachholz neben ihm schon eingeschlafen war.

»Ein guter Trainer gibt seiner Mannschaft montags frei, wenn am Dienstag 1. Mai ist«, sagte Hagen Sobottka, als Manfred ihn fragend angesehen hatte. »Sie hätten heute unbedingt ausfallen lassen müssen.«

»Ich wäre auch gerne bei meiner Familie in Bremen geblieben ...« Manfred hoffte, mit der Botschaft vom geteilten Leid alle ein wenig zu besänftigen. Später begriff er, daß er sich damit zu Leuten ins Boot gesetzt hatte, die er eigentlich fürchterlich verabscheute: die ewigen Minimierer. *Wozu brauchen wir denn das?* Nur nicht zu viel denken, nur nicht zu viel tun, das heißt, kein Quentchen mehr, als unbedingt notwendig war, um über die Runden zu kommen. Und nun wurde er zornig. »Warum sind Sie überhaupt hier!? Student kommt von lateinisch studere, gleich: etwas eifrig betreiben, und ein Studium ist die intensive Beschäftigung mit einer Sache. Wie sollen wir die Verwaltung reformieren, wenn Sie immer nur im Sinn haben, wann endlich Schluß ist. Ich leiste dem keinen Vorschub, da können Sie einen drauf lassen.«

Fast hätte er geschmunzelt, daß er, so sehr im Brast, unwillkürlich eine Redewendung seines Vaters benutzt hatte. Letztendlich aber war es Gift für ihn, daß er sich so aufregte und sich über 90 lange Minuten hinweg wie jemand fühlte, der im verfeindeten Ausland durch die Straßen ging und damit rechnen mußte, daß hinter jedem Schornstein ein Heckenschütze kauerte. Die Feindseligkeit seiner Studenten war mit Händen greifbar und flutete in immer neuen Wellen auf ihn zu, als er ihnen die Handhabung von Intra-Rollenkonflikten auseinandersetzen wollte.

»Nach Kurt Holm gibt es für den mittleren Vorgesetzten, den ›Mann in der Mitte‹, fünf Möglichkeiten, einen solchen Konflikt zu entschärfen ...«

»Und was ist mit der Frau in der Mitte?« fragte Udo Queiß.

»Erst wenn es in der Berliner Verwaltung mehr Frauen in Vorgesetztenpositionen gibt, wird das ein Thema ... Also ...« Er legte eine neue Folie auf. »Wir sehen hier den mittleren Vorgesetzten im Spannungsfeld zweier unterschiedlicher Erwartungswelten: Sein eigener Vorgesetzter will, daß er seine Untergebenen als Instrumente behandelt, rational und auf höchste Effizienz bedacht ... Darum nennen wir das instrumentelle Orientierung. Die Untergebenen wollen aber, daß er sie wie Menschen behandelt und auf ihre Stimmungen und Bedürfnisse Rücksicht nimmt ... Das ist die sogenannte ... die sogenannte ...« Er kam nicht auf den Fachausdruck für die zweite Art der Orientierung. Dieser Blackout, dieses verzweifelte Bohren im Nichts schlug auf sein Herz. Er rieb sich die rechte Brustseite. *Gleich kippst du um.* In seiner Not kam er auf den letzten aller möglichen didaktischen Tricks und fragte seine Zuhörer, ob sie schon wüßten, wie man die spezifische Orientierung der Mitarbeiter nannte.

»Die menschliche Orientierung.«

»Nein.«

»Die Orientierung, am 30. April etwas ausfallen zu lassen, wenn er auf einen Montag fällt.«

Endlich kam er auf den Ausdruck: »expressive Orientierung«. Er schrieb ihn an die Tafel. Cullmann, Queiß und Meier klatschten Beifall.

Als die Doppelstunde zu Ende war, hatte er nur noch einen Gedanken: sich in seinem Büro einzuschließen, die Füße auf den Tisch zu legen und wieder zu sich zu kommen. Doch als er den Flur entlangeilte, stand Pansegrau vor seiner Tür.

»Ich muß Sie dringend sprechen.« Das klang sehr erregt. Dem Senatsrat klebten kleine Kügelchen getrockneter Spucke an der Unterlippe. Es sah aus, als hätte er Styropor gegessen. Noch auffälliger aber war seine Nase. Sie war so geschwollen, daß sie fast wie die rote Pappnase eines Zirkusclowns wirkte.

Manfred zuckte zurück. Um auf die Toilette zu flüchten, war es zu spät. Er schaltete um auf das Programm *Freundlich, zuvorkommend und immer ansprechbar.* »Was kann ich für Sie tun ...?«

»Nicht hier auf dem Flur ...«

Manfred schloß seine Tür auf. »Bitte, treten Sie herein ...« Er hatte »kommen Sie herein« sagen wollen, aber Pansegrau merkte nichts, stürmisch erregt, wie er war.

Er saß schon, bevor Manfred ihm einen Stuhl angeboten hatte. »Das geht Sie als Fachbereichssprecher an, und ich verlange harte disziplinarische Maßnahmen von der HÖV. Wehret den Anfängen!«

»Ja, bitte, worum geht es denn ...?«

Es ging, wie Pansegrau nun schilderte, um einen Vorfall beim Volleyballspiel Studenten gegen nebenamtliche Dozenten, das am Freitag abend auf dem Gelände der Polizei in der Kruppstraße stattgefunden hatte. »... und da hat mir der Student Sobottka aus der UG 7 in voller Absicht den Ball ins Gesicht geschmettert. Aus niedrigen Beweggründen ... Um mich loszuwerden. Weil ich mich geweigert hatte, die UG 7 mit der UG 12 zu tauschen.«

Aha, daher also die dicke Nase. Manfred konnte nur mühsam ein Grinsen unterdrücken. Er wußte, daß die Studenten Pansegrau haßten, und auch er selber hätte ihn gern für immer aus der HÖV verbannt. Ebenso sicher war aber, daß Pansegrau dann Himmel und Hölle in Bewegung gesetzt hätte, um ihnen zu schaden. Er war die graue Eminenz schlechthin, sein Einfluß war riesig. Manfred dachte unwillkürlich an die Ermahnungen seiner Mutter: *Den mußt du dir warmhalten.* Also wurde er ganz sanft. »Herr Sobottka hat sich doch schon bei Ihnen entschuldigt ... und ich tue es hiermit im Namen des ganzen Fachbereichs nochmals. Aber das ist nun mal beim Sport nicht anders, das kann immer wieder passieren: die berühmten Sportunfälle.«

»Das war kein Unfall, das war Absicht.«

Natürlich war es Absicht. Fast hätte Manfred herausposaunt, was er dachte. So gut kannte er Hagen Sobottka. *Natürlich hat er Sie abschießen wollen.* Alles drängte Manfred, aufzustehen, die Tür aufzureißen und Pansegrau mitten ins Gesicht zu sagen, daß er ein großes Arschloch sei und die HÖV nicht länger mit seinem fürchterlichen Mundgeruch und mit seiner krausen rechten Ideologie verpesten solle. Doch was mußte er statt dessen tun: ihm Honig ums Maul schmieren, um die HÖV nicht zu gefährden. Es zerriß ihn. »Sie sind unverzichtbar für uns, Herr Pansegrau, Sobottka ist es nicht. Ich werde mit ihm reden und ihm nahelegen, nicht unbedingt Beamter werden zu wollen.«

»Er oder ich, ja!« Damit verließ Pansegrau Manfreds Professorenzimmer.

Eine Viertelstunde später stand Sobottka vor seinem Schreibtisch und warf ihm vor, ein großer Heuchler zu sein. »Da predigen Sie immer, wir sollten uns gegen solche Kommißköppe wie Pansegrau auflehnen und zitieren Tucholsky: ›Es gibt, um eine Bureaukratie zu säubern, nur eines: Umwälzung. Generalreinigung. Aufräumung. Lüftung.‹ Revolution also. Und wenn ich die wage, dann versprechen Sie dem Pansegrau, mich rauszuschmeißen. Na, *congratulations*!«

Manfred war um einiges bleicher geworden. Er konnte nicht mehr, die Batterie war leer. »Nun ja ...« Mehr brachte er nicht hervor. Er wollte nur noch eins: weg von hier, wieder Kind sein, irgendwo auf der Erde mit seiner Eisenbahn spielen. »Mir ist nicht gut, ob Sie mir bitte eine Taxe ...«

In der Taxe wußte er phasenweise nicht mehr, wer er war und wo er war, was jedes Mal eine neue Panikattacke auslöste. *Du heißt Manfred Matuschewski. Du bist wieder in Berlin.* Gebetsmühlenartig sprach er vor sich hin. Der Fahrer, ein alter Muffelkopp, blickte mißtrauisch nach hinten. Manfred überlegte, ob sie irgendwo an einem Krankenhaus vorbeikamen. Hinterm Halleschen Tor das Urban-Krankenhaus. *Nein, die behalten dich gleich da.* Es würde in seine Personalakte kommen, und er wäre als »psychisch krank« und »nicht belastbar« abgestempelt. Aus mit der Karriere. *Reiß dich zusammen!* Irgendwann würde der Anfall vorübergehen. Wieder verlor er jede Orientierung, sah sich als einsamer Schwimmer mitten in einem Ozean. Wer bin ich, wo bin ich …? Zugleich protokollierte er ganz genau, was da mit ihm geschah, als würde er es einem Arzt diktieren: »Als ich in der Taxe gesessen habe, hat meine frei flottierende Angst ihren ersten Höhepunkt erreicht. Ich war mir sicher, daß mein Herz stehenbleiben würde, bevor wir die Treptower Brücke erreichen würden. Paroxysmale Tachykardie, Dyspnoe und Nausea.« Also anfallsweises Herzjagen, Atemnot und Brechreiz. »Dazu ständig die Angst, geköpft zu werden. Wir geraten unter einen Lastzug, mein Kopf wird abgetrennt. Außerdem heftiger Harndrang, Magenkrämpfe und Durchfall, Schwitzen. Schlimmer als in Bremen, als Joscha unterwegs gewesen ist.« *Du wirst deinen Jungen nie wiedersehen.* Es klang fast wie eine innere Stimme.

»Welche Hausnummer?« fragte der Taxifahrer.

»Ossastraße 39.«

»Wie? Ich denke, Sie wollen zur Treptower Brücke.«

Er hatte dem Mann in seiner Verwirrung die alte Adresse genannt, da, wo er mit seinen Eltern in glücklichen Zeiten gewohnt hatte, lange, bevor er krank geworden war.

»Ja, zur Treptower Brücke«, hörte er sich sagen.

Er schlurfte die steinernen Stufen nach oben und fixierte das Namensschild. OTTO MATUSCHEWSKI. Als er klingelte, war er sich sicher, daß ihm sein Vater öffnen würde. Nein, der war letztes Jahr gestorben. *Quatsch, der ist nicht gestorben.* Als niemand öffnete, kam es ihm vor, als hätte er diese hellblaue Tür nie in seinem Leben gesehen. Die Matuschewskis ... was waren das für Leute? Mühsam, wie einer, der sein Gedächtnis verloren hatte, mußte er sich klarmachen, daß hier seine Mutter wohnte und er, nach seiner Rückkehr aus Bremen, bei ihr Quartier genommen hatte, weil die Wohnung in der Koblenzer Straße noch nicht fertig war.

»Haben Sie Ihren Schlüssel verloren, Herr Matuschewski?« Das war Frau Bernhard, die Nachbarin, immer hinter dem Guckloch postiert.

»Nein, ich ...« Er fischte seine Schüssel aus der Aktentasche und schloß auf. »Danke sehr.«

»Ihre Mutter ist zu den Liebetruths nach Halensee gefahren.«

»Ja, danke ...« Er trat in den Korridor. »Einen schönen Tag noch und einen schönen 1. Mai ...« Es ging also wieder. Er schluckte eine Librium und warf sich angezogen aufs Bett. *Mein Gott, laß mich wieder so normal sein wie früher!* Er beneidete glühend alle Menschen, die *sauber tickten.* Er versuchte sich dadurch abzulenken, daß er zur Lieblingslektüre seiner Neuköllner Tage griff, den Zigarettenbildchen seines Vaters, eingeklebt ins goldgelbe Album *Bilder Deutscher Geschichte*, Werk 12, herausgegeben vom Cigaretten-Bilderdienst, Hamburg-Bahrenfeld 1936.

BILD 111:
DAS PREUSSISCHE KÖNIGSPAAR IN MEMEL.
14. Januar 1807 *(Gemälde von C. Röchling)*

Von der einst so stolzen Armee waren zu dieser Zeit nur noch Trümmer vorhanden. In Memel sah König Friedrich Wilhelm III. an der Seite der Königin Luise mit tiefer Bewegung, was von dem Garde-Bataillon nach dem Rückzug an die äußerste Landesgrenze übriggeblieben war.

Auch das half nichts, seine Gedanken kehrten ständig zu ihrem Ausgangspunkt zurück: *Ich bin krank. Das ist alles zu viel für mich. Ich steh' das nicht durch. Mein Herz!* Immer enger wurden die Schleifen, unaufhaltsam kam die nächste Panikattacke. Er wollte aufspringen und zu Dr. Eck gehen, um sich eine Spritze geben zu lassen, doch als er an der Tür war, schreckte er wieder zurück. Nein, er würde auf der Straße zusammenbrechen ... wie damals in Bremen. So suchte er die Nummer des Arztes heraus, rief an und bat um einen Hausbesuch. »Mein Herz ... Ich kann nicht mehr ...«

»Der Doktor kommt, sobald er aus der Praxis wegkann.«

Das dauerte, und Manfred nahm immer wieder das Telefon in der Hand, um die Feuerwehrnummer zu wählen. Schweißausbrüche, Krämpfe und Durchfall quälten ihn, und die Gedankenfetzen wirbelten immer unkontrollierter in seinem Kopf herum. Er fürchtete, nun endgültig verrückt geworden zu sein. Wörter explodierten wie kleine Sprengkörper: *1. Mai/ Der Mai ist gekommen, die Bäume schlagen aus./»Paß auf, daß du nicht getroffen wirst.«/Gestern noch auf stolzen Rossen, heute durch die Brust geschossen/Erdgeschoß/ »Wenn du zu Hertie gehst, bring bitte Packpapier mit.«/ Pack schlägt sich, Pack verträgt sich./Du kannst einpacken, du hast 'ne Macke./»Mackeprang hieß der Händler in der Karl-Marx-Straße, wo ich meine erste Schreibmaschine her hatte.«/Wer schreibt, der bleibt./» Walther-Schreiber-Platz. Alles aussteigen, der Zug endet hier!«* So ging das pausenlos und ließ sich nicht abstellen. Es folterte ihn, es tötete ihn. Er war sicher, an diesem 30. April zu sterben.

Als der Arzt kam und Manfred ihm alles geschildert hatte, fing er an zu weinen: »Da habe ich nun alles erreicht: Ich bin Professor geworden, ich habe eine Frau, einen Sohn, eine Wohnung ... die Welt steht mir offen, eine große Karriere ... und nun ...«

Der Arzt setzte ihm eine Spritze. »Da gibt es nur eins, mein Lieber, wenn Sie Ihren vierzigsten Geburtstag noch erleben wollen: kürzer treten, die Lebensumstände ändern, aber radikal.«

Als Renate am Abend anrief und er ihr von seinem Zusammenbruch erzählte, schwieg sie einen Augenblick, um ihm zu sagen, daß das wohl ein Wink des Schicksals sei.

»Wieso?«

»Weil Petra Pforte aus dem Schuldienst ausscheiden und einen kleinen Laden aufmachen will: Zeitungen, Zigaretten, Getränke, Schreibwaren, und sie mich gefragt hat, ob ich nicht mitmachen will. Du könntest auch mitmachen, wenn wir Taschenbücher dazunehmen ... Und nebenbei Lehraufträge an der Uni ... Da bleiben wir alle in Bremen.«

Manfred sah sich in einem kleinen Laden stehen und Bücher verkaufen. Gesund und munter, eins mit sich und der Welt.

Scheiß was auf die HÖV, scheiß was auf Berlin!

Maximilian Raddusch nahm die Wahl zum Sprecher des Fachbereichs an und leitete nun auch die Sitzung des Fachbereichsrates, dies mit einem Lächeln, das nicht ganz so strahlend war wie früher, nach seinen Triumphen als Radrennfahrer. Sicher, er stand nun ganz oben auf dem Podest, aber nur, weil der eigentliche Sieger vom Schicksal disqualifiziert worden war.

»Ich danke allen Kollegen für das Vertrauen, das sie mir entgegenbringen. Gleichzeitig bedaure ich das Ausscheiden meines Freundes Manfred Matuschewski aus diesem Amt. Wir akzeptieren seine Gründe und werden sehen, daß wir unsere Arbeit in seinem Sinne weiterführen. Tagesordnungspunkt eins ist heute die Frage der Aufstockung des Faches Haushaltswesen um eine Wochenstunde, wie es Herr Pansegrau vorgeschlagen hat.«

»Können wir nicht erst die Fahrstuhlfrage klären?« bat Hagen Sobottka. »Nachher ist Herr Jahrow nicht mehr da, und für die Studenten ist es unerträglich, jeden Morgen bis zu zwanzig Minuten unten an den überfüllten Fahrstühlen zu warten.«

»Der frühe Vogel findet den Wurm«, lachte Jahrow.

»Bitte!« Raddusch schlug mit der flachen Hand auf den Tisch. »Wir sind noch nicht beim Punkt Verschiedenes.«

»Dies ist ein Bürogebäude«, rief Hagen Sobottka. »Und keine Hochschule. Die Fahrstuhlkapazität reicht nicht aus, und wenn es mal brennt, dann ...«

»Wenn die Mehrheit diesen Punkt vorziehen will, bitte ...« Raddusch nahm die Brille ab, um sich den Schweiß von der Stirn zu wischen. »Wer dafür ist, den bitte ich um das Handzeichen. Danke, das ist die Mehrheit. Herr Sobottka, bitte ...«

»Ich stelle im Namen der studentischen Vertretung den Antrag, den Beginn der Lehrveranstaltungen morgens so zu entzerren, daß sich die Lage an den Fahrstühlen entschärft.«

»Du kannst gar nicht im Namen aller Studenten sprechen«, protestierte Thilo Flöther, »sondern nur im Namen der unabhängigen Liste. Wir meinen, daß man durchaus rechtzeitig in der HÖV sein kann.«

Thilo Flöther hatte es schwer, gegen das Klischee anzukommen, das die anderen in ihm sahen: Mamas Liebling. Zwanzig Jahre später nannte man junge Männer wie ihn Weicheier, so aber beschränkten sich zeichnerisch begabte Kommilitonen darauf, ihn als Rubens-Putte zu porträtieren, am Bache sitzend und Flöte spielend. Um das alles zu kompensieren, suchte er nach stiller Macht, und die glaubte er über den KOMBA erringen zu können, die Gewerkschaft des Beamtenbundes. Schnell hatte er an der HÖV eine KOMBA-Gruppe gegründet und verteilte laufend Flugblätter für und gegen alles, was ihm wichtig schien.

»Ihr seid noch nie rechtzeitig irgendwo gewesen«, höhnte Wolfgang Rulski. »Ihr seid die Ewiggestrigen. Für mich ist die Sache klar: Wenn ich meinen Arbeitsplatz nach Betreten meines Dienstgebäudes durch Gründe, die der Dienstherr zu verantworten hat, nicht rechtzeitig erreichen kann, dann ist dies als Teil meiner im Dienst verbrachten Arbeitszeit zu werten.«

Immer wenn Flöther das Wort ergriff, trat der Spitzenmann der ÖTV-Studenten reflexartig in Aktion. Wolfgang Rulski hatte das Körpervolumen eines Sumokämpfers der Maegashira-Klasse, was aber mehr am Berliner Bier als am Ringertraining lag. Er trug einen leicht dämonischen König-Etzel-

Bart und eine Brille mit einer überdimensionalen dunklen Fassung, die wie ein Trauerrand wirkte. Die Signale, die von ihm ausgingen, waren klar: Wer sich mit mir anlegt, der ist verloren, der liegt bald im Staub. Über den Personalrat hatte er sich nach oben gearbeitet und war quasi von der ÖTV an die Hochschule abgeordnet worden. Er war der geborene Mikropolitiker, einer, der überall Koalitionen bildete, um seine Ziele zu erreichen. Für ihn war es viel wichtiger, mit einem einflußreichen Kommunalpolitiker beim Bier zusammenzusitzen, als für eine der vielen Klausuren zu lernen. Gute Kontakte zählten bei ihm mehr als eine Eins.

Maximilian Raddusch sah auf die Uhr. »Gibt es Meinungsäußerungen von seiten der Hochschullehrer? Dieter Schattan ... bitte.«

»Am besten«, Schattan kratzte sich am Kopf, »wir schaffen für die Hälfte der Studenten internatsmäßigen Wohnraum in den fünf obersten Stockwerken des Tauentzien-Tower, denn unser betriebswirtschaftliches Dilemma ist ja, daß zu Beginn der Lehrveranstaltungen alle Studenten nach oben fahren ... und am Ende alle nach unten. Dadurch entstehen die von uns allen so beklagten Engpässe und überlangen Wartezeiten. Wohnt nun die Hälfte der Studenten oben, wären die unteren Fahrstühle auf jeden Fall entlastet ...«

»So sieht das ein Volkswirt«, lachte Werner Lehmann. »Als Betriebswirt aber muß ich das präzisieren: Die Wartezeit halbiert sich trotzdem nicht, weil beim Einsteigen der oben wohnenden Studenten auch wieder Zeit verlorengeht. Ebenso, wenn die Fahrstühle von den Hörsälen in den Internatstrakt hochfahren.«

»Ich bitte mir etwas mehr Ernst aus!« rief Raddusch.

»Ich habe das ernst gemeint, Herr Kollege.« Lehmann war richtiggehend gekränkt.

»Wenn es keine weiteren Wortmeldungen mehr gibt ...«

»Doch, gibt es.« Jahrow hob den Arm. »Für die Fachaufsicht gibt es nur einen Termin, an dem morgens anzufangen ist: Punkt acht Uhr.«

Da tobte Tobias Rindt auch schon los. »Und für eine Hochschule gibt es nur einen anderen Termin, an dem wir mit unseren Lehrveranstaltungen anfangen: Viertel nach acht ... c. t. ... cum tempore und nicht s. t. ... sine tempore. Ich sage das ganz im Sinne meines Freundes Manne Matuschewski.«

So wurde Manfred der Verlauf der ersten Sitzung unter der Ägide Radduschs später geschildert. Als in der Leichenkammer des Tauentzien-Towers die Redeschlacht tobte, saß er mit Hans-Ulrich Muldenstein an der Weser und sah der Fähre nach, die vom Ostertor nach Habenhausen fuhr.

»In Berlin bist du immer eingesperrt«, sagte Manfred. »Stell dir vor, du willst nach Worpswede ... und mußt erst einen Passierschein beantragen. An der Grenze wirst du wie ein Schwerverbrecher behandelt. Und irgendwie bist du staatenlos, denn auf deinem Ausweis steht nur ›behelfsmäßig‹ drauf. Wenn du aufwachst und das Radio anmachst, fragst du dich immer, ob die DDR nicht gerade Westberlin geschluckt hat und du in ein Umerziehungslager kommst: Gehirnwäsche durch die Stasi. Wenn du spazierengehst: überall Mauer und Stacheldraht. Und, Gott, ist die Stadt häßlich, wenn ich da an Paris denke, an Wien, an Rom ... und, und, und. Die Menschen erst: kein Charme, kein Esprit, alles Muffelköppe. Die Regierung in Bonn, die großen Firmen, Beispiel: Siemens, in München und Erlangen, Hertha BSC in Abstiegsgefahr ...«

Muldenstein sah ihn verwundert an. »Und trotzdem willst du nach Berlin zurück ...?«

»Das ist die einzige Stadt, in der ich auf Dauer leben kann. Berlin ist unfertig ... und ich bin unfertig. Berlin ist preußisch karg und ärmlich und immer ein wenig schmuddelig ... und irgendwie komme ich damit besser klar als mit den Städten, wo alles wie geleckt ist, siehe Bremen, oder wo die Schickeria den Ton angibt, siehe Hamburg, München oder Düsseldorf. Aber was letztendlich den Ausschlag gegeben hat, war Hildegard Knef ...«

»Hast du die angerufen?«

»Nee, aber ihr Chanson gehört: › ... da bin ich zu Haus, da kenn' ich mich aus.‹ Ich kann dir alle U-Bahn-Stationen hersagen: Rathaus Neukölln, Hermannplatz, Südstern, Gneisenaustraße, Mehringdamm ... und dir die Farbe der Fliesen beschreiben.« So hatte sich die Sache mit dem Buch- und Zeitschriftenladen also zerschlagen.

»Dann laß uns aufbrechen!« Muldenstein stand auf und klopfte sich die Grashalme vom Hosenboden.

Manfred überlegte. »Das Weser-Stadion hab' ich gesehen, was nun ...? Gleich zum Bahnhof ... oder noch beim AmfVi vorbei ...?«

»Laß die Toten ruhen, du hast allen auf Wiedersehen gesagt. Und außerdem bist du nicht das letzte Mal in Bremen.«

»Stimmt. Wer weiß, wie das Leben so spült: Den einen spült es hierhin, den anderen dorthin, den einen nach oben, den anderen nach unten. Mein Amt als Fachbereichssprecher hab' ich abgeben müssen ... auf ärztliches Anraten, wie es so schön heißt.«

»Sei froh, daß du nicht bei Koschnick Karriere gemacht hast ... in der Politik. Da wärst du jetzt tot. Bei der Belastung ...«

»... und dem vielen Alkohol.« Manfred wurde existenzphilosophisch. »Glück ist eben die Summe des Unglücks, dem man entgangen ist.«

Am frühen Nachmittag wollten sie beide mit Renates türkisblauem Käfer nach Berlin fahren, den Wagen überführen. Mit Rücksicht auf Joscha hatte sie das nicht selber tun wollen. Muldenstein fuhr nachts mit der Bahn nach Bremen zurück, und Manfred konnte am nächsten Morgen pünktlich im Tauentzien-Tower auf der Matte stehen. Renate und Joscha wollten mit dem Flugzeug nach Berlin kommen und waren gegen 16 Uhr in Tempelhof abzuholen und in die Koblenzer Straße zu bringen. Die Umzugsleute wollten Punkt 14 Uhr in der Armsener Straße sein und bis zum Abend alles eingeladen haben, dann ein wenig schlafen und um Mitternacht nach Berlin aufbrechen. Zum Glück mußte man bei Umzügen, wenn sie auf den Transitstrecken durch die DDR gingen, nicht mehr selber dabeisein. Tobias Rindt, der freitags keine Lehrveranstaltungen hatte, sollte die Umzugsleute in der Koblenzer Straße in Empfang nehmen und anhand von

Manfreds und Renates Skizzen bestimmen, welches Möbelstück in welches Zimmer zu tragen war.

Und es klappte tatsächlich alles so, wie sie es geplant hatten. Als sie die Treppe heraufkamen, Manfred hatte Joscha auf dem Arm, spielte man oben in ihrer neuen Wohnung »Das ist die Berliner Luft, Luft, Luft ...«

»Nanu ...!?« Sie staunten. Über ihrer Wohnungstür hing eine Girlande und ein schön gemaltes Schild: »Herzlich willkommen in der alten Heimat«. Da knallten drinnen auch schon die Sektkorken, und Maxe Raddusch kam ihnen entgegen, um sie zu umarmen. Manfred vergaß für einen Augenblick, daß er eigentlich ein kranker Mann war. Es würde alles gut werden.

Doch die Eingewöhnung fiel ihm schwer. Wilmersdorf ... Das war bürgerlich, kleinbürgerlich, spießbürgerlich. Da hätte er als alter Neuköllner und 68er früher am liebsten Molotow-Cocktails in die Fenster geworfen. Und wie ihn die Leute hier musterten, bekam er das Gefühl, daß sie ihm das ansahen. Er fühlte sich fremd, wie ein Fremdkörper eben. Das hatte aber auch noch andere Gründe: Seit rund zwanzig Jahren kannte er die Wohnung, hatte mit Inge und Gerhard, mit Bugsins, viele Stunden hier verbracht und die alten Bilder ständig vor Augen. Bei seiner angeknacksten Psyche verwirrte ihn das ganz gehörig. Was war denn nun die Wirklichkeit: Daß er noch zur Schule ging und mit Gerhard im Wohnzimmer Tischtennis spielte – der Mai 1958 ...? Oder der Mai 1973 – wo er auf dem Boden lag und mit Joscha Türmchen baute ...? War Renate wirklich seine Frau ... oder träumte er, wie damals, nur davon, daß Renate einmal seine Frau sein werde und er hier in der Koblenzer Straße auf dem Boden lag und mit ihrer beider Kind spielte ...?

»Ich kann das manchmal nicht auseinanderhalten«, sagte er dem Arzt, den er inzwischen im nahen Friedenau gefunden hatte, Dr. Stüber. »Beides ist für mich gleich plausibel: der Traum von einer ganz bestimmten Wirklichkeit und die Wirklichkeit selber. Da hab' ich dann das Gefühl, völlig verrückt zu werden.«

Dr. Stüber zitierte Calderón: »›Wenig kann das Glück uns geben;/denn ein Traum ist alles Leben,/und die Träume selbst ein Traum.‹ Sehen Sie, auch andere hatten da ihre Schwierigkeiten.«

»Nur, daß ich kein Dichter bin, sondern Sozialwissenschaftler und die furchtbare Angst habe, einmal völlig durchzudrehen. Die Gedanken kreisen, rasen, schaukeln sich hoch, eine Rückkopplung, die ich nicht stoppen kann, die letzten Sicherungen knallen durch ... ich denke, ich bin der Manfred Matuschewski von 1945 ... oder Old Shatterhand ... oder Willy Brandt ... und Sie stecken mich in die Klapsmühle, Pardon: die Nervenheilanstalt. Auf Wiedersehen in Bonnies Ranch.«

»Sie sollten autogenes Training machen.«

»Ich will nicht in die Volkshochschule, ich hasse solche Gruppen wie da.«

»Ich habe einen Kollegen, der Sie einzeln nehmen wird.«

So fuhr Manfred zweimal die Woche nach Spandau, was ziemlich umständlich war: mit der U-Bahn zum Zoo und dann mit dem 94er Bus, der ewig lange erst die Kant- und dann die Heerstraße entlangzuckelte. Bei Dr. Frost saß er eine halbe Stunde lang in einem Lehnstuhl und übte die formelhafte Vorsatzbildung.

»Ich habe die Kraft ... es wird alles geschafft.«

Dies nach der üblichen Einstimmung: »Rechter Arm ganz schwer, linker Arm ganz schwer. Rechter Fuß wohlig warm, linker Fuß wohlig warm. Mein Atem geht ruhig und gleichmäßig. Mein Herz schlägt ruhig und gleichmäßig. Mein Sonnengeflecht ist strömend warm. Meine Stirn ist angenehm kühl. Ich bin ruhig, sicher, fest und frei.«

Er dämmerte dahin und stellte sich vor, mit seinem Faltboot durch die Entengrütze auf dem Gosener Graben zu scharren. Das half.

An der HÖV setzte gegen Ende des ersten Semesters eine Routine ein, die von allen als wohltuend empfunden wurde. Der Streß und die Aufgeregtheiten der ersten Wochen hatten eine

Menge Kraft gekostet, und alle hofften, bis zu den Ferien »ohne große Verluste«, so Manfred, über die Runden zu kommen beziehungsweise, so Tobias Rindt als Kölner, nicht nochmal »in die Bütt« zu müssen. Doch es sollte anders kommen …

Eigentlich begann alles damit, daß Manfred Rainer Wurl durchs KaDeWe spazieren sah. Dies war insofern verwunderlich, als der Kollege von der juristischen Fakultät, zumindest seit er Häuslebauer war, in einem fort jammerte, wie sehr er finanziell zu knapsen hätte. Man sagte ihm Geiz nach. Und nun blieb er gar bei den Schreibmaschinen stehen … und die kosteten.

»Was denn …?« fragte Manfred, als er zu Wurl aufgeschlossen hatte. »Haben Sie in Bad Lübars Erdöl gefunden?« Man duzte sich noch nicht.

»Nein … Ich wollte bloß mal gucken, was so 'ne Schreibmaschine kostet.«

»Wollen Sie Ihre Memoiren zu Papier bringen?«

»Nein, aber unsere Einladungen vernünftig tippen. Wir haben nämlich nur 'ne Triumph-*Gabriele* zu Hause.«

Manfred nickte. »Ah, die große Einweihung des Wurlschen Schlosses …?«

»Mit meinem Geburtstag zusammen.«

»Dann nehmen Sie doch die Schreibmaschine in Puppkes Vorzimmer«, schlug Manfred vor. »Bei der sieht's aus wie gedruckt.«

»Ich habe noch nie meine private Korrespondenz im Büro erledigt und werde das auch bis zum Ende meiner Tage nicht tun.«

Manfred zuckte mit den Schultern. Das schien ihm schon keine Prinzipientreue mehr zu sein, sondern auf hohe Dogmatismuswerte zu deuten. »Aber das Geld für eine eigene Schreibmaschine haben Sie nicht …?«

»Nein, aber es wird sich schon ein Weg finden.«

»Na dann …« Manfred wollte weitergehen, denn er mußte ein Geburtstagsgeschenk für seine Mutter kaufen, eine Kuckucksuhr. »Schöne Feier noch …«

»Sie kommen doch auch …?«

Manfred schaute Wurl verwundert an. »Ich …«

»Mit Ihrer Frau … Es wäre mir eine Ehre. Sonnabend, den 16. Juni, zum Kaffeetrinken um 15 Uhr 30 am Zehntwerderweg.«

»Ja, gerne. Herzlichen Dank.«

Irgendwie vergaßen und verdrängten sie Wurls große Gartenparty, denn am Pfingstmontag hatte seine Mutter Geburtstag, und die hatte sich entschlossen, bei Max und Irma Bugsin in Kladow zu feiern. Es kam nur alle Jubeljahre einmal vor, daß Pfingsten »so weit hinten lag« und der zweite Feiertag genau auf ihren Geburtstag fiel. »Zum Kaffeetrinken um halb vier. Kommt nicht wieder zu spät!« Um das zu vermeiden, blies Manfred schon um zwei zum Start. »Lieber gehen wir vorher in Kladow 'n bißchen spazieren.« Doch Renate war noch nicht fertig, und stöhnend sank er aufs Sofa und vertrieb sich die Wartezeit damit, den *Tagesspiegel* zum zweiten Mal zu lesen. Den hatte Renate unbedingt abonnieren wollen, obwohl Manfred so viel prätentiöse Hochkultur gar nicht mochte.

Am 15. Juni sollte *Cannon* starten, die neue Krimiserie aus Amerika. Ohne ihn, er schlief meist schon während der *Tagesschau* ein. Im Pfingstverkehr hatte es schwere Unfälle gegeben. Er hatte weder Pfingsten noch davor verkehrt. Was sicherlich verkehrt gewesen war, denn sein Verhältnis zu Renate wurde dadurch nicht besser. Cornelia Froboess hatte wieder mal einen Film gedreht: *Crazy – total verrückt*. Was gab's im Fernsehen? *In den Augen der anderen*. Über den Schlagersänger Christian Anders. Da waren sie eh noch nicht aus Kladow zurück. Ende Juni sollte es neue Vorwahlnummern geben, 0 30 für Berlin. *Is' was, Doc?* lief nun schon in der 26. Woche – und er hatte es noch immer nicht gesehen. Seine Mutter wollte nicht allein mit Joscha in der Wohnung bleiben, also konnten sie nicht zusammen ins Kino gehen, und wenn er ohne Renate loszog, maulte sie kräftig. Insterburg & Co. hatten es sogar geschafft, die Philharmonie zu erobern. »Die Hohe Schule der Musik«. Im Reichstag hätte man gewesen sein müssen – zur Ausstellung *1871 – Fragen an die deutsche Geschichte*, ebenso im Schiller-Theater beim *Prinz von Homburg*. Theo Lingen war 70 Jahre alt geworden. Er war einer von Manfreds Lieblingsschauspielern. Das Länderspiel gegen Brasilien warf seine Schatten voraus.

»Manfred, kommst du endlich?!« Jetzt drängte Renate.

»Ja doch!«

Das Geschenk war noch einzupacken, die Kuckucksuhr. Die Rosen standen im Aufwischeimer. 63 Stück waren es, für jedes Lebensjahr eine. Manfreds Vater hatte das so eingeführt, als er die Rosen in der Kreuzberger Blumengroßmarkthalle aufgrund der guten Kontakte zwischen Post und Händlern besonders billig bekam, und Manfred war richtig gerührt bei dem Gedanken, diese Tradition nach dem Tode seines Vaters weiterzuführen. Er sah seine Mutter vor sich, wie sie Freudentränen in den Augen hatte.

Er nahm die Rosen aus dem Wasser und ließ sie abtropfen. Dann war für Joscha ein »Heilebettchen« zu suchen. Er brauchte ein Kissen, um sich darin einzukuscheln. Festzuhalten, wie Manfred es nannte. Als sie startklar waren und Renate die Hand ausstreckte, die Wohnungstür zu öffnen, hielt Manfred sie erschrocken zurück.

»Was ist denn?«

»Da kommt jemand.« Er haßte es, jemanden zu treffen und im Treppenhaus das Small-talk-Ritual starten zu müssen.

Ach, lange nicht gesehen, wie geht es Ihnen denn? Danke, gut, und Ihnen? Wir haben ja jetzt unseren neuen Opel und wollen mal eine kleine Spritztour an den Wannsee machen. Wir müssen zum Geburtstag nach Kladow, meine Mutter. Viel Spaß dann bei der Feier. Ja, danke, und Ihnen beim Ausflug.

Für Manfred war das eine Art Psychofolter. Heiner Dietrich, dem er davon erzählt hatte, hielt es für eine spezielle Sozialphobie. Wie auch immer, sie warteten, bis die Meiers – er, sie und Markus – unten waren. Nicht gerade leise stiegen sie die Treppe hinab.

»Psst«, machte Renate, die fürchtete, daß wieder jemand

die Tür aufreißen würde, doch Joscha, auf Manfreds Arm, schaffte es, mit seinem rechten Beinchen den Klingelknopf von Herrn Lange zu treffen. Da Renate keine Lust hatte, mit ihrem »Untermieter« wieder endlos zu diskutieren, was Kinder durften und was nicht, wollte sie die Flucht ergreifen, stolperte aber und rauschte die Treppe mit einem solchen Karacho runter, daß Joscha bei dem Gerumpel vor Entzücken aufkreischte. Prompt erschien Frau Waller in der Tür und begann zu zetern.

»Seit Sie hier wohnen, hat man keinen Mittagsschlaf mehr. Der Junge ist ja fürchterlich.«

»Und die Alte ist noch fürchterlicher!« lachte Renate.

»Ich werde mich über Sie beschweren.«

»Wenn Sie das erleichtert.«

Als sie unten im Innenhof standen, sagte Renate, daß jedes Verlassen der Wohnung für sie langsam zum Spießrutenlaufen geriete. Manfred stöhnte mit ihr. »Das Geld für eine Villa haben wir nicht.« In Bremen hatten sie nicht viel auf die hohe Kante gelegt, und der Umzug hatte gekostet. Zwar gab es einen Bausparvertrag, aber da hatte sich bis jetzt kaum etwas angesammelt. Renate hatte sich kundig gemacht. Laut Faustregel – ein Drittel Bausparvertrag, ein Drittel Eigenkapital und ein Drittel Kredit – mußten sie noch zehn Jahre warten, ehe sie eine Chance hatten, der »Knechtschaft des Mietzinses« zu entgehen. Außerdem war Manfred eher am Leitbild des einfachen Lebens orientiert, und alle Eigenheimbesitzer waren ihm aus ideologischen Gründen ziemlich suspekt: Krieg den Palästen.

Wie auch immer, Joscha wurde auf den Rücksitz des Käfers verfrachtet, und Renate klemmte sich hinters Steuer. Frau Recht, die Eigentümerin des Häuserblocks, schaute, ihre Tochter neben sich, aus dem Fenster, und man begrüßte sie freundlich. Auch ein wenig devot, wie es Manfred schien, wohl aus dem Instinkt des Abhängigen heraus, die Herrscherin gnädig zu stimmen. Seine Ahnen hatten das seit Jahrtausenden getan, um ihr Überleben zu sichern, und wahrscheinlich steckte es schon in den Genen. Es widerte ihn an, daß auch er unwillkürlich tiefe Diener machte, war es nun hier bei Frau Recht oder im Tauentzien-Tower, wenn er einen Senatsdirektor oder -dirigenten traf. Ein eigenes Haus wäre eine Befreiung gewesen.

Als sie aus dem Innenhof rollten, ging für einen Moment der Motor aus, und so hörte Manfred, wie Frau Recht zu ihrer Tochter sagte, »der Matuschewski« würde seiner Frau aber auch alles überlassen: das Müllwegbringen, das Autofahren.

»Wenn wir hier wegziehen, dann überlasse ich ihr sogar das Kündigen des Mietvertrages«, sagte Manfred.

»Psst!« machte Renate.

Über die Stadtautobahn ging es zum Funkturm und zur Heerstraße und dann über Wilhelmstraße und Potsdamer Chaussee in Richtung Kladow.

»Es stinkt.« Renate sah tadelnd zu ihm hinüber.

»Diesmal war ich's nicht, diesmal sind's die Rieselfelder.«

Die dehnten sich links von ihnen kilometerlang bis zur Havel hin, während rechter Hand die Grenze lag, der endlose Zaun mit Wachtürmen, spanischen Reitern und dem glattgeharkten Todesstreifen aus hellem märkischem Sand.

»Wenn wir diese Scheißspaltung nicht hätten und Berlin eine ganz normale Stadt wäre wie Hamburg oder München, dann könnte man im Umland schnell 'n Haus kriegen ...« Manfred träumte davon, in Schmöckwitz zu wohnen, in der Straße Am Seddinsee vielleicht oder am Dorfanger hinten, mit Blick aufs Wasser.

Als sie nach links in den Ritterfelddamm abgebogen waren, fiel ihm ein Straßenschild ins Auge: An der Bastion. »Da wohnt Gerhard.«

»Die kommen auch zum Geburtstag.«

»Mal sehen, wie die hier wohnen.«

Renate machte keine Anstalten, den Käfer abzubremsen. »Wenn ich wo nicht eingeladen bin, geh' ich nicht hin.«

»Gerade darum. Du kannst in Ruhe 'ne Zigarette rauchen.«

Renate gab nach, und sie hielten vor der langen Reihenhauszeile. Am fünften Torpfosten fanden sie das Namensschild

»Bugsin«. Ein wenig befangen drückte Manfred auf den Klingelknopf. Irgendwie kam er sich vor wie sein Urahn Erdmann von Bosetzky, wenn der, seines Zeichens Kammerdiener auf Schloß Tamsel, vor der Suite seines Fürsten stand.

Gerhard öffnete und sah zwar ausgehfertig, aber nicht eben freundlich aus. Offensichtlich hatte es gerade Krach mit Roswitha gegeben.

»Ach, ihr seid's ...«

»Hattest du den Bundespräsidenten erwartet ...?«

»Dann kommt mal rein!«

Es war die reinste Möbelausstellung, was allerdings kein Wunder war, denn Gerhard saß an der Quelle. Manfred kam sich richtig ärmlich vor. Als sei er nicht der Herr Prof. Dr., sondern nach wie vor – wie damals als armer Student – Möbelträger bei Bugsin & Co. Philip, sein Patenkind, kam ihm entgegen. Elf Jahre war der Junge jetzt. Gerhard meinte, die Geschäfte gingen so gut wie noch nie, und strahlte dabei übers ganze Gesicht.

Manfred trat in den Garten hinaus. Neid war es nicht, was in ihm fraß, eher das Gefühl, im Leben die falschen Wege gegangen zu sein. Ein Versager war er nicht, denn was konnte man in seinem Fach mehr werden als eben Professor, aber im Vergleich mit anderen Berufen hatte man damit kaum Karriere gemacht. Schön, was das Prestige betraf, kam Professor nach Arzt und Richter noch immer auf dem dritten Platz, aber vom Einkommen her reichte es bei einer drei- bis vierköpfigen Familie, wenn die Frau nicht als Studienrätin, Rechtsanwältin oder Ärztin kräftig dazuverdiente, gerade man zu einer etwas größeren Wohnung in einem etwas besseren Viertel, siehe Koblenzer Straße. Wäre er bei Siemens geblieben und im Management Stufe um Stufe nach oben gestiegen, dann ... An der HÖV hingegen war er schon jetzt am Ende der Karriereleiter angekommen, und daß eine der besseren Universitäten einen Fachhochschulprofessor auf eine C4-Stelle berief, wie gut er auch sein mochte, ließ der Standesdünkel nie und nimmer zu. *Glücklich ist, wer will, was er hat.* Ein anderer Trost als die alte Kalenderblattweisheit blieb

Manfred nicht. Er wußte, daß es der Fluch seiner Mutter war, unter dem er zeitlebens leiden würde: *Du selber bist nichts, nur die anderen sind gut.* Und er wäre noch tiefer in den Mahlstrom der Depression hineingerissen worden, wenn nicht von nebenan jemand gerufen hätte.

»Jetzt muß ich aber fleißig sein: Mein Fachkoordinator ist da.«

Es war Jochen Kalkbrenner, sein Soziologie-Kollege aus der HÖV. Er hatte gar nicht gewußt, daß der auch hier wohnte. Das Eckhaus hinten gehörte ihm. *Alle haben sie ein Haus, nur ich nicht.* Sie plauschten ein wenig, dann ging es im Konvoi zum Geburtstag seiner Mutter. Es war nicht mehr weit zu fahren.

Manfred umarmte seine Mutter und küßte sie auf die Wange. »Herzlichen Glückwunsch, liebe Mutti, und für das neue Lebensjahr die besten Wünsche. Gesundheit vor allem und eine schöne Zeit als Rentnerin mit vielen Erlebnissen. Wachse, blühe und gedeihe ... Und dies hier von deinem Rosenkavalier ...« Er überreichte ihr den Strauß.

Sie nahm ihn, musterte ihn kurz und sagte, daß dies doch nicht nötig gewesen sei. »Bei der Hitze, da verwelken die gleich wieder. Und Irma hat so viele Rosen im Garten. Das Geld hättet ihr euch sparen können.«

Manfred stand da, wie er schon als kleiner Junge dagestanden hatte, die Stimme seiner Mutter im Ohr: *Warum bist du denn wieder so unartig gewesen heute ...?* Immerhin fand sie die Kuckucksuhr sehr schön, aber nur, weil Gerda Neutig »Oh ...!« gerufen hatte.

Der eigentliche Jubel galt anderen. »Guckt mal, was die Liebetruths mir geschenkt haben!« Es war ein selbstgebackener Käsekuchen. Manfred nahm es gottergeben hin. So wie er als Junge das zerbombte Berlin als selbstverständlich hingenommen hatte. Es war so, wie es war, und basta.

Das ganze Begrüßungs- und Auspackspektakel wurde kräftig von Bronco untermalt, einem überaus scharfen Dobermann, der von Max nur mühsam zurückgehalten werden konnte. Bronco gab nur Ruhe, wenn alle kerzengerade und ruhig auf ihren Stühlen saßen. Als sie ihren Kaffee tranken, erzählte Max voller Stolz, Bronco hätte neulich einen englischen Soldaten gebissen.

»Die haben hinten am Hottengrund ihre Kaserne, und wenn sie vorbeikommen, ärgern sie ihn immer. Und als mein Tischler neulich hier war, da konnte der nicht aufstehen und pinkeln gehen, weil Bronco ihn nicht lassen wollte.«

»Darum komm' ich nie mit Philip her«, erklärte Roswitha, »weil Vati ihn nicht in den Keller sperrt. Und wenn der Kleine erst da ist ...«

Alle fingen an zu schwärmen, wie schön Margots Geburtstage früher gewesen waren.

»Draußen in Schmöckwitz, und als dein Otto noch gelebt hat.«

Manfred wurde bewußt, daß man das Jetzt entwertete, wenn man das Einst so verklärte, wie auch er es tat. Die Ossastraße mit der Brennholz-für-Kartoffelschalen-Zeit, Schmöckwitz mit seiner Oma und dem Boot ... Das Einst war der große Schatz, den er in sich trug, aber auch das Gift, das ihm alles Neue verdarb, die Lust am Hier und Heute. Wie damit fertig werden ...? Es war unendlich schwer, und er verstand plötzlich die Leute, die sich in Alkohol und Drogen flüchteten, zu Sektengurus oder in den selbstgewählten Tod. Glücklich zu sein, war nur denen vorbehalten, die er selber als dumpf einstufte.

»Möchtest du noch ein Stück Käsekuchen?«

»Ja, bitte ...«

Er nahm Joscha auf den Schoß und fütterte ihn. Den Jungen im Arm zu halten, war Glück und Schmerz zugleich. Dieses sprühende Leben, diese Neugier auf alles, dieses Weiche, Zarte. Zehn kleine Krabbelfinger. Sie zu hegen und zu pflegen, für Joscha dazusein, war das Eigentliche in seinem eigenen Leben, viel wichtiger als jede Karriere. Er liebte seinen Sohn über alles, und es war ein Moment, wo er ohne jedes Zögern in den Tod gegangen wäre, wenn er ihn dadurch gerettet hätte. Aber mit diesem Gedanken beschwor er zugleich das andere herauf: Joscha würde groß werden, sich ablösen.

Er mußte Joscha aufs Sofa setzen und auf die Toilette, um autogenes Training zu machen und eine Tablette zu schlukken.

Als er zurückkam, blieb er in der Tür stehen und musterte die lange Tafel eine kleine Weile. Um ihn kümmerte sich eh keiner. Elvira Liebetruth saß da wie eine Quäkerin aus einem amerikanischen Western, groß, grau und hager, und diktierte einigen anderen Frauen das Rezept ihres Käsekuchens. Willy, ihr Mann, sah aus wie das HB-Männchen aus der Werbung und rauchte die entsprechende Zigarette. Dabei berichtete er Gerda Neutig Neues von der AOK, der auch Herbert, ihr verstorbener Mann, jahrzehntelang angehört hatte. Gerda Neutig, kiesetig wie eh und je, pulte die Rosinen aus Elvira Liebetruths Kuchen und gab sie Daniela zu essen, Inge Bugsins Tochter aus ihrer unglücklichen Ehe mit Hartmut Meyerdierks. Beide waren inzwischen geschieden, und Meyerdierks, ehemals mehrfacher Millionär, zog inzwischen, nach Meineid und Konkurs, als Landstreicher durch Deutschlands Süden. Inge sah aus wie das blühende Leben und war durch nichts kleinzukriegen.

Renate saß neben Tante Gerda und rauchte mit ihr um die Wette. Sie besprachen, welche Waren es im Schmöckwitzer Konsum gab und welche nicht. Renate kam aus der DDR und wußte Bescheid. Tante Gerda konnte nicht klagen. Sie arbeitete als Verkäuferin im Konsum, und wenn zwanzig Schachteln Eier angeliefert wurden, legte sie schnell eine für sich beiseite. Sie lud Renate, ihn und Joscha nach Schmöckwitz ein und versprach, gleich nächste Woche nach Köpenick zu fahren und den Antrag für ihre Einreise abzugeben. Sie kenne da jemanden. Irma Bugsin, Manfreds Patentante, also Tante Irma, saß neben Lenchen Behnke, einer AOK-Kollegin seiner Mutter, und erzählte ihr, was sie so alles in ihrem Garten gepflanzt hatte. Lenchen hatte bis zum Mauerbau eine Laube in Ostberlin gehabt und verstand einiges davon. Außerdem war ihr letzter Freund Gärtner bei der BVG gewesen. Roswitha saß leidend und mit Duldermiene vor ihrer Sahnetorte. Ihr schien die Geburtstagsfeierkultur der Bugsins und Matuschewskis so fremd zu sein, wie sie einer Vietnamesin fremd gewesen wäre. Sie tat Manfred irgendwie leid.

Gerhard saß neben Erna Krause und schwärmte davon, wie schön doch das Paddeln mit ihm, Manfred, früher gewesen wäre. Um die Müggelberge rum. Ernas Mann, Erwin, war ein Bolzer gewesen, einer, der am Sonntag mühelos seine 60 Kilometer paddeln konnte, und Erna hatte oft mit ihm im Boot gesessen. Am lautesten ging es bei Onkel Max und Tante Eva zu. Max schrie ihr ins Ohr, daß das Altenheim, in dem sie als Schwester arbeitete, die Büromöbel bei ihm zwanzig Prozent billiger kriege, aber nur, wenn er bei der Einweihung dabeisein und Akkordeon spielen dürfe. »Aber nicht wieder mit heruntergelassenen Hosen wie bei Manfreds Einsegnung!« rief Tante Eva, und beide warfen sich nun kreischend vor, zu laut zu sein und steckten sich die Zipfel ihrer Taschentücher in die Ohren. Die Mutter spielte mit Philip und Daniela Domino, und Joscha sah zu.

Manfred schluckte. War es nicht das größtmögliche Glück auf Erden, in einen solchen Mikrokosmos eingebettet zu sein? Was er und seinesgleichen an den Hopi- und anderen Indianern oder den Eipos bewundern, hatte er es nicht auch? Ja ... und dennoch.

Nach dem Kaffeetrinken gingen sie zum Wasser hinunter, so wie sie es in Schmöckwitz auch immer gemacht hatten. Kladow war dabei, ihr Ersatz-Schmöckwitz zu werden.

Gößweinsteiner Gang, Contessaweg, was gab es da für herrliche Häuser! Hier wohnten die, die wirklich Karriere gemacht hatten. Er nicht. Er hatte nur eine poplige Mietwohnung.

Das größte Talent, das er hatte, darüber war Manfred sich klar, war das zum Unglücklichsein.

Freitags hatte sich Manfred von 10 bis 12 im Hörsaal 1723 »auszuleeren«, wie Heiner Dietrich und er es formulierten, wenn es um die Leere in der Lehre ging, doch galt die UG 12 als ziemlich harmlos. Noch vier Wochen bis zum Semesterende. Alle sehnten es herbei.

»Fassen wir nochmals zusammen ...« Manfred sah auf die Uhr. »Was verstehen wir unter abweichendem Verhalten ...?«

»Wenn ich Briefmarken sammle und die vom Umschlag ablöse«, sagte einer, der ihm bislang gar nicht aufgefallen war.

Manfred sah auf die Anwesenheitsliste, konnte ihn aber nicht zuordnen. »Danke für diesen Beitrag, Herr ...?«

»Caprano.«

Ein Name, der auf seiner Liste ganz oben stand und ihm nun gleich ins Auge fiel. Manfred tat, als hätte er »Kapranow« verstanden und schrieb das so an die Tafel. »Kapranow ... Ah, aus der Sowjetunion gekommen, heim ins Reich ...?« Jetzt hatte er die Lacher auf seiner Seite. Das war sein erster Kontakt mit diesem Studenten, und bei dem, was später geschah, sollte Manfred noch sehr lange an diesen Tag zurückdenken.

Norbert Caprano kam vom Bodensee und hatte es schwer, im garstigen Berlin Fuß zu fassen. Schmal und italienisch sah er aus, und wie der Held in Dürrenmatts *Grieche sucht Griechin* sehnte er sich stets zurück in die Heimat seines Großvaters. Das war der kleine Ort Palau auf Sardinien. Er sprach perfekt Italienisch und war wohl nur Beamter geworden, weil er später zur Bundesverwaltung wechseln wollte und sich eine Abordnung nach Straßburg oder Brüssel erhoffte, vielleicht auch einen EG-Einsatz im Mezzogiorno. Er war ein Narr, was Eisen- und S-Bahn anging, ein »Pufferküsser«. Vielleicht, weil er ständig davon träumte, im Zug Richtung Brenner zu sitzen.

Damit war auch diese Lehrveranstaltung zu Ende, und Manfred wünschte allen ein schönes Wochenende und viel Spaß beim Fußball-Länderspiel Brasilien gegen Deutschland. Auf das freute er sich ganz besonders, und so erschrak er, als er Rainer Wurl im Fahrstuhl traf und der ihm zurief: »Nicht vergessen: morgen um halb vier bei mir im Garten!«

»Morgen ...?« Manfred wußte nicht, worauf der Kollege hinauswollte. Endlich fiel der Groschen: der Geburtstag, die Einweihung des Hauses draußen in Lübars. »Sicher, wir rücken pünktlich an. Meine Mutter paßt auf Joscha auf.«

Aber auch Renate hatte den Termin vergessen, und als Manfred nach Hause kam, stritten sie sich, wer nun noch losziehen sollte, um das Geburtstagsgeschenk zu kaufen.

»Du«, sagte Manfred. »Du bist die Familienbeauftragte für das Geschenkwesen.«

»Nein, du, schließlich ist es dein Kollege.«

»Ich bin schon dadurch gestraft, daß ich das Fußballspiel des Jahres nicht sehen darf.«

Da keiner nachgeben wollte, blieb nur, in der Wohnung nach etwas zu suchen, das man Wurl unterjubeln konnte. Sie kamen schließlich auf eine Öllampe, die ihnen seine Mutter für den Balkon geschenkt hatte. Der Künstler hatte sich an etruskische Modelle gehalten, vielleicht auch phönizische oder ägyptische, so genau war das nicht zu erkennen. »Ihr müßt nicht denken, daß die billig gewesen ist.« Nur konnte man auf dem Balkon nicht sitzen, denn zum einen war der Lärm, der von der Kreuzung Blisse- und Detmolder Straße nach oben drang, nervtötend, und zum zweiten hatte Renate, um Joscha das Krabbeln zu erleichtern, den Boden mit Bastmatten ausgelegt, und die stanken so nach frischgemähtem Gras, daß Manfred sofort einen Allergieanfall bekam, wenn er auch nur in ihre Nähe kam. So war die Öllampe in die Kammer gewandert und im Geschenkpapier verblieben.

»Unser Problemlösungsverhalten ist wirklich phantastisch.« Manfred war voll des Eigenlobes, hatte aber nicht bedacht, daß am nächsten Tag seine Mutter zum Babysitten da war und sie irgendwie an ihr vorbeimußten.

»So ein Geschenkpapier hatte ich auch mal«, sagte sie, als Manfred die Lampe an ihr vorbeischmuggeln wollte.

»Ja, das sieht man jetzt andauernd.« Gott, warum hatte er Idiot das Geschenk für Wurl nicht schon vorher im Auto verstaut. Er geriet in Panik. Wenn sie merkte, was da im Gange war, drohte die sofortige Exekution, sprich: Enterbung.

»Was schenkt ihr deinem Kollegen denn?«

»Etwas Praktisches«, erwiderte Manfred und versuchte krampfhaft, auf einen Gegenstand zu kommen, der dieses Kriterium erfüllte und in etwa die Form einer selten häßlichen Öllampe hatte. »Ein ... na, wie sagt man dazu ...? Ein ... Windlicht für seine Terrasse draußen.« Gott sei Dank! Nein, denkste, ein Selbsttor. Wenn sie jetzt nach ihrer Öllampe fragte ... Tat sie aber nicht, dazu war er zu schnell im Korridor draußen.

Rainer Wurl freute sich ganz außerordentlich über das erlesene Geschenk. »Wie seid ihr denn bloß darauf gekommen, daß die Etrusker meine große Leidenschaft sind ...?«

Manfred gab sich bescheiden. »Instinkt und Intuition.«

»Solche Lampen hatten sie im Heiligtum des Voltumna in Volsinii. Desiderio Desideravi.«

»Ja, ja, so ist es«, murmelte Manfred, der mit seinem kleinen Latinum wieder einmal nichts verstand.

Manfred sah sich um. Der Garten war klein, das Haus kam fertig von der Stange, und dennoch beneidete er die Wurls um diesen Besitz. Sein eigener Herr zu sein und keinem Hausbesitzer Rechenschaft und Mietzins schuldig zu sein, das war schon ein gehöriges Stückchen Freiheit. Zudem war Lübars eine gute Adresse, galt als einziges und letztes Dorf im westlichen Berlin. Es wurde als Reiterdorf bezeichnet. Im Nu war man am Tegeler Fließ, das sich bis zur Grenze in Schlangenlinien durch die Wiesen zog. Auf dem Hermsdorfer See konnte man im Winter herrlich Schlittschuhlaufen und im Sommer im Ziegeleisee baden.

»Herz, was willst du mehr?« hörte er Renate fragen.

»Ein wenig mehr Garten, ein wenig mehr Haus. Außerdem ein bißchen weniger genormt.«

»Tante Lolo wird dir ihr Haus nicht schenken.«

»Leider. In Frohnau kriegt alles der Tierschutzverein.«

Die Wurl-Familie war sehr glücklich in Lübars. Sie bestand aus ihm, seiner Frau Rosemarie, die sehr schmuck und zudem Buchhändlerin war, und zwei Kindern von einem beziehungsweise viereinhalb Jahren. Auch Eltern und Schwiegereltern waren seriöse, distinguierte Bürger, und Manfred dachte, daß dies alles filmreif sei. An die vierzig Freunde, Kollegen und Verwandte waren gekommen, und das Ganze hatte ein wenig das Flair des Berliner Presseballs.

Die Wurls waren sehr frankophil, und so perlte kein deutscher Sekt, sondern Champagner aus Épernay in den Kelchen, als Prof. Dr. jur. Rainer Wurl, CDU-Mitglied und Kirchenältester, das Wort ergriff.

»Liebe Freunde ...« Weiter kam er nicht, da platzte die Bombe.

Am Gartentor standen zwei Männer von beachtlicher Statur, klingelten energisch und riefen: »Würden Sie bitte aufmachen!«

»Sehen Sie nicht, daß wir feiern!« Wurl war ungehalten über die freche Störung.

»Kriminalpolizei. Wir haben einen Durchsuchungsbefehl.«

Totenstille. Das war so unfaßbar, als wäre in diesem Augenblick eine zweite Sonne am Himmel aufgetaucht. Ein Tatverdacht gegen Wurl. Alles konnte sein, nur dies nicht.

»Das muß ein Irrtum sein!« rief Wurl.

»Sie sind doch Herr Wurl?«

»Ja ...«

»Dann gestatten Sie uns bitte, daß wir uns bei Ihnen in Haus und Garten umsehen dürfen.«

Was war passiert? Manfred und die anderen Kollegen der HÖV konnten es in den nächsten Tagen mühsam in Erfahrung bringen ... Am Dienstag nach Pfingsten war im Sekretariat des Rektors ein Schrei erklungen: »Die Schreibmaschine ist weg!« Kein Zweifel, der kleine Tisch, auf dem die bordeauxrote und nagelneue elektrische IBM-Schreibmaschine des Fachbereichs 1 gestanden hatte, war leer. Der Tag war vorlesungsfrei, und so befanden sich weder Dozenten noch Studenten im Haus, sondern lediglich die »sonstigen Dienstkräfte« und Puppke in seiner Arbeitgeberrolle. Und Puppke wußte sofort, was Sache war.

»Das gute ß-tück ist geß-tohlen worden.« In seiner Aufregung sprach er wieder wie ein Jung' von der Waterkant und legte sofort einen detektivischen Eifer an den Tag, der sogar Einar Thorensen in Erstaunen versetzte.

»Wenn ich mir die Bemerkung gestatten darf, Herr Puppke, so sollten wir die Fahndung nach dem mutmaßlich gestohlenen Gegenstand den dazu vom Gesetzgeber aus guten Gründen vorgesehenen Institutionen überlassen.«

»Das machen wir selber. Und erst, wenn wir den Täter haben, schalten wir die Kripo ein.«

So vertrieb sich Puppke die Zeit, indem er alle Mitarbeiterinnen und Mitarbeiter vernahm. Vom Verwaltungsleiter bis zum Vervielfältiger und Büroboten wurden sie alle mit denselben Fragen konfrontiert: »Wann sind Sie am Freitag zum letzten Mal in meinem Vorzimmer gewesen oder an ihm vorbeigegangen? Wann haben Sie unsere Schreibmaschine zum letzten Mal gesehen? Haben Sie im Verlaufe des Freitagnachmittags irgend jemand gesehen, der unsere Schreibmaschine weggetragen hat?«

»Nein.«

»Nein, auf keinen Fall.«

»Tut mir leid.«

Bis 16 Uhr bekam er immer dieselben Antworten und war am Verzweifeln. »Das Ding kann sich doch nicht in Luft aufgelöst haben!« Aber was blieb ihm anderes übrig, als nach Hause zu fahren und auf die Aussagen der Kollegen Professoren zu hoffen, die erst am nächsten Tag wieder zur Hand waren. »Quatsch, die ruf' ich nachher von zu Hause aus an.«

»Davon würde ich, wenn ich Ihnen raten darf, Abstand nehmen, denn einige könnten über eine derartige Störung ihres Ferientages recht ungehalten sein.«

»Sollen sie. Die Schreibmaschine geht vor.«

Doch dann kam alles ganz anders. Als er nämlich in den Fahrstuhl steigen wollte, kam ihm das jugoslawische Ehepaar Vojkovic entgegen, das in den Etagen der HÖV-Verwaltung die Reinigung besorgte. Natürlich stellte er auch ihnen Fragen nach dem Verbleib der Schreibmaschine.

»Ja!« strahlte da Er-Vojkovic. »Haben wir gesehen jungen Mann steigen in Fahrstuhl, als wir gekommen sind haite.«

»Hab' ich noch ihm geholfen, weil er sich geklemmt hat ein Schnur in Fahrstuhltür«, fügte Sie-Vojkovic hinzu und stellte die Szene mit Hilfe ihres Staubsaugers und seines Kabels nach.

Puppke war so glücklich wie nie zuvor. »Und, was meinen Sie: Können Sie den Mann beschreiben ...?«

»Ja, war sich doch eine von Ihre Herren Professoren.«

Puppke atmete schwer. »Wer? Kommen Sie mit, ich zeige Ihnen die Fotos von allen.«

Er schleppte die beiden in sein Büro und riß den Schrank auf, in dem sich die Leitz-Ordner mit den Bewerbungsunterlagen aller Fb-1-Professoren befanden ... und an die war ja jedesmal ein Paßbild angeheftet.

»Hier ... Armschat, Blücher, Buttenschön ...«

»Nein, die nicht gewesen.«

»Macht nichts, wir haben noch mehr: Dietrich, Engelhard, Fürth, Greif-Hassert ...«

»Nein, nix.«

So ging es weiter im Alphabet von Kalkbrenner bis Schattan, und Puppke hatte bereits jede Hoffnung aufgegeben. »Vogler auch nicht ...?«

»Nein ... Aber da ist er!« Und beide zeigten spontan auf Rainer Wurl. Auch die Tatzeit konnte minutengenau festgelegt werden: 16 Uhr 15.

Da nun hatte Puppke die Kripo eingeschaltet, was nicht nur Wurl auf die Palme brachte, sondern sogar seinen Intimfeind Tobias Rindt und mit ihm die ganze Raddusch-Connection.

»Sie hätten bei Wurl anrufen müssen, um ihn wenigstens zu fragen, ob er die Maschine bloß entliehen hat«, war Rindts Vorwurf.

»Und wenn Wurl wirklich ...« Raddusch ging noch einen Schritt weiter. »... dann stellt man sich doch schützend vor einen Kollegen. Wegen einer lumpigen Schreibmaschine macht man nicht das Leben eines Menschen kaputt.«

»Ich habe die Schreibmaschine nicht gestohlen!« schrie Wurl.

Konnte er auch gar nicht, denn zur minutengenau feststehenden Tatzeit hatte er ein Referat über den »Zusammenhang von Recht und Rechtsbewußtsein« gehalten. Und wo? Im Polizeipräsidium vor ausgewählten Führungskräften.

Manfred regte sich von allen Kollegen am meisten über Menschen wie Puppke auf. »Wenn ich Ihr Verhalten so richtig betrachte, dann bin ich Ihnen direkt dankbar dafür, denn jetzt verstehe ich viel besser als vorher, warum die deutsche Beamtenschaft bei der Machtübernahme der Nazis so willig mitgemacht hat. Der Schreibmaschinentäter erklärt den Schreibtischtäter.«

Da sprang Puppke auf schrie, daß er Manfred wegen Verleumdung anzeigen werde.

»Tun Sie das! Über das Presseecho freue ich mich jetzt schon. Bei jeder halbwegs linken Uni habe ich damit ein absolutes As in der Hand, wenn ich mich um 'ne C4-Stelle bewerbe.«

Zu Hause aber wurde er krank vor Zukunftsangst und bedauerte seine Attacke auf Puppke. Wenn die Presse nun gar nicht reagierte? Oder Puppke die besseren Kontakte hatte und die Journalisten sich auf seine Seite stellten? Wenn es keine Hochschullehrerstellen für Organisationssoziologen mehr gab? Er sah, wie er gegen Puppke einen Prozeß verlor und sich das Land Berlin von ihm trennte – noch war er nicht Beamter auf Lebenszeit. *Rechter Arm ganz schwer, linker Arm ganz schwer. Rechter Fuß wohlig warm, linker Fuß wohlig warm. Mein Atem geht ruhig und gleichmäßig. Mein Herz schlägt ruhig und gleichmäßig. Mein Sonnengeflecht ist strömend warm. Meine Stirn ist angenehm kühl. Ich bin ruhig, sicher, fest und frei.* Er brauchte einiges an autogenem Training und anderthalb Demetrin-Tabletten, um ohne Kollaps über die Nacht zu kommen. Beim Frühstück war er sich jedoch sicher, die Sache durchstehen zu wollen.

»Ich fighte und nehme nichts von dem zurück, was ich gesagt habe. Dieser Puppke ist für mich ein Schwein.«

»Mach es!« sagte Renate. »Wenn sie dich rausschmeißen, geh' ich wieder arbeiten. Irgendwie kommen wir schon über die Runden.«

Als er in die HÖV kam, fing ihn Gerda Bachnik am Fahrstuhl ab.

»Entwarnung. Ich hab' die halbe Nacht mit Puppke zusammengesessen und gesoffen. Er wird keine Anzeige gegen dich erstatten.«

Manfreds erster Impuls war, »Gott sei Dank!« zu rufen, doch der Erleichterung folgte sofort der Zornausbruch. »Soll dieses Arschloch ungeschoren davonkommen? Das ist doch wirklich eine Erzsauerei, was er da mit Wurl gemacht hat.«

»Es war legal.«

»Hitler ist auch legal an die Macht gekommen.«

»Du kannst nicht Puppke und Hitler in einen Topf werfen.«

»Es ist derselbe Schoß, aus dem so was kommt. Wenn Puppke nicht klagen will, dann sorge ich eben dafür, daß er klagen muß: Morgen steht das Ganze in der Zeitung.«

»Manne!« Gerda Bachnik packte und schüttelte ihn. »Wenn die HÖV in die Schlagzeilen kommt, geht alles kaputt, was ihr mühsam aufgebaut habt. Du kriegst vielleicht 'ne Professur irgendwo in Westdeutschland und machst da Karriere, aber hier wird 'ne Beamtenkadettenanstalt draus. Das ist Verrat an der Sache, Hochverrat sozusagen.«

Manfred fuhr nach oben, schloß sich ein und starrte lange zum Teufelsberg hinüber. Er hätte nichts dagegen gehabt, in diesem Augenblick zu sterben.

Das Paradies hatte für Manfred einen Namen von slawisch-wendischem Klang: Schmöckwitz. Seine Kindheit und Jugend waren ohne Schmöckwitz und die Schmöckwitzer Oma nicht einmal zu denken, und wenn er in seinen Lehrveranstaltungen davon sprach, daß der Mensch erst Mensch werde durch seine zweite, die soziokulturelle Geburt, dann mußte er an Schmöckwitz denken. ... *denn ein Traum ist alles Leben,/ und die Träume selbst ein Traum.* Dieser Vers erklärte seine tiefe Bindung an Schmöckwitz. Hier hatte er vom Leben geträumt, und hier hatte sich das Leben als ein Traum gezeigt. Und wenn er nach Berlin zurückgekommen war, dann eigentlich weniger wegen seines Heimwehs nach dem Kurfürstendamm, sondern nach *seinem* Schmöckwitz.

»Schön.« Renate hatte schließlich zugestimmt, zehn Tage im August in Schmöckwitz zu verbringen, obwohl sie als halbe Republikflüchtige einen Riesenbammel davor hatte, den Fuß auf das Territorium der DDR zu setzen. »Wenn wir auch mal nach Pankow fahren, wo ich groß geworden bin.«

Tante Gerda beschaffte ihnen die Einreisepapiere, und am Grenzübergang Sonnenallee hatten sie nur insofern Schwierigkeiten, als sie eine Kassette mit Joschas Kinderliedern hinterlegen mußten. Renate war auf den Ostberliner Straßen sehr verunsichert und wußte nie ganz genau, welche Verkehrsregeln hier anders waren als im Westen. Hinter Adlershof verfuhren sie sich prompt und landeten statt in Grünau am Flughafen Schönefeld, was strenggenommen schon im Kreis ... wahrscheinlich ... Königs Wusterhausen war, für den sie keine Zutrittsberechtigung hatten. Zum Glück kontrollierte sie niemand. Wieder auf Ostberliner Gebiet, mußte Renate erst mal aussteigen, um eine Zigarette zu rauchen. Joscha setzte eine Kotsäule in die Landschaft, und Manfred hoffte, daß man dies nicht als Angriff auf den Sozialismus wertete.

»Freust du dich auf Schmöckwitz?« fragte Renate.

Manfred zögerte mit einer Antwort. »Wenn meine Oma vorn am Zaun stünde, mit ihrer Kittelschürze ...« Er seufzte. »Ach, Gott, ja: Jede gute Kindheit rächt sich einmal. Immer glaubt man, etwas verloren zu haben. Damals habe ich von einer Frau wie dir geträumt und von einem Sohn wie Joscha, und nun habe ich alles und weine den Zeiten nach, wo ich davon geträumt habe. Wir hätten nicht nach Schmöckwitz fahren sollen, da wird nichts Rechtes daraus.«

Und er sollte recht behalten, denn das Früher war wie ein Knüppel, der auf alles einschlug, was nun war. Zehn Tage lang war es dasselbe Lied ...

Wo früher die Schmöckwitzer Oma gestanden hatte, stand nun Tante Gerda ... und die war keine weise Göttin, sondern eine schnatternde Verkäuferin aus dem Konsum von gegenüber.

Wo sich früher alles um ihn und seine handwerklichen Künste gedreht hatte, da herrschte nun Leszek und setzte die Hollywoodschaukel an die Stelle, wo sich seine Hochsprunggrube befunden hatte.

Wo er früher auf dem Rasen gelegen und Jack Londons *Ein Sohn der Sonne* gelesen hatte, da lagerten nun seine Cousinen Lucie und Anuschka mit ihren Männern und Kindern.

Wo er früher im Wald mit Gerhard und anderen Freunden Speer und Diskus geworfen hatte, da war nun alles zugewachsen und begrenzt von einem ausgedehnten Erholungsheim für verdiente Stasi-Offiziere.

Wo er früher im Wald sein Faltboot über den flachen Strand ins Wasser geschoben hatte, da ragte jetzt eine häßliche Kaimauer auf, um die herum die braunen Abwasser des nahen Reifenwerks kleine Strudel bildeten.

Natürlich stand noch immer Schmöckwitz auf der Landkarte, und noch immer war er Manfred Matuschewski, und doch waren das nur dieselben Etiketten, die nun auf ganz anderen Inhalten klebten. *Laß die Sorgen, freu dich auf das Morgen.* Manfred murmelte einige Formeln aus seinem autogenen Training, dann ging er zum Schuppen und suchte nach seinem alten Rad. Es existierte noch, und nur der hintere Reifen war etwas aufzupumpen. Er nahm es und fuhr tief in den Wald hinein, bis zum halb gesprengten Luftschutzbunker hinten. Er hatte Tränen in den Augen und wollte nicht, daß Renate und Joscha es sahen, wenn sie kamen, ihn zu suchen. Bis zum Grab seines Urgroßvaters ging er. Im August 1945 hatten sie ihn im Handwagen zu einem Jagen im Grünauer Forst gefahren, aus dem ein großer Friedhof werden sollte, denn in jenen Zeiten starben viele. Doch nachdem an die dreißig Grabhügel aufgeworfen worden waren, hatte man anders entschieden, und nun verfiel hier alles. Niemand hatte je daran gedacht, die Toten umzubetten. *Wenn du dich jetzt hier aufhängst ...* Nahebei kreischte die 86 in der Kurve. *Joscha braucht dich.* Leszek hatte einen Bollerwagen gebaut, und Joscha liebte es, wenn Manfred den als Straßenbahnwagen deklarierte und mit ihm durch den Garten rumpelte. So fuhr er wieder zurück und versuchte, aus allem das Beste zu machen.

Am nächsten Tag holten sie sein altes Faltboot aus dem langgestreckten Bootsschuppen neben der Laube, und mit

Hilfe von Leszek und Jürgen, Anuschkas Mann, konnten sie es bald wieder ins Wasser lassen. Joscha kam vorn zwischen Renates Knien zu sitzen, schön die knallroten Schwimmflügel um die Ärmchen gebunden, und dann ging es auf den Seddinsee hinaus. Gegenüber vom Seddinwall fanden sie ein Stückchen Sand zum Anlanden und nannten es, sich an Menorca erinnernd, die Cala Joscha. In den nächsten Tagen wagten sie sogar die kleine Umfahrt, das heißt, von Schmöckwitz aus ging es über den Langen und den Zeuthener See, den Großen Zug und den Krossinsee bis nach Wernsdorf und dann über den Oder-Spree-Kanal und den Seddinsee wieder zurück. Unterwegs wurde viel gebadet, und Manfred bekam sich langsam wieder in den Griff.

Zu Joschas erstem Geburtstag kam die Mutter nach Schmöckwitz, und zum Kaffeetrinken saß man wie in alten Zeiten auf der »Platte«, einem betonierten Platz von vielleicht zehn Quadratmetern. Und gerade dachte Manfred, daß es auch nach dem Einst ein Leben mit großen Glücksmomenten geben konnte, da hob seine Mutter die Kaffeetasse.

»Mutti, Otto ... wir denken an euch.« Und dann verhaspelte sie sich bei ihrem Lieblingsspruch ein wenig. »Leuchtende Tage, nicht weinen, daß sie gewesen, sondern lachen, daß sie vergangen.«

»Umgekehrt, Mutti.«

»Werd du erst mal 63 Jahre alt!«

Manfred rechnete. Im Jahr 2001 würde das der Fall sein. Wieder wollte er allein sein, und er trat in den Wald hinaus, um mit den Fingern die Narben zu berühren, die sein Diskus, ihm vor fünfzehn Jahren über die Fingerspitzen weggerutscht, an den Kiefernstämmen hinterlassen hatte. Kiefernborke ... Sein Vater hatte ihm kleine Boote aus ihr geschnitzt. Er sah die Schmöckwitzer Oma mit ihren beutelartigen Taschen vom Konsum »Ich hab' dir was Schönes mitgebracht, du Strick.«

Ich hätte in Bremen bleiben sollen.

»Daß ich das noch erleben durfte«, sagte Manfred mit dem berühmten Satz der Schmöckwitzer Oma, als er den Kinderwagen mit Joscha am Totensonntag über die Stadtautobahn schob. Nur Radfahrer huschten an ihnen vorbei. Wegen der Ölkrise hatte es das erste Sonntagsfahrverbot gegeben. Alles schien nun anders zu werden, und Renate und er waren in sehr nachdenklicher Stimmung. Seine Mutter dagegen schnatterte in einer Tour.

»Dieses Jahr sterben sie alle. Willy Fritsch ist gestorben, Willy Birgel ist gestorben.«

»Zum Glück nicht auch Willy Brandt und Willy Liebetruth.«

»Der ist immer so gefällig. Neulich hat er mir eine Platte besorgt, die ich Lenchen Behnke zum Geburtstag schenken wollte ... wie heißt das ...? *Fiesta Mexiko.*«

»*Mexicana*, Mutti.«

»Ja, aber ich vergess' immer, wer das singt. Wie heißt denn der?«

»Heinz Rühmann«, lachte Renate.

»Nein, Rex ... Rex ...?«

»Fridericus Rex. Das war aber nicht Heinz Rühmann, sondern Otto Gebühr, Mutti.«

»Nein, was mit D!«

»Ah, ja: Rex Dildo.«

»Gildo, jetzt hab' ich's. Schön find' ich auch, wenn Walter Scheel singt: ›Hoch auf dem gelben Wagen‹. Unser Bundespräsident. In *Drei mal neun* soll das kommen. Oma hat auf dem Sterbebett auch gesungen: ›Ich wär' ja so gern noch geblieben, aber der Wagen, der rollt.‹ Und den Sportpalast, den wollen sie abreißen, habt ihr schon gehört?«

Graugansgeschnatter, dachte Manfred. Konrad Lorenz – der Mann, der mit den Graugänsen lebte –, hatte gerade für seine Arbeiten in der Verhaltensforschung den Nobelpreis für Physiologie und Medizin bekommen.

»Da gibt es jetzt so einen Quatschkopp im Fernsehen, Otto heißt der, aber das seh' ich mir nicht an. Weihnachten fahren wir alle nach Schmöckwitz rüber. Aber das ist hanebüchen mit dem Mindestumtausch, daß sie den verdoppelt haben. Mir hört ja wieder keiner zu.«

»Doch, Mutti, doch, aber ich will mir mal alles in Ruhe angucken von hier oben. Zu Fuß auf der Autobahn, das ist ein Jahrhundertereignis, das kommt nie mehr wieder ...«

»Durch Reden kommt nun mal 'ne Unterhaltung zustande. Sonst hättet ihr auch in Bremen bleiben können.«

Und abends wird gegrillt

Es war wie jeden Sonntag, als sie in der Küche saßen und frühstückten: ein wenig trostlos. Manfred starrte auf den schmutzigen Giebel eines Hinterhauses in der Detmolder Straße und das schmale U eines Hofes, der zwischen dem rückwärtigen Gebäude, dem Seitenflügel und dem Vorderhaus eingeklemmt war. Zwar standen überall dachhohe Pappeln, doch die sahen, da sie keine Blätter trugen, wie Hexenbesen aus. Das feuchtnasse Grau des Märztages ließ das Wohnhaus wie ein trostloses Fabrikgebäude wirken, zumal sich hinter den Fenstern nichts regte.

»Was machen wir heute?« fragte Renate, die ebenso lustlos wie er ein zu weich gekochtes Ei in sich hineinlöffelte.

Manfred seufzte. Als Westberliner hatte man keine große Auswahl, zumal mit einem Kind von anderthalb Jahren. »Zoo, Aquarium, Tiergarten, Krumme Lanke, Schlachtensee ...« Und aus. Doch im Zoo war noch nichts los, das Aquarium hatten sie im Herbst und Winter schon dreimal besucht, im Tiergarten war es noch zu matschig, und Krumme Lanke und Schlachtensee, so schien es ihm, hatten sie seit ihrer Rückkehr nach Berlin so oft umrundet wie ein Radrennfahrer während eines Sechstagerennens seine Bahn.

»Nun entscheide dich mal«, drängte Renate.

»Was willst du denn ...?«

Sie wollte gar nichts, sie versank sonntags stets in eine auffällige Lethargie. Das lag daran, daß man sie als junges Mädchen jeden Sonntag in die *Gemeinschaft der Bußfertigen* geschleppt hatte, wo sie sich, um den monotonen Gottesdienst auf den harten Kirchenbänken ertragen zu können, in eine Art Selbsthypnose geflüchtet hatte.

Joscha zu fragen, brachte wenig: Der wollte nur in der guten Stube hocken und mit seinen Legosteinen »Leutschi« spielen, also Flugzeug, oder aber »Bulledose«, was Bulldozer meinte. Im Augenblick war er dabei, mit seinem Bulldozer, das heißt einer Streichholzschachtel, durch ein Sumpfgebiet aus verschütteter Milch, Kakaopulver, Zucker, Salz, Himbeermarmelade und Eierschalen zu pflügen und zwischen seinem Teller und dem seines Vaters eine Straße zu bauen.

»Das kann ja ein schöner Sommer werden«, sagte Manfred und dachte mit Schrecken an die Wochenenden, wo sie an den überfüllten Havelstränden mit Joscha nach einem freien Plätzchen suchen mußten oder im Tiergarten auf ihrer Decke lagen und andauernd von herumfliegenden Fuß-, Feder- oder Tennisbällen getroffen wurden. »Als ich so alt war wie Joscha, da hatten wir Schmöckwitz ...«

»Du mit deinem Schmachtewitz!« rief Renate.

»Mir wäre es schon ganz lieb, wenn der Junge seinen eigenen Buddelkasten hätte. Nicht immer den Kampf um die Schippchen und Förmchen, und daß ihm dauernd einer einreißt, was er gerade gebaut hat.«

»Das macht hart fürs Leben.«

»Ja, als Bauhilfsarbeiter.«

»Nichts gegen Bauhilfsarbeiter.« Man merkte, daß Renate bis zur 7. Klasse in der DDR gelebt hatte. Sie wurde aber sofort konstruktiv. »Wir können zu Curt und Anett nach Hermsdorf fahren oder zu Bugsins nach Kladow.«

»Nicht schon wieder. Und außerdem: 'n eigenen Buddelkasten hat er da auch nicht. Nee, es müßte schon was Eigenes sein.«

»Mit unseren paar Mark Ersparnissen kannst du dir kein Haus kaufen.«

»Wenigstens könnte man sich mal nach 'ner Laube umsehen ...«

»Meinetwegen.«

Mit der 68er Bewegung hatte es in Westberlin bei den Intellektuellen eine Hinwendung zum einfachen Volke gegeben, der Gegenpol des verhaßten Establishments war interessant geworden und wurde gehörig mystifiziert. Bratkartoffeln mit Sülze kamen wieder in Mode und Quetschkartoffeln mit sauren Eiern, und in der Eckkneipe ging man zum Pinkeln an die Rinne. Nicht mehr die Deutsche Oper lockte, sondern Hertha BSC, und man fuhr ins Olympiastadion, um sich die Besucher und insbesondere die Fans mit derselben naiven Neugierde zu betrachten, wie es Ruth Benedict, Bronislaw Malinowski und andere Ethnologen mit den Zuñi-Indianern, den Kwakiutl und den Trobriandern getan hatten. Der gewöhnliche S-Bahn-Fahrer und die Fleischverkäuferin bei Bolle waren plötzlich Subjekte der Forschungsbegierde, und alle hielten das »narrative Erzählen« und die teilnehmende Beobachtung für den Königsweg der Forschung. Im Volke also steckte demnach das Wahre und das Wichtige, und von besonderer Bedeutung war dabei die Berliner Laubenkolonie. Hier war man Mensch, hier durfte man's noch sein. Die kapitalistische Verkrüppelung des Menschen hatte vor den Laubenpiepern angeblich haltgemacht.

Dies im Kopf und sein Schmöckwitz-Syndrom im Herzen, machte sich Manfred nun daran, die Kleinanzeigen durchzugehen und die Namen und Nummern von Maklern und Direktverkäufern herauszuschreiben. Bald darauf hatten sie den ersten Termin: Sonnabend um 14 Uhr in Spandau, Radeland-, Ecke Pausiner Straße. Sie setzten sich in ihren Käfer und waren pünktlich zur Stelle.

»Da haben Sie Ihr kleines Paradies«, sagte der Makler. »Die Hacienda Don Pedro.«

Manfred war nahe daran, in Ohnmacht zu fallen. Da hatte jemand jahrzehntelang seinen Urlaub auf Mallorca verbracht und dann versucht, hier in Spandau alles nachzubauen, was er dort gesehen hatte, vom Kastell bis zur Bruchsteinmauer.

Der Grill stammte, so die Aufschrift, von der Cala Ratjada. Stier und Torero waren aus Plastik.

»Für 25 000 Mark gehört Ihnen das alles«, sagte der Makler. »Na ...?«

»Ich würde gerne 30 000 bezahlen«, erwiderte Manfred, »weil links die Polizeikaserne liegt und dauernd Einsatzwagen vorbeikommen ... da braucht man keine Angst vor Einbrechern zu haben. Und rechts haben wir den großen Friedhof ... da hat man's gleich ganz nahe, wenn man hier Selbstmord begeht. Evviva España!«

»Ich find's gar nicht mal so schlecht«, meinte Renate. »Und Joscha kann hier schön spielen.«

»Besonders auf der Straße vorne ... vor allem Überfahrenwerden.«

Der Makler, ein gelangweilter Charmeur von knappen fünfzig Jahren, sah ein, daß er mit diesem Objekt keine Chance bei Manfred hatte, und zog das nächste Angebot aus seiner noblen Aktentasche: eine Laube im »Pflanzerverein Einigkeit« in Wittenau, Oranienburger Straße.

»Prima. Da ist die Karl-Bonhoeffer-Nervenklinik gleich um die Ecke.« Manfred wollte nur Schmöckwitz und sonst gar nichts.

Dennoch fuhren sie hin, dem Mercedes ihres Maklers immer hinterher. Joscha hatte einen Heidenspaß, als es mit der Autofähre über die Havel ging, vom Aalemannufer nach Tegelort hinüber. Über Konradshöhe und Tegel kamen sie nach Wittenau. Die Laubenkolonie machte einen sehr gepflegten Eindruck, nur empfand es Manfred als nicht so schön, daß an deren östlichem Rand hohe Mietshäuser aufragten und man wie auf dem Präsentierteller saß. Zudem sagte der Vorstand, dem sie gefallen mußten, um einen Pachtvertrag zu bekommen, man lege größten Wert auf sauber abgezirkelte Beete.

»Haben Sie da Muster, an die man sich halten kann?« fragte Manfred, ehe Renate ihm auf den Fuß treten konnte.

»Sie hören von uns, wenn der Vorstand entschieden hat.«

»Das können wir abhaken«, sagte Renate, als sie wieder auf dem Hauptweg standen.

»Besser einmal abhaken, als dauernd abharken ...« brummte Manfred. »Ein bißchen Biederkeit und Ordnungssinn ist ja ganz schön, aber bei zuviel bekomm' ich Erstickungsanfälle.«

Der Makler sah ihn an. »Ich hab' da auch eine Villa in Gatow für Sie, ein Wassergrundstück, zweitausend Quadratmeter, Verhandlungsbasis: eine Million.«

Manfred registrierte mit einiger Beklemmung, daß er sich auf dem besten Wege befand, zum freischwebenden Intellektuellen zu werden, der nirgends mehr zu Hause war, weder im Neuköllner Hinterhausmilieu noch im Club der Villenbesitzer von Dahlem, Grunewald oder Frohnau.

Merklich kleinlauter geworden fragte er, was denn noch so geboten sei.

»Ein Reihenhaus in Kladow, ein Einfamilienhaus in Rudow ...«

»Wir haben kein Eigenkapital, und unser Bausparvertrag läuft auch erst seit einem halben Jahr.«

»Dann nehmen wir Heiligensee, die ›Kolonie Dreieck‹ am S-Bahnhof, leicht verlottert ...«

So provokant, wie er das sagte, war es voll darauf angelegt, den unergiebigen Kunden loszuwerden, doch die Stichworte S-Bahn und verlottert lösten in Manfred das Gegenteil aus: Er war sofort begeistert und bat den Mann, ihm die Heiligenseer Laube auf der Stelle zu zeigen.

»Gut, fahren wir hin. Ich bitte, mir unauffällig zu folgen.«

Über halbe Schleichwege ging es durch Hermsdorf, und Manfred schaute von der Heinse- in die Backnanger Straße hinein, wo C & A zu Hause waren, Curt und Anett, konnte aber niemanden entdecken. Als sie Frohnau erreicht hatten und den Sigismundkorso hinunterrollten, bat Manfred seine Frau, dem Makler per Lichthupe zu signalisieren, daß er bitte halten möge.

»Warum denn das?«

»Ich will mal kurz am Grünen Hof bei Tante Lolo und Onkel Kurt vorbeifahren.« Tante Lolo war eine der drei Cousinen seiner Mutter, Tochter seiner Tante Claire, die wiederum eine Schwester der verstorbenen Schmöckwitzer Oma war. Die Sache war so kompliziert, daß Renate noch immer den von ihm gemalten Stammbaum zu Rate ziehen mußte, um zu sehen, wer zu wem gehörte. Onkel Kurt war Prokurist einer kleinen Firma, die Bleche formte und stanzte, und hatte es in all den Jahren nicht nur zum Bundesverdienstkreuz gebracht, wegen 50jähriger Firmenzugehörigkeit, sondern auch zu einigem Wohlstand, siehe Grundstück mit preisgekröntem Landhaus und einem Mercedes davor.

Manfreds Bitte wurde entsprochen, und als sie an Tante Lolos Latifundie vorbeifuhren, konnte er nicht anders, als Renate beizupflichten: »Das wär' was für uns!« Wieder kam er sich als Versager vor, was machten da Doktortitel und Professor. Er hatte halt aufs falsche Pferd gesetzt.

Über die sogenannte Franzosenchaussee ging es durch den Tegeler Forst nach Heiligensee. Dessen Name rührte, das wußte Manfred als Hörer Kurt Pompluns – *Kutte kennt sich aus* im RIAS –, aus den fernen Zeiten, als man von Berlin nach Wilsnack, zum »Heiligen Blut« gepilgert war und dieser See am Wegrand lag. Wo die Ruppiner Chaussee zur Sackgasse wurde, weil es nach Hennigsdorf (DDR) keinen Grenzübergang gab, bog die Hauptstraße scharf links ab, und gleich hinter der seit 1961 unbenutzt vor sich hinrostenden S-Bahn-Brücke erstreckte sich im Dreieck zwischen Bahndamm, Krantorweg und Hennigsdorfer Straße ein nicht eben großes Laubengelände. Die Wege waren ungepflastert und schlammig, und die meisten Lauben sahen noch so aus, wie die Worte des Maklers es nahelegten: »Alle mal im Krieg gebaut ... als Notunterkünfte für ausgebombte Borsigarbeiter.« Wäre Manfred Maler gewesen, hätte er sich eine Extratube Schwarz kaufen müssen, denn was zuerst ins Auge fiel, waren die geteerten Dachpappen auf den aus groben Brettern und grauem Eternit meist selbstgezimmerten Häuslein. Noch gab es kein Grün an den Bäumen und keine Blütenpracht, die das alles verzaubert hätte, noch sah es aus wie die Kulisse zu einem Film, der im hintersten Sibirien spielte.

Nun, Manfred gefiel es irgendwie, denn da er 68er war, bedeutete Konsumverzicht etwas Heiliges für ihn, und Renate, die in der DDR groß geworden war, fühlte wohlige Kindheitserinnerungen in sich aufsteigen. So hatte es der Makler nicht schwer, ihnen die Parzelle 82 mit 412 Quadratmetern Fläche und einer Laube anzudrehen, die zwar teils aus Stein war, aber doch wie eine Hundehütte wirkte, kam man den Weg hinunter, an dessen Ende sie in einer kleinen Mulde stand. 12 000 DM war der Preis, dafür war die jährliche Pacht verschwindend gering.

»Eine einmalige Gelegenheit«, sagte der Makler und hielt ihnen die Hand hin.

Manfred sah Renate an und variierte einen alten Schlager von Wolfgang Sauer, dem blinden Sänger: »Glaube mir, glaube mir, diese meine Laube gab ich dir, dir, dir nur allein ... o laß uns glücklich sein ...«

»Der Junge ertrinkt!« schrie Renate auf einmal.

Joscha war beim Erkunden des Gartens prompt kopfüber in die Regentonne gefallen, die der Vorbesitzer in die Erde eingelassen hatte und deren oberer Rand sich knapp über dem Erdboden befand. Nur Joschas Beine guckten noch heraus und zuckten im Todeskampf.

Manfred riß Joscha heraus, und nachdem er das ganze Wasser ausgespuckt hatte, kam er schnell wieder zu sich. Trotzdem rasten sie mit ihm ins Dominikus-Krankenhaus. Die Ärzte fanden jedoch nichts Beunruhigendes. Ein Trauma schien er nicht davongetragen zu haben, im Gegenteil, der Unfall schien ihm Spaß gemacht zu haben.

»Verkaufen wir die Laube wieder«, sagte Renate.

»Noch haben wir sie ja gar nicht gekauft.«

Manfred hielt es für das Beste, dies auch niemals zu tun, doch Joscha begann zu weinen und zu toben, wollte seinen Buddelkasten haben und den ganzen großen Rasen, der noch anzulegen war, ebenso sein eigenes Zimmer.

Renate gab klein bei. »Na schön, wenn die Regentonne wegkommt ...«

»Ich mach' einen Deckel rüber ... mit einem Sicherheitsschloß.«

Manfred stand im Hörsaal und versuchte, junge Menschen glücklich zu machen. Am ehesten gelang dies, wenn er zehn Minuten früher Schluß machte, aber das ließ sein professionelles Ethos nicht immer zu. Systemtheorie war knochentrockener Stoff, und die Lehrveranstaltung von 12 bis 14 Uhr wäre nicht einmal dann witziger geworden, wenn Otto Waalkes sie gehalten hätte. Viele der Studentinnen strickten, während ihre männlichen Kommilitonen eher dazu neigten, mit glasigen Augen ins Nichts zu starren. Einige hielten sich dadurch wach, daß sie mitschrieben, andere wiederum lernten für ihre Rechtsklausuren. Nur etwa 15 Prozent, so schätzte er, gaben sich Mühe, ihm zu folgen.

»Im Mittelpunkt der Theorie von Niklas Luhmann steht die Reduktion von Komplexität.« Manfred hatte einen Hörsaal im 17. Stockwerk des Tauentzien-Towers bekommen und sah aus dem Fenster, dorthin, wo vor dem blaugrünen Rücken des Glin das Havelland lag und irgendwo auch Heiligensee. Dort war so viel zu tun, und er vergeudete seine Zeit damit, jungen Beamten Dinge zu erzählen, die sie nicht die Bohne interessierten. »Unser neuzeitliches Leben ist charakterisiert durch die Überfülle des Möglichen, die bei weitem das überschreitet, was handlungsmäßig erreicht und erlebnismäßig aktualisiert werden kann. Durch den Begriff der Komplexität kann beschrieben werden, daß es stets mehr Möglichkeiten des Erlebens und Handelns gibt, als aktualisiert werden können.« Er machte eine kleine Pause und schrieb das Wichtigste mit rotem Stift auf die Folie des Overhead-Projektors. »Hat einer ein Beispiel dafür?«

Keiner meldete sich. Diejenigen, die zum Thema Luhmann etwas hätten sagen können, waren gerade abgetreten, und für die, die Manfred ergeben zugehört hatten, war dies zu hoch. Auch für Simona, die ihm schon einen Liebesbrief geschrieben hatte und nur darauf wartete, daß er weich wurde.

»Gut, muß ich's selber machen.« Über diese Formulierung und einen Blick auf Simona kam er auf den Sex. »Im Bus und auf der Straße habe ich heute mindestens zehn Frauen gesehen, mit denen ich gerne ... nun, ja, genau das! ... getan hätte. Stellen Sie sich vor: Es wäre mir gelungen. Wieviel Zeit, Kraft und Geld hätte ich dabei verbraucht und wie viele Ehen und Beziehungen zerstört, also gesellschaftlich hoch desintegrierend gewirkt. Also Reduktion von Komplexität bei mir durch meine soziale Rolle als treuer Ehemann. Habe ich diese Rolle übernommen, dann reduziert sich für mich das alles auf meine eigene Frau.«

»Schade eigentlich«, lachte Hagen Sobottka.

Manfred wußte, was selten vorkam, nichts halbwegs Witziges zu entgegnen. Der Sex mit Renate glich in der Tat dem, worüber sich unter dem Stichwort eheliche Pflichten alle Hedonisten lustig machten. Wenn er es schnell hinter sich brachte, konnte er sich noch die zweite Hälfte des *Aktuellen Sportstudios* angucken.

»Luhmann kennt neben der Generalisierung von Verhaltenserwartungen in der Form sozialer Rollen noch eine Reihe anderer Möglichkeiten der Reduktion von Komplexität ... doch darüber nächsten Mittwoch mehr.«

Er packte seine Sachen zusammen und fuhr mit U-Bahn und Bus hinaus nach Heiligensee. Leopoldplatz war umzusteigen von der U 9 in die U 6, in Tegel dann in den 14er Bus. Einerseits genoß er dieses innerstädtische Reisen, weil er sich in wohligen Erinnerungen ergehen und genüßlich Menschen studieren konnte, wie sie sich inszenierten und was sie alles sagten. Andererseits aber fluchte er, daß er so lange brauchte, bis er draußen in der Laube war.

Auszusteigen war Hennigsdorfer Straße, Ecke Krantorweg, und auf dem Weg zu seiner Parzelle kam er an den schmucken Eigenheimen derer vorbei, die ihren Bauvertrag rechtzeitig abgeschlossen hatten. Stolz saßen sie auf ihren Terrassen und sahen auf ihn hinunter, den ärmlichen Laubenpieper aus der »Kolonie Dreieck«, wie sie im Volksmund hieß, bekannt für ihre Alkis und ihre Asozialen. Es empörte ihn und machte ihn so aggressiv, daß er sich vorstellte, mal eben mit einer Maschinenpistole loszuballern, auf der anderen Seite aber berauschte er sich geradezu an seinem Understatement-Glück:

Wenn ihr wüßtet ... Solche Pappkartonpaläste, wie ihr sie habt, könnt' ich mir alle Tage leisten.

Als er links in den Silberhammerweg gebogen war, sah er seinen Mikrokosmos vor sich liegen. *Mehr mikro als Kosmos*, dachte er. Die meisten Autochthonen hatte er schon kennengelernt. Zwar war es in Westberlin verboten, seinen ständigen Wohnsitz in einer Laubenkolonie zu haben, aber a) galt dies nicht für jene, die im Krieg als Ausgebombte hier gelandet waren, und b) gab es genügend Tricks, es dennoch zu tun, beispielsweise den, sich pro forma bei einem Verwandten anzumelden. Billiger war es hier draußen allemal, und für einige war es die einzige Überlebenschance. Für Opa Schattenfroh zum Beispiel, der im Wedding ein schönes Elektro-Fachgeschäft besessen hatte, aber durch den betrügerischen Konkurs eines Bauherrn in die Pleite getrieben worden war. Nun hatte er nur noch ein Ziel: diesen Mann zur Strecke zu bringen.

»Ich komm' gerade von meinem Rechtsanwalt«, rief er Manfred zu, kaum daß er ihn erblickt hatte. »Und wenn das nichts nutzt, dann ...« Er zeigte auf Berry, seinen jungen Schäferhund. Den wollte er so abrichten, daß er den Betrüger zerfleischte, wenn die Gerichte versagten. Eigentlich kam Opa Schattenfroh immer von seinem Rechtsanwalt. Manfred fragte sich, ob er wirklich einen hatte. Wahrscheinlich nicht. Trotz seines Schicksals schien er glücklicher zu sein als manch anderer in der Stadt.

Opa Schattenfroh blieb stehen, um mit der Nazijule zu plaudern. Das war eine herbe und sehr strenge Dame, hager und kerzengerade, alleinstehend und immer in Reithosen und Schaftstiefeln am Werke. Es stand kein Name an ihrer Parzelle. Renate hatte ihr den Spitznamen gegeben, weil sie beim Anblick von Joscha gesagt hatte, so ein blonder Junge wie der wäre etwas für den Lebensborn gewesen, Himmlers 1935 gegründete Einrichtung zur Züchtung des idealen arischen Menschen. Sie fragten sich, ob die Nazijule selber einem Entbindungsheim des Lebensborn e. V. entstammte. 11 000 Kinder sollten das ja gewesen sein, wie Manfred dem Lexikon entnahm. Warum nicht auch ihre geheimnisvolle Nachbarin. »Further research is needed«, hatte er zu Renate gesagt.

Einen Zaun hatte die Parzelle 82 nicht, aber ein Gartentor, das fest verschlossen war. Manfred öffnete das Vorhängeschloß und betrat seine Hacienda. Zuerst war um das Gebäude herumzugehen und nachzusehen, ob Einbrecher dagewesen waren und sich womöglich eingenistet hatten. Nein, alles war in Ordnung. Als er die Laubentür aufzog, schlug ihm eine Wolke von Schimmelpilzsporen und Moder entgegen. Er hustete anhaltend und kämpfte sich zu den Fenstern durch, um sie aufzusperren. Das Gefühl *O wie tief bist du gesunken* ließ sich nicht vermeiden. Herr Prof. Dr. Manfred Matuschewski setzte den Fuß in seine hochherrschaftliche Villa ... Spinnen, Kellerasseln und Silberfischchen huschten in ihre Verstecke. Er war froh, daß es keine Ratten waren. Die hatten sich hinten im grünen Schuppen breitgemacht.

Eigentlich, fand Manfred, war das Ganze so schlecht nun auch wieder nicht, und hätte ihre Hütte in Garmisch-Partenkirchen gestanden oder auf Sylt, dann ... Man kam von einer kleinen, aber überdachten Terrasse auf eine Art Veranda, auf der sich bei schlechtem Wetter gut frühstücken ließ. Von der ging es rechts ab in eine kleine Küche, von deren Fenster aus man den Eingang, die Terrasse und einen Teil des Gartens im Auge hatte. Von der Küche aus gelangte man sowohl ins Wohn- und weiter ins Schlafzimmer als auch in eine Art Diele, in der eine elektrische Pumpe samt Boiler stand. Gleich dahinter befand sich die Toilette, nicht viel größer als die an Bord eines Flugzeuges, aber immerhin mit einer Kloschüssel aus weißem Porzellan und einem winzigen Waschbecken versehen. Als Manfred den Hahn aufdrehte, kam rostbraunes Wasser herausgelaufen, und wenig später sprang die elektrische Pumpe an, dies aber mit einem solchen Riesengetöse, daß er glaubte, die ganze Hütte würde wie ein Kartenhaus in sich zusammenfallen. Skeptisch musterte er die Kloschüssel. Das Abwasserrohr führte hinaus zu einer Sickergrube. Fast feierlich, auch um die Fäkalentsorgung zu testen, ließ er sich auf der weißen Plastikbrille nieder. Sie hatte einen kleinen

Riß, und er schrie auf, als er sich dort das Fleisch einklemmte, wo es besonders weh tat. Als er die Spülung betätigte, flutschte das Zuleitungsrohr infolge einer porös gewordenen Gummimanschette aus dem Drücker, und wie aus einem Feuerwehrschlauch traf ihn der Wasserschwall direkt auf den Bauch. Er fluchte und zog sich zurück, um nach trockenen Sachen zu suchen.

Seine Laune besserte sich erst wieder, als er draußen auf der abgedeckten Regentonne saß und sich die Sonne auf den Pelz scheinen ließ. Welch Privileg, hier mitten in der Woche sitzen und faulenzen zu können, und er war richtiggehend glücklich, als er sich vorstellte, was in dieser Sekunde sein würde, wenn er bei Siemens oder im Bremer AmfVi geblieben wäre. Wieder mit der Welt versöhnt, griff er sich die Checkliste mit all dem, was abzuhaken war, wenn sie im Sommer die Semesterferien über hier in der Laube wohnen, also Urlaub machen wollten:

- Dach mit neuer Dachpappe decken
- Laube außen: Putz ausbessern und streichen
- Sickergrubenabdeckung ausbessern!
- »Gewächshaus« (Anbau) als Arbeitszimmer herrichten
- Auslegware für Wohn- und Schlafzimmer (Joscha) kaufen und verlegen
- Linoleum für die Küche kaufen und verlegen
- Regalbretter in der Küche anbringen
- Billige Möbel für das Wohnzimmer kaufen
- Durchlauferhitzer kaufen und anschließen
- Rasen anlegen
- Zaun ziehen
- Buddelkiste für Joscha bauen, weißen Sand beschaffen

Einerseits war noch so viel altes Handwerkerblut in ihm, daß er sich auf all diese Tätigkeiten freute, andererseits aber verfluchte er den ganzen Streß und hätte sich viel lieber in die Sonne gelegt und Karl May gelesen oder aber, wie damals in Schmöckwitz, Jack Londons *Ein Sohn der Sonne*. Das haßte er am meisten an sich: dieses ewige Sowohl-als-auch. Immer war alles ambivalent, und immer wohnte das Glück am anderen Ufer. Als er das Brett, das über der Sickergrube lag, abgenommen hatte und mit fürchterlichem Ekel in die Jauche unten starrte, da dachte er an Simona und wie schön es wäre, jetzt mit ihr in einem Motorboot zu liegen, mitten im Schilf und – ohne Renate, Joscha und diese Scheißlaube hier – Playboy zu sein ... und nicht nur Paria ... *Meine sehr verehrten Damen und Herren, Sie sehen hier das Stück »Manfred Matuschewski leidet unter Manfred Matuschewski«.*

Die Abdeckung der Sickergrube ließ er vorläufig so, wie sie war, vielleicht fiel ja mal ein besonders schwergewichtiger Einbrecher hinein und kam nicht mehr raus. Die Gartenrodung hatte Vorrang. Alle Pioniere hatten mit dem Roden begonnen. Gott sei Dank waren es keine Wälder, die es abzuholzen galt, sondern nur verwilderte Büsche und abgestorbene Obstbäume. Hinzu kam das Unkraut, das auf allen Flächen, die ehemals als Gemüsebeete gedient hatten, hüfthoch wucherte. Eine Schubkarre zu kaufen, hatten sie noch keine Zeit gefunden, und so trug er alles, was er abgesägt und ausgegraben hatte, in einem alten Wäschekorb nach hinten auf die freie Fläche zwischen dem grünen Schuppen und dem Zaun zum Nachbargrundstück. Dieser Zaun bestand aus rostigem Eisengeflecht, wie man es beim Betonieren von Zwischendecken benutzte. »Hahn Grysczyk«, der Nachbar, war Bauhilfsarbeiter und hatte sich einiges davon kostengünstig beschafft. Offenbar hatte er heute blaugemacht, um mit seinem ganzen Clan nach Heiligensee zu kommen. Manfred blieb stehen, um die Grysczyks zu beobachten.

Daß Herr Grysczyk bei ihnen nur Hahn Grysczyk hieß, lag nicht daran, daß er so prächtig aussah oder sich gockelhaft gab, sondern lediglich an Joschas Hör- beziehungsweise Sprachfehler. »Geh mal zu Herrn Grysczyk« war ja in der Tat kaum von »Geh mal zu Hahn Grysczyk« zu unterscheiden, zumal die eingeborenen Berliner das e-r gern zum a vernuschelten. Es konnte auch sein, daß Joscha Günther Grysczyk nachgemacht hatte, denn der war im Krieg verschüttet worden, knappe vier Jahre alt, und litt seither unter erheblichen Sprachstörungen. Nicht, daß er stotterte, aber er redete viel zu schnell, quasi ohne Leertaste zwischen den einzelnen Wörtern, wie Renate es formuliert hatte, und verschluckte zudem immer einige Teile seiner irgendwie herausgebellten Sätze. So auch, als er jetzt aus seinem frei stehenden Toilettenhäuschen kam und Manfred sah, der gerade eine verbogene Gabel aus dem Sand gescharrt hatte.

»GebenSiemaher ... Unsere ... HatmeineTochterübanZaun ...«

Manfred lachte. »Nee, die hab' ich von Uri Geller selber, die hat er extra für mich verbogen.« Seit der Israeli im Januar in der Fernsehshow *Drei mal neun* mit scheinbar übersinnlichen Kräften eine Gabel verformt hatte, verging kein Tag, ohne daß darüber gelästert und gestritten wurde.

Herr Grysczyk bekam seine Gabel zurück und wollte ein wenig plaudern. »GanzeFamilierausgekommenSchwiegermutter ... burtstag ... Schönes Wetter, kannmanwasmachen ...«

Manfred nickte, ohne daß er das Gehörte so schnell verarbeitet hätte.

»WasseranstellenUniausgefallenSieauchhier ...«, fuhr Herr Grysczyk fort. »IhreFrauJoschaAndrearüba ...«

Manfred versuchte, alles zu ordnen. »Ja, Ihre ganze Familie ist heute rausgekommen ... Na, dann: Viel Spaß bei der Geburtstagsfeier. Ja, und das Wasser ist schon angestellt bei mir. Nein, ausgefallen ist nichts, ich hab' schon Schluß. Aber meine Frau und Joscha sind nicht mit.«

Andrea, Grysczyks Tochter, in Joschas Alter etwa, kam hoffnungsvoll an den Zaun geeilt und stellte ihre Standardfrage: »Ka'i rüba?«

»Nein, du kannst nicht rüberkommen, Andrea, Joscha ist nicht da. Der kommt erst nachmittags, mich abholen.«

Von hinten schrie Oma Koffka, das Geburtstagskind: »Diana, Dicky, aus die Beete raus! Andrea, komm wieda bei Oma'n her.«

Diana und Dicky waren zwei Hunde ungewisser Herkunft,

und Frau Koffka war Fahrkartenverkäuferin bei der Berliner S-Bahn. Sie war von schwabbliger Körperfülle, also das, was die Berliner eine Tonne oder Maschine nannten, aber dabei urgemütlich. Sie hätte die Schwester von Lenchen Behnke sein können, einer alten Freundin und Kollegin seiner Mutter.

Marion Grysczyk, Frau Koffkas Tochter, war rundlich und nicht unsexy, aber so schläfrig und antriebsschwach, daß Manfred Hahn Grysczyk nachts mitunter lamentieren hörte, daß er das Gefühl habe, eine Tote zu vögeln …

War Manfred in Heiligensee, fiel er aus der Zeit und fühlte sich auf einen anderen Planeten gebeamt, zumindest aber in die Neue Welt. Er stellte sich vor, Siedler im Wilden Westen zu sein, Karl May, Band 7. *»Haben Büffel gejagt, und mein Pferd ist dabei von einem Bullen aufgeschlitzt worden«, berichtete Sam Hawkens.* In jedem Urlaub las er zwei oder drei May-Bände, diesmal hatte er sich die Winnetou-Trilogie vorgenommen. Wieder Kind sein, das war es, was das große Glücksgefühl erzeugte, das Dahinfließen und Einssein mit sich und dem Kosmos, sich treiben zu lassen und von dem zu träumen, was man einmal sein wollte: Professor etwa. Glücklich ist, wer bekommen hat, was er will. War er aber nicht. Vielleicht funktionierte es andersherum: Glücklich ist, wer will, was er bekommen hat. Er stieg auf das Dach seiner Laube und sah sich um, wie es auch Old Shatterhand getan hätte. Wo war der Fluß, wo kamen die Komantschen? Da krachte es auch schon … aber es war kein Schuß, sondern nur das Gebälk unter ihm. Schnell sprang er zum Schornstein hin, der aus gelben Klinkern erbaut war, und hielt sich fest. Er hatte Glück gehabt, die Balken hielten. Kein Trichter tat sich auf und gab den Blick ins »Wohnzimmer« frei.

»Na, ham Se 'ne schöne Aussicht von da oben?«

Herr Koffka hatte ihn entdeckt, Hahn Grysczyks Schwiegervater, von ihnen nur Gnomie genannt, weil er etwas klein geraten war, aber einen Riesenkopf auf seinen schmalen Schultern trug. Viel zu blaß war er, und da er kaum noch Haare hatte, wirkte sein Kopf aus der Ferne wie ein Riesenbovist. Mit seinen auffallend wulstigen Lippen zischte und schmatzte er beim Sprechen ganz gehörig und spuckte kleine Tröpfchen durch die Gegend. Manche hielten ihn wegen dieser hervorragenden Begabung für einen Literaturkritiker, doch er war nur Lagerarbeiter bei einem großen Getränkevertrieb. Nicht das aber interessierte Manfred eigentlich an ihm, sondern seine Macke, ständig mit einem Spaten durch den Garten seiner Kinder zu laufen und Abfall jeder Art zu vergraben. Dabei gebrauchte er keines der gängigen Verben wie beseitigen, eingraben, einbuddeln, verscharren oder eben vergraben, sondern sprach immer nur vom Unterbuddeln, wobei er dem zweiten U durch das aus dem Mund katapultierte B eine solche Beschleunigung verlieh, daß es quasi bis hinauf zum Bahndamm flog.

»Hallo, Sie, an Ihrem Zaun, da liegt 'ne tote Ratte, die müssen Se untabuddeln! Aber det könnt ihr Kissenpupa ja nich, 'n Werkzeug inne Hand neh'm.«

In der Annahme, daß die Grysczyk-Family starke Vorurteile gegen Akademiker hatte, war Manfred auf die Idee gekommen, ihnen weiszumachen, daß er an der HÖV als kleiner Beamter die Hausverwaltung besorge. Nun verspotteten sie ihn und fühlten sich als etwas Besseres. Manfred fand es köstlich. Geschichten, die das Leben schrieb ... und mit denen man die Leute im Hörsaal am Einschlafen hindern konnte.

Er bedankte sich bei Gnomie und kletterte vorsichtig vom Dach herunter. Als er die tote Ratte sah, stieg Ekel in ihm auf. Fast wie damals, im Winter 46/47, als seine Mutter mit ihm in den Keller gegangen war und sie dort eine tote Ratte in ihrer Kienappelkiste gefunden hatten. Sie waren schreiend ins Freie gelaufen und hatten die Oma aus Schmöckwitz geholt, damit die den Nager in die Mülltonne verfrachtete. Er warf einen alten weißen Malerlappen über das fast katzengroße Exemplar der Gattung Rattus rattus und trug es auf eine Art Dorfanger, der sich als kleines Dreieck von seiner Laube bis zu der von Dickhardts und bis zu Tante Hannis Zaun erstreckte. Rico Dickhardt kam herbei, rothaarig wie der Johannes Bärensprung aus den *Heiden von Kummerow*, und bot sich an, für zwei Mark, bar auf die Hand, den Totengräber zu spielen.

Bei dieser Aktion wurden sie von einer Familie beobachtet, die von den anderen nur als »Gesockse« und »Abschaum« bezeichnet wurde. Manfred, der im Hörsaal stets gegen diese faschistoiden Wendungen protestierte und alle Minderheiten, Randgruppen und Subkulturen nach Kräften in Schutz nahm, verbot sich dies, machte aber um Erhard Scherk und die Seinen nichtsdestoweniger stets einen weiten Bogen. Wovon sie lebten, war nicht ganz klar, von der Sozialhilfe allein ganz sicher nicht, denn damit hätten sich weder Auto noch Telefon, noch schicke Kleider finanzieren lassen. So kochte die Gerüchteküche. Der Scherk-Tochter, die etwa siebzehn Jahre alt war, wurde nachgesagt, sie gehe auf den Strich, und von dem ältesten Sohn hieß es, er mache als Zuhälter viel Kohle. Am meisten fürchteten sie aber die drei jüngeren Kinder, die angeblich allesamt klauten. Wie auch immer, Manfred versuchte, mit Scherk, der kaum älter war als er, gut auszukommen, was aber schwerfiel, weil der Mann schleimig war wie eine Schnecke und aussah wie ein Wieselmaki. Auf diesen Vergleich war Joscha beim letzten Zoobesuch gekommen: »Da: Herr Scherk.«

Und Manfred hatte auf dem Schild neben dem Käfig gelesen: »Wieselmaki oder Wiesellemur, auf Madagaskar lebender Halbaffe, mit sehr großen Eulenaugen, nackten Ohren und zugespitztem Schnäuzchen.« Mit harschen Worten hatte er Joscha verboten, so über einen Mitmenschen zu reden. Obwohl ... Manfred wußte, daß er auf dem Wege zum besten Gutmenschen aller Zeiten gegen seinen Freund Heiner Dietrich nie eine Chance haben würde.

»Herr Professor ...« Der Nachbar verneigte sich fast vor ihm. »Ich habe wieder etwas von Ihnen im *Tagesspiegel* gelesen ... über die Verwaltung ... das ist ja so was von interessant ... wie Sie das formulieren können.«

Manfred war unwillkürlich zusammengezuckt, als Scherk ihn hier in aller Öffentlichkeit mit »Herr Professor« anredete. Wenn jemand aus dem Grysczyk-Clan das mitbekommen hatte, war es vorbei mit seinem kleinen Spielchen. Er sah hinüber. Nein, sie waren voll und ganz damit beschäftigt, Tische und Stühle nach draußen zu schaffen, Girlanden aufzuhängen, die Bowle anzusetzen und Holzkohle auf den Grill zu schütten. Entwarnung also. Und daß sie mit Scherk über ihn sprachen, war mehr als unwahrscheinlich, denn im Augenblick waren die beiden Sippen heftig miteinander verfeindet. Es hieß, der Wieselmaki-Mensch habe Marion Grysczyk an die Wäsche gewollt.

Scherk war dabei, weiterhin das zu tun, was Psychiater freies Assoziieren nennen: »Unsereins ... Ich lese gerade den *Archipel Gulag* ...« Dabei sprach er das erste Wort wie *Schniepel* aus. »Ach, ja, der arme Alexander Solschenizyn, daß der seine Heimat verlassen mußte. Zum Glück läßt ihn unser Böll bei sich wohnen. Dessen Romane ... Ich habe ja auch schon einiges geschrieben ...«

»Ah ja ...« Manfred wußte, daß Erhard Scherk Voll-Legastheniker war, obwohl er sich immer als »halben Legasthetiker« bezeichnete. Er hatte Mühe, sich das Lachen zu verkneifen, und lud Scherk zu einem Bier ein. Sie gingen zu einer Laube, an deren First ein altes Gewehr genagelt war. Das kam daher, daß Hannelore Besoruwsky einen Narren an dem Musical *Annie, get your gun* gefressen und Opa Schattenfroh ihr deswegen eine alte Flinte geschenkt hatte: »Hanni, get your gun.« Tante Hanni, von Übelwollenden auch Frau Besuffsky genannt, war Trinkerin und hatte für sich und ihren Mann, ebenfalls ein stiller Akoholiker, immer genügend Stoff im Hause.

Zu viert tranken sie Bier und redeten über den Rücktritt Willy Brandts.

Tante Hanni hatte Tränen in den Augen. »Auf den Willy, auf den lass' ick nüscht kommen, den werd' ick imma lieben, det war 'n janz Jroßer.«

Auch Manfred verehrte Willy Brandt. Er meinte, daß nach ihm nichts Vernünftiges mehr kommen würde. Den neuen Bundeskanzler verabscheute er. Er hatte Helmut Schmidt erlebt, wie er in einer SPD-Versammlung im Ernst-Reuter-Saal aufgetreten war, um die jungen Linken »zusammenzuscheißen«, wie Horst Hastenteufel und andere Ur-Berliner das damals genannt hatten.

»Große Schnauze und nischt dahinter«, sagte Tante Hanni.

»Diese hamburgische Arroganz!« schloß Manfred das Thema.

Sie redeten noch eine Weile über die »Flitzer«, Studenten, die nackt über die Straße huschten, vor allem aber diskutierten sie über die bevorstehende Fußballweltmeisterschaft. Dann fing Wieselmaki Scherk ganz behutsam an, ihn auszuforschen.

»Sie haben bestimmt eine schöne große Wohnung in der Stadt, Herr Professor ...?«

»Nun ja ...«

»Und wenn Sie mal jemanden brauchen ... Meine Tochter kommt da gerne ... Zum Putzen und auf das Kind aufpassen. Die gefällt Ihnen doch, meine Yvonne ...?«

»Ja, schon ...«

Und dann kam das, was Manfreds Spekulationen voll über den Haufen warf. »Der Horst Hastenteufel, das ist ein guter Freund von Ihnen, weiß ich doch ... Ich schreibe selber auch, und wenn der mal bei Ihnen ist, dann könnte der mir vielleicht helfen, einen Verlag ...«

»Ja, klar ...« Manfred beeilte sich, das kleine Treffen zu beenden und sich auf sein eigenes Territorium zu flüchten.

Dort, am Zaun, stand Gnomie und hielt ihm eine Stabbrandbombe von der Länge eines Lineals vor die Nase.

»Hier ... die ham wa letztet Jahr beim Untabuddeln von matschige Pflaumen bei uns am Kackhaus jefunden. Passen Se bloß uff, wenn Se bei sich ma tiefa jraben ... da liegt bestimmt ooch wat rum.«

»Macht nichts ... Haben wir wenigstens echte Bombenstimmung bei uns.«

Obwohl es ihm eigentlich zu heiß geworden war, stürzte er sich nun wieder auf seine Brache, grub Unkraut, alte Sträucher, welke Rasensoden und vieles andere aus und trug es Wäschekorb für Wäschekorb nach hinten, wo sich ein kleiner

Hügel bildete. Sein Rücken schmerzte gewaltig. Schließlich ging er auf die Vierzig zu und hatte sich schon als junger Leichtathlet beim Training mit den viel zu schweren Gewichten etwas weggeholt. Das Geld für eine Hilfskraft wäre dagewesen, aber sein Eigensinn war stärker als die Vernunft. *Ich schaff' das schon.* Auch wollte er Renate und Joscha beweisen, daß er noch immer ein Kraftkerl war.

Und als sie im türkisfarbenen Käfer angerollt kamen, staunten sie in der Tat, wie weit er gekommen war.

»Was gibt es denn zu essen?«

»Quetschkartoffeln und saure Eier.«

»Sehr schön.«

Als sie auf ihrer kleinen Veranda saßen und sich's schmekken ließen, stellte Renate fest, daß er allein trotz all seines Fleißes wohl kaum in der Lage sein würde, die Laube bis Pfingsten so instandzusetzen, daß sie nach Heiligensee rausziehen konnten. »Wir müssen sehen, daß wir welche finden, die uns helfen.«

»Die werden sich alle drum reißen.«

Sie sah ihn kopfschüttelnd an. »Wozu hast du alle deine Patenkinder, deine Kollegen und Freunde ...?«

Manfred lachte. »Wie heißt es doch bei Manlius: Gott beschütze mich vor meinen Freunden; mit meinen Feinden will ich schon selbst fertig werden. Rein auf das Handwerkliche bezogen.«

Womit er zweifellos recht hatte. Moshe Bleibaum, sein alter Weggefährte, hatte geradezu einen physischen Ekel vor allen Werkzeugen und sah erhaben auf alle handwerklich Tätigen herab. Volker Gellert, Entwicklungssoziologe, hatte, was Hammer, Zange und Säge anging, eine stark unterentwikkelte Grob- und Feinmotorik. Dirk Kollmannsperger wußte zwar alles über Elektrizität und den Widerstand von Leitungsquerschnitten, war aber nicht in der Lage, ein Kabel gerade an die Wand zu nageln. Bei allen dreien kam erschwerend hinzu, daß sie nicht mehr in Berlin waren. Bei denen, die in der Inselstadt verblieben waren, sah es nicht besser aus. Horst Hastenteufel war zuzutrauen, daß er einen Bohrer falsch herum einschraubte, kein Loch in die Wand bekam und zum Händler lief, um die Maschine zurückzubringen. Gerhard Bugsin hatte ebenfalls zwei linke Hände. Und bei Heiner Dietrich, Tobias Rindt und Maximilian Raddusch, den Freunden und Kollegen von der HÖV, war der Katalog der handwerklichen Fähigkeiten schon mit dem Lochen von Papieren und der Betätigung des Klammeraffens erschöpft. Außerdem wurden sie von ihren Partnerinnen derart in Anspruch genommen, daß an einen außerhäusigen Arbeitseinsatz sowieso nicht zu denken war.

»Und die liebe Familie ...?« Renate sah ihn fragend an.

Manfred stöhnte auf. C & A kam nicht in Frage. Sein Cousin Curt und dessen Frau Anett nebenan in Hermsdorf waren voll ins Familienleben eingebunden und hatten alle Hände voll zu tun, die eigene Hütte herzurichten. Renates Vater war irgendwo im Süddeutschen verschollen, und ihren Bruder Rainer hatte sie seit Jahren nicht gesehen. Als einziger hätte Leszek mit anpacken können, Tante Gerdas Mann, doch der saß in Schmöckwitz fest und bekam ganz sicher keine Sondergenehmigung zur Ausreise in die selbständige politische Einheit Westberlin.

»Bleibt nur mein ältester Patenjunge«, sagte Manfred und brachte Thomas Liebetruth ins Spiel, der inzwischen, er mußte erst rechnen, 17 Jahre sein mußte. »Ich ruf' morgen mal an. Für fünf Mark die Stunde kommt er vielleicht.«

Er kam auch, brachte zur Unterstützung seine Freundin mit und erklärte sich bereit, aufs Dach zu klettern und die neue Dachpappe festzunageln. Manfred blieb unten, schnitt die Bahnen der Elefantenhaut zurecht und reichte sie nach oben. Nach einer Stunde stellte sich heraus, daß der Gehilfe die Dachpappe zwar überlappend aufgebracht hatte, wie es die Norm verlangte, aber leider so, daß das Wasser, kam es vom First herab, nicht *auf* die nächste Bahn lief, sondern *darunter*.

»Macht doch nichts«, sagte Thomas Liebetruth. »Da ist die alte Dachpappe, das läuft nicht durch.«

Daraufhin war er gefeuert, und Renate meinte nachher, daß

er es von Anfang an darauf angelegt hatte. »Wahrscheinlich haben ihn seine Eltern gegen seinen Willen hergejagt.«

Manfred war also gezwungen, alleine weiterzuackern und sich als Gärtner, Maurer, Maler, Elektriker, Klempner, Glaser, Teppichleger, Tischler, Dachdecker und Steinsetzer zu versuchen. Da ging manches schief. Etwa, als Joscha die große Scheibe des grünen Schuppens einwarf und Manfred vom Ehrgeiz gepackt wurde, alles selber einzuglasen. Beim Heimwerker in der Detmolder Straße hatte er sich einen Glasschneider gekauft und ein paar Häuser weiter beim Glaser eine Scheibe mit Kitt und Stiften.

»Ich hab's nicht passend da.«

»Können Sie mir's nicht zuschneiden?«

»Doch, aber erst zu morgen mittag.«

»Danke, ich will's gleich mit rausnehmen. Dann geben Sie mir bitte die Nummer größer.«

Nichts schien einfacher als das: die stählerne Reißschiene anlegen, mit dem scharfen Diamantensplitter des Schneiders das Glas tief einritzen ... und dann mit einem kurzen Hammerschlag abtrennen, was abgetrennt werden mußte.

Die Scheibe zersprang komplett. Renate und Joscha konnten sich gar nicht mehr einkriegen vor Lachen. Vor allem, als es ihm beim zweiten Mal nicht anders erging.

»Laß es dir doch zuschneiden!«

»Nein.«

Da blieb er hart und stückelte aus den verbliebenen Glasscherben eine Art Kirchenfenster zusammen. Nur sah es nicht ganz so schön aus wie ein solches, zumal die bunten Farben und die Bleifassung fehlten.

Ebenso mißlang ihm das Pflastern des kleinen Weges zwischen Eingangstür und Gartentor. Die kleinen Steine wakkelten alle, und man hatte das Gefühl, über ein Trampolin zu gehen. Auch seinem Versuch, einen Zaun zu ziehen, war kein Erfolg beschieden. Die Pfähle standen krumm und schief, und der Maschendraht hing so schlaff dazwischen, als hätten sich die Pferde aus dem Reitstall oben auf dem Bahngelände mit ihren Leibern voll dagegengeworfen.

Manfred vermißte seinen Vater immer schmerzlicher. Schon wegen seiner Sprüche: *Das scheißt sich weg.* Wenn etwas ein wenig zu kurz abgesägt worden war. *Das sieht doch aus wie Arsch mit Friedrich.* Wenn etwas arg mißraten war. *Das sieht doch aus, wie 'n Bulle pißt.* Wenn eine Linie nicht ganz gerade war. *Mit Gewalt läßt sich kein Bulle melken.* Wenn etwas partout nicht gehen wollte. Mit dem Vater zusammen wäre das alles gelungen und zudem ein riesiger Spaß geworden.

Viel Arbeit machte auch das Glätten der großen, L-förmigen Fläche, auf der er Rasen ausgesät hatte, eine extra strapazierfähige Tiergartenmischung. Er hatte sich Bretter unter die Füße geschnallt und stampfte damit, watschelnd wie ein Froschmann an Land, zwischen Hecke und Laube umher. Als Hahn Grysczyk das sah, trat er an den Zaun.

»... müssensichnichsoabmühn ... kann Ihnen meinen Stampfer borgen ... bingleichwiederda ...« Damit lief er nach hinten und verschwand in seinem Dachpappen-Schloß.

Manfred band sich die Bretter von den Füßen, machte ein paar gymnastische Übungen. Joscha nutzte die Gelegenheit, um über den Rasen zu rennen. Die große ebene Fläche war von einem unwiderstehlichen Reiz. Obwohl noch nicht zwei Jahre alt, war er schon schwer genug, tiefe Spuren zu hinterlassen. Manfred schrie auf.

»Als wenn da 'ne ganze Büffelherde langgelaufen ist. Mann, hast du denn nicht mehr alle.«

»Schrei das Kind nicht so an!« ging Renate dazwischen.

»Hab' ich also alles umsonst gemacht ...«

»Was meinst du, was *ich* nicht alles umsonst gemacht habe.«

Grysczyk kam mit einem schweren Stampfer, wie ihn Steinsetzer benutzten. Zum Anlegen größerer Rasenflächen hatte er ihn mit Hilfe einer unten angeschraubten Stahlplatte präpariert. Es war mühsam, das Ding über den Zaun zu heben. Manfred schätzte es auf gut und gerne fünfzehn Kilo.

»Mußjaauchwasbringen«, sagte Hahn Grysczyk.

Manfred bedankte sich und machte sich ans Werk ... und

hatte dabei wieder die Stimme seines Vaters im Ohr: *Hoch und niedrig, lieber Friedrich.*

»Mann, das geht vielleicht aufs Kreuz«, stöhnte er.

»Was meinst du, was ich Joscha geschleppt habe«, war Renates Kommentar.

Beim 47. Heben und Wiedersausenlassen war es soweit: Ein Schrei … und aus. »Mein Rücken!« Er lag auf dem Boden und konnte sich kaum noch bewegen. Buchstäblich auf allen vieren kroch er zu der Decke hinüber, die man für Joscha ausgebreitet hatte. Renate massierte ihn und holte ein Einreibemittel aus der Apotheke. Nach zwei Stunden war er endlich soweit, daß sie ihn zum Orthopäden fahren konnte. Der murmelte etwas von Prolaps und WS-Syndrom, gab ihm eine Spritze, schimpfte ihn aus, daß er sich so wenig bewegte – »Der Mensch ist ein Lauftier!« – und schrieb ihn für eine Woche krank.

So blieb in Heiligensee eine Menge liegen, und sie überlegten schon, ob sie alles aufgeben sollten, als es an einem Sonnabendnachmittag plötzlich klingelte und Kutzops vor dem Gartentor standen, Helmut und Cornelia. Es gab ein großes Hallo, denn sie hatten sich schon länger nicht gesehen.

»Wie kommt ihr denn hierher?«

Nudel zeigte auf einen orangefarbenen BMW. »Mit dem Auto …«

»Zu uns hier in die Laube …? So 'nen Zufall gibt's doch nicht.« Manfred wollte es nicht glauben.

»Kein Zufall: Wir suchen einen Mann für unsere Tochter.«

»Ihr habt 'ne Tochter?«

»Die schläft hinten im Wagen. Janine.«

Manfred, Renate und Joscha stürzten hin, um das Nudel-Baby zu bewundern.

»Ganz die Mutter!« rief Renate. »Und schon ein richtiges Persönchen.«

»Ja«, sagte Manfred. »Cornelia schenkt allen Frauen Sicherheit und Selbstvertrauen.«

»Wo bleibt der Sangria!« Nudel Kutzop wollte die alte Menorca-Stimmung heraufbeschwören.

»Woher wißt ihr, daß wir hier 'ne Laube haben?«

Cornelia verriet es. »Ich hab' 'ne Kollegin ...«

»Die, wo der Fötus der Tochter auf der Anrichte steht?«

»Ja, die. Und deren andere Tochter ... »

»Nicht im Spiritus ...«

»Nein, die Ilona, die ist bei Manfred an der HÖV ... und da hat er im Hörsaal groß und breit erzählt, daß er die Laube hier hat und keiner ihm hilft.«

»Und ihr wollt uns jetzt helfen?«

»Ja: den Kuchen aufessen.«

Danach machte Nudel sich ans Werk. Er war ein gottbegnadeter Bastler und Tüftler, und im Nu hatte er mit Manfred zusammen den Zaun um die gesamte Hacienda gezogen. Die Profis einer teuren Firma hätten es nicht besser gekonnt. Als die beiden Frauen die fertige Umzäunung enthusiastisch beklatschten, machte Nudel einen Handstand und lief auf Händen durch den Garten, wie Burt Lancaster in *Trapez* vor den Augen Gina Lollobrigidas. Danach setzte er sich auf den Boden und verknotete Arme, Beine und Rumpf zu einem Knäuel. Kein Artist hätte das besser gekonnt. Trotzdem erhielt er für diese Darbietung keinen Beifall.

»Hör auf!« rief Renate. »Du siehst aus wie 'n Krüppel nach'm Krieg.«

Nudel enthedderte sich und machte sich daran, die desolaten elektrischen Leitungen in der Laube zu überprüfen und, wo nötig, auszubessern. Als er sich den Klingeltrafo vornahm, brach plötzlich die gesamte Stromversorgung zusammen. Alle Lichter gingen aus, die Kaffeemaschine hörte auf zu zischen, die elektrische Pumpe blieb stehen. Schreie aus den angrenzenden Lauben zeigten an, daß die Leute in der ganzen Kolonie Dreieck keinen Saft mehr hatten.

Nudel Kutzop stand schreckensbleich auf der Leiter und stammelte »Ich hab' doch nur ... Das ist der Schwachstromteil hier, da kann niemals ...«

»Kleine Ursache, große Wirkung«, kommentierte Renate.

»Nudel hat den Strom kaputtgemacht«, stellte Joscha fachmännisch fest.

»Nudel hat den Strom *nicht* kaputtgemacht!« Cornelia Kutzop hielt zu ihrem Mann.

Auch Manfred war von Nudels Unschuld überzeugt und lief zum Gartenzaun, um zu sehen, ob sich nicht eine andere Ursache für den Riesenkurzschluß finden ließ. Und richtig. Laute Rufe auf dem Grundstück Erhard Scherks deuteten darauf hin, daß dort etwas vorgefallen war. Bis auf Cornelia, die bei Janine und dem Kinderwagen bleib, liefen alle hin. Was war geschehen? Scherk hatte sich für seinen Fernseher eine Hochantenne bauen wollen und war mit der beim Montieren gegen die elektrische Leitung gestoßen. Erdkabel gab es hier nicht, die Drähte zogen sich, mit weißen Porzellanisolatoren an hölzernen Masten befestigt, quer durch das Gelände.

Erhard Scherk hatte einen Stromschlag erlitten. Er lag auf seinem ungemähten Rasen, und seine Familie wuselte um ihn herum.

»Der is hin«, sagte Oma Koffka zu ihrem Mann.

Gnomie nickte. »Jleich untabuddeln.«

Manfred war hin- und hergerissen zwischen Mitleid und der klammheimlichen Freude, daß Scherk mitsamt der ganzen Makifamilie aus seiner Nachbarschaft verschwinden würde.

Die Feuerwehr kam mit Blaulicht von der Hennigsdorfer Straße her herangefegt, und der Notarzt hatte mit seinen Wiederbelebungsversuchen alsbald Erfolg.

»Schade ...«, murmelte Opa Schattenfroh.

Nicht einmal Nudel schaffte es, die Laubenkolonie wieder ans Netz zu schalten, man mußte den Notdienst der Bewag alarmieren. In irgendeinem Unterverteiler war eine Sicherung rausgeflogen.

Wie auch immer, mit Nudels Hilfe gelang es, die Parzelle 82 mitsamt aller Gebäude und Stallungen soweit herzurichten, daß sie Himmelfahrt alle Freunde zu einem zünftigen Laubenpieperfest nach Heiligensee einladen konnten. Und nun kamen sie alle.

Maxe Raddusch hatte sich eine nette Überraschung ausgedacht und einen kleinen Birnbaum mitgebracht.

»Weil du doch so ein großer Fontane-Verehrer bist«, sagte er zu Manfred. »Und im hohen Alter kannst du dann den armen Jungens hier immer 'ne Birne schenken, so wie damals der Herr von Ribbeck zu Ribbeck im Havelland.«

Dies wurde mit großem Beifall aufgenommen, und Raddusch ließ sich einen Spaten geben, um höchstpersönlich das Loch für den Birnbaum zu graben.

»Denk an, der Dekan«, reimte Heiner Dietrich, der mitunter etwas sehr Poetisches an sich hatte, schöngeistige Essays verfaßte und an einem Buch über die Feinheiten der deutschen Sprache saß.

Beim zehnten Spatenstich stieß Raddusch auf etwas Hartes.

»Eine Schatztruhe!« jubelte Renate. »Endlich sind wir reich.«

»Ein Sarg ist das«, stellte Raddusch fest. »Ein Zinksarg.«

»Endlich wissen wir, wo Martin Bormann abgeblieben ist«, sagte Manfred.

Da ertönte ein Schrei auf dem Nachbargrundstück. Gnomie hatte wegen harten Stuhlgangs wieder mal eine Ewigkeit in seinem hölzernen Toilettenhäuschen gesessen und das Geschehen auf dem Nachbargrundstück wie in einem Hörspiel verfolgt. Nun kam er ins Freie gestürzt, die Hosen nur halb hochgezogen.

»Det is 'ne Bombe. Alle weg von hier, Alarm!«

Nachdem sie alle kräftig gelacht und gespottet hatten, wurden sie mit jedem Augenblick, den Maximilian Raddusch weitergrub, spürbar stiller. Wenn der Nachbar recht hatte ...? Was da zum Vorschein kam, war kein alter verrosteter Eimer, auch kein altes Bettgestell.

»Das ist 'n großer Behälter«, stellte Manfred fest.

»Bomben von solcher Größe hat es massenhaft gegeben«, sagte Tobias Rindt. »Bei uns in Köln hat mal so eine im Vorgarten gelegen.«

»Ich geh' mal lieber mit Joscha 'n Stücken weg«, sagte Renate und zerrte den Jungen, der am liebsten in die kleine Baugrube hineingekrochen wäre, nach hinten weg.

Horst Hastenteufel, der gerade an einem Kriminalroman

saß, in dem eine Bombe aus dem Zweiten Weltkrieg eine Rolle spielte, wußte bestens Bescheid und hielt gleich ein kleines Referat.

»Kann sein, daß es sich hier um eine britische Fünf-Zentner-Bombe vom Typ GP 500 lbs handelt ...«

»Bei mir war et nur 'ne Brandbombe!« rief Gnomie dazwischen. »Aba sie werden ja damals allet Mögliche hier abjeworfen ham. Uff die Werke drüben in Hennigsdorf ruff, aba die ham se ja nich immer jetroffen.«

» ... manchmalhattetoochNotabwürfejejeben.« Sein Schwiegersohn war inzwischen auch an den Zaun getreten, und Hahn Grysczyk geriet sofort in einen heftigen Erregungszustand. »... imma ruff uff die Leute ... Bummbummbumm ... Krach, aus!«

»Günther, komm weg von hier!« Seine Frau zerrte ihn in die Laube zurück.

Betroffen standen Manfreds und Renates Gäste auf dem noch schütteren Rasen. Sollten sie lachen, sollten sie weinen? War schnelle Flucht angesagt ... oder war das alles Hysterie?

»Also, ja, nun ...« Horst Hastenteufel ließ sich nicht beirren, und Manfred fand, daß er in dieser Szene ein wenig Ähnlichkeit mit Professor Unrat hatte. »Die englischen Bomben waren seit 1943 mit dem Langzeitzünder LZZ 37 ausgestattet.«

»Den muß ich mir mal ansehen.« Nudel Kutzop drängte sich vor, kniete sich neben das Loch und kratzte an dem länglichen Hohlkörper herum, den Raddusch unbeirrt freigelegt hatte.

Cornelia riß ihn zurück. »Denk an unser Kind!«

Manfred stand wie betäubt da. War dies wirklich eine Bombe mit einem klemmenden Zeitzünder, waren sie alle in höchster Lebensgefahr. Wie aus weiter Ferne hörte er Hastenteufel weiter dozieren.

»Detonieren Bomben dieser Größe, so hat das verheerende Auswirkungen. Unmittelbar am Explosionsort, der sogenannten Malmzone, entsteht ein Krater von etwa acht Meter Durchmesser und fünf Meter Tiefe, der alles verschlingt und vernichtet, eben zermalmt, und noch in einer Entfernung von dreißig Metern treten an den umstehenden Häusern schwerste Schäden auf, während die sogenannte Splitterzone, in der zumindest die Fensterscheiben entzweigehen, sogar bis zu dreihundert Meter betragen kann.«

»Komm, Joscha, weg von hier!« Renate sprang mit dem Kind zum Gartentor, lief auf den Weg hinaus und riß an der Tür ihres Käfers. »Manfred, die Autoschlüssel! Mann, nun mach doch mal!«

Andere, die die letzten Kriegstage bewußt erlebt hatten, gerieten ebenso in Panik und stürzten zu ihren Wagen.

Nur Raddusch und Nudel blieben zurück. Nudel hatte sich lang hingelegt und sein rechtes Ohr an den Metallkörper gepreßt.

»Ticken hör' ich nichts. Aber wenn's 'n chemischer Zünder ist, dann ... »

»Nur keine Erschütterung. Wir graben mit den Händen weiter.«

»Seid ihr denn verrückt geworden!« Manfred wollte zu ihnen stürzen und sie wegtreiben, stoppte aber abrupt, als ihm bewußt wurde, daß eine Art Ringkampf an der Grube genau das gewesen wäre, was ... Also machte er wieder kehrt und rannte zu Scherk hinüber, der als einziger weit und breit ein Telefon hatte.

»Los, schnell, rufen Sie die Polizei an: Bei mir auf'm Grundstück liegt 'ne Bombe.«

»Dann könn'n Se allet untabuddeln!« lachte Gnomie, der mit seiner Großfamilie an Manfred vorbei zu Hahn Grysczyks altem Mercedes hetzte. Die beiden Hunde machten einen Höllenlärm und rissen Manfred fast zu Boden.

Die Polizei rückte an, und ganze Heerscharen von Ordnungshütern ergossen sich in die Kolonie Dreieck, um die Leute zu evakuieren und alles weiträumig abzusperren. Die Feuerwerker unterbrachen ihre Maifeier, um sich an die Entschärfung der Bombe zu machen.

Manfred hatte sich auf sein Rad schwingen können und suchte nun in halb Heiligensee nach seiner Familie. Schließlich fand er Renate und Joscha hinterm Mattenbuder Pfad am Erlengrabenteich. Es schmerzte ihn, daß sie ohne ihn davongefahren war ... Das Kind war alles, er nichts. Wie damals in Bremen. Er war die Drohne, er hatte seine Schuldigkeit getan. Er dachte an die Klassenreise zurück ... Herbst 1953 ... Auf der Rückfahrt saß er Hand in Hand mit Renate im Bus. Es war die erste Liebe gewesen. Jetzt, knappe 21 Jahre später, leiteten sie gemeinsam klar und nüchtern die kleine Firma »Matuschewski & Co. Aufzucht von Kindern«. Ein Gedicht von Else Lasker-Schüler kam ihm in den Sinn, und einzelne Strophen stiegen auf aus seinem Gedächtnis wie Luftblasen aus morastigen Wassern: *Deine Küsse dunkeln, auf meinem Mund./Du hast mich nicht mehr lieb.* Es geschah gegen seinen Willen, daß er das dachte, ließ sich aber nicht mehr zurückhalten: *Alt ist der Mond geworden./Die Nacht wird nicht mehr wach.*

»Bau mir ein Schiff.« Joscha hielt ihm ein paar alte Bretter hin, die er aus dem Schilf geangelt hatte.

»Ja, komm.«

Renate hatte sich eine Zigarette angesteckt und sah zu, wie sie beide spielten. Sie warteten auf die Detonation. Jeden Augenblick konnte es geschehen.

Da kam Maxe Raddusch in seinem Auto und winkte ihnen zu.

»Kommt, es kann weitergehen mit der großen Pflanzaktion. Entwarnung auf der ganze Linie. Die Bombe ist nur 'n alter Badeofen gewesen.«

Je länger er an der HÖV lehrte, desto öfter mußte Manfred an das denken, was sie Onkel Berthold auf den Grabstein geschrieben hatten: *Sein Leben war Kampf.* Naiv und idealistisch hatte er geglaubt, daß ihm die Studenten allesamt zu Füßen liegen und die Damen und Herren der Innenverwaltung ständig bekunden würden, wie sehr sie ihn doch schätzten. Die Wirklichkeit sah anders aus, und im Sommertrimester 1974 kam es ganz besonders dicke.

Es begann damit, daß Einar Thorensen ein Formular entwarf, das die Mehrheit der Professoren fürchterlich aufregte, weil sie es für einen Ausbund pathologischer Bürokratisierung ansahen. Einem »Antrag auf Nutzung der Bibliothek am Wochenende« konnte nur zugestimmt werden, wenn man unterschrieb, sich an folgende »Rahmenbedingungen« zu halten: An- und Abmeldung beim Pförtner, Schlüsselabholung und -rückgabe beim Pförtner gegen Unterschrift, keine Weitergabe des Schlüssels an Dritte, Licht und Elektrogeräte ausschalten, Türen und Fenster schließen, keine Mitnahme von Büchern. Für die »Begründung der Nutzung am Wochenende« waren drei Zeilen vorgesehen. Manfred mochte Thorensen trotz seiner Zugehörigkeit zur Puppke-Connection und hielt ihn, exotisch wie er war, für eine Bereicherung der HÖV, sah in ihm auch mehr den Kabarettisten als den Bürokraten, und so schrieb er folgende Begründung: »Da meine Ehefrau nur inmitten unzähliger Bücher zum Orgasmus fähig ist, bitte ich, die HÖV-Bibliothek am Sonntagvormittag zum Zwecke des Geschlechtsverkehrs aufsuchen zu dürfen.«

Als Manfred das am Freitag abend bei Leo Schmalstichs Geburtstagsparty erzählte, stieg der Stimmungspegel ganz erheblich an, zumal Renate das gar nicht witzig fand und richtig Zoff machte. Das hatte zur Folge, daß Manfred sich für den Rest des Abends zu seinen Studentinnen setzte und heftig flirtete. Besonders mit Simona Sachs, deren »kleines Schwarzes« so kurz geraten war, daß sie das Cover jedes Beate-Uhse-Katalogs hätte zieren können. Er saß ganz dicht neben ihr. Und als ihm Tobias Rindt ins Ohr flüsterte: »Mann, Manne, ist die scharf auf dich, du mußt ihr nur unauffällig folgen, wenn sie im Bad ist ...«, da wußte er, daß das *die* Chance seines Lebens war, es endlich mal ekstatisch zu treiben. Doch als Simona aufstand, in den Augen ein Glitzern, das nur »Follow me« heißen konnte, da blieb er sitzen. *Ehebruch* ... Nein. Unmöglich, er konnte es nicht. Er verfluchte sich und die Welt und zog sich in Leo Schmalstichs Arbeitszimmer zurück, um Dartpfeile zu werfen. Zu Hause war er immer noch beträchtlich aufgeladen und schämte sich erst, sich Renate zu nähern, tat es aber schließlich doch.

Sie stieß ihn weg. »Mit mir geht das nur bei euch in der Bibliothek, das weiß doch die ganze Stadt.«

So blieb ihm nichts, als seine Bettdecke an sich zu pressen.

Einar Thorensen blieb ebenfalls auf der Strecke. Er kam nach dem folgenden Wochenende nicht aus Stuttgart zurückgeflogen, weil er mit einem Hexenschuß darniederlag. Beim gewagten Liebesakt mit seiner Schauspielerfreundin sei es geschehen, wie er am Telefon erzählte, und trotz aller Spritzen würde er wohl eine Woche brauchen, um wieder fit zu sein. Da in der HÖV-Verwaltung viel zu tun war, rief Puppke bei seinem Spezi Jahrow an und bat um eine Aushilfskraft. Die wurde sogleich in Marsch gesetzt. Sie hörte auf den Namen Klara Lomisch-Bach, was einige Kollegen schnell zu Lara Komisch-Ach machten. Bei anderen, weniger wohlwollenden war sie »diese fette Schnecke da«. Wie auch immer, Frau Lomisch-Bach war ständig von dem heißen Bemühen erfüllt, alles richtig zu machen, litt aber erheblich unter dem Handicap, nicht unbedingt zu verstehen, was Sache war. Zumal für Doppelbödigkeiten fehlte ihr jedes Verständnis. So schlug sie sofort Alarm, als sie Manfreds Antrag las. Das heißt, sie wählte vom Tauentzien-Tower aus Jahrows Nummer in der Innenverwaltung.

»Den Wolfgang, bitte.«

»Der ist in 'ner Krisensitzung.«

»Trotzdem, hol ihn mal!«

Als sie Jahrow am Apparat hatte und ihm aufgeregt von Manfreds »sittlicher Verfehlung« erzählte, schrie er auf. »Der ganze Augiasstall muß ausgemistet werden!«

Die aktuelle Krisensitzung hatte einen ähnlichen Grund gehabt: Am Sonntag mittag hatte die HÖV-Studentin Janina Hohmann bei Jahrow angerufen und ihm mitgeteilt, der Dozent Leo Schmalstich habe die Kommilitonin Simona Sachs im Anschluß an seine Geburtstagsfeier die Nacht über bei sich behalten, und dies sei doch sicher so etwas wie sexueller Mißbrauch von Schutzbefohlenen.

»Danke sehr, ja …« Jahrow wäre vor Freude fast an die Decke gesprungen, war das doch endlich *die* Gelegenheit, die Raddusch-Mafia zu sprengen. Und gleich am Montag morgen hatte man Leo Schmalstich und Simona Sachs zum Verhör geladen. Zu leugnen gab es nichts.

Gerda Bachnik gab sich alle Mühe, die Sache runterzuspielen. »Das mit dem sexuellen Mißbrauch von Schutzbefohlenen ist totaler Quatsch. Beide sind über sechzehn, und beide haben es gewollt.«

»Er ist verheiratet, und folglich war es Ehebruch. Und wenn Dozenten sexuelle Beziehungen zu Studentinnen unterhalten, dann ist der Betriebsfrieden dahin. Wie willst du denn einer Frau 'ne Fünf geben, wenn du gerade mit ihr geschlafen hast?«

Ein höherer Senatsbeamter lachte. »Wenn sie auch da nur Fünf gewesen ist, dann schon ...«

Jahrow ließ sich nicht beirren. »Ich halte es für ausgeschlossen, Herrn Schmalstich zum Professor zu machen.«

Das war Leo Schmalstich in der Tat noch nicht, obwohl mittlerweile seine Dissertation vorlag. Zum nächsten Ersten hätte er zum Professor ernannt werden sollen.

»Das mit der Studentin, das ist doch Pipifax«, meinte Gerda Bachnik.

»Nein. Das zeigt, daß Dr. Schmalstich charakterlich nicht geeignet ist, junge Menschen zu führen und ihnen ein Vorbild zu sein. Zum Glück ist er nur Angesteller, und ich schlage vor, ihm fristlos zu kündigen.«

»Damit belohnen wir nur Denunzianten ...« Der Name der Studentin, die Jahrow angerufen hatte, fiel nicht, aber Gerda Bachnik kannte ihn.

Janina Hohmann war so teigig und aufgedunsen wie eine Frau aus der amerikanischen Unterschicht und so intrigant, daß sie den ersten deutschen Mobbing-Preis bekommen hätte, wenn dieser Begriff damals schon bekannt gewesen wäre. Mit der gängigen Therapeuten-Formel »Erzähl mal ...« schleimte sie sich bei den anderen ein und sog wie ein Schwammtuch alles auf, was man ihr anvertraute, ob es nun Ängste waren, Haßgefühle oder Verfehlungen kleinerer Art. Paßte es in ihr Kalkül, dann benutzte sie ihr Wissen, um den anderen eins auszuwischen und sie im Kampf um die besten

Beförderungsplätze auszustechen. »Mit Karen werden sie nicht viel anfangen können«, raunte sie dann ihrem Personalleiter ins Ohr, »die neigt in Streßsituationen zu Psychosen.«

Man stimmte ab, und es ergab sich eine 5:1-Mehrheit für Jahrows Antrag, Dr. Leo Schmalstich nicht länger an der HÖV zu dulden und Simona Sachs scharf zu verwarnen. Nun stand der »Fall Dr. Matuschewski« an, denn Frau Lomisch-Bach hatte seinen Antrag zur Benutzung der HÖV-Bibliothek inzwischen persönlich ins Sitzungszimmer gebracht. Manfred sollte das alles wenig später von Gerda Bachnik erfahren, so daß es fast so war, als wäre er selber dabeigewesen.

Was nun geschah, war ebenso absurd wie logisch. Als Jahrow Manfreds Antrag vorlas, tat er das in der Absicht, auch ihn zum Abschuß freizugeben, also dafür zu sorgen, daß aus seinem Beamtenverhältnis auf Probe keines auf Dauer werden konnte. Doch anstatt Manfreds »Sauerei« mit Abscheu und Empörung zu quittieren, reagierte das Gremium mit Beifall und schallendem Gelächter.

Jahrow putzte seine Brille. Er war eingefleischter Jurist, sah das alles als Spiel und reagierte auf Niederlagen wie diese ebenso gleichmütig wie sonntags auf dem Tennisplatz, wenn er im gemischten Doppel gegen ein befreundetes Ehepaar verloren hatte. Jede Emotion war unnütz. Versuchte man es eben in der nächsten Partie. Und die ergab sich bald, denn seine Zuträger hatten ihm berichtet, daß in einer Lehrveranstaltung von Prof. Matuschewski ein Referat zum Thema »Schichtspezifische Unterschiede in der sexuellen Sozialisation von Kindern und Jugendlichen« gehalten werden sollte. »Freitag, den 24. Mai, um 12 Uhr in der UG 7. Eine gewisse Silke Hingst. Die beiden fahren immer zusammen mit der U-Bahn nach Hause.«

»Hört, hört!« rief einer der höheren Beamten. »Der Hengst auf der Hingst!« Und er wieherte kräftig.

»Gehört das wirklich zur Ausbildung des modernen Beamten, daß er das wissen muß?« fragte ein anderer.

»Klar«, lachte ein Dritter, »damit er weiß, wem er im Sozialamt das Geld für Kondome geben soll und wem nicht.«

Jahrow bremste die Kollegen, bückte sich und öffnete seine Aktentasche, um eine Vorlage herauszuziehen, die er schon lange mit sich herumschleppte. Jetzt schien ihm der geeignete Augenblick gekommen zu sein, sie absegnen zu lassen. »Diese unkontrollierten Referate an der HÖV sind mir schon lange ein Dorn im Auge, insbesondere in den Sozialwissenschaften, wo man ja mit den guten Noten nur so um sich wirft. Vor allem aber ist das eine Frage der Nachprüfbarkeit durch den Examensausschuß. Bei Klausuren können wir das, bei Hausarbeiten können wir das, und bei den mündlichen Prüfungen haben die Vertreter des Examensausschusses wie der Ausbildungsbehörden das Recht, daran teilzunehmen, wenigstens aber anwesend zu sein. Nicht aber bei den Referaten. Das muß anders werden. Vor allem, wenn Themen wie das von Dr. Matuschewski zur Debatte stehen, Themen, die an einer Verwaltungshochschule absolut nichts zu suchen haben. Ich schlage also vor, daß wir in der Ausbildungs- und Prüfungsordnung einen Passus verankern, der die Anwesenheit eines externen Beobachters bei Referaten zumindest möglich macht, wenn nicht sogar zwingend vorschreibt.«

Damit rannte er offene Türen ein, wenn auch die zwingende Anwesenheit eines Behördenvertreters bei Referaten nicht in die Verordnung aufgenommen wurde, weil das zu personalaufwendig gewesen wäre. Gerda Bachnik schien es aussichtslos zu sein, gegen Jahrows Argumente anzugehen, und so gab auch sie ihre Zustimmung, in der Hoffnung, daß sich das Ganze nach einiger Zeit totlaufen werde.

»Gut ...« Jahrow war sehr befriedigt über diese Sitzung des »Lenkungsausschusses HÖV« und schloß mit den Worten, man könne sofort loslegen. »Du, Gerda, gehst gleich zu Matuschewski in den Hörsaal, wenn der da mit der Hingst ... Ihr beide könnt ja gut miteinander ... und da wird er am wenigsten Theater machen.«

Nichtsahnend betrat Manfred an dem besagten Freitag den Hörsaal 1522, um sich das Referat von Silke Hingst anzuhören. Er freute sich immer, wenn er mit ihr ein Stück zusammen U-Bahn fahren konnte, denn sie kam aus Bremen, genauer gesagt aus der Neuen Vahr, und war für Manfred, so merkwürdig das auch scheinen mochte, ein Stück alte Heimat. Vollschlank wie sie war, hätte sie Hürings Tochter sein können, und sie ß-sprach dasselbe singende Bremisch wie etwa Waltraud Winterberg oder Henning Wannowski. Plauderten sie beide über Werder oder den Fortschritt der Uni Bremen, so war ihm, als wäre er wieder im AmfVi ... und seine Bremer Zeit war plötzlich märchenhaft schön. Da war nicht die Spur eines irgendwie gearteten Begehrens. Und außerdem war ihr Gespräch alles andere als erotisierend.

»Wie finden Sie denn das mit Willy Brandt?« Silke Hingst duzte grundsätzlich keine Dozenten. »Muß der über diesen Guillaume stolpern ... und der Schmidt wird Bundeskanzler.«

»Willy Brandt war für mich die berühmte Vaterfigur«, bekannte Manfred, »und dieser Schmidt, der ist gar kein richtiger Sozialdemokrat, der benutzt die SPD nur als Mittel zum Zweck. Ich jedenfalls werde so lange nicht SPD wählen, wie der an der Macht ist.«

»Aber Ihren Beitrag zahlen Sie noch ...?«

»Klar, denn schizophren ist schön.«

Danach redeten sie über Duke Ellington, der am 24. Mai gestorben war, über das »Geschmiere« in New York, das Graffiti heißen und Kunst sein sollte, in der Hauptsache aber über den Studenten Ulrich Schmücker, der offensichtlich von Exgenossen der Terrororganisation »Bewegung 2. Juni« erschossen worden war.

Nun, bei Silke Hingst kam nie jenes erotische Prickeln auf wie etwa jetzt, als er zwischen Simona Sachs und Hannelore Grau Platz nahm. Doch als er sah, daß Gerda Bachnik in der ersten Reihe saß, verflog sofort jedes Lustgefühl, denn er ahnte, daß da was im Busche war.

»Oh, studieren Sie jetzt auch bei uns?« fragte er, sich schnell fangend. Offiziell duzte man sich nicht.

»Nein, ich bin abkommandiert worden, um die ordnungsgemäße Abwicklung Ihres Referates zu überprüfen.« Und als ordentliche Beamtin zog Gerda Bachnik das Schreiben mit der Rechtsgrundlage aus ihrer grünen Umlaufmappe.

Manfred warf seine Unterlagen auf den Dozententisch. »Können wir uns mal unter vier Augen sprechen?«

»Ja ...« Gerda Bachnik stand auf, und sie gingen beide auf den Flur hinaus, wo sie hinten am Fenster ein unbelauschtes Eckchen fanden. Der Tiergarten, die Siegessäule, das Brandenburger Tor, die Charité, der Ostberliner Fernsehturm ... sie hatten einen wunderschönen Blick über das geteilte Berlin.

»Sag mal: Was soll'n der Quatsch?« fragte Manfred.

Gerda Bachnik versuchte, ihm zu erklären, was dahintersteckte. »Jahrows Wunsch, alles im Griff zu haben.«

»Forschung und Lehre sind frei ... jedenfalls laut Grundgesetz.« Manfred wurde immer erregter. »Und du machst da mit, uns auszuspionieren. In echter deutscher Gestapo- und Stasi-Tradition ... oder McCarthy in den USA, der NKWD in Rußland. Na wunderbar ...«

»Ich bin weisungsabhängig wie jeder andere auch ... ohne Ansehen der Person.«

»Paß mal auf, Gerda ...« Manfred wurde schwindlig, und er mußte sich am Fenster festhalten, doch er sprach weiter. »Wenn du jetzt wirklich im Hörsaal bleibst, dann gibt es einen Riesenwirbel in der Presse. Du kannst sicher sein, daß mein Freund Horst Hastenteufel aus dieser Sache einen Riesenskandal macht. Als Beamter bin ich aufgerufen – und ich nehme das sehr ernst –, jederzeit *aktiv* für die freiheitlich-demokratische Grundordnung einzutreten. Ich tue dies hiermit, indem ich mit Nachdruck dagegen protestiere, daß hier Lenins Maxime ›Vertrauen ist gut, Kontrolle ist besser‹ verherrlicht werden soll ... und damit die tragenden Werte unseres Staates ausgehöhlt werden.«

»Nun übertreib mal nicht!«

»Ich untertreibe eher. Dies ist der Tod der HÖV, und mir wird so schlecht dabei, daß ich meine Lehrveranstaltung heute ausfallen lassen werde. Warum, das kannst du dir dann bei *Monitor* ansehen. Statt mündiger Beamter werden hier wieder die alten Untertanen herangezogen, dumpfe Befehlsempfänger, die uns nie und nimmer vor totalitärer Bedrohung schützen werden.«

Gerda Bachnik hatte andere Folgen im Blick. »Was würde passieren, wenn ... Du wirst nicht übernommen, sie kippen die Sozialwissenschaften aus dem Curriculum, und ob du einen Lehrstuhl in Speyer oder Bamberg bekommst, ist offen. Und ich verliere meinen guten Ruf, die Frau für alle Fälle zu sein, der Schlichter Nummer eins, und in der Partei kommen die nach oben, die weit schlimmer sind als ich. Wenn du das willst.«

»Nein, will ich nicht, aber mit einem Spitzel in meinen Lehrveranstaltungen kann ich nicht leben.«

Gerda Bachnik lachte bitter. »Jahrow weiß auch ohne mich, was bei dir passiert.«

»Ein menschliches Schwein ist immer noch etwas anderes als ein offizieller Spitzel, eine Staatskommissarin oder so etwas.«

»Alles oder nichts ist kein gutes Spiel. Laß uns davon wegkommen! In alter Freundschaft.«

Auch Manfred suchte nach einem Kompromiß, weil er fürchtete, daß seine Kräfte nicht ausreichen würden, einen Konflikt durchzustehen. Er sah die HÖV als Festung, die von einem übermächtigen Gegner eingeschlossen war. Und gerade hatte der Feind einen ihrer Recken, Leo, mit einem Pfeil niedergestreckt, mitten durchs Herz. »Okay, hör dir drei Minuten an, was Silke sagt, und geh dann.«

»Ich habe sozusagen den Befehl, vom Anfang bis zum Ende dazubleiben. Und Jahrow wird seine Zuträger unter den Studenten fragen, ob ich die ganze Zeit über dagewesen bin.«

Manfred schluckte. »Gut. Dann gehe ich jetzt in mein Büro, rufe Horst Hastenteufel und andere an ... und dann sehen wir weiter.«

Gerda Bachnik hielt ihn an der Schulter fest. »Manne, bitte! Es ist süß und ehrenvoll, mit dem Kopf gegen die Wand zu rennen ... aber was dabei passiert, ist doch klar: Dein Kopf ist Matsch, und die Wand steht so unverrückbar und so unbeschädigt da wie vorher.«

»Bröckelt sie, wenn ich vor ihr auf die Knie gehe?« lachte Manfred.

»Nein, aber wenn man jahrelang dagegenpinkelt. Mal was vom ›langen Marsch durch die Institutionen‹ gehört? Bleib hier, und versuche, so viele junge Beamte zu missionieren, bis sie die Mauer zum Einsturz bringen.«

Manfred stampfte mit dem Fuß auf. »Nein und nochmals nein. Keine Lehrveranstaltung, wenn du als Jahrows Aufpasserin in der ersten Reihe sitzt.«

»Wir drehen uns im Kreis.« Gerda Bachnik dachte nach. »Wie ist es, wenn ich als Freundin im Hörsaal sitze ... und nicht als Beamtin ...?«

»Das wäre eine Form der Rollendistanz ...«

»Na bitte. Ich setze mich ganz hinten ans Fenster und arbeite Akten durch. Du sagst, daß ihr kein Büro frei habt.«

»Aber mit dem Rücken zur UG und diesen Stöpseln im Ohr ...« Manfred holte sie aus seiner Westentasche. Er hatte sie immer dabei, weil er die gewaltig tosende Reklame im Kino ebensowenig ertragen konnte wie den Lärm beim Eishockey.

»Nun gut ...«

So geschah es, und Silke Hingst bekam für ihr Referat über die »Schichtspezifischen Unterschiede in der sexuellen Sozialisation von Kindern und Jugendlichen« eine glatte Eins. Sie freute sich ebenso wie Jahrow und Gerda Bachnik, hatten doch alle ihre Ziele erreicht. Und Manfred Matuschewski ...? Er konnte seine Gefühle nicht ordnen, zu ambivalent waren sie, und flüchtete sich, als er die Sache mit Heiner Dietrich besprach, in die Floskel des Sokrates: *Ich weiß, daß ich nichts weiß.*

Immer klarer wurde ihm, daß die HÖV eine verdammte Sackgasse war, trotz der Freundschaft mit Heiner Dietrich, trotz des Professorentitels und des stetigen Einkommens, trotz des Prickelns unterhalb der Gürtellinie. Das einzige, was ihn ablenken konnte, war die Fußballweltmeisterschaft, und beim 2:1-Sieg der deutschen Mannschaft im Endspiel gegen die Niederlande sprang er draußen in der Laube so hoch, daß er ein großes Loch in die Styropordecke stieß. Bei Gerd Müllers Siegestor schrie er so laut wie 1954 bei dem

Helmut Rahns, das er nebenan bei Tante Lolo in Frohnau miterlebt hatte.

O Gott, zwanzig Jahre war das schon her!

Manfred hatte ganz konkrete Vorstellungen vom idealen Urlaub: Da war ein reicher älterer Onkel mit einer verführerischen Frau, der besaß irgendwo in einer schönen Landschaft ein großes Gut und lud ihn ein. Er kam hin, wurde der große Held ... und das schönste Mädchen weit und breit liebte ihn, den jungen Herrn, mit aller Leidenschaft. Und alle bewunderten und verwöhnten ihn. Dieser Traum war das Ergebnis inbrünstig genossener Filme wie *Ich denke oft an Piroschka* und *Die Fischerin vom Bodensee*. Seine Fixierung auf Marianne Hold schien ihm fast schon behandlungswürdig zu sein. Ihr Foto hatte mindestens zehn Jahre lang über seinem Bett gehangen. Abermals fiel ihm auf, daß er das total verdrängt hatte, seit er verheiratet war. Warum wohl? Weil es irgendwie ein Armutszeugnis war ...? Weil er Renates Spott zu fürchten hatte, wenn sie davon erfuhr ...? Nun, auf alle Fälle hätte sie damit mehr Macht über ihn gewonnen: »Wenn ich nicht gekommen wäre, dich zu erlösen, dann ...« Renate wies wenig Ähnlichkeit mit ihr auf ... Aber nicht nur das war es, was ihn so niederdrückte: Wie wenig hatte er doch in allem erreicht. Einer von 35 000 deutschen Professoren war er geworden, mäßig bezahlt, außerhalb seines Spezialgebietes von keinem gekannt. Hatte keine Villa, sondern nur eine schäbige Laube, flog nicht mit dem Firmenjet nach St. Tropez, sondern fuhr mit Bahn und Bus nach Heiligensee. Hätte er nur nicht den Band mit den Gedichten von Else Lasker-Schüler in die Hände bekommen: *Die Sterne fliehen schreckensbleich/Vom Himmel meiner Einsamkeit,/Und das schwarze Auge der Mitternacht/Starrt näher und näher./Ich finde mich nicht wieder/In dieser Todverlassenheit.* Bald war er vierzig Jahre alt und wußte, daß es längst zu spät war, um Minister, Vorstandsvorsitzender des Hauses Siemens oder ein Starjournalist wie Werner Höfer zu werden.

Zehntausende starben in diesem Jahr den Verkehrstod,

Hunderttausende wurden Opfer von Krebs und Kreislaufschwäche, ertranken beim Baden oder kamen sonstwie ums Leben. *Nur mich trifft es nicht, warum gerade mich – nicht ...!?*

Verurteilt zum Weiterleben, starrte er in den nieselregentrüben Himmel. Wie kam er für den Rest des Lebens am besten über die Runden, zuerst einmal: über diesen Sommer, wo doch alle in alle Welt verreisten. Moshe Bleibaum hatte aus Hawaii geschrieben, Volker Gellert aus Teheran, Tobias Rindt aus Japan, Gerhard Bugsin aus Mexiko, Heiner Dietrich aus Südfrankreich. Er hatte die Stimme seiner Mutter im Ohr: *Die sind alle was geworden ...*

»... und kommen rum in der Welt.«

»Kant ist auch nie aus Königsberg rausgekommen ... und trotzdem Kant geworden. Oder gerade deswegen.«

»Du bist nicht Kant.«

»Klar erkannt.«

Was tun? Manfred überlegte. Nun, die Kunst bestand darin, Heiligensee zu einem Glaubensbekenntnis zu machen: *Nur mit Konsumverzicht und einfachem Leben kann man die Welt noch retten – Wir machen es vor. Verzicht ist unsere Stärke.* Damit war die Sache entschieden.

»Wo wollen wir eigentlich im Sommer hinfahren?«

»Wo sollen wir schon hinfahren ... nach Heiligensee natürlich.«

Es sprach viel dafür. Es kostete weniger, man brauchte nicht mit dem Kind tagelang auf überfüllten Autobahnen herumzustehen, man mußte nicht befürchten, zwei Drittel des Urlaubs bei schlechtem Wetter mit einem quengelnden Balg im Zimmer hocken und Wutanfälle bekommen zu müssen, man lief nicht Gefahr, mit Schrottmaschinen abzustürzen oder von arroganten Hotelchefs wegen Überbuchung abgewiesen zu werden.

»Bleiben wir also in Heiligensee?«

»Ja, wir bleiben in Heiligensee. Warum denn in die Ferne schweifen, das Gute liegt so nah.«

Am 23. Juli hatte er einen Vortrag im Deutschen Institut

für Urbanistik zu halten, und dann packten sie ihre Sachen und machten sich auf den Weg. Reisezeit: 25 Minuten und 35 Sekunden. Bis Ende September wollten Sie draußen bleiben, neun Wochen also.

Nach einer Woche in Heiligensee war geschehen, was Manfred sich so erhofft hatte: Sie waren aus der Zeit gefallen und lebten auf einem kleinen Planeten weit draußen im All. Fuhr er mit Joscha vorn auf dem Rad über die Felder und stieg dann die Baumberge hinauf, die eigentlich große Wanderdünen waren, erfaßte ihn eine Art großes kosmisches Gefühl, das alles andere umfaßte. Es begann jeden Morgen mit demselben Ritual.

»Einsteigen, bitte.« Er hob Joscha in den Korb, der vorn am Lenker des Klapprads hing. »Türen schließen. Zurückbleiben, bitte.« Und mit einem lauten, langsam abschwellenden »Ööööööhhhhhhh ...« setzte sich die S-Bahn in Bewegung.

Renate winkte ihnen hinterher. Sie war froh, eine Stunde für sich allein zu haben, einfach nur so herumzutrödeln und ihr geliebtes »Zigarettchen« zu rauchen. Ihre Temperamente waren sehr verschieden. War Manfred der Hundertmeterläufer geblieben, immer hektisch und immer darauf bedacht, möglichst schnell am Ziel zu sein, so war sie gelassen, fast ein wenig schläfrig, und gab in den Fragebögen in der Rubrik Lieblingsbeschäftigung immer an: Kaffeetrinken, rauchen und mit Freundinnen dasitzen und quatschen. Einerseits hätte sie froh sein können, dem Büro mit seinen Zwängen entronnen zu sein, andererseits aber fehlten ihr die Kolleginnen zum aufgeregt-fröhlichen Schwätzchen. Was sie am meisten bedrückte, war die zunehmende Gewißheit, nie in diesem einen Leben das erreichen zu können, was sie sich als Kind immer erträumt hatte: Biologin zu werden und draußen in der Welt, in den Regenwäldern des Amazonas vor allem, neue Pflanzen zu entdecken und aus denen neuartige Medikamente zu entwickeln, insbesondere gegen Krebs. Ihre Großmutter, die sie heiß geliebt hatte, war nämlich elend an Bauchspeicheldrüsenkrebs gestorben.

Der erste große Bruch in Renates Leben kam, als ihre Familie 1952 vom Ostberliner Pankow, wo sie im Ortsteil Niederschönhausen vergleichsweise feudal in einer Jugendstilvilla gelebt hatte, nach Westberlin gegangen, fast geflüchtet war und in Neukölln nur eine eher proletarische Wohnung fand. Nach 14 Jahren DDR und der Nestwärme bei den Jungen Pionieren und diversen Sportvereinen hatte Renate große Schwierigkeiten gehabt, im Westen anzuwachsen, und war in der Albert-Schweitzer-Schule schon bald gescheitert. Aus war der Traum, was das Abitur und die Frau Dr. rer. nat. betraf. Auch ein Umzug ins Ruhrgebiet hatte nichts mehr retten können. Da war nur die Höhere Handelsschule geblieben und ein Dasein als Sekretärin, bestenfalls Sachbearbeiterin. Hätte sie andere Eltern gehabt, dann hätte sie es womöglich geschafft, doch ihr Vater hatte sich bald scheiden lassen, und ihre Mutter hatte ihren Beruf als Bibliothekarin an den Nagel gehängt, um fürderhin den spirituellen Weg zu gehen, das heißt, der *Gemeinschaft der Bußfertigen* vor allem als Putzfrau zu dienen und andere niedere Arbeiten ohne Entgelt zu verrichten. Auch von diesem Schlag hatte sich Renate bis heute nicht erholt.

»Bulledose sehen, bitte!« Joscha riß Manfred aus seinen Gedanken. Bulldozer waren seine große Leidenschaft, und Tag für Tag suchten sie die Straßen von Heiligensee, Schulzendorf, Hermsdorf, Frohnau, Tegel und Lübars nach Baufahrzeugen ab.

Am Liessauer Pfad fanden sie einen. Manfred hielt und hob Joscha vom Rad in den Sitz des Bulldozers, wo er selig an den Hebeln riß und in Gedanken tiefe Gruben aushob. Eine Viertelstunde dauerte dies, und Manfred setzte sich ins Gras, um sich die Sonne auf den Pelz brennen zu lassen. Sicher, er war noch in Berlin, aber die Stadt schien weiter weg zu sein als damals auf Menorca. Dann kam Joschas nächste Weisung: »Jetzt Fährige.« Damit meinte er die Autofähre, die zwischen Tegelort und Hakenfelde über die Havel fuhr. Joschas Sprachschöpfungen prägten die Familiensprache, was manchmal putzige Dialoge ergab, denen andere nur mit Kopfschütteln und einer kreisenden Handbewegung vor der Stirn zu folgen vermochten: Wohl balla-balla geworden.

»Renate, ich steh' hier auf der Leiter: Gibst du mir bitte den Bumm-bumm und die Ruppel-ruppel hoch?« (Hammer und Feile)

»Geht nicht: Rattroje.« (Abtrocknen)

»Ach, du liest wieder bloß Mickimune.« (Mickymaus)

»Nein: Matzemolle.« (Max und Moritz)

»Nun mach schon. Das Dreimeter brauch' ich auch.« (Bandmaß)

»Moment mal: Ich mach' gerade Ducke-ducke.« (Sitze auf dem Klo)

»Tritt nicht wieder auf Joschas Leutschi.« (Flugzeug)

»Nein, das ist gerade unterwegs zu den Fippilienen.« (Philippinen)

Joscha kam nun wieder aufs Rad, und sie drehten ihre Runden entlang der Gräben, des Linden-, Birken-, Erlen- und Wiesengrabens. Hier war zu Beginn der Hitler-Ära die Havelniederung trockengelegt und mit einem Netz von kleinen Straßen überzogen worden, damit sich, so ging jedenfalls die Sage, verdiente Parteigenossen billig ansiedeln konnten. Die Häuschen sahen aus wie die in Bremen-Sebaldsbrück, wo Henning Wannowski wohnte. Manfred fuhr immer mit einem gewissen Unbehagen hier lang, als sei die Gegend noch immer braun verseucht. Unwillkürlich hörte er die Nazijule aus der Laubenkolonie im Hintergrund singen: »Braun, braun, braun sind alle meine Kleider, weil mein Schatz ein Nazi ist ...«

Das alte und eigentliche Heiligensee gab es allerdings schon seit 1308, und zu dieser Zeit hatte es den von Bredows gehört, jenem märkischen Adelsgeschlecht, das mit Dietrich von Quitzow und Caspar Gans zu Putlitz zwischen 1404 und 1414 einen Guerillakrieg gegen die Hohenzollern geführt hatte. Vergeblich, wie Manfred bedauernd dachte. Manfred erklärte Joscha dies alles, auch, weshalb der See, der nur durch den Damm der Sandhauser Straße vom Tegeler See abgetrennt war, heilig sein sollte. »Weil sich an seinem Ufer die Pilgerstraße nach Wilsnack entlanggezogen hat. 1383 haben dort Hostien zu bluten begonnen, und das war das Heilige Blut zu Wilsnack. Wahrscheinlich rotes Harz, das aus den hölzernen Figuren herausgelaufen ist.«

»Manfred, kann ich ein Eis haben, bitte?« Wie fast alle seine Wilmersdorfer Altersgenossen sagte er nicht Vati und Mutti beziehungsweise Papa und Mama, sondern nannte seine Eltern bei ihren Vornamen. Dies war ein Grundpfeiler progressiver Erziehung und sollte verhindern, daß sich zwischen Eltern und Kindern ein verderbliches Herrschaftsgefälle ergab, hatten sie doch alle von Wilhelm Reich gelernt, daß autoritäre Erziehung mit sexueller Verklemmung faschistische Charaktere hervorbrachte und schuld war an der Brutalisierung der Welt.

»Ja, du kannst ein Eis haben.« Wichtig war auch, dem Kind mit vollständigen Sätzen zu antworten, weil es nur so einen elaborierten Sprachcode ausbilden konnte, und der war unabdingbar, wollte man Karriere machen.

Eis gab es im Restaurant Sommerlust an der Ruppiner Chaussee, und um dort hinzugelangen, mußten sie einen Teil des Tegeler Forsts durchqueren. Gleich hinterm Bahnhof Schulzendorf war man dabei, das neue Diakoniezentrum zu bauen, und es gab schöne hohe Sandberge, auf die sie hinaufkletterten, um sich hinabrollen zu lassen.

»Guck mal, Joscha, die S-Bahn!« Die fuhr als Geisterzug oben auf dem Damm. »Das ist die Zuggruppe 2 ... Heiligensee–Lichterfelde Süd. Alles die alte Baureihe 165.«

»Da sitzt Opa Schattenfroh drin.«

»Richtig.«

»Fahren wir jetzt nach Hause?«

»Ja. Einsteigen, bitte ...«

Als sie gegen Mittag vor ihrer Laube hielten – »Alles aussteigen bitte, Zug endet hier!« –, stand Renate gerade vor dem Gartentor und nahm ein Telegramm entgegen. Manfred erschrak. Sollte etwas mit seiner Mutter passiert sein, die mit Gerda Neutig und einem befreundeten Ehepaar nach Farchant gefahren war ...? Ein Telefon hatten sie hier draußen nicht. »Robinson Crusoe hätte auch nichts von seiner Einsamkeit gehabt, wenn er andauernd von England aus angerufen worden wäre.« Nun aber ... Doch Renates Gesicht ließ keine Erschütterung erkennen, eher strahlte sie.

»Was is'n passiert?«

»Irene und Sam haben sich ein Ferienhaus auf Sylt gekauft, in Hörnum ... und wir sollen unbedingt hinkommen.«

»Ich geh' da nur hin, wenn ich bei Che Guevara vorn im Landungsboot sitzen darf.«

»Der ist doch längst tot.«

»Ja, und darum hab' ich mit Sylt nichts am Hut.«

»Da spannt nicht nur die Schickeria aus ... deine Mutter war doch auch schon da.« Renate suchte ihn umzustimmen und schwärmte von den Vorzügen der Insel. »Das Meer, die Dünen ... Wir können schwimmen und wandern ...«

»Ja, besonders mit Joscha ... kilometerweit, bis nach England rüber.«

»Und dann die schöne alte Inselbahn ...«

Das war ein Argument, das Manfred schwanken ließ. Bis ihm einfiel, daß man den Betrieb der Sylter Inselbahn schon Ende 1970 eingestellt hatte. Damit waren die Würfel vorläufig gefallen.

»Fahr zur Telefonzelle, und sag ihr, daß wir hierbleiben.«

»Irgendwann fällst du um.«

»Ich bin nicht in der FDP.«

Renate rief also bei den Chatterjees in Hamburg an und sagte ab, und dann wurde das Programm so abgespult, wie sie es geplant hatten.

Nach dem Frühstück war etwas zu tun, was Manfred schon die ganze Zeit über vor sich hergeschoben hatte: das erste Mähen ihres frisch gesäten Rasens. Sein Verhältnis zum deutschen Rasen war äußerst zwiespältig. Einerseits hatte er aus ideologischen Gründen eine Menge gegen einen kurz geschnittenen, mit einem Wort: gepflegten Rasen, denn der war für ihn ein Synonym für Spießigkeit, aber auch, siehe Golf- und Poloplatz, eine Art Banner, den das Establishment vor sich her trug, stand also für etwas, gegen das man kämpfen mußte. Andererseits aber liebte er den Rasen, weil sich auf ihm so wunderschön toben und spielen ließ und weil er seit seiner aktiven Zeit beim 1. FC Neukölln ein großer Fußballnarr war. Wie auch immer, nun waren die Halme fingerhoch gewachsen und mußten gekappt werden, sollte der Rasen strapazierfähig werden. 70 bis 75 Quadratmeter mochten es sein, die da auf ihn warteten. Manfred hatte sich in Tegel einen Rasenmäher gekauft, wie sie ihn schon in Schmöckwitz gehabt hatten: einen, den man vor sich herschieben mußte und bei dem sich unten zwischen den beiden Rädern die Messer auf einer Art Rolle drehten. Wenn die herumwirbelten, gab es ein wunderbares Geräusch, und er bewunderte diese museale Technik wie etwa einen Raddampfer oder eine Dampfmaschine. Als Junge war er mit einer solchen Mähmaschine über die sandigen Wege im Schmöckwitzer Garten gelaufen und hatte Straßenbahn gespielt, da war ihm dieses urtümliche Gerät wie ein Maximum-Triebwagen der Linie 86 erschienen. Dieses Gefühl wollte er nun wiedererwecken, doch daraus wurde nichts, denn sein Gerät walzte die jungen Halme nur nieder. Die rotierenden Messer waren zu langsam und zu grob.

»Geh doch zu Hahn Grysczyk rüber, und frag ihn, ob er dir seinen Motormäher leiht«, schlug Renate vor.

Manfred machte eine unwirsche Handbewegung. »Ich will dieses Stinkeding nicht hierhaben. Ich geh' zur Drogerie, da gibt es Sicheln.« Schließlich kamen seine Großmütter beide vom Lande, und so viel Bauernblut, daß er das bißchen Mähen schaffte, war sicherlich in ihm.

Den ersten halben Quadratmeter schaffte er wunderbar, dann aber wurde er zu schnell … und Renate konnte gar nicht genug Pflaster herbeiholen, um die Wunde am linken Bein unten zu stillen.

»Scheiße!« schrie er. Vor Schmerz und Wut vergaß er ganz und gar seinen Akademikerstatus, der ein solches Verhalten eigentlich verbot.

»Soll ich dich nicht doch lieber zum Arzt fahren …?«

»Quatsch!« Er humpelte in die Laube, riß alles, was ihm

im Wege war, aus den Schränken und fand schließlich eine Mullbinde, die er sich um das Bein wickeln konnte.

»Ich hol' jetzt Grysczyk und geb' dem zwanzig Mark dafür, daß er ...«

»Nein!« Er hielt seine Frau zurück und geriet immer mehr in eine Art gelinder Raserei. So rutschte er schließlich die nächsten anderthalb Stunden über seine 70 bis 75 Quadratmeter Rasen und nahm den ersten Schnitt mit der Heckenschere vor.

Gnomie stand am Zaun und feixte. »Woll'n Se ooch noch mein'n Elektrorasierer haben, dann jeht et noch schnella.«

»AufpassendaßSenichdasKabelzerschneiden ...«, rief Grysczyk und fügte hinzu, daß – da er ja auf feuchtem Boden kniete – Stromschläge wahrscheinlich tödlich enden würden. »KommemitmeimMotormäher ...«

»Nein! Ich schaff' das schon.«

Aber nachdem er etwa die Hälfte des Rasens in dieser filigranen Form geschnitten hatte, fing der Motor der Heckenschere an zu rauchen und blieb stehen. Kein Wunder, war er doch immer wieder in den lockeren Sand geraten.

Fluchend erhob er sich. Es war wie eine Kapitulation, und so konnte er sich gar nicht richtig freuen, als nun Hahn Grysczyk, Gnomie im Schlepptau, mit seinem Motormäher angerollt kam und den Rest im Handumdrehen erledigte.

Manfred mußte sich abreagieren und nahm trotz der Wunde am Bein und seiner schmerzenden Knochen seine 6°-Kugel. Bloß raus aus dem Garten. Regelmäßig nutzte er den Sandweg zwischen seinem Zaun und dem der Nazijule für Versuche, seine Rekordweite von 1961 zu erreichen, den letzten Meisterschaften mit seinen Freunden im »Schmöckwitzer Waldstadion«, bevor der Mauerbau allem ein Ende gesetzt hatte. Auf 11,30 m hatte er es damals gebracht, doch hier in Frohnau hatte sich die Kugel beim ersten Stoß bei genau 9,65 m in den Sand gebohrt. Nicht nur sie war eingerostet. Aber Manfred wäre nicht Manfred gewesen, wenn er nun nicht besessen versucht hätte, wieder an die alten Zeiten und Weiten anzuknüpfen. Bei 10,56 m war er schon angelangt. Und dies trotz ungünstiger Bedingungen ...

»Manfred, Rad, bitte. Manfred, Rad, bitte.« Joscha stand greinend in der Sicherheitszone hinter dem Zaun und leierte seine Lieblingslitanei herunter.

Auch Renate hatte nur auf ihren Einsatz gewartet. »Kannst du mir mal bitte die Heckenschere ölen?«

Und immer wenn die Kugel auf den Boden krachte und gleichsam kleine Erdbeben auslöste, erschien Erhard Scherk auf der Szene und warnte Manfred vor weiterer Betätigung.

»Das tut uns alle gefährden, und wenn Sie nicht aufhören damit, schreib' ich an die Polizei.«

»Ja, tun Sie das ...« Manfred wußte kraft seiner HÖV-Kontakte, daß er das schon zweimal getan hatte und die Beamten die Briefe fotokopierten, damit ihre Lieben zu Hause sich auch mal totlachen konnten.

Natürlich hörte er auf, wenn sich jemand näherte, und nicht einmal Opa Schattenfroh hatte Angst um seinen Hund. Im Gegenteil, er bot Manfred an, mit seinem Rechtsanwalt zu sprechen, damit der ihm half, Scherk in die Schranken zu weisen.

»Wenn es soweit ist, gerne. Aber ich will erst noch warten, bis er seine ersten 99 Briefe fertig hat.«

Opa Schattenfroh war heute in Plauderstimmung und erzählte Manfred von einem seiner schönsten Nachkriegserlebnisse. »Sie als Eisenbahnnarr, Sie muß das doch interessieren. Im Herbst 45 war ich hamstern, runter nach Meißen und Coswig. Aber zwischen Meißen und Coswig waren die gerade dabei, das zweite Gleis abzubauen, auf Befehl der Russen. Alle, die hamstern fahren wollten, wurden in Meißen in einen Güterwagen gesteckt. Plötzlich gibt es eine Notbremsung und draußen ein großes Geschrei. Wir springen raus, und ich lese ›Neusörnewitz‹. Wissen Sie, was da passiert war?«

»Nein, woher ...«

»Ein Bautrupp war in Meißen losgezogen und einer in Coswig – und beide hatten den Befehl erhalten, das linke Gleis abzubauen ...«

»Ja, und ...?« Manfred begriff nicht, warum Opa Schattenfroh so herzhaft und so schelmisch lachte.

»Na, Mann: In Neusörnewitz gab's nun keine Gleisverbindung mehr: Ein Trupp hätte das rechte und der andere das linke abbauen müssen.«

Opa Schattenfroh zog eine kleine Flasche aus seiner Jacke und genehmigte sich einen langen Schluck. Bei der gelben Flüssigkeit, die er da in sich hineinschüttete, konnte es sich um alles mögliche handeln, die Meinungen seiner Mitmenschen gingen da weit auseinander. Daß er seinen Harn auffing, um sich damit die kranken Knie einzureiben, gab er selber zu. »Und wenn er das macht, dann trinkt er ihn auch«, sagte nicht nur Hahn Grysczyk.

Opa Schattenfroh zog nun weiter, und gerade hatte Manfred sich konzentriert, um eine neue persönliche Jahresbestleistung aufzustellen, da nahte die orangerote Müllwerkertruppe.

»Der Herr Suhr von der Müllabfuhr«, sang Joscha hinter dem Zaun.

Die drei Männer, allesamt Kleiderschränke und strotzend vor Kraft, begannen, über Manfred zu lästern.

»Der kommt grade mal zehn Meta mit sein'm Schlachball da!«

»Brich da nicht die Fingerchen!«

»Hör uff, Ronni, det is 'n Akade-micka.« Wobei er das Wort falsch betonte, also mit kurzem dé.

Manfred ließ die Kugel sinken und musterte die drei. »Ihr seid in der ÖTV, ich bin in der ÖTV, also Kollegen ... Fünfzig Mark für den, der weiter kommt als ich.« Und er nahm die Kugel und wuchtete sie so weit wie noch nie hier draußen. Als er das Bandmaß angelegt hatte, lasen die drei Müllwerker 10,77 m ab. »Nun ... meine Herren Kollegen, bitte ...«

Und er hatte richtig kalkuliert. Keiner von den Kraftprotzen kam über zehn Meter, und kleinlaut mußten sie anerkennen, daß es ohne Technik doch nicht ging. Manfred lud sie zu einem kleinen Doppelkorn in den Garten ein, und nachher durfte Joscha ein Stückchen auf ihrem Müllwagen mitfahren.

Als sie auf ihre Parzelle zurückgekehrt waren, hörten sie Marion Grysczyk schreien, als ginge es um Leben und Tod.

Andrea hatte sich eine Bohne ins rechte Ohr gesteckt, und Renate mußte sie und ihre Mutter ins Dominikus-Krankenhaus fahren, wo der Notfallarzt die Bohne nur mühsam wieder herauspulen konnte.

Wie jeden Vormittag drehten Manfred und Joscha auf dem Fahrrad ihre Runden und suchten, wie gehabt, nach Bulledosen, und an schönen Tagen fuhren sie anschließend zu dritt ins Freibad Heiligensee, das anheimelnd und sehr familienfreundlich war. Es gab keine Motorboote auf dem See, nur ein paar Angelkähne und Minisegelboote, in denen Kinder saßen. Renate sprang sofort ins Wasser und zog bald darauf weit draußen ihre Bahnen. Sie war eine gute Schwimmerin und hatte in glücklichen DDR-Zeiten manchen Sommer an der Ostsee verbracht, oben auf dem Darß. Manfred blieb mit Joscha im Nichtschwimmerteil und übte. Zwar hatte Renate ihren Sohn schon bald zum Babyschwimmen mitgenommen, was langsam große Mode wurde, doch so ganz ohne die knallroten Schwimmflügel und im Tiefen ging es noch immer nicht. Nach dem Abtrocknen – Rattroje – stellte Manfred sich am Kiosk an, um Pommes frites, Bratwurst und Eis zu kaufen. Immer wieder bot er sich an, etwas zu essen und zu trinken zu holen, und Renate war entzückt, wie sehr er sich um sie und Joscha kümmerte, richtig zuvorkommend war er geworden. Wäre sie nur einmal mitgegangen, hätte sie sofort gemerkt, daß der wahre Grund Tina hieß. Ihre Haut hatte die Farbe von Wildblütenhonig. Schwarze kurze Struppelhaare hatte sie, wie das »Mädchen von Piräus«. Wenn sie die Curry-Würste auf den Grill legte, tat sie das so, als würde sie gerade in einem Pornofilm agieren. Seit er das gesehen hatte, konnte er nicht mehr einschlafen, ohne sich an Tina und diesem Bild erfreut zu haben. Wäre ihm die berühmte gute Fee erschienen, so hätte er den ersten freien Wunsch sofort herausgeschrien: »Eine Affäre mit Tina.«

»Kann ich noch was für Sie tun?« fragte Tina, als sie ihm die drei Pappteller mit Pommes frites und Currywurst durch die Luke geschoben hatte.

»Was kostet es?« Manfred lief rot an.

Sie nannte eine Summe, die er gar nicht richtig registrierte, so verwirrt war er. Schwitzend nestelte er den grünen Zwanzigmarkschein aus der Innentasche seiner Badehose hervor, voller Angst, daß die hinter ihm Stehenden etwas bemerkten, was auch in liberalen Zeiten wie dieser leicht zu einer Anzeige führen konnte.

Mit der ganzen Souveränität eines pickligen Untersekundaners raffte er seine Pappteller zusammen und stolperte über die Liegewiese zurück zu Weib und Kind.

Nachdem sie alles verputzt hatten, legte sich Renate auf die mitgebrachte Decke und schlief, während er mit Joscha unten am Ufer große Häfen baute. Während der Kleine angeschwemmte Eisstiele und Kienäppel von Bremen nach Hongkong verschiffte, saß Manfred auf einem Grasbüschel und atmete ein Gemisch von Düften ein, die ihn doch ein wenig sehnsüchtig an die Nordsee denken ließen: Modrig und trüb war das Wasser, es blühte, wie die Berliner sagten, und roch nach Rieselfeldern. Was auch daran liegen mochte, daß dicht neben ihnen Enten brüteten und ihre Exkremente bis auf den Badestrand verteilten. Die Krönung aber brachte die nahe, teils hölzerne Toilette mit ihrem Karbolineum und ihren Desinfektionsmitteln. »Hier muß der Urinoco münden«, sagte er zu Joscha. Und dennoch genoß er das Hiersein. Allein der Blick auf den See hinaus mit all den Kiefern ringsum erfreute sein Herz. Wie auf einem Bild von Leistikow sah das alles aus, wie bei Fontane beschrieben, wie bis zum Mauerbau jeden Sommer in Schmöckwitz erlebt, als sie mit dem *Rebell* durch Müggelspree und Müggelsee gepflügt waren. Von den Anglervereinen am östlichen Ufer drangen Schlagermelodien herüber: *So schön kann doch kein Mann sein* und *Una paloma blanca*. Für einen Augenblick fielen ihm die Augen zu … und er sah sich in der Neuköllner Grundschule sitzen, in der Rütlistraße, und Frau Fahlenberg vorn an der Tafel stehen, wo sie ein neues Lied angeschrieben hatte.

»Alle …« Frau Fahlenberg spielte Dirigentin.

»Jetzt fahrn wir übern See, ü-bern See, jetzt fahrn wir ü-bern See; mit ei-ner höl-zern Wur-zel, Wur-zel, Wur-zel, Wur-zel, mit ei-ner höl-zern Wur-zel, kein Ruder war nicht ... Jetzt fahrn wir ü-bern See, ü-bern See ...»

Das waren aber keine Kinder, das waren Profistimmen. Er hörte die Schmöckwitzer Oma: *Wie kommt Kuhkacke aufs Dach? Die Kuh kann doch nicht fliegen* ... Als er herumfuhr, sah er hinter sich eine Gruppe Koreaner sitzen, zusammengedrängt wie frisch geschlüpfte Küken, und in ein deutsches Liederbuch schauen.

»Joscha, sag mal Wurzel.«

»Wulze.«

Auch Frau Fahlenbergs Lieblingslied sangen sie noch – »Do-na no-bis pa-cem« –, und er hatte sofort die Weihnachtsfeiern in der Aula vor Augen. »Alles schweiget, Nachtigallen locken mit süßen Melodien Tränen ins Auge, Schwermut ins Herz, locken mit süßen Melodien Tränen ins Auge, Schwermut ins Herz ...«

Er dachte an Schmöckwitz und seine versunkene kleine Welt. Zwanzig Jahre war es her, daß er am Müggel-, am Krossin- und am Seddinsee gesessen hatte, doch in seinem Bewußtsein waren seither Ewigkeiten vergangen, und das, was wirklich gewesen war, verlor sich bis zum bloßen Traum, verschmolz mit anderen Bildern: daß vor zweitausend Jahren die Semnonen hier gefischt hatten, vor ihrem großen Zug in den Süden. Er sah sie in ihren Booten auf den See hinausfahren und der Frigga opfern. Wie viele goldüberzogene Gewandspangen, Fibeln, würde er finden, wenn er hinabtauchte, Reibsteine oder Tongefäße, Skelette ...? Für Minuten funktionierte seine Zeitmaschine, und er sah die Palisaden eines Dorfes, sah schilfgedeckte Langhäuser ... Da stieg Tina vor ihm aus dem Wasser, von der Abendsonne wie mit Blattgold überzogen. Frigga, die Göttin, Frigga mit dem Hurentouch. Striptease im Familienbad. Das grünlich-graue Wasser war der Schleier, der langsam fiel und alles freigab. Ihr Bikini hatte die Farbe einer ausgewachsenen Mamba und spannte sich unten so straff, daß sich zwischen Venusberg und Schenkeln ein Durchblick ergab, von dem er seine Blicke nicht mehr lassen konnte.

Joscha starrte fasziniert auf die Badehose seines Vaters. »Manfred, da große Kackwurst vorn.«

»Ja, richtig, ich muß ganz dringend mal ...« Er stürzte zur Toilette.

Sie fuhren zur Laube zurück, und da gab es Arbeit noch und nöcher. Rasen, Blumen und Sträucher waren zu sprengen, Stullen zu schmieren, Geschirr, Messer, Löffel und Gabel abzuwaschen und Mücken zu jagen.

»Die Autobatterie müßte mal wieder aufgeladen werden.«

»Ja, wenn ich mit dem Abtrocknen fertig bin und noch Zeit habe, bau' ich sie aus.«

Dann kam das Ritual, Joscha ins Bett zu bringen. »Geh bitte noch mal aufs Töpfchen!«

Joscha tat es erst seit kurzem, ohne aber den Sinn des Ganzen zu begreifen, und hatte bei seinen Sitzungen bislang noch nie etwas zu produzieren vermocht. Trotz aller Versuche ging weiterhin alles in die Windel. Heute abend aber schrie er auf und zeigte in sein Töpfchen.

»Da Steine drin!«

Manfred und Renate jubelten. Dann putzte ihm Renate die Zähne und zog ihm den Schlafanzug an. »Dein Vater liest dir noch was vor.«

Manfred griff zum Bilderbuch: »Ein Auto fährt nicht von allein, es muß Benzin im Motor sein ...«

»... sssss ...« Joscha spielte Mücke, und Mücken stachen halt. »Da, pieksi ...« Sein kleiner, spuckefeuchter Zeigefinger traf Manfred mitten ins Auge.

»Aua, Mann, hast du nicht mehr alle?« Es schmerzte höllisch. Manfred warf das Bilderbuch auf den Boden und rieb sich das Auge, einen Augenblick in Panik, daß sein Sohn es ausgestochen hatte und er erblinden würde.

»Hör auf, das Kind so anzuschreien!« Renate kam herbeigestürzt.

»Hör auf, mich so anzuschreien!«

Joscha zog erst eine Schnute, dann schien es ihm am klügsten, die Sirene einzuschalten und loszuheulen.

»Nun nimm ihn wieder hoch!« sagte Renate und stieß

Manfred in Richtung Couch. Es war die Ausziehcouch, die sie aus Bremen mitgebracht hatten.

Manfred nahm Joscha in die Arme und bemühte sich, ihn zu trösten, obwohl eigentlich er es war, der des Trostes bedurfte, denn wenn er sein linkes Auge schloß und nur das rechte benutzte, sah er die Welt wie durch eine Glasscheibe, über die flutartig der Regen rann. Joscha wollte aber gar nicht hochgenommen werden und protestierte, indem er mit den Ärmchen um sich schlug und mit den Füßen um sich trat, und dies mit ziemlicher Kraft. Dabei traf sein Hacken Manfred genau an der Stelle, die vor Stunden am Heiligensee Joschas besondere Aufmerksamkeit erregt hatte. War Manfreds Schrei eben noch angemessen menschlich gewesen, so wurde er nun unangemessen tierisch. Fast warf er Joscha auf die Couch, um sich zu massieren, wo es ihn getroffen hatte.

»Nun hab' dich man nicht so«, kommentierte Renate den Vorfall mit feministischer Kühle. »Er wird dich ja nicht gleich kastriert haben.«

»Doch.« So weit war Manfred Freudianer, daß er dem Unbewußten seines Sohnes dies a priori unterstellte, denn nicht umsonst waren Augenpieksi und Hodentreter dessen absolute Hobbys. Ödipus in Heiligensee: War der Vater blind und impotent, dann hatte er die Mutter ganz für sich allein.

Als Joscha endlich eingeschlafen war und Manfred trotz dessen Attacke und dank Tinas aphrodisischer Kraft brünstig zu Renate kroch, stieß die ihn in sein Bett zurück.

»Wie du dich aufführst, da ist mir jede Lust vergangen.«

Manfred zog sich wortlos zurück, um von Tina zu träumen. Was dann, als Joscha, von einem Alptraum erschüttert, gegen Mitternacht aufwachte und ins Bett seines Vaters flüchtete, zu dem Ausruf »Manfred hat eingepullert!« führte.

Renate hatte die Wahrheit schnell erschnüffelt und kommentierte das Geschehene ebenso müde wie süffisant. »So wirst du wohl nie ein Schwesterchen kriegen.«

»Als wenn das meine Schuld wäre«, brummte Manfred, bevor er sich an Joschas Bett setzte und wieder zum Bilderbuch griff. »Ein Auto fährt nicht von allein, es muß Benzin im Motor sein.«

Als Joscha endlich wieder eingeschlafen war, zeigte die Uhr 2.22, und im Osten färbte sich der Himmel schon ein wenig rötlich. Manfred war zu wach, um sich hinzulegen. So zog er sich an und ging auf die Veranda hinaus, um sich an sein Puzzle zu machen, Breughels Bauernhochzeit, bestehend aus 1 500 Teilen. Er puzzelte gerne, es schien ihm immer, er würde das Bild selber malen. Gerade wollte er das Licht einschalten, da sah er draußen an ihrem Käfer zwei Schatten, offenbar zwei jüngere Männer, die ... Er hielt den Atem an. Richtig, sie wollten Renates Auto klauen. Manfreds erster Impuls war, die Tür aufzuschließen und hinauszurufen: »Ihr Idioten ihr, damit kommt ihr nie weg, die Batterie ...« Sie stand einen halben Meter von ihm entfernt in der Küche, angeschlossen an ein patentiertes Ladegerät. Im letzten Augenblick bremste er sich, denn nicht auszuschließen war ja, daß sie, erzürnt über ihren Mißerfolg, über das Gartentor setzten und ihn zusammenschlugen. Oder auf ihn einstachen und schossen. Und dann auf Renate und Joscha eindrangen. Ihm wurde ausgesprochen mulmig. Dasselbe konnte aber auch passieren, wenn sie merkten, daß der Wagen nicht fuhr. Und das mußten sie jede Sekunde herausbekommen, denn die beiden Türen standen schon offen. Was tun? Schreien und auf die Hilfe der Grysczyks hoffen ... oder sich totstellen wie ein Käfer ...? Er hätte ein Jahr seines Leben für ein Telefon gegeben oder für eine 38er Smith & Wesson. So konnte er nur hoffen und beten. Sollte er Renate wecken? Sollte er hinten aus dem Fenster klettern und sich zu Grysczyks oder Dickhardts schleichen? Nein, er konnte Renate und Joscha nicht allein lassen. Er sah sich nach einer Waffe um. Kein Messer, da waren ihm die anderen über. So griff er sich schließlich seine lange rote Rohrzange und packte sie wie eine Keule. Wenn die beiden wirklich in die Laube einzudringen versuchten. Riesig waren sie nicht, eher Bürschchen, aber ... Das Adrenalin ließ sein Herz fast zerspringen. Er preßte die linke Hand auf die Brust, mit der rechten mußte er die Waffe halten.

Da sprangen die beiden Diebe aus Renates VW und tuschelten miteinander. Beschlossen sie jetzt, es mit einem Einbruch zu versuchen ...? Manfred schwitzte und fror zugleich. Gott sei Dank, sie gingen weiter, und wenig später hörte er sie in Grysczyks Auto in Richtung Straße rasen. Er sank auf seinen Stuhl und fuhr mit den Händen in den Puzzleteilen herum. Die nächste Entscheidung stand an: Sollte er zur Nachbarlaube laufen, um Alarm zu schlagen? Hübsch wäre es, wenn Hahn Grysczyk am Morgen fassungslos dastehen und seinen Schrott-Mercedes suchen würde. Nein, das konnte man nicht zulassen, daß der Arme zu spät zur Arbeit kam und mächtig Ärger kriegte. Andererseits: Wenn Manfred ihn jetzt weckte und erzählte, daß er beobachtet habe, wie das Auto gestohlen worden sei, würde er nur als Feigling beschimpft und zum Mittäter gemacht. Nein. Doch, denn Grysczyk bummerte sicherlich bei Scherk an die Fensterläden, damit der an sein Telefon ging und die Polizei anrief. Und die Fahndung nicht auszulösen, war sicherlich fahrlässig, wenn nicht gar strafbar, denn es war ja durchaus möglich, daß die beiden ausgebrochene Schwerverbrecher waren. Also trat Manfred auf den Weg hinaus und klingelte bei Grysczyks.

»Ihr Auto ist geklaut worden. Schnell!«

Alles strömte zusammen, und Herr Dickhardt, der sich als Polizeibeamter zu erkennen gab, sorgte dafür, daß bei seinen Kollegen die Routineprogramme anzulaufen begannen. Für Joscha war das der Höhepunkt des Jahres, und Renate sollte einen neuen Tageszigarettenrauchrekord aufstellen. Ehe die Kripo alles aufgenommen hatte und wieder abrückte, war es 5 Uhr geworden, und man beschloß, gleich zu frühstücken.

Andrea Grysczyk stand am Zaun. »Ka'i rüba?«

Renate schüttelte den Kopf. »Joscha ist dran, bei euch zu spielen.«

Nach längeren Verhandlungen mit ihrer Mutter bekam sie auch deren Placet, heute war ja eh alles anders, und Joscha zog ab.

»Endlich haben wir mal eine halbe Stunde für uns«, sagte Renate.

»Wie meinst du das?« fragte Manfred.

»So, wie ich's meine …«

Manfred hatte im Hörsaal öfter von den positiven Folgen des Verbrechens gesprochen, nun bekam er sie am eigenen Leibe zu spüren. Als Joscha zurückkam, staunte er, daß nicht nur das linke Bein von der Liege seines Vaters abgebrochen war, sondern auch die morsche Diele darunter ausgewechselt werden mußte.

Jetzt wurde es richtig Tag, Donnerstag, und jeden Donnerstag, wenn Renate zum Blumengießen und Wäschewaschen mit ihrem Käfer nach Wilmersdorf düste, kam Manfreds Mutter in die Laube raus und brachte einen schönen Eintopf mit. Bevor sie anrückte, hatte er mit Joscha loszuziehen und einiges einzukaufen.

Der kleine Supermarkt lag hinten am Dachsbau, und Manfred staunte, wie sehr die Leute, wenn sie sich ihre 100 Gramm Wurst auswiegen ließen, auf den Pfennig sahen. Offenbar hatten sie ihre Budgets mit dem Kauf eines Grundstücks und dem Bau eines Eigenheimes völlig ausgereizt. Ein bißchen kleinkariert kam ihm das alles vor, und er war sich im klaren darüber, daß er ein solches Leben nicht führen mochte. Eine Nummer größer durfte es schon sein. Der geheime Wunsch, auf großem Fuß zu leben – Manfred von Matuschewski auf Schloß Schmöckwitz –, vermieste ihm sein Leben ganz gehörig, zumal er sich politisch als Linken sah und die bourgeoisen Lüste, die er in sich trug, unterdrücken mußte.

Das eigentliche Einkaufszentrum lag an der Ruppiner Chaussee gegenüber dem S-Bahnhof Heiligensee und bestand aus einer einzigen, etwas zurückgesetzten und schon im Wald stehenden Ladenzeile, die nichts anderes war als eine längliche Baracke. Ab und an fällte der Sturm eine freistehende Kiefer, und deren Stamm steckte dann wie eine Axt im bemoosten Ziegeldach. Eine Drogerie gab es hier, einen Zeitungsladen, einen Heimwerker, eine chemische Reinigung, einen Tante-Emma-Laden und einen Italiener mit ein paar Tischen und Stühlen im Vorgarten.

»Haben Sie auch Hühneraugenpflaster?«

Immer, wenn Manfred in der Drogerie etwas verlangte, begann er seinen Satz mit »Haben Sie auch ...?« Bei den ersten Einkäufen hatte er das ganz automatisch getan, weil er dem kleinen Laden weit draußen an der Stadtgrenze nichts zugetraut hatte, nun aber war es ein Ritual geworden, eine Art *running gag*, weil der Drogist unglaublich hochnäsig war, etwas Gräfliches an sich hatte, und förmlich darunter litt, von seinen Kunden angesprochen zu werden und ihnen etwas verkaufen zu müssen, ja, immer darauf aus war, sie als absolute Deppen darzustellen. Zu Hause nannten sie ihn nur den »Herrn Oberdrogerierat«. Ihm zu unterstellen, er führte etwas nicht, empfand er als fürchterliche Kränkung.

Die Retourkutsche kam auf der Stelle. »Sie wissen, daß Sie Hühneraugenpflaster bei Diabetes und schweren Durchblutungsstörungen nur mit ärztlicher Erlaubnis anwenden dürfen«, fuhr er Manfred an.

»Nein ...« Irgendwie war Manfred nun doch ein wenig eingeschüchtert.

Joscha hatte inzwischen die Kondome entdeckt und war voller Freude. »Da: Luffa!« Was bei ihm für Luftballon stand.

Der Oberdrogerierat lächelte süffisant. »Siehst du, mein Junge, jetzt weißt du auch, warum du auf der Welt bist. Soll ich deinem Vater erklären, wozu diese Gerätschaften eigentlich gut sind ...?«

»Lassen Sie's gut sein!«

Manfred kaufte noch einiges an Farben und Lacken und zog mit Joscha zum Zeitungsladen, wo es auch Schreibwaren und einigen Spielzeug-Tinnef gab. Inhaberin war ein älteres Fräulein, so zerbrechlich und unzeitgemäß, wie man es sonst nur in den Romanen von Courths-Mahler oder Marlitt fand. Magazine wie den *Playboy* führte sie nicht, und wenn die ganz normalen Illustrierten eine etwas weniger bekleidete Frau auf dem Cover hatten, dann versteckte sie den ganzen Stapel schamhaft unterm Ladentisch. Manfred war es furchtbar peinlich, als er sich einen neuen Kugelschreiber kaufen und ihn arglos vor ihren Augen ausprobieren wollte:

wie da die rote Mine herauskam, das sah aus wie ... richtig obszön jedenfalls.

»Entschuldigung«, stammelte er. »Ich wollte nur ...« Sie wandte sich ab, und er fürchtete, sie würde in Ohnmacht fallen. Wahrscheinlich war sie in derselben Sekte wie seine Schwiegermutter.

Joscha wünschte sich eine Wasserspritzpistole, doch da blieb er hart. »Nein. Leider muß Ihr diesbezüglicher Antrag abschlägig beschieden werden. Wir lernen, daß wir nur mit geistigen Waffen zu kämpfen haben.«

Als sie auf die Parzelle 82 zurollten, stand seine Mutter schon am Zaun und wartete. Natürlich war sie eingeschnappt.

»Wenn es euch nicht recht ist, daß ich komme, braucht ihr es nur zu sagen. Na ja, seit Vati tot ist, da ...«

»Mutti ...!« Er umarmte sie und gab ihr das rituelle Küßchen auf die linke Wange, dicht neben den groschengroßen Altersfleck. »Wir warten schon sehnsüchtig auf dich.«

»Andere holen ihre Mütter mit dem Auto von zu Hause ab, frag mal Tante Irma.«

»Renate schafft das nicht: erst von Heiligensee nach Neukölln, dann zurück in die Laube ... und von hier wieder nach Wilmersdorf.«

»Aber ich in meinem Alter ... Hier: Faß mal an, was das alles wiegt. Kohlrabi für euch.«

»Herzlichen Dank. Du bist die Beste. Nun komm erst mal rein!«

Sofort wurde sie von Joscha mit Beschlag belegt und hatte nun stundenlang mit ihm zu malen, ihm etwas vorzulesen oder mit ihm Einkaufen und anderes zu spielen. Manfred fand endlich Zeit, sich an die Renovierung des »Gewächshauses« zu machen, eines Anbaus hinten am steinernen Teil der Laube, in dem die Vorbesitzer während des Kriegs und danach, wohl weit über die Blockade hinaus, Hühner gehalten hatten. Hier wollte er sich sein »Arbeitszimmer« einrichten, hauptsächlich, um in Ruhe Klausuren korrigieren zu können. Fenster waren zu reparieren, Fugen zu verschmieren, und ein Fußboden war zu legen.

»Manni, das Mittagessen ist fertig!«

Kaum hatte er angefangen, mußte er schon wieder aufhören. Wie früher, wo sie immer seine Spiele unterbrochen hatte. Er wollte bockig werden und schreien, er habe keine Zeit und wolle später essen. Oder gar nicht. Und wenn, dann keinen Eintopf. Das fette Fleisch immer, und bei der Hitze. *Sei dankbar, daß sie noch lebt und was für dich gekocht hat.*

So wusch er sich die Hände und setzte sich an den kleinen Klapptisch, der unterm Vordach im Schatten stand. Dabei versuchte er, so selig auszusehen wie ein reich beschenktes Kind unterm Weihnachtsbaum.

Am Nachmittag wartete er auf Renates Rückkehr. Es war immer spannend, was es an Post gegeben hatte und wie es den anderen ging. Sie führte stets ein gutes Dutzend Telefongespräche, wenn sie in Wilmersdorf war.

Diesmal brachte sie eine ganze Liste von Freunden mit, die in der nächsten Zeit nach Heiligensee kommen wollten, vor allem die Spielgefährten aus Joschas Kindergruppe.

»Dann grillen wir«, verlangte Joscha.

»Ja, abends wird gegrillt«, bestätigte Manfred, obwohl er diesen Brauch nicht übermäßig schätzte. Das hatte viele Gründe. Grillen schien ihm zu deutsch, zu volkstümlich, zu deutschtümelnd zu sein. Waren es nicht ausschließlich *BILD*-Zeitungsleser wie Grysczyks plus Oma Koffka und Gnomie, die grillten? Renate hielt dagegen, daß in südlichen Ländern Gegrilltes auch in den höheren Schichten gerne konsumiert würde. »Du mußt es ja wissen«, knurrte er, denn vor ihrer engen Beziehung zu einem rheinischen – er sagte immer: schweinischen – Zahnarzt hatte sie Affären mit mindestens einem Italiener und einem Griechen gehabt. Aber das war nur das eine. Auch schmeckte ihm das Grillgut stets ein wenig zu rustikal, zu deutsch: Es war meist ganz schön verkohlt. Kam die Krebsgefahr hinzu, von der jetzt immer häufiger zu lesen war. Schließlich und endlich, und das war vielleicht das Hauptargument gegen das Grillen: Es war ein Wahnsinnsaufwand. Zuerst mußte das schwere gußeiserne Gerät aus dem grünen Schuppen geholt, gereinigt und frisch mit Alufolie ausgekleidet werden. Sodann war die Holzkohle einzufüllen und mit ein paar Kienäppeln zu durchmischen, damit das Ganze auch brannte. Tat es aber meisens nicht, so sehr sich Manfred auch mühte.

»Hast du keinen Grillkohleanzünder mitgebracht?« fragte Renate.

»Nein, ich habe keinen Grillkohleanzünder mitgebracht«, antwortete Manfred.

»Warum hast du keinen Grillkohleanzünder mitgebracht?«

»Ich habe keinen Grillkohleanzünder mitgebracht, weil ich es vergessen habe.«

»Dann versuch es mit Brennspiritus.«

»Nein, ich versuche es nicht mit Brennspiritus, weil mir das zu gefährlich ist.« Er verwies auf einen Freund, der sich dabei die Brust verbrannt und zwei Wochen im Krankenhaus verbracht hatte. »Da hat es richtig ›Puff‹ gemacht.«

Joscha, der ihrem Dialog mit offenem Mund gelauscht hatte, fragte, wann es denn wieder Kartoffelpuffer gäbe.

»Wenn ich diesen Scheißgrill auf den Müll geworfen habe!« rief Manfred.

»Mäßige dich!« mahnte Renate. »Wie soll denn der Junge dabei ...«

Manfred wurde drastisch. »Mach du doch den Grill, dann geh' ich mit dem Jungen Puffbahn spielen.«

»Ich mach' ja alles, ein bißchen kannst du auch mal machen.«

»Ich zähl' dir mal das bißchen auf, was ich hier schon gemacht habe ...« Manfred holte tief Luft: »Das Dach gedeckt, den Zaun gezogen, die Fensterläden gezimmert und gestrichen, den Rasen angelegt, die ...«

»Müßt ihr euch denn immer zanken!?« rief die Mutter und zählte mühelos fünf Ehepaare auf, bei denen das Grillen funktionierte, ohne daß man sich stritt.

Manfred holte nun den Fön aus der Küche, schloß ihn mit einer Verlängerungsschnur ans Netz an und versuchte, das Feuer mit Hilfe dieses Blasebalgs zu entfachen. Was auch gelang, aber nicht ohne dauerndes Geschrei abging. »Joscha, paß auf: die Funken!« Der Kleine tanzte nämlich mit Indianergeheul um den Grill herum.

Renate legte die vorgekochten Kartoffeln in die Alufolie, die Würste und das Fleisch dazu. Jetzt fand auch Manfred etwas mehr Gefallen an allem und mußte zugeben, daß es urig war und etwas Archaisches an sich hatte. Sie saßen unter ihrem Vordach und ließen sich schmecken, was da brutzelte. Rotwein gab es dazu und Bohnensalat. Langsam wurde es dunkel, und Joscha durfte ein paar Lampions anstecken und durch den Garten tragen. »Laterne, Laterne, Sonne, Mond und Sterne ...«, klang es durch den Abend. »Brenne auf, mein Licht, brenne auf, mein Licht, nur meine liebe Laterne nicht ...« Kaum hatte er das gesungen, stand sein Papiermond auch schon in hellen Flammen.

»Wirf ihn ins Planschbecken!« schrie Renate.

»Nein, ich mach' das nicht schon wieder sauber!«

»Ich fahr' lieber nach Hause.« Die Mutter war wieder mal pikiert.

»Komm«, sagte Manfred zu Joscha. »Eh' du schlafen gehst, bringen wir schnell die Oma um die Ecke.«

»Ich weiß ja, daß ihr mich loswerden wollt.«

»Nur um die Ecke zum Bus.«

Das gelang ohne weitere Zwischenfälle, und als Joscha eingeschlafen war, saßen sie noch bis weit nach Mitternacht bei Kerzenschein und Wein vor ihrer Laube und redeten von alten Zeiten. Wie es damals gewesen war in der Albert-Schweitzer-Schule, bei Kuno und Mephisto, und dann in Bremen.

Das Frühstücken »in Gottes freier Natur«, wie Manfred es mit einer Wendung der Schmöckwitzer Oma halb ironisch formulierte, war immer der reinste Genuß, zumal man Joscha nun nicht mehr ununterbrochen im Auge haben oder gar füttern mußte. Manchmal jedoch fand er es herrlich, mit seiner Himbeermarmelade Figuren auf die weiße Plastikdecke zu malen.

»Joscha: Eßwaren sind keine Spielwaren!« Das war Manfreds Standardwendung.

Renate war leicht genervt. »Manfred, gibst du mir bitte mal den Quark ...«

»Wo Frosch?« fragte Joscha.

»Quak, quak«, machte Manfred und bat Renate, das r in Zukunft deutlicher zu sprechen. »Der Mann mit der Ha*r*ke aß Qua*r*k und schmierte sich den Ba*r*t voll. Nicht: Der Mann mit der Ha.ke aß Qua.k und schmierte sich den Ba.t voll.«

»Möchtest du eine Ba*r*nane?«

Nach dem Frühstück beschlossen sie, einen Radausflug durch den Tegeler Forst zu machen und Tante Lolo und Onkel Kurt in Frohnau zu besuchen, im »Schloß am Grünen Hof«, wie Manfred Joscha erzählte. Diese Tour war mit erheblicher innerer Erregung verbunden, denn die jüngste Cousine seiner Mutter, Lieselotte, nahm in Manfreds Großfamilie den Rang einer Königin ein, und ihr Mann war, insbesondere von Tante Eva und deren Kindern, zu einem zweiten Krupp oder Thyssen hochgejubelt worden, obwohl er nur Prokurist einer mittelständischen Stahlbaufirma war. Tante Lolo, die – wenn sie die entsprechenden Vorlagen hatte – alte Schränke so bemalen konnte, daß sie wie Bauernmöbel wirkten, stand im Ruf, eine verhinderte Künstlerin zu sein und sich in Frohnau ihr Worpswede geschaffen zu haben. »Der zugeschriebene Status«, dozierte Manfred, »schafft eine soziale Wirklichkeit, die ohne ihn nicht denkbar wäre. Marx kann auch auf den Kopf gestellt werden, das heißt, daß das Bewußtsein das Sein bestimmen kann. Wir alle sind dann Opfer unserer falschen Vorstellungen.«

»Ach was«, sagte Renate. »Wann fahren wir denn los: gegen 11 ...«

»Warum bist du immer gegen etwas, warum gegen 11 und nicht für 11 ...? Positiv denken!«

»O Gott, was hab' ich da geheiratet!«

Wider alle Vorahnungen, denn Renate konnte furchtbar trödeln, kamen sie pünktlich vom Hof, wie Manfred es ausdrückte, und nahmen Kurs auf die asphaltierte Straße, die man auf westlicher Seite direkt neben Mauer und Grenzzaun angelegt hatte, um Westberliner Polizei wie französischen Soldaten die Patrouillenfahrten zu erleichtern. Als sie anhielten, um Himbeeren zu pflücken, zückten die Grenzpolizisten auf dem Wachturm hoch über ihnen die Ferngläser, um einen Angriff auf den antifaschistischen Schutzwall schon im Keim ersticken zu können.

»Diese Schweine«, sagte Renate.

»Psst«, machte Manfred. »Wenn die Richtmikrofone haben, dann ...« Er hatte Angst um Joscha und schlug vor, ein bißchen weiter weg von der Grenze durch den Wald zu fahren, was gebilligt wurde. Lieber quälte er sich die Steigung zum Ehrenpfortenberg hinauf, und das waren immerhin 69 Meter. Auf der Kuppe wurde Rast gemacht, und Manfred erzählte Joscha einiges von den Germanen, die hier womöglich eine Thingstätte gehabt hatten.

»Is ja 'n Thing«, lästerte Renate, die unter Manfreds professioneller Deformation, dauernd dozieren zu müssen, zunehmend zu leiden begann.

Hinunter ging es zum Falkenthaler Steig und dann, hinter dem Hermsdorfer Friedhof – »Hier ist Ruhe. Gönnet sie den Müden.« – nach Frohnau hinein.

Man war über ihre Ankunft nicht allzusehr erfreut, denn Onkel Kurt hatte sich gerade im Strandkorb ausgestreckt, um sich die Sonne auf den Pelz brennen zu lassen, und Tante Lolo wollte ihre Gläser und Kristalle auf der Terrasse putzen. Er trug eine alte Netzunterhose, die vorne schon den Gilb erkennen ließ, und sie eine klaffende Kittelschürze, unter der sich die Formen einer Sumo-Ringerin wölbten.

»Wir wollen nicht weiter stören«, sagte Renate, weil offensichtlich war, daß sie eben das taten.

Tante Lolo haßte Kinder, und als sie Joscha in der Nähe ihrer kostbaren Glasmenagerie erblickte, fiel sie fast in Ohnmacht. Manfred nahm Joscha schnell hoch und setzte ihn in eine Hängematte, die sich zwischen zwei Weymouth-Kiefern spannte.

»Ich kann dir ja helfen ...« Renate sah Tante Lolo an.

»Jetzt, wo Claire nicht mehr da ist ... Die Putzen sind zu grob für so was.«

Renate wurde schließlich akzeptiert, da sie nicht abgeneigt war, mit Tante Lolo ein paar *Roth-Händle* zu rauchen.

Manfred bekam von Onkel Kurt eine stumpfe Säge in die Hand gedrückt. »Du könntest mal den dicken Ast von dem Apfelbaum da vorne absägen, da wollen Verwandte von mir ihren Wohnwagen hinstellen.«

Manfred machte sich ans Werk und hatte dabei genug Zeit, das Landhaus am Ende des langgestreckten Grundstücks zu mustern. Mit seinen Erkern, Schrägen, Türmchen und Dauben war es ein einziger Traum … *sein* Traum, wie er in diesen Sekunden begriff. Er rechnete. Wenn er viele Vorträge hielt, kräftig sparte, weitere Bausparverträge abschloß und zudem darauf vertraute, daß ihm seine Mutter einiges schenkte, dann … Unmöglich war es nicht. Als Onkel Kurt kam, um zu sehen, ob der dicke Ast schon ab war, tastete Manfred sich langsam vor.

»Ihr habt wirklich viel Arbeit mit Haus und Grundstück …«

»Ja, man wird jedes Jahr älter. Und Claire hatte ja auch immer geholfen.«

»Da fragen bestimmt schon viele, ob ihr's mal verkaufen wollt …?«

Onkel Kurt lächelte. »Da ist nichts mehr zu verkaufen. Wenn wir sterben, erbt das alles der Tierschutzverein.«

Manfred schluckte. Ihm war, als hätte ihm die Frau, die seine große Liebe war, eben erklärt, einen anderen heiraten zu wollen. Und daß Frohnau seine große Liebe war, stand für ihn seit heute außer Frage. Außerdem war da noch ein gehöriger klassenkämpferischer Impetus in ihm: Welch' Sieg, wenn er, der vom Neuköllner Hinterhof kam, dem bourgeoisen Teil der Familie dieses Quasi-Schloß hier abgenommen hatte, er, der aus ihrer Sicht dazu bestimmt war, Posthilfsschaffner zu werden und den Bessergestellten für einen Hungerlohn zu dienen.

Auch jetzt gaben ihnen Onkel Kurt und Tante Lolo ganz deutlich zu verstehen, daß man sie nicht als ihresgleichen ansah, nicht als standesgemäß, denn es wurde kein Champagner angeboten, wie neulich C & A, beide ja Akademikerkinder, nicht einmal ein Glas ordinären Rotwein bekamen sie kredenzt, nur abgestandenes Selterswasser. Manfred begriff, daß für den richtigen Bürger nicht die Leistung zählte, war er doch schließlich Dr. rer. pol. und ordentlicher Professor, sondern die Herkunft, die Familie. Und bei ihm waren das nun mal Tagelöhner, Industriearbeiter, mickrige Kohlenhändler, kleine Beamte und hungerleidende Handwerksburschen.

Wie Touristen durch das Schloß Hohenschwanstein wurden sie nun durch das Landhaus geführt, angefangen bei der Trinkstube im Keller bis zum Balkon unterm Dach. Alles war vollgestellt mit antiken Möbeln und ließ Manfred an eine Mischung von Galerie, Kunstgewerbemuseum, Trödelladen und den Gemächern der Königin Louise denken. Vieles erinnerte an Tante Claire, die jahrelang hier gelebt hatte. Manfred kam die Faschingsfeier in den Sinn, wo sie beide, er und Gisela, die Tochter einer Freundin von Tante Lolo, als Sarotti-Mohren gekommen waren ... und er sich die Frackschöße vollgepinkelt hatte. Statt der erträumten Nacht voller Lust und Liebe hatte es nach Giselas Hohngelächter eine schnelle Flucht gegeben ... Klar: er, der Barbar vom Neuköllner Hinterhof ... und sie die vornehme Ärztetochter aus Dahlem, wie sollte das auch gehen?

Es war ein eher kühler Abschied, und ihnen wurde nicht einmal hinterhergewinkt, als sie wieder auf ihren Rädern saßen.

»Wo wir schon mal hier sind, können wir auch über Hermsdorf zurückfahren und sehen, was Curt und Anett eigentlich machen«, schlug Manfred vor.

»Meinetwegen, vielleicht gibt's da 'ne Tasse Kaffee und 'n Keks.«

Curt war Manfreds Großcousin, wie die Älteren das nannten, Sohn der Cousine seiner Mutter. Die hatte drei davon: Eva, Curts Mutter, Ilse, Evas Zwillingsschwester, und Lolo. Curt hatte Apotheker werden wollen und Anett Ärztin, doch sie hatten »nicht aufgepaßt«, und statt des Abiturzeugnisses hatte Anett die kleine Bettina empfangen. Curt hatte das Abi, doch zum zeitaufwendigen Pharmaziestudium hatte die Kraft nicht mehr gereicht, vom Finanziellen ganz abgesehen. Sein Vater hatte ihm eine Stelle in einer kleinen Firma für Pillen und Salben verschafft, und dort war er inzwischen zum Prokuristen aufgestiegen, mit manchmal fast zwanzig Stunden Arbeit am Tage. Irgendwie hatten sie es geschafft, sich die Hälfte eines wunderschönen alten Hauses in Hermsdorf zu kaufen. Mit viel Schinkel dran, wie Manfred immer sagte. Drei Kinder hatten sie jetzt: Bettina, die schon 14 war, Patrick, 8, und Uta, 4. Doch in der Backnanger Straße war niemand zu Hause, so lange sie auch klingelten.

»Wahrscheinlich liegen sie drinnen auf dem Fußboden und halten den Atem an«, sagte Manfred. »Vorgewarnt von Tante Lolo.«

»Die werden verreist sein.«

»Alle sind verreist, nur wir nicht ...« Manfred kam sich nun doppelt herabgesetzt vor.

»Wenn wir wollten, könnten wir ja auch verreist sein«, sagte Renate und erinnerte an das Angebot der Chatterjees, den Sommer auf Sylt zu verbringen.

»Da sehen sie doch genauso auf uns herab wie eben meine Verwandten. Da bleib' ich lieber in meiner Laube ...«

»... und sehe auf die Grysczyks herab«, lachte Renate. »Und all die anderen Typen ...«

Das saß, und Manfred schwieg. Schuldbewußt. Denn irgendwie hatte sie recht. In einer Gesellschaft wie dieser bestand Ich-Identität darin, auf andere herabzublicken, sich als etwas Besseres vorzukommen.

»Los, zurück zur Parzelle!« Manfred schwang sich aufs Rad. »Besser eine Parzelle in Heiligensee als eine Zelle in Tegel.«

Als sie wieder vor ihrer Laube saßen und Quetschkartoffeln aßen, diesmal mit panierten Fischstäbchen garniert, hielt draußen ein großer schwarzer Mercedes. Es war Onkel Kurt, und er hob einen alten Rasenmäher aus dem Kofferraum, verrostet, die Schnur mehrfach geflickt.

»Ihr habt euer Geschenk vergessen.«

Manfred war wieder einmal hin- und hergerissen. Auf der einen Seite hätte er Onkel Kurt anschreien können – »Steck dir doch dieses Schrottdings sonstwo hin! Ich kann mir selber zwanzig neue Rasenmäher kaufen, wenn ich will!« –, zum anderen fand er es rührend, daß ihnen so geholfen wurde, denn noch einmal wollte er nicht auf dem Rasen knien und mit der Heckenschere mähen, hatte aber auch keine Lust, in die Stadt zu fahren und sich einen Mäher zu kaufen.

So kam es zu Dankesworten, die nicht von Herzen kamen, aber so klangen. Wie das eben bei der Entwicklungshilfe weltweit so ist.

Für den nächsten Tag hatte sich Joschas Kindergruppe angesagt, doch gegen Mitternacht setzte der große Dauerregen ein, und das Fest fiel ins Wasser. Doch nicht nur das. Am Schornstein hatte es durchgeregnet, und drei von Manfreds Handwörterbüchern, ein jedes an die 200 Mark teuer, waren wellig und aufgequollen und ließen sich ausquetschen wie Schwämme.

Er fluchte jenseits aller akademischen Würden. »Eine verdammte Scheiße ist das hier!«

Renate fürchtete um die Mittelschichtsozialisation ihres Sohnes. »Benimm dich bitte nicht wie der letzte Prolet! Wenn der Junge das ...«

Manfred warf die Bücher in den großen Kachelofen, wo ein kleines Kohlefeuer glimmte. Der Jähzorn war ein Erbteil seines Vaters. »Soll der Mist hier trocknen.«

»Bist du verrückt!?« Renate fetzte die nassen Bücher wieder heraus, wobei einige Glut auf den Teppich fiel. »Mein Gott, meine neue Auslegware!«

»Alle raus und nach Hause!« Manfred riß Tür und Fenster auf. »Laß diese Scheißbude abbrennen!«

Joscha schaltete seine Heulsirene ein. »Nein, Laube haben!«

Renate löschte den brennenden Teppich mit einem schnellen Guß aus Joschas Nachttopf, während Manfred hinauslief, sich auf sein Rad schwang und so lange durch die Gegend fuhr, bis er sich einigermaßen beruhigt hatte. Als

Zeichen der Sühne schnitt er den Flatschen mit den Brandflecken und Joschas Urin sauber aus der Auslegware und paßte ein Reststück ein. Die nächste Zeit hatten sie damit zu tun, alle Eimer und Schüsseln zusammenzusuchen und unter die Stellen zu plazieren, wo sie beim Dachdecken geschludert hatten.

»Da, läuft durch!« Joscha hatte ein neues Spiel entdeckt.

Gegen Abend goß es noch immer, und Manfred sah sich gezwungen, mit einem großen Teereimer aufs Dach zu klettern, um die schlimmsten Stellen abzudichten. Das gelang halbwegs, aber kaum war er unten, begann er zu husten. Erst nur, als hätte er sich verschluckt, dann härter und keuchend und schließlich unter einer solchen Atemnot, daß Renate schon hinauslaufen und den Wagen anwerfen wollte.

»Die Schimmelpilze, deine Allergie ... Komm, ins Krankenhaus.«

In seinen Ohren klang es fast ein wenig vorwurfsvoll, als trüge er selber die Schuld an seinem Zustand. »Ich will nicht ins Krankenhaus.«

»Du hustest dich tot hier.«

»Das ist sicherlich die beste Lösung.« Er rang nach Luft und war nahe daran zusammenzubrechen.

Schließlich überwand er die Krise und war so erschöpft, daß er bis neun Uhr schlief. Obwohl ihm ständig ein wenig Wasser auf die Bettdecke tropfte und Joscha in einer der größeren Auffangwannen laut tutend mit seinen Dominosteinen Dampfer spielte.

Alles war kalt und klamm, und er begann die Laube zu hassen. Renate litt etwas weniger als er. Sie hatte mit ihren Eltern öfter auf dem Darß gezeltet und auch bei den Jungen Pionieren manches verregnete Ferienlager mitgemacht.

Doch nach dem vierten Regentag in Folge konnte auch sie nicht mehr. »Ich fahre jetzt zur Telefonzelle und rufe Irene an. Auf Sylt regnet's zwar auch, aber ...«

»... da wohnen wir wenigstens in einem Palast und nicht in dieser Elendshütte hier.« Manfred war voll und ganz einverstanden, Heiligensee fluchtartig zu verlassen.

Er stand mit Joscha am Fenster und sah Renate hinterher, wie sie mit ihrem Käfer durch den Regenschleier davonfuhr.

»In Hörnum bauen wir uns eine große Strandburg und gehen jeden Tag schwimmen ... im Meer.« Jetzt freute er sich auf die langen Spaziergänge am Strand und durch die Dünen, auf die würzige Luft, die großen Kutterschollen und so manch anderes auch: *Auf Hörnum, da verkehren wir von vörn rum.*

Joscha klatschte in die Hände und hüpfte auf und ab wie ein kleines Rumpelstilzchen. »Sylt, Sylt, Sylt.«

Da kam Renate schon zurück, und Manfred wußte, daß etwas nicht geklappt hatte, denn normalerweise hätte sie mit Irene mindestens eine halbe Stunde oder wenigstens bis zur letzten Münze geplaudert.

»Da nimmt keiner ab ...«

Was auch nicht weiter verwunderlich war, denn die Chatterjees saßen um diese Zeit im Auto und waren auf dem Weg nach Berlin. Sie sehnten sich nach ihren alten Freunden und hatten das Sylter Domizil mehr als satt.

»Keine vorzeitige Haftentlassung«, sagte Manfred. »Müssen wir's eben durchstehen.«

Und da das Wetter nun wieder besser wurde, hatten sie noch ein paar schöne Wochen. Zu Joschas Geburtstag gab es eine große Kutschfahrt, und auch sonst kamen immer mehr Besucher zu ihnen nach Heiligensee hinaus, etwa Tante Gerda aus Schmöckwitz und »die Bremer«: Hans-Ulrich Muldenstein und Karl-Hermann Jäger, der einer der Macher von Werder Bremen war. Die spielten am 31. August im Olympiastadion gegen Tennis Borussia und verloren 0:2. Manfred, der in der Bremer Kolonie saß, mußte sich sehr beherrschen, um bei den Berliner Toren nicht aufzuspringen und sich einen abzujubeln. Es wäre nicht nur unhöflich gewesen, sondern er hätte auch einen auf die Mütze gekriegt.

Als Muldenstein Joscha fragte, was das Schönste an der Laube sei, kam es prompt: »Abends grillen.«

Sommer und Herbst vergingen, ohne daß es im Leben von Manfred Matuschewski und seiner Familie irgendwelche Ereignisse gab, die sich eingeprägt hätten. Purer Alltag war es, und ein Tag war für Manfred wie der andere: aufstehen, mit Joscha spielen, duschen, rasieren, anziehen, zur HÖV fahren, im Hörsaal stehen, sich in den Gremien mit Betonköpfen und Dumpfmeiern wie Jahrow und Pansegrau herumschlagen, mit den Freunden zusammensitzen und reden, wieder nach Hause kommen, einholen, mit Joscha spielen, fernsehen, telefonieren, mit Renate die nächsten Tage verplanen, schlafen gehen. Einerseits war er glücklich, daß er nun alles hatte: Frau, Kind, Beruf, Wohnung, »Sommerresidenz« und auch Gesundheit, denn durch das autogene Training wie die Sicherheit des Lebens war er von seinen herzneurotischen Symptomen weithin geheilt und hatte nur noch unter seiner Allergie zu leiden, was er aber fast als Bagatelle ansah. Andererseits wachte er morgens mit großer Unlust auf und litt schon unter dem Gedanken an die Monotonie der nächsten achtzehn Stunden. Etwas fehlte ihm, ohne daß er genau definieren konnte, was. Aber es ging zweifellos in Richtung Rausch und Ekstase, und am nächsten kam er einer Antwort, als er beim Frühstücken auf einem Kalenderblatt vier Zeilen von Hermann Hesse fand:

Im Leeren dreht sich, ohne Zwang und Not,
Frei unser Leben, stets zum Spiel bereit,
Doch heimlich dürsten wir nach Wirklichkeit,
Nach Zeugung und Geburt, nach Leid und Tod.

Sei nicht so undankbar! Die Stimme seiner Mutter bremste ihn, weiter nachzudenken.

Renate sah ihn prüfend an. »Was ist denn mit dir?«

»Ich hab' von meiner Mutter geträumt ... Da muß ich so alt gewesen sein wie Joscha jetzt. Wie sie als Schlafwandlerin in mein Zimmer kommt, mich hochnimmt und ins Wohnzimmer trägt, wo zwei Hexen sitzen: Tante Täubchen und Tante Betti.«

»Das war also, wo du so geschrien hast ...«

»Gegen drei Uhr, ja. Sie haben mich in die Backröhre schieben wollen, und erst, als Onkel Wölfi gekommen ist, haben sie mich losgelassen.«

Renates kurz vor dem Mauerbau in Ostberlin verstorbene Großmutter hatte zwei jüngere Schwestern gehabt: Dorothea und Bertha. Dorothea war Tante Täubchen und lebte als Frau eines Ingenieurs in Leipzig, Bertha war Tante Betti und genoß in Mainz als Witwe die Pension von Onkel Dickie, der es vorgezogen hatte, bei einem Rangierunfall der Bundesbahn ums Leben zu kommen. Renates Familie war ihr großes Trauma. Hartherzig war sie, und die Intrige war ihr Leben. In ständig wechselnden Koalitionen zogen sie ätzend übereinander her, und wenn Lottchen, also Renates Mutter, bei Tante Täubchen eben noch die Beste war, konnte sie tags darauf als »total verblödete Sektenkuh« verunglimpft werden. Dennoch hing Renate irgendwie an ihrer Familie, was vor allem an Onkel Wölfi lag, in dem sie immer ihren eigentlichen Vater gesehen hatte. Das Schlimme war, daß sich alle zum Verwechseln ähnlich sahen: ihre Mutter, Tante Täubchen und Tante Betti.

»... und wenn ich meine Mutter sehe, dann sehe ich die beiden anderen auch immer, und das macht mich richtig krank.«

Manfred sah sie an. »Und das heißt, daß wir Weihnachten nicht hier in der Wohnung verbringen ...?«

»Nicht mit meiner Mutter zusammen!«

»Und was ist mit meiner?«

»Ich will mit dir und Joscha allein sein. Irgendwo in Bayern. Meinetwegen da, wo du mal mit deinen Eltern gewesen bist. Wie heißt das noch mal?«

»Farchant.«

»Ja. Wir fahren Weihnachten nach Farchant.«

»Dann soll aber meine Mutter mit.«

»Die hat ihre Freundinnen hier, die hat ihre Schwester in Schmöckwitz.«

»Das kann ich ihr nicht antun.«

»Mir aber ...!?«

Manfred sprang auf. »Ich muß los. Wenn ich nicht pünktlich im Hörsaal bin, laufen mir die Studenten davon.«

»Ich hol' dich mittags ab, dann reden wir weiter.«

Das taten sie dann auch, und Joscha war es, der ihren Dialog entschärfte. Als ihm nämlich der Ober die Kinderpizza brachte, bedankte er sich überschwenglich bei ihm, und es stellte sich heraus, daß er der Ansicht war, der Ober würde ihm das Essen schenken.

»Nein, Joscha, der bekommt Geld dafür. Für alles, was wir hier essen, müssen wir bezahlen, das wird uns nicht geschenkt.«

Während des Essens also wurde die Farchant-Debatte fortgesetzt, ganz wie Renate es angedroht hatte, ohne daß sie sich einigen konnten. Manfred war dafür, zu Hause zu feiern, und wenn nicht zu Hause, dann mit seiner Mutter in Farchant, Renate war für Farchant ohne alle Mütter, Joscha für Farchant mit beiden Omas und allen Tanten und Onkels, was von beiden Elternteilen strikt verworfen wurde.

»In Garmisch-Partenkirchen können wir schön Schlittschuh laufen«, sagte Renate.

»Nicht mit mir!« rief Manfred und rieb sich seinen Ellenbogen. Der steckte noch immer in einem Verband, seit sie vor vierzehn Tagen mit Kutzops in der Eissporthalle Jafféstraße gewesen waren und Nudel versucht hatte, mit ihm den Männerpaarlauf zu kreieren.

»Ich will raus hier!« beharrte Renate.

»Losen wir«, schlug Manfred schließlich vor.

»Meinetwegen.«

Manfred schrieb die Alternativen auf zwei Zettel, rollte sie zusammen und überließ dem Ober die Ziehung.

»Farchant«, las Manfred, und er nahm es hin als Gottesurteil.

»Kann ich ein Eis haben, bitte?« fragte Joscha.

»Ja.«

Manfred, entzückt vom pädagogischen Wert dieser Aktion, drückte ihm ein Markstück in die Hand. »Das gibst du dem

Mann am Tresen vorn ... und dann gibt er dir dein Eis dafür.«

Joscha trabte los und verschwand aus dem Blickfeld. Bei der sprichwörtlichen Liebe der Italiener zu Bambinos brauchte man keine Angst um ihn zu haben. Deutlich war das Hallo zu hören, mit dem sie ihn begrüßten. Als er zurückkam, hatte er in dem einen Händchen das Eis und in dem anderen das Markstück ...

Als Manfred wenig später in seinem Büro im Tauentzien-Tower hockte und im *HÖV-Narren* blätterte, dem Informationsblatt der Studentenschaft vom Dezember 1974, fragte er sich, ob er hier mit seinen pädagogischen Versuchen bisher mehr Glück gehabt hatte als eben in der Pizzeria. Wahrscheinlich nicht, denn die Studenten zogen in ihrem Blättchen wieder gehörig über ihn her. Oder ...? Der *HÖV-Narr*, graphisch so gestaltet, daß es sich wie Hof-Narr las, war soeben erschienen, und wenn man ihn aufs Korn genommen hatte, dann mußte schnell entschieden werden, wie zu reagieren war, um größeren Schaden abzuwenden. Doch er fand diesmal nichts über sich, und das ärgerte ihn am meisten. Am besten, er ging erst mal auf die Toilette.

Auf dem Weg dorthin bemerkte er, daß in der Tür seines Freundes und Kollegen Heiner Dietrich das Schlüsselbund steckte. Offensichtlich hatte sich der Herr Professor sehr zerstreut in sein Büro begeben und vergessen, seine Schlüssel einzustecken. Leise schlich sich Manfred hin, drehte den Schüssel herum und klopfte dann an.

»Ja, bitte«, kam es von drinnen, »immer herein.«

Manfred drückte die Klinke nach unten und rüttelte an der Tür. »Haha, wie denn ...? Es ist abgeschlossen.«

»Moment mal, ich schließ auf.« Der Psychologe stand auf und rüttelte von innen an der Tür. Natürlich kam er drinnen zu keinem anderen Ergebnis als Manfred draußen: »... abgeschlossen.«

»Dann schließ doch bitte mal auf.«

»Tut mir leid, ich muß meine Schlüssel ... Ich such' mal.«

»Okay, ich komm' gleich wieder.« Manfred machte ein

paar laute Schritte von der Tür weg, blieb stehen und kehrte auf Zehenspitzen zurück. Drinnen polterte es, offenbar fielen Bücherstapel um und rutschten Aktenberge über den Tisch. Ausrufe des Unmuts und der leichten Verzweiflung waren zu vernehmen. Manfred grinste, schloß nun behutsam wieder auf, zog den Schlüssel ab, steckte das Bund in die Tasche, um dann auf die Toilette zu gehen. Er sah noch, wie Maximilian Raddusch sich Heiner Dietrichs Zimmer näherte und artig klopfte.

»Geschlossen!« kam es von drinnen. »Hol doch bitte mal einer den Hausmeister: Ich kann meinen Schlüssel nicht finden.«

Raddusch probierte es dennoch ... und beide starrten sich verblüfft an. Manfred verschwand in der Toilette. Und da es ihm später gelang, Heiner Dietrichs Schlüssel unbemerkt in dessen Aktentasche verschwinden zu lassen, sollte der noch lange vergeblich darüber nachdenken, wie denn wohl ... Als er Manfred bat, ihm bei der Lösung dieses mysteriösen Rätsels zu helfen, murmelte der nur etwas von seniler Demenz, die bei manchen halt etwas eher einsetze.

»Mann, seid ihr tief gesunken«, meinte Renate am Abend, als er ihr von seinem Streich erzählte.

»Gott, anders läßt sich die HÖV halt nicht ertragen.«

In den nächsten Tagen stand eine Sitzung der DEK an, der Dozenteneinsatzkommission, in der es darum ging, ob Pansegrau im nächsten Semester einen Lehrauftrag an der HÖV bekommen sollte.

Gerhard Pansegrau war Senatsrat, also in der Hierarchie der Berliner Verwaltung recht weit oben angesiedelt. Trotzdem fand sich kaum jemand, der seine Nähe suchte, um auf diese Weise schneller befördert zu werden, denn Pansegrau hatte einen äußerst intensiven Mundgeruch. Tobias Rindt fühlte sich immer an seine Reisen durch die DDR erinnert, wenn es an den großen Güllegruben der LPGs vorbeiging, und Manfred meinte, wenn die Alliierten von Pansegraus Existenz erfahren würden, bekäme der Westberliner Senat große Probleme, denn in der Frontstadt waren biologische

Waffen streng verboten. Untersetzt war Pansegrau und blaß wie ein Engerling, und wenn er mit kleinen Spuckebläschen auf den schmalen Lippen Verwaltungsrecht vortrug, lief mancher Studentin ein kalter Schauder den Rücken hinunter, denn er entsprach genau dem Klischee des Kinderschänders, wie die Boulevardblätter es verbreiteten. Heiner Dietrich, durch und durch ein guter Mensch, tat er so leid, daß er sich des öfteren in der Kantine neben ihn setzte und auch in den Gremien Partei für ihn ergriff.

Was war passiert? Die Studenten hatten Pansegrau als schlechtesten Dozenten des Jahres gekürt und ihm den »Goldenen Ärmelschoner« verliehen. Der Senatsrat hatte daraufhin befreundete Journalisten angeregt, diesen Akt kritisch zu beleuchten, da man hier einen Dozenten angreife, der stets auf hohes Niveau achte und vor allem immer bemüht gewesen sei, linkes Chaotentum von der HÖV fernzuhalten.

Das nun ließ Hagen Sobottka in der DEK-Sitzung heftig aufkochen. »Wenn es linkes Chaotentum ist, daß wir einen Dozenten ablehnen, der Loblieder auf Pinochet singt und Studentinnen mit Röcken eine Note besser bewertet als Studentinnen in Jeans, dann hat er recht. Und sein hohes Niveau besteht darin, aus dem Kreutzer-Srocke vorzulesen.« Der Kreutzer-Srocke war nichts weiter als die unkommentierte Sammlung der »Gesetze über die Berliner Verwaltung und die Verwaltungsgerichtsordnung«, wie zum Beispiel die AZG, DVO-AZG, ASOG, BAMG, VwfG oder AGVwGO.

Manfred enthielt sich jeder Äußerung. Zwar war Pansegrau auch ihm ein Greuel, aber in diesem Fall dachte er sehr dialektisch: Beliebte Dozenten konnte es nur geben, wenn auch Menschen wie Pansegrau im Hörsaal standen. Es wäre also im Hinblick auf sein eigenes Image unklug gewesen, ihn hier und heute abzuschießen. Er brauchte Pansegrau darüber hinaus im Sinne Hegels, da nämlich das Positive seine Definition erst aus der Existenz des Negativen erfahre: So wie Pansegrau, so durfte der moderne Beamte von morgen nicht sein. Andererseits erwarteten die Studenten eine Solidaritätserklärung.

»Ihr habt vollkommen recht mit eurer Einschätzung«, sagte er deshalb in Richtung Sobottka. »Aber meint ihr, die Innenverwaltung wird auf ihn verzichten wollen? Sie wird auf ihm beharren, auch wenn wir ihn nicht auf die Dozentenliste setzen. Herr Jahrow wird das ganz sicher par ordre de Mufti verfügen.«

»So ist es.« Jahrow nickte. »Wir halten den Kollegen Pansegrau für einen unverzichtbaren Bestandteil der HÖV.«

Und als Manfred nun grinste, entfuhr Sobottka der alte Liebermann-Spruch, daß er gar nicht so viel fressen könne, wie er kotzen möchte. »Wenn ich das alles so sehe hier. Dich auch, dich eingeschlossen.«

Manfred zog sich in sein Büro zurück, machte autogenes Training und stellte sich vor, wie es wäre, von Farchant aus auf dem Philosophenweg nach Garmisch-Partenkirchen zu wandern. Der Abflug war am Sonntag, dem 22. 12., um 9 Uhr 05 von Tempelhof. Wahrscheinlich war es der letzte Flug von Tempelhof aus, denn Tegel war schon eröffnet worden, und bald sollten alle zivilen Flüge über den neuen Airport abgewickelt werden. Manfred dachte an die Tage zurück, als er hier Bea, seine erste große Liebe, am PAN-AM-Schalter besucht hatte. Was wäre aus ihm geworden, wenn er sie damals geheiratet hätte, was hätte er mit ihren Beziehungen alles ausrichten können ... Statt lumpiger FH-Professor zu sein, säße er jetzt im Aufsichtsrat von Firmen, die im *Manager Magazin* gute Noten bekamen, und hätte in einem Monat so viel verdient wie jetzt im ganzen Jahr.

Er schaltete sein kleines Siemens-Radio ein, sein erstes selbstgekauftes, damals als Lehrling mit Belegschaftsrabatt. Man konnte nur noch SFB und RIAS empfangen, aber er hing an ihm wie weiland die Schmöckwitzer Oma an ihrem Volksempfänger. Immer mehr Musik gab es jetzt. *Seasons In The Sun* spielten sie, auch Abba mit *Waterloo*, dem Siegertitel des Grand Prix d'Eurovision, vor allem aber Carl Douglas mit *Kung Fu Fighting* und Inga & Wolf mit *Eviva España*. Er liebte alles, was melodisch war, schloß die Augen und sah sich schon im Flugzeug sitzen ...

»Da …« Joscha zeigte auf das Triebwerk draußen unter der Tragfläche und strahlte. »Brennt. Bumm, Flugzeug fällt runter und ist kaputt.«

Manfreds Herz begann zu rasen. Jetzt sterben, und der Junge hatte noch gar nicht richtig gelebt. *Du bist ganz ruhig. Dein Herz schlägt ruhig, sicher und gleichmäßig.* Nur mühsam bekam er sich wieder in den Griff.

Renate suchte ihn abzulenken. »Weißt du, was Joscha gesagt hat, als du mit dem Flugzeug aus München zurückgekommen bist?«

»Nein, woher.«

»Ich hab' vorher immer zum Himmel gezeigt, wenn ein Flugzeug vorbeigekommen ist, und gesagt: ›Da sitzt Papa drin.‹ Und als du dann zu Hause warst, ist er ans Fenster gegangen, um zu sehen, wo dein Flugzeug geparkt ist.«

»Niedlich, ja …«

»Und neulich in der Kindergruppe hat er sich im Film gesehen und gefragt: ›Der kleine Junge da … Wer is'n das?‹«

Bis München dauerte es eine Ewigkeit. »Gott sei Dank, ab da fahren wir wenigstens mit dem Zug.«

Sie waren allein im Erste-Klasse-Abteil und genossen die Fahrt. Der Starnberger See war zu bestaunen, Weilheim, Murnau, Eschenlohe, Oberau, der Krottenkopf … Und dann kam Manfreds Ausruf: »Farchant, guckt mal!«

»Wir halten ja gar nicht!« rief Renate.

»Nur, wenn ich die Notbremse ziehe.« Manfreds Hand ging zum Schein nach oben.

»Joscha!« Der Junge war auf den Sitz geklettert und wollte nun wirklich den roten Griff nach unten reißen. Renate konnte ihn gerade noch abfangen.

»Wir müssen bis Garmisch fahren und dann mit der Taxe nach Farchant zurück.«

Manfred dachte an den Juli 1954, wo er mit seinen Eltern und Neutigs zum ersten Mal in Farchant gewesen war. Zwanzig Jahre war das her … eine Ewigkeit. Sie waren mit einem defekten Bus gekommen und hatten auf der Interzonenautobahn viel zu lange gebraucht, jedenfalls für die Verhältnisse seiner schwachen Blase. Die wäre ihm ganz sicher geplatzt, wenn die Krankenschwester neben ihm nicht eine geniale Idee gehabt hätte. Er fragte den Taxifahrer nach dem Fremdenheim Schmieder, in dem sie damals gewohnt hatten. Nein, das gab es nicht mehr. Sicherlich auch nicht mehr das Bild Ludwig II. mit dem schönen Spruch darunter: »Dem Vaterland starbst du zu früh, dein treues Volk vergißt dich nie.« *Memories are made of this.* Manfred fürchtete, daß es ein Fehler gewesen war, nach Farchant zu fahren. *Laß die Toten ruhen.* Nein, man hielt sie am Leben, wenn man an sie dachte, und er wollte hier im Werdenfelser Land jeden Tag mit seinem Vater reden.

Daß es dann doch nicht ganz so nostalgisch-melancholisch wurde, lag an dem anderen Ehepaar mit Kind, das mit ihnen in der Pension Loisachblick das Weihnachtsfest verbringen wollte, auch sie Familienflüchter, Fasold mit Namen, wohnhaft in Friedenau, nebenan also, wenn man die S-Bahn als den künstlichen Grenzwall zwischen Wilmersdorf und Friedenau einmal beiseite ließ.

Detlev Fasold war, obwohl er stark auf die Dreißig zuging, ein großer Junge geblieben, der ewige Lausbub. Das mochte auch daran liegen, daß er Realschullehrer war und sich optimalen pädagogischen Erfolg erhoffte, wenn er seinen Schülern seelisch gleichblieb. Sport war sein Hauptfach, und er hatte den Ehrgeiz, an allen Turngeräten und in allen Disziplinen, vom Rudern bis zum Basketball, besser zu sein als der Beste seiner Jungen, was nicht immer einfach war, denn da gab es Siebzehnjährige, die im Hochsprung 1,85 m nahmen. Krafttraining war für ihn das A und O, und so hatte er die Marotte, wo immer er war, alles anzuheben, was sich nur irgendwie bewegen ließ, von der Mülltonne auf der Straße bis zur Couch seiner Gastgeber. Mochte auch sein, daß er nur den Umstand kompensieren wollte, Detlev zu heißen, galt doch dieser Name im Berliner Volke fast schon als offenes Bekenntnis, schwul zu sein. Als Junge hatte er entsprechend unter Witzen wie »Ich heiße Detlev ... und wie geht deine Hose auf?« leiden müssen. Detlev Fasold war jedoch nicht schwul, was Manfred fast bedauerte, denn zu einem richtigen Linken gehörte es halt, daß er mit Leuten aus dem breiten Spektrum der Minderheiten, Randgruppen und Subkulturen befreundet war, vornehmlich Ausländern, Knackis, Schwulen, Lesben, Alkoholikern, Behinderten und Asylanten. Neben seiner Hochstemmsucht fiel Detlev Fasold auch durch seine Logorrhoe aus dem Rahmen des Üblichen, seinen ungehemmten Redefluß. Als stünde er ständig vorn an der Tafel, dozierte und erzählte er über Stunden hinweg, und alle anderen waren nur Resonanzboden und Stichwortgeber.

Da traf es sich gut, daß seine Frau Jutta, hochgewachsen wie eine Volleyballerin, sehr zurückhaltend und lakonisch war. Als MTA hatte sie begonnen, dann das Abitur nachgeholt, um Ärztin zu werden, kam aber nun mit dem Studium nicht so recht voran, seit Dennis auf die Welt gekommen war. Acht Monate war er jetzt, also als Spielkamerad für Joscha noch nicht recht tauglich.

Gleich am Montag morgen verabredete man sich, gemeinsam nach Garmisch-Partenkirchen zu spazieren, sich die olympische Sprungschanze von 1936 anzusehen und dann mit der Eckbauerbahn »raufzufahren«. Die beiden Kinder kamen in den Schlitten, und los ging es. Aber schon zweihundert Meter hinter der Loisach-Brücke begann Joscha zu greinen und nach seinem »Heilebettchen« zu rufen. Das war ein Kopfkissenbezug, den er brauchte, um sich über die Widrigkeiten des Lebens hinwegzutrösten.

»Hier ist kein Heilebettchen«, meldete Manfred.

»Dann wird er es verloren haben. Geh, lauf zurück und such es!« Renate liebte es, Manfred mit Weisungen dieser Art in vergnügliche Stimmung zu bringen. Manfred trabte los, nicht ohne zu grinsen, als nun auch Jutta Fasold ihren Mann nach ihrer Pfeife tanzen ließ.

»Detlev, laß das!«

Detlev Fasold war gerade dabei, einen hölzernen Brunnentrog aus seiner Verankerung zu reißen.

Manfred konnte Joschas Heilebettchen nirgends finden, und da der nun wie am Spieße schrie, wurde beschlossen, erst noch ins Dorf zu gehen und ihm als Ersatz ein Kopftuch zu kaufen. Als das geschehen war, schrie und weinte Joscha immer noch, und da sich Dennis, das Fasold-Kind, echt solidarisch zeigte, stand man alsbald im Mittelpunkt. Detlev Fasold nutzte das, um auf dem Geländer der Loisach-Brücke einen Handstand vorzuführen. Manfred schnupperte währenddessen an Joschas Windel, und da das Ergebnis eindeutig war, mußte man in die Pension zurück, um das Kind neu zu wickeln.

»Ich glaube, daß es Durchfall ist«, meinte Renate.

Manfred rechnete. »Bei einer Inkubationszeit von drei Tagen werde ich's haben, wenn ihr die Weihnachtsgans eßt.«

»Komm jetzt!«

Nun ging alles gut, bis sie in der Seilbahn saßen, die sie hinauf zum Eckbauer bringen sollte. In einer offenen Zweierkabine, die nur aus ein wenig Blech und zwei Sitzbänken bestand, hockten sie sich gegenüber, Renate mit dem Rücken, er mit dem Gesicht zum Berg. Zwei eiserne Bügel sollten einen am Herausfallen hindern, und sie waren auch allemal ausreichend für zwei Erwachsene, nicht aber für ein so quecksilbriges Kind, wie es Joscha war. Mal ging es rechts dreißig, vierzig Meter in die Tiefe, mal links, doch Joscha ließ sich nicht beeindrucken, sondern wollte so herumtoben wie zu Hause im Doppelbett der Eltern. Renate versuchte, ihn zu packen, mit den Knien in den Schraubstock zu nehmen ... vergeblich. Immer wieder konnte sich Joscha losmachen. Manfreds herzneurotischen Symptome kehrten mit einem Schlag zurück, die Angst um Joscha würgte ihn, ließ sein Herz immer wieder aussetzen. Als sie schließlich oben angekommen waren, sank er in sich zusammen, und Jutta Fasold konnte testen, wie weit sie die Kunst der Wiederbelebung kollabierter Männer beherrschte. Zum Glück einigermaßen. Manfred mußte sich erbrechen.

»Er wird den Virus von Joscha haben.«

»Nein, nein, das war nur die Angst.« Und Manfred weigerte sich, noch mal in diese Bergbahn zu steigen. »Lieber verrecke ich hier oben.«

So liefen sie zu Fuß ins Tal hinunter, und er trug Joscha auf dem Rücken, in einem Tragegestell aus Aluminium und blauem Leinen.

Als sie zurückkamen und einen Blick in den Aufenthaltsraum ihrer Pension warfen, schrie Renate auf. Es war ein Schrei des Entsetzens, den sie nur mit größter Mühe so modulieren konnte, daß es klang, als sei sie freudig überrascht. Auf dem Sofa saßen drei ihrer Verwandten mütterlicherseits: Onkel Wölfi, Tante Täubchen und Tante Betti, letztere Tanten ihrer Mutter und ihr deshalb furchtbar ähnlich. Da waren sie nun aus Berlin geflohen, um der Familie zu entgehen, und nun dies ...

»Ist das schön, euch hier zu sehen!« rief Onkel Wölfi. »Daß wir aus der DDR euch aus Westberlin hier in der BRD treffen können.«

Onkel Wölfi hieß eigentlich Wolfram Groitzsch, kam aus Leipzig und war in seiner Jugend mitteldeutscher Meister über 1 500 Meter gewesen. Auch heute noch stach er ins Auge, schlank und rank und mit schlohweißem Haar. Man hätte ihn für einen englischen Konservativen halten können, aber auch, wenn er mit Stock, Zylinder, weißem Schal und blauem Mantel erschienen wäre, für Johannes Heesters, wenn nicht sein breites und singendes Sächsisch gewesen wäre. Ein vollendeter Gentleman jedenfalls war er, ein Grandseigneur, und fiel damit im Staate der Ulbricht, Honecker und Mielke ebenso auf wie eine Gazelle unter Wasserbüffeln. Folglich liebten ihn die SED-Genossen nicht, brauchten ihn aber so sehr, daß sie ihn, den bürgerlichen Diplomingenieur, in Ruhe ließen, denn er hatte nach dem Krieg in Leipzig die Firma Wolfram Groitzsch Regeltechnik (WGR) gegründet und eine Reihe von Patenten entwickelt, die der DDR Devisen brachten, aber auch für die eigene Wirtschaft unentbehrlich waren. Als »Verdienter Erfinder« war er ausgezeichnet worden und durfte als Ko- beziehungsweise Frühstücksdirektor weiterhin an der Spitze seines Unternehmens stehen, wenngleich das nun als VEB WGR Leipzig firmierte. Auch Reisen ins kapitalistische Ausland waren ihm erlaubt. Renate verehrte ihren

Onkel Wölfi und hatte sich immer gewünscht, daß eines Tages jemand aufdeckte, er würde ihr Vater sein. Irgendwie war er es auch.

Nicht Onkel Wölfi war also das Problem, sondern seine Frau und seine Schwägerin.

»Ist denn Charlottchen nicht mit?« war Tante Täubchens erste Frage, süß und sächselnd gesäuselt. »Nein ... Oh, wie schade.« Dabei sah man ihr an, wie sehr sie bedauerte, ihrer Nichte nicht gleich die Augen auskratzen zu können.

Tante Täubchen hieß eigentlich Dorothea, doch da Onkel Wölfi sie immerzu »mein Täubchen« nannte, hatte sich in Renates Familie dieser Name eingebürgert. Im Gegensatz zu ihrem Mann hatte sie so gar nichts Englisches an sich, sondern glich eher der Parodie einer Amerikanerin, die vom Lande gekommen war, um als Schuhverkäuferin in New York zu arbeiten und sich dabei einen Millionär zu angeln. Tante Täubchen kam zwar aus Hoppegarten und hatte in Berlin gearbeitet, alles andere aber stimmte. Sie wirkte, als wäre sie ständig auf großer Kreuzfahrt durch die gesamte Karibik und auf dem Weg zum Dinner am Kapitänstisch, mit Goldklunkern behangen, fett und wabblig, überdreht, kreischend und sargreif geschminkt. Wen sie an sich drückte, der hatte das Gefühl, in einem Riesenkissen zu versinken, keine Luft mehr zu bekommen und an ihrem anscheinend literweise aufgetragenen Parfüm – Honigmelone – elend zu ersticken. Sie hielt sich auch mit ihren 67 Jahren noch für sehr sexy und begehrenswert und dehnte ihre Umarmungen bis zu Petting-Länge aus, was für junge Männer ein kaum therapierbares Trauma zur Folge hatte, zumal sie um so schwerer von ihr loskamen, je mehr sie zappelten. Joscha hatte das richtige Bild für Tante Täubchen gefunden: »Da, Thekla!« Das war die fette Spinne aus der *Biene Maja*.

Noch schlimmer schien Manfred Tante Betti zu sein, hatte doch Tante Täubchen wenigstens noch etwas von einem Original.

Tante Betti, an sich die Bertha, war vom selben Kaliber wie ihre jüngere Schwester, nur ein wenig giftiger. Das lag daran, daß sie es nicht zu einem solchen Vorzeigemann wie Tante Täubchen gebracht hatte, sondern vom Schicksal nur mit Onkel Dickie abgefunden worden war, einem Berliner U-Bahner, Stationsvorsteher auf wenig frequentierten Bahnhöfen wie Neu-Westend oder Olympiastadion (wenn nicht gerade große Spiele stattfanden). 1952 waren sie nach Mainz gezogen, aber auch bei der Bundesbahn, die ihn übernommen hatte, war Onkel Dickie nicht groß aufgestiegen. Tante Betti selber hatte es zur Packerin im KaDeWe gebracht und dort das Gehabe vornehmer Kundinnen angenommen. Ihre Versuche, wie eine Direktrice zu wirken, hatten jedoch nur zur Folge, daß man sie eher als Puffmutter einschätzte, wozu ihre dunkle und erotisch kehlige Stimme das Ihre beitrug. Eher schüchterne Männer wie Manfred wären vor Tante Betti am liebsten davongelaufen. Der Gedanke, von ihr vernascht oder irgendwie zum Vollzug gezwungen zu werden, verursachte Impotenzängste von großer Stärke.

Beide, Renate wie Manfred, lösten das Problem der Heimsuchung durch Verwandte, indem sie sich in die Krankheit flüchteten.

»Wir können leider nicht mit euch essen gehen, denn uns hat's alle drei erwischt ...« Renate stürzte auf die Toilette, und da sich Joscha jetzt wirklich pausenlos erbrach, unter anderem auch auf die Kleidung seiner Eltern, hing ein so betäubender Geruch in der Luft, daß kaum unterschieden werden konnte, von wem er ursächlich kam. Zumal Manfred immer wieder rief, jetzt müsse auch er Kotzebues Werke studieren.

Zwar schreckte das Tante Täubchen und Tante Betti ab, sicherte aber dennoch kein friedliches Fest, denn als von den tief verschneiten Bergen herab die Heilige Nacht eingeläutet wurde, lagen Manfred und Renate tatsächlich beide mit über 39 Grad Fieber im Bett, während Joscha mit seiner Kuckucksuhr spielte, dem heißersehnten Geschenk.

»Kuckuck, Kuckuck.«

»Mann, hör endlich auf damit!«

Jutta Fasold kam, um sie zu pflegen, und schleppte alle

verfügbaren Illustrierten an. So konnte Manfred in aller Ruhe nachlesen, wie am 20. November in Nairobi ein Jumbo-Jet der Lufthansa abgestürzt war, sich aber 98 der 157 Passagiere noch gerettet hatten. »Ich freu' mich schon auf unsern Rückflug.« Romy Schneider hatte in einer Talk-Show Burkhard Driest lüstern angehimmelt, und der Glatzkopf Telly Savalas ließ bei jedem *Einsatz in Manhattan* die Frauen der Nation erglühen. Holger Meins war an den Folgen des Hungerstreiks gestorben, mit dem die RAF-Leute gegen die Einzelhaft protestiert hatten, und kaum einen Tag später hatten die Terroristen den Berliner Kammergerichtspräsidenten Günter von Drenkmann erschossen. »Genau gegenüber, wo wir mal gewohnt haben ...« Von Manfred Matuschewski hingegen war nirgends etwas zu lesen. Lebte man eigentlich, wenn die Medien keine Notiz von einem nahmen? Nein. Jedenfalls nicht richtig, wie ihm schien.

Detlev Fasold stemmte inzwischen das Kinderbett mit Joscha in die Höhe und jubelte, als er es zur Hochstrecke gebracht hatte.

»Wenn schon nicht Weihnachten«, sagte Renate, »dann feiern wir wenigstens Silvester zusammen. Bei uns in der Laube draußen, da ist am meisten Platz.«

»Und da grillen wir!« rief Joscha.

Was sie dann auch taten, nachdem sie am 31. mittags nach Berlin zurückgeflogen und von Tobias Rindt vom Flugplatz abgeholt worden waren.

Und Renates Mutter hatte am Ausgang gestanden. »Süßi, schön, daß du wieder da bist!«

Happy birthday to you

Manfred bekam immer Zahnschmerzen, wenn andere Hollywood spielten und dieses fürchterliche *Happy birthday to you* zu singen begannen. Besonders scheußlich fand er, wenn das »lieber Manfred« geheuchelt klang. Doch was half das schon, die Jahre von 1975 bis 1978 hatten ihre Höhepunkte in den Geburtstagen wichtiger »Bezugspersonen«, wie er sie bezeichnete, halb ironisierend, halb ernsthaft in den Psychoslang verfallend: Er wurde 40, seine Mutter 65 und Onkel Wölfi aus Leipzig sogar 70 Jahre alt. Familiäre Großereignisse waren auch die Kindergeburtstage draußen in Heiligensee oder die Passierscheinfahrten nach Schmöckwitz, wenn Tante Gerda, Leszek oder seine beiden Cousinen dort Geburtstag feierten. Das absolute Highlight aber war eine Geburt. Darüber später mehr, wie auch über zwei tragische Todesfälle.

Es begann mit dem 65. Geburtstag seiner Mutter am 11. Juni 1975, der auf einen Mittwoch fiel. Sie hatte beschlossen, ihre Gäste nach Heiligensee zu bitten, zum Kaffeetrinken in die Laube und dann zum Festessen in ein großes Restaurant in Schmargendorf.

»Du machst mir aber alles schön hier auf dem Grundstück«, bat sie Manfred schon Wochen vorher, das heißt, sie verlangte es mütterlich ultimativ, so wie früher mit dem Befehl: »Unten ist der Mann mit ›Brennholz für Kartoffelschalen‹. Du nimmst jetzt den Eimer und gehst runter.«

»Ja, Mutti.« Manfred machte einen leicht genervten Eindruck, und es klang nicht anders als damals: ebenso trotzig wie resignierend.

»Die Fensterläden müssen gestrichen werden. Wie sieht denn das aus.«

»Ja, Mutti ...«

Manfred hatte sie selbst gezimmert und machte sich nun in der Tat daran, sie terrakottafarben zu streichen.

»Schön bunt«, sagte Joscha, als er das Werk mit Kennermiene musterte. Dabei stolperte er über Manfreds Klapprad. Das brachte ihn auf die Idee, daß seine Oma mit ihm vorn auf dem Rad nach Frohnau fahren sollte, zu Tante Lolo und Onkel Kurt.

»Ach, Kind.« Margot Matuschewski wehrte ab. »Zum letzten Mal bin ich 1944 Rad gefahren, als wir in Zieko evakuiert waren.«

»Meist ins Scheunentor, ins geschlossene aber«, lachte Manfred, der das aus vielen Erzählungen seines Vaters wußte.

»Nun ...« Die Mutter turnte jede Woche einmal tüchtig in der Hausfrauenabteilung des TuS Neukölln. »Eigentlich verlernt man das Radfahren nicht, ebenso wie das Schwimmen.«

Manfred nahm das Rad vom Boden hoch und ging zum Gartentor. »Dann probier's doch mal ... Der Weg ist breit genug, und das Klapprad ist so niedrig, daß da nichts passieren kann.«

»Mein Testament liegt im Schreibtisch oben links«, sagte die Mutter. »Und den Schlüssel für mein Schließfach hast du ja. Das Kennwort lautet ...«

»Mutti ...!«

Er hielt das Rad, half ihr in den Sattel und hielt sie fest.

»Auf die Plätze, fertig, los!« rief Joscha und klatschte in die Hände.

Manfred schob seine Mutter an. »Treten, Mutti, treten, das ist kein Motorrad.«

Die rechte Hand am Sattel, die linke am Lenker, so lief er neben ihr her. Endlich hatte sie mit ihren rudernden Füßen die Pedale erwischt und trat voll hinein. Manfred konnte und mußte sie nun nicht mehr halten, ließ los und blieb zurück. Joscha sprang jubelnd in die Luft. Inzwischen hielt Margot Matuschewski auf Dickhardts Grundstück zu, und dessen Maschendrahtzaun hatte für sie dieselbe magische Anziehungskraft wie 30 Jahre zuvor das geschlossene Scheunentor des Bauern in Zieko.

»Mutti, paß auf!« schrie Manfred. »Nach links, nach links ...«

Zu spät: Sie zappelte im Maschendraht wie ein Fußball

nach dem Torschuß im Netz. Manfred und Joscha stürzten hin, um ihr aufzuhelfen.

»Ist dir was passiert ...!?«

»Nein, ich glaube nicht ...« Sie rappelte sich hoch, und Manfred bog sein altes Bremer Klapprad wieder zurecht.

Joscha tröstete seine Oma. »Wenn du älter bist, lernst du das auch.«

Sie kehrten auf die Parzelle zurück. Ein erstes medizinisches Gutachten ergab, daß sie sich den rechten Knöchel verstaucht hatte. Bis zum Geburtstag war alles wieder in Ordnung.

Der 11. Juni begann damit, daß Manfred auf seine wacklige Aluminiumleiter kletterte, um Girlanden zu spannen, vom hölzernen Lichtmast zum Laubendach, von der Dachrinne zum Gartentor und vom Gartentor zur Schaukel. Auf eine Styroporplatte von mindestens einem Quadratmeter Größe hatte er mit blutroter Farbe eine 65 gemalt und kunstvoll »Herzlichen Glückwunsch« geschrieben, und Renate und Joscha machten sich daran, sie mit Kleeblättern und Herzchen zu schmücken.

»Wer kommt denn alles?« fragte Renate.

Manfred zählte alles auf, was sich angesagt hatte, und kam auf 23 Personen. »Plus wir drei und Oma, das sind 27 ... Mein Gott!«

Renate widersprach ihm. »Ich hab' beim Schreiben der Tischkarten 28 gezählt.«

Sie gingen alle noch mal durch: Onkel Max, Inge, Nepomuk, Gerhard, Roswitha, Philip, Elvira Liebetruth, Willy Liebetruth, Tante Eva, Curt, Anett, Tante Elfriede, Tante Gerda, Tante Eva, Tante Ilse, Tante Emmi, Tante Lolo, Onkel Curt, Irma Matuschewski, Gerda Neutig, Lenchen Behnke, Charlotte Lamouche, Erna Krause.

Sie brauchten eine halbe Stunde, um dahinterzukommen, wo der Fehler lag: Renate hatte noch Tante Irma, das heißt: Irma Bugsin, in ihrer Rechnung, die aber wollte ihren Hund in Kladow nicht so lange allein lassen und erst zum Abendessen kommen.

Nachdem dies geklärt war, stand für Renate fest: »Ich fahr' auf alle Fälle noch los und kauf' Plastikgeschirr.«

»Wir kommen mit, ich muß in Tegel die Blumen abholen.«

Manfred führte weiterhin die Tradition fort, die sein Vater begonnen hatte: Jedesmal bekam die Mutter so viel Rosen, wie sie an Jahren aufzuweisen hatte, und immer fügte er hinzu: »Auf daß wir einmal auf die hundert kommen.« Ein Geschenk war nicht groß auszusuchen, denn sie hatte gesagt, es genüge voll und ganz, wenn man ihr einen schönen Geburtstag ausrichte. Also gab es zu den 65 Rosen nur das Übliche: ein Duschbad, eine Flasche *Tosca* (»Damit dich alle immer gut riechen können!«), einen Kasten Konfekt (»Um dir das Leben zu versüßen!«), eine Flasche Herzstärkung aus dem Reformhaus (»Damit du uns gesund bleibst!«) und ein dickes Buch (»Damit du immer gut einschlafen kannst!«). Zudem hatte Joscha ihr fünf Bilder gemalt. So war sie denn auch sehr gerührt, als sie gegen zwei Uhr aus der Taxe kletterte und mit großem Hallo empfangen und abgeherzt wurde. Gratuliert hatte man ihr schon morgens per Telefon von der Zelle am Bahnhof aus.

»Ich hab' doch gute Kinder!« rief sie.

»Hast du jemals daran gezweifelt?« fragte Manfred.

Kaum waren die Geschenke ausgepackt und gebührend gewürdigt, begann die Arbeit: Die von ihr mitgebrachten, von Renate gebackenen und von Manfred noch dazugekauften Kuchen waren auszupacken, Kaffee war literweise zu kochen und Sahne in Riesenmengen zu schlagen.

Manfred gab an Joscha weiter, was Tante Claire bei seiner Einsegnung 1952 gesagt hatte: »Die arme Sahne, immer wieder wird sie geschlagen. Aua!« Er schleppte alle Tische nach draußen auf den Rasen und bezog, als das nicht reichte, die Tischtennisplatte mit ein.

»Wie früher in Schmöckwitz«, sagte die Mutter.

Dann kamen auch schon die ersten Gäste, und Manfred notierte, als sei dies ein Teil seiner soziologischen Forschung, daß sie ihr alle »... vor allem aber: Gesundheit« wünschten. Die meisten fügten einen Satz hinzu, der sich auf das überreichte Geschenk oder auf den Kontext bezog, in dem sie mit dem Geburtstagskind verbunden waren, und bemühten sich, originell zu sein. Max Bugsin beispielsweise küßte seine alte Freundin und rief: »Mit einem Bus auf die Kacke ... äh: einem Kuß auf die Backe!« Inge Bugsin überreichte ihr eine Kartenmischmaschine. »Damit dir nicht immer alle Karten auf den Boden fallen, wenn du bei uns in Kladow mit dem Mischen dran bist.« Lenchen Behnke hatte ein Bund Mohrrüben mitgebracht. »Zur Erinnerung an unseren AOK-Schalter, wo sie uns 1946 mit so etwas bestechen wollten.« Liebetruths schenkten ihr einen Gutschein. »Die nächsten zehn Jahre kommen wir immer mit zu Ottos Grab, weil es auf dem Parkfriedhof so einsam ist, und helfen dir bei der Pflege.« Kamen welche im Pulk, so war es Usus, daß es sich die zweiten, dritten und vierten Gratulanten einfach machten, indem sie sagten: »... ich darf mich meinem Vorredner anschließen.«

Als alle eingetroffen waren, begannen für Manfred und Renate die schwersten Stunden des Jahres, denn sie hatten nun hin- und herzuflitzen und alle zu bedienen, vom Geburtstagskind mit spitzen Bemerkungen angetrieben: »Manfred, Erna hat noch keinen Kuchen. Renate, gib Elfriede mal die Sahne rüber. Manfred, Gerdas Stuhl wackelt, hol ihr bitte mal einen anderen. Renate, Frau Liebetruth wird dauert so von den Mücken gestochen: Gib ihr bitte mal das Mittel rüber.«

So sehr sie sich auch mit ihrer Regie um einen optimalen Ablauf mühte, es ging doch alles schief, denn nun kam, was zu ihrem Geburtstag eigentlich immer kam: ein ordentliches Gewitter. Hatten sie eben noch gehofft, der Kelch würde an ihnen vorübergehen, so blitzte und donnerte es gleich darauf wie selten in diesem Sommer, und der Wolkenbruch, der folgte, hatte geradezu tropische Dimensionen. In wilder Flucht suchten sie sich in die Laube zu retten.

»Manfred, nimm den Kuchen mit!«

Ein solches Chaos hatte es noch bei keinem Geburtstag gegeben. Schließlich waren sie in den vergleichsweise winzigen Räumen eingepfercht wie Tiere im Stall.

»Manfred, hol mal schnell eine Schüssel, Tante Elfriede tropft es auf den Kopf!«

»Das erledigt sich von selbst«, sagte Manfred. »Bei den Wassermassen kommt sowieso gleich das ganze Dach herunter.« Dennoch riß er die Schränke auf, um allen, die gefährdet waren, Schüsseln und Schalen in die Hand zu drücken. Als das erledigt war, schlug der Blitz in die frei hängende Stromleitung ein, und sie saßen im Dunkeln.

»Einen Tod kann man nur sterben«, sagte Tante Emmi, und man hörte sie beten. Dann schwieg sie.

Die Mutter dagegen wollte nicht verstummen. »Manfred, wo habt ihr denn die Kerzen?«

Bald brannten Kerzen, und nun wurde es richtig gemütlich. Ganz wie nach dem Krieg, als sie auch immer so eng zusammengehockt hatten, meinten einige. Im Mittelpunkt standen für die nächste halbe Stunde die Mutter sowie die Tanten Gerda, Eva, Ilse und Lolo, die fünf Cousinen, alle im selben Alter, alle aus der Quadeschen Linie stammend. Großvater Quade, August Quade, der Kunsttischler, hatte – neben drei kinderlosen Söhnen – drei Töchter gehabt: Marie, Manfreds legendäre Schmöckwitzer Oma, Klara, die Tante Claire, und Martha. Und die hatten je zwei Kinder zur Welt gebracht: Marie die Töchter Margot, Manfreds Mutter, und Gerda, Klara die Tochter Liselotte, genannt Lolo, und den Sohn Rudi, der im Krieg gefallen war, und Martha schließlich ein zweieiiges Zwillingspaar: Eva und Ilse.

Kurzum, wann immer die fünf Cousinen Margot, Gerda, Lolo, Ilse und Eva zusammenkamen, gab es das große Spiel »Wer von uns hat es im Leben am schwersten gehabt?«. Und in jeder der vier Wettbewerbskategorien – Männer, Beruf, Geld und Schicksalsschläge – versuchte die eine die anderen zu übertrumpfen.

»Verliert ihr mal euren Mann wie ich meinen Otto!« rief Margot.

»Ich hab' auch meinen Mann verloren«, konterte Gerda. »Mein Gerhard ist schließlich im Krieg gefallen.«

»Ja, du hast jetzt aber deinen Leszek.«

Tante Gerda relativierte das. »Was meinst du, wie schwer es mit ihm ist. Als Pole in der DDR, und Hilfsarbeiter ...«

»Was meinst du, wie schwer ich es mit meinem Jochen gehabt habe.« Diese Vorlage ließ sich Tante Eva nicht entgehen. »Als Krüppel mit seiner Kinderlähmung. Und dann haben sie ihn noch eingesperrt, weil er für die Franzosen spioniert haben soll. Aber das haben sie nur gemacht, um uns die Apotheke in Zehdenick wegzunehmen.« Sie wandte sich an ihre Schwester, deren Mann ein promovierter Naturwissenschaftler war, der bei Osram gearbeitet hatte, und an Lolo, deren Gatte als Prokurist viel Geld verdiente. »Ihr beide wißt ja gar nicht, wie gut ihr es habt, daß eure Männer noch leben.«

»Ja«, warf Lenchen Behnke, die Kollegin der Mutter, ein. »Mann ist Mann, und wenn er im Bett sitzt und hustet.«

Die fünf Kämpferinnen ließen sich nicht stören, und Tante Gerda eröffnete die zweite Runde mit lautstark vorgetragenen Klagen, wie schwer doch die Arbeit bei ihr im Konsum sei.

»In Schmöckwitz, jetzt im Sommer, wo sie von den Zeltplätzen kommen und kistenweise Getränke wegschleppen.«

»Was anderes gibt es ja auch kaum«, brummte Erna Krause, die kurz vorm Mauerbau von Ostberlin in den Westen gegangen war.

»Verhungert ist bei uns noch keiner. Und arbeiten können wir auch alle. Ich bin gelernte Schneiderin, ich weiß, wovon ich rede.«

»Gerda!« rief nun die Mutter. »Meinst du, bei uns in der AOK ist das ein Zuckerschlecken am Schalter? Alle sehen dir auf die Finger, und dauernd verrechnet man sich. Bei uns wird keinem was geschenkt.«

»Da müßtet ihr erst mal zu mir ins Altenheim kommen!« brauste Tante Eva auf. »Die alten Leutchen aus den Betten heben. Und wenn sie dann noch unter sich gemacht haben. Jede Woche stirbt einer. Nee, du, ich würde liebend gern mit euch tauschen.« Sie drehte sich wieder zu ihrer Schwester und zu Lolo hin. »Morgens um zehn, wenn ihr aufsteht, da bin ich schon kaputt. Und Margot und Gerda geht es ebenso.«

Tante Lolo setzte ihre zweieinhalb Zentner in Positur. »Hast du 'ne Ahnung, was es für Arbeit macht, für Kurt und seine Geschäftsfreunde eine Party zu organisieren. Das setzt nicht nur tolle Einfälle voraus, sondern auch generalstabsmäßige Planung. Ilse wird es nicht anders gehen ... oder?«

»Ganz recht. In Hamburg ist man nur wer, wenn man Feste zu feiern versteht. Ohne uns wären unsere Männer nichts, und wir hätten kein Geld.«

Das war ein kapitales Selbsttor, denn sofort begann Tante Eva zu stöhnen, daß sie ja eigentlich bettelarm sei. »Die vielen Kinder und Enkelkinder, die ruinieren mich noch. Von meinem kleinen Einkommen kann ich mir nicht mal immer Butter leisten.«

Manfred nahm Joschas Cowboyhut vom Haken und ließ ihn herumgehen. »Bitte eine milde Spende für Tante Eva.«

Die Mutter schlug ihm den Hut aus der Hand. »Ist doch wahr, wie wir uns abrackern müssen für die paar Pfennige! Gerda auch. Und dann auch noch für Ostgeld.«

»Da bin ich stolz drauf, auf unser Geld! Und wir kommen aus damit.«

»Ja, weil wir alles rüberschleppen zu euch.«

»Was kann denn Gerda dafür, daß sie im Osten gelandet ist«, sagte Tante Ilse. »Sie hat es schon schwer: im Krieg den Mann verloren, dann ausgebombt und in Polen hängengeblieben, das schwere Leben da auf dem Lande. Und jetzt in Schmöckwitz: keine Toilette im Haus, kein fließend Wasser. Das ist schon ein hartes Leben, aber es ist ein schönes und sinnerfülltes Leben. Ich aber ... Ich wäre so gerne Künstlerin geworden ...«

»Ich auch«, fiel Lolo ein. »Malerin. In Worspwede oben. Und was ma(h)le ich nun? Den Kaffee ma(h)le ich.«

»Und was habe ich alles mitgemacht!« Margot Matuschewski ließ nicht zu, daß die Diskussion auf die Sinnfrage reduziert wurde. »Den Ersten Weltkrieg, dann später Hitler und die Angst, daß wir als Vierteljuden ins KZ kommen, der

Krieg, die Bomben, die Vergewaltigungen durch die Russen, die Blockade ... und seinen Mann so früh verlieren.«

»Ich hab' nicht nur meinen Mann verloren!« rief Tante Eva. »Sondern auch mein ältestes Kind. An Diphtherie ist mir mein Brigittchen gestorben. Das ist ja wohl das Schwerste, was eine Mutter treffen kann.«

»Und ich?« fragte da Tante Lolo. »Ich habe meine eigene Mutter quasi auf dem Gewissen. Ich gehe in Frohnau die Treppe runter, Claire vor mir, da rutsche ich aus, stürze mit ihr die Treppe hinunter ... und da liegt sie tot da.«

An sich war das ja alles tragisch, und wenn die Geburtstagsrunde dennoch schmunzelte, so lag das daran, daß das Spiel »Wer hat es im Leben am schwersten gehabt?« zu jedem Familienfest geboten wurde. Vor allem aber war die Sache an sich schon reichlich grotesk. Und so konnte Manfred ungestraft das Schlußwort sprechen.

»Bei der Wertung, meine Damen und Herren, achten Sie bitte auf die A-Note, den technischen Wert, und die B-Note, die künstlerische Ausführung. Meiner Ansicht nach liegt Tante Gerda in der A-Note mit 5,9 klar vorn, während unser Geburtstagskind wie auch Tante Eva in der B-Note eine glatte 6,0 erhalten sollten.«

»Manfred, mach den Sekt auf!« rief die Mutter. Den konnten sie draußen schlürfen, denn inzwischen hatten sich die Wolken verzogen, und die Sonne knallte derart auf die nasse Erde, daß es allenthalben dampfte.

»Manfred, mach Musik!«

»Ja, ich eile ja schon.« Da sie hier draußen keinen Plattenspieler hatten, holte er sein Kofferradio aus der Laube. Vor allem *Ding-A-Dong* wollte sie hören, den letzten Sieger beim Grand Prix d'Eurovision.

Abends, im »Forsthaus Schmargendorf«, ging es sehr feierlich zu, und Manfred zitterten richtiggehend die Hände, als er aufstand, um das Gedicht zu verlesen, an dem Renate und er an vielen lauen Sommerabenden gebastelt hatten. Er war in einem Maß befangen, wie er es nie für möglich gehalten hätte, wo es doch seit Jahren sein täglich' Brot war, vor vielen Menschen zu sprechen. Hier aber war alles anders, und die Intimität potenzierte seine Versagensängste. *Von Manfred hätte ich ja was anderes erwartet; als Professor, da muß man doch …* Er schluckte, und im selben Augenblick wurde ihm klar, daß er furchtbar krumm und geduckt vorn neben seiner Mutter stand. »Du stehst da wie ein in die Luft geschissenes Fragezeichen«, hätte sein Vater ausgerufen. Mit leichtem Entsetzen registrierte er, daß sich der Vater in seinem Gedächtnis zunehmend auf Sprüche mit analer Fixierung zu reduzieren begann, und das steigerte seine Verwirrung um ein weiteres.

»Nun fang endlich an!« sagte die Mutter, und es klang, als forderte sie ihn auf, sein Pappchen zu essen, da es sonst kalt würde.

Manfred hatte Mühe, sich klarzumachen, daß er 37 Jahre alt war, Vater und Professor. Aber als solcher ein so albernes Gedicht vorzutragen, das schien ihm … Womit er völlig die Kontrolle über sich verlor und erst einmal mit einem fremden und höherwertigen Text begann.

»Theodor Fontane hat einmal gereimt: ›Mein Leben, ein Leben ist es kaum,/Ich gehe dahin als wie im Traum./Wie Schatten huschen die Menschen hin,/Ein Schatten dazwischen ich selber bin.« Damit fing er sich wieder und nutzte die Chance, so zu tun, als sei dies alles geplant gewesen. »Und für dich, liebes Geburtstagskind, wandeln wir das ein wenig ab, da du ja eine geborene Schattan bist: ‹Eine Schattan ich selber bin.‹ Aber Fontane wußte sonst nichts über dich, so daß wir selber ein paar Verse hinzufügen mußten. Also …« Als er das Festgedicht vortrug, fand seine Stimme zur alten Festigkeit zurück, und er versprach sich nur viermal:

»Fünfundsechzig Jahre bist du heute jung
Und noch immer toll in Schwung.

Drum eilten her aus nah und fern die Gratulanten,
Und so wimmelt's hier von Kindern, Freunden und Verwandten.

Am längsten kennst du Gerda, deine liebe Schwester,
In Kreuzberg und in Schmöckwitz, da hattet ihr dieselben Nester.

In Kreuzberch, da warste int Lyzeum, und da isset ooch jeschehn,
Dette Otto hast jetroffen und jefragt: ›Woll'n Sie länger mit mir geh'n?‹

In Schmöckwitz ist so viel gewesen, dort hinten am Adlergestell,
Oma, Papa, icke, Wasser, Wald und euer »Wandergesell«.

Die Ossastraße, der Krieg, die Evakuierung – alles nicht vergessen,
Doch schnell zurück zum Heute,
Denn erstens warten wir aufs Essen,
Und zweitens sitzen hier so nette Leute:

Von Familie Orth sind die Cousinen hier, jede Tante Marthas Kind.
Und wie früher macht Tante Eva auch heut' den meisten Wind.
Ihre eigenen Kinder sahst du langsam wachsen,
Den Curt in Zehdenick, die Anett, die kam aus Sachsen.

Viele schöne Jahre gab's inzwischen – und auch schwere,
Die Cousine Lolo sehn'n wir hier als Tochter deiner Tante Claire.

Bei Elfrieden, einst das Fräulein Ziegelmann,
Denkst du an die Oder und deines Mannes Sippe dann.

Und 58 lange Jahre sind verflossen,
Seit dir Freundin Irma in der Schule Tinte übers Kleid gegossen.
Mit ihr und Max, da wart ihr oft in froher Runde,

Beim Kartenspiel und beim Spaziergang mit dem Hunde.
Von ihren Kindern siehst du Gerhard hier und Ingen,
Die mit ihren Frauen, Männern, Kindern Leben in die Bude bringen.

Mit Erna Krause denkst du an das Paddeln und die Post,
An Erwin und die schönen Seen in Deutschland-Ost.

Mit Lenchen Behnke wird der AOK gedacht,
Wo ihr vereint so manches Schalterjahr verbracht.

Auch mit Gerda Neutig, da verknüpft dich manches Band,
Zum Beispiel Urlaub, Herbert und Farchant.

Fast hätt' ich jetzt vergessen deinen lieben Sohn,
Den du vor über 37 Jahren schon,
Gut verpackt im Kinderwagen,
Frohen Herzens durch Berlin gefahren.
Zwar fand er erst sehr spät die rechte Frau,
Doch die paßte dann – erst ihm, dann dir – auch haargenau.

Auch deinen Enkel liebst du sehr,
Ist er bei dir, geht's hoch her.
Kaum ist der Joscha bei dir oben,
Muß er auf deinen teuren Polstermöbeln toben.

Viele von den liebsten Menschen allerdings, die sind nicht hier,
Doch weil wir an sie denken, da feiern alle jetzt mit dir.
Und die, die hier versammelt sind,
Die wünschen diesem munteren Kind,
Daß unsere Margot, diese liebe derbe,
In Gesundheit mache noch so manche Scherbe.

Du hast uns allen viel geholfen und gegeben,
Wir danken dir und wünschen dir ein hundert Jahre langes Leben.
Ein letztes Wort zum Schlusse noch:
Unser Geburtstagskind, es lebe hoch!«

Manfred dachte, während er redete, immer wieder an das Gedicht, das er zur Silberhochzeit seiner Eltern verfaßt hatte und das von allen als peinlich empfunden worden war, damals, im Juli 1955 in Schmöckwitz ... Diesmal jedoch wurde er mit tosendem Applaus bedacht.

Nun folgte das Festessen. Die Gäste hatten vorab auf einer Art Fragebogen zwischen Fleisch und Fisch wählen können.

Danach saß Manfred ein wenig abseits und vertrieb sich die Zeit damit, die Gäste genauer zu mustern. Max Bugsin schaffte es wie immer, im Mittelpunkt zu stehen. Er hatte die einmalige Gabe, aus jedem Gespräch, so ernsthaft es auch begonnen wurde, ein Stück Volkstheater zu machen. Klagte etwa Tante Eva darüber, daß ihr wieder eine Patientin an Zucker gestorben sei, rief er sofort dazwischen: »Du, Eva, da muß die was falsch gemacht haben, denn mich hat mein Zucker zum Leben erweckt«, womit er auf seine Schwarzmarktgeschäfte nach dem Kriege zu sprechen kam. Obwohl er im April seinen 70. Geburtstag gefeiert hatte, sah er wesentlich jünger aus und versicherte mehrmals am Abend, daß ihn alle für 69 halten würden. »Ich hab' noch alle meine echten Zähne!« Was auch stimmte. Aber nicht, um das zu überprüfen, zückte er jede Stunde einen Taschenspiegel und sah sich in den Mund, sondern um zu sehen, was seine kleinen Bläschen machten. Sie waren laut ärztlichem Bulletin ein Nichts, doch er nahm sie für beginnenden Krebs. In regelmäßigen Abständen stand er auf, um das Geburtstagskind herzhaft zu umarmen, und sagte dabei immer wieder: »Margot, Freunde kann man sich aussuchen, Verwandte nicht.« Einige flüsterten, die beiden würden sicher heiraten, wenn Irma, seine Frau, sterben sollte. Brustkrebs hatte sie, und wenn sich da Metastasen bildeten, dann ...

Inge, seine Tochter, hatte sich nach der Scheidung von Hartmut Meyerdierks, dem Alkoholiker und Bankrotteur, einen neuen Mann geangelt, einen Vertreter, den alle Nepomuk nannten und von dem keiner wußte, was er eigentlich vertrat. »Sich wahrscheinlich nur den Knöchel«, vermutete Gerhard.

Gerhard Bugsin, Manfreds ältester Freund, führte jetzt die Büromöbelhandlung, zusammen mit seiner Mutter, die trotz ihrer Krankheit jeden Morgen mit der Taxe von Kladow zur Friedrichstraße fuhr, so daß sie bei der Kraftdroschkeninnung schon darüber nachdachten, wo sie ihr ein Denkmal hinstellen sollten. Gerhard strahlte wie immer und hätte, abgebildet auf einem Wahlplakat der CDU, als Protoyp des glücklichen Deutschen die absolute Mehrheit im Bundestag gebracht. Er kam gerade von einem dreiwöchigen Urlaub auf Lanzarote zurück, was ihn aber nicht hinderte, Manfred zu versichern, daß es damals in Karolinenhof und Schmöckwitz viel schöner gewesen sei.

Tante Elfriede und Charlotte Lamouche, Manfreds Schwiegermutter, saßen nebeneinander und schwiegen mal über dieses, mal über jenes, auf alle Fälle aber vornehm zurückhaltend und bedeutsam. Tante Elfriede war eine Cousine von Manfreds Vater, aufgewachsen mit diesem in Steinau an der Oder, wo ihre Eltern ein Haus gehabt hatten. Die Eltern, Binnenschiffer, hatten den kleinen Otto, ein uneheliches Kind, in seinen ersten Lebensjahren zu sich genommen. Heute wohnte Elfriede in Krefeld, was Joscha zu »Krähenfeld« machte. Still, bescheiden und weißhaarig, wie sie war, erinnerte sie Manfred lebhaft an seine Kohlenoma, ihre Tante.

Daß die Mutter die Schwiegermutter zum Geburtstag eingeladen hatte, war die größte Sensation des Tages, hatte sie doch ständig geklagt: »Mit dieser Frau bin ich fertig, die hat mich fallenlassen.« Manfred fragte Renate flüsternd, ob ihre Mutter seine Mutter nun wieder aufgehoben habe. »Heute morgen hat sie angerufen und gratuliert.«

Charlotte Lamouche klagte über den Stellenabbau im öffentlichen Dienst: »700 Stellen müssen eingespart werden!

Am meisten im Bereich Familie, Jugend und Sport, aber auch 250 neue Lehrerstellen fallen weg.«

»Kant ist auch nicht in Berlin zur Schule gegangen – und ist trotzdem überall als Kant anerkannt«, sagte Manfred. »Aber Schwachsinn ist es schon, was die da machen.«

Die fünf Cousinen – Margot, Gerda, Lolo, Eva und Ilse – hatten den Wettbewerb »Wer von uns hat es im Leben am schwersten gehabt?« wieder aufgenommen, und die vier Verliererinnen von vorhin versuchten nun mit vereinten Kräften, Tante Gerda den ersten Platz streitig zu machen.

Roswitha Bugsin, Gerhards Frau, immer in tiefer Sehnsucht nach einem Künstlersalon gleich dem der Rahel Varnhagen, litt mit Duldermiene unter so viel einfachem Volk und notierte mit tiefem innerem Seufzen das Käsekuchenrezept, das Elvira Liebetruth ihr gerade diktierte.

Onkel Kurt, Tante Lolos Mann, erwies sich im Gespräch mit Willy Liebetruth als profunder Kenner des Vorkriegsfußballs in Berlin.

»Stellen Sie sich vor: Am 24. Mai 1931 schlägt Österreich in Berlin Deutschland mit sage und schreibe 6:0, und das, obwohl Hanne Sobek bei uns mitgespielt hat.«

»Na, Hertha ist ja immerhin Vizemeister geworden dieses Jahr, hinter Borussia Mönchengladbach. Und die werden nächsten Sonnabend auch noch den UEFA-Cup gewinnen.«

»Da können Sie beruhigt einen drauf lassen – hätte Onkel Otto gesagt, wenn er noch leben würde«, warf Gerhard ein.

»Ich bin Bayernfan«, bekannte Erna Krause. »Zum zweiten Mal sind wir Europacup-Sieger geworden – der Landesmeister.«

»Ja«, wußte auch Tante Emmi, »die haben 2:0 gegen Leeds gewonnen.« Wobei sie Leeds wie Leder aussprach.

Übergangslos kamen sie auf den fünfjährigen Jungen zu sprechen, der im Mai in die Spree gefallen und ertrunken war.

»... und weil die Spree da schon zur DDR gehört, hat die West-Feuerwehr ihn nicht retten dürfen.« Willy Liebetruth gab wieder, was alle wußten.

»Verbrecher sind das!« rief Onkel Kurt. »Aber Gnade denen Gott, wenn es mal anders kommt!«

»Alles kommt mal anders«, sagte Inge Bugsin und meinte die Tatsache, daß die SPD in Berlin bei den letzten Wahlen im Januar die absolute Mehrheit verloren hatte, nur noch zweitstärkste Partei war, nach der CDU, und jetzt gemeinsam mit der FDP regieren mußte, was den Schütz/Lüder-Senat ergab, der vielen gar nicht gefiel.

Curt & Anett gaben ihrem Triebe nach, sich stets besonders herzlich um alte Leutchen zu kümmern, und trösteten Tante Emmi aus der Neuköllner Fuldastraße über den Verlust von Onkel Albert wie über ihre kleine Rente hinweg. Manfred reimte: »Immer wenn der Albert dalbert, macht die Emmi remmidemmi.« Was überhaupt nicht stimmte, Joscha aber sehr gefiel.

Der, nun schon fast drei Jahre alt, erfreute die Erwachsenen mit kecken Sprüchen. Etwa beim Hinweis auf den Erdtrabanten: »Der Mond hat aber keine Augen angemalt wie der Lampenschirm hier.« – »Der Lampion, Joscha.« – »Na, sag' ich doch!« Als der Fisch serviert worden war, hatte er seine Mutter am Ärmel gezupft: »Mami, koch auch mal Fisch mit Augen!« Im Augenblick saß er am Tisch und malte. »Ich mach' jetzt mit Blau grüne Punkte.«

Tante Irma, Irma Bugsin, spielte mit Philip, ihrem Enkelkind, eine Runde Schach auf einem kleinen transportablen Brett.

Erna Krause, Irma Matuschewski und Lenchen Behnke schließlich gedachten der »Abgeschiedenen«, wie Manfred sie mit einem Begriff Karl Mays gerne nannte: »Die Oma in Schmöckwitz, det war die Seele von's Buttergeschäft, und auch der Otto war 'ne gute Seele. Wenn die heute dabeisein könnten ...«

Manfred nahm ein Stück Papier und schrieb ihre Namen auf, und zu seinem Vater und der Schmöckwitzer Oma kamen noch viele andere, die schon auf dem Friedhof lagen: die Kohlenoma. Onkel Helmut, deren jüngster Sohn und Halbbruder seines Vaters. Tante Claire, die Schwester der Schmöckwitzer Oma. Tante Trudchen und Onkel Richard, eine Schwägerin und ein Schwager der Schmöckwitzer Oma. Onkel Albert, ihr Bruder. Tante Martha, ihre jüngste Schwester, und Onkel Erich, deren Mann. Onkel Jochen, Tante Evas Mann. Onkel Walter, Tante Elfriedes Mann. Dazu aus dem Freundeskreis der Mutter: Herbert Neutig, Oma Schmieder, Elvira Liebetruths Mutter, Waldemar Blöhmer aus Rahnsdorf und Erwin Krause, Ernas Mann, der große Paddler. 17 Menschen waren das, fast so viele, wie die Mutter heute Gäste hatte, und einige mochte er sogar vergessen haben. Und wer würde am 70. Geburtstag dazugekommen sein, und am 80. erst ...? Er selber womöglich. Er zerknüllte seine Totenliste.

In diesem Moment ging die Tür auf, und ein Hutzelmännchen erschien, gekleidet wie ein Clown beziehungsweise Stadt- und Landstreicher, ein Akkordeon unterm Arm.

»Betteln und Hausieren verboten«, sagte Erna Krause, als würde sie die Emailleschilder ablesen, die in jedem Altberliner Haus zu finden waren.

Das Geburtstagskind fuhr auf. »Das ist der Alleinunterhalter, den ich für euch engagiert habe.«

»Du hast doch Max«, meinte Tante Irma.

»Ja, dann kann ich ja gehen.« Max Bugsin, der sein Akkordeon draußen in Gerhards Wagen liegen hatte, schien sehr verschnupft.

Schließlich traten beide nacheinander auf, und die Mutter konnte ihren Geburtstag später als außerordentlich gelungen bezeichnen, zumal auch eine Reihe schöner Fotos gemacht worden war.

Manfred saß auf der Heimfahrt neben Renate vorn im Auto und fühlte sich leer und ausgelaugt. Auch dieser Tag war an ihm vorbeigehuscht, wie alle Tage. Er gewann seinen Wert erst, wenn man in zwanzig Jahren von ihm sprach. »Weißt du noch, wie wir bei Margots 65. in der engen Laube zusammengesessen haben ...« Und ehe er sich's versah, saß er im Altersheim und konnte sich an nichts anderes mehr erinnern als an die Kette der vielen Geburtstage, die er erlebt hatte.

Viele Geburtstage und einige Todestage.

In der Regel fuhr Manfred mit dem 60er Bus von der Haltestelle Blisse-, Ecke Uhlandstraße zum Tauentzien-Tower, und nur, wenn es am Volkspark Wilmersdorf allzusehr stürmte, regnete und schneite, nahm er die U-Bahn am Bundesplatz. Dies auch, weil er auf dem Bahnhof Kurfürstendamm, wollte er nicht ein ganzes Stück laufen, in die Linie 3 umsteigen mußte, und die kam nur alle zehn Minuten. Außerdem war Kurfürstendamm zu dieser Zeit der große Drogenhandelsplatz, und es war ebenso schaurig wie stressig, dort zu stehen und zu warten. Zwei Jahre und zwei Monate spielte er nun schon bei seinem neuen Verein, dem HÖV Berlin, und dachte fast jeden Tag an einen Wechsel. Hätte ihn jemand angerufen und gesagt, du, wir haben bei uns an der Uni eine schöne Stelle für dich, wäre er längst weg gewesen, doch die Kraft und den Mut, von sich aus Bewerbungsschreiben abzuschicken, die fehlten ihm, da war er zu sehr Fatalist: *Wenn der Herr will, daß ich woanders hin soll, dann sorgt er schon dafür.* Sein Freund Heiner Dietrich nannte das externale Zurechnung, und das klang recht negativ, doch Manfred ließ sich nicht umstimmen, obwohl immer wieder Städtenamen fielen: Speyer, Wien, Konstanz. Doch was sollte er dort?

»Na, Mensch, Karriere machen!« riefen Freunde wie Moshe Bleibaum oder Tobias Rindt.

»Was hab' ich davon, wenn ich Karriere mache?«

»Mann, dann bleib doch bei deinen Quetschkartoffeln!«

Die aß er in der Tat regelmäßig in der Kantine des Tauentzien-Towers, eine eigene Mensa hatte man für die HÖV nicht vorgesehen. Wozu auch, spotteten Professoren wie Schattan und Engelhard, solchen Luxus dürfe es in Beamtenkadettenanstalten per Dekret nicht geben. Kurzum, der Grabenkrieg mit der Fachaufsicht verbrauchte fast all ihre Kraft. Lehre und Forschung wurden absolut nebensächlich, wenn zu den Gefechten mit Jahrow und Pansegrau anzutreten war. Die politische Großwetterlage hatte die Spannungen zwischen der HÖV und ihren Herren noch verschärft, denn unausgesprochen galten etliche der Professoren, obwohl durchweg SPD-Genossen, als klammheimliche Sympathisanten derer, die den

Staat radikal verändern wollten, ob nun per Protest und Sitzblockade wie beim südbadischen Atomkraftwerk Wyhl oder mit terroristischer Gewalt wie bei der Entführung des Berliner CDU-Politikers Peter Lorenz durch die »Bewegung 2. Juni« und dem blutigen Überfall der RAF auf die Deutsche Botschaft in Stockholm. Aber auch auf der HÖV-Seite brauchte man klar definierte Feindbilder, um den inneren Zusammenhalt zu sichern und sich als Kämpfer gegen das stur Bürokratische zu profilieren. In ihren Lehrveranstaltungen predigten sie immer wieder, gerade in der Verwaltung könne man nur etwas erreichen, wenn man informelle Kontakte pflegte. Doch bei ihnen war nach Schmalstichs Weggang und Radduschs Tod niemand bereit, sich mit denen, die Macht über sie hatten, in einer Kneipe zusammenzusetzen, ein Bier zu trinken und einen zünftigen Skat zu dreschen. So eskalierte denn alles, und im Sommertrimester 1975 waren es drei Fälle – beziehungsweise Vorfälle –, die ihnen sehr zusetzten.

Mit der Schaffung der HÖV und der bevorstehenden Graduierung der ersten Absolventen zu Diplomverwaltungswirten stellte sich die Frage, ob damit alle Beamten und Beamtinnen des gehobenen Dienstes, die vordem an der alten Verwaltungsschule ihre Laufbahnprüfung bestanden hatten, nicht automatisch abgewertet würden. Da dies nicht zu verneinen war, kamen Jahrow und Co. auf die Idee, die letzten fünf Jahrgänge vor Gründung der HÖV mit Hilfe einer »Schnelltünche« auf den neuen Standard zu heben, und die Professoren mußten allesamt zu Sondereinsätzen antreten und in großen Sälen predigen. Manfred beispielsweise wurde ins Rathaus Charlottenburg geschickt und hatte sich im Bezirksverordnetensaal über die Grundlagen der Organisations- und Verwaltungssoziologie zu verbreiten. Das war nicht weiter schwierig, denn inzwischen war das Lehrbuch, das er mit Muldenstein und Jäger zusammen geschrieben hatte, auf dem Markt. Er kannte seinen Stoff eh auswendig. Schlimm wurde es erst, als Jahrow verlangte, in jedem Fach Klausuren zu schreiben – und das bei rund fünfhundert Teilnehmern, die auf ihn und Tobias Rindt entfielen.

Der Freund und Kollege rechnete. »Wenn ich für jede Klausur eine halbe Stunde ansetze, dann sind das für mich 125 Stunden, gleich drei Wochen zusätzliche Arbeit. Mensch, Manne, sind die wahnsinnig geworden?«

Manfred überlegte. »Man könnte es auch in drei Stunden schaffen ...«

»Das ist völlig unmöglich!«

»Ist es nicht ...« Und dann entwarf er die Idee einer Multiple-choice-Klausur. »Wir entwickeln einen Fragebogen mit zwanzig Fragen, jeder von uns zehn, wo Antworten von a bis e möglich sind. Angekreuzt wird vorn auf dem Deckblatt – und dann brauchen wir bei der Benotung nur eine Schablone draufzulegen, wie beim Lotto. Eine Sache von Sekunden.«

»Bei Soziologie geht das nicht.«

»Klar geht das. Beispiel: Wie heißt bei Niklas Luhmann die ›Formel‹, mit der er den Sinn und Erfolg sozialer Systeme erklärt? a) Aufstellung funktionaler Äquivalenzen, b) Beseitigung von Ungewißheit bzw. *coping with uncertainty*, c) Erfassung und Reduktion von Komplexität, d) AGIL – *adaption, goal attainment, integration* und *latency* – oder e) Soll-Wert (Führungsgröße) gleich Ist-Wert? Wer c) ankreuzt, bekommt den Punkt, wer 0 Punkte hat, bekommt eine Sechs, wer 20 hat, eine Eins. So einfach ist das.«

»Genial!« rief Tobias Rindt und hieb Manfred vor Freude derart auf die Schulter, daß es noch Tage später schmerzte.

Für die anderthalbstündige Mammutklausur in Soziologie hatte die HÖV extra einen Hörsaal in der TU angemietet, und Tobias Rindt und Manfred saßen vorn auf dem Podium, um Obacht zu geben, daß ihre Schützlinge nicht schummelten. Natürlich ließ sich nicht ganz vermeiden, daß gelegentlich »4e« oder »18c« gezischelt wurde, aber insgesamt schien es korrekt zuzugehen. Froh, sich unendlich viel Arbeit erspart zu haben, saßen sie danach beim Italiener und machten sich an die Auswertung.

»Ich habe nur Einsen und Zweien«, sagte Tobias Rindt nach einer Weile und sah nicht eben froh dabei aus.

»Ich auch ...«, stöhnte Manfred. Was das bedeutete, war

klar: »Wenn Jahrow das mitkriegt, läßt er alles wiederholen – aber richtig mit zwanzig handgeschriebenen Seiten pro Nase ...«

»Und wenn wir strengere Maßstäbe anlegen?«

»Du kannst einem, der achtzehn von zwanzig möglichen Punkten hat, nicht 'ne Vier geben«, stellte Manfred fest.

Und obwohl sie sich alle Mühe gaben, sie kamen nicht im entferntesten an das heran, was für Jahrow und Pansegrau das Maß aller Dinge war: die Gaußsche Normalverteilung. Bei 488 Arbeiten gab es lediglich 15 Dreien, sonst nur Noten zwischen 1 und 2,5. Auch der letzte kleine Haufen brachte keine Wende. Bis Tobias Rindt plötzlich aufschrie.

»Mensch, Manne, die erste Fünf!«

Manfreds Kommentar kam spontan. »Was muß das für ein Idiot gewesen sein!«

»Beschimpf den nicht: Der ist unsere Rettung Jahrow gegenüber.«

So schien es wirklich zu sein, denn als Jahrow das Ergebnis der Soziologieprüfung zu sehen bekam, brummte er zwar etwas von einem Geschenk, ließ aber in der Tat, als er die Fünf bemerkte, vom Gedanken einer Annullierung ab. Manfred und Tobias Rindt lagen sich in den Armen. Doch ihre Freude fand ein jähes Ende, als es klopfte und jemand ins Dienstzimmer eintrat, der sich als der Sprecher der Klausurschreiber vorstellte.

»Martin Tomaschewski mein Name ...«

»Ja, bitte ...?«

»Ich bin der, der die Fünf geschrieben hat.«

Manfred hatte die Fakten im Kopf. »Bei 9 Punkten gibt's nun leider mal 'ne Fünf, erst bei 10 Punkten ist man aus dem Schneider.«

Tomaschewski, ein Klotz, der Manfred an den Fußballer Horst Hrubesch erinnerte, den sie »das Ungeheuer« nannten, schluckte. »Ich hätte ja auch eine Eins schreiben können, aber ich habe mich für meine Kameraden aufgeopfert, damit die Klausur anerkannt wird und sie gute Noten bekommen. Das begreift aber keiner von den Ärschen, und sie lachen mich aus. Der letzte Depp bin ich jetzt. Und darum will ich alles rückgängig machen und auch eine Eins bekommen.«

Die beiden Soziologen faßten sich an den Kopf und erklärten, das sei unmöglich, denn die Noten lägen längst bei der Fachaufsicht und seien auf keinen Fall mehr zu ändern.

»Dann gehe ich zu Herrn Jahrow und erzähle ihm, wie alle angekreuzt haben, was die Asse ihnen zugeflüstert haben.«

Manfred und Tobias Rindt sahen sich an. Tomaschewski war offenbar nur noch durch Mord zu bremsen. Sie versuchten es mit allen psychologischen Tricks, doch ohne Erfolg. So fuhr Tomaschewski zur Fachaufsicht, klagte der sein Leid – und selbstverständlich ließ sich Jahrow diese Chance nicht entgehen, seinen geliebten Feinden ein paar Tage ungetrübter Freude zu bereiten. »Diese Kurse sind integrale Bestandteile der Lehre an der HÖV, und per Gesetz gehört es zu Ihrem Amt, Prüfungen abzunehmen. Und als Leistungsnachweis ist die Klausur bindend festgeschrieben. Wir wiederholen das also auf die gängige Art und Weise mit einer Klausur, die aus fünf Teilen besteht – jeweils mit Sachverhalt und Aufgabe –, und so etwa zwanzig Seiten sollte schon jeder zu Papier bringen.«

Auch im zweiten Fall ging es um eine Klausur, und zwar um die von Norbert Caprano, geschrieben im dritten Studienabschnitt zum Thema »Positive und negative Folgen sozialer Konflikte«. Manfred hatte sie mit einer Eins bewertet, denn besser hätte er die Sache auch nicht formulieren können. Dann aber war Jahrow auf diese Klausur gestoßen, und als Kämpfer gegen die planetare Bedrohung des Kommunismus nach wie vor der Leninschen Maxime »Vertrauen ist gut, Kontrolle ist besser« anhängend, war es ihm allzu glatt und gelehrt vorgekommen, was Caprano da zu Papier gebracht hatte. So war er in die Bibliothek der HÖV geeilt und hatte zu suchen begonnen. Schon nach kurzer Zeit war er fündig geworden und mit dem Buch *Grundprobleme der soziologischen Theorie* von John Rex zu Manfred gelaufen.

»Hier, auf Seite 151, lesen Sie mal ... Was ich unterstrichen habe.«

Manfred tat es. »Damit soll gesagt werden, daß in der Wirklichkeit sozialer Systeme die Existenz einer Konfliktsituation nicht unbedingt bedeutet, daß das ganze soziale System durch den Konflikt gesprengt wird.« Manfred sah hoch. »Sehr schön, das kann ich nur unterstreichen. Aber: Ich weiß nicht, was soll das bedeuten ...?«

Jahrow lachte. »Das steht genauso – wortwörtlich! – in der Klausur von Herrn Caprano. Und das hätten Sie merken müssen, daß er das abgeschrieben hat.«

Manfred sah aus dem Fenster, zum Teufelsberg hinüber. Auf den Radartürmen der Amerikaner, die aussahen wie die Kuppelbauten von Außerirdischen, lag gleißende Saharasonne. »Nun ... a) muß ich zugeben, daß ich das Buch nicht kenne, und b) kann ja Herr Caprano bei der Klausur gar nicht abgeschrieben haben, da Herr Tomaschweski – *Ihr* Herr Tomaschewski! – Aufsicht geführt hat.«

»Von Tomaschewski ist bekanntgeworden, daß er mit Absicht wegsieht, um die Chancen seiner späteren Kollegen nicht zu schmälern. Außerdem hat er Angst, daß sie einmal seine Vorgesetzten sein könnten und es ihm dann heimgezahlt wird, daß er ihnen das Leben schwergemacht hat.«

Manfred kam nicht umhin, Jahrows Cleverneß zu bewundern. Gleichzeitig aber merkte er, wie sehr er Leute schätzte, die bei solchen Lappalien dem Motto »Schwamm drüber!« folgten, und daß er die verabscheute, die einen solchen Aufriß machten. »Die Welt geht nicht unter, wenn Caprano wirklich ... Wird er deswegen ein schlechterer Beamter?«

Da nun war Jahrow echt empört. »Betrug ist Betrug, und wer bei einer Klausur betrügt, unterschlägt später auch Gelder und läßt sich bestechen. Und darum ist Capranos Arbeit mit einer Sechs zu bewerten.«

»Wenn er aber ein phänomenales Gedächtnis hat ...? Es gibt ja Leute, die alles, was sie lesen, gleichsam fotografisch speichern können.«

Jahrow stand auf. »Das will ich von ihm selber hören.«

Der Student wurde aus dem Hörsaal geholt und bestätigte ihnen, ein Supergedächtnis zu haben.

»Das soll er uns beweisen!« rief Jahrow.

Also wurde Norbert Caprano aus der UG 7/73 vier Stunden lang unter strenger Bewachung in das Vorzimmer Puppkes gesetzt. Zwei davon durfte er sich zehn genau bestimmte Seiten aus dem Lehrbuch von Matuschewski, Muldenstein und Jäger einprägen, die anderen beiden mußte er eine Klausur zum Thema »Abweichendes Verhalten« schreiben. Um die ganze Sache wissenschaftlich zu gestalten und bei einer möglichen Klage Capranos vor dem Verwaltungsgericht Bestand zu haben, wurde Wolfgang Rulski als gewählter Studentenvertreter mit der Rolle der Kontrollperson betraut, das heißt, auch er mußte versuchen, den Text auswendig zu lernen und möglichst wortwörtlich niederzuschreiben.

Das Ergebnis war eindeutig: Norbert Caprano hatte nur geringe mnemotechnische Fähigkeiten, hatte also ganz eindeutig das fragliche Soziologiebuch in die Klausur geschmuggelt und abgeschrieben.

Auch der dritte Fall bescherte Manfred zwei Wochenenden voller öder Arbeit. In der UG 7/73 hatte er im zweiten Studienabschnitt eine Klausur schreiben lassen und den Studenten »zur Reduktion von Komplexität« fünf Themen vorgegeben. »Eins davon kommt dran.« Nun, alles war bestens gelaufen, und die Noten zeigten die Gaußsche Normalverteilung, wie Jahrow sie liebte. Und dennoch stand er eines Morgens bei Manfred im Büro, um zu intervenieren.

»Ich habe gesicherte Erkenntnisse, daß sich mindestens drei Ihrer Studenten vorab in ihren Dienststellen das vorgeschriebene Papier verschafft und zu Hause in aller Ruhe alle fünf Klausurthemen bearbeitet haben. Dann haben sie alle fünf mit in die HÖV gebracht und während der Zeit im Hörsaal getan, als würden sie ernsthaft schreiben, dann aber die vorbereitete Superarbeit herausgezogen und abgegeben.«

»Genial!« rief Manfred. »Endlich mal kreative Beamte. Das sollte man belohnen. Und außerdem haben sie sich den ganzen Stoff so sorgfältig angeeignet wie kein anderer sonst.«

Jahrow schüttelte den Kopf. »So nicht, Herr Kollege! Da Sie mit Ihrem System diesen Betrugsversuch quasi begünstigt haben, will ich von einer Bestrafung der Betroffenen absehen. Eines aber steht fest: Die Klausur wird wiederholt – und diesmal gibt der Examensausschuß das Thema vor.«

»Durchsehen darf ich die Klausuren aber weiterhin selber …?«

»Ja, selbstverständlich.«

Einziger Trost für Manfred war der alte Satz seines Vaters: *Freu dich, daß du auf der Welt bist und nicht runterfällst!*

Ganz allgemein schien es ihm, daß er mit seiner Entscheidung, an die HÖV Berlin zu gehen, wenig Fortüne gehabt hatte. Aber was war ihm anderes übriggeblieben? Und Millionen von Arbeitnehmern hatten es noch viel schlechter als er. Wenn schon die Privilegierten jammerten … Aber der Frust im Tauentzien-Tower begann bereits morgens, wenn ganze Heerscharen unten an den Fahrstühlen standen. Mit seinen 21 Geschossen war das Hochhaus als reines Bürogebäude konzipiert worden. Die Architekten waren davon ausgegangen, daß sich die vergleichsweise wenigen Angestellten, wenn sie morgens anrückten, gut verteilen würden. Dann aber hatte man den Büroraum nicht vermieten können, und um einen weiteren Bauskandal zu vermeiden, war das Land Berlin eingesprungen und hatte die Stockwerke 8–9 und 14–18 für die HÖV gemietet. Nun tröpfelten nicht einige wenige Menschen peu à peu ins Haus, sondern es gab die reinste Sintflut, wenn Punkt acht viele hundert Studenten zu ihren Vorlesungen wollten. Die wenigsten hatten die Lust und die Kondition, nach oben zu laufen, zumal es in den engen Treppenhäusern ein wenig gruselig war. Manfreds Büro lag in der 15. Etage, und er verzichtete gerne auf die bergsteigerische Übung, zu Fuß dorthin zu gelangen. Andererseits war auch das Aufzugfahren alles andere als bequem, nicht nur wegen der langen Schlangen. Der Fahrstuhl konnte wegen Überlastung steckenbleiben, was andauernd passierte, zumindest aber konnte es ewig dauern, bis er oben war, weil in jedem Stockwerk jemand aus- oder zustieg. Es war und blieb jeden Morgen ein Glücksspiel.

»Hallo, Manne!«

Tobias Rindt hatte sich am Schacht I aufgebaut und grüßte herüber. Manfred sah sich um. Ganz hinten, am Schacht VI, stand Dieter Schattan, und der litt besonders unter der Fahrstuhlmisere, war er doch neulich beim Einsteigen zwischen die zuschnappenden Türhälften geraten – und die hatten unter Strom gestanden. »Ich hab' noch nie so gezittert wie in diesem Augenblick.« – »Das wird Jahrow angeregt haben, weil der elektrische Stuhl als solcher für unliebsame HÖV-Professoren noch nicht zugelassen ist.« Dabei hatte er Glück im Unglück gehabt, denn kurz vor Weihnachten waren zwei Kommilitonen im Fahrstuhl von der Ebene 2 auf die Ebene 0 abgestürzt und hatten sich mehrere Knochen gebrochen. Weit hinten sah er Heiner Dietrich und Raddusch in seiner Schlange stehen, und Maxe sang: »Reih dich ein in die Arbeiterklasse, weil auch du ein Arbeiter bist.« Plötzlich standen sie beide direkt hinter ihm, denn die acht Studenten, die zwischen ihnen gewartet hatten, waren zum Fußmarsch aufgebrochen. Bald sollte Manfred sie wiedersehen, denn als der Lift Nummer III endlich wieder unten war, paßte niemand mehr hinein. Die Studenten hinter ihm waren nur bis zur 5. Etage gelaufen und dort in den Fahrstuhl nach unten gestiegen ... Weitere fünf Minuten war auszuharren.

Während alle anderen stöhnten, freute Heiner Dietrich sich. »Lernen die jungen Menschen gleich, wie schwer es ist, nach oben zu kommen.«

Als sie endlich eine leere Fahrstuhlkabine entern konnten und es aufwärts ging, kam dennoch keine Freude auf, denn zwischen der 7. und der 8. Etage blieben sie stecken. Ein schriller Alarmton erklang. Sekundenlang herrschte Funkstille, dann setzten witzelnde Kommentare ein. Panik kam nicht auf, aber jeder machte sich Sorgen. Manfred stellte sich vor, daß der Kabinenboden dem Gewicht nicht mehr standhielt und einfach nach unten wegklappte. Andere glaubten, ersticken zu müssen.

»Luft anhalten!« rief jemand. »Nur bei jedem zweiten Atemzug darf eingeatmet werden.«

»Bei Mund-zu-Mund-Beatmung wenden sich die Damen bitte an mich«, sagte ein Student, denn mit Simona Sachs und Hannelore Grau waren zwei attraktive Studentinnen an Bord.

»Freier Fall für freie Bürger!« lachte Heiner Dietrich und rüttelte ein wenig an der Kabinentür. Einige schrien auf und fragten, ob dies ein Psychotest wäre. Noch schien das alles sehr lustig zu sein, aber Manfred merkte, daß einigen, die offensichtlich zu klaustrophobischen Reaktionen neigten, ein wenig mulmig wurde. Auch wurde die Luft zunehmend schlechter. Raddusch drückte auf den Alarmknopf. »Wenn sich hier nicht bald einer meldet, erstatte ich Anzeige ...« Er zählte eine Reihe einschlägiger Paragraphen auf.

Endlich kam die Stimme aus der Kommandozentrale. »Ich kann nicht hexen. Erst muß einer los, euch mit der Hand hochkurbeln.«

»Ihr könnt doch mal für 'n Moment euer Frühstück unterbrechen.«

»Und ihr könnt auch mal warten – so wie wir, wenn wir ins Rathaus kommen. Haha!«

Kurz vor halb neun stand Manfred endlich im Hörsaal und wurde anfangs immer wieder unterbrochen, weil ständig Nachzügler kamen.

Als er in seiner ersten Pause schon ziemlich erschöpft in seinem Büro saß und eine Käsestulle aß, rief Renate an. Er solle nicht vergessen, die Passierscheine für Onkel Wölfis Geburtstag zu beantragen.

»Und denk daran: nicht Leipzig, sondern Ferch.«

»Ich weiß nicht, welcher Kreis das ist.«

»Du weißt doch sonst immer alles.«

»Ist es mein Onkel?«

»Du hast mittags 'ne Stunde Zeit, da kannst du doch mal ...«

Was blieb ihm weiter übrig, als in die Jebensstraße zu traben, wo man eine der fünf neuen Passierscheinstellen eingerichtet hatte. In einem Vorraum saßen Westberliner Bedienstete, gaben Nummern aus, verteilten die Formulare und halfen einem beim Ausfüllen der Anträge. Manfred hatte das schon zu Hause für sich und Renate getan, denn seine Frau brauchte einen eigenen »Antrag auf Einreise in die DDR« mit eigener Unterschrift. Beim Ausfüllen dieser Anträge schwitzte er wie ein verkappter Legastheniker, der in der Schule sein erstes Diktat zu schreiben hatte. Immer wieder verschrieb er sich, aus dem Städtchen Strausberg bei Berlin wurde dann Straußberg, obwohl Franz Josef damit beileibe nichts zu tun hatte, und als sein Geburtsdatum trug er den 1.2.1975 ein. Ausgeübte Tätigkeit? War da nun Professor, Hochschullehrer oder Fachhochschullehrer zu schreiben? Eine Bezeichnung, die »man drüben« für unrichtig hielt, konnte eine Ablehnung des Antrages zur Folge haben. Natürlich hatte er Joscha auf seinem und Renates Antrag eingetragen, obwohl geschrieben stand: »Mitreisende Kinder bis 16 Jahre (Name, Vorname, Alter) nur auf dem Antrag eines Erziehungsberechtigten eintragen«. Und dann hieß es: Beabsichtigte Aufenthaltsdauer in der DDR von ... bis ... in (Ort, Kreis) ... Lange brütete er darüber, was da zu tun war, wo sie doch nur am 5. Juli »rüberfahren« wollten. Sollte er schreiben »von 5. bis 5. Juli 1975« oder durfte er sich erdreisten, das DDR-amtliche »von« und »bis« durchzustreichen und eigenmächtig durch ein »am« zu ersetzen ...? Sicher nicht, denn in diesen hoheitsrechtlichen Fragen verstand die DDR keinen Spaß, und immer wieder hörte man von Fällen, wo ein Antrag nur deswegen abgelehnt worden war, weil jemand etwas verbessert hatte. Überhaupt war er skeptisch, denn ganz oben stand: »Bitte mit Schreibmaschine oder in Blockschrift mit Tinte ausfüllen«, und er beherrschte zwar die Blockschrift absolut DIN-gerecht, doch hatte er nicht mit Tinte geschrieben, sondern mit Kugelschreiber. Galt das? Es war zumindest fraglich. Der größte Knackpunkt kam auf der Rückseite des Antrages, und das war in Renates Fall keine ganz harmlose Sache. Auszufüllen war: Bei früherem Wohnsitz in der DDR letzte Wohnanschrift ...

»Was schreib' ich da bei dir, wo habt'n ihr zuletzt in Ostberlin gewohnt?«

»Bist du verrückt, das reinzuschreiben, für die bin ich noch immer Bürgerin der DDR – und sie behalten mich gleich da.«

»Ihr seid nicht geflüchtet, sondern legal rübergekommen.«

»Trotzdem.«

Manfred verlor langsam die Geduld. »Dann fahren wir nicht zu Onkel Wölfis Geburtstag.«

»Er wird siebzig, und krank wie er ist, ist das sein letzter Geburtstag!« rief Renate. »Ich will ihn noch mal sehen, das ist mein Lieblingsonkel.«

»Dann streichen wir den letzten Wohnsitz eben durch.«

Dagegen hatte Renate Bedenken. »Die wissen genau, daß wir mal in Weißensee gewohnt haben.«

Manfred haßte diese kaum taschenbuchgroßen Anträge mit ihren beiden blaßgrünen schrägen Balken. Grau und grobfasrig, wie das Papier war, erinnerten sie ihn an das Toilettenpapier in Schmöckwitz. Er zog das *Merkheft für Besuche und Reisen von Personen mit ständigem Wohnsitz in Berlin (West) nach Ostberlin und in die* DDR zu Rate, doch das half in solchen Fällen auch nicht weiter. So entschlossen sie sich nach längerer Beratung, Renates früheren Wohnsitz in der DDR zu verschweigen, denn als Kind habe sie ja keine eigene Wohnung gehabt.

Es war eine wacklige Konstruktion, und so fühlte sich Manfred wie ein Krimineller, der etwas zu verbergen hatte. Würden sie ihn überführen oder nicht, das war die bange Frage. Endlich wurde er von dem Westberliner Bediensteten in den großen Raum gewinkt, wo ein halbes Dutzend Ostberliner Staatsdiener an großen Schreibtischen saßen. Sie trugen alle die gleichen Anzüge, die auf den ersten Blick wie Uniformen wirkten. Deren Stoff war von einer braunen Farbe, die irgendwo zwischen Kaffee und Kacke angesiedelt war, aber auch ein wenig an die alte Berliner Müllabfuhr erinnerte. Ein bißchen kafkamäßig war es, als sich Manfred dem DDR-Beamten näherte. Daß es in der DDR rechtlich keine Beamten gab, wußte er, doch einen anderen Begriff für diesen blassen und roboterhaften Menschen fand er nicht. Es sei denn Arschloch. Der hatte nun zu befinden, ob er als

Deutscher in Deutschland von einem Ort zum anderen reisen und seine Angehörigen besuchen durfte. Also gab er sich freundlich und demütig, anstatt dieses Schwein anzuspucken und ihm in den Arsch zu treten. Und: *Was kann denn der arme Mann dafür, der tut nur seine Pflicht.*

Auf dem Weg zurück zur HÖV fand er sich und dieses Land zum Kotzen. Vor der Gedächtniskirche traf er einen Klassenkameraden aus der Neuköllner Rütlischule.

»Hallo, Hotte!«

»Mensch, Manne!«

Horst Rüscher, so stellte sich heraus, war im Bezirksamt beschäftigt und wußte, daß Manfred in der HÖV an der Formung des Beamtennachwuchses arbeitete. Sofort begann er, Klagelieder zu singen.

»Ich hab' so einen Praktikanten bei mir gehabt, Motto: Die Arbeit ist heilig, aber selig, wer sich davor hütet. Meine Spielregeln sind: strikte Einhaltung der Arbeitszeit und der Pausen, keine Feiern und privaten Erledigungen während der Dienstzeit, keine Dauergespräche mit Kollegen – und an die wollte er sich partout nicht halten. Und weißt du, was er sagte, als ich ihm Vorhaltungen machte: ›Ich finde schon Oasen in der Verwaltung, und in der HÖV fällt sowieso keiner durch, das sind doch alles milde Väter.‹«

Auf Nachfrage stellte sich heraus, daß es sich bei diesem Praktikanten um keinen anderen als Hagen Sobottka handelte, und der hatte im *HÖV-Narren* gerade eine Glosse über seine Beurteilung bei Herrn R. veröffentlicht, in der es unter anderem hieß: »Der Anwärter zeichnete sich durch eine überdurchschnittliche Anpassungsfähigkeit und konsequentes Vermeiden des aufrechten Ganges aus. Sein betont auf das kritiklose Akzeptieren gegebener Normen ausgerichtetes Verhalten prädestiniert ihn für eine steile Karriere in der Berliner Verwaltung. Da ihm – außer den Fähigkeiten im Lochen und Abheften – keine Sachkenntnisse vermittelt wurden, ergab sich stets eine kordiale und kooperative Zusammenarbeit mit der gesamten Arbeitsgruppe. Daß er bei der Sitzung am 22. Mai 1975 nicht für den Kaffee gesorgt hat, ist ihm wegen eines Defektes der Kaffeemaschine nicht persönlich anzulasten.«

Manfred fürchtete, daß die Fachhochschule der Versuch der Quadratur des Kreises war oder, anders gesagt: ein totgeborenes Kind. Doch was wäre, wenn man sie gar nicht gegründet hätte? Alles wäre noch schlimmer.

Wieder im Tauentzien-Tower zurück, sah er Heiner Dietrich in seinem Hörsaal und stutzte. Nein, in der Tat, so stand es im Plan, hatte er die UG 7 von 14 bis 16 Uhr zu beschallen. Also mußte sich der Freund und Kollege wieder mal geirrt haben. Doch als er eingetreten war, sah er, daß es sich anders verhielt, denn am Boden, den Rücken an die Wand gelehnt, saß Norbert Caprano und starrte mit leerem Blick an die Decke.

»Meine Eltern sind über den See rüber, nach Rohrschach, nicht wahr, wann kommen sie zurück?«

»Sie sind hier in Berlin und nicht in Konstanz«, sagte Heiner Dietrich und kniete sich vor Manfreds Student.

»Ich war gestern erst am See.«

»Das war der Müggelsee oder der Wannsee ...«

Wolfgang Rulski mischte sich ein. »Ich geh' die Feuerwehr holen, er muß ins Krankenhaus.«

Hagen Sobottka hielt ihn fest. »Nicht doch! Was soll er in der Klapsmühle – da wird er erst richtig verrückt.«

Manfred stimmte dem zu, und Heiner Dietrich fand es am besten, wenn zwei Kommilitonen Caprano zum Arzt brachten und zusahen, daß er ruhiggestellt wurde und man seine Eltern alarmierte. So wurde dann auch verfahren, und Manfred hatte es anschließend schwer, sich und seine Zuhörer so zu motivieren, daß sie dem Thema »Grundlagen der Pathologie einer Organisation« etwas abgewinnen konnten.

Nach der Lehrveranstaltung kamen Hannelore Grau und Hagen Sobottka und fragten ihn, ob er nicht Lust habe, die UG 7 auf einer Exkursion nach Bremen zu begleiten, da kenne er sich ja aus. Manfred schwankte. Einerseits wäre es schön gewesen, die alten Freunde und Kollegen wiederzusehen, andererseits war das eine Woche fürchterlicher Streß, und trotz aller Tabletten und des autogenen Trainings war er noch immer nicht so belastbar wie in früheren Zeiten. Aber was blieb ihm anderes übrig, als ja zu sagen, wollte er sich die Gunst der Menge nicht verscherzen.

»Okay, ich kümmere mich drum, im November irgendwann.« Manfred verfluchte seine Verpflichtungen, die Exkursion nach Bremen ebenso wie den 70. Geburtstag von Onkel Wölfi.

Ferch lag am Ende des Schwielowsees, der südlich Potsdams wie ein riesiger Wassersack an der Havel hing. Wolfram Groitzsch hatte sich dort ein 3 000 Quadratmeter großes, wildromantisches Grundstück gekauft. Der vordere Teil bestand aus einem Plateau, auf dem ein zweistöckiges Holzhäuschen errichtet worden war, eine Luxusdatsche, der mittlere aus einer Art Wolfsschlucht und der hintere aus einem waldbestandenen Hang. Die Grenzkontrolle in Dreilinden hatten sie gut überstanden, und es war ihnen geglückt, auf dem Berliner Ring die Ausfahrt Ferch zu erwischen. An der kleinen Bahnstation Ferch-Lienewitz vorbei ging es durch dichten Wald in die Ortschaft hinein, wo es ihnen keine Mühe machte, Onkel Wölfis Grundstück zu finden, denn sie hatten die Scheiben ihres türkisblauen Käfers heruntergedreht und hörten Tante Täubchen schon von weitem trällern: »Sing mit mir, tanz mit mir ...« Das klang sehr nach Marika Rökk, und sie war nicht nur eine Verehrerin des Ufa-Stars, sondern gab sich, je älter sie wurde, auch immer mehr Mühe, auszusehen wie sie, was ihr glückte, da sie ihr von Gesicht und Figur her eh sehr ähnlich war und eine gute Tänzerin dazu.

Onkel Wölfi zu gratulieren, war nicht so einfach, denn er saß auf dem Balkon, hatte ein Luftdruckgewehr vor sich auf der Brüstung liegen und weigerte sich, nach unten zu kommen.

Tante Täubchen erklärte ihnen die Sache. »Er denkt, er ist Erich Honecker und sitzt bei der Jagd in der Schorfheide.«

Manfred hätte sich halb totlachen können, wenn es nicht

so furchtbar ernst gewesen wäre: Onkel Wolfram litt unter einer Krankheit, von der die Ärzte nicht so genau zu wissen schienen, ob man sie nun als Alzheimer, Parkinson oder senile Demenz bezeichnen sollte. Jedenfalls hatte er Phasen, wo sein Kurzzeitgedächtnis gegen null ging, und überall lagen von Tante Täubchen geschriebene Zettel herum: »Bin nur eben im Bad, bleibe im Bett« oder »Bin nur zum Briefkasten, warte im Flur«. Und in allen seinen Westen, Anzügen, Joppen und Jacken steckten Visitenkarten mit der Bitte, ihn sofort zurückzubringen, wenn man ihn irgendwo hilflos aufgreifen sollte.

»Dieser stiere Blick, o nein!« Charlotte Lamouche, Manfreds Schwiegermutter, war entsetzt über Onkel Wölfi.

»Du hast es nötig«, fauchte Tante Betti sie an. »Du guckst doch immer so, Charlotte!«

»Er hat auch lichte Augenblicke«, sagte Tante Täubchen, »da weiß er wieder, wer er ist.«

So konnte man ihm schließlich doch noch gratulieren. Die halbe Leipziger High-Society war nach Ferch gekommen, von der Eiskunstlaufmeisterin bis zum großen Kabarettisten, vom Chefarzt bis zum Adlershofer Fernsehstar. Manfred fand, daß die klassenlose Gesellschaft der DDR so klassenlos nun doch nicht war. Man speiste vornehm in einem Restaurant am See und begab sich dann zu einer kleinen Rundfahrt an Bord der *Seebad Ferch*. Ab ging es Richtung Caputh, und auf der Höhe von Petzow drehte Tante Täubchen derart auf, daß auch ihre besten Freundinnen sagten, sie sei völlig überdreht.

»Da, seht ihr, da, hinter den drei Pappeln: Das ist das Schriftstellerheim Friedrich Wolf.«

»Wolf unter Wölfen«, brummte einer, dem es egal war, ob ein Stasimann mit an Bord war oder nicht.

»Und stellt euch mal vor: Dieses Schriftstellerheim ist nun die Rökk-Villa!« rief Tante Täubchen mit überschnappender Stimme, um dann so richtig loszulegen, paprikascharf und mit ungarischem Akzent. »Etwa schlechte Laune, mein lieber Freund? Die gibt es jederzeit, aber solch ein Gesicht geht mir zu weit. Sehe ich das noch lange, mein lieber Freund, dann werd' ich rabiat – und darum geb' ich dir einen wunderbaren Rat ... Jetzt alle!«

»Schau nicht hin, schau nicht her, schau nur geradeaus – und was dann noch kommt, mach dir nichts daraus!«

»Pssst«, machte einer und lachte. »Da drüben am Ufer sitzt die Stasi.«

»Man muß den jungen Menschen im Sozialismus immer wieder deutlich machen, mit welchen Durchhalteparolen die Nazis das deutsche Volk ins Elend geführt haben«, sagte ein anderer, und Manfred konnte nicht entscheiden, wie ernsthaft es gemeint war. Wenn es wirklich zu einem Verhör bei der Stasi kommen sollte, hatte er als Westberliner ganz sicher die schlechtesten Karten.

Doch Tante Täubchen ließ sich nicht aufhalten. »Weißt du auch manches Mal weder ein noch aus, nimm's nicht allzu schwer, mach dir nichts daraus ... Geht's dir nicht alles genau, wie du's wünschst, nehm es hin ...«

»Nimm es hin«, sagte Manfred in Richtung Joscha.

»... irgendwo hat jedes Ding seinen Grund und seinen Sinn ... Und wieder: alle!«

»Schau nicht hin, schau nicht her, schau nur geradeaus – und was dann noch kommt, mach dir nichts daraus!«

Es wurde auf jeden Fall eine sehr schöne Feier, und der Höhepunkt für Manfred war es, mit Joscha und Renate im Schwielowsee zu baden, kannte er den doch bisher nur aus Fontanes Werken, damals noch ohne e geschrieben: »... der Schwilow ist breit, behaglich, sonnig und hat die Gemütlichkeit aller breit angelegten Naturen ... der Schwilow ist gutmütig, so sagten wir; aber wie alle gutmütigen Naturen kann er heftig werden, plötzlich, beinahe unmotiviert, und dann ist er unberechenbar.«

Nun, sie hatten keine Schwierigkeiten mit ihm, aber als sie abends bei der Rückfahrt nach Westberlin an der Grenze standen, kamen Manfred Fontanes Sätze wieder in den Sinn, und er übertrug sie auf die Grenzkontrolleure: Die konnten einen gleichmütig durchwinken, mit nur einem müden Blick in die Papiere, aber auch stundenlangen Schikanen aussetzen, völlig unberechenbar. Das Zeremoniell war immer dasselbe: Der Rücksitz des Käfers war hochzuklappen, obwohl Joscha, nicht ganz drei Jahre alt, gerade eingeschlafen war und nun gewaltig schrie. Und wie immer, brach sich Manfred auch diesmal die Fingernägel dabei ab. Ebenso wie er sich beim Hochheben der hinteren Haube die Finger verbrannte. »Besser als den Mund«, murmelte Renate. Den Mund hätte er ihr bei der Hinfahrt zuhalten müssen, weil sie auf die Standardfrage des Grenzers »Führen Sie Waffen bei sich?« leise geantwortet hatte: »Wieso, braucht man hier welche? In der DDR soll doch alles so sicher sein ...« – »Fahren Sie bitte rechts ran.« – »Wieso?« hatte Renate gefragt. »Mein Onkel wartet auf uns, und er wird sicherlich einigen Ärger machen, wenn wir nicht pünktlich zum Geburtstag kommen. Dr. Wolfram Groitzsch aus Leipzig, Erfinder des Volkes.« – »Moment.« Dieser Moment hatte zehn qualvoll lange Minuten gedauert, dann aber war ein Leutnant gekommen und hatte sich bei ihnen entschuldigt.

Sie fürchteten bei der Rückfahrt einen kleinen Racheakt, doch nichts geschah. Nachdem man eine Meßspirale in ihren Tank gesteckt hatte und das Wägelchen mit dem aufgeschraubten Spiegel unter den Käfer gefahren war, durfte die Ausreise ungehindert fortgesetzt werden.

»Gott sei Dank«, sagte Manfred, »daß der nächste Geburtstag bei uns in Heiligensee stattfinden wird.«

Zu Joschas drittem Geburtstag hatten sie alle seine Spielgefährten eingeladen. Da Dreijährige kaum allein anreisen konnten, bedingte dies die Miteinladung zumindest je eines Elternteiles. Meist waren aber beide zu begrüßen, denn die Väter liebten es, nach Feierabend hinaus ins Grüne zu fahren, um Mutter und Kind heimzuholen. Abends wurde gegrillt, und bei einem Glas Rotwein ließ sich trefflich plaudern.

Am meisten stachen die Hähnels, die Golumbiewskis und die Hintzes ins Auge. Lothar Hähnel liebte Strickjäckchen und war immer so lieb, so zuvorkommend und so pflegeleicht, daß er der ideale deutsche Schwiegersohn war und in jedem diesbezüglichen Wettbewerb weit vor dem Schautzer Max gelandet wäre, wenn es den in dieser Form im Sommer 1974 schon gegeben hätte. »Selig sind die, die da sanftmütig sind«, sagte Manfred immer, wenn er Herrchen Hähnel sah. »... und dazu noch Brillenträger.« Diplompolitologe war er und organisierte in der Verwaltungsakademie Kurse zur Fort- und Weiterbildung. »Wieso Fort-Bildung?« fragte Manfred, als sie sich zum ersten Mal trafen, weil ihn Hähnel für den Kurs »Neuere Trends in der Organisations- und Verwaltungssoziologie« gewinnen wollte. »Soll es denn zur Verteidigung Westberlins gegen die Kommunisten jetzt auch Forts geben ... und Sie sollen die bilden?« – »???« – »Na, denken Sie mal an Karl May: Fort Niobrara, Fort Scott, Fort Gibson, Fort Inge ...« Hähnel fiel es schwer, darüber zu lachen. Assoziationen dieser pathologisch lächerlichen Art waren eines deutschen Professors unwürdig. Dennoch waren sie ins Gespräch gekommen und hatten festgestellt, daß sie zwei etwa gleichaltrige Söhne hatten, Joscha und Johannes. »Jo, jo, da müssen wir uns wirklich mal treffen. Kommen Sie doch mit Ihrer Frau Gemahlin raus auf unsere Heiligenseer Hacienda.«

Annerose Hähnel war eine Frau, die Menschen mit niedriger Ambiguitätstoleranz zur Verzweiflung bringen konnte, also alle jene, die unter Mehrdeutigkeiten litten, denn sie sah aus wie eine Barbiepuppe, war aber nicht strohdumm, sondern studierte Kunsthistorikerin und diplomierte Dolmetscherin für Italienisch und Spanisch, ja, sie konnte darüber hinaus so gebildet plaudern, daß die Senatskanzlei sie mitunter einsetzte, um hohe Staatsgäste durch Berlin zu führen. Renate fand sie etwas synthetisch und hatte so ihre Schwierigkeiten mit ihr, was aber auch daran liegen mochte, daß sie gerne ihre Abschlüsse und ihre gesellschaftliche Reputation gehabt hätte, Retorte hin, Retorte her.

Angela Golumbiewski war nicht nur herb und knochig, sondern trug auch stets Blusen und Röcke, die beim Roten Kreuz partout niemand haben wollte, wenn die Kleidungsstücke verteilt wurden, die man säckeweise an den Straßenrändern oder sonstwie eingesammelt hatte. Aber auch in Samt und Seide hätte sie, obwohl ihr Seifen- und Parfümkonsum durchaus der Landesnorm entsprach, immer leicht schmuddelig und ärmlich gewirkt. Neun von zehn Befragten hätten sich bei der Betrachtung ihres Fotos darauf festgelegt, daß sie seit Jahren Sozialhilfe empfing. Doch das tat sie mitnichten, denn sie war Studienrätin für Chemie und Mathe, und wenn sie überhaupt etwas empfing, dann dauernd Kinder, vier waren es schon.

Martin Golumbiewski wäre bei einer Fontane-Verfilmung ein herrlicher Schach von Wuthenow gewesen, also jener schöngeistige Offizier, der sich das Leben nimmt, um der Ehe mit der von Blatternarben entstellten Victoire von Carayon – und damit dem Spott der Leute – zu entgehen. Er war Musiklehrer, hätte aber auch das Zeug zu einem Schlagersänger à la Rex Gildo gehabt. Und er war mit seiner Angela schon im achten Jahr glücklich verheiratet. Das dritte ihrer Kinder hieß Julia und war in Joschas Alter. Annerose hatte sie zusammengebracht.

Nathan Hintze war das Opfer antifaschistischer, theaterbesessener und humanistisch bewegter Eltern, die ihren Sohn als lebendes Mahnmal gegen Intoleranz und Völkermord begriffen und mit dem Vornamen Nathan ein Zeichen setzen wollten. Ob man das wirklich weise nennen konnte, war zu bezweifeln, denn leider hatten die höheren Mächte die edle und immer unterstützenswerte Absicht nicht so recht gewürdigt und den jüngsten Hintze-Sproß etwas albinohaft geraten lassen, so daß es überall nur hieß: »Ah, da kommt ja Nathan der *Weiße*« und Lessings Intention damit kräftig konterkariert wurde. Natürlich war er einer anthroposophischen Schule übergeben worden und hatte sich die Liebe seiner Eltern vor allem durch Verse wie »Mit meiner Sehnsucht laß mich deine Seele suchen!« (oder umgekehrt?) verdienen müssen. Dann, kurz vor dem Abitur, hatte es zu Hause gewaltig gekracht, und Nathan war ausgezogen, um ein Studium als Maschinenbauer zu beginnen und Amateurboxer zu werden, ein echter Federgewichtler. Beides nur mit mäßigem Erfolg, aber ausreichend genug, sich eben so durchs Leben zu schlagen, immer ein »Mampe-Mensch«, wie Manfred das nannte, also: halb und halb. Seine Frau nannte ihn nicht Nathan, sondern zumeist »Hasi«, obwohl er sich wünschte, sie möge sich doch für die englische Variante entscheiden, ihn also Nat (»Nätt«) nennen, wie Nat King Cole, den er heiß und innig liebte.

Tatjana Hintze hatte an ihrem 13. Geburtstag aufmerksam in den Spiegel geschaut und festgestellt, daß sie ausgesprochen häßlich war. So schwer sich dies objektiv bestimmen ließ, so sicher war, daß alle, die sie sahen, derselben Meinung waren. Daraufhin hatte Tatjana beschlossen, Kosmetikerin zu werden, und mit den Künsten dieser Profession gelang es ihr zwanzig Jahre später, aus ihrem Typ etwas zu machen und als eine derart attraktive Frau über die Bühne des Lebens zu schreiten, daß die Männer scharenweise von einer Affäre mit ihr träumten, so auch Manfred, der sich immer wieder lebhaft vorstellte, wie sie mittags in den Tauentzien-Tower kam und mit ihm zwischen zwei Vorlesungen im Erste-Hilfe-Raum oder in einem nahe liegenden Hotel das tat, was man in französischen Romanen so detailliert nachlesen konnte. Leben war Umsetzung von Materie in Lust, und mit Tatjana im Luxusapartment würde das sicher besser gelingen als mit Renate in einer muffigen Laube. Nun ... Renate, die ahnen mochte, was in ihm vorging, versuchte, ihm Tatjana dadurch zu vermiesen, daß sie ständig davon sprach, wie tief sie wieder mal in den Schminkkasten gefallen war. Tatjanas Sohn hatte den Namen Rudolf Steiners bekommen, des Begründers der Anthro*froh*sophischen Gesellschaft, wie Manfreds Mutter es verstanden hatte.

An Kindern hatten sich auf der Parzelle 82 noch Undine Thomförde, Maria Woronin und Marco Meier eingefunden, die beiden Mädchen in Begleitung von Müttern, die Manfred weniger auffällig erschienen, und Marco als einziger Geburtstagsgast, dessen Mutter ihn nur schnell vorbeigebracht hatte, was darin begründet lag, daß die Meiers in der Koblenzer Straße über Matuschewskis wohnten und Marco ohnehin oft bei ihnen zur Aufbewahrung abgegeben wurde. Marco Meier hatte einen eingegipsten rechten Arm, weil er tags zuvor zu Hause auf dem Hof vom Klettergerüst gestürzt und unglücklich gefallen war. Ihn traf es immer, und Manfred benutzte ihn des öfteren, um den Studenten im Hörsaal klarzumachen, was die Viktimologie war, die Lehre vom Opfer. »Die Kräfte der Self-fulfilling prophecy setzen ein, und in dem Moment, wo er sich sagt, daß er auch heute wieder Pech haben wird, steigt die Wahrscheinlichkeit, daß es so kommt, denn er verkrampft sich zunehmend, bewegt sich weniger sicher und ...«

Joscha hatte sich prächtig entwickelt, und Manfred hatte ein Wörterbuch Joschaisch-Deutsch geschrieben, in dem es unter anderem hieß: Ademercedes = ADAC-Auto, Bommbojo = Sesamstraße (nach dem Klang der Erkennungsmelodie), Buff = Buch, Bummbumm = Hammer, Dreimeter = Zollstock, Fährige = Fähre, Flastik = Plastik, Fran = Schwan, frei = zwei, Freinchen = Schweinchen, funna = gefunden, Leutschi = Flugzeug, Matzemolle = Max und Moritz, Metrone = Zitrone, Petermelle = Bitter Lemon, Pinga = Pinguin, retzt = jetzt, Ruppelruppel = Feile, Spechtel = Spachtel, Wiebel = Zwiebel, Wultze = Wurzel.

Nach und nach hielten die Autos der Gäste vor der Laube, und die Kinder sprangen heraus, die Geschenke in der Hand, meist Bilderbücher oder etwas von Lego oder Playmobil. Joscha stand verlegen da, nahm alles, warf es auf einen großen Haufen neben die Schaukel und hörte sich grinsend an, wie sie ihr *Happy birthday to you* zum Besten gaben. Das Toben, immer um die Laube herum, und das Planschen im großen Plastikbecken waren viel wichtiger als das Geschenkeauspacken. Dazu mußte ihn Renate geradezu festhalten. »... und bedank dich schön bei Frau ...«

Manfred hatte den halben Vormittag damit verbracht, Girlanden aufzuhängen und unzählige Lampions zwischen dem Häuschen, den Bäumen und den Strommasten zu verteilen. Und er hatte Luftballons aufgeblasen, bis ihm die

Lunge fast geplatzt wäre. Alles war also so herrlich geschmückt, wie es die Kinder aus ihren Büchern und aus der *Sesamstraße* kannten. Die lieben Eltern waren schon völlig fertig, als die Feier gerade angefangen hatte, und er dachte es mit den Worten seines Vaters sehr drastisch: *Mann, ist das heutzutage ein Arschaufreißen mit den Kindern.*

Renate hatte zwei Riesenbleche mit Pflaumenkuchen gebacken, und gerade, als der angeschnitten wurde, erschien Andrea Grysczyk am Zaun und fragte mit traurigem Blick: »Ka'i rüba?«

Manfred und Renate sahen sich an. Joscha hatte sich am Vormittag mit Andrea gezankt, als die sich nicht von seinem Kettcar trennen wollte, dem wesentlichen Geschenk seines dritten Geburtstages, und zornig gerufen: »Du kommst nachher nicht, basta!« – »Bei dir will ich auch nie mehr kommen!« Nun wollte sie doch wieder und hatte zur Verstärkung ein Nachbarskind mitgebracht, die Josephine.

»Sie muß kommen dürfen«, sagte Manfred. »Wozu fordere ich im Hörsaal immer den Abbau der Grenzen, wie sie durch die schichtspezifische Sozialisation in unserer Gesellschaft entstehen?«

Also durften sich die beiden Mädchen aus dem Wedding neben die Kinder aus Wilmersdorf und Zehlendorf setzen, kam die mittlere Unter- zur oberen Mittelschicht. Manfred hatte Mühe, sich all die Namen zu merken: Johannes, Julia, Rudolf, Undine, Maria, Marco, Andrea und Josephine. Mit Joscha waren es neun Drei- und Vierjährige. Hinzu kamen die diversen Eltern, stets darauf bedacht, daß ihre Brut nicht benachteiligt wurde, andererseits aber auch bemüht, sie an aggressivem Verhalten zu hindern. Und natürlich durfte die Oma nicht fehlen, Manfreds Mutter. Daß er noch eine andere Großmutter hatte, war Joscha bislang nicht aufgefallen, denn Charlotte Lamouche hatte sich wieder mal mit ihrer Tochter gezankt und es bei einem Kärtchen mit inneliegendem Zwanzigmarkschein für den Enkel belassen.

Das Pflaumenkuchenessen geriet zu einem hitzigen Gefecht mit den Wespen, die in ganzen Geschwadern angeflogen kamen. Zum Glück wurde nur ein Kind gestochen, und selbstverständlich traf es Marco Meier.

Manfred kümmerte sich um den Stich, kühlte ihn mit einem Container aus dem Eisfach, suchte den Schmerz mit einer aufgelegten Zwiebel zu lindern, dem alten Hausmittel, und spendete viel Trost: »Das ist doch prima, Marco, jetzt denkst du gar nicht mehr daran, wie weh dir der gebrochene Arm getan hat. Sag der lieben Wespe: Danke schön!«

»Ist das nun mehr *very sophisticated* oder mehr Dialektik?« fragte Herrchen Hähnel.

»Das ist Sargkasmus.«

Nach dem Kaffee-, richtiger: dem Kabatrinken gab es die üblichen Spiele wie Topfschlagen, Sackhüpfen und Eierlaufen, und jedes Kind gewann kleine Spielsachen, die Renate bei Karstadt in der Müllerstraße gekauft hatte, vor allem aber Süßigkeiten. Wie kleine Schätze wurden die Gewinne angehäuft. Manfred hatte ein neues Spiel entdeckt, einen Wettkampf, wie er zu Beginn des Jahrhunderts ganz ernsthaft betrieben worden war: das Dreibeinlaufen. Jeweils zwei Kindern wurden an der Startlinie die beiden »mittleren« Beine mit Manfreds Bademantelgürtel zusammengebunden, und nach dem Startschuß galt es, entweder koordiniert loszurennen oder hinzufallen und über den Rasen zu kugeln, was dann meistens auch passierte. Manfred stand mit einer Stoppuhr dabei, und Sieger wurde das Paar Joscha und Marco. Als Renate ihrem Sohn den Preis überreichte, einen langen Lolli, umarmte der sie und rief: »Ich lieb' dich um die ganze Welt!« Manfred filmte das alles mit ihrer neuen Super-8-Kamera, und seine Mutter hatte Tränen in den Augen. Er kommentierte es mit den legendären Worten der Schmöckwitzer Oma: »Daß ich das noch erleben durfte.«

»Wenn Vati das noch erleben könnte ...«

»Ja, die Besten gehen immer zuerst«, sagte Annerose Hähnel.

Das Ende des melancholischen Teils war gekommen, als Manfreds Negerkußwurfmaschine eingeweiht wurde. Das war ein Patent, das er mittelalterlichen Belagerungsmaschinen nachempfunden hatte. Warf man einen Tennisball auf ein Brett, auf das er eine Zielscheibe geklebt hatte, löste man einen ganz bestimmten Mechanismus aus, und ein Negerkuß, der oben auf einem langen schmalen Brettchen aufgespießt war, wurde kraft der Hebelgesetze und eines dicken Gummibandes in Richtung des Werfenden geschleudert.

»Das müssen die Erwachsenen testen«, sagte Nathan Hintze, der scharf auf etwas Süßes war, und griff sich den ersten Tennisball ...

... um im nächsten Augenblick erschrocken aufzuschreien, denn Manfred hatte nicht nur den Winkel falsch berechnet, sondern auch das Gummiband viel zu straff gespannt, so daß der Negerkuß nun wie ein Geschoß herangeflogen kam und Nathan, so schnell konnte der gar nicht reagieren, mitten auf die Nasenwurzel klatschte. Geschrei und Jubel waren so groß, daß sämtliche Hunde der Umgebung, die von Grysczyks an der Spitze, in eine wahre Bell-Ekstase gerieten.

Das war aber noch nicht der Höhepunkt des Tages. Der kam erst im Anschluß an die Wurfmaschine. Manfred hatte sich in Erwartung des Kommenden seinen ältesten dunklen Anzug angezogen. Nun stand er am vollgefüllten Planschbecken und animierte die Kinder, indem er jammerte: »Huch, Renate, ich habe solche Angst, daß die mich wieder reinwerfen. Mutti, Mutti, bitte hilf mir!«

Wie eine Meute junger Wölfe waren die Kinder nun über ihm, sogar Marco machte mit, seine beiden kaputten Arme vergessend. Manfred hatte keine Chance, denn die kleinen Biester hatten schon eine Menge Kraft, und ganz raffiniert klammerten sich die einen an seine Beine, während die anderen ihn oben schubsten und stießen, um ihn aus dem Gleichgewicht zu bringen. Schließlich platschte er ins Bekken, und sie stukten ihn danach so kräftig, daß er Wasser schluckte und beinahe in Panik geriet. Als er sich freigekämpft hatte und in seinem schönen Anzug triefend an der Schaukel stand, wälzten sie sich vor Lachen auf dem Rasen.

Kaum hatten sie sich alle abgetrocknet, stand eine echte Kutsche vor der Tür.

»Überraschung!« rief Renate. »Jetzt geht es eine Stunde durch Heiligensee und über die Felder.«

Auch das war herrlich, ganz wie im Fernsehen, und danach wurde gegrillt.

»Wie schön es die Kinder heute haben«, sagte Manfreds Mutter. »Man möchte auch wieder Kind sein. Nein ... Als ich so alt war, hatten wir den Ersten Weltkrieg, und als Manfred so alt war, den Zweiten ...«

Als es dunkel wurde, zündete man die Kerzen in den Lampions an und wanderte in Reih und Glied durch die Laubenkolonie. »Laterne, Laterne, Sonne, Mond und Sterne ...«

»Habe ich nächste Woche wieder Geburtstag?« fragte Joscha.

Schon vierzehn Tage später war in Manfreds Kalender der nächste Geburtstag dick angekreuzt: Tante Gerdas jüngste Tochter wurde 26 Jahre alt. Agnieszka war 1959 aus Polen nach Schmöckwitz gekommen, seine Lieblingscousine war jedoch bei allen nur die Anuschka. Sie hatte die Augen der Schmöckwitzer Oma, vergißmeinnichtblau, und war ebenso hilfsbereit und offen. Seit 1971 war sie verheiratet und hatte einen Sohn, Maik, der ein wenig älter war als Joscha. Ihr Mann, Jürgen, war Sportlehrer, kam aus Gransee und hatte denselben märkischen Bauernschädel wie Martin Blumenhagen, der Bauer aus Groß Pankow in der Prignitz, bei dem Manfred zu Kriegsende evakuiert worden war. An sich eher wortkarg, konnte er so herrlich herumalbern, daß sie sich auf Anhieb verstanden. Jürgen hatte jahrelang verbissen darum gekämpft, eine Stelle in der Hauptstadt zu bekommen und nicht aufs Land zurückzumüssen, und manche munkelten, er hätte Anuschka nur deshalb so schnell geheiratet, um in Berlin bleiben zu können und dort eine Wohnung zu bekommen. Aber was für eine. Sie lag in der Ackerstraße in der Nähe des Rosenthaler Platzes und war, was man ohne weiteres als »das letzte Loch« bezeichnen konnte. Hinterhaus, drei Treppen.

»Da haben wir ja damals in der Ossastraße richtig feudal

gewohnt«, stellte Manfred fest, als er mit Renate und Joscha an der Hand in dem engen Innenhof stand und die Fassaden hinaufsah, von denen der schmutziggelbe Putz in großen Flatschen abblätterte. »Das ist ja Zille hoch zwei. Manche Ruine sieht schöner aus.« Und dieser Assoziation folgend, sang er leise: »Auferstanden aus Ruinen ...«

»Pssst!« mahnte Renate.

»Man wird doch hier in der DDR noch deren Nationalhymne singen dürfen.« Nachdem sie den Grenzübergang Invalidenstraße bürokratisch glatt passiert hatten, war er richtig mutig geworden.

»Joscha, nein!« schrie Renate, als sie in den Hausflur kamen, und riß die kleinen Hände von elektrischen Leitungen, die von den Decken herabhingen. Auch war das Treppengeländer derart wacklig, daß sie den Jungen lieber auf den Arm nahm und nach oben trug.

»Hoffentlich überführt man unsere Särge in den Westen, wenn das Haus einstürzt«, sagte Manfred. Er konnte nicht ahnen, daß Joscha zwanzig Jahre später hier als Hausbesetzer leben würde.

»Nächstes Jahr bekommen wir eine Neubauwohnung draußen in Marzahn«, erklärte Jürgen ihnen, kaum daß man alle begrüßt und Anuschka gratuliert hatte, »aber deine Cousine will gar nicht weg von hier.«

»Weil man hier mitten in der Stadt ist und viel besser einkaufen kann.«

»Was kann man bei uns schon groß einkaufen«, sagte eine zierliche Frau, die im kaum handtuchgroßen Wohnzimmer ganz hinten auf dem Sofa saß: Jürgens Mutter, Frau Prepelow, gerade aus Gransee gekommen.

Das nun wollte Tante Gerda nicht auf sich sitzen lassen. »Da mußt du dich mal bei uns in Schmöckwitz im Konsum umsehen, Margarete, da gibt es alles!«

Leszek wußte auch den Grund. »Weil hiera in Schmöckwitz, mußt du wissen, Manfred, wohnen alle die hohen Tieren, was sind Generale von der Armee und Schwester von Stoph. Und sind auf dem Zeltplatz alles Leute aus dem Westen, die sollen gutes Eindruck kriegen von uns. Da gibt es alles.«

»Ja, vor allem alles, was es nicht gibt!« lachte Manfreds Mutter, die separat mit der U-Bahn über den Bahnhof Friedrichstraße eingereist war. »Und wenn mal zehn Eier geliefert werden, dann teilen die Verkäuferinnen acht unter sich auf.«

»Margot, du redest immer dasselbe.«

»Genau wie du. Du müßtest dich mal reden hören, Gerda: wie schön du es früher gehabt hast mit Gerhard und deiner Neubauwohnung in Charlottenburg. Und daß ihr immer zum Skifahren im Riesengebirge gewesen seid.«

»Und du und Otto nur zum Wandern in der Mark Brandenburg, laß man! Auch wenn du's jetzt besser hast als ich, früher war das anders.«

»Früher hatten wir auch einen Kaiser«, sagte Frau Prepelow.

»Jetzt haben wir nur Kaiser's Kaffeegeschäft«, warf Manfred ein, um der Diskussion die Schärfe zu nehmen, denn es war bekannt, daß sich Tante Gerda und Frau Prepelow, in ihren Augen Anuschkas böse Schwiegermutter, bei jeder Familienfeier so lange beharkten, bis eine die Nerven verlor und zu weinen anfing.

Es fanden sich noch einige Kolleginnen und Kollegen von Jürgen und Anuschka ein. An sich gelernte Diplomtierzüchterin mit Abitur, arbeitete sie in einer Poliklinik, und selbstverständlich wuchs Maik in einer Kinderkrippe auf, was für Manfred und Renate unvorstellbar war. »Das läuft bei uns in der Fachliteratur als *maternal deprivation* gleich Mutterentbehrung und gilt als Ursache für viele psychische Störungen, aber auch der Kriminalität, siehe John Bowlby.«

Die Ostberliner waren, als sie dies vernahmen, teils verschnupft, teils amüsiert. Jürgen sagte, dies treffe wohl nur auf die Männer zu, und sang: »Die Männer sind alle Verbrecher ...« Er hatte schon eine ganze Menge Klare intus und tat jetzt so, als sei er in Manfred verknallt. »Mein Freddy, wie bin ich glücklich, dich wieder in meinen Armen zu halten. Was hab' ich immer gesungen: ›Junge, komm bald wieder‹, und nu' issa da!«

Sie spielten ein glückliches Paar, und Manfred schluchzte: »Unsere Liebe, Jürgilein, ist stärker als jede Mauer.«

»Pssst!« machte Anuschka. »Der über uns soll von der Stasi sein.«

Eng saßen sie beieinander, so eng geschichtet wie Anuschkas »kalter Hund«, Kekse aus der Schachtel, die mit Schokoladenmasse übergossen waren.

»Wo ist denn deine Schwester?« fragte Manfred seine eine Cousine, die andere meinend, Luci.

»Die dürfen nicht kommen, die haben Kontaktverbot mit Westlern, seit Thoralf Assistenzarzt im Vopo-Krankenhaus ist.«

»Schade«, sagte Manfred. »Nun kann ich meinen Auftrag gar nicht erfüllen.«

»Was für'n Auftrag?«

»Der Bundesnachrichtendienst hat gestern bei mir angerufen, daß ich Thoralf aushorchen soll, ob und was für Hühneraugen Honecker hat.« Er wagte es, so zu reden, denn von Jürgen, Anuschka und Frau Prepelow war bekannt, daß sie dem DDR-Regime sehr skeptisch gegenüberstanden.

Vieles drehte sich natürlich um die beiden Jungen, und Manfreds Mutter, Tante Gerda und Frau Prepelow spielten das schöne Spiel »Der kann aber schon ...«.

»Na, Joscha«, fragte Tante Gerda, »wo fahrt ihr denn dieses Jahr hin?«

»Nach Afrika. Da werde ich so schwarz wie 'n Neger.«

Manfred sah seinen Sohn unwirsch an. »Du sollst nicht immer Neger sagen: Farbige sind das.«

»Maik kann das schon lange auseinanderhalten«, sagte Tante Gerda. »Daß die Kubaner braun sind und die Afrikaner schwarz.«

»Gerda Neutigs einer Neffe kann mit drei schon schreiben!« rief Manfreds Mutter, im Unterton mit einem deutlichen Tadel, daß ihr Enkel noch nicht so weit war.

Manfred lachte. »Wir üben jeden Tag, und 'n a schreiben kann Joscha auch schon.« Dabei sprach er das so aus, daß es wie »Arschreiben« klang.

Seine Mutter schämte sich, daß er so ordinär war. »Dafür hat man dich nun studieren lassen.«

Jürgen sah sie groß an. »Was denn, Tante Margot: Bei euch im Westen kann man das Arschreiben studieren? Da will ich auch hin!«

Im Hause Ackerstraße war der Tagesablauf verbindlich geregelt. Frühstück um acht Uhr und Mittagessen Punkt zwölf. Nicht so wie bei Manfred und Renate, wo gegessen wurde, wenn der Hunger da war beziehungsweise einer Lust und Zeit hatte, Kartoffeln zu schälen und den Tisch zu decken, was zur Folge hatte, daß es das Mittagessen gegen 17 Uhr 30 gab, rechtzeitig, bevor Manfred mit Joscha *Sesamstraße* gucken mußte. Hier aber, bei Anuschka und Jürgen, wurde pünktlich um 16 Uhr zum Kaffeetrinken geblasen, mit selbstgebackenem Pflaumenkuchen natürlich.

»Herzlichen Dank für die schönen Geschenke.« Anuschka war noch gar nicht dazu gekommen, sie auszupacken. Neben Bluse, Rock und Blumen hatte sie bekommen, was obligatorisch war, wenn Westler in den Osten kamen: die Riesentrommel Waschpulver, den Kasten Konfekt, das Kästchen mit edler Seife und die Flasche Weinbrand.

Nachdem die Gäste das letzte Stück Kuchen verputzt hatten, wurde gespielt, vom guten alten »Mensch ärgere dich nicht!« bis zu den neuen Brettspielen, die ihre Tante Margot, also Manfreds Mutter, ihnen aus dem Westen mitgebracht hatte, Scrabble vor allem. Die meisten Gespräche begannen jetzt mit »Weißt du noch …«

»Weißt du noch, wie wir in Schmöckwitz immer ›Bimbo‹ gespielt haben«, sagte Manfreds Mutter, »als unsere Mutti noch gelebt hat. Und mein Otto.«

»Vor dem Krieg haben wir im Garten ›Hosen runter‹ gespielt«, erinnerte sich Tante Gerda.

»Huch!« rief Jürgen. »Hosen runter …«

»… aber keiner kann sich daran erinnern, wie es ging.«

»Na, Reißverschluß auf, und dann …«

»Damals gab's an den Hosen noch keine Reißverschlüsse.«

»Ich weiß«, lachte Manfred, »da sind den Männern immer

die Knöpfe abgesprungen, wenn ihr an ihnen vorbeigegangen seid.«

»Manfred!« fast holte die Mutter zu einer Ohrfeige aus. »Man muß sich ja schämen mit dir.«

»Weißt du noch, wie ihr zu unserer Hochzeit gekommen seid?« fragte Anuschka.

»Klar...« Renate zog an ihrer Zigarette. »Aus Bremen. Und bei der Rückfahrt an der Grenze, Heinrich-Heine-Straße, mußte ich auf die Grube fahren und war so aufgeregt, daß ich die Spurrinne verfehlt habe ... Fast wären wir reingefallen und der Käfer einem von euren Grenzern auf den Kopf.«

Manfred bekam eine Gänsehaut, wenn er an diese Szene dachte. »Dann säßen wir noch heute bei euch im Knast in Brandenburg oder in Bautzen. Wo wir schon vorher die Staatsgrenze der Deutschen Demokratischen Republik widerrechtlich überschritten hatten.«

»I wo, ich hab' vorher mit den Polizisten geredet«, ging Tante Gerda dazwischen, »und die wußten, daß sie bei mir im Konsum immer damit rechnen konnten, noch etwas zu bekommen, das es längst nicht mehr gab.«

»Die berühmte Bückware«, sagte Frau Prepelow. »Ja, ja, an der Quelle saß der Knabe.«

Tante Gerda sah ihre Konkurrentin kampfeslustig an. »Mich mögen eben alle, trotzdem ich keine so hohe Bildung habe wie andere.«

»... obwohl«, sagte Manfred lachend. Damals, bei Anuschkas Hochzeit, hatten sie in einem Restaurant in Eichwalde gefeiert, gleich hinter der Berliner Stadtgrenze, und Renate und er hatten mit ihrem Bremer Bundespaß nur das Recht zum Betreten Ostberlins gehabt, nicht aber der eigentlichen DDR. Es war riskant gewesen, aber Manfred hatte darauf gesetzt, im Falle eines Falles von der Bremer Senatskanzlei gerettet zu werden. Und es war gutgegangen.

»Darauf einen Dujardin«, rief Jürgen und öffnete die Flasche, die seine Frau bekommen hatte.

Über Urlaubsreisen wurde nun gesprochen, und Margot

Matuschewski schwärmte von ihrer Kreuzfahrt durchs Mittelmeer. »In Beirut bin ich im Spielcasino gewesen und auf Santorin auf einem Esel geritten. Irgendwie muß ich ja über Ottos Tod hinwegkommen – ihr habt ja alle noch eure Männer.«

»Ich nicht«, sagte Frau Prepelow, und Manfreds Mutter war dieser Fauxpas so peinlich, daß sie am liebsten im Erdboden versunken wäre.

»Bei uns in Thüringen ist es genauso schön«, sagte Tante Gerda. »Für 45 Mark sind wir mit dem FDGB dagewesen.«

Manfred stand auf, öffnete die Stubentür, umfaßte sie mit beiden Händen und kämpfte stöhnend mit ihr. »Joscha, Maik – was ist das ...?«

Die beiden Jungen, die am Boden lagen und, jeder für sich, mit Bauklötzen spielten, wußten es nicht, die Erwachsenen ebensowenig.

»Na, ganz einfach: ein Türringer.«

Dann legte Jürgen Platten mit DDR-Schlagern auf, und Manfred und Renate fanden es köstlich, was Aurora Lacasa, Chris Doerk, Irma Baltutis, Bärbel Wachholz und andere da sangen. Es war so schön, wie es später, als die Mauer gefallen war, nie wieder wurde. Und ebenso pünktlich, wie es Kaffee und Kuchen gegeben hatte, standen um 19 Uhr die belegten Brote auf dem Tisch, von Anuschka eigenhändig und im Alleingang in der Küche zubereitet.

»Ich will Negerbrot«, sagte Joscha, als er sah, daß Anuschka Pumpernickelscheiben mit Käsestücken belegt hatte.

Jürgen erzählte von einer Klassenfahrt in den Thüringer Wald, wo einer der Jungen, der aussah wie Chris Howland – der Heinrich Pumpernickel aus dem Fernsehen – und darum auch so genannt wurde, von einem herabstürzenden Felsblock erschlagen worden war.

»Hör auf!« rief Manfred. »Ich hab' im November eine Exkursion nach Bremen.«

Eine Exkursion galt als das letzte große Abenteuer, das den Studierenden der HÖV geblieben war. Die bereits eine unternommen hatten, konnten viel erzählen. Von riesigen Besäufnissen, depperten Dozenten und nymphomanischen Kommilitoninnen. Als Tobias Rindt mit der UG 4 in München war, hatte auf der Hinfahrt der Bus zu brennen begonnen. Zwar hatte er erst voll in Flammen gestanden, als sie sich im nächsten Rasthaus längst in Sicherheit befanden, doch rückerinnernd war es so dramatisch, daß Rindt sie alle in letzter Sekunde aus dem Wrack gezogen und gerettet hatte.

Die Erwartungen der Bremenfahrer waren also groß, als man über die Avus rollte und Manfred mit seiner Liste vorn am Mikrofon stand, um den Studenten die Nummer anzusagen, die sie den DDR-Grenzern in Dreilinden nennen sollten. »... dann geht das alles schneller über die Bühne. Die Nummer 1 – Hagen Sobottka, die 2 – Simona Sachs, die 3 – Wolfgang Rulski, die 4 – Thilo Flöther, die 5 – Hannelore Grau, die 6 – Silke Hingst, die 7 – Rüdiger Hünicke, die 8 – Lars Wallokat, die 9 – Nicolai Cullmann, die 10 – Johannes Herbst, die 11 – Udo Queiß, die 12 – Hansjörg Baumann, die 13 – Markus Meier, die 14 – Urs Mutschler, die 15 – Janina Hohmann, die 16 – Norbert Caprano, die 17 – Volker Flansch, die 18 – Marga Schnaase, die 19 – Laurence Scholz, die 20 – Arne Wachholz, die 21 – Michael Czibulski und die 22 – Manfred Matuschewski.«

»Die Letzten werden die Ersten sein!« kam es von hinten.

»Sind schon die Ersten«, korrigierte Hagen Sobottka.

Manfred fühlte sich in seiner Rolle als Hordenführer nicht sehr wohl, hatte aber den Trost, daß sie *Gott sei Dank* nicht das Jahr 1942 schrieben und er als Leutnant Soldaten in die Schlacht zu führen hatte. Dennoch hätte er viel lieber zu Hause gesessen und Joscha aus Sperrholz und viel Moltofill eine Burg gebastelt oder die elektrischen Leitungen in der Küche unter Putz gelegt. Wenn wenigstens Simona Sachs neben ihm gesessen und ihn in Versuchung geführt hätte ... Hinter ihm war die Stimmung schon prächtig. Man hatte viele Bierdosen in den Taschen und etliche Kondompackungen im

Koffer. In den hinteren Reihen hatten in Ermangelung einer Bordtoilette schon welche in leere Dosen gepinkelt. Wurl folgte ihnen in einem zweiten Bus mit weiteren 42 Studenten, und hinter Helmstedt wurde es Zeit, die Zimmer zu verteilen: wer mit wem und in welchem der diversen Zwei- und Dreibettzimmer, die sie in einem billigen Hotel am Bahnhof geordert hatten. Wünsche und Gegebenheiten waren aufeinander abzustimmen, und als er es schließlich mit Hilfe des Lostopfes geschafft hatte, war er ziemlich hinüber. Da kam die Frage von Hagen Sobottka, wo er denn schlafen würde, und im Anschluß daran das Riesengelächter, als sich herausstellte, daß er sich selber vergessen und sein Einzelzimmer Wolfgang Rulski, dem größten aller Schnarcher, überlassen hatte.

»Soll er doch zu Simona gehen«, kam der naheliegende Vorschlag von hinten.

»Das steht er nicht durch.«

»Dann zu Wurl.«

Es dauerte eine weitere halbe Stunde, bis er Rulski wieder ausquartiert und per Befehl zu Rüdiger Hünicke und Lars Wallokat ins Zimmer gesteckt hatte. Der eine war zu autoritätshörig und der andere zu alberig, als daß von ihnen ernsthafter Widerstand zu erwarten gewesen wäre.

Rüdiger Hünicke schien schon mit Ärmelschonern in der Wiege gelegen zu haben, und sein erstes Weihnachtsgeschenk konnte nichts anderes als eine Kinderpost gewesen sein, mit der er dann bis Silvester pausenlos gestempelt hatte. Gerade zwanzig Jahre alt, dachte er bereits an die Höhe seiner Pension und fiel, spielte er mit den Senioren seines Amtes Skat und Scrabble, gar nicht weiter auf. Warum er drei Jahre studieren und diverse Praktika ableisten mußte, wollte ihm und seinem Ausbildungsleiter nicht recht einleuchten, war er doch schon als perfekter Beamter in die Verwaltung gekommen.

Lars Wallokat war eine Kugel mit Armen, Kopf und Beinen und der geborene Komiker. Er verehrte den Alfred Neumann aus der Zeitschrift *Mad* in einem solchen Maße, daß er ihm immer ähnlicher wurde. Hieß beispielsweise einer der nebenamtlichen Dozenten im bürgerlichen Recht Bernhard Halbleib, so konnte er sich stundenlang daran ergötzen und im Hörsaal Dutzende von halben Halbleibs zeichnen. Natürlich ohne zuzuhören. Er konnte nur leben, wenn er andere zum Lachen brachte. Daß es so etwas wie den Ernst des Lebens gab, war ihm völlig entgangen. Warum er Beamter geworden war beziehungsweise werden wollte, verstand niemand so recht, er selber am allerwenigsten, wahrscheinlich, um die Zeit zu überbrücken, bis die großen Kabaretts ihn entdeckten und *Mad* regelmäßig seine Satiren druckte. Sprüche wie »Der Vater pupt, die Kinder lachen ... So kann man als Beamter zu Hause eine Freude machen« ließen darauf schließen, daß er von einer Inspektorenlaufbahn kein Millionärsdasein erwartete.

Die Fahrt war für Manfred eine einzige Qual, denn beim Tohuwabohu des Einsteigens vor dem Tauentzien-Tower war er vorn in der zweiten Reihe ausgerechnet neben Laurence Scholz zu sitzen gekommen, der so knochentrocken war, daß es zu stauben schien, wenn er sich bewegte. Er hatte eigentlich Banker werden wollen, war aber nirgends angenommen worden, weil sein Vater als großer Bankrotteur durch die Presse gegangen war und noch einige Jahre in Tegel abzusitzen hatte, und man fürchtete, ins Gerede zu kommen. Solche Vorurteile beziehungsweise Sippenhaftgedanken hatte es in der Berliner Verwaltung nicht gegeben, man war sogar froh gewesen, eine Begabung wie ihn einstellen zu können. Laurence Scholz dankte es seiner Ausbildungsbehörde durch ganz vorzügliche Leistungen, konnte aber nicht gegen seine Natur an und lief auch in der ansonsten sehr legeren HÖV immer wie ein Londoner Banker herum, also in Nadelstreifenanzug und mit schwarzem Stockschirm. Nur der Bowler fehlte, aber den fügte ein jeder, der ihn sah, in Gedanken automatisch hinzu. Auch benahm er sich stets formvollendet und führte seine Konversation gern auf Englisch.

Ein besonderes Problem war ihr Busfahrer, ein kahlköpfiger Klotz. Hinter der Maske des witzigen Urberliners verbarg sich ein Despot, der nur darauf wartete, seinen großen Auftritt zu haben.

»Wenn det mit die Bierdosen nicht uffhören tut, denn höre ick hier vorne uff: Det stinkt mir nämlich langsam.« Schnaufend wie ein auftauchendes Flußpferd hatte er sich zu Manfred umgewandt.

»Entschuldigung ...« Manfred saß an sich am längeren Hebel, ein Anruf beim Busunternehmen hätte sehr schnell für klare Verhältnisse gesorgt, doch dann hätte auch Jahrow davon erfahren und die Chance genutzt, der HÖV Gelder zu streichen. »Bei jeder Exkursion kommt es zu Ausschreitungen, die den Ruf Berlins gefährden und eines Beamten nicht würdig sind. Die Herren Professoren mögen zwar etwas von ihrer Wissenschaft verstehen, aber nichts von Menschenführung. Wer bei mir seinen Harn anderswo als auf der Toilette läßt, der ...«

Also griff Manfred zum Mikrofon. »Wenn die Herren Rulski, Wallokat, Cullmann, Meier, Flansch und vor allem Mutschler ihren Bierkonsum bitte so weit einschränken könnten, daß sie ihren Blaseninhalt bis Helmstedt nicht abermals in Dosen entleeren müssen, wären wir ihnen alle sehr dankbar.«

Die Studentinnen klatschten Beifall, aber daß seine Ermahnungen viel fruchteten, glaubte er nicht. Die Gruppe fühlte sich stark, und alle wußten ganz genau, daß er es nicht wagen würde, einen von ihnen nach Hause zu schicken: Jahrows wegen wäre es ein herrliches Selbsttor geworden. Er mußte um gut Wetter bitten und sie bei Laune halten, ihre Gegenmacht war erheblich größer als seine Vorgesetztenmacht. Das Leben war anders, als es die Lehrbücher über Führung vorsahen.

Laurence Scholz hatte soziologischen Trost für Manfred bereit: »Force is a limited device in social control.«

»Wie ...? Ja, ja ...«

Der Fahrer fuhr nun von der Autobahn herunter und begründete dies damit, daß er noch zu einer Werkstatt müsse, wo ein wichtiges Ersatzteil für ihn lagere. In Wirklichkeit wollte er an einer Aalräucherei halten, wo er, kauften seine Fahrgäste etwas, Prozente bekam. Doch die HÖV-Studenten taten ihm diesen Gefallen nicht, und in dem Restaurant, das er ihnen ultimativ aufgedrängt hatte, bestellten sie ostentativ nichts zu essen und zu trinken, so daß der Wirt nur an Manfred und an Wurl verdiente, die um des lieben Friedens willen eine teure Fischplatte aßen. Das fing ja alles gut an.

Kurz vor 15 Uhr in Bremen angekommen, drohte schon der erste Studentenaufstand, denn das Hotel, das Muldenstein ihnen empfohlen hatte, war ziemlich vergammelt, und der Vorzugspreis erklärte sich allein durch den bevorstehenden Abriß.

»In dieser Läusepension bleib' ich keine Nacht«, erklärte Nicolai Cullmann, der aus einer Zehlendorfer Villa kam.

»Dir gönn' ich jeden Flohstich«, lachte Wolfgang Rulski, der jahrelang ein Obdachlosenheim in Kreuzberg verwaltet hatte und wußte, wovon er sprach.

Manfred zeigte in Richtung Flughafen. »Wer sich beeilt, kriegt noch die Maschine 16 Uhr 45 nach Berlin.« Er trug seinen Koffer ins Zimmer und umarmte Muldenstein, der mit ein wenig Verspätung zum Empfang erschienen war. »Ansonsten, meine Damen und Herren: freies Spiel. Wir sehen uns morgen früh pünktlich um sieben zum Frühstück, und um acht geht es nach Bremerhaven.«

Damit verließ er die UG 7/73, obwohl Sobottka murrte, wer als Offizier die kämpfende Truppe verlasse, werde standrechtlich erschossen.

Muldenstein, der sich nicht verändert hatte, sah auf die Uhr. »Willst du schnell beim AmfVi vorbei, bevor die Schluß gemacht haben ...?«

»Was sein muß, muß sein.«

Es war schon ein komisches Gefühl, wieder in Bremen zu sein. Als sie zur Charlottenstraße gingen, kam er sich vor wie ein Fahnenflüchtiger, wie ein Verräter. Zugleich war er sich gar nicht mehr sicher, einmal hier gelebt zu haben. Das AmfVi, was war das? Das hatte er doch alles nur geträumt. Joscha sollte hier zur Welt gekommen sein, unmöglich. Und als er

Hüring, Kemena und Frau Winterberg begrüßte, war es ihm, als könnte er sich nur dunkel an sie erinnern, wie an seinen Urgroßvater August Quade etwa, der 1945 gestorben war. Es war ihm schleierhaft, wie er es hier in diesem engen Amt fast drei Jahre ausgehalten haben sollte. Zwar lag überall seine ORWUBB herum, orangefarben gebunden, aber was hatte die mit ihm zu tun? Sie hatten einen neuen Soziologen engagiert, der bemängelte, daß Manfred keine Faktorenanalyse vorgenommen hatte.

»Aus einem kleinen Gebüsch springt oft ein großer Hase«, sagte Muldenstein, und Manfred brauchte lange, um zu begreifen, daß damit die ORWUBB gemeint war und der Freund ihn verteidigen wollte.

Den Abend verbrachten sie bei Karl-Hermann Jäger. Eigentlich wollten sie den großen Erfolg ihres gemeinsamen Lehrbuches feiern, doch andauernd hing einer von dessen Fußballern am Telefon und wollte beraten und getröstet werden.

Weit nach Mitternacht war er dann im Hotel zurück und fürchterlich zerschlagen, doch in der Bar lauerten Sobottka, Rulski, Hannelore Grau, Udo Queiß, Hansjörg Baumann, Marga Schnaase und Michael Czibulski auf ihn.

»Wozu macht man denn eine Exkursion, wenn man mit seinem Dozenten nicht mal einen trinken kann. Freddy, der Herr Professor gibt die erste Runde aus.«

Manfred hatte nur noch den einen heißen Wunsch: ins Bett zu sinken, aber was blieb ihm weiter übrig, als sich heiter und locker unter sein Volk zu mischen. Zum Glück saß Simona Sachs nicht mit am Tisch, denn die fürchtete er mehr als der Teufel das Weihwasser. Wie die Kohlenoma immer gesagt hatte.

Auch diesen Akt der Verbrüderung überstand er und hatte, als um halb sieben der Wecker klingelte, immerhin vier Stunden geschlafen, wenn auch schlecht, weil am Kopfende seines Bettes ein Abflußrohr verlief und in dessen hölzerner Abdeckung ein stetes Rascheln und Huschen zu vernehmen war: Ratten.

Die Fahrt nach Bremerhaven war erholsam, denn fast alle

schliefen sanft und selig. Auch im Deutschen Schiffahrtsmuseum hatte er seine Meute fest im Griff. Dieser einzigartige Bau, direkt in den Weserstrom gesetzt, der Blick frei aufs Meer hinaus, schlug auch die dumpfsten in seinen Bann. Manfred genoß das alles sehr, kam er doch aus einer Schifferfamilie, wenn es auch nur Binnenschiffer gewesen waren. Und der Höhepunkt war für ihn das Modell des *Imperator*, eines alten Luxusliners, denn dessen First-class-Salon hatte sein Urgroßvater, August Quade, als Kunsttischler mit Intarsien ausgestattet. Den ersten Krach gab es in einer Konservenfabrik, wo der Verkaufsleiter seinen Standardvortrag hielt.

»Dem toten Fisch ist es natürlich egal, ob er geräuchert oder in Tunke eingelegt wird …« Folgte ein wieherndes Gelächter. »Weiß einer von euch, warum der Matjeshering Matjeshering heißt? Nein. Na, weil mein Großvater, der Fischer Tietjus Tügel, einmal einen Hering gefangen hatte… Mit dem Kochlöffel haut er ihm auf den Kopf und fragt: ›Bist du nun matt?‹ Und da es ein englischer Hering war, antwortet der mit: ›Yes.‹ Daher heißt diese Art von Hering Matt-Yes-Hering.« Wieder ein wieherndes Gelächter, das um so mehr zum Tragen kam, da er der einzige war, der lachte. »Noch Fragen?«

Nicolai Cullmann meldete sich. »Ja, aber ich weiß nicht, ob ich die stellen darf…«

»Bei mir dürfen Sie alles…«

»Man sagt immer: ›Toter Fisch stinkt vom Kopf her … ‹ Nun meine Frage: Stimmt das auch, wenn man es auf Ihre Firma überträgt?«

»Raus hier, verlassen Sie sofort das Firmengelände! Nie wieder will ich etwas mit Berlinern zu tun haben. Sie haben ja alle keinen Humor!«

In diesem Fall stand Manfred voll hinter seinen Studenten. Am nächsten Morgen im Rathaus aber, als Hüring einen Vortrag über den Aufbau und Umbau der Bremer Verwaltung hielt, war er sehr schnell auf hundertachtzig, denn einige, noch halb besoffen von der letzten Nacht, schliefen ganz ungeniert oder dösten mit glasigen Augen vor sich hin, und als es zur Diskussion kommen sollte, konnte und wollte zuerst niemand eine Frage stellen.

»Alles klar oder alles unklar?« fragte sein früherer Chef und sah Manfred ebenso vorwurfsvoll wie ein wenig höhnisch an: Gott, welchen Haufen von Halbidioten hast du dir da ausgesucht. Da hättest du's in Bremen besser haben können. »Bevor die erste Frage nicht gestellt worden ist, verläßt mir keiner das Rathaus, und wenn gar keine Frage kommt, wandern alle in die Bleikammern.«

»Was wird denn aus dem AmfVi, wenn die Verwaltungsreform abgeschlossen ist?« fragte Manfred.

Hüring lachte. »a) Zählst du nicht, und b) ist Verwaltungsreform eine immerwährende Aufgabe.«

Michael Czibulski hatte zwar keine Frage, aber einen verbalen Blumenstrauß für Hüring. »Ihr Vortrag war so fundiert, wie ich in Berlin noch keinen gehört habe. Sagen Sie bitte: Ist es möglich, in der z.-A.-Zeit nach Bremen zu kommen und bei Ihnen zu arbeiten?«

Hüring überhörte die »Schleimer«-Rufe, die von hinten kamen. »Aber sicher, fragen Sie Professor Matuschewski, wie segensreich das sein kann.«

»Insbesondere, wenn man beim Gnuxen Weltklasse ist und dreimal die Wochen umsonst Brathähnchen essen kann«, lachte Manfred.

Hagen Sobottka kam dann mit einer Frage, die Hüring gelten ließ, und alle waren erlöst.

»Wird es in Bremen in absehbarer Zeit zur Bildung von Bezirken kommen, wie wir sie in Berlin haben?«

»Nein.«

Bei der Hafenrundfahrt am Nachmittag hielt Henning Wannowski den Vortrag, und dabei gab es keinerlei Probleme. Wannowski war zum Regierungsrat befördert worden und stand kurz davor, nochmals zu heiraten. Er war längst nicht mehr so gallig wie ehedem und hatte auch nichts dagegen, Manfred, Renate und Joscha pro forma als Untermieter bei sich aufzunehmen, damit sie einen Bremer Paß bekamen. Das war insofern wichtig, weil man mit dem jederzeit, also ohne Passierscheine und die ganze Prozedur ihrer Beantragung und Abholung, zu Tagesbesuchen nach Ostberlin einreisen konnte.

In den nächsten Tagen fuhren sie nach Worpswede und besichtigten die größte Werft vor Ort, die AG Weser, wo gerade die Riesentanker der Esso-Flotte gebaut wurden, und alles lief glatt. Den nächsten Eklat gab es erst während der Stadtrundfahrt.

Ihre amtliche Führerin hieß Mindermann, war Mitte vierzig und sah in ihrer dunkelblauen Uniform halb wie eine Bundesbahnbeamtin, halb wie eine Stewardeß der BEA aus. Ein bißchen mütterlich-betulich wirkte sie, auch tat sie, als hätte sie es mit einer Gruppe von geistig leicht behinderten jungen Menschen zu tun.

»Was Sie hier sehen, ist eine Straßenbahn«, sagte sie nach ein paar Begrüßungsworten, als Manfreds gute alte 2 (Sebaldsbrück–Gröpelingen) gerade am Bus vorüberdonnerte.

»Ich hätte das glatt für ein U-Boot gehalten«, bemerkte Hagen Sobottka.

»Na, wo Sie in Berlin doch keine Straßenbahn mehr haben.«

»Im Osten schon«, korrigierte sie Manfred.

»Aber Sie sind doch aus dem Westen.« Grete Mindermann ließ sich nicht beirren. Seit über zehn Jahren führte sie ostfriesische Landfrauen durch Bremen, und nie hatte eine von denen bekundet, unzufrieden mit ihr gewesen zu sein. »Hier links sehen Sie das neue Gebäude der Bremischen Bürgerschaft, wo die Volksvertreter den Bürgermeister wählen.«

»Bei uns in Berlin wird er noch immer vom preußischen König ernannt«, sagte Hagen Sobottka.

Frau Mindermann ließ sich nicht irritieren. »Jeder hat da nur eine Stimme.«

»Und was machen die ohne Stimme?«

»Sie können ruhig alle Fragen stellen, die Sie auf dem Herzen haben.«

»Ja: Was machen die Abgeordneten ohne Stimme.«

»Jeder hat eine Stimme.«

»Das stimmt nicht, denn Taubstumme haben nun mal keine Stimme.«

Nun, das hielt sich alles noch im Rahmen des üblichen Geplänkels. Der Konflikt nahm seinen Lauf, als Frau Mindermann beim Passieren der Stadtbibliothek erklärte, man habe vor kurzem in Bremen-Vegesack für 1,05 Millionen DM eine zusätzliche Bibliothek errichtet, und hinzufügte, daß das Geld für die Alten sicherlich besser angelegt gewesen wäre. Das nahm man beiläufig zur Kenntnis, lachte aber schon, als sie von der neuen Autobahn zwischen Bremen und Bremerhaven zu sprechen begann.

»Beim Autobahnbau in Bremerhaven ist besonders und auch für Sie als Berliner interessant die 1,460 Kilometer lange sogenannte Moorbrücke zur Überquerung eines nicht tragfähigen Moores mit einer Stärke von 0,5 bis 18 Meter. Dieses Bauwerk hat 18,8 Millionen Mark gekostet – was hätte man dafür nicht alles für die Alten tun können!«

Beifall brandete auf, und alle freuten sich auf den nächsten *running gag* der Grete Mindermann. Er kam, als man in Richtung Hafen rollte.

»Aus dem im Jahre 1968 verabschiedeten Programm der Bundesregierung für Anpassungsinvestitionen der Seeschiffswerften konnten über 20 Millionen DM für entsprechende Maßnahmen bremischer Werften gesichert werden, wozu Bremen bis heute Komplementärmittel in gleicher Höhe zur Verfügung gestellt hat. Gott, was hätte man dafür nicht alles für die Alten tun können!«

Der Jubel war so groß, daß er auch die mitriß, die gleich beim Besteigen des Busses eingeschlafen waren. Alle wurden nun furchtbar albern, auch Manfred und Wurl, und als ihre Führerin erklärte, daß der steinerne Roland vor dem Rathaus im Jahre 1404 als Nachfolger des hölzernen Rolands errichtet worden war, den Knechte des Erzbischofs Albert II. verbrannt hatten, kam es im Chor:

»... was hätte man dafür nicht alles für die Alten tun können!«

Frau Mindermann nahm es mit tiefer Kränkung wahr, verstand es aber noch, die Contenance zu wahren. »Was Sie da hinter dem Bahnhof sehen, ist unsere neue Stadthalle …«

»… was hätte man dafür nicht alles für die Alten tun können!«

Nun war es aus mit ihrer Selbstbeherrschung, und Grete Mindermann ließ den Busfahrer halten, um auf die Straße hinauszuspringen.

»Nie wieder eine Berliner Gruppe!« rief sie. »Das viele Geld, das die Steuerzahler für Ihre Exkursion aufgebracht haben, das ist zum Fenster rausgeworfen.«

»… was hätte man dafür nicht alles für die Alten tun können!«

Ärger hatte Manfred auch mit zwei ganz besonderen Studenten: Herbst und Mutschler.

Johannes Herbst war ein umtriebiger Wühler, der nicht nur an der HÖV studierte und in seinem Bezirksamt als StIA (Stadtinspektorenanwärter) geführt wurde, sondern daneben auch diverse kleine Geschäfte abwickelte, die nicht immer koscher waren. Nicht umsonst bestand das HÖV-Studium zu weit über fünfzig Prozent aus Rechtsfächern. So hatte er die besten Chancen, Gesetzeslücken aufzuspüren und für sich zu nutzen, ob er nun Ausländern half, sich in Berlin niederlassen zu dürfen, Freunden in der DDR zu elektronischen Bauteilen verhalf, die auf irgendwelchen Verbotslisten standen, oder einem Wirt, dem die Küche wegen zu vieler Salmonellen im Geflügelsalat geschlossen worden war, eine neue Konzession besorgte. Pech für ihn, daß er zwanzig Jahre zu spät geboren worden war, denn auf dem schwarzen Markt der Nachkriegszeit hätte er es bei seiner Begabung zweifellos zum Millionär gebracht.

Urs Mutschler war etwas, was es in einer Beamtenkadettenanstalt wie der HÖV an sich gar nicht geben durfte: Er war ein Punk, wenn auch ein sehr gemäßigter. Er hatte bunt gefärbte Haare, trug alte Klamotten und suchte seine mehr oder minder bürgerlichen Dozenten zu provozieren, wo immer es ging. Nur die weiße Ratte auf der Schulter fehlte ihm noch.

Beide nun sah Manfred, als er abends mit Muldenstein und Wannowski ins Steintorviertel wollte, am Sielwall stehen, Bremens Drogenszene, und er war sich darüber im klaren, daß sie das womöglich nicht nur aus sozialwissenschaftlicher Neugierde taten. Sie zur Rede stellen oder wegsehen, das war hier die Frage, und er konnte sich nicht so schnell entschließen. Sie waren erwachsene Menschen, und er hatte ihnen, was ihre Freizeit betraf, nichts zu sagen. Wurden sie aber von der Polizei bei irgend einer illegalen Handlung erwischt, stand er nichtsdestoweniger am Pranger.

»Flagge zeigen«, riet Muldenstein.

Und so winkte Manfred den beiden zu. »Es ist nicht gut für die Karriere, hier gesehen zu werden.«

Daraufhin trollten sich die beiden, und er hoffte, daß nichts weiter nachkommen würde.

Der Abend brachte den ersten großen Höhepunkt der Bremenfahrt: Nicolai Cullmanns Geburtstagsfeier unten im Hotel. Er wurde 21 Jahre alt, und da er ein ausgemachter Macho war, bekam er von den Studentinnen beider Busse eine Nilpferdpeitsche geschenkt. Das gab ein großes Hallo, und den ganzen Abend über spielten die Herren damit Cowboy oder Sklaventreiber. Um den Alkoholkonsum unter Kontrolle zu halten, hatten Wurl und Manfred versprochen, aus eigener Tasche alles zu bezahlen, was getrunken wurde. Manche trauten sich dann nicht, voll zuzuschlagen, so ihr Kalkül. Zuerst ging die Rechnung auch auf, zumal die Studentinnen immer wieder »die Laurentia« tanzen wollten, wo man auf dieses Stichwort hin immer wieder und so lange in die Knie gehen mußte, bis auch die Tänzer mit der besten Kondition zu jammern begannen. Schon da fiel Manfred auf, daß ihn Simona Sachs viel öfter bei den Händen hielt, als es das Zufallsprinzip erlaubte, und ihn packte etwas, das sich nur mit dem Begriff Schauder ausdrücken ließ. Einmal war es die Angst vor ihr, etwa nach dem Shakespeareschen Satz »A faint cold fear thrills through my veins«, zum anderen der Kitzel von Lust und Leidenschaft, der Gedanke, nicht mehr weiterleben zu können und eigentlich nicht gelebt zu haben, wenn er nicht mit ihr ... Sie trug ein kurzes schwarzes Kleid und hochhackige Schuhe, und das war für ihn ein ebenso unwiderstehlicher Auslöser wie beim Pawlowschen Hund die Glocke. Doch sein Über-Ich war unerbittlich: *Nein!* Aber neben ihr zu sitzen und zu reden, das ging ja wohl noch, obwohl Janina Hohmann sie nicht aus den Augen ließ und wahrscheinlich schon überlegte, wem sie es stecken konnte, daß Simona wieder hinter einem Dozenten her war.

»Willst du wirklich in der Verwaltung bleiben, wenn du fertig bist?«

»Vielleicht studier' ich noch Psychologie.«

»Wer Psychologie studiert, hat die große Hoffnung, sich selber therapieren zu können«, lachte Manfred.

»Du als Soziologe hattest das nicht nötig?«

»Nein ...«

»Ich glaube doch ...«

»Wieso ...?«

»Na, denk mal nach ...«

»Ja, mach' ich.« So wie sie es sagte, mußte er das allerdings nicht, denn ihre blitzenden Augen und ihre Körpersprache waren Antwort genug: Sei nicht so verklemmt, laß dich mal fallen, und genieße das Leben!

Das tat sein Kollege Rainer Wurl, indem er Cullmanns Nilpferdpeitsche nahm und schrie: »Ich bin der Peitschenmüller – Karl May, Band 66. Wehe, ihr Gesindel, ihr spurt jetzt nicht!« Und immer wieder ließ er die Peitsche knallen. »Los, Cullmann, in die Mühle runter, Mehl mahlen. Los, Caprano, geh die Latrine reinigen!« Der nächste Peitschenhieb sollte ganz besonders kräftig ausfallen – mit Erfolg, da er die Lampe von der Decke holte. Der Beifall für dieses Kunststück geriet so orkanartig, daß der Wirt erschien und ernste Konsequenzen androhte.

»Sie ersetzen mir das alles!«

»Wie?« fragte Manfred. »Nur die Lampe – oder den ganzen Schuppen?«

»Gleich ist die Polizei zur Stelle.«

»Besteht denn schon akute Einsturzgefahr?«

»Nie wieder Berliner bei mir im Hotel!« Damit verschwand er, und Manfred hoffte, daß er keinen Brief an die Fachaufsicht schrieb und Jahrow den zu lesen bekam.

Mit gespieltem Zorn schwang Wurl erneut die Peitsche. »Verschwinde, Kanaille, sonst peitsche ich dich so aus wie Hadschi Halef Omar alle Halunken, die mir, dem großen Kara ben Nemsi, an den Kragen wollen!«

Unglücklicherweise wickelte sich nun die Lederschnur der Peitsche um den Garderobenständer, und ihr knotenreiches Ende fuhr nicht in die Tür, durch die der Wirt eben abgegangen war, sondern traf Wurls rechte Augenbraue und riß sie auf. Er blutete im Nu wie ein schwer getroffener Boxer. In der entstehenden Panik behielten nur die älteren Studentinnen mit Hannelore Grau und Marga Schnaase an der Spitze die Nerven und stürzten in die Küche, um Eis und kühlende Tücher zu holen. Das schien auch so weit zu helfen, daß man nicht ins Krankenhaus mußte, um die Wunde nähen zu lassen. Doch die Stimmung war dahin, und die beiden Sponsoren zogen sich zurück – Wurl, um seine Wunden zu kühlen, Manfred, um zu Hause anzurufen und dann im Bett die *Zeit* und den *Spiegel* zu lesen.

Beim Einschlafen dachte er so intensiv an Simona, daß ... Nein, vorher klopfte es.

»Ja, bitte ...« Mit Sicherheit war es der Wirt, der sich beschweren wollte, weil die Studenten unten so lärmten. Doch er sollte sich getäuscht haben. »Machst du bitte mal auf, ich kann nicht mehr ...« Es war Simona.

Er zögerte nur kurz, dann schloß er auf und ließ sie eintreten. Sie hatte geweint, das zeigte die zerlaufene Wimperntusche.

»Was ist denn?«

»Ich halt' das alles nicht mehr aus.«

»Du weißt, daß wir beide in Teufels Küche kommen, wenn dich einer hier sieht.«

»Dann flieg' ich wenigstens raus aus diesem Scheißladen.«

»Setz dich erst mal ...« Er wollte seine Sachen vom Stuhl

nehmen, doch sie hatte sich schon auf die Bettkante gehockt. »Du bist klug und attraktiv wie keine zweite an der HÖV, was sollst du für'n Kummer haben.«

»Ich wollte schon aus dem Fenster springen ...« Sie begann zu schluchzen.

»Dein Zimmer liegt leider im Parterre ...« Manfred fühlte, wie unbeholfen er war, wie wenig »Techniken« er beherrschte, Frauen zu trösten. Schon bei Renate gelang ihm das nicht. Und so hatte er sich ins Heitere geflüchtet. Außerdem hielt er alles nur für einen Trick von ihr, ihn »rumzukriegen«.

»Kannst du nicht mal versuchen, mich zu verstehen ...?«

»Doch.« Manfred nickte. So mußte es damals auch bei Leo Schmalstich gelaufen sein: Sie setzte die Männer auf die Anklagebank und erweckte Schuldgefühle in ihnen, um dann von ihnen Wiedergutmachung zu fordern.

»Du hast ja selbst gesagt, daß ich weg soll aus der Verwaltung und Psychologie studieren. Aber ich hab' von mir aus nicht die Kraft dazu ...«

»Komm, Simona, du hast bis jetzt immer alles bekommen, was du haben wolltest.«

»Nicht alles.«

»Was denn nicht?«

»Dich zum Beispiel.«

»Ich bin glücklich verheiratet.«

»Das sieht man ...«

»Ich seh' nicht unglücklich aus, ich frier' nur in meinem dünnen Pyjama.« Sie rückte ein Stück beiseite. »Dann komm her, leg dir die Bettdecke über.«

Manfred zögerte. »Das ist mir zu gefährlich. Wenn einer reinkommt.«

Sie stand auf und schloß ab. »Jetzt kommt keiner mehr rein.«

Dann saß er neben ihr, und alles kam, wie es kommen mußte. Es war ebenso Traum und Trance wie gezieltes Handeln, er frohlockte, weil er sich endlich befreit hatte, und er verabscheute und haßte sich wegen seiner Schwäche und wegen seines Treuebruchs. Sein Kopf fuhr unter ihren Rock, der Slip war schnell heruntergerissen, und er biß sich dort fest, wo für ihn der Mittelpunkt des Weltalls war. Sie vergaßen, daß man ihre kleinen Schreie draußen hören konnte. Nichts anderes zählte mehr, als er in ihr war, und als sein Körper dann so zuckte, daß er zu sterben glaubte, entlud sich nicht nur sein Samen, sondern auch das, was sich in dreißig Jahren Unterdrückung in ihm angestaut hatte.

»Danke ...«, flüsterte er. »Und ich will alles für dich tun ...«

Allerdings, eine rauschende Liebesnacht wurde es nicht, denn kaum war der Liebesakt vorbei, da schreckten sie hoch, weil Wurl draußen stand, gegen die Tür bummerte und rief: »Manfred, schnell, wach auf, Caprano soll verunglückt sein, wir müssen hin.«

Manfred sprang auf und warf Simona das Deckbett über Kopf und Körper. »Versteck dich hier, bis alle weg sind.«

Sie fuhren mit einer Taxe zum Krankenhaus St.-Jürgen-Straße, von wo aus man angerufen hatte. Aus den bei ihm gefundenen Sachen hatte man schließen können, daß Norbert Caprano aus Berlin kam, Student war und in welchem Hotel er wohnte.

»Ein schrecklicher Unfall. In Oberneuland hat er über die Gleise gewollt, obwohl die Schrankenbalken längst unten waren, und ist dabei von der Lok erfaßt worden.«

Manfred nickte, obwohl er sicher war, daß Norbert Caprano Selbstmord begangen hatte. *Du hättest dich mehr um ihn kümmern sollen.* Seine zweite große Schuld. Er schluckte zwei Librium. Beide hatten es so gewollt, und er war nicht verantwortlich für den Rest der Welt. Es riß ihn hin und her.

Im Hotel saßen sie die ganze Nacht beisammen und trauerten um Caprano. Immer wieder wurden die letzten Minuten rekonstruiert, in denen er hier mit ihnen zusammen gefeiert hatte.

»Ein bißchen still ist er die ganze Zeit über gewesen ...«

»Wenn er Selbstmord begangen hätte, wäre doch 'n Abschiedsbrief da.«

»Vielleicht ist ihm die Idee ganz spontan gekommen.«

»Wenn diese Scheißpeitsche nicht gewesen wäre, hätten

wir weitergefeiert, und es wären nicht alle auseinandergelaufen«, sagte Hannelore Grau.

Und dann wäre das mit uns beiden nicht passiert. Manfred sah zu Simona Sachs hinüber, doch die gab mit keiner Geste zu erkennen, daß da etwas gewesen war. Verdrängte sie es, war das alles derart Routine für sie, daß es kaum zählte? Manfred spürte einen gewissen Schmerz bei diesem Gedanken. Erst jetzt fiel ihm ein, daß er ganz automatisch unterstellt hatte, eine Frau wie sie würde stets die Pille nehmen. Wenn nun nicht ... *Ein Kind mit Simona, Scheidung, kein Joscha mehr ...* Krampfartiger Durchfall packte ihn, er mußte zur Toilette laufen.

»Wer hat seine Eltern angerufen?« fragte Hagen Sobottka, als er zurückkam.

Wurl stöhnte auf. »Noch keiner ...«

»Dann macht das mal!«

»Ich dachte, wir warten lieber bis morgen früh«, sagte Manfred.

»Das mußt du machen, da kannst du dich nicht vor drükken.«

Manfred machte keine Anstalten, Wurl diesen Anruf zuzuschieben, und stand auf. Von nun an, das wußte er, konnte ihn jeder unter Druck setzen beziehungsweise erpressen, denn sein Bedürfnis nach Sühne und Buße war zu groß: *Das mit Simona hättest du nie tun dürfen!* Selbstironisch und sarkastisch formulierte er es so, daß nun seinem Vorhaben, als guter Mensch zu gelten, nichts mehr im Wege stand.

»Guten Abend, Herr Caprano, entschuldigen Sie die Störung, so spät noch, aber ...« Seine Stimme war so gepreßt, daß der andere etwas ahnen mußte.

»Norbert, mein Gott, hat er ...«

»Es tut uns allen so leid ...« Manfred konnte nicht mehr, die Tränen schossen hoch, er schluchzte. Nie hatte er die Welt weniger begriffen als in dieser Sekunde. Eben hatte er in höchster Wollust im Bett gelegen, und nun dieser Schmerz, der so schlimm war wie der beim Tode seines Vaters. *Warum das alles?*

»Wir hatten immer schon Angst, daß er ... Wie soll ich das bloß meiner Frau beibringen ...? Wie ist es denn ...?«

»Am Bahnübergang ...«

»Meine Frau kommt, ich muß ...« Und aufgelegt.

Eine halbe Stunde saß Manfred auf dem Bett und starrte aus dem Fenster zum Sternenhimmel hinauf, wünschte sich dorthin, wo die Capella funkelte, dann kamen Wurl und Sobottka, um nach ihm zu sehen.

Man beschloß, die Exkursion abzubrechen und am nächsten Morgen nach Hause zu fahren.

»Vater im Himmel, all die formelhaften Worte, die wir uns zurechtlegen im Angesicht des Todes, sie gefrieren uns jetzt auf den Lippen, denn der Mensch, von dem wir nun Abschied nehmen ...« Der Pfarrer machte ein kleine Pause, um die Wirkung seiner Worte zu erhöhen. »... Er hatte sein Leben noch nicht gelebt, er war so jung, er hatte die Spanne seines Lebens noch lange nicht durchmessen. Hilflos und ohnmächtig müssen wir erfahren, wie der Tod hier so früh nach dem Leben eines Menschen griff. Vater im Himmel, wir suchen in dieser Stunde nach einem Halt, der uns nicht im Abgrund unseres Leides und unserer Trauer versinken läßt ...«

Fast ein Jahr, nachdem sie Norbert Caprano auf dem Neuköllner Parkfriedhof beigesetzt hatten, stand Manfred auf dem Dahlemer Waldfriedhof, um von seinem Freund und Kollegen Maximilian Raddusch Abschied zu nehmen. Kurz vor Ostern war er plötzlich zusammengebrochen, und alle hatten auf einen Kreislaufkollaps getippt, kein Wunder bei einem Arbeitspensum von achtzehn Stunden am Tag. Im Krankenhaus aber hatten sie einen Gehirntumor bei ihm gefunden und ihn zu operieren versucht. Zuerst hatte es den Anschein gehabt, als würden die intakten Abschnitte des Gehirns die Funktionen der entfernten Teile übernehmen können, er also wieder lesen, schreiben und sprechen lernen, doch lange hatten sie nicht hoffen können. In seine letzte Veröffentlichung hatte er Manfred eine Widmung geschrieben: »Von Maxe für Manne, auf daß die alten Zeiten wiederkommen.« Dies mit Bleistift und in der krakeligen Handschrift eines Sechsjährigen, dem die Mutter dabei hatte helfen müssen. Jedesmal, wenn Manfred das las, hatte er Tränen in den Augen.

Dieter Schattan hatte die Abschiedsrede im Audimax der HÖV gehalten und mit den Worten geschlossen: »Maximilian Raddusch ist uns vorangegangen.« Die großen Anzeigen in den Berliner Tageszeitungen, unterschrieben vom Senator sowie von Prof. Dr. Puppke als Rektor der HÖV und im Namen aller Angehörigen, betonten seine überragende Rolle im Tauentzien-Tower: »Sein Tod macht uns betroffen. Prof. Dr. Maximilian Raddusch hat den Aufbau und die Entwicklung der Hochschule für Öffentliche Verwaltung Berlin wesentlich mitgeprägt. Seine fachliche Kompetenz, seine Einsatzbereitschaft und sein Engagement für Menschen werden uns Verpflichtung bleiben.« Die Studenten schrieben im *HÖV-Narren*, sie hätten einen Freund verloren. »Maximilian Raddusch verkörperte beides, fachliche und menschliche Größe – welch seltene Kombination. Und er half immer.« Sie berichteten von einer Studentin, der Jahrow nach schwerer Krankheit das Ausbildungsverhältnis gekündigt und für die Raddusch eine einzigartige Hilfsaktion gestartet hatte. »Er übernahm ihre juristische Beratung, stellte ihr, die ohne Arbeitslosengeld oder -hilfe dastand, erhebliche Geldmittel zum Lebensunterhalt zur Verfügung und richtete ein Spendenkonto für sie ein. So, wie in diesem beispielhaften Fall, wird uns Maximilian Raddusch immer gegenwärtig sein: unermüdlich im Einsatz für eine gerechtere Gesellschaft. Wir sind ohne ihn ärmer.«

Erschreckend war aber nicht nur Radduschs Tod, sondern auch die Erfahrung, daß es am Tage nach seiner Beerdigung an der HÖV auch nicht anders war als sonst. *Business as usual*. Keine Lehrveranstaltung wurde abgesagt, keine Klausur verschoben, keine administrative Maßnahme unterlassen. Im Gegenteil: Jetzt, wo er eine entscheidende Schwächung der Professoren vermutete, blies Jahrow sofort zum Angriff. Eine politische Überprüfung aller Lehrbeauftragten wurde angeordnet, das sogenannte PZD-Verfahren, ob sie wohl unter den Radikalenerlaß fielen. Außerdem wurde dem neugewählten Sprecher des Fachbereichs 1, dem BWL-Professor Werner Lehmann, untersagt, sich ohne Genehmigung Jahrows öffentlich über die Belange der HÖV zu äußern.

»Wie können die Studenten der HÖV zu kritischem Denken und verantwortungsvollem Handeln erzogen werden, wenn sie mit ansehen müssen, wie ihrem Rektor ein Maulkorb angelegt wird?« fragte Manfred in einem RIAS-Interview, das ihm sein alter Freund Horst Hastenteufel vermittelt hatte, um dann fortzufahren: »Die HÖV erinnert mich an ein besetztes Land, und die Besatzungsmacht, die uns knebelt und entmutigt, ist die Fachaufsicht. Es ist ein langer Weg für uns, bis wir uns von diesem Joch befreit haben werden, ich weiß, aber eines Tages werden wir es schaffen.«

Und schon hatte er Angst, sich zu weit aus dem Fenster gelehnt zu haben, denn seit kurzem stand fest, daß sie ein zweites Kind bekommen würden, eine Tochter, deren Name bereits feststand: Larissa. Ende April, Anfang Mai 1977 sollte sie das Licht der Welt erblicken.

»Wenn Sie so nett sein würden, uns die zehn Merkmale aufzuzählen, die den Idealtypus der Bürokratie bei Max Weber ausmachen ...«

»Erstens: eine genau fixierte Amts- beziehungsweise Autoritätshierarchie mit einem Instanzenzug, zweitens: eine feste Kompetenz- und Arbeitsverteilung, drittens: eine Regel- und Normengebundenheit des Handelns und Verhaltens ...«

Die Studentin, die ihm gegenübersaß, gab wieder, was sie gelernt hatte, und Manfred dachte: *Warum erzählt sie mir das alles, das weiß ich doch selber.* Der April 1977 stand ganz im Zeichen der Hauptprüfung des zweiten Jahrgangs, und auch an diesem Freitag saß Manfred seit 8 Uhr im Hörsaal 1414 und prüfte. Sein Beisitzer war Heiner Dietrich, und wenn sie mit den vier Kandidaten allein im Raum gewesen wären, hätte alles ganz *relaxt* über die Bühne gehen können, aber zur Kontrolle der Notengebung saßen quer vor dem Fenster noch die Ausbildungsleiterin, ein Vertreter des örtlichen Personalrats und schließlich als *der King* Wolfgang Jahrow selber. Damit war das Ganze für die beiden Sozialwissenschaftler eine ebenso stressige Prüfung wie für ihre Studenten, denn Jahrow ließ keine Gelegenheit aus, die Eliminierung von Soziologie, Politologie und Sozialpsychologie aus dem HÖV-Curriculum zu fordern, ja, er ging sogar so weit, von willigen Studenten wie Thilo Flöther obskure und weithin getürkte Umfrageergebnisse ausstreuen zu lassen, nach denen die Studenten diese drei Fächer für sich und die Verwaltungsausbildung mehrheitlich als total überflüssig ansahen.

»... ja, eine Regel- und Normengebundenheit des Handelns und Verhaltens ... und ...« Die Studentin war ein wenig ins Stocken geraten, und Manfred dachte, daß in zweiundzwanzig Jahren vielleicht seine eigene Tochter hier sitzen und leiden könnte. So half er ihr weiter.

»... und eine Entscheidungsfindung im Geist der ...?«

»... der formalen Unpersönlichkeit – sine ira et studio.«

»Das ist ja schön, daß hier die Professoren selber die Antworten geben«, murmelte Jahrow. »Und schön, daß die Beamten auch Latein lernen – wir haben ja Hunderttausende ausländische Bürger in Berlin, die nur Lateinisch sprechen.«

Manfred ignorierte es. »Warum ist denn dieses ›sine ira et studio‹ ein so wichtiger Bestandteil der Bürokratie und eine Säule des Rechtsstaats ...?«

»Weil jeder Bürger gleich behandelt werden soll, ohne daß das Gefühl und die innere Einstellung des Beamten dabei eine Rolle spielen.«

»Sehr schön, Frau Paschatka. Und warum kollidiert das mit dem modernen Ziel der bürgernahen Verwaltung?«

»Weil jeder Bürger eine Extrawurst gebraten haben möchte, ganz besonders lieb und einfühlsam behandelt werden will. Herr Dietrich und Sie haben ja herausbekommen, daß jeder Klient davon träumt, daß der Beamte nicht nur seinen Ermessensspielraum voll ausschöpft, sondern das Gesetz seinetwegen sogar ein wenig bricht – ›Aber nur, weil Sie es sind … ‹ Das ist dann der ideale Beamte für ihn.«

So ging es zehn Minuten lang, und als nach dem Abschluß der Prüfungen alle vier Kandidaten auf den Flur geschickt worden waren, kamen Manfred und Heiner Dietrich nach kurzer Beratung überein, daß dies eine Eins Komma fünf gewesen sei.

»Nicht doch!« rief Jahrow. »Nur, weil die Dame Sie zitiert hat.«

Sofort war der Vertreter des Personalrates am Ball, kein anderer als Manfreds Exstudent Wolfgang Rulski, der als 73er ein Jahr zuvor seine Prüfung bestanden hatte. »Die Notenfindung ist eine autonome Entscheidung der Prüfer, und wenn die meinen, daß es eine Eins Komma fünf war, dann wird eine Eins Komma fünf ins Protokoll geschrieben.«

»Für mich war es sogar eine glatte Eins«, bekannte die Ausbildungsleiterin, die aus einem der Bezirke kam, wo man keine Gelegenheit ausließ, Front gegen »Inneres« zu machen.

Jahrow war nicht bereit, klein beizugeben. »Der Examensausschuß hat klar und deutlich festgelegt, daß eine Leistung, die aus der bloßen Reproduktion des Stoffes besteht, bestenfalls mit einer Zwei bewertet werden kann. Und im Fall von Frau Paschatka war es wirklich nur Auswendiggelerntes, was sie uns da vorgeführt hat.«

»Nein«, widersprach Manfred. »Wie sie, von Weber ausgehend, die Problematik der bürgerorientierten Verwaltung dargestellt hat, das war schon eigenständig.«

»Daß Sie von Ihnen lernt, daß man Gesetze brechen soll.«

Heiner Dietrich versuchte zu vermitteln. »Daß die Bürger das mitunter von den Beamten erwarten, nur davon war die Rede.«

So ging das noch gut eine Viertelstunde, und es nervte Manfred so gewaltig, daß er um zwölf Uhr, als sie fertig waren und er wieder im Büro angekommen war, Horst Hastenteufel anrief und fragte, ob der in einem seiner Kriminalromane nicht mal einen Typen wie Jahrow sterben lassen könne,

Tyrannenmord sei doch in der abendländischen Tradition eine legitime Sache. Er versprach es, und Manfred machte sich daran, sein Zimmer aufzuräumen und wegzuwerfen beziehungsweise geordnet abzulegen, was sich in den letzten anderthalb Jahren angesammelt hatte. Alles, was für seine Lehrveranstaltungen interessant sein konnte, riß er regelmäßig aus *Zeit*, *stern* und *Spiegel* aus.

Am 2. Dezember 1975 hatten in den Niederlanden sieben Molukker die Fahrgäste eines ganzen Eisenbahnzuges als Geiseln genommen, um ihrer Inselgruppe die Unabhängigkeit von Indonesien zu verschaffen, und dabei drei Menschen erschossen.

Am 21. Dezember 1975 hatte der Top-Terrorist Carlos in Wien bei der OPEC-Konferenz 70 Geiseln in seine Gewalt gebracht, darunter zehn Ölminister.

Am 28. April 1976 war der inhaftierte Kindermörder Jürgen Bartsch bei der von ihm gewünschten Kastration gestorben.

Am 4. Juli 1976 hatte ein israelisches Kommando im ugandischen Entebbe 104 zuvor entführte jüdische Fluggäste befreit.

Am 14. Dezember 1976 war der Industriellensohn Richard Oetker entführt worden.

Er legte das alles in den Ordner »Kriminalsoziologie« und hatte dabei die alte Weisheit im Sinn: *Glück ist die Summe des Unglücks, dem wir entgangen sind.* Als er sein altes Siemens-Radio einschaltete, spielten sie *Ein Bett im Kornfeld*, und er kam sich wieder etwas kümmerlich vor, denn mit wem sollte er in seinem Leben jemals noch in einem Kornfeld liegen und sich der Wollust hingeben?

Wütend schmiß er in den Papierkorb, was es sonst an Ausrissen gab: Bilder und Berichte von den Olympischen Winterspielen in Innsbruck und den Sommerspielen in Montreal, von der Eröffnung des Palastes der Republik in Ostberlin, von der Nofretete-Ausstellung in Westberlin, von Niki Laudas Unfall auf dem Nürburgring, von Hackethals Buch *Auf Messers Schneide*, von Wolf Biermanns Ausbürgerung aus der

DDR, von der Diskussion um den § 218 und die Fristenlösung, von der Krönung Silvias zur Königin von Schweden, von der ersten *Emma*-Nummer im Januar 1977 und vom Inferno auf dem Flughafen von Teneriffa, wo am 27. März zwei Jumbo-Jets ineinandergekracht waren und es 577 Tote gegeben hatte. Und gerade war Generalbundesanwalt Siegfried Buback in Karlsruhe ermordet worden. Schrecklich.

Erschöpft hielt Manfred inne. Was trieb ihn eigentlich dazu, sich um das Schicksal anderer Leute zu kümmern, ja, ihretwegen so zu leiden, daß Galle und Magen zu schmerzen begannen. Hatte sich denn einer von denen je um ihn geschert – Lauda, Biermann oder Buback …? Hätten die sich betroffen gezeigt, wenn ihm etwas zugestoßen wäre? Natürlich nicht, denn er war ja nur die berühmte Quantité négligeable, das gesellschaftliche Nichts.

Es klopfte, und nachdem er unwillig »Ja, bitte!« gerufen hatte, stand Simona Sachs im Zimmer. Sofort war er ein anderer. Er wandte sich seiner Exstudentin zu und grinste. »Irrtum, wir sind hier nicht in Bremen im Hotel …«

»Am 30. April heirate ich.«

»Mich? Ich bin doch noch gar nicht geschieden …«

»Er heißt Ralf und ist Vermessungsingenieur.«

»Na, da wäre es von mir ja vermessen … Obwohl: Das Vergnügen, dich zu vermessen, nun einem anderen zu gönnen, das ist schon hart. Es – nicht er … Obwohl …« Er war nun doch ein wenig verwirrt, und selbstverständlich kam ihm die Assoziation *Einmal ist keinmal* in den Sinn. Gut so. »Und du bist nicht mehr beim Bezirksamt, sondern hast wirklich angefangen, Psychologie zu studieren?«

»Richtig, der Kandidat hat hundert Punkte.«

Das erschien Manfred sehr vorgestanzt, und er fragte sich, ob sie ihn irgendwie doch liebte und darüber hinwegkommen mußte. Wie auch immer, er wünschte ihr viel Glück und sagte, daß er los müsse, Joscha vom Kindergarten abzuholen.

Joscha, ja, das war ein Schatz, und was hätte er nicht alles versäumt, wenn er sich nach der kurzen Affäre mit Simona von seiner Frau getrennt hätte … Unendlich viel.

Joscha – die erste: wie er, gleich nachdem Manfred von der Exkursion nach Bremen zurückgekommen war, über Zeugung und Geburt nachdenkt, sich nackt vor Renate aufbaut und sagt: »Jetzt pullere ich in deine Vagi.« Oder auf dem Töpfchen sitzt und sagt: »Jetzt kacke ich Zwillinge.«

Joscha – die zweite: wie er, als er in der Adventszeit 75 warme Einlegesohlen in seinen Stiefeln findet, feststellt: »Jetzt habe ich Fußmatten in meinen Schuhen.« Und dann den Nikolaus kritisiert. »Wer ist der Nik*i*laus?« – »Der Nik*o*laus, Joscha. Der Nik*o*laus bringt den Kindern viele Süßigkeiten.« – »Aber dann macht er ja die Kinder krank.«

Joscha – die dritte: wie Manfred an einem Sonnabend wegen eines furchtbar schmerzenden Ohres ins Gertrauden-Krankenhaus geht, auf dem Rückweg einen Klebestift für Joscha kauft – und der dann fragt: »Haben die dir den im Krankenhaus mitgegeben?«

Joscha – die vierte: wie er sich beim Frühstücken an seiner Stulle verschluckt, Renate ihm auf den Rücken schlägt, damit der Bissen sich lockert, und er dann bemerkt: »Hoffentlich kriege ich keine Krankheit.«

Joscha – die fünfte: wie er beim Angucken seines Bilderbuches fragt: »Wenn die Walfische nach Amerika schwimmen, werden die da vorher auch geimpft?«

Joscha – die sechste: wie er den ganzen Tag fragt: »Warum denn ...?« und singend durch die Wohnung zieht: »O Tannenbaum, o Tannenbaum, der Manni ist so dumm, man glaubt es kaum.« Und wie er, als Manfred ihn mit den Worten: »Du, soll ich mal autoritär sein?« ein wenig abmahnt, die Antwort gibt: »Kannst du ja gar nicht, du kannst ja nicht Autofahren.«

Joscha – die siebente: wie er ihm, Manfred, immer mit den Fingerchen in die Augen piekt (»Augenpieksi machen«) und nicht begreift, daß seinem Vater das weh tut und der fürchtet, auf der Stelle zu erblinden. »Manni, deine Augen sind doch aus Glas.« – »Nein, die sind nicht aus Glas.« – »Dann sind sie aus Flastik.«

Joscha – die achte: wie sie, um ihm beizubringen, wie das mit der Post funktioniert, einen Brief an ihn selber schreiben, eine Marke mit dem Bundespräsidenten Gustav Heinemann raufkleben – und er dabei sagt: »Du bist ja blöd, das bin ich doch gar nicht!«

Joscha – die neunte: wie er Manfred fragt, ob er als Kind auch so schöne Spielsachen hatte wie er jetzt. »Nein, meine Eltern hatten nicht soviel Geld wie wir, und außerdem war Krieg.« – »Hattet ihr auch eine Wohnung?« – »Nicht so 'ne schöne ...« – »Haben deine Eltern im Zelt gewohnt?«

Joscha – die zehnte: wie er sie immer wieder zum Lachen bringt. Beim Betrachten des Kalenders: »Mammi, warum ist denn da jeden Tag 'ne andere Zahl drauf?« Beim Trinken seines Tees, der ihm als zu süß erscheint: »Der schmeckt verunsichert.« Beim Anblick eines Brutkastens: »Kommen da alle Babys in den Schwitzkasten rein?« Beim Herausnehmen und gelangweilten Wiederwegstellen des dtv-Lexikons, Band 16, aus Manfreds Regal: »Ist ja doch nichts Neues drin.« Beim Kakaotrinken mit seinem Freund Markus: »Du hast keinen Freund, Manni ... Doch, die Menschen im Tauentzien-Tower sind deine Freunde.« Beim kritischen Blick seines Vaters: »Guck nicht so ungesichert!«

Joscha – die elfte: wie er sich Bilder anguckt, wo Manfred als Kind mit nacktem Po zu sehen ist, einen unbändigen Spaß daran hat, gar nicht mehr aufhören will zu lachen und wissen will, wie so ein Foto vom Knipsen mit dem Apparat bis zum Papierbild entsteht. Manfred erklärt es ihm sehr ausführlich: »... die Fotos müssen erst im Labor entwickelt werden, bevor wir sie sehen können.« – »Finden die Leute da deinen Po auch so lustig?«

Joscha – die zwölfte: wie er mit seiner Oma, also Manfreds Mutter, telefoniert. »Ich kann dich nicht verstehen, Oma, ich hab' den Mund so voll.« – »Habt ihr mich schon öfter angerufen ...?« – »Ja, wo warst du denn – warst du tot?«

Diesen seinen Sohn vom Kindergarten in der Livländischen Straße abzuholen und nach Hause zu befördern, war in aller Regel gar nicht so lustig, obwohl es kaum mehr als vierhundert Meter waren, denn Joscha neigte dazu, die Aggressionen, die sich in den fünf Stunden Kita bei ihm angesammelt hatten, nun auf einen Schlag abzubauen. Den Erzieherinnen gegenüber hatte er kuschen müssen, seinem Vater gegenüber aber ließ er alles raus und wollte in allem das Gegenteil von dem, was Manfred wollte. Das begann damit, daß er vor dem erstbesten Tante-Emma-Laden stehenblieb, mit den Füßen aufstampfte und unbedingt »Mäusespeck« haben wollte. Das war eine gummiartige Süßigkeit, die in großen Bonbongläsern steckte und die Kinder mit bunten Farben anlockte. Es sah aus wie die pure Chemie, und Manfred und Renate vermuteten unzählige Schadstoffe in den bauklotzgroßen Brocken. Eigentlich war der »Mäusespeck« streng verboten, aber Joscha schrie und tobte derart, daß Manfred befürchten mußte, die älteren Mieterinnen, die sofort in den Fenstern hingen, würden das Jugendamt anrufen. Oder die Polizei – wegen Kindesmißhandlung oder gar -entführung. Also gab er nach und erkaufte sich seinen Frieden bis zur nächsten Straßenecke, wo Joscha partout nicht weitergehen wollte.

»Komm, deine liebe Mami wartet mit dem Essen auf dich.«

»Ich will nicht essen.«

»Du mußt essen, wenn du groß und stark werden willst.«

»Ich will aber nicht groß und stark werden.«

»Dann bleibst du eben klein und schwach – dann nehmen dich aber alle, legen dich über die Schulter und tragen dich weg. So wie ich jetzt.« Und, schwupp, hatte er sich den kleinen Kerl über die Schulter gelegt und trug ihn zur Koblenzer Straße, die Beine vorn auf der Brust, so daß er ihn fest im Griff hatte. Joscha schrie und zeterte und ruderte hinter Manfreds Rücken wie wild mit den Händen, doch er hatte keine Chance, sich zu befreien. Als sie in den Hausflur kamen, verstärkte er sein Geschrei und war so raffiniert, nicht mehr bockig und trotzig zu tun, sondern sich wie ein Opfer grausamer Eltern aufzuführen. Die alte Frau Waller machte prompt ihre Tür auf und hielt ihm eine Tafel Schokolade hin.

»Hier, mein armer Junge. Ich weiß ja, daß deine Eltern dich nicht richtig erziehen.«

»Danke«, sagte Manfred. »Das ist lieb, aber er darf keine

Schokolade essen, weil sein Patenonkel in München Diabetes hat.«

»O wie schrecklich.«

Joscha rächte sich, indem er nun, ohne daß Manfred das verhindern konnte, auf alle erreichbaren Klingelknöpfe drückte und das ganze Haus in Aufruhr versetzte.

Renate stand oben in der Wohnungstür, zeigte auf ihren hochgewölbten Bauch und fragte ihn, ob er, Manfred, nicht mehr alle hätte. »Larissa hört das alles und bekommt den ersten Schock ihres Lebens.«

»Das ist das Beste, was ihr in der pränatalen Sozialisation passieren kann – ist sie gleich fit für später.«

»Das Essen steht schon auf dem Tisch.«

»Das hat es nun davon. Braves Essen.«

Danach schickten sie Joscha auf den Innenhof, wo er sich richtig austoben konnte. Das tat er aber nicht, sondern tauchte schon eine halbe Stunde später wieder oben auf und wollte, daß Manfred mit ihm zusammen aus Stabilbaukastenteilen ein Flugzeug baute.

»Eines, das richtig fliegt.«

»Das schaffen wir wohl kaum, aber es soll wenigstens einen Propeller haben, der sich richtig dreht.«

Mit Hilfe eines kleinen Motors und einer Batterie gelang das. Und der Propeller entwickelte so viel Kraft, daß Joscha es mühelos schaffte, damit zwei Weingläser zu zertrümmern. Bis zur *Sesamstraße* ging es aber dann mit ihm. Die anzusehen war seit Jahren ein Ritual, und immer wieder mußte Manfred mit ihm Ernie & Bert spielen.

Beim gemeinsamen Abendessen in der Küche sagte Renate, das sei vielleicht das letzte Mal, daß sie zu dritt zusammensäßen. Und sie sollte recht behalten, denn am nächsten Vormittag kurz vor elf platzte ihre Fruchtblase. Manfred rief 112 an, um sie mit der Feuerwehr ins nahe St.-Gertrauden-Krankenhaus bringen zu lassen. Er brachte Joscha schnell nach oben in die Obhut der Meiers, rief seine Mutter an, sie möge so schnell wie möglich kommen – »Es ist soweit!« –, und hastete dann den Feuerwehrmännern hinterher, die

Renate auf einer Bahre nach unten trugen, obwohl sie gern selbst gelaufen wäre. Er bewunderte sie wegen ihrer inneren Ruhe und Tapferkeit.

Im Krankenhaus war alles Routine. Renate kam nach den obligatorischen Untersuchungen in einen großen Warteraum, der durch weiße Plastikvorhänge in mehrere Kabinen aufgeteilt war. So sah man zwar nichts von den anderen Frauen, bei denen die Wehen eingesetzt hatten, aber man hörte sie. Manfred saß neben Renate, hielt ihre Hand und versuchte, ihr zu helfen, den richtigen Rhythmus zu finden. Allzu geschickt schien er sich dabei nicht anzustellen, denn sie schimpfte immer wieder mit ihm. Insgesamt aber war er zufrieden mit sich und war sich sicher, die Sache durchzustehen. Man hörte ja immer wieder von Vätern, die im Kreißsaal kollabierten. Aber bei der Geburt seines Kindes nicht dabeizusein, war etwas, was sich in Berlin ein Linksintellektueller nicht mehr leisten konnte. Manfred wollte es auch ehrlichen Herzens, war es doch bei Joscha in Bremen nicht gegangen. Wobei er zugeben mußte, damals froh darüber gewesen zu sein.

Nach etwa einer Stunde, Renates Muttermund hatte sich noch nicht groß geöffnet, begann in der Nachbarkabine eine Frau, eine Türkin ganz offenbar, so fürchterlich zu schreien, daß Manfred es kaum aushalten konnte. Daß Menschen so schrecklich leiden konnten, hatte er nicht für möglich gehalten. Er kannte das nur vom Kino her, nicht von Unfallstellen, nicht von der Front. Aber er schaffte es, standzuhalten, indem er sich immer wieder sagte, die Natur habe es so haben wollen, und schließlich sei es keine tödliche Verwundung, sondern Teil eines Prozesses, dem alle ihr Leben verdankten. Renate hatte es bei Joscha geschafft, und sie würde es wieder schaffen. Zugleich begriff er, daß er als Vater und als Mann für ein Kind nie so viel tun konnte, und zählte man auch zwanzig Jahre zusammen, wie eine Mutter in diesen Stunden. Er nahm sich vor, noch mehr für Joscha dazusein – und erst recht für Larissa.

Nebenan begann nun, ohne daß sie die Kontrahenten sehen konnten, ein heftiges Wortgefecht zwischen dem Mann der so schrecklich leidenden Türkin und dem Oberarzt. Aus Glaubensgründen sei es ihm unerträglich, daß ein anderer Mann die Niederkunft seiner Frau und die Geburt seines Sohnes miterleben würde.

»Aber dieser Mann ist doch durch mehrere Vorhänge von ihrer Frau getrennt.«

»Er hört aber alles. Ich will, daß meine Frau in den Kreißsaal kommt und allein ist.«

»Der ist besetzt.«

»Ich wünsche, daß man respektiert, was ich verlange, sonst ...«

Es gab noch einiges Hin und Her, und schließlich kam der Oberarzt zu Manfred. »Mit Ihrer Frau dauert es noch bis zum Abend, und Sie können für anderthalb Stunden nach Hause gehen und in aller Ruhe etwas essen.« Manfred schluckte hinunter, was ihm auf der Zunge lag, denn wenn er hier Theater machte, ließen sie es nachher an Renate aus. Er küßte seine Frau, wünschte ihr, es möge nicht so schlimm werden, und verabschiedete sich mit einem fröhlichen »Bis gleich« aus der Entbindungsstation. Als er in der Koblenzer Straße klingelte, war seine Mutter gerade dabei, das Mittagessen aufzutun: Quetschkartoffeln mit sauren Eiern. Es war eines seiner Lieblingsgerichte, aber durch die ganze Aufregung hatte er nicht den rechten Appetit, so daß sich Joschas Befürchtungen, für ihn würde nichts übrigbleiben, als grundlos erwiesen.

»Iß mal tüchtig!« drängte die Mutter. »Wer weiß, wann Larissa kommen wird. Es gibt Fälle, da kann sich so eine Geburt die ganze Nacht hinziehen.« Sie hatte bis 31. Dezember letzten Jahres bei der AOK am Wochenschalter gesessen, wußte also, wovon sie sprach.

So warf er nach dem Essen noch einen Blick in den *Tagesspiegel*. Gleich nebenan am Bundesplatz war gestern eine Bank überfallen worden. Seine Bank! Der 22jährige Täter war von einem zufällig anwesenden Polizeibeamten verfolgt, angeschossen und festgenommen worden. Im Tiergarten legten sie jetzt »Pillen« für Tauben aus. Der 200. Geburtstag von

Carl-Friedrich Gauß wurde gefeiert. Am 30. April 1777 war er in Braunschweig geboren worden. Manfred dachte mit Schrecken an die Mathematik zurück, die er bis zum Abitur in der Albert-Schweitzer-Schule hatte erleiden müssen. »Vati ist auch zur Gauß-Schule gegangen«, sagte die Mutter. Gauß hatte Kluges gesagt: »Es ist nicht das Wissen, sondern das Lernen, nicht das Besitzen, sondern das Erwerben, nicht das Da-sein, sondern das Hinkommen, was den größten Genuß gewährt ...« So schön hätte er einen Gemeinplatz nie und nimmer formulieren können.

Manfred warf die Zeitung beiseite und stand auf. »Ich werd' mal wieder ins Krankenhaus gehen, obwohl es bestimmt Mitternacht werden wird, der 1. Mai ...«

Als er durch die Entbindungsstation lief und nach dem Kreißsaal suchte, kam ihm der Oberarzt schon entgegengeeilt.

»Ich darf Ihnen zu Ihrer Tochter gratulieren. Sie ist vor fünf Minuten auf die Welt gekommen, und alles ist in bester Ordnung.«

Die Deichkrone war asphaltiert, und Manfred hatte seine Freude daran, den Kinderwagen mit Larissa Kilometer für Kilometer in Richtung Hohwacht zu schieben. Nachdem sie 1973, dem Jahr des Umzugs von Bremen nach Berlin, gar nicht aus der Stadt herausgekommen waren und dann drei Sommer hintereinander die acht Wochen Semesterferien in ihrer Heiligenseer Laube verbracht hatten, war Renate 1977 unruhig geworden.

»Ich will endlich mal wieder raus aus Berlin!«

Manfred hatte Bedenken gehabt. »Du mußt alleine Auto fahren – und zwischendurch Larissa stillen. Und Joscha tobt hinten rum und nervt dich.«

»Früher war ich mit meiner Mutter immer auf dem Darß, in Prerow und in Zingst. Mit der Bahn bis Ribnitz-Damgarten und dann weiter mit dem Bus. Ich will wieder mal an die Ostsee.«

»Die leider weithin im Osten liegt. Für uns wäre die Westsee schon besser, obwohl sie Nordsee heißt.«

»Es gibt doch auch im Westen Bäder an der Ostsee – geh mal ins Reisebüro!«

Das hatte er getan und war dabei auf den Weißenhäuser Strand gestoßen, das heißt, auf einen Prospekt mit herrlichen Bildern. Und in dem war nicht zu lesen gewesen, daß die Bungalows an Regentagen verdammt kalt waren und die Kurverwaltung sich weigerte, die Elektroheizung anzustellen. Auch hatte man verschwiegen, daß man sofort nach der Ankunft um 300 DM ärmer war, denn je ein Hunderter etwa war für die Endreinigung, die Kurtaxe und den Strandkorb auf den Tisch zu blättern. Das größte Ärgernis aber war der nahe gelegene Truppenübungsplatz in Putlos. Immer wieder rummsten die Geschütze, und im Tiefflug rasten die NATO-Düsenjäger über sie hinweg, und damit nicht genug, sie schossen auch auf Attrappen feindlicher Flugzeuge, die spezielle Transportmaschinen hinter sich herzogen, nachts mit Leuchtspurmunition. Für Kriegskinder wie Manfred und Renate war das geradezu Psychofolter.

Aber Renate neigte nicht zum Jammern und sagte immer wieder, das Wichtigste sei, daß die Kinder frische Luft hätten.

»Frische Luft ...« Manfred hörte gar nicht mehr auf zu husten. Von den Feldern und Wiesen im Hinterland wurden so viel Gräser- und Roggenpollen herübergeweht, daß nicht einmal Kortison dagegen ankommen konnte. Fast jede Nacht saß er im Badezimmer, las Karl May, um sich halbwegs von seinem Elend abzulenken, würgte sich die Lunge aus dem Hals, schnappte nach Luft wie ein Fisch, der auf dem Sandstrand lag, und verbrauchte päckchenweise Tempotaschentücher, um den glasig-wäßrigen Schleim zu bändigen, der ihm aus der Nase quoll. Cromoglicinsäure und wirksame Asthmamittel wie Sultanol hatte er noch nicht zur Hand, und alle Allergikerqualen mußten kaum gelindert durchgestanden werden.

Ansonsten aber Weißenhäuser Strand mit Blick über die See nach Fehmarn hinüber, mit riesigen Kutterschollen in den Restaurants, Ausflügen in die Holsteinische Schweiz mit dem Bungsberg und nach Sierksdorf ins »Hansaland« und

Spaziergängen im nahen Städtchen Oldenburg i. H. Das Schönste aber war es, mit Joscha, wenn Ebbe war, kleine Häfen anzulegen und Schiffe fahren zu lassen oder aber im Sand zu liegen und so tiefe Löcher zu buddeln, bis sie auf Grundwasser stießen. Oder aber mit Larissa im Kinderwagen stundenlang auf den Deichen zu laufen, während sich Renate um Joscha kümmerte.

Abends wegzugehen, war natürlich nicht möglich, und so las er die Plakate, die für Konzerte, Schauspiele und dergleichen warben, entweder gar nicht oder aber nur mit einer gewissen Melancholie. Erstaunlich war, daß sich auch Künstler mit großem Namen nicht zu schade waren, im Sommer durch die Ostseebäder zu tingeln und Kasse zu machen. So richtig zuckte er aber erst zusammen, als er den Namen Hoss McDevil las. Überall gab es knallrote Anschläge mit gelbschwarz geflammter Schrift: »Hoss McDevil liest heute abend im Kurhaus aus seinem neuen Roman *Berliner Blut.*« Manfred hätte lauthals losgelacht, wenn er dadurch nicht die Gefahr heraufbeschworen hätte, Larissa wachzumachen, denn Hoss McDevil war kein anderer als sein alter Neuköllner Kumpel Horst Hastenteufel. Manfred wendete den Kinderwagen und ging zur Kurverwaltung, um herauszukriegen, wo der große Dichter wohnte. Erst wollten sie ihm die Adresse nicht geben, dann aber begann Larissa zu krakeelen, und die Dame hinter dem Schalter ließ sich erpressen.

Manfred gab seine Tochter am Strandkorb ab und eilte in das Hotel, das ihm genannt worden war. Der Freund, ein Trumm von Mann wie ehemals Emil Jannings oder Heinrich George, saß im Restaurant und schaufelte eine Fischpfanne von solchen Ausmaßen in sich hinein, daß sich Manfred und Renate eine halbe Woche davon hätten ernähren können. Manfred schlich sich von hinten heran, bohrte Hoss McDevil den Zeigefinger in den Rücken und rief: »Kripo Kiel, keine Bewegung!«

Als sich Horst Hastenteufel von seinem Schrecken erholt hatte, gab es eine stürmische Begrüßung, und Manfred wurde eingeladen, Austern mit ihm zu schlürfen.

»Mann, wer sich das leisten kann …«

Hastenteufel grinste. »An sich wäre ich ja um diese Zeit auf Korsika – kann ich euch nur empfehlen, wenn es hier an der Ostsee kalt ist und wochenlang regnet: La Chiappa.«

»Korsika, Austern …« Manfred kam aus dem Staunen gar nicht mehr heraus.

»Seit ich Hoss McDevil bin, kommt schon was zusammen. Ein deutschstämmiger Amerikaner, der nach Berlin gekommen ist, um hier Krimis zu schreiben.«

»Und wie bist du darauf verfallen?«

»Bei der Inländerfeindlichkeit der deutschen Krimileser und vor allem -kritiker war das ein genialer Trick. Je intellektueller sich einer gibt, desto mehr neigt er dazu, alles Deutsche abzulehnen: die deutsche Küche, den deutschen Schlager, den deutschen Krimi. Deutsch gleich faschistisch.«

»Das ist doch nur der Mechanismus, sich der eigenen faschistoiden Elemente dadurch zu entledigen, daß man sie auf andere projiziert und schreit: Haltet den Dieb! Das sind die schlimmsten unter uns, die sich der Kollektivschuld dadurch entziehen wollen, daß sie allen zu verstehen geben: Ich bin ja eigentlich gar kein richtiger Deutscher, denn ich lese Amerikaner auf Englisch, esse beim Italiener und war im Urlaub in der Camargue.«

»Eben darum bin ich nun Hoss McDevil.«

»… und machst dem -ky Konkurrenz.«

»Da soll ja Bruno Kreisky hinterstecken«, lachte Hastenteufel. »Walter Jens, Helmut Schmidt, Urs Jaeggi und Ingomar von Kieseritzky stehen auch zur Debatte.«

Manfred sah ihn an. »Ich glaub' eher, daß du es bist. So genau, wie der -ky Neukölln beschreibt.«

»Indizien sind noch kein Geständnis. Aber mal etwas anderes …« Horst Hastenteufel sah auf den Kalender. »24. Juli … Renate muß doch heute Geburtstag haben – und vierzig werden …?«

»Ich bewundere dein Gedächtnis …« So bewundernswert war es aber gar nicht, denn Horst Hastenteufels Frau und Renate hatten einige Zeit in derselben Firma gearbeitet,

Kekse und Kartoffelchips, und durch Monika Hastenteufel hatte er Renate wiedergetroffen, lange Jahre nach ihrer ersten Liebesnacht.

»Leider kann ich heute abend nicht zur großen Feier kommen, ich muß den Leuten im Kurhaus was vorlesen.«

»Nur wir und die Kinder sind hier, Renate feiert nicht.«

»Ja, ja: der Hang zum einfachen Leben. Ist es, weil sie in der DDR groß geworden ist – oder ihre Mutter mit ihrem religiösen Tick?«

»Beides wohl. Sie ist auch ein bißchen depressiv und will allein sein.«

»Dann kommt ihr gar nicht zu meiner Lesung ...?«

»Geht leider nicht – aber es wird ja wohl nicht die letzte gewesen sein.«

»I bewahre, wie sag' ich immer: Bis zur Verwesung – jeden Abend eine Lesung.«

»Sei doch zufrieden!«

»Bin ich ja auch, aber man wird langsam zum Schauspieler seiner selbst.«

»Komm doch wenigstens mit zum Strandkorb runter, Rena gratulieren.«

»Okay.«

So kam es, daß Renate, wo sie doch »nullte«, wenigstens einen Geburtstagsgast hatte – wenn auch nur auf eine Viertelstunde und ein Eis. Sie hatte es nicht anders haben wollen, und sie war nicht nur aus Berlin geflüchtet, weil sie die Laube langsam überhatte.

»Ich kann sie alle nicht ertragen – meine Mutter, Tante Täubchen, Tante Betti!« Onkel Wölfi war inzwischen in Leipzig gestorben. »Und deine Mutter, Tante Gerda und Tante Eva mit ihrem Geschnatter: ›Ich hab' es im Leben viel schwerer gehabt als du!‹ Und der ganze Aufwand vorher und hinterher. Man ist völlig kaputt, und die Wohnung ist voller Blumen wie in 'ner Friedhofskapelle. Das kostet alles 'ne Menge – Kaffeetrinken, Abendessen, Getränke –, und dafür kriegt man bergeweise Bücher, die man nie lesen wird, zwanzig Flaschen Wein, den man nicht mag, und die halbe Rumpelkammer voller Krimskrams. Nein, du, ich will mit euch allein sein – und es soll ein Tag werden wie jeder andere. Und wenn du mir groß was schenkst, dann werde ich böse. Euer Geschenk ist: daß wirklich nichts geschieht.«

So kam es, daß ein von Joscha schnell in der örtlichen Kita gemaltes Bild mit Haus, Pferd und Riesensonne Renates einziges Geschenk bleiben sollte.

»Dafür feiern wir deinen 40. Geburtstag nächsten Februar ganz groß.«

Man schrieb Mittwoch, den 4. Januar 1978, und Manfred hatte die erste Lehrveranstaltung des neuen Jahres glücklich hinter sich gebracht. »Auf der Suche nach Antworten, wie der in großen Organisationen ständig wachsende Bedarf nach maschinenhafter Funktionssicherheit am besten zu decken sei, kommt dem von Max Weber entworfenen Idealtypus der Bürokratie eine zentrale Bedeutung zu.« Seit er an der HÖV lehrte, hatte er das bei den vielen parallelen Lehrveranstaltungen bestimmt schon an die dreißig Mal verkündet, und er tat es inzwischen so mechanisch, daß er den tieferen Sinn des Gesagten gar nicht mehr begriff. Zum bloßen Papagei war er geworden. Wie sollte das nur weitergehen ...? Erst am 31. Januar 2003 würden sie ihn in den Ruhestand schicken, nach weiteren fünfundzwanzig Jahren ... Wie oft er da noch Sätze wie »Soziale Rollen sind Bündel von Erwartungen, die sich in einer gegebenen Gesellschaft an das Verhalten der Träger von Positionen knüpfen« aufzusagen hatte, vermochte er ohne Taschenrechner nicht zu sagen, überschlägig aber waren es an die hundert Mal, Jahr für Jahr *the same procedure*. Er seufzte und griff zu den Magazinen, die auf seinem Schreibtisch lagen. Alle waren angefüllt mit Rückblicken auf das Jahr 1977. Da war eine ganze Menge gestorben worden. Carl Zuckmayer und Sepp Herberger hatte es getroffen, Ludwig Erhard, Wernher von Braun, Ernst Bloch, Elvis Presley und Charlie Chaplin.

»Bei denen ist es nicht so tragisch wie bei unsereinem«, sagte er zu Heiner Dietrich, als der kurz in sein Zimmer kam, um sich einen Klammeraffen zu leihen. »Die sind ja eh unsterblich.«

Die Frage war, ob das auch für Andreas Baader, Jan-Carl Raspe und Gudrun Ensslin galt, die in Stammheim Selbstmord begangen hatten. An Raspe konnte er sich noch gut erinnern, wie der in der FU als Hiwi gearbeitet hatte, in der Bibliothek der Wiso-Fak. in der Garystraße.

Alle Blätter brachten noch einmal das Foto von Hanns-Martin Schleyer, das seine Entführer einer Zeitung in Frankfurt zugeschickt hatten: wie er das Schild mit dem RAF darauf hoch hielt. Er, der Präsident des BDA, war getötet worden, ebenso Siegfried Buback, der Generalbundesanwalt, und Jürgen Ponto, der Vorstandssprecher der Deutschen Bank. Manfred verbot sich jede Regung und jedes Nachdenken darüber, weil er wußte, daß er, hätte er es getan, in eine durchaus gefährliche Strömung geraten wäre. Ganz streng hielt er sich an das altbewährte Motto seiner Kohlenoma: *Mir geht das nichts an.*

Auch sonst war das vergangene Jahr ganz interessant gewesen. Woody Allens *Stadtneurotiker* hatte ihn in Entzücken versetzt, und er hatte gejubelt, als Borussia Mönchengladbach zum dritten Mal hintereinander Deutscher Fußballmeister geworden war. Leider war Tennis Borussia aus der Bundesliga abgestiegen. Franz Beckenbauer war zu Cosmos New York gegangen, und Dietrich Thurau hatte bei der Tour de France einige Etappen lang das Gelbe Trikot getragen.

Was das Fernsehen betraf, sah er jetzt mit Joscha nicht nur die *Sesamstraße*, sondern auch *Die Sendung mit der Maus*. Kermit, den Frosch, gab es nun auch in der *Muppet Show* zu sehen, wo er der Verlobte von Miß Piggy war. Zwar war Peter Frankenfeld schon 1975 gestorben, aber die Fernsehunterhaltung boomte trotzdem, und sie saßen zu Hause noch öfter vor der Mattscheibe als früher. Den größten Zuspruch fanden bei ihnen Rudi Carrell mit *Am laufenden Band* und Frank Elstners *Montagsmaler*, ab und an sahen sie Wim Thoelkes *Der große Preis*, kaum bis gar nicht *Alles oder Nichts* mit Günther Schramm, *Auf los geht's los* mit Joachim Fuchsberger und *Dalli Dalli* mit Hans Rosenthal. Ein bißchen schämte sich Manfred, als deutscher Intellektueller Sendungen wie diese zu goutieren, doch es war schon so, wie es Friedrich Luft in einer Theaterkritik im RIAS gesagt hatte: »Wieder einmal habe ich mich köstlich unter meinem Niveau amüsiert.« Ähnliches galt für die Popmusik, wo er lieber Baccara mit *Sorry I'm A Lady* hörte als etwa Genesis, die Scorpions oder Emerson, Lake & Palmer, wie es quasi seine Pflicht gewesen wäre.

Die Statistiker gaben ihm, wie er neulich gelesen hatte, eine Lebenserwartung von 72 Jahren, und als er feststellte, daß es bis zu seinem 40. Geburtstag keine vier Wochen mehr waren, wurde Manfred panikartig bewußt, daß er die Hälfte seines irdischen Daseins schon hinter sich hatte. *Von nun an ging's bergab* ... Das schöne Chanson der großen Knef ging ihm nicht mehr aus dem Kopf, wobei er sich, als er es auf der Maschine abschreiben wollte, vertippte und beim letzten Wort das g mit dem r vertauschte, so daß *begrab* zu lesen war. Ein böses Omen ...? Wie auch immer, der Verschreiber zeigte deutlich an, was in ihm vor sich ging.

Da er Lustgefühle dringend nötig hatte, griff er zum *Playboy*. Ende letzten Jahres hatte er sich einen gekauft und dies vor Renate damit gerechtfertigt, daß sie eine schöne Geschichte von Horst Hastenteufel abgedruckt hatten. Ursula Buchfellner hieß das »Playmate« des Jahres. Er ließ sich Zeit, sie zu genießen, und blätterte das Magazin immer wieder von vorn bis hinten durch.

Dimple – Nicht wenig, aber von Herzen. 12 years old Scotch Whisky from Haig.
Wußten Sie schon, daß photokina-Besucher die Canon AE-1 zur Reflexkamera des Jahres 1976 gewählt haben?
Das einzig wahre Warsteiner.
marantz. Musik wird wahr.
Für Männer, die nicht nur Mode tragen. Sondern auch Qualität: HOM.

Weit vorn in der Idealvorstellung steht der PEUGEOT 604 SL V6.
... der Tag geht ... Johnnie Walker kommt.
Der neue Duft, der Männern Freiheit schafft. blue stratos
Die Zeiten ändern sich, das Gute bleibt. Togal

Das alles interessierte ihn nicht. Er trank keinen Whisky und kaum Bier, fuhr keinen Wagen, hörte wenig Musik, fotografierte nur ungern, benutzte kein Parfum und hatte nie Kopfschmerzen. Auch die Reportage »Die Mädchen von Ibiza« brachte ihm nur Frust. Er war nicht dort, er hatte sie nicht. *Ja, wozu lebst du denn überhaupt?* Wenn das Haben wichtiger war als das Sein, und er wollte nichts haben, dann war er auch nichts.

»Für mich gilt: Begrabe alle deine Hoffnungen, denn balde wirst auch du begraben werden«, schrieb er schließlich an seinen alten Freund Moshe Bleibaum, der gerade als Topmanager zu einer Privatbank nach Frankfurt/Main gegangen war, und lud ihn ein, zum Geburtstag zu kommen und ihn zu trösten. Eine große Feier sollte es werden, aber wo ...?

»Am liebsten hätte ich in Schmöckwitz gefeiert«, bekannte er im Gespräch mit Renate, aber das ging nicht, weil es a) drinnen im Haus viel zu klein war und b) nicht allen Gästen zugemutet werden konnte, Passierscheine zu beschaffen und in den Osten zu fahren. Auch Heiligensee fiel aus, denn im Winter war es ziemlich gräßlich draußen in der Laube. »Ich schlage vor, wir suchen uns ein Restaurant aus, gleich hier in der Nähe.«

»Ich würde am liebsten in der Wohnung bleiben«, sagte Renate. »Larissa ist dann neun Monate alt – und das ist mir woanders zu riskant mit ihr.«

Manfred protestierte. »Was denn, alle hier in unserem kleinen Loch?«

»Wir haben immerhin dreieinhalb Zimmer.«

»Davon geht eins für Larissa weg, und daß welche bei mir im Bett liegen, finde ich auch nicht gerade berauschend. Es sei denn, es sind zwei, die Porno spielen und sich ... »

»Du, Joscha hört mit!«

»Also gut: Wir haben unser Wohnzimmer und das Kinderzimmer von Joscha, zwei Zimmer für vielleicht dreißig Leute.«

»Ein paar sind sowieso immer auf dem Flur und in der Küche«, sagte Renate.

»Ja, und auf dem Scheißhaus!« Er winkte ab, als er Renates Entsetzen bemerkte. »Ich weiß: Joscha hört mit!« Renate, Larissa auf dem Arm, begann zu weinen und hatte damit schon gewonnen. »Entschuldige bitte, ich weiß ja, daß du recht hast.«

So kam es, daß Manfred zur Vorbereitung seines 40. Geburtstags als sein eigener Sklave schuftete. Zuerst aber wurde stundenlang und manchmal sehr erregt darüber diskutiert, wer denn nun alles eingeladen werden sollte – und wer auf keinen Fall.

»Wurl und seine Frau ...?« fragte Renate.

»An sich hundertprozentig, aber wenn der kommt – und Tobias Rindt sieht ihn, dann haut er gleich wieder ab. Und Tobias steht auf der Freundschaftstabelle ein paar Plätze höher ...«

»Und Hintzes?«

»Nein, nicht alle aus der Kindergruppe.«

»Du hast doch Tatjana Hintze so verehrt. Ich möchte gerne, daß sie kommen.«

»Ich nicht.«

»Dann aber Tante Täubchen.« Renate schien es ernst zu sein.

»Nur über meine Leiche.«

Als die Gästeliste endlich stand, war die Einladung zu entwerfen, möglichst witzig, zu tippen, und fünfzig Mal auszudrucken und einzutüten, waren fünfzig Adressen zu schreiben und fünfzig Marken auf die Kuverts zu kleben.

»Hoffentlich kommen die nicht alle«, sagte Renate.

»Bestimmt nicht. Das ist wie beim Flugzeug, da wird die Maschine auch immer überbucht.«

Das alles war noch im alten Jahr zu erledigen gewesen,

jetzt aber, am 30. und 31. Januar, mußte er am meisten schuften. Zwar tat Renate, was in ihren Kräften stand, aber an sich war sie mit Joscha und Larissa schon völlig ausgelastet.

»Ich wünsche mir eine richtige Fischsuppe, wie es sie in Marseille geben soll«, sagte Renate – und Manfred lief zum Händler in der Berliner Straße, um groß einzukaufen. Die diversen Fische von den Schuppen zu befreien und in kleine Stücke zu schneiden, dauerte eine gute Stunde und führte dazu, daß er eine Menge Heftpflaster verbrauchte und zudem noch lange sehr nach Nordsee roch. Den Wein holte er kartonweise von *Prolifa* in der Blisse-, Bier, Säfte, Mineralwasser und Coca-Cola vom Zeitungshändler in der Mainzer Straße und schleppte alles im Schweiße seines Angesichts die zweieinhalb Stockwerke nach oben. Dazu Kartoffeln für die Salate, die Schrippen und die Brote vom Bäcker und alles übrige, bergeweise Knabberzeug vor allem, von verschiedenen Supermärkten.

»Und saug bitte alles durch, bevor deine Gäste kommen. Waschbecken und Toilette hab' ich auch noch nicht gescheuert – Larissa will immerzu getragen werden.«

»Ich muß bei Meiers klingeln und Stühle borgen.«

»Ist doch noch 'ne halbe Stunde Zeit, bis deine Mutter kommt.«

Sie erschien eine Viertelstunde zu früh und schenkte ihm tausend Mark: »Kauf dir selber was dafür, mein lieber Sohn.«

»Danke, meine liebe Mutter.« Er wußte, daß sich Liebe bei ihr vornehmlich in Geldgeschenken ausdrückte, und bei dieser Summe mußte sie ihn wirklich sehr liebhaben. Er drückte sie an sich. »Da kauf' ich mir was für meine Eisenbahn.«

Renate hatte ihm eine Anfangspackung der kleinsten Modellbahn der Welt geschenkt, der Spur Z von Märklin, und Joscha dazu das selbstverfertigte Gemälde einer voll ausgebauten Anlage.

Mit seiner Mutter zusammen war Tante Elfriede eingetreten. Daß sie gemeinsam kamen, war kein Zufall, denn Tante Elfriede hatte für die Dauer ihres Berlinaufenthaltes an der Treptower Brücke Quartier genommen. Sie schenkte Manfred ein großes Foto des Hauses in Tschicherzig an der Oder, in dem sein Vater zur Welt gekommen war. »Da, wo die Oder sich in hohem Bogen ins Brandenburger Land ergießt ... Jetzt gehört das ja alles zu Polen.«

Viel Zeit für die einzelnen Gäste blieb ihm nicht, denn kurz nach 19 Uhr klingelte es immer wieder kurz hintereinander. Nach seiner Mutter kamen Bugsins, also Irma Bugsin, seine Patentante, und Max, die Stimmungskanone, die bei keiner Feier fehlen durfte. Über das, was er bei der Gratulation sagen würde, hatten sie am Morgen gewettet. Manfred hatte es aufgeschrieben: »Ich bin der älteste Freund deines Vaters gewesen, Manfred, und als du mich zum ersten Mal gesehen hast, im Kinderwagen, da hast du mir die Zunge rausgesteckt, und dein Vater hat gesagt: ›Richtig so!‹ Ja, Freunde kann man sich aussuchen, Verwandte nicht.«

Und genau das sagte Max nun, Renate hatte verloren und bekam, Larissa auf dem Arm, einen wahren Lachanfall.

Tante Irma drückte Manfred die Hand und sagte, er würde heute nicht so viel geschenkt kriegen, »nur den neuen Drehstuhl hier, aber du erbst ja mal, wenn ich nicht mehr bin.«

»Das hört man gerne, aber sei man noch ein bißchen ...«

Gerhard, Roswitha und Philip Bugsin sowie Inge, geborene Bugsin, beließen es beim Händedruck, einem herzlichen Glückwunsch und der landesüblichen Anmerkung, sich ansonsten den Vorrednern anzuschließen. »Was soll man weiter sagen ... Und Gesundheit vor allen Dingen.«

Als nächster stand Thomas Liebetruth, Manfreds ältester Patenjunge, vor der Tür, nun schon TU-Student, überreichte ein Buch von Heinrich Böll und entschuldigte seine Eltern. »Die meinen, das tut nicht not, daß sie auch kommen.«

Die HÖV-Kollegen Heiner Dietrich, Jochen Kalkbrenner und Tobias Rindt kamen im Pulk, erstere mit ihren Frauen, letzterer solo, da er sich gerade zur Trennung entschlossen hatte. Sie beglückten Manfred mit kulturell hochstehenden Geschenken, Schallplatten und Büchern, die ihren erlesenen Geschmack demonstrieren sollten, den seinen jedoch ein wenig verfehlten. Aber alles war schön eingepackt, und er verstand es, sich begeistert zu zeigen.

Als es dann im Treppenhaus sehr laut wurde, wußte er, daß Tante Eva und Tante Gerda im Anmarsch waren.

»Hier kommt deine Lieblingstante!« rief Tante Gerda. »Als du klein warst, bist du morgens oft zu mir ins Bett gekrabbelt, weil es da so schön nach Parfum gerochen hat. Das hat dein Onkel Gerhard mir immer aus Paris geschickt. Und heute, da riecht deine Tante Gerda nach Kartoffeln und Kohlrüben ... Ich muß ja im Konsum jetzt ins Gemüse. Na, was ich in meinem Leben so alles durchgemacht habe.«

»Ich hab's auch nicht leichter gehabt, Gerda!« kam es aus dem Zimmer, wo Manfreds Mutter weilte und mitgehört hatte.

»Ach, ich hab' gar nicht kommen wollen, ich bin ja so fertig!« stöhnte Tante Eva, nachdem sie Manfred gratuliert hatte. »Aber, wo du nun auch schon vierzig bist. Mit vierzig muß man ein eigenes Haus haben, hat mein Großvater immer gesagt, sonst ist man nichts im Leben, und einen richtigen Beruf: Arzt, Anwalt oder Apotheker.«

Manfred schluckte es wortlos, aber es wurmte ihn schon, nagte an seiner Seele ebenso wie die dauernden Bekundungen eines Jahrow oder Pansegrau, daß er mit seiner Sozialwissenschaft eigentlich höchst überflüssig sei.

Zum Glück klingelten in dieser Sekunde Curt & Anett, und seine angeheiratete Cousine versprühte so viel sächsisch-pariserischen Charme, als sie ihn umarmte und wegen seiner vielen Erfolge im Leben beglückwünschte, daß er die ätzenden und verletzenden Bemerkungen ihrer Schwiegermutter schnell vergaß.

Als dann seine Freunde Moshe Bleibaum, Volker Gellert und Horst Hastenteufel, jeweils mit Gattinnen, in den Flur drängten, rief er: »Wegen Überfüllung geschlossen!«

Volker Gellert schenkte ihm eine Polaroid-Kamera (»Damit du im Hörsaal in der ersten Stunde deine Studenten fotografieren kannst und immer weißt, wer wer ist ...«), Moshe Bleibaum einen Bildband über Griechenland, der ihn an ihre gemeinsame und sagenumwobene Reise dorthin erinnern sollte, und von Horst Hastenteufel bekam er ein wirklich originelles Geschenk.

»Hier hast du ein leeres Blatt Papier ...«

Manfred schaute verwundert drein. »Danke, so was hatte ich noch nie ... So sieht das also aus.«

»Und da sollst du drei Namen draufschreiben, drei Menschen mit ihren Berufen, Psychogrammen und so weiter ...«

»Versteh' ich nicht ...«

Horst Hastenteufel lachte. »Das vollgeschriebene Blatt schickst du mir, ich reiche es an Hoss McDevil weiter – und der läßt diese drei Menschen – leicht verfremdet natürlich – von einem Serientäter ermorden.«

Manfred umarmte den Freund. »Einen weiß ich schon, den Jahrow bei uns von der Fachaufsicht, bei den anderen beiden muß ich nachdenken ...«

»Mach das! Sie sollen sich schon wiedererkennen, ohne daß sie dich – oder mich – juristisch belangen können.«

Alle, die das mitgehört hatten, bestürmten Manfred, doch bitte jemanden aus dem Kreise ihrer engeren Bezugspersonen auf Hastenteufels Blatt zu schreiben. Der grinste. »Ja, ja: Bei Rufmord braucht man keinen Killer.«

Die Stimmung war also bestens, als sich nun alle auf Manfreds Fischsuppe stürzten und Lobeshymnen auf ihn sangen.

»Da könnte ich direkt drin baden!« rief Anett.

»Und ich in Ihrem Badewasser!« Kaum, daß er sie gesehen hatte, begann Moshe Bleibaum auf Deibel komm raus mit ihr zu flirten. »Laß mich dein Badewasser schlürfen und dich abfrottieren dürfen ...«

Philip Bugsin hatte sich Manfreds Super-8-Kamera gegriffen und filmte dies alles ab, von den Huchs und Hachs derer begleitet, die filmisch eingefangen wurden.

»Na ...?« Renate umarmte Manfred. »Hat sich die Mühe gelohnt ...?«

Manfred blieb skeptisch. »Man soll den Tag nicht vor dem Abend loben.« Und er sollte recht behalten.

Die älteren Herrschaften, wie sie sich selber bezeichneten,

saßen, nachdem sich der erste Trubel etwas gelegt hatte, in Joschas Zimmer am Fenster. Tante Irma zog in sich gekehrt an ihren starken Zigaretten, Tante Elfriede hörte mit gleichmäßig froher Miene den Gesprächen zu, und von Max Bugsin, Tante Eva und Tante Gerda versuchte einer immer lauter zu reden als der andere.

»Bei uns in Kladow wird jetzt viel gebaut«, sagte Onkel Max.

»Was bei uns in Schmöckwitz alles gebaut wird, das müßtet ihr mal sehen!« rief Tante Gerda.

»Wenn ich unser Grundstück in Zehdenick noch hätte«, schrie Tante Eva, »dann würde ich da noch mehr bauen als in Kladow und Schmöckwitz.«

Die Mutter dagegen fand ihr Hauptvergnügen darin, ihren Sohn pausenlos auf Trab zu halten. Wo immer er sich gerade aufhielt und was immer er gerade trieb, ihre Befehle erreichten ihn auch im letzten Winkel seiner Wohnung, selbst auf dem Klo. Und wehe, er spurte nicht gleich.

»Manfred, Onkel Max hat keinen Wein mehr!«

»Ja, ich komme.« Manfred legte die Wolf-Biermann-Platte, die Kalkbrenners ihm geschenkt hatten, beiseite und lief auf den Balkon hinaus, wo der Wein kühl gestellt war.

»Und aufmachen kannst du ihn auch gleich und eingießen ...«

»Ja, selbstverständlich.« Er tat es mit dem professionellen Lächeln eines Obers im Grand Hotel.

Kaum hatte er dies erledigt und sich der Polaroid-Kamera zugewandt, die Volker Gellert ihm vor einer Stunde geschenkt und sein Patenkind Philip Bugsin vor einer halben Stunde kaputtgemacht hatte, kam die nächste »Bitte« aus dem Nebenzimmer.

»Manfred, Tante Gerda hätte gerne noch einen Teller Fischsuppe.«

Er lief in die Küche, schöpfte mühsam den letzten Rest seiner Spezialität aus dem Topf und servierte sie formvollendet mit einem Stückchen Weißbrot.

Danach flitzte er ins Wohnzimmer zurück, wo Horst

Hastenteufel der staunenden Menschheit zeigte, wie sein Held in *Berliner Blut* die anderen beim Pokern auch ohne direkt gezinkte Karten hereingelegt hatte.

»Manfred, Tante Eva möchte die Fotos von deiner Einsegnung sehen – suchst du die schnell mal raus?«

»Ja, Mutti!«

Die anderen begannen schon zu spotten. »Das klingt ja wie ein Schuß«, lachte Horst Hastenteufel, und Renate griff sich einen herumliegenden Bindfaden und benutzte ihn als Peitsche: »Lauf, Pferdchen, lauf! Wirst du wohl immer schön artig sein.«

Es lag ihm immer wieder auf der Zunge zu rufen: »Holt euch doch euren Scheiß alleine, ihr seid alle gut beieinander und habt Zeit genug.« Doch er schluckte es ein jedes Mal runter, schwankend, ob er sich dafür loben oder ohrfeigen sollte.

»Hier, bitte ... Hier habt ihr das Album.«

Seine Mutter sah ihn an. »Ich dachte, du würdest mal ein bißchen bei uns sitzenbleiben ...?«

»Ja, gleich ...« Jetzt hatte er doch die Courage, standzuhalten und zu flüchten, wenn auch mit einem schalen Gefühl. *Wer weiß, wie lange du sie alle noch hast.* Andererseits hatte Moshe Bleibaum ihr altes Roulette hervorgeholt und spielte wie in alten Zeiten den Croupier.

»Manfred, Tante Elfriede möchte gerne, daß du ein Bild von uns sechsen machst.«

»Manfred, Tante Irmas Aschenbecher ist voll, kannst du ihr bitte mal einen neuen holen.«

»Manfred, wir sitzen wieder auf dem trockenen.«

»Manfred, meine Tabletten sind runtergefallen, kommst du mal mit 'ner Taschenlampe.«

»Manfred, die Erdnüsse sind alle.«

»Gott, ich hab' Geburtstag heute!«

»Deswegen sind sie trotzdem alle.«

Manfred beschloß, seinen 50. Geburtstag, wenn er ihn denn erleben sollte, entweder in einem Restaurant mit fünfzehn Obern zu feiern – oder aber allein auf einer einsamen Insel.

»Happy birthday, lieber Manfred, happy birthday to you«, erklang es aus dem Wohnzimmer, wo Renate inzwischen die Eisbombe angeschnitten hatte. Die war mit diesen Liedzeilen verziert, und alle sangen mit.

Fette Beute in Frohnau

Das Jahr 1978 brachte im Leben des Manfred Matuschewski nur wenige Höhepunkte, und fragte man ihn später danach, so mußte er sogar ein wenig nachdenken, was denn da gewesen war. Der letzte Käfer lief vom Band, die BRD wurde mit 20:19 gegen die Sowjetunion Handballweltmeister, Breschnew besuchte die Bundesrepublik, die Fußballer schieden bei der WM in Argentinien schmachvoll mit 2:3 gegen Österreich aus, und Sigmund Jähn aus der DDR war der erste Deutsche im Weltraum. Theo Lingen und O. E. Hasse starben, und *Wir Kinder vom Bahnhof Zoo*, das Buch über die Drogenkarriere der Christiane F., mußte man unbedingt gelesen haben. Manfred tat nicht nur das, sondern baute es auch in eine Lehrveranstaltung über »Minderheiten – Randgruppen – Subkulturen« ein. Nur beim Film gab es viel Neues, und *Der amerikanische Freund* von Wim Wenders, *Die Ehe der Maria Braun* von Rainer Werner Fassbinder und *Aguirre, der Zorn Gottes* von Werner Herzog waren geeignet, der Inländerfeindlichkeit der deutschen Kinogänger entgegenzuwirken. Auch Manfred und Renate gingen wieder ins Kino, denn Larissa war jetzt alt genug, um sie auch mal etwas länger bei der Neuköllner Oma lassen zu können. Was die Musik betraf, so hörten sie am liebsten Boney M. mit *Rivers Of Babylon*, Amanda Lear mit *Follow me* und Julian Marshall und Kit Hayne mit *Dancing In The City*. Für John Travolta und *Saturday Night Fever* hatte Manfred keinen Sinn. Am meisten erschütterte sie das Unglück auf dem Campingplatz von Los

Alfaques, wo in den Flammen eines explodierenden Tankwagens über 200 Menschen gestorben waren.

Der Alltag an der HÖV war wie eine Schlammlawine, die vom Berg herunterkam und alles überdeckte, was im Tal an Leben war.

Du sollst nicht immer so undankbar sein.

»Soziologie, Sozialpsychologie und Politologie sind in diesem Ausmaße – fünfzehn Prozent des Curriculums sind es immerhin, die sie ausmachen – unverantwortlich, wenn man junge Beamte haben will, die in der Praxis sogleich funktionieren«, sprachen und schrieben Jahrow und seine Mitstreiter, wo immer es ging. »Die HÖV produziert kleine Verwaltungswissenschaftler, wir aber brauchen große Verwaltungspraktiker, also keine handlungsunfähigen Häuptlinge, sondern viele Indianer, die kämpfen, sprich: arbeiten wollen.«

Und die studentischen Vertreter stießen, seitdem der Einfluß der ÖTV immer mehr schwand und apolitische Kandidaten oder Vertreter des KOMBA das Feld beherrschten, zunehmend in dasselbe Horn. »Umfragen unter den Studenten haben ergeben, daß die überwiegende Mehrheit die Stundenanteile für Soz, Sops und Pol für viel zu hoch hält. Darum fordern wir: Abbau der 28 Wochenstunden durch weitgehende Streichung der sozialwissenschaftlichen Fächer.«

Manfred schrieb daraufhin einen Artikel mit der Überschrift »Die HÖV auf dem Wege zur Beamtenkadettenanstalt«, was immerhin dazu beitrug, daß auf der politischen Ebene nichts weiter geschah und der Status quo erhalten blieb, aber den passiven Widerstand der neuen Jahrgänge konnte das nicht brechen, wie auch kein didaktischer Trick. Da spielten sie Käsekästchen und lasen ihre Sport- und Motormagazine, während er sich vorn im Hörsaal abmühte, schrieben Liebesbriefe, starrten in die Luft, bewarfen sich mit Papierkügelchen, strickten Pullover, mampften Joghurt oder drehten sich gar mit dem Rücken zu ihm hin. Und wenn er wirklich die Contenance verlor und jemanden hinauswarf, dann passierte auch nichts weiter, denn Jahrow feixte da nur und dachte nicht im geringsten ans Strafen, ganz im Gegenteil, und der größte Teil der Ausbildungsleiter war voll auf seiner Seite. Was Manfred aber am meisten wurmte, war die Erfahrung, daß die Studenten, die bei ihm am aufsässigsten waren, den autoritärsten und langweiligsten Nebenamtlern geradezu in den Arsch krochen, wenn die ihr Garn in Haushaltswesen oder POR abspulten – und zwar auf einem Niveau, das gerade man dem des mittleren Dienstes entsprach, immer nach dem Motto: Alles hinnehmen und auswendig lernen und keine dummen Fragen stellen. Aus der Praxis für die Praxis, alles andere war Humbug.

Die anderen Hauptamtler, so sie nicht Juristen waren, litten genauso unter der HÖV wie Manfred. Dieter Schattan hatte gerade erst seine »Klagelieder« im *HÖV-Narren* veröffentlicht, in denen es unter anderem hieß: »Wir können festhalten, daß das Niveau der Lehrveranstaltungen an der HÖV, wenn es nach den Erwartungen und den Ansprüchen der Teilnehmer geht, inzwischen weit hinter das zurückfällt, was wir an Volks(hoch)schulen finden. Geschwätzigkeit, Infantilität, Desinteresse, Arroganz – kurzum: Null-Bock-Mentalität nehmen – mit wenigen Ausnahmen – in den UG rapide zu. Wir betrügen uns selber, wenn wir da noch von Professoren, Studenten und Diplomverwaltungswirten sprechen.« Und zu Christian Armschat, einem ausgewiesenen Fachmann des betriebswirtschaftlichen Verwaltungsmanagements, wollte keiner mehr gehen, weil er sich in seiner offenen und drastischen Art nicht scheute, einen Schwachkopf einen Schwachkopf zu nennen. »Die scheinen ja neuerdings von den Behörden bevorzugt eingestellt zu werden – auch eine Art langfristiger Personalplanung ... Wenn man sonst schon keine hat.«

Was Manfred intellektuell und wissenschaftlich aufrecht hielt, waren die vielen Vorträge, die er zu halten hatte, an Universitäten wie an hochangesehenen Instituten, dem DIFU etwa, dem Deutschen Institut für Urbanistik. Seine Kritik an der bestehenden Bürokratie und seine Entwürfe von Gegenmodellen fanden überall ein großes Echo, zumal er inzwischen gelernt hatte, sie locker vorzutragen. Und immer wieder fragte man ihn, ob er es nicht satt habe, an der HÖV Perlen vor die Säue zu werfen, denn daß ihn dort das Gros der Studenten wie die Fachaufsicht für überzählig hielt, hatte sich bundesweit herumgesprochen. Seine Standardantwort war, daß die HÖV auch sein Kind sei, das er nicht verlassen wolle, und er fügte ein jedes Mal hinzu, daß er nicht für die Dumpfmeier und die Minimierer da sei, sondern für die zwanzig Prozent der engagierten Studentinnen und Studenten, die sich schwertaten mit dem Leben und der Verwaltung und später vor allem denen helfen wollten, die da mühselig und beladen in die Ämter kamen.

Der eine Höhepunkt des Jahres war ein Anruf, der ihn zu Hause erreichte, als er gerade auf der Toilette saß. Es war ein hochrangiger Ministerialbeamter aus dem Innenministerium, der ihn fragen wollte, ob er Mitglied einer hochrangigen Kommission zur Reform der öffentlichen Verwaltung werden wolle. Wäre er auch gern geworden, aber ehe er zum Toilettenpapier gegriffen und sich die Hosen hochgezogen hatte, war sein Sohn ans Telefon geeilt.

»Hier ist Joscha Matuschewski. Sie wünschen bitte?« So, war ihm eingetrichtert worden, hatte er sich zu melden.

»Hier ist Dr. Habenhausen vom Innenministerium. Ich hätte gern einmal deinen Vater gesprochen.«

»Das geht leider nicht, der scheißt gerade.«

Als Manfred sich dann den Hörer geangelt hatte, war drüben in Bonn längst aufgelegt worden, und als er nach einem längeren Verhör Joscha den Namen des Mannes entlockt hatte, wollte der, als Manfred ihn endlich erreicht hatte, nichts mehr von einem Anruf wissen. Das Ganze sei ein Irrtum gewesen. Daß Dr. Habenhausen Joschas Auskunft *shocking* gefunden und vom Sohn auf den Vater geschlossen hatte, sollte Manfred erst später »hintenherum« erfahren.

Wenige Tage später klingelte es wieder, und als Manfred hörte, daß Joscha, der abgenommen hatte, etwas von »... ah, wieder Bonn« murmelte, sprang er sofort hin und entriß ihm den Hörer.

»Hier ist die CDU, das Konrad-Adenauer-Haus ...«

»Ha, ha, ha«, machte Manfred, absolut sicher, daß das der Freund Heiner Dietrich mit kunstvoll verstellter Stimme war.

»Mein Name ist Heinrich – und ich freue mich, daß Sie sich so freuen.«

»Worum geht es denn?« Manfred wollte hören, was der andere sich so ausgedacht hatte.

»Es geht um unseren Entbürokratisierungskongreß, und wir wollten Sie gerne einladen, uns einen Vortrag über den Vergleich Ihrer Erfahrungen bei Siemens und in Bremen zu halten, über die jeweiligen Bürokratien.«

Manfred lachte und ging auf das Spielchen ein. »Ich bin seit Jahren SPD-Mitglied ...«

»Eben darum.«

Manfred sah zu Joscha hinüber, der sich gerade daranmachte, den Fernseher hinten aufzuschrauben. »Komm, ist gut, Heiner, eins zu null für dich, der Gag war gut, aber ich muß mich jetzt um Joscha kümmern. Mach's gut, bis morgen!« Damit legte er auf.

Keine zehn Sekunden später war der Mann wieder am Apparat. Alles, was er gesagt hatte, stimmte, und sie luden Manfred ein, unter der Regie von Heiner Geißler ein Referat zu halten. Dabei lernte er alle kennen, die später in Deutschland das Sagen haben sollten, an der Spitze Helmut Kohl und Richard von Weizsäcker. Ersterer gefiel ihm, und er hätte es wunderbar gefunden, ihn als Onkel in der Familie zu haben, auch wenn sie sich politisch noch so gestritten hätten, Letzterer hingegen kam ihm so unterkühlt und unnahbar vor wie Philipp II. von Spanien in Reinhold Schneiders Roman. Mehr als einen Händedruck und ein Dutzend Worte wechselten sie nicht, doch immerhin. Daß die CDU seine Kompetenz so schätzte, imponierte ihm und war gut für seine narzißtische Unersättlichkeit, weniger erfreulich fand er aber, daß ihn seine eigene Partei, die SPD, in der Folgezeit links liegen ließ und nicht etwa zum Vordenker in der Entbürokratisierungsfrage berief.

Kaum war er wieder zu Hause, kam der Anruf von Tante

Lolo aus Frohnau, daß Onkel Kurt in der Nacht zuvor im Krankenhaus verstorben sei. Es traf ihn weniger als etwa der Tod von Onkel Helmut, Tante Trudchen, Tante Martha, Tante Claire und anderen eher entfernteren Verwandten, doch je mehr Vorfahren starben, desto schneller rückte er nach. Es war so beruhigend, noch etliche vor sich zu haben ...

Zur Beisetzung fuhren Manfred und seine Mutter mit der U-Bahn bis Leopoldplatz und dann mit dem 12er Bus bis zur Endhaltestelle Frohnau/Hainbuchenstraße. Bis zum Friedhof, unmittelbar an der Grenze gelegen, waren knappe zehn Minuten zu laufen. Tante Lolo war noch nicht gekommen, und so konnte man in Ruhe Tante Eva, ihre beiden Töchter, und Curt & Anett begrüßen. Tante Eva war nicht nur deswegen so traurig, weil der Herr Kurt P. heimgerufen hatte, sondern auch wegen der von Tante Lolo immer wieder vorgetragenen Bekundung, nur der Tierschutzverein würde etwas erben, sollte auch sie die Augen schließen.

»Was haben wir nicht alles für Kurt getan, immer sind wir für ihn dagewesen, und immer sind sie gern zu uns nach Zehdenick gekommen, im Krieg. Das ist doch wirklich hanebüchen, daß ausgerechnet wir da leer ausgehen sollen.«

Manfred lachte. »Ja, ja: Hast du nichts gewonnen, hast du nichts ererbt, bleibst du arm, bist daß du sterbst.« Er hatte von der fetten Beute in Frohnau ohnehin keinen Pfennig zu erwarten.

»Pssst, Tante Lolo kommt.«

An Frohnau sollte Manfred erst wieder im Sommer des nächsten Jahres erinnert werden, im Juli 1979, und zwar in der Ferienanlage La Chiappa auf Korsika: Der dortige Robinson Club war eine FKK-Anlage, und Renate hatte die Idee gehabt, dorthin zu fahren: »Da spar' ich mir das dauernde An- und Auspellen der Kinder.« Sie kam ja aus der DDR, wo die Freikörperkultur gepflegt worden war, und Manfred hatte nichts dagegen. Es war doch wirklich immer recht umständlich, die nasse Badehose so abzulegen, daß keiner das Geschlechtsteil zu sehen bekam. Als ob die Leute bei dem Anblick gestorben wären, etwa wie die Person, die sich vor Sodom und Gomorrha umgedreht hatte.

Ihr erdfarbener Bungalow lag unter großen Korkeichen, die viel Schatten spendeten, und der Maccia-Duft war regelrecht berauschend. Renate spielte drinnen in der Küche mit Larissa Einkaufen, und Manfred saß im Korbstuhl und sah zu, wie Joscha draußen herumturnte und Steine sammelte, um sich eine Burg zu bauen.

»Hast du mal unser Bett getestet?« fragte Renate.

»Mit wem denn?« fragte Manfred zurück. »Ein Zimmermädchen haben wir ja nicht«.

Diese Art von Humor war nichts für Renate. »Die Matratze hängt bis zum Boden durch.«

Manfred stand auf, um sich die Sache anzusehen. In der Tat, legte man nichts darunter, schlief man wie in einer Hängematte. Also suchte er nach Ytong- und Porotonblöcken oder ähnlichem, und da er keine fand, hob er etliche Steine von einer schlecht verfugten Mauer. Das löste zwar ihre Probleme, brachte aber den Manager der Anlage beträchtlich in Rage. Da er kein Deutsch sprach und Manfred kein Französisch, mußten sie sich mit Englisch behelfen – und das wußten sie beide nicht eben elegant zu handhaben. Ihr Dialog klang, wörtlich übersetzt beziehungsweise in den Ohren eines Oxford-Professors, etwa so:

»Sieh da, du, wo du aus Berlin eben angerissen bist: Was du haben schändlich getrieben mit meinem Wall hoch, um deren Existenz ich viel Franc vergeudet hatte. Tust du verstehen?«

»Ich hatte Stein diesen einen aus selbiger Mauer herausoperiert, weil sonst meiner Ehegemahlin langjährig und meiner Persönlichkeit selbst durch die Nacht hindurch das Schlafen nicht richtig zugelassen worden wäre. Tust du verstehen?«

»Wäre es nicht besser gewesen der gehobene Weg, zu meinem Empfängnis zu eilen, um den Schaden unter deinem Bett mir ins Gesicht zu telefonieren und nicht die Befestigung meiner Anlage zu schleifen. Tust du verstehen?«

»Hier, wirf du deine Augen in dieses Gedruckte, welches

bekommen und studiert zu haben, wir in Berlin zu Hause nicht lange zu zögern vermochten, wenn wir hätten zurückgekommen von der Visite im Verreisebüro. Da ist von Betten die Kenntnis, wie sie vier Sterne tragen, aber nicht von Behältnissen, wie sie in Schiffen hängen, wenn die Besatzer von diesen den Schlaf einnehmen, unten im Magen des Schiffes, äh, im Bauch, meine ich. Tust du verstehen?«

»Ich hätte den Einsetzbefehl sofortig ergeben für meine Truppe zu helfen, daß dir Ersatz gebracht würde aus anderes Haus in der weiten Liegenschaft, welches ist zeitig gewesen worden geleert von seiner Bevölkerung. Tust du verstehen?«

»Diese Idee ist von uns auch schon gehabt worden, doch haben sich die woanders zu sehen gewesenen Bettvorrichtungen als nicht weniger minderwertig erwiesen.« Langsam hatte Manfred das Gefühl, mit seinem Englisch ganz gut zu Rande zu kommen.

Aber auch der französische Manager lief allmählich zur Höchstform auf. »Weil wir wollen, daß sich alle unsere Gaste gesund fühlen bei uns und unsere Gelegenheiten, will ich dir deine Gesteine gewähren lassen, bis du wieder bei uns verlassen bist.«

Man schüttelte sich die Hände und beschwor die deutsch-französische Freundschaft.

Joscha hatte sich derweil weiter um seine Burg gekümmert. Als er sie etwa einen Meter hoch aufgetürmt hatte, fiel der oberste Brocken herunter und ihm auf den Zeh. Kaum war seine Sirene angegangen, flog im Nachbarbungalow die Tür auf, und eine Frau von etwa dreißig Jahren kam herausgestürzt, deren Ähnlichkeit mit Mireille Mathieu frappierend war.

»Warten Sie einen Augenblick«, rief sie, »mein Mann ist Arzt und sofort zur Stelle ...«

So lernten sie Irene und Dr. Rainer Dingeldey kennen, und kaum war Joschas Zeh verbunden, da war ihnen auch schon mitgeteilt worden, daß man ein eigenes Haus habe und nicht etwa in einer popligen Mietwohnung lebte.

»Und wo, wenn man fragen darf?«

»In Frohnau!« Irene Dingeldey strahlte. »Am Maximiliankorso.«

Dr. Dingeldey war es sichtlich peinlich, daß seine Frau so protzte, und er betonte sogleich, daß seine Praxis aber in Borsigwalde läge, wo ganz normale Leute lebten. »Und was machen Sie ...?«

»Ich bin Beamter des höheren Dienstes«, antwortete Manfred. »Im Bereich Hochschule.«

Worauf Irene Dingeldey zufrieden war, denn einerseits schmückten Akademiker im Bekanntenkreise ungemein, andererseits aber konnte dieser Dr. Matuschewski dem Gott in Weiß an ihrer Seite bei weitem nicht das Wasser reichen. Einen Mann mit einem gleich hohen oder gar höheren Sozialprestige hätte sie nicht akzeptieren können. Sie war gelernte Sprechstundenhilfe und Flüchtlingskind aus Westpreußen, aufgewachsen in ärmlichen Verhältnissen.

Von da an war man jeden Tag mit den Dingeldeys zusammen, und es war wirklich lustig, versprach doch schon der Namen mit seinem Dingeling viel Fröhlichkeit. Und es gab immer eine Menge zu lästern. Nicht so sehr über Dr. Dingeldey, sondern mehr über sie und die beiden Söhne, Guido und Nils.

Irene Dingeldey, kaum größer als eine Liliputanerin, die auf einer Fußbank stand, war eine Art Original. Wenn sie den Matuschewskis mitteilte, daß man in einem Restaurant im nahen Porto-Veccio Brathähnchen gegessen habe, so tat sie das nicht so beiläufig, wie es der Sache angemessen war, sondern mit leuchtenden Augen und der Botschaft: Wir haben die besten Brathähnchen der Welt gegessen – ihr nicht, ätsch, und wir haben uns dabei wahnsinnig amüsiert – ihr nicht, ätsch, wir sind nämlich die klügste und glücklichste Familie der Welt – ihr nicht, ätsch! Dies alles wirkte so kleinmädchenhaft, daß es ihren Versuch, die Grande Dame zu spielen, auf das Albernste konterkarierte. Alles, was sie sagte, und war es nur das simple »Ist die Sonne heute wieder heiß«, geriet ihr zur Verkündigung, und sie sah dabei so beseligt aus, als hätte sie gerade den Heiland gesehen. Sie konnte nicht anders, als sich – so Manfreds Wendung – ständig »einen abzujubeln«.

Ihr Mann dagegen verkörperte die pure Ernsthaftigkeit, so liebenswürdig, offen und heiter er auf den ersten Blick auch scheinen mochte. Das war allerdings Schale, der äußere und sichtbare Teil seines Wesens. Doch, wie's drinnen aussah … Manfred, dessen enger Freund er werden sollte, fragte sich das bald und erfuhr es später auch. Rainer Dingeldeys Vater hatte sich als Jurist den Nazis angedient und viele ihrer Gegner ins KZ gebracht, und der Sohn war Arzt geworden, um die schwere Schuld zu sühnen, indem er Menschen rettete. So beschäftigte sich Dr. Dingeldey, wenn er mit Manfred am Strand saß und aufs Meer hinaussah, zum Beispiel mit den Fragen, ob die neue Holocaust-Serie im Fernsehen für die Deutschen wirklich heilsam sei, ob *Die Ehe der Maria Braun* die Republik verändert habe, ob Karl Carstens, der neue Bundespräsident, sein Herrenreiter-Image wohl überwinden könne, in welcher Art und Weise der Film etwas ganz anderes sei als das Buch *Die Blechtrommel*, wie sehr die Welt aufatmen könne, weil Idi Amin, der blutrünstige Diktator von Uganda, nun endlich ins Exil gegangen sei, wie sehr die Wohnungsnot in Deutschland die Menschen verzweifeln lasse, wie sehr die deutsche Sprache dem Englischen gegenüber ins Hintertreffen gerate und jetzt alle von der »Mighty Mouse« sprächen, von Kevin Keegan, dem Superstar des HSV … und, und, und – bis seine beiden Söhne nahten.

»Papa, wir haben den größten Seestern auf Korsika gefunden!« rief Guido.

»Ja, Papa, wir haben den größten Seestern auf Korsika gefunden!« echote Nils.

Nils war mit seinen neun Jahren drei Jahre älter als sein Bruder, doch der war ihm in allem über. Beide klebten zusammen wie siamesische Zwillinge und hatten nur das eine Ziel in ihrem Leben: ihrer Mutter zu gefallen. Sie identifizierten sich total mit ihr und kopierten sie in Sprache und Verhalten. An sich wären sie vom Alter her die idealen Kameraden für Joscha gewesen, doch sie waren in ihrer Art quasi autistisch, so daß er keine Chance hatte, mit ihnen sinnvoll zu spielen.

»Mama, wir gehen jetzt schnorcheln und suchen nach Haien«, sagte Guido.

»Ja, Mama, wir gehen jetzt schnorcheln und suchen nach Haien«, wiederholte Nils.

Joscha stand dabei, sperrte Mund und Nase auf und zog es vor, mit seinem Vater Häfen zu bauen und transatlantischen Schiffsverkehr zu spielen.

»Schließlich bist du aus Bremen«, betonte Manfred.

»Ach, ist das süß!« rief eine andere Mutter, die attraktivste in ganz La Chiappa, und hockte sich neben Manfred in den feuchten Sand.

»Vieles ist hier süß...« Er drehte sich schnell auf den Bauch.

Gott, ja, die Kommunikation im FKK-Club war zum Teil sehr mühsam, weil man dabei den Blick immer krampfhaft nach oben richten mußte. *Nur nicht unten hingucken!* Farbe und Fülle der Schambehaarung durften ebensowenig erkundet werden wie die Größe von Skrotum und Penis. Am schlimmsten war es, wenn er auf einem Felsen saß, die vorübergehenden Frauen musterte und eine von ihnen erregend fand, und am allerschlimmsten, wenn eine Traumfrau wie aus der Dessouswerbung leibhaftig, nackt und zum Anbeißen neben ihm ruhte. Qualvoll war es und im tiefsten Sinne des Wortes widernatürlich, sich beherrschen zu müssen, denn es galt die Regel, daß man Männer, die auf dem FKK-Gelände mit erigiertem Glied gesichtet wurden, sofort nach Hause schickte. Tagsüber durfte keiner Hosen tragen. Im Supermarkt und beim Essen hatte man Handtücher um die Hüften zu schlingen. Was Manfred aber am meisten bedauerte, war, daß ohne Verhüllung und ohne die Vorstellung, eine Frau *vorher* zu entkleiden, die Erotik völlig flötenging. Und so lief dann auch nachts zwischen ihm und Renate reineweg gar nichts, und er fühlte sich wie kastriert.

Ansonsten war der Urlaub schön, und Manfred genoß es, mit Taucherbrille und Schnorchelrohr im flachen Wasser zu schwimmen und zu sehen, was es auf und über den Felsen an

Fischen und an Pflanzen alles gab. Und abends ging es immer ins Amphitheater, wo sich die Animateure in bunten Shows bewiesen.

»Herr Matuschewski, heute abend tritt Didier als Asterix auf«, verriet ihm Guido.

»Ja, Herr Matuschewski, heute abend tritt Didier als Asterix auf«, bestätigte Nils.

Als sie dann wieder im Bungalow waren, konnten Manfred und Renate kein Auge zumachen. Was nicht daran lag, daß sie nach Beendigung ihres ersten Aktes auf französischem Boden zu hohen Blutdruck gehabt hätten, sondern an einer Maus, die sich in ihrer Spüle eingenistet hatte. Die bestand in ihren unteren Teilen aus dicken Spanplatten, die sich im Laufe der Zeit infolge ständiger Durchfeuchtung ein wenig aufgelöst hatten und sich so bestens zur Mäusezucht eigneten. Da Larissa mit ihren zweieinhalb Jahren beim Essen reichlich Wurst- und Käsereste im Raum verteilte, hatte ihre Hausmaus nie ernsthafte Versorgungsprobleme. Und dennoch konnte es das Tier nicht lassen, nächtens lustvoll die Spanplattenspäne zu knabbern. Wahrscheinlich waren Holzleim und Formaldehyd für sie dasselbe wie für Manfred und Renate Kaviar und Austern. Das Knabbergeräusch wuchs sich in der Stille der Nacht zur wahren Psychofolter aus, und Manfred mußte des öfteren an den Grafen von Monte Christo denken, den seine Feinde dadurch in den Wahnsinn hatten treiben wollen, daß sie in regelmäßigen Abständen einen Tropfen Wasser auf seinen kahlen Schädel fallen ließen. Also jagten sie das Mäusetier mit vereinten Kräften. Doch so systematisch Manfred die Jagd auch anlegte – Renate und die beiden Kinder als Treiber und er mit der Müllschippe als tödlicher Waffe –, der korsische Nager entkam ihnen Mal für Mal.

»Ich halte das nicht mehr aus!« schrie Manfred in der vierten schlafgestörten Nacht, riß die Holzverkleidung von der Spüle und schmiß sie den Abhang hinunter.

Die Maus kam mit dem Leben und er mit umgerechnet 150 DM für eine neue Spüle davon, denn der französische

Manager erwies sich als echter Freund, als sie sich wieder auf Englisch unterhielten.

»Das ist, wie sagt man, zu Unglück ...? Schwarze Masse, nein ... Asphalt! Das ist Asphalt, mon cher, willst du dich beschlafen in Frankreich – und hast Maus sitzt vor Loch. Mir mangelt es nicht am Vermögen, dir reinzuschauen, aber die Küsten dafür sind zu hoch.«

»Die Kosten, meinst du?«

»Dieses verdammte Englisch.«

»Vive la France!«

Drei Tage später ging es wieder nach Hause, und da es bis zum Flugplatz immerhin 140 Kilometer waren, mußten sie in aller Herrgottsfrühe in ihren Zubringerbus steigen. Irene Dingeldey mochte so früh nichts essen, feierte aber den Abschied von La Chiappa, indem sie die letzte angebrochene Flasche Rotwein leerte. Das hatte zur Folge, daß sie bis Porto-Veccio bei bester Laune war und alle französischen Schlager sang, die sie kannte, dann aber mit ihrem rebellierenden Magen zu kämpfen hatte.

»Macht doch nichts, Ihr Mann ist ja schließlich Arzt«, sagte Manfred. »Aua!« Das bezog sich auf die Kopfnuß, die Renate ihm verpaßt hatte, denn die Mediziner-Gattin war für Ironie wenig empfänglich.

»Könnten wir bitte halten«, rief Dr. Dingeldey in tadellosem Französisch nach vorn.

Der Fahrer zögerte. »Sie müssen Ihr Flugzeug schaffen.«

Als er dennoch auf einen Parkplatz rollte, war es schon zu spät: Irene Dingeldey hatte ihren Mageninhalt in einen schnell gefalteten *Figaro* erbrochen, doch die Nottüte hatte nicht alles zu schlucken vermocht, so daß Rückenlehnen, Polster und Boden in ihrem Umkreis erheblich besudelt waren.

So sehr man sich auch mühte, den Bus auf die Schnelle zu säubern: der Geruch im Innern blieb, zumal es von Minute zu Minute heißer wurde. So kam, was kommen mußte: Erst begannen die Kinder zu brechen und dann auch die Erwachsenen. Dr. Dingeldeys Tablettenvorräte waren auf eine Epidemie dieses Ausmaßes nicht eingerichtet.

Der Geruch, der da durch den Bus zog und waberte, war unwiderstehlich, und fast alle wurden angesteckt. Es potenzierte sich mit rasender Geschwindigkeit. Renate und Larissa traf es bald, ebenso Guido und Nils.

»Papa, wir müssen jetzt brechen!«

»Ja, Papa, wir müssen jetzt brechen!«

Manfred schien immun gegen die Kotzerei und hatte eher seinen Spaß daran, wie sie fast alle reiherten. Merkwürdigerweise konnte auch Joscha, der neben ihm saß, noch standhalten. Manfred hatte eine *BILD* gefaltet und ihm unters Kinn gehalten, doch nichts geschah.

»Ihr Sohn ist aber tapfer«, fand Dr. Dingeldey, der vor Manfred saß.

»Wäre man Ihre Frau auch so tapfer gewesen«, brummte Manfred.

»Ich kann nicht anders, als mich entschuldigen. Und wenn Sie mal bei uns in Frohnau vorbeikommen, werde ich alles wiedergutmachen.«

»Mama, du kannst die Zeitung haben«, sagte Joscha und reichte sie seiner Mutter nach vorn. »Ich muß nicht brechen.«

Kaum hatte er das gesagt, da brach es aus ihm heraus, und der Schwall wollte gar kein Ende nehmen.

»Bis du in die Schule kommst, ist alles wieder gut«, tröstete ihn Manfred.

Der Tag der Einschulung war der 4. September 1979, ein Dienstag. Weit vor 9 Uhr saßen Manfred und Renate in der Aula. Larissa war mit der Oma zu Hause geblieben, hatte aber als Trost ebenfalls eine Schultüte bekommen, wenn auch um einiges kleiner als die ihres Bruders. Die Schule in der Koblenzer Straße, kein zehn Häuser von ihrer Wohnung entfernt, war ein ehrwürdiges Backsteingebäude, und pro forma gab es noch getrennte Eingänge für »Knaben« und »Mädchen«, angezeigt durch steinerne Figuren über den Türen.

Sie hatten Joscha im Klassenzimmer lassen müssen und warteten nun darauf, daß die neuen Klassen mit ihren Lehrerinnen einmarschierten. Ebenso stolz wie aufgeregt spielten und sangen die, die schon in der 2. Klasse waren, für die Neuankömmlinge, was sie vor den Ferien einstudiert hatten.

»Ich kann es gar nicht fassen, daß wir einen so großen Jungen haben«, sagte Renate mit Tränen in den Augen. »Wo ist bloß die Zeit geblieben ...?«

Auch Manfred schien es, als sei Joscha gestern erst auf die Welt gekommen, und er verfluchte die Tatsache, daß er seinen Sohn nun der Schule überlassen mußte. Wie ein Gefängnis kam sie ihm vor, wie die verhaßte *Erziehungsanstalt*, die der große Schatten seiner eigenen Kindheit war. »Joscha Matuschewski, hiermit verurteilen wir dich zu dreizehn Jahren Schule.« Daß er das Abitur machte, stand außer Frage. Das Wort Schul*pflicht* sagte alles, und Manfred zweifelte nicht daran, daß Joscha in dreizehn Jahren ohne Schule wesentlich mehr gelernt hätte als in dreizehn Jahren mit Schule, wißbegierig wie er war, von kreatürlicher Neugierde erfüllt. Fröhlich und offen war er, kreativ und zu jeder Minute bereit, sich die Welt im Spiel anzueignen. Nun aber kam er in die Zwangsjacke der Staatsschule, und bald würden sie ihm alles austreiben, was ihn so liebenswert und lebenstüchtig machte. Und Manfred kam sich sehr elend vor, weil er mithalf, Joscha den Mördern seiner Seele auszuliefern. Hoffentlich nahm Joscha das alles nicht so schwer wie er. Vielleicht wurde es ja nur halb so schlimm.

Es schien so, denn die Klassenlehrerin, selber Mutter, machte einen ganz passablen Eindruck, und die meisten Mit-Eltern hatten dieselben Vorbehalte gegen die Schule als solche, so daß es sehr schnell Koalitionen im Hinblick auf eine sanfte Pädagogik gab. Etliche hatten Psychologie studiert, so auch Suse und Leo Schulz, die eng mit Heiner Dietrich befreundet waren und die alte These bestätigten, det janz Berlin 'n einzijet Dorf war. Auch Eiferer gab es, etwa ein Ehepaar, das seinem Kind alle Süßigkeiten verbot, weil es alles Elend der Welt auf den enormen Zuckerverbrauch zurückführte und folglich für eine zuckerfreie Schule kämpfte. Den ersten Konflikt gab es schon, als sich herausstellte, daß der Rektor morgens um acht höchstpersönlich an der Pforte stand, um die zu notieren, die auch nur Sekunden zu spät angetrabt kamen.

Joscha fand schnell Anschluß und hatte zunächst keinerlei Probleme mit der Schule – diese allerdings mit ihm. Doch das war erst Anfang Dezember …

Bis dahin durchlebte Manfred turbulente Monate, hielt er sich doch weniger im Tauentzien-Tower auf als in den Berliner Sozialämtern. Zusammen mit seinem Freund Heiner Dietrich erforschte er deren Organisationskultur. Von einem renommierten Bundesinstitut in Bonn hatten sie sogar Gelder bekommen, um für ihre teilnehmenden Beobachtungen zusätzlich zwei Diplomsoziologen einstellen zu können, bei der Auswahl ihres Personals allerdings genausowenig Fortune bewiesen wie gemeinhin Hertha BSC bei seinen Neuverpflichtungen. Beim Vorstellungsgespräch hatten die beiden geglänzt, doch dann versagten sie total, denn der eine war ein solches Sensibelchen, daß er im rauhen Klima der Sozialämter alsbald alle psychosomatischen Krankheiten durchmachte, die in den Lehrbüchern standen, während der andere nicht in der Lage war, die Ergebnisse seiner Beobachtungen wesentlich über Joschas Niveau zu Papier zu bringen. So kam es, daß Manfred viel öfter selber in den Sozialämtern saß und aufschrieb, was dort in der »offenen Hilfe« passierte, als er eigentlich vorgehabt hatte. Es war eine ganze Menge …

Immer wieder die Rufe »Achtung, der Stinker kommt!«, wenn sich ein Klient aus der Obdachlosenszene näherte. Da kam die Angst auf, sich mit Tbc und anderem anzustecken …

Immer wieder die Bitte, noch mal Sozialhilfe ausgezahlt zu bekommen, weil man a) sein Portemonnaie gerade verloren habe oder b) in der U-Bahn bestohlen worden sei. Da wurde man mißtrauisch und witterte auch da Betrug, wo keiner war …

Immer wieder die Flüche draußen auf den Fluren, wenn die Besucher außerhalb der Öffnungszeiten kamen und die Türen verschlossen fanden. Da hatte man ein schlechtes Gewissen, aber irgendwie brauchte man ja auch Zeit, um Post und Akten zu erledigen, Bekleidungsanträge zumeist … Wer wirklich am Verhungern war, bekam »Bulettenscheine«, Essensgutscheine. Manfred hatte schnell herausgefunden, daß die Kollegen untereinander Klopfzeichen verabredet hatten.

Wer hier arbeitete, empfand das Ganze oft als Horrortrip. Personalmangel, Überstunden, schlechte Räumlichkeiten, mäßige Beförderungschancen und immer jüngere und aggressivere Klienten mit einer immer höheren Anspruchshaltung – das waren die durchgängigen Klagen. Trotzdem liebten viele ihr Amt, denn die Kollegialität war weit besser als anderswo, und man konnte abends mit dem Gefühl nach Hause gehen, Menschen wirklich geholfen zu haben.

Ein Schrei aus dem Nachbarbüro. »Wat nützt mir denn eure Scheißbrennstoffbeihilfe, wenn ick längst erfroren bin, bevor ick meine Kohlen kriege!« Und eine Tasse flog durch den Raum, zerschellte am Fensterrahmen. Manfred stürzte hin, um zu helfen. Die Türen zu den Nebenzimmern standen immer offen, und einige der Kolleginnen und Kollegen hatten sich auch schon bewaffnet. Doch meist hatten sich die Leute schnell wieder beruhigt, nur selten war die Polizei zu holen, Anzeige zu erstatten und Hausverbot zu erteilen.

Das meiste im Sozialamt aber war Kleinkram und Routine. Als Manfred gegen Mittag von Langeweile gepackt wurde, kam er auf die Idee, seine Mutter anzurufen, dies aber mit der bayerisch gefärbten Sprache eines Sozialhilfeempfängers, der eben abgefertigt worden war.

»Jo, mei, entschuldigens, Frau Matuschewski, hier ist der Franz-Joseph Auhuber. I bin an olter Freund Ihres Sohnes von Siemens her und ruf' aus der ZA Berchtesgarden an, wo i jetz' sitz'. Der Moshe Bleibaum hat mir Ihre Nummer gegeben, weil: Bei Ihrem Sohn ist nimmer jemand daheim.«

»Ja, Herr Auhuber, ja, die sind viel mit den Kindern unterwegs ...« Die Mutter war ganz aufgeregt.

Manfred lachte und setzte noch einen drauf. »Woas, der närrische Kerl hoat oan Kind? Wir dachten immer, der hat's nur mit die Mannsleit, wie mit dem Moshe und dem Fürsten Schi-Schi, dem Horst Czyczykowsky ...«

»Das haben wir auch immer befürchtet, Herr Auhuber.

Na, Gott sei Dank ist er nun doch ... Die Renate ist ja eine sehr patente Frau.«

»Und ist Ihr Sohn nun wirklich zur AOK gegangen und Dienststellenleiter geworden?« Die Sache lief so gut, daß Manfred darauf verzichten konnte, sein Bayerisch zu bemühen.

»Nein, leider nicht: Lehrer ist er geworden.«

Manfred schluckte. Nicht einmal das hatte die Mutter realisiert, daß er Professor an einer Fachhochschule war. Ihr Hang, ihn zu verkleinern, die berühmte Diminuierung, war also ungebrochen. Wenn er eben noch bereut hatte, sie so hereingelegt zu haben, so ließ er das jetzt. »I hob ihn ja in Erlangen kennengelernt beim Lehrgang doa, und da woar er ja immer wie aus'm Ei gepellt ... Ist er das immer noch?«

»Nein, wie der jetzt rumläuft, ich sag' Ihnen! Immer die ältesten Sachen an, nur um seine Mutter zu ärgern. Als mein Mann gestorben ist, wollte er sich zur Beerdigung nicht einmal die Haare schneiden lassen.«

»Da werd' ich ihm mal tüchtig ins Gewissen reden. Wenn's mir oamal bitte seine Nummer geben täten ...«

»Ja, gerne, Herr Auhuber: 853 ...«

Manfred bedankte sich und legte auf, ohne sich enttarnt zu haben. Was lehrte ihn das? Zweierlei. Einmal, daß es ein Kinderspiel war, als Hochstapler Erfolg zu haben, und zum anderen, daß seine Mutter mit ihm und seinem Leben nach wie vor Schwierigkeiten hatte und von ihrem Entwurf des idealen Sohnes noch immer nicht weggekommen war. Und er merkte, daß dies sein großes Trauma war.

Für Elke Lehmann hingegen, eine HÖV-Studentin, die hier im Sozialamt ihr Praktikum machte, schien er dem Ideal zu entsprechen. Sie war quicklebendig, von wacher Intelligenz und fiel ihm vor allem dadurch auf, daß sie sich rührend um Klienten kümmerte, um die sonst alle einen großen Bogen machten.

An einem Dienstag abend war sie die letzte, die das Amt verließ, und Manfred sah, wie sie mit einem Obdachlosen sprach, der offensichtlich stark betrunken war. Nicht mal auf die Toilette hatte er es geschafft, die Pfütze zu seinen Füßen zeigte es an.

»Sie können hier nicht übernachten, Sie müssen jetzt gehen.«

Als der Mann nur lallte, ging Elke Lehmann ins Büro zurück, um die Feuerwehr zu rufen. »Hilflose Person im Rathaus, er reagiert gar nicht mehr.«

Als die Feuerwehr kam, weigerte sie sich, den Mann mitzunehmen, da »keine lebensbedrohliche gesundheitliche Gefährdung« vorläge.

»Aber er schafft es nicht mehr allein zurück ins Heim, er ist doch fast besinnungslos. Und wenn er bei dem Frost draußen hinfällt, erfriert er.«

»Da müssen Sie schon die Polizei holen, die bringt ihn in die Ausnüchterungszelle.«

Das tat Elke Lehmann dann auch, doch die beiden Beamten, die alsbald anrückten, erklärten ihr, den Mann nur zur Ausnüchterung bringen zu können, wenn er damit einverstanden sei. Doch das war er mitnichten.

»Dann können wir ihn nur aus dem Rathaus tragen und draußen hinsetzen.«

»Wo er erfriert, na danke!«

Da hatte Elke Lehmann die Idee, auf eigene Kosten eine Taxe zu holen. Manfred eilte hinzu, um ihr zu helfen. Zusammen mit den beiden Polizisten trugen beziehungsweise schleiften sie den Berber auf die Straße hinaus, und eine Taxe war schnell herbeigewinkt.

Der Taxifahrer war, als er begriff, was da ablaufen sollte, mehr als entsetzt. »Det volljepißte Schwein, nee, nich mit mir.«

Elke Lehmann hielt ihm ein Bündel Zeitungen hin. »Die legen wir auf die Rückbank …«

»Der hat doch keenen Pfennig, wer bezahlt'n dit?«

»Ich.« Sie legte einen Zwanzigmarkschein auf das Dach der Taxe, und schon hatte sie die Tür aufgerissen.

»Nich mit mir!« schrie der Taxifahrer.

»Sie wissen doch, daß es eine Beförderungspflicht gibt«,

mischte sich Manfred nun ein. »Und wenn Sie ihn nicht mitnehmen, dann können Sie sicher sein, daß diese Geschichte morgen in der *BILD*-Zeitung steht – mit Ihrem Foto daneben.«

Das wirkte, und wenig später fuhr er mit Elke Lehmanns Berber davon. Und es dauerte nur zwei Tage, bis sie erneut von sich reden machte.

Es war Adventszeit, und da es bitterkalt war, hatte sie Mitleid mit den fünf Stadtstreichern, die draußen vor dem Rathaus auf den Bänken hockten, und bat sie herein. »Bis zum Büroschluß können Sie bei uns im Warmen sitzen.« Jubelnd trat man ein und machte es sich im Flur gemütlich. Um die Idylle perfekt zu machen, spendierte sie ein Stück Kuchen für jeden und stellte ihnen eine rote Weihnachtskerze hin. Auf dem Weg zur Toilette sah sich Manfred staunend alles an.

Das, was die Berliner »eine schöne Bescherung« nannten, folgte eine halbe Stunde später ... Als der älteste Berber, auf einer der hölzernen Bänke liegend, eingeschlafen war, kam ein anderer auf die Idee, die Kerze zu nehmen und ihm die Hose anzustecken. Großes Geschrei, als die Flammen die Haare an der Wade erfaßten. Da nun hatte der dritte der Männer die grandiose Idee, den Feuerlöscher von der Wand zu reißen und die Flammen zu ersticken, was ihm auch glückte. Und da das weiße Pulver so herrlich nach Schnee aussah, entleerte er gleich den ganzen Feuerlöscher. Von den Schreien erschreckt, stürzte Elke Lehmann auf den Flur hinaus und hatte Mühe, im dichten Nebel ein Fenster zu finden und aufzureißen, sperrangelweit, wild nach Luft schnappend. Hinterher war sie dann so glitzernd bestäubt wie Santa Lucia, die schwedische Lichtkönigin.

Das alles imponierte Manfred sehr, und er zögerte nicht, Elke zu sagen, daß er gut fand, was sie da machte, und sie ein echter Glücksfall sei, was die Studentinnen und Studenten der HÖV betraf. Auch daß sie nach Bonn gefahren war, um gegen die Kernenergie zu protestieren, fand er sehr anerkennenswert. Als er dann nach Abschluß seiner Beobachtungen in den Tauentzien-Tower zurückkehrte, fand er in seinem

Fach einen Liebesbrief von ihr. Es war der rührendste, den er je erhalten hatte. Er war glücklich darüber, hielt es aber mehr für eine Laune ihrerseits und schrieb zurück, er sei ein sehr ehrpusseliger bürgerlicher Ehemann, der nichts weiter als das Wohl seiner Frau und seiner Kinder im Auge habe, und sie möge bitte alles so schnell wie möglich vergessen. Als Antwort erhielt er das herausgerissene Titelblatt eines Romans von Taylor Caldwell: *Einst wird kommen der Tag*. Er sah es mehr als Drohung an, denn instinktiv war ihm klar, wie sehr diese junge Frau seinen bisherigen Lebensentwurf gefährden konnte, und von Stund an ergriff er stets die Flucht, wenn er sie sah, tauschte sogar kurzfristig die UGs, wenn sie bei ihm im Hörsaal sitzen wollte. Zu Renate war er so aufmerksam und zärtlich wie lange nicht mehr, als hätte er Angst davor gehabt, daß sie ihm einen Vorwand liefern könnte, sie zu verlassen und alles zu verlieren, insbesondere die Kinder, die er um so mehr liebte, je älter sie wurden.

Obwohl Joscha immer wieder für Aufregung sorgte, insbesondere mit seiner bis dahin größten Heldentat. Da kam er eines schönen Dezembertags mit seiner Klasse aus der Umkleidekabine, bewegte sich Richtung Turnhalle und machte seinem Namen Old Fummelhand alle Ehre. Zu verlockend war es auch, mit dem Zeigefinger kräftig auf die Glasscheibe zu tippen, hinter der sich der dicke schwarze Knopf des Feuermelders verbarg. Nur, da war gar keine Glasscheibe ... Folglich schrillten überall in der Schule die Alarmglocken, und da kein Probealarm angekündigt worden war, mußten Rektor und Lehrkörper vom Ernstfall ausgehen. Zwar kam keine Panik auf, doch vielen Schülerinnen und Schülern blieb keine Zeit mehr, sich Mäntel und Jacken vom Haken zu reißen, so schnell stürzten alle auf die Straße hinaus.

Noch am Nachmittag desselben Tages wurde Manfred zum Rektor zitiert. »Durch das undisziplinierte Verhalten Ihres Sohnes sind uns – zusammengerechnet – einige Dutzend Unterrichtsstunden ausgefallen, und einige der Kinder haben sich Erkältungen zugezogen. Das haben Sie zu verantworten, und das wird ein Nachspiel haben.«

»Ja, selbstverständlich wird es ein Nachspiel haben, daß Sie Ihre Aufsichtspflicht so gröblich vernachlässigt haben, denn es hätte Ihnen doch bekannt sein müssen, daß Ihr eigener Hausmeister die Glasscheibe vor dem Feuermelder zerstört hat. Sie wäre zu ersetzen oder anderswie abzudecken gewesen.« Manfred hatte sich schnell bei seinen juristischen Kollegen umgehört, als ihm Renate davon erzählt hatte. »Außerdem ist mir geraten worden, Anzeige gegen Sie zu erstatten – wegen des Traumas, das mein Sohn davongetragen hat.«

»Nun ja, Herr Dr. Matuschewski ...«

So blieb es dabei, daß sie über die Geschichte »Wie es Joscha gelungen ist, die Schule zu räumen« noch Jahre später lachen konnten.

Manfred stieg am Donnersmarckplatz aus dem 15er Bus und lief durch das winterliche Frohnau. Es ging auf 17 Uhr zu, und die Dämmerung war längst hereingebrochen. Auch an den höchsten Tannen hingen elektrische Kerzen, und ihm war, als liefe er durch einen Märchenwald. Jedenfalls hatte er Weihnachtsgedichte im Sinn: *Vom Himmel in die tiefesten Klüfte ein milder Stern herniederlacht* ... Er dachte an die Jahre zurück, wo er die Schmöckwitzer Oma zu Tante Lolo und Onkel Kurt gebracht hatte. Das alles war vorbei, und er hatte minutenlang nichts anderes im Ohr als einen Romantitel Theodor Fontanes: *Unwiederbringlich*. Etwas anderes schmerzte ihn ebenso: Da stand am Sigismundkorso auf einem Hügel ein kleines Backstein-Sanssouci, das Schlößchen einer ortsbekannten Ärztedynastie, und bei seinem Anblick wurde ihm so richtig klar, welch armer Schlucker er war und für immer bleiben würde. Der Professorentitel kaschierte das nur.

Als Manfred seiner Mutter erzählt hatte, er sei im Dezember bei Dr. Dingeldey in Frohnau zum Geburtstag eingeladen, war er sofort ermahnt worden, unbedingt auch bei Tante Lolo vorbeizuschauen, denn nach Onkel Kurts Tod vereinsame sie mehr und mehr. So hatte er erwartet, Tante Lolo mutterseelenallein in ihrer Villa anzutreffen, doch da sah er sich gründlich getäuscht, denn als er am Grünen Hof ankam, war dort einiges los. Da man diverse helle Lampen eingeschaltet hatte, dachte er im ersten Augenblick, sie drehten hier einen Film, was bei Tante Lolos Faible für die schönen Künste so erstaunlich nicht gewesen wäre. Doch dann erkannte er, daß da nicht Götz George einen dicken Ast vom Apfelbaum sägte, sondern Egbert, ein Neffe Onkel Kurts, der sein Geld als Betriebswirt verdiente. Manfred hatte ihn bei der Beerdigung gesehen, ebenso wie die Zinkes, andere entfernte Verwandte Onkel Kurts, ein Beamtenehepaar, das gerade dabei war, einen Wohnwagen auf Tante Lolos Grundstück zu schieben, aber immer wieder an den Torpfosten scheiterte.

»Wir wollen ihn hier aufstellen und am Wochenende drin wohnen, um Lolo immer nahe zu sein und ihr zu helfen, wenn es ihr nicht gutgeht«, erklärte Herr Zinke, Hauptsachbearbeiter im Lebensmittel- und Veterinäraufsichtsamt.

Manfred staunte. »Und warum wohnen Sie nicht im Haus, da ist doch Platz genug?«

»Das will die Lolo nicht«, erwiderte Frau Zinke.

Den Grund flüsterte ihm nachher Tante Lolo ins Ohr. »Mit dem Wohnwagen, da konnte ich nicht nein sagen, das hatte Kurt ihnen noch versprochen, aber sonst ... Was meinst du, wie die alle hinter meinem Erbe her sind ... Dabei ist das alles schon an den Tierschutzverein gegangen.« Sie lachte kehlig.

Manfred schluckte. Tante Lolos Großvater war sein Urgroßvater, über August Quade hingen sie beide zusammen, und eigentlich hätte sie ja ... Zugleich schämte er sich, nun auch schon wie ein Erbschleicher dazustehen, und beeilte sich, ihr zu versichern, daß er eigentlich zum Geburtstag von Dr. Dingeldey müßte und nur mal schnell vorbeigeschaut habe, weil seine Mutter darauf bestanden habe.

»Die Margot, ja, die ist selber viel zu selten hier draußen ...« Tante Lolo, die es mit einem Zentner Übergewicht auch körperlich schwer hatte, stöhnte auf. »Eine Tasse Kaffee kannst du aber noch trinken, bis die hier draußen fertig sind.«

Tante Lolo glich äußerlich immer mehr der Claire Waldoff, wie Manfred sie aus alten Filmen kannte, und in ihren Urteilen war sie kraß, keinen Widerspruch duldend.

»Die hätte ich hier gleich ins Gefängnis gesteckt!« Das bezog sich auf die Familie aus der DDR, die im selbstgenähten Heißluftballon in den Westen geflüchtet war. »Wer bei so was Kinder mitnimmt, der ist ein Mörder für mich.« Ähnlich reagierte sie auf Coppolas *Apocalypse Now*, den sie sofort aus allen Kinos verbannen wollte, und auf die Verleihung des Friedensnobelpreises an Mutter Teresa. »Eine Nonne hat keine Preise anzunehmen!«

Über Schmöckwitz redeten sie, wie es denn Tante Gerda, Leszek und den Kindern so ginge.

»Danke, gut. Obwohl ...« Onkel Berthold war an Darmkrebs gestorben, und das hatte alle gehörig mitgenommen. »Wir haben schon Passierscheine, fahren nächsten Sonnabend zu Jürgen und Anuschka und gehen zusammen auf den Weihnachtsmarkt am Alex. Und Schmöckwitz, na ja ... Am ersten Weihnachtsfeiertag fahren wir rüber, und es freuen sich ja auch alle, aber Lucies Mann hat doch Westkontaktverbot, und wenn wir unseren Wagen in seiner Nähe parken, geht das Theater schon los.«

Dann kamen sie auf die alten Zeiten zu sprechen, als noch »Tante Mary«, wie man in den gehobenen Kreisen der Familie seine Oma nannte, in Schmöckwitz draußen das Regiment geführt hatte.

»Unwiederbringlich, ja ...« Tante Lolo wiederholte das Stichwort, das Manfred ihr gegeben hatte, auch angeregt durch den Namen Marie, und ging zum Klavier, um das Lied zu spielen und zu singen, das in Fontanes großem Roman Asta und Elisabeth, die beiden Mädchen, vortragen: »Denkst du verschwundener Tage, Marie,/Wenn du starrst ins Feuer bei Nacht?/Wünschst du die Stunden und Tage zurück,/Wo du froh und glücklich gelacht?« Sie machte eine kleine Pause, um dann fortzufahren. »Ich denke verschwundener Tage,

John,/Und sie sind allezeit mein Glück,/Doch die mir die liebsten gewesen sind,/Ich wünsche sie nicht zurück ...«

Beide schwiegen lange, und Manfred standen Tränen in den Augen.

Um so alberner fand er es, als er bei Dr. Dingeldey geklingelt hatte und von Irene Dingeldey gezwungen wurde, sich mit einem Dutzend wildfremder und stark parfümierter Menschen eine halbe Stunde lang unter dem Wohnzimmertisch versteckt zu halten.

»Das soll die große Überraschung für Rainer sein, wenn er nach Hause kommt. Im Zimmer ist alles dunkel, er macht das Licht an – und ihr kommt hervor.«

Berlin freute sich auf den Frühling des Jahres 1980, und Manfred hing die HÖV zum Halse raus. Seine in dieser Hinsicht bislang größte Krise begann mit einer Sitzung, zu der alle Professoren von einem der maßgebenden Senatoren in eine internationale Tagungsstätte im Tiergarten gebeten worden waren. Eigentlich hatten sie gemeinsam die Ziele für das kommende Jahrzehnt besprechen wollen. Bald aber erwies sich, daß man sie nur gerufen hatte, um sie genüßlich zusammenzuscheißen, einen anderen Ausdruck gab es dafür nicht.

»Da habe ich bei mir im Fußballverein einen Mittelstürmer, und den haben wir eingekauft, damit er Tore schießt, und da bekommt er nun den Ball zugespielt, läuft frei auf den gegnerischen Torwart zu – und alle glauben, jetzt steht es todsicher eins zu null. Aber Irrtum. Denn mein Mittelstürmer fängt plötzlich zu denken an. Und er denkt viel, weil er gerade an der Hochschule für Fußball war, der HFF. Wenn ich jetzt mein Tor schieße, denkt er, dann steigen wir auf, aber haben wir auch Geld genug, neue Spieler zu kaufen ...? Wie viele Zuschauer werden dann kommen, wo liegt da der Schnitt ...? Wen müssen wir verkaufen, wen können wir kaufen ...? Wie sieht das juristisch mit den Verträgen aus ...? Und, denkt er weiter, ist das ganze Fußballspiel nicht nur dazu da, die Massen abzulenken, daß sie keine Revolution mehr machen wollen ...? Brot und Spiele. Und er ist auch voller Mitleid.

Gott, der arme Torwart, denkt er, was muß der nun leiden, wenn ich ihn schlecht aussehen lasse. Und die ganze gegnerische Mannschaft wird in Tränen ausbrechen, wenn sie absteigen muß. Und wenn ich mein Tor schieße, werden sie absteigen müssen. Kann ich das machen, kann ich elf Mann zum Arbeitsamt schicken …? Und an jedem hängt ja noch 'ne Familie dran. Mein Mittelstürmer denkt und denkt – und er denkt so lange, bis er den Ball los ist. Wir haben das Spiel verloren, doch seine Lehrer an der HFF freuen sich, daß er all das angewendet hat, was sie ihm beigebracht haben.« Der Senator machte eine kleine Pause, und sein Blick ging reihum. »Ja, meine sehr verehrten Herren Professoren, so geht es mir immer, wenn ich durch die Amtsstuben schreite und sehe, daß die jungen Beamten, die Sie ausgebildet haben, zwar in Theorie und Reflexion eine glatte Eins haben, aber nicht in der Lage sind, einen simplen Widerspruchsbescheid zu fertigen.«

Manfred sah Dieter Schattan und Heiner Dietrich an. Es war klar: Wenn sie ihr Gesicht wahren wollten, dann mußten sie jetzt aufstehen, ihre Stühle gegen die Tische knallen und wortlos den Saal verlassen. Doch sie taten es nicht. Aus strategischen Überlegungen, aus der Angst heraus, den Zorn des Löwen noch mehr zu reizen und ihn dazu zu bringen, ihre Fächer ersatzlos zu streichen – Soziologie, Sozialpsychologie und Volkswirtschaftslehre. Nicht nur das. Hinterher, als man mit dem Senator beim Bier zusammensaß und sich aufgrund gemeinsamer SPD-Genossenschaft zu duzen begann, schenkten sie ihm auch noch ihr neues Lehrbuch *Menschliche Organisation*, und zwar mit Widmung. Nur, um ihre HÖV zu retten.

Für Manfred war es mit der schwärzeste Tag seines Lebens. Seine Schwäche und seine Neigung zum Beschwichtigen kotzten ihn an, und er verzieh sich nie, daß er nicht aufgestanden und gegangen war oder aber, noch besser, eine flammende Rede gegen das Dumpfmeiertum dieses Mannes gehalten hatte, der später darüber stolpern sollte, daß sich Gelder auf seinem privaten Konto fanden, die da nach Meinung anderer nicht ganz hingehört hatten. Es war aber auch der Tag, der ihm bewies, daß er kein Recht besaß, über die zu richten, die man im Dritten Reich und in der DDR nicht zu den Widerstandskämpfern zählen durfte. Keine Strafe hätte ihm gedroht, weder Entlassung noch Gefängnis oder Folter – und dennoch hatte er nichts anderes fertiggebracht, als sich zu ducken. Es war eine Schande, wie er sich verhalten hatte.

Damit war für Manfred klar, daß er so schnell wie möglich die HÖV verlassen mußte. Wie Tobias Rindt, der als Abteilungsleiter zum Wissenschaftssenator gegangen war, oder Ernst-August Buttenschön, der als Kulturdezernent in eine westdeutsche Großstadt abgewandert war. Auch Rudolph Puppke hatte der HÖV inzwischen den Rücken gekehrt, nachdem man in der ersten freien Entscheidung nicht ihn, sondern Engelhard zum Rektor gewählt hatte, und mit ihm waren auch Thorensen und März, seine getreuen Domestiken, gegangen. Und als nächster würde Kalkbrenner gehen, um Staatssekretär zu werden. Manfred hörte sich also um, streckte seine Fühler aus. An der Verwaltungshochschule Speyer schien sich etwas zu ergeben, auch in Göttingen, vor allem aber in Wien, wo er schon einige Male Vorträge gehalten hatte. Doch das alles dauerte noch.

Mit dem Lehrbuch *Menschliche Organisation* hatten sich seine Chancen auf einen Lehrstuhl erheblich verbessert. Sie hatten sich an amerikanischen Vorbildern zu orientieren versucht, das heißt, Organisationssoziologie und -psychologie an Fällen klargemacht. Das las sich stellenweise flott und spannend wie ein Roman und war dennoch – oder gerade deswegen – geeignet, den Studierenden alle Theorien zu vermitteln, die sich auf dem Markt befanden. So leicht *Menschliche Organisation* daherkam, so schwer hatte es Manfred gehabt, seinen Teil zu schreiben, denn inzwischen hatte er sein Arbeitszimmer räumen und für Larissa herrichten müssen. Nun stand sein Schreibtisch im Schlafzimmer, und es gab immer wieder Ärger, wenn ihn Renate störte, weil sie entweder etwas an den Schränken zu schaffen hatte oder sich ihrer Migräne wegen hinlegen mußte.

Obwohl er schon mehrmals in der Heiligenseer Laube gewesen war, um die gröbsten Winterschäden zu beseitigen, das Wasser wieder anzustellen und im Garten Laub zu harken, blieben sie am Sonntag lieber zu Hause, denn der März war reichlich kühl und naß.

Jetzt, wo das Lehrbuch fertig war, hatte Manfred wieder Zeit, Schränke zu bauen und endlich den elektrischen Zähler zu verkleiden. Damit ging der Vormittag drauf, und dann kam seine Mutter zum Essen und Spielen. Doch kaum hatten sie sich an den Tisch gesetzt, um sich ihre Rouladen schmecken zu lassen, da klingelte das Telefon.

»Aufhören!« rief Manfred, sichtlich genervt. »In der nächsten halben Stunde geht sowieso keiner ran.«

»Wenn das nun meine Mutter ist ...«, sagte Renate und schaute in Richtung Flur, wo der Apparat stand. »Ihr geht's nicht gut.«

Manfred stieß die Luft aus. »Gott, das wird schon aus dem Jenseits sein, von wo sie anruft.« Damit stand er auf, lief auf den Flur und riß den Hörer hoch. Es war aber nicht Charlotte Lamouche, sondern Volker Gellert.

»Du, Erdmuthe hat wieder mal ihren Schub, trotz Lithium, und denkt wieder, daß du ihr Vater bist und drüben in der Charité liegst. Mach mit, und sag ihr, daß es dir bestens geht!«

Manfred kannte das, und obwohl die Sache so schrecklich und makaber war, daß ihm Magen und Galle weh taten, spielte er auch diesmal seine Rolle so gut, daß Erdmuthe Gellert beruhigt im Opernchor auftreten konnte.

Lachen konnten sie erst wieder, als seiner Mutter ein kleiner sprachlicher Lapsus unterlief und sie auf Manfreds Frage, wie es denn der Schwester von Herrn Bernhard ginge, ihres Nachbarn, überraschenderweise antwortete: »Die Schwester von Herrn Bernhard war doch tot.«

»Und das ist sie nun nicht mehr ...?«

»Ihr könnt einen immer nur verscheißern. Da tut und macht man nun – und dann ...«

Manfred stand auf und nahm sie in den Arm, und ihre

beiden Enkelkinder folgten ihm nach. »Mutti, es war doch nicht so gemeint.«

Danach war sie wieder versöhnt, und es war rührend, wie sie mit Joscha und Larissa spielte – *Deutschlandreise*, ein Brettspiel, und Puppenkrankenhaus. Manfred konnte derweil an seinen Möbeln basteln und Renate ihr Mittagsschläfchen halten.

Dann wurde zum Kaffeetrinken geblasen. Es gab den wunderbaren Käsekuchen seiner Mutter und frische Ananas mit Schlagsahne, von Manfred selber geschält und geschnitten, obwohl es die Finger geradezu verätzte. Danach mußte er Filmprojektor und Leinwand aufbauen, weil sich seine Familie zum ungezählten Male den »Sommer 79 in Heiligensee« angucken wollte. Gerade kam die Szene, wo die Kinderschar bei Joschas Geburtstagsfeier wieder einmal ansetzte, Manfred mitsamt Anzug ins Planschbecken zu werfen, da wurde an der Wohnungstür geklingelt.

»Das wird Tante Trudchen sein«, sagte Manfred.

»Die ist doch schon lange tot«, merkte seine Mutter an.

»Wenn nicht, wäre sie aber um diese Zeit gekommen.«

»Geh doch mal zur Tür!« Renate stieß ihn an.

Manfred tat es murrend. Draußen stand Hagen Sobottka, sein Lieblingsstudent des ersten Jahrganges, nun als Inspektor zur Anstellung (z. A.) im Jugendamt tätig.

»Was ist denn los?« Manfred war baff. Als er Hagen genauer ins Gesicht geschaut hatte, erschrak er. »Hast du jemanden umgebracht?«

»Nein, eher wollen sie mich umbringen – wegen einer lächerlichen Sache.«

»Komm doch erst mal rein ...«

Was Hagen Sobottka dann erzählte, war ebenso erheiternd wie erschreckend. Es hätte ihn niemand so richtig in seine Arbeit eingewiesen, und die Akten seien sehr schludrig verwaltet worden, so daß ihn jede unnötige Anfrage aus anderen Ämtern sehr genervt habe, besonders eine aus Niederbayern. Da der Kollege dort aber recht locker geschrieben habe, hätte er sich nichts dabei gedacht, einen der witzigen

»Vordrucke« zu verwenden, die überall kursierten. Er hatte einen mitgebracht.

Manfred zählte elf Antwortkategorien, die man – »ohne weiteres Anschreiben« – ankreuzen konnte: ( ) Zu dem Unsinn von neulich, ( ) Hier haben Sie Ihren Scheiß wieder, ( ) Damit Sie etwas auf dem Schreibtisch haben, ( ) Den Mist bin ich erst einmal los, ( ) Bitte keine dummen Rückfragen, sehen Sie zu, wie Sie das wieder loswerden, ( ) Unterschreiben – Widerspruch zwecklos, ( ) Können wir nicht ändern – war immer so, ( ) Hoffentlich begreifen Sie das, ( ) Kann ohne Umweg direkt in den Papierkorb, ( ) Vor dem Wegwerfen bitte kopieren, ( ) Glauben Sie mir das jetzt? – und ( ) Bloß nicht darüber nachdenken. Folgten noch zwei Hinweise: »Nicht vergessen! Goldene Arbeitsregel Nr. 1: Wenn ich nicht will, daß ich was tu', dann schick ich's einem anderen zu!«, und bei Datum und Unterschrift: »Bitte in Druckbuchstaben unleserlich schreiben«.

»Du hast aber deinen Namen und deine Dienststelle leserlich geschrieben?«

»Ja«, antwortete Hagen Sobottka und bekannte, »Zu dem Unsinn von neulich« und »Hier haben Sie Ihren Scheiß wieder« angekreuzt zu haben. »Mit der Folge, daß die Bayern sich beim Regierenden Bürgermeister beschwert haben und nun disziplinarrechtliche Ermittlungen gegen mich laufen. Ich soll aus dem öffentlichen Dienst entfernt werden.«

»Wegen dieses kleinen Scherzes?«

»Endlich haben sie etwas, womit sie mich loswerden können.«

»Paß mal auf, ich häng' mich ans Telefon ... Ich kenn' einige, die ...« Zuerst rief er Horst Hastenteufel an, der ihm einen gewissen Johannes Fuchs aus der Wilmersdorfer SPD empfahl. »Mann, richtig«, rief Manfred, »der ist doch bei uns in der Abteilung.« Es stimmte, Fuchs war ein erbitterter Gegner des Stadtrates, der jetzt Jagd auf Sobottka machte. Mit ihm an der Spitze konnte man ganz sicher einige Leute mobilisieren, die sich für den HÖV-Absolventen stark machten. Doch Fuchs kniff sofort den Schwanz ein, als Manfred seine Bitte äußerte. »Was ist denn los?« fragte er. »Bist du etwa auch im Bierkeller gewesen?« Es war stadtbekannt, daß besagter Stadtrat seine Feinde gern zu sich einlud und ihnen eine große Karriere versprach, wenn sie die Seiten wechselten.

»Ihr werdet sagen, daß ich ein Verräter bin«, murmelte Fuchs, »aber ich habe eine Frau, die keine Arbeit findet, und drei Kinder. Und wenn man da nicht befördert wird, dann ...«

Bevor Manfred Gerda Bachnik und Wolfgang Rulski einschalten konnte, wurde er selber angerufen. Es waren die Dickhardts in Heiligensee, die das ganze Jahr über in ihrer Laube wohnten.

»Kommen Sie schnell raus, Herr Matuschewski, bei Ihnen ist eingebrochen worden.«

Manfred mußte Hagen Sobottka vertrösten, zumal der kein Auto hatte. Renate konnte Larissas wegen nicht rausfahren, und so mußte Manfred überlegen, wen er ansprechen konnte. Tobias Rindt war am Wochenende in Bonn, und Gerhard Bugsin wohnte zu weit weg. Blieb nur Volker Gellert. Der hatte tatsächlich Zeit und wollte ihn abholen.

»Und mir laßt bitte eine Taxe kommen!« rief Manfreds Mutter.

»Ja, doch, Mutti, immer mit der Ruhe. Wir haben jetzt wirklich den Kopf voll mit der Laube und ...«

»Ich geh' schon mal runter.« Das paßte ihr alles nicht, was da passierte. Daß ihr Sohn kein eigenes Haus besaß, wie es die Kinder ihrer Freundinnen alle hatten, sondern nur eine lumpige Laube, in die auch noch dauernd eingebrochen wurde. Sie war so in Rage, daß sie unten gar nicht so genau auf das Auto achtete, das da mit geöffneter Tür am Straßenrand hielt. Es war gar keine Taxe, sondern der Wagen eines jungen Mannes aus der Nachbarschaft, der eigentlich brünstig seine Braut erwartet hatte.

Nun, die Taxe kam zusammen mit Volker Gellert, und die Mutter fuhr schmollend in Richtung Neukölln, während sie Kurs auf die Autobahn nahmen. Sie waren vor der Polizei in Heiligensee und wagten sich nicht allein in die Laube hinein, die einsam und verlassen im Dunkeln lag. Es konnte ja sein, daß sich die Einbrecher noch immer dort aufhielten und sich irgendwie verschanzt hatten. Erst als der Nachbar, der Manfred angerufen hatte, mit seinem Dobermann kam, stießen sie das Gartentor auf und gingen langsam auf die Veranda zu. Deren Tür stand offen, war aber unbeschädigt. Auch durch Joschas Fenster war man nicht eingestiegen, sondern hinten durch das Toilettenfenster. So schmal, wie es war, konnten nur ein Kind oder ein stark unterernährter Jugendlicher hindurchgepaßt haben. Alles war durchgewühlt, aber Geld hatten sie keines gefunden. Wohl aus Wut darüber hatten sie im Wohnzimmer eine dicke Kotsäule mitten auf den Teppich gesetzt. Neben einem uralten Fernseher, der sich nur mit der Flachzange einschalten ließ, war lediglich Manfreds neue Tischtenniskelle gestohlen. Die drei alten Schläger hatten sie liegengelassen, offensichtlich, weil auf dem Belag die Namen Manne, Rena und Joscha standen.

Manfred fror und fror, und die Kripo ließ sich nicht blicken. Als sie endlich angerückt war, bestäubte sie vom Türpfosten bis zum Sideboard alles, was Fingerabdrücke tragen konnte, mit schwarzem Pulver, was die nächste große Sauerei ergab. Manfred war ein einziger Eisklumpen, als er endlich das aufgebrochene Fenster mit schnell zurechtgesägten Dachlatten verbarrikadieren konnte. Nun schwitzte er übermäßig und stand, als sie sich von Dickhardt und anderen Nachbarn verabschiedeten, minutenlang im Zug. Das Ergebnis war eine starke Erkältung mit anschließender Stirnhöhlenvereiterung, und das war mit das Schlimmste, was er bislang an Krankheiten durchgemacht hatte. Es trieb ihn, so schlecht ging es ihm, in der Nacht in die Ambulanz des nahen Gertrauden-Krankenhauses, und trotz aller Antibiotika kam er um mehrere Spülungen nicht herum. Seitdem ahnte er, was Folterung bedeuten konnte, zumal die Ärztin, die sie vornahm, eine sadistische Ader hatte beziehungsweise ihn dafür bestrafte, daß er sich nicht sofort in eines ihrer Belegbetten begeben wollte, um sich die Nasenscheidewand operieren und die Mandeln entfernen zu lassen. Er büßte für alle Sünden der letzten Jahre, insbesondere die schnelle Liebe im Fall Simona Sachs, und war drei Wochen krankgeschrieben.

Verständlich, daß er sich in dieser Zeit nicht weiter um Hagen Sobottkas Probleme kümmern konnte, und so nahm das Schicksal seinen Lauf. Der Exstudent erhielt – »Vertraulich – Verschlossen! Gegen Empfangsbekenntnis« – eine Disziplinarverfügung. Nach § 40 des Landesbeamtengesetzes (LBG) in Verbindung mit den §§ 30 und 31 der Landesdisziplinarordnung (LDO) wurde gegen ihn – unter Mitwirkung des Personalrates – eine Geldbuße in Höhe von DM 2 200 verhängt. Sein Verhalten habe einer ordnungsgemäßen Aufgabenerledigung nicht entsprochen, hieß es in der Begründung, und er habe schuldhaft und vorsätzlich für die Beamtenschaft und das Land Berlin einen beträchtlichen Ansehensverlust verursacht.

Wenig später stand Manfred selber davor, gemaßregelt zu werden, und mit ihm sein Freund und Kollege Heiner Dietrich. Anlaß war eine mündliche Prüfung, die sie zusammen mit dem Bezirksamtsdirektor Schultze-Röhrsdorf abzuhalten hatten. Der dürfte zwar laut Prüfungsordnung bei der Notenfindung nicht mitstimmen, die rechtliche Konstruktion der HÖV aber gestand ihm die Rolle eines Aufpassers zu, das heißt, er hatte im Namen des Landes Berlin darauf zu achten, daß alles rechtens zuging. Er erschien im dunkelblauen Anzug und mit bordeauxroter Krawatte und hätte einen konservativen Bundestagsabgeordneten oder auch den herumjettenden Manager einer mittelständischen Firma abgeben können. Befehle konnte er geben, das sah man ihm an, schnell und markig Entscheidungen treffen und sich das ganze Jahr über auf den *Siegfried* freuen, wenn es nach Bayreuth ging.

Als er die beiden Sozialwissenschaftler im Hörsaal sitzen sah, hielt er sie für Angehörige des mittleren Dienstes, die zu einer Fortbildungsveranstaltung in die HÖV gekommen waren, etwa zu dem Thema »Die Aktenablage in den Zeiten der automatischen Datenverarbeitung (ADV)«, denn zum einen blödelten sie in Insterburg-&-Co.-Manier herum, zum anderen waren sie für seinen Geschmack ziemlich schlampig gekleidet. Heiner Dietrich trug einen schlabbrigen Pullover mit Norwegermuster, wie ihn etwa Slalomläufer überstreiften, Manfred hatte eine ausgefranste Lederweste an. Erschwerend kam hinzu, daß Manfred eine wallende Mähne zur Schau stellte. Schultze-Röhrsdorf jedenfalls zuckte regelrecht zusammen und konnte es auch im Verlauf der Prüfung nicht fassen, daß dies zwei leibhaftige deutsche Professoren sein sollten. Gott, wie tief war dies Land gesunken, wenn so etwas möglich war! Doch immerhin war die Entscheidung, die beiden komischen Vögel zu Professoren zu machen, legal zustande gekommen, also hatte er es, eingeschworen auf die FDGO, klaglos hinzunehmen. Vorerst jedenfalls.

»Fangen Sie an«, sagte er deshalb in Richtung Prüfertisch. »Der Vertreter des Personalrates hat soeben Platz genommen.«

Manfred sah die drei Kandidaten an: Thomas, Mario und Stefan. Sie alle kamen aus Schultze-Röhrsdorfs Bezirk und hatten unter ihm erheblich zu leiden gehabt. Mario zum Beispiel hatte sich nicht in die umlaufende Anwesenheitsliste eintragen können, weil er gerade mit Durchfall auf der Toilette gewesen war, und als Schultze-Röhrsdorf das nicht hatte glauben wollen, war Manfred gezwungen gewesen, den Tatbestand auf einer ganzen DIN-A4-Seite ausführlich zu schildern. Sein erster Entwurf war eine kabarettistische Glanzleistung geworden, und einige Sätze hatten die halbe HÖV zum Wiehern gebracht, etwa: »Um den Nachweis zu erbringen, daß Mario R. wirklich unter Stuhl geringerer Konsistenz gelitten hat, bin ich ihm auf die Toilette gefolgt und habe die beigefügte Kotprobe mit akribischer Sorgfalt entnommen (Anlage 1). Ich und die zufällig auf der Toilette anwesenden vier Studenten – Namens- und Unterschriftenliste ist beigefügt (Anlage 2) – versichern an Eides Statt, daß sich der geschilderte Vorfall tatsächlich am 10. Juni 1979 um 11 Uhr 14 abgespielt hat. Um jeden Zweifel zu beseitigen, ist auf eigene Kosten ein Polaroidfoto angefertigt worden (Anlage 3).« Renate hatte verhindert, daß diese Stellungnahme Schultze-Röhrsdorf wirklich erreichte: »Das kannst du nicht machen, das muß dann der Mario ausbaden.«

Manfred mußte leicht schmunzeln, als er Mario jetzt ansah. Er kannte ihn wie auch die anderen beiden Kandidaten sehr gut, einmal aus einem studentischen Forschungsprojekt, wo es eh sehr locker zuging, und zum anderen vom gemeinsamen Volleyballabend beim BSC, wo sie meist in derselben Mannschaft spielten.

»Fangen wir an mit der komplizierten und stets so konfliktreichen Kommunikation zwischen Bürger und Beamten. Sag mal, Mario, welche Bürger-Typologie hat denn SINUS 1978 im Auftrage des Bundeskanzleramtes entwickelt?«

»Da ist der hilflose Untertan, der kompetente Pragmatiker, der identifizierte Technokrat, der blinde Bürokrat ... und dann noch der unsichere Frustrierte ...«

Das war die Stelle, wo Heiner Dietrich einhaken konnte. »Sehr schön ... dann soll uns der Thomas schnell mal sagen, was unter einer Frustration zu verstehen ist ...«

»Unter Frustration versteht man ...« Thomas brach ab, denn angesichts seines allmächtigen Bezirksamtsdirektors schwitzte er so sehr, daß er sich erst sein Jackett ausziehen mußte. »Moment, Heiner ...«

Da konnte sich nun Schultze-Röhrsdorf nicht mehr länger beherrschen und fauchte los.

»Was ist denn das für eine Farce von Prüfung hier!? Wo die Prüfer die Prüflinge mit Vornamen anreden dürfen – und umgekehrt. Wo die Prüfer in Freizeitkleidung prüfen dürfen. Wo sich die Prüflinge mitten in der Prüfung entkleiden dürfen.« Er schlug mit der flachen Hand auf den Tisch.

Manfred hatte inzwischen gelernt, auch in solchen Situationen die Contenance zu wahren, und fast gelangweilt fragte er Schultze-Röhrsdorf, ob es eine Rechtsgrundlage dafür gebe, die Prüfung zu unterbrechen. »Für mich ist es eine vermeidbare Störung – und wenn einer der Kandidaten durchfallen sollte und zum Verwaltungsgericht geht, haben wir die schlechteren Karten.«

»Durchfallen!?« höhnte Schultze-Röhrsdorf. »Sie werden doch Ihre Freunde nicht durchfallen lassen.«

Heiner Dietrich zog sich seinen Pullover über den Kopf

und verbat sich, daß hier seine professionellen Standards in Frage gestellt würden. »Ich verweise auf die lange Liste derer, die bei mir durchgefallen sind, obwohl wir uns geduzt haben. Aber bitte: Beim nächsten Volleyballabend rufe ich dem Thomas eben zu: ›Würden Sie den Ball bitte so pritschen, daß ich ihn schmettern kann!‹«

»Die Sache wird ein Nachspiel haben!« rief Schultze-Röhrsdorf.

Und das hatte sie dann auch, denn der Bezirksamtsdirektor alarmierte seine Parteifreunde von der Opposition, und die zögerten nicht, schärfere Prüfungsbedingungen an der HÖV und die Abschaffung der Sozialwissenschaften zu fordern. Sie durften sich dabei gute Chancen ausrechnen, denn sie wußten den SPD-Senator auf ihrer Seite. Inzwischen aber hatte Manfred alle alarmiert, von denen sich Schützenhilfe erwarten ließ. Vor allem Gerda Bachnik, Horst Hastenteufel und Alwin Engelhard, der neue Sprecher beziehungsweise Dekan des Fb 1, allesamt Genossen, suchten und fanden in der SPD-Linken Leute, die etwas gegen Hardliner hatten, wie der Senator einer war, dem die Fachaufsicht über die HÖV per Gesetz oblag. Sie machten das ganz clever mit einer kleinen Anfrage im Abgeordnetenhaus.

»Herr Präsident! Meine Damen und Herren! Ich frage den Senat: Erstens – Trifft es zu, daß ein Bezirksamtsdirektor bei Prüfungen an der HÖV die Kleidung von Prüfern und Prüflingen beanstandet hat? Zweitens – Wenn ja: Hat der Senat vor, eine Kleiderordnung für Prüfer und Prüflinge zu erlassen und gegebenenfalls den besagten Bezirksamtsdirektor an der Ausarbeitung zu beteiligen?«

Dem Senator, der seine beiden Professoren wahrlich nicht liebte, blieb keine andere Wahl, als sich schützend vor sie zu stellen. Und natürlich konnte er der Versuchung, sich als besonders witzig zu geben, nicht lange widerstehen.

»Herr Präsident! Meine Damen und Herren! Es trifft zu, daß ein Bezirksamtsdirektor die Kleidung von Prüfern und Prüflingen an der HÖV beanstandet hat. Ich habe aber dennoch nicht die Absicht, eine Kleiderordnung zu erlassen, denn in Zeiten, in denen man im Stresemann bei Staatsprüfungen zu erscheinen hatte, waren die Ergebnisse auch nicht besser, als sie es heute sind, vom Demokratieverständnis der Kandidaten ganz zu schweigen. Eines aber werde ich ganz bestimmt sicherstellen: Daß alle überhaupt irgendwie bekleidet sind, wenn sie zu einer Prüfung erscheinen.«

Das Protokoll verzeichnete an dieser Stelle »Heiterkeit und Beifall«, und damit hatte Schultze-Röhrsdorf keine Chance mehr, Manfreds Entfernung aus dem öffentlichen Dienst in die Wege zu leiten.

»Vielleicht wäre es besser gewesen, ich wäre gegangen worden«, sagte Manfred.

Heiner Dietrich legte ihm den Arm um die Schulter. »Laß man, es sind ja bald Ferien.«

Sie hatten in den Sommerferien eigentlich nach Sardinien fliegen wollen, doch ein paar Tage, bevor sie ins Reisebüro gehen wollten, kam ein Anruf von Hahn Grysczyk: »HamSeschonjehörtwirsollnvondieLaubenrunta!«

»Bitte ...?« Manfred hatte nur den Ton eines vorüberjagenden Formel-I-Rennwagens vernommen.

»DieGesellschaftwillallesmitteureEijenheimebebauen.«

Langsam begann Manfred zu begreifen, worum es Grysczyk ging, und er wollte »Ach du Scheiße!« ausrufen, besann sich aber, daß er sich als Akademiker von einem Bauarbeiter sprachlich ein wenig abheben mußte, und murmelte nur, daß das ja alles bescheiden schön sei.

»Siekönn'nsichabadetStückeLandkoofen ... WoSedruffsind.«

Als Manfred das am Kaffeetisch erzählte, rief seine Mutter sofort, daß sie das auf alle Fälle machen sollten. »Dann habt ihr endlich euer eigenes Haus. Alle haben ja jetzt ein eigenes Haus.«

Manfred holte sich das Telefonbuch. »Ich les' dir mal schnell die vor, die keines haben ... Du wolltest ja bis Weihnachten bleiben.«

»Ich würde euch etwas dazugeben.«

Doch die Summe, die sie nannte, reichte bei weitem nicht aus, um die ideale Finanzierung sicherzustellen: ein Drittel Eigenkapital, ein Drittel Bausparvertrag, ein Drittel Kredite.

Larissa begriff das alles noch nicht so richtig, aber Renate und Joscha waren sehr traurig, daß sie ihr Heiligensee verlieren sollten. Manfred auch, obwohl er es schon gern ein wenig feudaler und weniger mühsam gehabt hätte.

»Wir hängen doch so an unserer Laube«, sagte Renate und wischte sich Tränen aus den Augen. »Wie die Kinder herangewachsen sind, das ist doch alles ein Teil von uns ...«

In Manfred schossen die Aggressionen hoch. »Ich verbuddele in Joschas Sandkasten 'ne Bombe, und wenn die Ärsche, die uns vertrieben haben, in ihre Pappkartonvilla eingezogen sind, wird sie gezündet.«

Die Mutter sah ihn böse an. »Immer mußt du ausfallend werden! Wozu hab' ich dich eigentlich studieren lassen!?«

»Und immer vor den Kindern.« Renate stieß ins selbe Horn. »Auf alle Fälle möchte ich diesen Sommer noch haben und wieder meine Blumen pflanzen. Ich schlage vor, wir verreisen nicht und bleiben die ganzen Ferien über in Heiligensee.«

»Einverstanden«, sagte Manfred. »Aber nur, wenn wir jede Woche mindestens einmal in die Mark Brandenburg fahren.«

»Fahrt doch auch mal nach Groß Pankow«, schlug die Mutter vor. »Ich hab' ja meine Freundschaften und will mich nicht aufdrängen: Aber da würde ich gern mitkommen.«

»Selbstverständlich, Mutti.«

Renate, die ihre Schwiegermutter an sich sehr gern hatte, verzog ein wenig das Gesicht, denn selbst bei einer zehnstündigen Fahrt schaffte es Margot Matuschewski nicht, ihr Mundwerk wenigstens für zwei Minuten stillzulegen, und das dauernde Geschnatter hinten auf dem Rücksitz nervte Renate über alle Maßen, da sie die ganze Zeit am Steuer sitzen mußte, besonders in der DDR, wo Westberliner ja ständig das Gefühl hatten, mit einem Bein im Knast zu sein.

Die Mutter ahnte nichts davon und geriet in einen Gemütszustand, den Manfreds Vater immer »arsch erregt« genannt hatte. »Von meinen Freundinnen haben viele ein Auto und nehmen mich mit. Und Gerda und Elli bringen mich sogar bis vor die Tür, wenn wir unterwegs gewesen sind. Die sind ja alle so gefällig.«

»Wie die Liebetruths«, entfuhr es Manfred.

»Als Vati gestorben ist, da hast du mir doch selber gesagt: Mutti, erhalt dir deine Freundschaften. Und ich sag' dann auch Edith Bescheid, daß sie von Rostock aus nach Groß Pankow kommt.«

»Sehr schön, ja.« Manfred freute sich, Edith wiederzusehen. Sie war die jüngste Tochter von Martin Blumenhagen, auf dessen Hof sie bei Kriegsende evakuiert gewesen waren. Sie war jetzt oben an der Ostsee mit einem Meeresbiologen verheiratet. »Ich versuch' auch mal, sie vorher anzurufen.«

Er brauchte einundzwanzig Versuche, um durchzukommen, und Edith rief, daß das ja ein unglaublicher Zufall sei, da sie gerade alte Papiere ihres schon vor Jahren verstorbenen Vaters durchgesehen hätte und dabei auf eine ganz besondere Skizze gestoßen sei. »Da ist eingezeichnet, wo sie bei uns im Garten hinten alles vergraben haben, bevor ...« Sie brach ab, denn daß die Stasi mithörte, konnte als sicher gelten. »... vor der Befreiung vom Hitlerfaschismus.«

Manfred lachte. »Meine Mutter trauert noch immer ihrem Fotoapparat nach, den sie nachher nicht mehr gefunden haben.«

»Ich bring' auf alle Fälle 'n Spaten mit.«

Doch mit Groß Pankow klappte es erst zum Ende der Sommerferien, vorher wurde alles andere »abgeklappert«.

Mit Bugsins ging es in den Spreewald, ins Oderbruch und in die Märkische Schweiz. In Lübbenau bestieg man den Kahn und ließ sich nach Lehde staken, um dort im »Fröhlichen Hecht« Goldbroiler zu essen. Am meisten aber freute sich Manfred über das Schild an einem der kleinen Häuser, daß hier zeitweilig Ehm Welk gelebt hatte, der Schöpfer seiner geliebten *Heiden von Kummerow*: Martin Grambauer, Johannes Bärensprung, Ulrike Breithaupt – und, und, und. Im Oderbruch suchten sie das Dorf, aus dem Max Bugsins Vater kam. Er war, wie Otto Matuschewski, ein nichteheliches Kind und bei seiner Großmutter in Dramburg aufgewachsen. Gerhard wußte so in etwa den Namen, doch einen Schirrmeister fanden sie nirgendwo mehr. Für die Fahrt in die Märkische Schweiz hatte Roswitha extra Pflaumenkuchen gebacken, und den aßen sie dann, von Wespen umschwirrt, auf einem Acker vor den Toren Buckows. Bei allen diesen Fahrten wußten sie es so einzurichten, daß sie auf der Rückreise in Schmöckwitz Station machen konnten, und ein jedes Mal waren Tante Gerda, Leszek und Anuschka mit ihrer Familie ebenso überrascht wie erfreut, als sie auftauchten. Joscha lief immer voran.

Mit Jochen Kalkbrenner, dem einen der drei Politologie-Professoren an der HÖV, fuhren sie nach Strausberg, Sanssouci, Rheinsberg, Kyritz und Bernau. In Strausberg, wo die elektrisch betriebene Fähre zu bewundern war, tranken sie unzählige Flaschen Selters leer. Nicht nur, weil die mit 0,11 Mark pro Stück spottbillig waren, sondern auch, weil es Frau Kalkbrenner bei ihrer stadtbekannten Sparsamkeit ein echter Greuel gewesen wäre, den Zwangsumtausch nicht komplett ausgeben zu können. Im Restaurant von Sanssouci erlebten sie eine gastronomische Weltsensation, als nämlich die Speisekarte voll war von ansprechenden Gerichten und deren Ausgabe genial geregelt war: Um 12 Uhr kamen die Ober und die Serviererinnen mit Tabletts, auf denen nur Teller mit Koteletts standen, zuzüglich der Sättigungsbeilage. Um 12 Uhr 30 gab es dann im Großeinsatz gebratenes Fischfilet und um 13 Uhr ausschließlich Würzfleisch. Wer, wie Jochen Kalkbrenner und Manfred, um 11 Uhr 55 Kochfisch bestellt hatte, mußte bis 13 Uhr 30 warten. Doch sie murrten kaum, denn in der DDR überhaupt einen Platz im Restaurant zu finden und vom Oberober gleich »plaziert« zu werden, war so viel wert und so selten wie ein Fünfer im Lotto. In Rheinsberg fanden sie Friedrichs Schloß als Sanatorium vor und freuten sich an den Braunkohlebergen, die man im Innenhof angehäuft hatte. Als sie die Lust verspürten, in den Grienericksee zu springen, mußten sie erschrocken feststellen, daß sie nur eine Badehose mit sich führten. Und die für vier Erwachsene. Sie lösten das Problem dadurch, daß immer einer ins Wasser stieg, sich in den trüben Fluten die Badehose auszog und sie ans Ufer warf, wo sie sich dann der nächste überstreifte.

Auf der Heimfahrt fanden sie ein eben eröffnetes privates Restaurant mit einer Getränkekarte, die sie ebenso in Erstaunen wie in Entzücken versetzte. Alles gab es da, was dem »kapitalistischen Ausland« lieb und teuer war, von der Coca-Cola über Beck's Bier bis zum Apollinaris, »The Queen of Table Water«. Doch als sie bestellen wollten, lachte der Wirt: »Auf der Karte steht nicht, was ich habe, sondern was ich gern hätte. Also eine Club-Cola für alle Erwachsenen – und für die Kinder ein Juice.« Danach sahen sie sich die Mumie des Ritters von Kahlebutz an – und wurden vom kalten Schauder gepackt, als sie nach Verlassen der Gruft draußen einen alten Mann erblickten, der dem Kahlebutz zum Verwechseln ähnlich sah. Kam man von Norden nach Berlin zurück, so hatte man in diesem Jahr mit dem gerade fertiggestellten Frohnauer Fernsehturm schon lange vor der Grenze ein »Leuchtfeuer des Westens« vor Augen.

»So nahe ist das alles«, sagte Renate, »und liegt doch in einer anderen Welt.«

Stoff zur Unterhaltung gab es immer, auch wenn man zehn Stunden nebeneinander saß oder lief. Daß Hertha BSC aus der Bundesliga abgestiegen war, schmerzte nicht nur die Männer. Manfred fluchte zudem, weil ihm der Bundestag mit dem Beschluß, die Olympischen Spiele in Moskau zu boykottieren, eines seiner größten Vergnügen genommen hatte. Andererseits ginge es nicht an, die sowjetische Intervention in Afghanistan stillschweigend hinzunehmen, wie Jochen Kalkbrenner betonte. Auch im Hinblick auf die Proteste um das atomare Endlager bei Gorleben gab es gegensätzliche Meinungen. Irgendwo müsse der Abfall doch hin. »Wir sollten dafür sorgen, daß erst gar keiner entstehen kann.« Klar, wurde da gelacht, wozu denn überhaupt Kraftwerke bauen, wo der Strom doch aus der Steckdose kommt. Auch hinsichtlich der schweren Krawalle, die es in Bremen aus Anlaß eines öffentlichen Rekrutengelöbnisses gegeben hatte, diskutierten sie Pro und Contra. »Wir haben unseren Diensteid auch nicht auf dem Platz der Republik abgelegt«, sagte Manfred, worauf ihm entgegnet wurde, daß er auch keinen Beruf habe, wo er sich eventuell totschießen lassen müsse.

»Im nächsten Krieg sterben wir viel eher als die Soldaten«, wandte er ein.

»Unser Denken wird immer mehr vom ›Einerseits – andererseits‹ bestimmt«, versuchte es Jochen Kalkbrenner auf den Punkt zu bringen.

»Ich würde sagen: mehr vom ›Sowohl – als auch‹«, widersprach ihm Manfred.

»Gott, was haben wir für kluge Männer«, sagte Renate.

Einig waren sie sich nur in der Feststellung, Jochen Kalkbrenner habe ein Riesenglück gehabt. Am 21. Mai, als gegen 11 Uhr die Kongreßhalle eingestürzt war, hatte er Minuten vorher noch mit einem Gastprofessor aus den USA auf der Freitreppe gestanden. »Und wenn der nicht plötzlich Durchfall gehabt hätte ...«

Zum Hellsee und zum Schiffshebewerk in Niederfinow fuhren sie mit Heiner Dietrich und seiner Familie. Nach Werder, Brandenburg und zum Kloster Lehnin tourten sie allein, nicht ohne einen Abstecher nach Ferch am Schwielowsee zu machen. Doch dort lag alles still und verlassen, denn Onkel Wölfi war ja vor kurzem gestorben, und Tante Täubchen blieb den Sommer über lieber in Leipzig.

Endlich war der Tag gekommen, an dem es nach Groß Pankow ging, und natürlich saß die Mutter mit im Wagen, jetzt einem saharagelben VW-Passat, einem Kombi mit viel Platz hinten auf der Ladefläche.

Sie waren über den Kontrollpunkt Heerstraße eingereist, näherten sich der Prignitz auf der B 5 und kamen über Nauen, Friesack, Wusterhausen und Kyritz zur Kreuzung mit der B 107 bei Kletzke, wo es dann nordwärts Richtung Pritzwalk ging. Manfred saß auf dem Beifahrersitz, hatte die Karte auf den Knien liegen und suchte nach einer Möglichkeit, schon vor Pritzwalk links abzubiegen und Groß Pankow schneller zu erreichen, indem sie »über die Dörfer« fuhren.

»Ich glaube, hier über Lindenberg kommen wir hin ...«

Der Maßstab seiner uralten Karte war so groß, daß sie bald nur nach Gefühl und dem Stand der Sonne fahren konnten. Bald hatten sie sich so verfranzt, daß ihnen das Dreieck zwischen Kletzke, Pritzwalk und Perleberg wie das Bermuda-Dreieck erschien. Wieder und wieder blieben sie auf Straßen stecken, die plötzlich in Sandwege mündeten, und fragten sich, ob sie hier je einer finden würde, wenn sie eine Panne hatten.

»Das ist aber wirklich am Arsch der Welt hier«, sagte Manfred.

»Mußt du denn immer solche Kraftausdrücke benutzen«, verwarnte ihn die Mutter. »Denk doch mal an die Kinder!«

Renate gab sich alle Mühe, aus einem riesengroßen Sandloch herauszukommen, doch die Hinterräder ihres Wagens drehten sich nur höhnisch im Leeren. »Wenn wenigstens einer vorbeikommen würde, schieben helfen. Oder mit 'nem Trekker. Wo sind die bloß alle?«

»Die stehen an der Grenze und passen auf.« Manfred riß ein paar Kiefernzweige ab und legte sie unter die Räder.

Doch das brachte nicht viel, und Joscha, der sich über jeden Mißerfolg seines Vaters diebisch freuen konnte, lachte los: »O Tannenbaum, o Tannenbaum, der Manni ist so dumm, man glaubt es kaum!«

»Paß auf!« Er griff sich seinen Sohn, der am Wegesrand herumtobte. »Dann leg' ich dich mal runter.«

»Macht nicht so'n Lärm, wir sind hier in der DDR!« mahnte Renate. Schon neulich mit Kalkbrenners hatten sie in einem Restaurant in Bernau Ärger bekommen, weil ihre insgesamt vier Kinder einen Riesenkrach gemacht hatten, während der einheimische Nachwuchs still und brav gewesen war.

Manfred fand schließlich ein Stück dicker Plaste und Elaste, und so kamen sie wieder frei und konnten weiterfahren. Dann schrie er wieder auf, aber freudig diesmal. Sie hatten rostige Schmalspurgleise überquert, und da wußte er, daß das die ehemalige Prignitzer Kreisbahn gewesen sein mußte.

»Hier ist der ›Pollo‹ gefahren, und das da hinten wird Kuhsdorf sein.«

So war es auch, und sie kamen noch halbwegs pünktlich nach Groß Pankow, wo Edith Blumenhagen am Bahnhof auf sie wartete. Es gab viele Erinnerungen auszutauschen, und Manfred fühlte sich ins Jahr 1945 zurückgebeamt. Wie die alliierten Bomber hoch am Himmel nach Berlin gezogen waren, und ab und an war einer brennend zur Erde gestürzt. Wie sie von Tieffliegern beschossen worden waren. Wie er im Dorfkrug zur Schule gegangen war, weil die alten Klassenräume für die vielen evakuierten Kinder aus Berlin nicht ausgereicht hatten. Wie sie ihre Wertsachen im Garten vergraben hatten. Wie die Russen einmarschiert waren und was sie mit den Frauen gemacht hatten. Wie seine Mutter Selbstmord begehen und ihn mitnehmen wollte, und er sie beide gerettet hatte – mit den Worten »... und was macht denn Vati, wenn er aus dem Krieg zurückkommt?« Wie seine Mutter plötzlich für ein paar Tage verschwunden war, weil die Russen alle arbeitsfähigen Erwachsenen mitgenommen hatten, um in der Nähe einen Militärflugplatz anzulegen. Wie sie im Sommer 45, Edith und er, von Oma Blumenhagen pausenlos gescheucht worden waren: um in der Plantage Johannisbeeren zu pflücken, um für die Kühe Wasser zu pumpen, um Bindegarn auseinanderzupulen, damit man aus der Wolle Pullover stricken konnte, um die Spatzen von den Kornfeldern zu vertreiben, indem sie um sie herum liefen und mit Topfdeckeln in der Hand Krach machten ...

Diese alles wurde immer und immer wieder durchgesprochen, bis sie endlich den alten Hof der Blumenhagens erreichten. Edith hatte alles vermietet, und es sah furchtbar verfallen aus, hatte aber zugleich so viel Charme, daß Manfred einige Male dachte, es sei eine kunstvoll errichtete Filmkulisse.

Er konnte sich lebhaft an alles erinnern: an das Fenster, aus dem er oft auf die Dorfstraße hinausgesehen hatte, an die verschiedenen Ställe, an den Abtritt, an die Scheunen. Wo man dann, saß man oben auf dem Heuwagen, abgestreift wurde, wenn der Knecht hineinfuhr, ohne vorher anzuhalten.

Sie kamen in den Garten. Hinter einem Flüßchen zogen sich bis zum Bahndamm die Wiesen hin.

»Hier unter dem Birnbaum muß es gewesen sein, grab mal nach«, meinte Edith zu Manfred.

»In Fontanes Roman ›Unterm Birnbaum‹ finden sie das Skelett eines französischen Soldaten ...« Nur zögernd stieß er den Spaten in die dunkle Erde.

»Huch, eine Leiche!« rief Joscha und hielt sich die Augen zu, während Renate Larissa ein Stück zur Seite nahm.

»Es geht doch nur um den Fotoapparat von Margots Mann«, sagte Edith und zeigte auf die Skizze, die sie im Nachlaß ihres Vaters gefunden hatte. »Hier einen Meter links muß er liegen.«

Und in der Tat, nach ein paar Metern stieß Manfred auf etwas Hartes. Die Spannung stieg.

»Das wird ein Stein sein«, sagte Manfred.

Doch es war ein Fotoapparat, eingeschlagen in eine Art Segeltuch. Manfred hatte die Hände zu Hilfe genommen, um ihn vollends zu Tage zu fördern.

»Eine ›Voigtländer‹!« rief er, als er das imprägnierte Segeltuch zur Seite geschlagen hatte. »Das ist wirklich Vatis alter Apparat. Und wie gut der noch erhalten ist!«

Die Mutter freute sich. »Das ist wirklich ein Wunder.«

Als solches wäre es auch in die Familienannalen eingegangen, wenn Joscha nicht plötzlich losgelacht hätte: »Den hat doch Manni neulich erst verbuddelt, als wir mit Kalkbrenners hier waren. Ich hab's gesehen, Oma, laß dich nicht reinlegen!«

Man schrieb den 23. November 1980, und Manfred saß in der Badewanne. Seit er sich in der Freizeitsportabteilung des BSC angemeldet hatte, joggte er mindestens zweimal im

Monat sonntags mit den anderen durch den Grunewald. Man traf sich am Roseneck und lief dann Richtung Paulsborn. Er tat es, obwohl er als ehemaliger Sprinter alle Strecken haßte, die länger als hundert Meter waren. Aber Gesundheit war halt alles. Obwohl ... zwischendurch hatte er immer wieder das Gefühl, mit einem Herzinfarkt zusammenzubrechen, und hinterher taten ihm bis mindestens Dienstag die Knochen weh. Dagegen sollte das Kiefernnadelöl helfen, das er sich reichlich ins Badewasser geschüttet hatte. So lag er denn wohlig in der Wanne, während Renate draußen das Mittagessen kochte und die Kinder fröhlich spielten, und las in der sonntäglich dicken Zeitung.

Bei der Post streikte man, und es gingen keine Briefe nach Ostberlin, aber die 10 000 Berliner, die Passierscheinanträge gestellt hatten und auf ihr Visum warteten, konnten aufatmen: Diese Sendungen aus dem Osten wurden zugestellt. Jubel um Hertha, man hatte die Spitzenmannschaft von Darmstadt 98 mit 4:1 besiegt. Im Ersten gab es am Abend einen Spielfilm mit Peter Falk: *Eine Frau unter Einfluß*, und unwillkürlich hatte Manfred die Stimme Dirk Kollmannspergers im Ohr: »Besser Einfluß als Ausfluß.« Das würde so gehen, bis er im Altersheim saß ... Im Zweiten Programm konnte man um 20.00 Uhr *Liebe bleibt nicht ohne Schmerzen* sehen. Unter den »Intellellen« wurde es immer mehr Mode, den Fernseher abzuschaffen, siehe »Volxverblödung«. Im Theater des Westens spielten sie noch immer das Musical *A Chorus Line*, das er vor ein paar Tagen mit Renate zusammen gesehen hatte. Er las weiter, was in Berlin in der Adventszeit los war. Da sahnten sie alle noch mal ab, wie er neidvoll dachte: Harald Juhnke und Günter Pfitzmann in der Urania, Robert T. Odemann im Theater am Kurfürstendamm, Karel Gott und die Wiener Sängerknaben im ICC und zu Neujahr Herbert von Karajan in der Philharmonie. Daß er groß Karriere gemacht hatte, konnte er nicht behaupten, aber vielleicht kam ja noch was nach ... *Hoffen und Harren macht manchen zum Narren*. Bayern München hatte im Pokal 1:2 in Kaiserslautern verloren. Mit 12 Grad war es extrem milde gewesen. In der Kurfürstenstraße waren zwanzig Rocker mit Gaspistolen und Eisenketten über harmlose Passanten hergefallen. Vier Festnahmen.

Er legte die Zeitung beiseite. Die Quälerei beim Laufen mußte ganz bestimmte Botenstoffe im Gehirn freigesetzt haben, denn mit seinen Gedanken war er immer wieder bei Elke Lehmann, und seine Phantasie ließ ihn voll genießen, wie sie ihn zu einer Tasse Kaffee einlud, bei sich zu Hause – und dann ... Als Renate plötzlich die Badezimmertür aufriß, konnte er eben gerade seinen Waschlappen auf das werfen, was ihn sofort verraten hätte.

»Oma hat eben angerufen ... Tante Lolo ist tot.«

Manfred fuhr herum. »Wie denn ...?«

»Sie hat zwei Tage im Haus gelegen und konnte sich nicht bewegen, dann haben die Nachbarn sie gefunden.«

Das war eine so entsetzliche Vorstellung, daß sich sein Bauch zusammenkrampfte und sein Kreislauf rebellierte. Mit ihr war das letzte *Original* seiner Familie abgetreten, und die Bühne des Lebens war um einiges leerer geworden. Die dicke Tante Lolo, die so gerne in Worpswede gelebt hätte und eine Paula Modersohn-Becker gewesen wäre, die immer versucht hatte, ihr Frohnau zu einer Künstlerkneipe zu machen. Maler hatten zu ihrem Freundeskreis gehört, Bohemiens, viel verrücktes Volk. Bei Faschingsfeiern hatte man splitterfasernackt getanzt und über die Spießer gelästert. Bis zum Kriegsende, als der Verlag ihrer Tanten am Spittelmarkt in Schutt und Asche gesunken war, hatte sie vom Vertrieb von Illustrierten gelebt. Aus und vorbei.

»Muß ich sehen, daß ich meine Lehrveranstaltungen verlegen kann, wenn die Beerdigung ist«, sagte Manfred beim Mittagessen. Joscha hatte sich quengelnd Quetschkartoffeln und saure Eier gewünscht, und da das schnell ging, hatte Renate nachgegeben.

Zum Kaffee waren sie bei Hintzes eingeladen, und da Manfred eine stille Leidenschaft für Tatjana Hintze entwickelt hatte, vergaß er Tante Lolos Tod an diesem Tag total. Die Woche über jedoch stand er öfter in der 15. Etage des

Tauentzien-Towers und sah Richtung Norden, wo sich der weißrote Frohnauer Fernmeldeturm deutlich abhob vom Berliner Einheitsgrau. Es gab aber wieder so viel Ärger in der HÖV, daß er sonst kaum an Tante Lolo denken konnte. Da hatte ein Student auf dem Leistungsnachweisschein aus einer 5 eine 1,5 gemacht, und man mußte lange beraten, ob man ihm nur eine 6 geben oder ihn, wie Jahrow es verlangte, gleich ganz eliminieren sollte. Da war einer mit einem Spickzettel auf dem Klo erwischt worden, aber erst, nachdem er das, was dort gespeichert war, ohne jede Hilfe zu Papier gebracht hatte. Wie sollte da verfahren werden? Dann kam eine Nebenamtlerin weinend in sein Büro, weil sie gegen den passiven Widerstand ihrer UG nicht ankam.

»Was soll ich denn machen, ich brauch' doch das Geld ...«

Manfred konnte den Impuls, sie geschwisterlich in den Arm zu nehmen, gerade noch unterdrücken. Warum eigentlich? Nein, das ging nicht. Das Telefon erlöste ihn. Es war seine Mutter.

»Du, Tante Lolo hat kein Testament gemacht.«

Manfred fand das so unwahrscheinlich, daß er es gar nicht kommentieren wollte. »Sie hat doch, solange ich sie kenne, immer wieder gesagt, daß sie ein Testament gemacht hat und der Tierschutzverein alles bekommen soll.«

»Hat sie auch. Aber nun liegt weder beim Amtsgericht noch bei ihrem Rechtsanwalt ein Testament von ihr und Onkel Kurt.«

»Na, dann beim Tierschutzverein oder beim Zoo.«

»Da auch nicht, die sind schon überall gewesen.«

»Dann wird sie es irgendwo im Haus liegen haben.« Auch das war für Manfred sonnenklar.

»Ja ... Die suchen Tag und Nacht – Curt und Anett, Tante Eva, Egbert und die Zinkes –, haben aber keines gefunden.«

Manfred war plötzlich hellwach und flüsterte der Nebenamtlerin zu, sie möge doch bitte in der Kantine auf ihn warten. »Momentchen mal, Mutti ...« Als er allein im Zimmer war, fragte er, was passieren würde, wenn kein Testament auftauchen sollte.

Die Mutter überlegte eine Weile. »Wenn der Mann zuerst stirbt, fällt der Ehefrau alles zu ...«

»Klar, Onkel Kurt ist schon lange tot. Wer erbt denn nun wirklich, wenn sie kein Testament gemacht hat beziehungsweise keins gefunden wird?«

»Na, Tante Lolos Verwandte!« rief die Mutter etwas ungehalten, da ihr das als selbstverständlich erschien. »Rudi, ihr Bruder ...«

»Der ist im Krieg gefallen.«

»Dann ihre drei Cousinen: Gerda, Eva, Ilse und ich.«

»Gratuliere! Da bist du eine reiche Frau. Eine halbe Million ist das Grundstück sicher wert, kommen die Möbel und die Wertsachen dazu, und das durch vier geteilt ...«

Die Mutter machte sich keine großen Hoffnungen. »Das Testament steckt irgendwo im Haus, da kannst du Gift drauf nehmen.«

Am Sonnabend mittag, als die Schule aus war und sie gegessen hatten, setzten sich Manfred, Renate und die Kinder in ihre Familienkutsche und fuhren nach Frohnau.

Renate grinste. »Ich freu' mich schon, wenn ich dich aus dem Schornstein krabbeln sehe, das Testament in der Hand ...«

Manfred hob die Hand zum Schwur. »Ich gelobe, es mit der ganzen Intelligenz und Akribie eines deutschen Wissenschaftlers suchen zu wollen. Außerdem ist die Unterschlagung eines Testaments ein Straftatbestand, und ich habe keine Lust, in den Knast zu wandern.«

Und so gab er sich wirklich alle Mühe, ging so verbissen und so überlegt zu Werke wie Sherlock Holmes. Es wäre ein großer Triumph gewesen.

Dieser Nachmittag in Frohnau wurde unvergeßlich für Manfred. Es war ein derart surrealistisches Szenarium, daß jeder Kunstfilmer der Nouvelle vogue sofort losgedreht hätte. Dabei wäre im Kino das Wesentlichste verlorengegangen: die Gerüche, die sich hier bei Tante Lolo mischten. Da roch es nach Alter und Tod, nach Kampfer und Erbrochenem, nach Staub und Hundepisse, nach feuchtem Mauerwerk und vertrockneten Pflanzen, nach Millionen süchtig gerauchter

Roth-Händle und eimerweise versprühtem Kölnisch Wasser. Und dann diese Ambivalenzen: Halb glichen die Zimmer einer Kunstgalerie, wie man sie in der Fasanenstraße fand, halb einem Trödlerladen, halb erinnerten sie Manfred an das Lustschloß einer Königin, halb an ein Hexenhaus, und Tante Lolo erschien ihm gleichermaßen als liebenswertes Original wie als eine Frau, die eigentlich in die Psychiatrie gehört hätte, denn im Keller fanden sich Tausende von Plastiktüten und Apfelsinennetzen, in vielen Jahren ebenso akribisch gesammelt wie Speisekarten, Streichholzschachteln und Muschelschalen. Und alte Kleider und Lumpen gab es so viel, daß der Fundus manchen Theaters dagegen ärmlich ausgesehen hätte. Kurzum, in den letzten zehn Jahren schien sie absolut nichts weggeworfen zu haben.

Und in diesem kafkaesken Stollen eines wirren Lebens suchten nun Egbert, die Zinkes, Tante Eva und C & A so besessen nach Tante Lolos Testament, wie Aguirre im Amazonasbecken nach Gold gesucht hatte. Die Gier hatte sie total erfaßt. Manfred und Renate fiel es leicht, amüsiert dazustehen und den andern zuzusehen, und Margot Matuschewski suchte zwar mit, doch tat sie dies ohne alle Emotionen, weil man es eben so machte. Joscha und Larissa tobten erst durch den Garten und spielten dann auf der Straße mit Dr. Dingeldeys Kindern, die ja nahebei wohnten und gerade vorbeigekommen waren.

»Eure Tante ist gestorben«, verriet ihnen Guido.

»Ja, eure Tante ist gestorben«, wiederholte Nils.

Sie hatten schon alles um und um gewühlt, jedes Sofa abgerückt, jeden Teppich hochgehoben, jede Schublade ausgekippt, jedes Stück lockere Tapete von der Wand gerissen, jedes Bild abgehängt und alle möglichen Verstecke, wie man sie aus Filmen und Romanen kannte, noch und noch durchsucht, doch nichts gefunden. Dabei war sich jeder absolut sicher, daß die Erblasserin gerade ihn bedacht hatte.

»Uns hat Lolo den Garten versprochen«, sagte Herr Zinke und nahm die Brille ab, um den herabgetropften Schweiß von den Gläsern zu wischen.

»Ja, noch im Krankenhaus«, fügte Frau Zinke hinzu. »Damit wir hier an den Wochenenden in Ruhe unsere Rundschreiben durchlesen können.«

»Ich war Lolos Lieblingscousine«, rief Tante Eva. »Vor dem Krieg war sie immer bei uns in Zehdenick. Und Curt ist ihr Patenkind. Der sollte auch Haus und Grundstück erben. Hat sie immer wieder gesagt. Und meine Kinder waren jeden Tag hier und haben ihr Zigaretten besorgt und immer für sie eingekauft.«

»Von Hermsdorf war es nur ein Katzensprung«, fügten C & A hinzu. »So ist es ganz selbstverständlich, daß wir ihr am nächsten gestanden haben.«

»Mir hat sie ihre ganzen wertvollen alten Möbel und die Bilder versprochen«, fügte Egbert hinzu, »damit ich mich einrichten kann, wenn ich meine neue Wohnung habe.«

Als er das so hörte, überkam Manfred der Verdacht, daß Tante Lolos Astralleib jetzt irgendwie durchs Haus schwebte und sie förmlich jauchzte: *Was hab' ich euch doch alle reingelegt, euch elende Erbschleicherbande!*

»Morgen früh wird weitergesucht«, sagte Herr Zinke. »Und da bringe ich Herrn Geßner mit, das ist ein pensionierter Kripobeamter. Der wird das Testament mit Sicherheit finden.«

Der 7. Februar 1981 war ein Sonnabend, und die Frohnauer, die mit und ohne Hund am Grünen Hof spazierengingen, staunten, was da alles aus Tante Lolos Haus getragen wurde. Curt und Anett hatten sich in Tegel bei der Firma I A einen VW-Transporter gemietet und den bärenstarken Dieter Dettmers und die Grigoleit-Söhne zum Helfen mitgebracht. Dieter stand oben auf dem Balkon und ließ die auseinandergenommenen Betten, echt Nußbaum, an einem Seil nach unten gleiten, wo sie die Grigoleit-Brothers mit ausgebreiteten Armen in Empfang nahmen. Curt war damit beschäftigt, Onkel Kurts Werkstatt auszuräumen und alles bis zum letzten Schraubenzieher nach vorne zu tragen. Dabei stieß er fast mit seiner Mutter zusammen, denn wie im Rausch und kofferweise schleppte Tante Eva Schmuck und Kristall zu Anetts Zweitwagen, der am Gartentor parkte. Egbert wiederum war dabei, sich die echten Delfter Teller zu sichern, die in der Küche hingen. Bettina, C & As Tochter, war mit ihrem Mann nach Frohnau geeilt, um alle Schränke abzuholen, denen das Prädikat antik und stilecht zuzusprechen war.

»So etwas habe ich das letzte Mal 45 erlebt, als die Russen geplündert haben«, hörte Manfred einen der Nachbarn sagen, einen älteren Herrn, der gerade seinen Dackel ausgeführt hatte und auf weiteres Frohnauer Urgestein gestoßen war, eine Radlerin mit schweren Taschen an beiden Seiten ihres Lenkers.

»Beute machen ist mit das Schönste, was es gibt«, lachte die Dame auf dem Rad. »Und Sie wissen doch: Wer nichts gewonnen und ererbt, der bleibt arm, bis daß er sterbt.«

Manfred und Renate, die ihren Passat ein wenig abseits geparkt hatten und die Szene in Ruhe beobachteten, hörten das und manches andere. Manfred faßte es in dem Satz zusammen, Erben und Vererben sei eine der essentiellen Grundlagen des Bürgertums. »... denn: Haste was, dann biste was, und nur die Familie, die über Generationen hinweg der Väter Erbe bewahrt und mehrt, der also das A und O dieser Gesellschaftsordnung gelingt: die Kapitalakkumulation, die steigt wahrhaft auf. Und deren Kinder müssen dann, wenn sie auf den höchsten Gipfel wollen, nicht mehr im Tal beginnen, sondern können schon von einem Basislager aus starten, aus halber Höhe.«

Er hätte seinen Monolog fortgesetzt, wenn nicht in diesem Augenblick eine Taxe vor Tante Lolos Grundstück gehalten hätte. Ihr entstiegen seine Mutter und Tante Gerda, und beide ließen sich vom Fahrer etliche leere Koffer und Taschen auf die Straße stellen. Aber nicht genug damit, aus dem Fond kletterten auch noch Tante Ilse und Peter, ihr Sohn, extra aus Hamburg angereist.

»Fette Beute in Frohnau«, sagte Manfred, und er konnte es gelassen sagen, denn es war trotz aller Suche kein Testament gefunden worden, und das Gericht hatte entschieden, daß Tante Lolos vier Cousinen alles erben sollten – Margot, Gerda, Eva und Ilse – und keiner sonst. Daraufhin hatte das große Pokerspiel begonnen. Tante Eva hatte nicht das Geld, die drei anderen auszuzahlen, aber Druck auf Tante Gerda und Manfreds Mutter ausgeübt, ihrer Enkeltochter Bettina alles umsonst zu lassen, was die beiden natürlich abgelehnt hatten. Der naheliegende Gedanke, Haus und Grundstück einfach über einen Makler zu verkaufen und das Geld durch vier zu teilen, scheiterte an dem ehernen Grundsatz, alles in der Familie zu lassen und selber zu bewohnen. Peter wollte um keinen Preis nach Berlin ziehen, und Tante Ilse wollte ihre Erbschaft in bar ausgezahlt haben, um ihm das Geld zu geben. Bei einem amtlich geschätzten Grundstückspreis von 500 000 DM hatte also die Seite, die die anderen auszahlen mußte, 375 000 DM aufzubringen. Und das schaffte nur Manfred mit Hilfe eigener Ersparnisse, dem Geldgeschenk seiner Mutter und ihren Bausparverträgen. Zwar war er damit bis ins nächste Jahrtausend verschuldet, doch er war nicht davon abzubringen, Frohnau zu erobern.

»Das ist ein Stück Klassenkampf für mich und der größte Sieg meines Lebens: Der kleine dumme Manfred vom Neuköllner Hinterhof, *born to be the lackey of the upper class*, kommt und nimmt dem bourgeoisen Flügel der Familie ihre Ländereien ab.«

Der Deal war letztlich durch Anetts Einflußnahme zustande gekommen: Tante Eva und Tante Ilse stimmten zu, daß Manfred und Renate das Grundstück zum festgelegten Preis bekommen würden, wenn sie dafür auf alles Inventar verzichteten, das die anderen haben wollten.

Und so konnte eine Woche nach dem großen Frohnauer Beutezug vom Februar 1981 eine Firma anrücken, um das Haus total zu entrümpeln, und wiederum sieben Tage später konnten sie mit der Renovierung loslegen. Bei der knappen Kasse mußte soviel, wie eben ging, selber gemacht werden. Einziehen wollte man am Ende der Ferien, um es Joscha zu ersparen, mitten im Jahr die Schule zu wechseln.

Sogar Ostern wurde geschuftet. Manfred hatte ein Wägelchen vor seine Bohrmaschine geschraubt und stand oben auf der Leiter, um ein paar Zentimeter unter der Decke schmale Kabelkanäle in die Wände zu fräsen. Weit über hundert Meter elektrischer Leitungen waren unter Putz zu legen. Davor hatte er die alte Farbe von Türen und Türpfosten geschliffen und Kacheln in die Küche geklebt, während Renate und seine Mutter die Tapeten von den Wänden weichten, rissen und schabten.

»Hoffentlich fällt Tante Eva nicht um«, fürchtete Renate, »dann haben wir umsonst gerackert.«

So unrecht hatte sie nicht. Unterschrieben war noch nichts, denn das Juristische zog sich endlos hin, weil Rudi, Tante Lolos Bruder, offiziell noch nicht für tot erklärt worden war. Tante Claire, dessen Mutter, hatte das nicht übers Herz bringen können, hoffte sie doch immer noch, daß ihr Sohn eines Tages vor der Tür stehen würde, endlich aus einem sibirischen Lager entlassen. Auch existierte da noch eine erbberechtigte Tante, deren Tod man in den Kriegswirren nicht ordentlich registriert hatte. Nach der wurde nun gefahndet.

»Gott«, schrie Manfred im Standesamt und war nahe am Ausrasten, »Sie schreiben mir, daß sie unbekannt ist, aber wenn sie noch lebte, dann wäre sie allen bekannt, als älteste Frau der Welt – mit 125 Jahren.«

»Tut mir leid, ohne die Sterbeurkunde kann ich Ihnen den Erbschein für Ihre Mutter und die anderen drei Cousinen nicht aushändigen.«

Das war der Stand der Dinge, als sie sich die Zeit nahmen, um im Garten – zum ersten Mal in Frohnau – nach Ostereiern zu suchen.

»Wasser, Wasser … Kohle … Feuer«, hallte es über den Rasen, und dann kam der Schrei: »Gefunden!«

Da klingelte es, und unwillig über die Störung ging Manfred zum Gartentor. Vielleicht war herausgekommen, daß Tante Lolo einen verborgenen Tresor hatte. Aber nicht dieser Gedanke ließ ihn zusammenzucken, sondern eine Bemerkung seiner latent immer pessimistischen Mutter: »Paß auf, jetzt hat doch noch einer Lolos Testament gefunden.«

Doch draußen standen weder C & A noch Egbert oder die Zinkes, sondern ein kleiner, vornehm gewandeter Mann mit einer wunderschönen großen Frau an seiner Seite.

»Moshe ... Bea ...«

Sein alter Freund Bernhard Bleibaum war mit seiner großen Liebe gekommen, der Stewardeß, die ihn damals nicht genommen hatte. Sie war in zweiter Ehe mit einem Millionär verheiratet, einem Banker.

Sie umarmten sich ausgiebig, und dann erklärten ihm die beiden, daß sie sich nicht zum Kaffeetrinken auf den Weg nach Frohnau gemacht hätten, sondern sozusagen geschäftlich hier seien.

»Mein Mann«, erklärte Bea, »hat nämlich ein Faible für die Sozialwissenschaft und will ein Forschungsinstitut finanzieren, das sich um das soziale Klima in Industriebetrieben und der öffentlichen Verwaltung kümmert. Und dafür sucht er einen Partner.«

»Und da hab' ich dich ins Spiel gebracht«, fügte Moshe Bleibaum hinzu. »Du bist der richtige Mann dafür, und du hast mir immer wieder erklärt, daß die HÖV nichts für dich ist.« Er sah sich um. »Und Platz für'n Anbau hast du ja hier.«

»Ja ...« Manfred lachte. »Und die Firma nennen wir dann FORMAT.«

»Wie ...?«

»FORschungsgruppe MATuschewski.«

»Das ist es!« Moshe hieb ihm auf die Schulter, und Bea küßte ihn.

Der Notar, vor dem sie den Kaufvertrag abschließen sollten, hatte seine Kanzlei am Kurfürstendamm, und in seinem dunkel getäfelten Besprechungszimmer hatten sich am Nachmittag des 5. Mai 1981 neben Manfred und Renate seine Mutter, Tante Eva, Tante Gerda und Tante Ilse eingefunden.

»Es war ein so stürmischer Flug aus Hamburg«, sagte Tante Ilse. »Aber wir müssen heute zu Potte kommen, sonst ...«

»Ich wäre auch am liebsten zu Hause geblieben«, fuhr Tante Gerda dazwischen. »Wenn Leszek aus dem Reifenwerk kommt – und das Essen steht nicht auf dem Tisch, dann ...«

»Du mußt gar nicht so betonen, daß du noch einen Mann hast!« rief Manfreds Mutter. »Ich würde meinem Otto gerne das Essen auf den Tisch stellen. Abgesehen davon: Du hast doch am meisten von deiner Erbschaft – alles in Westgeld. Dafür kann man schon mal aus Schmöckwitz rüberkommen, ohne gleich zu jammern.«

»Aus Hakenfelde ist es genausoweit«, sagte Tante Eva. »Dreimal mußte ich umsteigen, und Curt sagt auch: ›Mutti, mußt du dir das antun, das ist doch alles nicht im Sinne von Tante Lolo.‹ Ich will nicht erben, das gibt nur böses Blut.«

Die Sekretärin kam und teilte ihnen mit, daß sie den Anwalt noch einen Augenblick entschuldigen möchten, er sei bei Gericht aufgehalten worden.

»Ja, beim Nudelgericht ...« murmelte Manfred und kochte vor Wut, denn mit jeder Minute, die er sie warten ließ, stieg die Wahrscheinlichkeit, daß Tante Eva einen Rückzieher machte. Auch Renate wußte das und rauchte eine Zigarette nach der anderen.

Wenn Tante Eva nicht unterschrieb, dann war das *die* Katastrophe seines Lebens, denn sie hatten schon sehr viel investiert, an Kraft wie an Geld ...

Beas Mann hatte ihnen zinsgünstige Kredite besorgt.

Der Architekt hatte die Pläne für einen zweistöckigen Anbau fertig, und die Baufirma wartete nur darauf, das Fundament zu gießen.

Joscha war in der Frohnauer Schule angemeldet worden.

Als Umzugstermin hatten sie den 5. August ins Auge gefaßt, Tante Claires Geburtstag, was ihnen als gutes Omen erschien.

FORMAT war als GmbH ins Handelsregister eingetragen worden, und Manfred, kräftig assistiert von Moshe Bleibaum und Heiner Dietrich, hatte die Arbeitsverträge für einen Soziologen, einen Psychologen und einen Betriebswirt unterschriftsreif in der Schublade liegen, aber auch den für Renate, die sie als Sekretärin vorgesehen hatten.

Den ersten Forschungsauftrag hatte er dank der Beziehungen von Horst Hastenteufel schon an Land ziehen können, allerdings keinen organisations-, sondern einen stadtsoziologischen: Für das Senatsprogramm »Spurensicherung« sollte die Geschichte eines Berliner Mietshauses dokumentiert werden, das heißt, die Summe der Leben all seiner Bewohner vom ersten Tage an, und da hatte er die Idee gehabt, den Entscheidungsträgern die Ossastraße 39 vorzuschlagen, wo er im Hinterhaus drei Treppen Mitte links die ersten sechzehn Jahre seines Lebens zugebracht hatte. Und er hatte in diesem Moment ganz genau vor Augen …

… wie er – im Herbst 1946 – aus der Schule kam, den Essensträger aus Aluminium an den Ranzen geschnallt, und der war voller Nachschlag, den er seiner Mutter mitgebracht hatte.

… wie sein Vater – im Winter 1947 – aus dem Oskar-Helene-Heim entlassen worden war, wo er seit seiner Entlassung aus der Kriegsgefangenschaft gelegen hatte, und sie ihn wegen seiner steifen Hüfte halb hochgetragen hatten.

… wie sie – während der Blockade 47/48 – frierend und bei Kerzenlicht an ihren Trockenkartoffeln herumgekaut hatten.

… wie sie – im März 1952 – seine Einsegnung gefeiert hatten.

»Entschuldigen Sie bitte meine Verspätung!« Der Notar war endlich eingetroffen, begrüßte sie und begann sogleich, den aufgesetzten Kaufvertrag wortwörtlich zu verlesen.

Und dann kam der Augenblick, in dem sich alles entschied. Seine Mutter nahm ihr Recht als älteste der Cousinen in Anspruch und unterschrieb als erste. So rasch und energisch, wie sie ein Leben lang ihre Arbeit in der AOK erledigt hatte. Ihr Erbe hatte sie ganz selbstverständlich ihren Kindern geschenkt.

Auch Tante Gerda zögerte nicht, gab es doch eine Regelung, die ihr gestattete, monatlich 2000 Mark von einem Westberliner Konto abzuheben und die damit gekauften Waren mit nach Ostberlin zu nehmen. Ging man vom inoffiziellen Wechselkurs aus, war sie, sollte alles unter Dach und Fach sein, Ostmarkmillionärin.

Tante Ilse seufzte etwas, als sie unterschreiben sollte, und setzte den Füllfederhalter zwei-, dreimal an. Sie wußte, daß sie mit ihrer Unterschrift die Ihren quasi verriet, denn ihre Schwester und C & A hatten bis zuletzt auf eine Lösung gehofft, die ihnen, ihren Kindern und Kindeskindern Frohnau auf ewig sicherte, auch ohne »eine Laus auf der Naht« zu haben, wie Manfreds Mutter das ausgedrückt hatte. Doch sie hatte sich nicht überwinden können, Bettina und ihrem Mann ihre ererbten 125 000 DM zu schenken – auch ihr Sohn konnte das Geld gut gebrauchen.

Nun aber war die Reihe an Tante Eva, und die wandte sich ab, als ihre Schwester ihr den Füllfederhalter in die Hand drücken wollte.

»Du, Ilse, ich weiß nicht ...«

»Wir haben doch alles so besprochen«, sagte Manfreds Mutter. »Was soll denn das jetzt!«

»Curt hätte das Haus zugestanden, nicht Manfred.«

»Komm, Eva, er bekommt es schließlich nicht geschenkt, er zahlt uns allen je 125 000 Mark dafür«, sprang nun auch Tante Gerda in die Bresche.

»Curt und Anett haben sich immer so rührend um Lolo gekümmert«, beharrte Tante Eva.

»Einmal alle Jahre ist auch immer«, brummte Manfred.

»Wie?« Tante Eva hörte nicht mehr so gut. »Curt ist für mich der rechtmäßige Erbe – und sonst keiner.«

Nun griff der Notar ein und merkte an, daß es nun einmal kein Testament in diesem Sinne gäbe – und nur dies zähle.

»Ich weiß nicht.« Tante Eva blieb weiterhin bockig. »Es liegt kein Segen auf diesem Haus.«

»Für Manfred nicht, aber für Curt«, höhnte Manfreds Mutter.

»Wenn nur Jochen noch lebte«, rief Tante Eva, »dann würde der mir sagen, was ich machen sollte. Unser Erbe in Zehdenick haben wir schon verloren, nun verlieren wir auch noch Frohnau.«

»Lolo war unser aller Cousine«, sagte Tante Gerda mit einer gewissen Feierlichkeit, »nicht nur deine. Und dein Erbteil will dir ja keiner nehmen.«

Manfred schloß die Augen, und als er sie wieder aufschlug, hatte auch Tante Eva unterschrieben.

Seine Mutter kam auf ihn und Renate zu und umarmte sie beide. Sie hatte Tränen in den Augen.

»Nun hat ein neues Kapitel in eurem Leben begonnen: Frohnau. Werdet glücklich dort, meine lieben Kinder!«

Horst Bosetzky

Capri und Kartoffelpuffer

Roman

Band 13992

Manfred Matuschewski spielt Fußball und Tischtennis und hört gern Schlager, doch seine schulischen Leistungen in einem Berliner Gymnasium sind verheerend. Manfred ist ein rebellischer Jugendlicher, er träumt von Reisen in ferne Länder, um dem grauen Schulalltag zu entkommen. Den Konfirmandenunterricht lässt er nur widerwillig über sich ergehen, aber die Konfirmation, bei der er Brieftasche, Armbanduhr und Füllfederhalter geschenkt bekommt, wird zu einem wahren Fest. Er besucht die Tanzstunde, lernt die ersten Mädchen kennen, aber sein großer Schwarm, die junge Caterina Valente, bleibt für ihn unerreichbar. Doch zunächst einmal steuert das Leben des jungen Manfred unausweichlich auf realistischere Ziele zu. Denn nur wenn er sein Abitur besteht, winkt als Belohnung die Erfüllung seines größten Traums.

Fischer Taschenbuch Verlag

fi 13992 / 1

Horst Bosetzky

Der letzte Askanier

Roman

Band 13963

Im Jahre 1348 taucht in der Mark Brandenburg ein Mann auf, der sich als der totgeglaubte Markgraf Waldemar, der rechtmäßige Erbe der Mark, ausgibt. Allerdings war Waldemar achtundzwanzig Jahre zuvor feierlich beigesetzt worden, und damit war das Geschlecht der Askanier erloschen. Wie ein Lauffeuer verbreitet sich die Nachricht, und jeder weiß zu dieser wundersamen Geschichte etwas beizusteuern. Gehört dieser Mann, der von sich behauptet, er komme als Pilger aus Jerusalem zurück, tatsächlich zum angestammten Fürstenhaus? Oder ist er ein Scharlatan, eine Figur im Spiel der europäischen Mächte? Dem späteren Kaiser Karl IV. kommt er im Kampf um die Herrschaft jedenfalls sehr gelegen. Mit Hilfe eines »historischen Kommissars« entwickelt Horst Bosetzky seine eigene Theorie zu diesem bis heute ungelösten Fall europäischer Geschichte.

Fischer Taschenbuch Verlag

fi 13963 / 1

Edward Ball

Die Plantagen am Cooper River

Eine Südstaaten-Dynastie und ihre Sklaven

Aus dem Amerikanischen

von Hans Günter Holl

Band 14953

Die Saga der Familie Ball, einer Dynastie von Plantagenbesitzern in South Carolina, die über hundertsiebzig Jahre hinweg insgesamt mehr als viertausend Sklaven besaß, ist zugleich die wie unter dem Mikroskop betrachtete Geschichte des amerikanischen Südens, der Revolution, des Bürgerkriegs und der Sklavenbefreiung.

»(...) ein Meisterwerk der Geschichtsschreibung
über die Sklaverei und die Folgen.«
Die Welt

Fischer Taschenbuch Verlag

fi 14953 / 1

Andrea Camilleri

Der unschickliche Antrag

Roman

Aus dem Italienischen von Moshe Kahn

Band 15053

Wie der simple Antrag auf ein Telefon im Jahr 1891 in Sizilien zum Auslöser für zahllose Wirren, Intrigen, Morde und Liebesdramen wird, so daß am Ende halb Sizilien in den Fall verwickelt ist, davon erzählt dieser höchst komische Roman von Andrea Camilleri, dem Erfolgsautor aus Italien.

»Die dringende Empfehlung, Camilleri zu lesen,
ist alles andere als ein unschicklicher Antrag.«
Die Welt

»Camilleri ist geistreich,
weise und absolut unterhaltsam.«
Aspekte, ZDF

Fischer Taschenbuch Verlag

fi 15053 / 1